BASTEI LÜBBE

David Heilbroner
Das Mädchen, das von den Klippen stürzte

Ins Deutsche übertragen
von Kurt Baudisch

TRUE CRIME
Der wahre Kriminalfall

BASTEI LÜBBE

BASTEI-LÜBBE-TASCHENBUCH
Band 13 731

Erste Auflage
März 1996

Lizenzausgabe 1996
Bastei-Verlag Gustav H. Lübbe
GmbH & Co., Bergisch Gladbach
Originaltitel: Death Benefit
Titelbild: Bastei-Archiv/Sarosdy
Umschlaggestaltung:
Quadro Grafik, Bensberg
Satz: KCS GmbH,
Buchholz/Hamburg
Druck und Verarbeitung:
Brodard & Taupin,
La Flèche, Frankreich
Printed in France

ISBN 3-404-13731-0

Der Preis dieses Bandes
versteht sich einschließlich der
gesetzlichen Mehrwertsteuer

Für Deana, Cynthia, Bud und Dick

Vorwort

Dieses Buch ist das Ergebnis zweieinhalbjähriger Arbeit. Im Verlauf meiner Recherchen kam ich dabei viel herum. Ich weilte sowohl beim Derby in Kentucky als auch in einem Asyl für gestrandete Existenzen in der nördlichen Provinz des Staates New York, fuhr durch die Kornfelder südlich von Chicago, mußte – aufgrund einer gerichtlichen Vorladung, die mich verpflichtete, der Verteidigung die Aufzeichnungen meiner Interviews vorzulegen – in San Diego in den Zeugenstand treten und bereiste selbst die ländlichen Gebiete von Pennsylvania. Überall, wo ich hinkam, begegnete ich aufgeschlossenen Menschen, ohne deren Hilfe ich dieses Buch nie hätte vollenden können.

Von Anfang bis zum Schluß habe ich mich bemüht, die Wahrheit, so gut ich konnte, zu zeigen. Ich nahm an allen Gerichtsverhandlungen teil und brachte später die Zitate mit dem offiziellen Protokoll in Übereinstimmung. (Einzige Ausnahme sind meine eigenen Aussagen vor Gericht, die ich weggelassen habe, da sie vom eigentlichen Thema abgelenkt hätten.) Bis auf wenige Fälle – vor allem Virginia und B. J. McGinnis – habe ich alle Personen, die in diesem Buch zitiert werden, oft über mehrere Tage oder sogar Wochen befragt. Manche Szenen aus der fernen Vergangenheit wurden auf der Grundlage verschiedener Interviews gestaltet, ansonsten aber habe ich die ganze Geschichte so aufgeschrieben, wie ich sie selbst erfuhr. Einige Namen von Personen und Orten wurden geändert, um die Privatsphäre der Betreffenden zu schützen.

Zu besonderem Dank verpflichtet bin ich Sergeant R. D. Jones von der Polizeibehörde des Landkreises Jefferson, Detective Jack Haeussinger von der Polizeibehörde in San Diego, dem Stellvertreter des Staatsanwalts Luis Aragon und dem Ermittler Scott Lawrence von der Staatsanwaltschaft San Diego sowie Ken Goodnight, Dr. Emanuel Tanay, Butch Rearden und Bobbie Jo Roberts. Rick Rosenberg danke ich dafür, daß er mich auf diese Geschichte aufmerksam machte. Vor allem schulde ich Steven und Wynn Keeney sowie ihren Kindern Christian, Mark und Kelly Dank. Besonders Steven Keeney half mir unermüdlich. Von ihm bekam ich viele Hintergrundinformationen, und mit kritischem Blick verfolgte er die Entstehung des ganzen Buches. Der Leser sollte jedoch wissen, daß sich Mr. Keeney jeder Bemerkung über die Darstellung seiner Person enthielt, obwohl er das gesamte Manuskript las und mir viele wertvolle Anregungen gab.

Zum Schluß möchte ich meinen beiden Lektoren danken. Peter Guzzardi im Verlag Harmony Books entsprach allen überschwenglichen Urteilen, die ihm vorausgeeilt waren.

Meine Frau war wie immer mein bester und unerläßlicher ›Chefredakteur‹.

Erster Teil

EIN ROUTINEFALL

Robbenstrand

2. April 1987

Erst in einer guten Stunde wird es hell werden. Deana, B. J. und Virginia brechen in Chula Vista, einer heruntergekommenen Vorstadt von San Diego, auf und fahren Richtung Norden. Virginia sitzt im Ford LTD vorn neben B. J., ihrem Mann. Er steuert den Wagen. Deana hat es sich auf dem Rücksitz bequem gemacht und starrt, das Gesicht gegen die Scheibe gepreßt, mit weit geöffneten Augen hinaus.

Nachdem sie Los Angeles mit seinem Verkehrsgewühl hinter sich gelassen haben, biegen sie von der Autobahn auf den Highway 1 ab, der an der Küste entlangführt. Virginia macht Deana klar, daß sie diese Route ihretwegen wählen. Sie werden dadurch mindestens zwei Stunden länger brauchen, um die Strecke von San Diego nach Monterey – insgesamt fünfhundert Meilen – zurückzulegen, aber es ist der einzige Weg, damit Deana den Ozean und die berühmten Klippen von Big Sur sehen kann.

»Schau her, Deana, Liebes, ich habe eine Kamera extra für die Reise gekauft«, sagt Virginia, den schmallippigen Mund in ihrem großen, mütterlichen Gesicht zu einem Lächeln verziehend.

Deana lehnt sich über den Vordersitz und umarmt Virginia.

Um drei Uhr nachmittags hält B. J. außerhalb der Collegestadt San Luis Obispo an einem Straßenlokal. Virginia kauft Deana eine spätes Mittagessen: Cheeseburger, Pommes frites und eine Coca-Cola. Danach brausen sie weiter.

Das dürre Grasland der südkalifornischen Küste wird rasch von welligen Bergen abgelöst. Und bald verengt sich der Highway 1 zu zwei schmalen Fahrspuren, dort, wo er zu den zerklüfteten Klippen von Big Sur hinaufsteigt. Deana, zwanzig Jahre jung und gerade erst vor sechs Monaten aus Louisville gekommen, sprüht vor Begeisterung, als sie vom Rücksitz aus das Panorama betrachtet.

Im Osten erheben sich die steilen, mit braunem Gras bedeckten Bergkuppen und die kühlen Sequoiawälder des Los-Padres-Nationalparks.

Westwärts fällt das Gelände an manchen Stellen Hunderte von Fuß zu den Felsformationen ab, die in die riesige, bis zum Rand der Welt reichende Ebene des Ozeans hineinragen. Jenseits der Brandung spielen Seeotter inmitten der Tangwälder. Nach Beute jagende Pelikane fliegen kreuz und quer dicht über dem Wasser. Einige wenige Häuser schmiegen sich an die Berge und in die Schluchten. Aber sie stehen so weit im Inland und sind so weit voneinander entfernt, daß lange Abschnitte des Highway 1 immer noch einsam und wild wirken.

Sie fahren vielleicht ein- oder zweimal auf die andere Straßenseite, um den Ausblick von einer der gelegentlichen Ausweichstellen an der Küste zu genießen. Virginia holt ihre Kamera heraus und schießt ein paar Fotos: vom weiten Ozean, von einer geröllbedeckten Klippe, die sich bis zur Brandung erstreckt, und von Deana, die sich auf einen Felsblock gesetzt hat. Deana, deren Augen durch eine dunkle Brille verdeckt sind, lächelt. Ihre Füße in blauen, hochhackigen Schuhen baumeln über der Kante.

Um 16 Uhr 10 haben dichte graue Wolken den Himmel bezogen, und Nebel steigt aus den Klüften empor. Der LTD biegt scharf nach links ab, dorthin, wo man eine gute Aussicht auf den Robbenstrand hat; es ist eine der letzten Ausweichstellen, bevor die Straße landeinwärts nach Carmel und Monterey führt.

Der kleine kiesbedeckte Halbkreis mißt nicht mehr als achtzehn Meter im Durchmesser; den Rand der Klippe säumen große Gesteinsblöcke, die eine lückenhafte Barriere bilden. Von der Nordseite der Ausweichstelle blickt man auf eine etwa einhundertzwanzig Meter tiefer gelegene kleine Bucht, die von Seelöwen bevölkert und unter dem Namen Robbenstrand bekannt ist.

Sie klettern aus dem Auto. Durch den aufziehenden Nebel und den sich verdunkelnden Himmel gleicht der Pazifik, der vorher azurblau war, nun einer Folie aus schmutzigem und korrodiertem Zinn. Virginia greift nach ihrer Kamera. Deana und B. J. ziehen Windjacken an und gehen bis zum Klippenrand. Das Bellen der Robben hallt von den Wänden der Schluchten wider.

B. J. faßt Deana um die Schulter und führt sie zu einer Lücke zwischen den Gesteinsblöcken. Sie lehnen sich über den Rand hinaus, um die Robben zu sehen. Leere gähnt zu Deanas Füßen, unter ihr befinden sich Felsspalten, der Ozean und ein paar Eiskrautpflanzen, die sich an den Boden klammern. Es ist eines der schönsten Panoramen, die sie je gesehen hat.

Um 17 Uhr 15 erreicht ein Such- und Rettungswagen des Sheriffs von Monterey mit Deputy John Burke am Steuer die Ausweichstelle Robbenstrand. Burke stöhnt auf, als er die Lage taxiert. Zwischen der Mannschaft der Ambulanz, dem grünweißen Streifenwagen des Sheriffs und den drei bis vier Familien, die neben ihren Wohnmobilen und Kombis stehen, taucht gerade ein Reporterwagen des Fernsehens auf. An der Ausweichstelle herrscht bereits völliges Durcheinander. Such- und Rettungsaktionen sind schon schwierig genug, wenn keine Gaffer herumstehen und kein Reporter einem ein Mikrophon unter die Nase hält.

Burke fährt das gelbbraune Rettungsfahrzeug in die Mitte der Ausweichstelle. Er und sein Team von Hilfssheriffs beginnen sofort die orangefarbenen Straßenkegel aufzustellen, sichern den Klippenrand mit einem Strick, fordern über Funk einen Helikopter an und laden ihre Ausrüstungen ab. Sie treffen mürrisch und behend wie ein Trupp von Feuerwehrleuten die Vorbereitungen für ihren Einsatz.

Burke weiß, daß sie keine Zeit verlieren dürfen. Sie wurden vor mehr als einer halben Stunde über Funk zu Hilfe gerufen. Die Überlebenschancen des Mädchens verringern sich mit jeder Minute, da der Wind auffrischt, die Sonne untergeht und die Temperatur sinkt. Die Meeresbucht von Monterey zählt zu den tiefsten der Welt; an manchen Stellen ist sie eintausend Meter tief. Das ganze Jahr über bleibt das Wasser eiskalt, und dadurch kühlt sich die Luft dicht über der Wasseroberfläche auf zehn Grad ab. Burke befürchtet, daß das Mädchen, wenn es nicht durch den Absturz getötet wurde, im kalten Wasser stirbt. Erst der Aufprall, dann die Unterkühlung und schließlich der Tod.

Sie erkunden das Terrain, es erweist sich jedoch als unmöglich, von oben die Stelle einzusehen, wo das Mädchen aufgeschlagen ist. Big Sur hat viele solcher Klippen, und Burke, ein hoch aufgeschossener, wetterharter Mann von fünfundvierzig Jahren, hat sich schon an den meisten von ihnen abgeseilt. Etwa jeden Monat einmal wird das Rettungsteam zu Hilfe gerufen, um jemand irgendwo an der fünfzig Meilen langen Küste von Big Sur zu bergen. Deana ist für die Mitglieder des Such- und Rettungstrupps ein Routinefall.

Burke hakt einen Nylonsack an die Trage der Marke Stoke, ein Gerät, das verwendet wird, um verletzte Opfer an unzugänglichen Stellen zu bergen. Er und sein Partner Richard Niemi schnallen ihre Schienbeinschützer um, setzen ihre Schutzhelme auf und befestigen ihre Sicherheitsgurte an der Seilwinde des Trucks. Die beiden Männer beginnen, sich gegen das Stahlseil zurücklehnend, in die Tiefe hinabzusteigen.

Das Gelände fällt sanft bis zu einem Sims ab, wo ein einzelner hochhackiger blauer Schuh abgeschürft und schmutzig auf der Seite liegt.

Burke wirft den Schuh zu einem der Hilfssheriffs hinauf. Dann erreichen Niemi und er mit ein paar Schritten rücklings den Punkt, wo die Reihe der Polizisten ihren Blicken entschwindet und die Klippe senkrecht nach unten abfällt.

Das Opfer ist höchstwahrscheinlich den Konturen der Klippenwand folgend, also – wie Burke vermutet – südwärts abgestürzt. Er bemerkt ein paar verkümmerte Büsche, deren Zweige nach unten umgebogen sind, und einige Stellen, wo der Boden Schürfspuren aufweist.

Ein Militärhubschrauber erscheint mit Gedröhn über ihren Köpfen und bewirkt, daß ein Schauer von kleinen Steinen niedergeht. Burke und Niemi kneifen ihre Augen zu und ziehen den Kopf ein. Burke versucht, den Piloten über Funk zu fragen, ob er das Opfer sieht, aber er wird nicht gehört. Schließlich verschwindet der Helikopter hinter dem oberen Rand der Klippe, und Burke sieht wieder einen leeren Himmel. Er und Niemi müssen den Auftrag allein erledigen und lassen sich auf der Suche nach der Verunglückten im Zickzack hinab.

Etwa dreiundzwanzig Meter vom oberen Rand entfernt entdeckt Burke den zweiten blauen Schuh: Sie sind an der richtigen Stelle. Ein paar Meter tiefer findet er eine weitere Spur: frisches Blut auf dem Fels. Beide Hilfssheriffs halten Ausschau nach dem Mädchen. Vergeblich. Sie setzen ihren Abstieg fort, wobei sie den Blutspuren folgen.

Etwa einhundertzwanzig Meter unterhalb des Klippenrandes haben sie wieder ebenen Boden unter den Füßen. Etwas weiter südlich entdeckt Burke ein blaues Kleiderbündel. Er hakt sich vom Seil los und rennt hinüber.

Deana liegt mit dem Gesicht nach unten da. Sie ist eine hochgewachsene junge Frau. Burke schätzt ihre Größe auf ein Meter achtzig. Sie trägt Jeans und eine marineblaue Windjacke. Ihre Füße haben anscheinend schwere Prellungen davongetragen; ein Strumpf ist am Hacken zerrissen. Das linke Bein ist unnatürlich verdreht. Kopf und Hals sind mit zum Teil schon geronnenem Blut bedeckt, und Blut sickert durch ihr braunes Haar.

Burke ist erstaunt, wie friedlich trotz des Blutes und der Verletzungen ihr Gesichtsausdruck ist. Er hat schon viele Tote gesehen, und jeder war anders – mal zornig, mal geschockt, mal entstellt. Dieses Mädchen hier sieht ruhig aus, fast wie ein schlafendes Kind. Er berührt sie, zuerst am Handgelenk, dann am Hals. Er drückt seine Fingerkuppen in ihr Fleisch, aber es ist kein Puls zu spüren. »Ich habe das Opfer gefunden«, gibt er per Funk nach oben durch. »Rufen Sie den Hubschrauber herbei. Eine Tote ist zu bergen.«

Burke und Niemi packen den Leichnam in den dunkelgrünen Nylonsack und schnallen ihn am Rettungsgerät fest. Der Helikopter kommt angeflogen. Einige Minuten später wird der Körper der zwanzigjährigen Deana Hubbard Wild, der sich am Ende eines Seils dreht und dessen Umrisse sich gegen den stahlgrauen Himmel abheben, durch die Luft fortgebracht.

Sterbeversicherung

18. Juli 1987

Steven Keeney stand wie gewöhnlich an Sonntagen um 7 Uhr 00 früh auf. Er wusch und rasierte sich im Badezimmer, das sich im Obergeschoß seines in Louisville, Kentucky, gelegenen Hauses befand. Dort erinnerte ihn ein gestickter Wandbehang täglich daran, daß er auf Gott vertrauen sollte. Keeney lebte entsprechend diesem Ratschlag, und abgesehen von der unlängst vollzogenen Ehescheidung hatte er wenig Grund, an seinem Glück zu zweifeln.

Mit seiner Größe von einem Meter neunzig machte er in seinen maßgeschneiderten Anzügen und seinen Hermès-Krawatten noch immer eine gute Figur. Er trug eine flotte John-F.-Kennedy-Frisur. Sein dichtes Haar hatte sich nicht im mindesten gelichtet, obwohl es allmählich zu ergrauen begann. Der Anzug verdeckte die Folgen einer Rachitis-Erkrankung im Kindesalter: ein Paar O-Beine und eine Brustbeinverdickung, die sein Vater – ein Arzt – als ›rachitischen Rosenkranz‹ bezeichnete. All das ließ ihn vielleicht einige Jahre älter scheinen, als er war. Aber seine glatte Stirn, seine hellen Augen und sein freundliches Lächeln zeugten davon, daß er eine Frohnatur war, ein Mensch, dem Frustration oder Mißerfolg fremd waren.

Im Alter von neununddreißig Jahren hatte Keeney dank einem tüchtigen Steuerberater bereits eine beachtliche Erfolgsbilanz aufzuweisen: Er besaß ein gepflegtes Haus; die Frau, mit der er das Schlafzimmer teilte, entstammte den besten Kreisen von Louisville; ein weißer Jaguar Sedan stand in seiner Garage; sein Sohn Christian, der gerade die Woche bei seiner Mutter verbrachte, besuchte eine Privatschule. Alles in allem führte er ein Leben, wie er es sich erhofft hatte: Er lebte in Wohlstand und in heiterer Gelassenheit.

Während er an jenem Morgen in seinen weißen Sonntagsanzug stieg, ein gestärktes Hemd überstreifte und die Manschettenknöpfe schloß, schaute er aus dem Fenster im Obergeschoß. Ein feuchtwarmer sommerlicher Dunst lag über der Nachbarschaft. »Ganz erträgliches Wetter für Schießübungen«, sprach er zu sich selbst und erinnerte sich etwas wehmütig daran, daß er schon wochenlang nicht auf dem Schießplatz gewesen war.

Seit der Grundschule hatte er regelmäßig trainiert. Er hatte auf Zielscheiben und Wurftauben geschossen, ja sogar Streichhölzer durch Schüsse gekappt – alles gegen den Willen seines Vaters Dr. Arthur Keeney, jetzt emeritierter Dekan der Medizinischen Fakultät der Universität von Louisville. Mit den Jahren hatte der Dekan in der Notaufnahme des Krankenhauses so viele Schußverletzungen gesehen, daß er seinem Sohn diese Art von Spiel nicht erlaubte. Der junge Steven ließ sich dadurch aber keineswegs beirren. Er verfolgte sein sportliches Interesse mit einer solchen Hartnäckigkeit, daß Dr. Keeney schließlich seinen Widerstand aufgab. Zu Weihnachten schenkte er seinem Sohn eine wettkampftaugliche Anschutz, Kaliber 0,22, ein Gewehr, das so zielgenau war, daß man damit einen Stift ins Holz treiben oder einer Biene die Flügel abschießen konnte.

Schußwaffen mit ihrem auf Präzisionsmaschinen gefertigten Mechanismus blieben für Steven Keeney eine lebenslange Leidenschaft. Selbst jetzt, wo er ins mittlere Alter kam, betrachtete er bestimmte Waffen seiner Sammlung weiterhin als ›außerordentlich treffsicher‹ oder als ein ›Meisterwerk der Präzision‹. Wenn er aus einhundert Meter Entfernung fünf Schüsse auf das Schwarze feuerte und danach nur ein Loch entdeckte oder wenn er die Buchstaben aus einer Zeitung herausschoß, die als Zielscheibe diente, waren dies für ihn erhebende Momente – Augenblicke, in denen die Welt im Einklang mit den voraussagbaren Regeln tickte. Und Keeney glaubte an Regeln – angefangen vom Buchstaben des Gesetzes bis zu den Lehren der Bibel. An Wochenenden konnte man ihn pünktlich wie eine Uhr in Weste und Hose eines dreiteiligen Anzugs auf dem Tulpenbeet außerhalb seines Hauses arbeiten sehen. Und nur wenige Freunde konnten sich entsinnen, mit dem Mann zu Mittag gegessen zu haben, ohne daß er ein Jackett und einen Schlips getragen hätte.

An diesem Morgen aber riefen ihn andere Pflichten. Er mußte binnen einer Stunde in der Sonntagsschule sein, wo er seine Schüler im Rahmen eines Kurses ›Die Bibel in fünf leichten Teilen‹ in die fünf Bücher Mose einführte. Mit einem Seufzer zwang er sich, nicht mehr an den Schießplatz zu denken. Er ging die Treppe hinunter, trank Kaffee aus einem großen Styroporbecher und machte sich dann auf den Weg zur Kirche.

Die niedrig stehende Kentucky-Sonne sandte ihre Strahlen schräg durch die Zweige der hundertjährigen Eichen von Castlewood und beschien die Wiesen mit einer unwahrscheinlichen Intensität. Ein herrlicher Morgen, dachte Keeney, als er durch die stillen Straßen fuhr; es war wie ein unerwartetes Geschenk. Jahre später dachte er an jenen perfekten Morgen mit einem ganz anderen Gefühl zurück. An jenem Tag nahm er die ersten Fäden auf, die ihn schließlich in ein Labyrinth des Betrugs, der Hinterlist und des ›wirklich Bösen‹ führen sollten.

Gegen 9 Uhr 00 morgens waren der Parkplatz und die Seitenstraßen in der Umgebung der Presbyterianischen Kirche, eines massiven, von einem imposanten Glockenturm überragten Ziegelgebäudes im Kolonialstil, mit Autos vollgestellt. Freunde und Geschäftskollegen, Bekannte aus dem Eltern- und Lehrerverband und Singles – einige hundert Kirchgänger, alle in ihrem Sonntagsstaat, parfümiert und in gestärkten Hemden – schüttelten sich die Hände und lächelten sich zu, als sie die Treppe zur Kirche hinaufstiegen. Keeney nahm mit seinen Sonntagsschülern den Stoff des Tages durch und kehrte dann zurück, um sich unter die Kirchengemeinde zu mischen; sein weißer Anzug verschwand im Meer der weißen Anzüge und der extravaganten Hüte, wie sie von südlichen Schönheiten getragen werden.

Um 9 Uhr 15 bestieg ein bebrillter Geistlicher die Kanzel im größeren Altarraum, dessen Wände weiß getüncht waren und den ein riesiges blaues Glasfenster schmückte. Die Kleider raschelten, und der Geruch von Seife verbreitete sich, als die Menschen sich zum Gottesdienst hinsetzten.

»Es ist gut, dem Herrn zu danken und sein Lob zu singen.« Die eintönige Stimme des Priesters dröhnte in unverkennbarer Kentucky-Sprechweise aus den Lautsprechern, die in den Ecken des Sanktuariums angebracht waren.

Mehrere hundert Stimmen wiederholten unisono: »Es ist gut, jeden Morgen die Barmherzigkeit Gottes und jeden Abend seine Herrlichkeit zu preisen.«

Als Keeney zusammen mit der Gruppe diese Worte herbetete und sein Blick über die vielen Gesichter schweifte, nahm er kurz eine dunkelhaarige Frau wahr, die einige Reihen von ihm entfernt allein in der Nähe des Mittelganges saß. Sie hatte ein weißes, ovales Gesicht und lange, schöngeformte Finger, die sich von den Falten ihres einfachen Kleides abhoben. Sie hielt krampfhaft ein Taschentuch in der Hand. Keeney schaute weg.

Bobbie Roberts bemerkte Keeneys Blick nicht; sie nahm gerade all ihre Kraft zusammen, um nicht in Tränen auszubrechen.

Monate waren seit ihrer Tragödie vergangen, und erst seit kurzem hatte sie das Gefühl, ihr Leben langsam wieder unter Kontrolle zu bekommen. Gleich nachdem sie erfahren hatte, was geschehen war, hatte sie sich als Lehrerin an einer High School in Louisville für eine Weile beurlauben lassen. Wochenlang war sie schon um halb sieben zu Bett gegangen und hatte bis zum Morgen geschlafen. Der Schlaf in langen, dunklen, traumlosen Nächten war ihr einziger Trost. »Ein Geschenk«, sagte sie zu sich selbst. Nachdem sie sich etwas erholt hatte, erwog sie, das Haus zu verkaufen, um die Erinnerungen hinter sich zu lassen, die dort immer wieder wach werden konnten.

Der Priester fuhr fort: »Dies ist Gottes Werk; es ist herrlich in unseren Augen.« Noch einmal murmelten alle ihre Antwort: »Das ist der Tag, den der Herr geschaffen hat; laßt uns frohlocken und glücklich sein.«

Während das Wechselgebet monoton fortgesetzt wurde, wanderten Bobbies Gedanken zurück zum 2. April. *Was um Himmels willen konnte so wichtig sein, daß man sie so spät anrief?*

Das hatte sie auch damals als erstes gedacht. Es war um Mitternacht gewesen, eine Zeit, da in der ruhigen Gemeinde von Fincastle, Kentucky, selten ein Telefon klingelte.

»Frau Bobbie Jo Roberts?« hatte eine fremde Stimme gefragt. »Hier spricht Deputy David Dungan aus Monterey, Kalifornien. Ich hoffe, ich habe Sie nicht geweckt, Madam.«

»Es macht nichts«, hatte Bobbie geantwortet. Sie sprach fast ohne den in Kentucky üblichen näselnden Akzent. Aufgrund ihrer fünfzehnjährigen Lehrtätigkeit war er bei ihr zum größten Teil verschwunden.

»Madam, sind Sie die Mutter einer zwanzigjährigen jungen Frau namens Deana Wild-Hubbard?«

»Ja, Sir, sie ist meine Tochter.« Bobbie hatte sich aufgesetzt und ihre Nachttischlampe angeknipst. Bei Licht würde sie ihre Gedanken besser konzentrieren können. An Deana hatte sie am allerwenigsten gedacht. Als sie an jenem Abend zu Bett ging, waren ihre Gedanken um Afghanistan, dessen Bevölkerung, die benachbarten Länder, die hauptsächlichen Exportgüter – den Stoff für den Rest des Schuljahres – gekreist.

»Ist mit Deana alles in Ordnung?« hatte Bobbie zaghaft gefragt.

»Das ist leider nicht der Fall, Madam«, antwortete der Hilfssheriff. »Ihre Tochter ist heute nachmittag gegen fünfzehn Uhr dreißig gestorben. Ich rufe vom Büro des Coroners in Monterey an.«

Die Kirchengemeinde sang: »Erwarte den Herrn; sei guten Muts ...«

Der Coroner? Was konnte das bedeuten: gestorben? Das war unmöglich. Sie selbst hatte noch vor weniger als zwei Monaten Deana gesehen, die damals voller Lebenslust war. Das Mädchen hatte es nicht erwarten können, nach Kalifornien zurückzufahren und dort bei jenem Ehepaar zu bleiben. Sie hatte sogar davon gesprochen, den Streit mit ihrem Mann beizulegen.

»Das kann nicht stimmen«, hatte Bobbie protestiert. »Handelt es sich vielleicht um einen Scherz?«

»Es tut mir leid, Madam. Sie befand sich auf einer Ausweichstelle, von wo man eine gute Aussicht auf den Robbenstrand von Big Sur hat. Dabei trug sie Schuhe mit hohen Absätzen, und es hat den Anschein, daß sie ausrutschte und abstürzte. Es ist, um ehrlich zu sein, nicht das erste Mal, daß so etwas hier passiert ist.«

Bobbie krampfte sich der Magen zusammen, als ob sie mit ihrem Körper die Wahrheit eher erfaßte als mit dem Verstand. Danach überstürzten sich ihre Gedanken: »Sind Sie sicher, daß es Deana ist? Hat jemand ihren Leichnam identifiziert? Es kann nicht sein ...«

»Es tut mir sehr leid, Mrs. Roberts. Die Identität ihrer Tochter wurde eindeutig von ihren Reisebegleitern bestätigt.«

»Wo – wo ist sie jetzt?«

»Sie ist hier im Leichenschauhaus.«

Bobbie hätte gern noch eine weitere Frage, am liebsten tausend Fragen gestellt, nur um zu erreichen, daß der Mann am Telefon weiterredete. Aber sie wußte, das Gespräch würde das Unausweichliche nur hinauszögern. Kurz danach würde sie allein am Rand ihres Bettes sitzen, ihre Nachttischlampe würde durch die Fensterläden ihres zweistöckigen schindelgedeckten Hauses in Fincastle schimmern.

Als die Predigt beendet war, begaben sich die Kirchgänger in den Gemeindesaal, einen Raum, der die Größe eines Ballsaals auf einem Ozeandampfer hatte und mit farbenprächtigen Bannern, mittelalterlichen Wappen gleichend, geschmückt war. Es war der einzige Ort, den Keeney nach einer Predigt als geeignet für ein geselliges Beisammensein ansah, der einzige Ort unter dem Dach der Zweiten Presbyterianischen Kirche, wo man immer einen frisch gebrühten Kaffee bekam. »Einige Dinge sind unverzichtbar«, pflegte er zu scherzen, aber er mußte zugeben, daß er ein Workaholic war, der immer bis in die späte Nacht hinein arbeitete und kaffeesüchtig war.

Gleich nach dem Gottesdienst stellte er sich neben die silbern glänzende Kaffeemaschine, hielt den großen Becher in der Hand, den er aus seiner Küche mitgebracht hatte, und trug ihn den Rest des Tages mit sich herum. Viele Menschen strömten herein; ihre lauten Stimmen erfüllten den Raum.

Gewöhnlich mied Bobbie Roberts die Zusammenkünfte im Gemeindesaal, die mitfühlenden Blicke und die immer ach so freundlichen Bemerkungen. Aber heute hatte sie sich überwunden und steuerte genau auf jenen weißgekleideten Mann zu, der lachend und umringt von einer Schar von Menschen in der Nähe der Kaffeemaschine stand.

»Entschuldigen Sie bitte«, sagte sie scheu. »Sind Sie Mister Keeney?«

Steven Keeney drehte sich um. Sie lächelte ihm zu, aber der Ausdruck ihres Mundes verriet, daß ihre Fröhlichkeit gekünstelt war.

»Ich heiße Bobbie Roberts. Ich würde gern einen Augenblick mit Ihnen sprechen.«

»Ich freue mich, Sie zu sehen, Madam«, antwortete Keeney. »Sie müssen entschuldigen, wenn ich Sie frage, ob wir uns nicht schon einmal begegnet sind.«

»Es tut mir furchtbar leid, Sie zu belästigen«, stotterte Bobbie. Sie senkte ihren Blick. »Ich brauche Hilfe, und ich habe erfahren, daß Sie Jurist sind. Einer meiner Freunde kennt Sie von Ihrer Anwaltsfirma her und sagt, daß Sie sehr kompetent sind.«

»Ja, ich *bin* Jurist«, erwiderte Keeney in einem scherzhaften Ton. »Nun, worin besteht das Problem, Mrs. Roberts?«

»Miss Roberts, bitte. Ich bin geschieden.« Bobbie blickte um sich, um festzustellen, ob irgend jemand ihnen zuhören konnte. »Es ist wegen meiner Tochter. Sie ist im April in Kalifornien tödlich verunglückt.«

»Oh, das tut mir schrecklich leid.«

Bobbie dankte kurz, und dann stockte das Gespräch.

»Entschuldigen Sie bitte, wenn das, was ich Sie frage, etwas geschäftlich klingt«, sagte Keeney nach einer kleinen Weile, »aber worum geht es?«

»Es handelt sich um meine Versicherungsgesellschaft. Sie

schuldet mir Geld, und ich habe Schwierigkeiten, es ausgezahlt zu bekommen.«

Keeney betrachtete die Fremde von neuem. Schwarzes gescheiteltes Haar umgab in Form eines gewellten umgekehrten V ein anmutiges Gesicht, das auf eine viktorianische Kamee paßte. Und ihre kerzengerade Haltung zeugte davon, daß sie ihren Stolz noch nicht überwunden hatte. Offenbar fiel es ihr nicht leicht, jemanden um einen Gefallen zu bitten.

Um so schlimmer, daß sie an den falschen Fachmann geraten war, dachte Keeney. »Madam«, könnte er ganz aufrichtig sagen, »ich bin ein Anwalt, der die Interessen von Firmen und Konsortien vertritt. Ich hatte in all den Jahren keinen Privatklienten. Und ich bin vielleicht zu teuer.«

Danach zögerte er. Er war sich nicht sicher, ob dies auf die Sonntagsschule oder auf die heutige Predigt zurückzuführen war oder ob es einfach daran lag, daß Bobbie Roberts eine nette, bescheidene Frau war, doch er fühlte sich bemüßigt, ihr weiter zuzuhören.

»Es ist nicht ganz mein Gebiet«, sagte er. »Aber warum erzählen Sie mir nicht die wichtigsten Einzelheiten? Dann werden wir weitersehen.«

Als Bobbie die Situation schilderte, setzte Keeney seinen Kaffeebecher ab und entnahm einem Lederetui eine dünne Zigarre. Kentucky ist ein Tabakland, und selbst wenn man in der Kirche raucht, ist dies dem Schwenken des Sternenbanners vergleichbar. Paffend hörte er sich die Geschichte der Frau an.

Der Sachverhalt war wirklich einfach. Bobbies Tochter war im April bei einem Ausflug nach Big Sur von einer Klippe gestürzt. Das Begräbnis hatte dreitausendfünfhundert Dollar gekostet. Die Police der Versicherung, die sie als Lehrerin an einer High School besaß, garantierte zwar die Erstattung dieser Ausgaben, aber die Gesellschaft wollte nicht zahlen, ehe der Totenschein nicht vorlag. Das Büro des Coroners von Monterey erklärte, der Abschlußbericht läge noch nicht vor. Bobbie beharrte darauf, die Erklärung des Coroners sei nicht stichhaltig. Schließlich seien dreieinhalb

Monate verstrichen, ohne daß die Polizei ein einziges Mal angerufen habe.

Keeney sann nach: Eine Tochter durch einen tragischen Unglücksfall verloren? Ja, das gab es. Menschen finden den Tod, jedermann stirbt einmal. Wenn man die Tränen wegwischte, ging es in Bobbies Fall um ein einfaches bürokratisches Hemmnis.

»Wissen Sie, Miss Roberts«, sagte er, »nach dem zu urteilen, was Sie mir erzählt haben, scheint mir kein Grund zu übermäßiger Sorge zu bestehen. Das Büro des Coroners ist verpflichtet ...«

Sie unterbrach ihn. »Mister Keeney, könnten Sie mir nicht helfen? Dreitausendfünfhundert Dollar mögen Ihnen nicht als eine große Summe erscheinen, aber für jemand mit einem Lehrerinnengehalt und einer Tochter, die großzuziehen war, bedeutet es eine Menge Geld.«

Soll ich wirklich hier im Gemeindesaal die Bitte dieser netten Lady abschlagen? dachte Steve. Außerdem habe ich noch vier bis fünf Stunden zu arbeiten.

»Ich möchte Ihnen folgendes sagen«, erwiderte er und zog eine Visitenkarte aus der Tasche. »Wenn Sie bei mir im Büro vorbeikommen, werde ich sehen, was ich für Sie tun kann. Manchmal bewirkt allein schon der Briefkopf eines Rechtsanwalts, daß eine Sache schneller erledigt wird. Bis dahin versuchen Sie bitte, sich zu beruhigen.«

Bobbie dankte ihm mit einem kurzen Händedruck. Dann mischte sie sich wieder unter die Menge. Keeney hegte die vage Hoffnung, daß Bobbie die ganze Sache vergessen würde; denn nicht selten wurden Rechtsanwälte auf Parties oder sogar im Lift von Leuten angesprochen, die angeblich Klienten werden wollten, aber meist nur im Sinn hatten, eine kostenlose Rechtsauskunft zu erlangen. Er schlenderte zurück zu seinen Freunden.

Todesursache noch unklar

Am Montag fuhren Steve Keeney und sein weißhaariger Kollege Pete Lazar aus dem Anwaltsbüro von Barnett & Alagia mit dem Lift ins Erdgeschoß hinunter. Ihr Ziel war der Pendennis-Klub, wo sie zu Mittag essen wollten.

Keeney gehörte nicht zu den eingetragenen Mitgliedern jenes blaublütigen Vereins. Aber die Steaks, die es dort gab – übergossen mit der dunklen, süßsauren Henry-Bain-Soße, die in ganz Kentucky mit dem gleichen Stolz serviert wird wie das unter dem Namen Julep bekannte alkoholische Erfrischungsgetränk –, erfreuten sich in Louisville schon lange eines ausgezeichneten Rufs. Keeney war der Ansicht, daß es nicht schaden könnte, in diesem Klub zu speisen.

Als sich die Türen des Lifts öffneten, stürmte er im üblichen Tempo, das er stets zur Mittagszeit vorlegte, durch die Eingangshalle.

»Nicht so hastig!« rief Lazar, als er losspurtete, um ihn einzuholen. »Wir sind nicht in New York.«

»Das ist eine schlechte Angewohnheit, die noch aus meiner Studienzeit in Neuengland stammt«, erwiderte Keeney, einen Blick über die Schulter werfend. »Doch abgesehen davon lohnt es sich schon, sich ein wenig zu beeilen, wenn man einen guten Tisch haben will.« Er huschte durch die Doppeltür und rannte beinahe eine Frau um, die unmittelbar vor dem Eingang stand.

»Verzeihen Sie, Madam«, sagte Keeney, als er kurz stehenblieb. »Oh, ich habe Sie gar nicht gesehen.« – »Hallo, Mr. Keeney. Ich bin gerade gekommen, um Sie zu besuchen.« Sie blinzelte, als sie im Licht der Julisonne zu ihm aufblickte. Es dauerte einen Moment, ehe Keeney Bobbie Roberts erkannte, obwohl sie erst gestern in der Kirche miteinander gesprochen hatten. Sie hatte sich heute mit besonderer Sorgfalt gekleidet und trug ein Kostüm in hellem Beige. Ihre burgunderfarbene Bluse war mit einer Brosche verschlossen. Man hätte sie für eine Anwältin halten können, die gerade vom Gericht kam, wenn sie nicht so zerstreut dreingeschaut hätte.

»Das ist wirklich eine Überraschung«, rief er mit einem Lächeln und seufzte innerlich, weil er nun nicht so schnell zu seinem Henry-Bain-Steak kam. »Pete, geh schon vor«, sagte er. »Miss Roberts ist geschäftlich hier.« – »Guten Tag, Madam«, entschuldigte sich Lazar mit einem Kopfnicken und überließ es Keeney, sich um die Klientin zu kümmern.

Bobbie Roberts mochte sich an diesem Tag zwar wie eine Anwältin gekleidet haben, aber als sie den Lift verließ und die Eingangshalle der Firma Barnett & Alagia betrat, ein Foyer mit Skylights, in dem ein riesiger Orientteppich lag, machte sie auf Keeney den Eindruck, als ob sich in ihrem Kopf alles drehen und sie ihr eigentliches Anliegen vergessen würde. Bobbie blickte sich in den vornehmen Korridoren verwirrt um und nahm erst nach einigem Zögern in Keeneys Büro Platz. Es handelte sich um eine L-förmige Suite mit gepolsterten Ledersesseln. Die Mahagonitür erzeugte beim Schließen über der Schwelle ein ziehendes Geräusch. Aus den beiden großen Fenstern hatte man einen herrlichen Blick auf die Skyline der Stadt.

Als Keeney sah, wie Bobbie Roberts in ihrem Sessel hin und her rutschte, mußte er zugeben, daß die Situation etwas absurd war. Barnett & Alagia war eine angesehene Anwaltsfirma, deren Mitarbeiter auf dem Gebiet von Hotelpartnerschaften, Kreditvermittlungen und dreiseitigen Fusionen von Gesellschaften nach Bankrotten geschult waren. Die Mitglieder von B & A betrachteten sich nicht einmal gern als Kentucky-Anwälte. Die im Jahre 1974 gegründete Firma hatte sich rasch über das ganze Land ausgedehnt. Alle paar Monate wurde ein neues Büro eröffnet: in Washington, D.C., in Atlanta, in Nashville, in Palm Beach, ja sogar in Bangkok. Die Namensliste ihrer Teilhaber wurde immer länger; sie umfaßte ehemalige US-Senatoren, einen UN-Botschafter und selbst den Präsidenten der Amerikanischen Anwaltsvereinigung, den in Louisville ansässigen Stan Chauvin. Bereits 1987 vertraten die hundertvierzig Anwälte von B & A einen Kundenstamm, der vom Staat Israel bis zum Scheich von Oman reichte.

Der junge Emporkömmling Barnett & Alagia betrachtete sich selbst als ein Teil der New Yorker Skyline, die auf eine kleine Stadt projiziert war.

Was nun Bobbie anbelangte, so benötigte sie nicht irgendwelche Beziehungen zum Weißen Haus oder etwa das firmeneigene Privatflugzeug, sie wollte lediglich einige banale Fragen stellen. Keeney hatte ihr seine Hilfe angeboten, und dieses Versprechen wollte er auch halten.

»Schon gut, Miss Roberts.« Er ergriff seine Styroportasse und trank einige Schlucke warmen Kaffees. »Wenn ich mich richtig entsinne, waren Sie daran interessiert, die verauslagten Kosten für die Beerdigung Ihrer Tochter ersetzt zu bekommen. Ist es so?« Bobbie nickte.

Binnen weniger Minuten notierte Keeney, was er wissen mußte: Namen, Adressen, Deanas Geburtsdatum und den Namen von Deanas Mann – Jay Wild.

»Ich denke, daß diese Angaben reichen«, sagte Keeney und warf einen verstohlenen Blick auf seine Tischuhr.

»Wie wollen wir weiter verfahren?« fragte Bobbie. Keeney verstand, was sie meinte.

»Es ist nicht nötig, einen Vertrag zu unterschreiben oder einen Vorschuß zu zahlen, Miss Roberts. Das geht zu Lasten der Firma.«

Bobbie dankte ihm mit einem Lächeln, blieb aber sitzen. »Sie müssen wissen«, hob sie wieder an, »ich mache mir langsam Sorgen. Müßte die Polizei den Fall inzwischen nicht abgeschlossen haben?«

»Ehrlich gesagt, Miss Roberts, ich sehe für Sie keinen Grund, sich zu beunruhigen. Daß sich die Sache etwas hinzieht, scheint ganz normal zu sein – für eine staatliche Behörde«, fügte Keeney schnell hinzu. »Wissen Sie, wie viele Mittagessen erforderlich sind, damit ein Vorstandsmitglied erreicht, daß die Erteilung einer Genehmigung für die Errichtung eines Einkaufszentrums auch nur erwogen wird? Sie haben es mit einer wichtigen Behörde des kalifornischen Gesetzesvollzugs zu tun, in der jedermann sehr beschäftigt ist und über zu wenig Zeit verfügt, um die Aufgaben zu erledigen. Ich nehme sogar an, daß die Hälfte der Schriftstücke, die abgelegt werden sollten, nie zu den Akten kommen. Die Sache ist also nicht alarmierend.«

»Ich verstehe das, Mr. Keeney. Aber jenes Ehepaar in San Diego, Mr. und Mrs. McGinnis – jene Leute, die dabei waren, als Deana abstürzte und bei denen sich Deana auch aufhielt, als ihr Mann, Jay, auf See war – haben mir bisher nichts von den Habseligkeiten meiner Tochter zurückgeschickt. Sie haben mich tatsächlich nur einmal angerufen, und zwar gleich am Tag nach Deanas Tod. Nur ein einziges Mal.« Sie schüttelte mißbilligend ihren Kopf »Etwas stimmt doch da nicht?«

Das schien eine seltsame Frage zu sein, die ganz unerwartet gestellt wurde. Aber so war Bobbie Roberts. Sie hatte nicht angerufen, um sich einen Termin geben zu lassen, und hatte auch keine schriftlichen Unterlagen mitgebracht. Keeney warf einen zweiten Blick auf die Uhr. Er stellte sich vor, daß im Pendennis-Klub gerade das letzte der Steaks serviert und verzehrt wurde. Nun war es ihm egal, wie lange sein Gespräch mit Bobbie an diesem Tage auch dauern würde. Er mußte daran denken, daß Menschen, die etwas Schlimmes hinter sich haben, oft einen Sündenbock suchen. Die Polizei aber hatte sich in den vergangenen Monaten nicht ein einziges Mal veranlaßt gefühlt, Bobbies Angelegenheit mit ihrer Hilfe weiter zu verfolgen. Das schien genug zu sagen.

»Glauben Sie nicht, daß ich Sie einem Kreuzverhör unterziehe, doch haben *Sie* versucht, mit diesen Leuten Verbindung aufzunehmen und um die Rückgabe von Deanas Sachen zu bitten?«

»Ich habe wirklich nicht mit ihnen sprechen wollen«, erwiderte Bobbie in entschuldigendem Ton. »Aber sie hätten mich anrufen können und mir sagen *müssen*, daß meine Tochter tot war.«

»Nun, Miss Roberts, wenn Sie Wert auf meinen Rat legen, dann sollten Sie sich nicht unnötig aufregen. Ich bin sicher, daß die McGinnis' selbst ganz durcheinander waren. Sie fühlten sich vielleicht sogar mitverantwortlich für das, was geschah. Ich werde alles tun, was ich vermag, damit Sie das Geld von Ihrer Versicherung erhalten. Aber vielleicht besteht der größte Gefallen, den ich Ihnen erweisen kann, darin, dafür zu sorgen, das die ganze Sache nicht länger so schwer auf Ihnen lastet.«

»Ich denke schon, es wird eine Hilfe sein, wenn Sie sich des Falls annehmen.« Bobbie lächelte noch einmal flüchtig, bevor sie ging.

Sobald sich die Messingtüren des Lifts hinter ihr geschlossen hatten, bestellte Keeney telefonisch ein Taxi. Es war noch Zeit, Lazar im Pendennis-Klub anzutreffen. Am Nachmittag würde er sich dann in einer ruhigen Stunde kurz mit Bobbies Fall befassen und zwei oder drei Briefe diktieren.

Die für die Mann High School in Louisville zuständige AmEx-Versicherungsgesellschaft bestätigte Bobbie Roberts' Bericht. Ehe die AmEx jedoch damit beginnen konnte, die Versicherungssache zu bearbeiten, benötigte sie eine Kopie des kalifornischen Totenscheins; denn in der Bescheinigung, die ihr derzeit vorlag, war vermerkt, daß Deanas Todesursache ›noch unklar‹ war. Das könnte man von einer Katze sagen, die ein zähes Leben hat, dachte Keeney, aber Deana war ein Mensch, der schon seit Monaten in der Erde ruhte.

»Sarah«, rief Keeney seine Sekretärin über die Sprechanlage, »könnten Sie mich bitte mit dem Büro des Coroners in Monterey, Kalifornien, verbinden?«

Sarah West, eine 1 Meter 49 kleine, robuste Person, die die unerschütterliche Ruhe und unbestechliche Loyalität der Bewohner des Mittelwestens verkörperte und es mittels einer toupierten Hochfrisur auf eine Körperlänge von 1 Meter 62 brachte, hatte Keeney von seinem kleinen Büro des einfachen Mitarbeiters von B & A bis zur Teilhabersuite begleitet. Wie viele talentierte Sekretärinnen war sie der unsichtbare Motor, der alles in Gang hielt. Keeney nannte sie das ›Gehirn‹.

Sie rief das Büro des Coroners an und stellte das Gespräch durch. Sergeant Glen Brown war am Apparat, und Keeney erklärte ihm, worum es ging.

»Oh, gewiß, ich kenne den Fall«, sagte Brown. »Aber ich kann eine nicht abgeschlossene Sache schlecht mit jedem Anwalt diskutieren, der gerade anruft.«

Das war mehr oder weniger die Antwort, die Keeney erwartet hatte.

»Ich bin mir darüber im klaren, daß, rein technisch gesehen, die Geschichte noch nicht ad acta gelegt ist. Aber handelt es sich nicht einfach darum, einen korrigierten Totenschein, auf dem die tatsächliche Todesursache – Sturz von einer Klippe, verbunden mit Herzversagen – angegeben ist, zu den Akten zu geben? Zum Teufel, ich weiß nicht, woran ich mal sterben werde, aber diese Lady benötigt ihr Versicherungsgeld.«

»Das ist nicht ganz so einfach, wie Sie sich das denken«, sagte Brown.

»Haben Sie die Sache untersucht?«

»Gewiß.«

»Und?«

»Ein Stellvertreter des Coroners fand heraus, daß der Tod als Folge eines verhängnisvollen Sturzes von einer Klippe eintrat.«

»Sollte man nun nicht einen Schlußstrich unter die ganze Affäre ziehen?«

»Mein Herr, soweit mich die Sache betrifft, ist der Fall noch nicht abgeschlossen. Sie können die Prozedur als rein formal bezeichnen – Sie sind der Anwalt. Einstweilen senden Sie mir bitte ein Schreiben und einen Scheck über fünfundsiebzig Dollar. Ich werde Ihnen dann den Totenschein und eine Kopie unseres Berichts zukommen lassen.«

Keeney legte den Hörer auf. So weit, so gut, dachte er. Brown hat als Cop einfach instinktiv abwehrend reagiert; es paßte ihm nicht, daß ein Rechtsanwalt sich in seine Angelegenheiten einmischte. Außerdem konnte der Fall aus allen möglichen Gründen nicht abgeschlossen sein: ein Vermerk war spät zu den Akten gekommen, oder es fehlte eine Unterschrift. Der endgültige Totenschein konnte auch im Schreibtisch irgendeines Polizeisergeanten zwischen einem Sandwich und der Sonntagszeitung liegen.

Er diktierte ein kurzes Schreiben an Sergeant Brown und wandte sich wieder einem Fall zu, der ihn schon seit Wochen beschäftigte: dem Konkurs eines Eisenbahnunternehmens. Es handelte sich um einen Rechtsstreit, mit dem zwei Teilhaber und ein Dutzend von Mitarbeitern monatelang vollauf zu tun hatten.

Was Deana Wild betraf, so würde seines Erachtens ihr Totenschein früher oder später eintreffen, ganz gleich, ob ihr Fall ›noch ungeklärt‹ oder geklärt wäre. Die Versicherungsgesellschaft würde zahlen – darum würde er sich kümmern –, und Bobbie Roberts könnte ihr Leben weiterführen.

Aber als Sarah West das Schreiben tippte, in dem um Zusendung des Totenscheins gebeten wurde, der ein zwanzigjähriges Mädchen betraf, wunderte sie sich. *Ein Brief an den Coroner von Monterey? Was hatte Steven Keeney mit einem Fall wie diesem zu tun?*

Ein Sturz von einer Klippe bleibt ein Sturz von einer Klippe

5. August 1987

Der Sommertag schickte seinen feuchtheißen Atem sogar in die klimatisierten Büros von B & A. Draußen verwandelte die Sonne die Autos in glühende Blechkisten und ließ den Asphalt weich werden. In den Räumen war man den ganzen Tag über schweißgebadet und sehnte den Abend herbei, der Abkühlung bringen sollte.

Von seinem Bürofenster aus betrachtete Keeney die zerklüftete Stadtlandschaft von Louisville, die in der Hitze des Nachmittags flimmerte. Seine Augen wanderten von den roten Ziegelgebäuden der Fabriken im Westen der Stadt über den silbernen und schwarzen Turm der First National Bank bis hin zum grünen Horizont. Eine Stadt im Aufbruch, dachte er. Während der vergangenen sieben Jahre hatte er dabei geholfen, einige der Pakete zu schnüren, die die Skyline der Stadt möglich machten, einschließlich des neuen, von J. M. Pei inspirierten Kunstcenters unterhalb seines Fensters. Das war seine Domäne, und gleichsam wie ein Gärtner nahm er mit Befriedigung wahr, wie der Bau stetig wuchs.

Ein Anruf von Sergeant Glen Brown unterbrach seine Gedanken, in die er sich vertieft hatte.

»Haben Sie eine Minute Zeit, Mr. Keeney?« Browns Stimme ertönte knatternd aus einer Sprechanlage.

»Gewiß, Sergeant.« Keeney kehrte zu seinem Schreibtisch zurück und schnitt die Spitze einer Zigarre ab. »Wie geht die Sache mit dem Totenschein voran? Ist der Fall immer noch ungeklärt?«

»Ich fürchte, ja. Aber ich dachte, es würde Sie interessieren, daß mich Ihre Versicherungsgesellschaft – die State Farm – angerufen hat.«

»Habe ich richtig gehört?« fragte Keeney. »Sind Sie sicher, daß Sie nicht von der AmEx, der Kentucky-Gruppe, reden?

Sie ist die Versicherungsgesellschaft meiner Mandantin, und nicht die State Farm.«

»Keineswegs. Ein Bursche namens Mike Hatch von der State Farm – einer der Obermimer dort – hat mich gestern angerufen, der Chef der für Ansprüche aus Lebensversicherungen zuständigen Abteilung. Hatch sagte, es existiere eine auf Deanas Namen ausgestellte Versicherungspolice mit einem Wert von fünfunddreißigtausend Dollar, und der primär Begünstigte sei James Coates, Deanas Verlobter in spe – was immer das auch sein mag.«

»Sie können mir nicht weismachen, daß das Kind eine Bigamistin war«, erwiderte Keeney lachend. »Deana war bereits verheiratet. Wenn sie vorgehabt hätte, sich scheiden zu lassen und erneut zu heiraten, hätte meine Klientin das gewußt.«

»Aber Hatch von der State Farm sagte, das Mädchen sei bei einer Agentur vorbeigekommen und habe einen Antrag auf eine Lebensversicherung ausgefüllt. Sobald der Antrag genehmigt war, sei Virginia McGinnis erschienen und habe die Police bezahlt – einen Tag, bevor das Mädchen starb.«

»Entschuldigen Sie bitte, Sergeant.« Keeney richtete sich in seinem Sessel am Schreibtisch auf und griff nach einem Kugelschreiber. »Vielleicht bin ich hier ein wenig hinter dem Mond. Sagten Sie, *einen Tag, bevor sie starb*?«

»Ich kann Ihnen versichern, daß wir ebenso überrascht waren wie Sie. Die McGinnis' wurden direkt am Unfallort befragt, ob sie etwas von irgendwelchen Testamenten oder Versicherungspolicen wüßten, die Deana betrafen. Sie antworteten: Absolut nein – keineswegs!«

»Warten Sie. Die McGinnis' waren die einzigen, die beim Unfall dabei waren. Und sie bezahlten auch die Versicherung für Deana?«

»So ist es. Von Mike Hatch wissen wir, daß Virginia McGinnis eine Versicherungsagentur in Chula Vista aufsuchte. Sie bezahlte am 1. April für die Police. Am nächsten Tag war Deana tot. Klingt das nicht gar zu gut?«

»Sergeant«, erwiderte Keeney, während er ein paar Notizen auf seinen Schreibblock kritzelte, »das geschah vor Monaten. Sicherlich hat die State Farm inzwischen die Sache überprüft.«

»Es ist schwer zu sagen. Ihre Ermittler riefen uns am nächsten Tag an. Ich nahm an, sie wollten auch mit Ihnen sprechen. Aus diesem Grund habe ich angerufen.«

»Hat irgendwer Bobbie Roberts etwas davon mitgeteilt?« fragte Keeney.

»Nicht daß ich wüßte«, erwiderte Brown.

Eine halbe Stunde später lehnte sich Keeney im Sessel zurück und überflog seine Notizen. Die Polizei hatte anscheinend nur eine Handvoll Fakten zusammengetragen, und Brown hatte betont: »Sofern es sich um ein Verbrechen handelt, beruht bisher alles auf Spekulation und bloßem Verdacht.« Keeney starrte hinaus auf den Korridor, auf dem es wegen der nachmittäglichen Flaute still war. Er überdachte die Einzelheiten und prüfte sie wie eine gute Zigarre. Unfälle kommen vor, sogar absonderliche, sagte er sich. Welcher erfahrene Anwalt ist nicht schon damit konfrontiert worden? Und nichts auf dieser Welt kann jemanden daran hindern, eine Versicherung im richtigen Moment abzuschließen, und sei es am 1. April, wo man oft und gern andere zum Narren hält.

Außerdem ist all das überhaupt nicht mein Bier, dachte Keeney und legte den gelben Notizblock beiseite. Meine Aufgabe besteht darin, dafür zu sorgen, daß die Versicherung Bobbies Begräbniskosten erstattet. Basta! Sollte sich herausstellen, daß hier wirklich etwas nicht stimmt, wird Deanas Fall dort landen, wo er hingehört, nämlich beim Staatsanwalt von Monterey und nicht bei Barnett & Alagia.

Am frühen Abend desselben Tages saß Keeney immer noch an seinem Schreibtisch und nippte an einer Tasse Kaffee. In verschiedenen Ecken seines Zimmers stapelten sich Schriftstücke sowie Zeitungsausschnitte, Xerokopien, Notizen und mit Eselsohren versehene Exemplare von Bundesgesetzen über Konkurse und Vermögenssteuern.

Den Rest des Tages hatte er damit verbracht, die Vorschriften über Eisenbahnen durchzuarbeiten, schließlich hatte er den nötigen Überblick über die technischen Einzelheiten gewonnen.

Er schaute auf seine Armbanduhr. Es war bereits 18 Uhr 45. In dieser Woche hatte er sich um seinen Sohn Christian zu kümmern. Er hatte sich vorgenommen, das Büro jeden Abend um neunzehn Uhr zu verlassen; die Hausangestellte durfte früh nach Hause gehen. Die Zeit mit Christian, der jetzt fünf Jahre alt war, verging immer wie im Fluge. Er übte mit ihm Ballabschlagen, spielte mit ihm das Spiel ›Rutschen und Leitern‹ und las ihm Abenteuergeschichten über Tom Swift vor. Wenn der Junge danach zu seiner Mutter zurückkehrte, verödete das große Haus in Castlewood.

Aber während der letzten Stunden waren ihm die Einzelheiten, die er durch Sergeant Browns Telefonanruf erfahren hatte, nicht aus dem Kopf gegangen und hatten ihn bei der Arbeit gestört. Keeney befand sich daher in einer verdrießlichen Stimmung. Er war es gewohnt, zielstrebig zu handeln, etwas schon beim ersten Mal richtig anzupacken und nie zurückzublicken. Das Überdenken von Problemen hielt er für eine Zeitverschwendung. Aber die unbeantworteten Fragen in Deanas Fall waren wie lose Fäden in einem Pullover. Zog man an einem von ihnen, ließ er sich entweder herausziehen oder das Ganze räufelte sich auf. Das durfte jedoch nicht geschehen. Er ging kurz in die Küche der Firma hinunter und ließ sich die ganze Geschichte dort noch einmal durch den Kopf gehen, bevor er sich auf den Weg nach Hause machte.

Der Abend brach in Louisville bereits an, aber etliche Mitarbeiter von B & A hockten weiter in der Bibliothek, und manche Teilhaber der Firma hingen am Telefon. Das waren jene ruhigen Stunden, die Zeit, in der Klienten und Sekretärinnen nach Hause gegangen waren und die Korridore sich geleert hatten.

Was war schon dabei, daß ein Mitglied seiner Kirche einer

Versicherungssumme wegen von einer Klippe gestoßen wurde? Die Bevölkerung der USA zählte mehr als zweihundertfünfzig Millionen Menschen, und davon begingen jährlich bis zu fünfundzwanzigtausend einen Mord. Dies war sicher eine sehr grobe Schätzung und entspräche einem Verhältnis von 10 000 : 1.

Zudem bot die Summe von fünfunddreißigtausend Dollar zu wenig Anreiz. Weshalb hatte man nicht wenigstens einen kräftigen Reibach in Höhe von einigen hunderttausend Dollar gemacht, um dann über die Grenze nach Mexiko zu entwischen? Und wer wäre so vermessen, jemanden einen Tag nach Abschluß einer Versicherung von einer Klippe zu stoßen? Das war lachhaft. Nein, die Annahme, es liege ein geplanter Mord vor, war allzu vage, selbst wenn die McGinnis' den Cops nichts von der Versicherung erzählt hatten. Vielleicht hatten sie es in jenem schrecklichen Moment einfach vergessen …

Als Keeney das Büro verließ, warf er einen letzten Blick auf die Stadt, die gerade im Begriff war, sich wie üblich nachts zu verwandeln. Die Straßenbeleuchtung und die Lampen auf den Türmen der Stadt gingen an. Die weißen und roten Lichter der Autos vereinten sich zu Strömen, die sich entlang der Avenuen bewegten, und die erleuchteten Büros in den nahe gelegenen Wolkenkratzern bildeten Mondrianische Streifen und Vierecke vor dem Hintergrund eines orangefarbenen bis leuchtend roten Sonnenuntergangs.

»Gute Nacht, Pete«, sagte er, als er an Lazars Büro vorbeiging. Lazar telefonierte gerade, erwiderte aber den Gruß.

Es war inzwischen 19 Uhr 30, als Keeney seinen Wagen in die Zufahrt zu seinem Haus lenkte. Christian kam mit dem Joystick seines Nintendo-Videospiels in der Hand zur Tür gerannt, um ihn zu begrüßen.

Die Küchenarbeit half Keeney, seine Gedanken zu ordnen. Er kochte gern. Dabei führte er Selbstgespräche über seine Fälle, während Christian im Wohnzimmer mit Videokriegern kämpfte. Als das Abendessen beendet, das Geschirr gewaschen und Christian zu Bett gebracht war, stieg Keeney die Treppe hinauf in sein Studierzimmer, um dort zu arbeiten. Das war er so gewohnt.

Als er in dieser Nacht inmitten der Bücherregale aus Walnußholz dort saß, kam ihm unwillkürlich wieder Deana in den Sinn. Er wollte eigentlich über seine zahlenden Klienten nachdenken, aber Sergeant Browns Worte lenkten ihn weiterhin ab. Sie glichen den Noten einer lästigen, unschönen Melodie, die im Hintergrund gespielt wurde. Was war ein ›Bräutigam in spe‹? Entweder war man verlobt oder man war es nicht. Das erinnerte Keeney an die Geschichte von einem Mädchen, das nur ein bißchen schwanger ist. Wie gründlich überprüfte die State Farm die Dinge? Und seit wann konnte man überhaupt eine solche Lebensversicherung auf der Basis einer so oberflächlichen Beziehung abschließen?

Das erforderte ein weiteres Telefonat.

Selbstverständlich mußte er den maßgeblichen Leuten in der State Farm einen verdammt triftigen Grund nennen, damit sie die Fakten preisgaben, die sie vielleicht herausgefunden hatten. Keeney hatte bei Barnett & Alagia zahlreiche Versicherungsgesellschaften vertreten und wußte, daß ein Gespräch mit Mike Hatch rasch ein bürokratischer Tanz werden konnte. Hatch verfügte ohne Zweifel über einen immensen Einfluß und war für die Vermeidung von Situationen verantwortlich, die für die State Farm unangenehm werden konnten. In dem Moment, wo er das Gefühl hatte, daß seine Versicherungsgesellschaft in einen vertrackten Rechtsstreit verwickelt werden könnte, würde er sofort jeden Informationsaustausch abbrechen.

Die Sache wurde noch dadurch kompliziert, daß Kalifornien zu denjenigen Bundesstaaten der USA zählte, die sich hinsichtlich der Auszahlung von Geldern aus Lebensversicherungen am unnachgiebigsten verhielten. In den letzten Jahren hatten die dortigen Gerichte einen Rechtsanspruch formuliert, der unter dem Namen ›ungerechtfertigte Vorenthaltung‹ von Ansprüchen aus Lebensversicherungen bekannt war, und einige der Musterurteile, die zu einer Änderung der Rechtsprechung führten, waren direkt in San Diego gefällt worden. Skrupellose Versicherer hatten anscheinend die Auszahlung von Geldern, auf die jedoch ein berechtigter Anspruch bestand, hinausgezögert und monatelang die Extrazinsen eingeheimst. Im Einzelfall handelte es sich nicht um beträchtliche Geldsummen, aber alle zusammen ergaben einen Betrag in Millionenhöhe. Die kalifornischen Richter und Geschworenen schlugen hart zu. In einem Fall verurteilten sie eine Versicherungsgesellschaft, die die Auszahlung von fünfundvierzigtausend Dollar Sterbegeld verweigert hatte, zu einer Strafe in Höhe von fünf Millionen Dollar.

Und die State Farm, die Großmutter der Versicherungsgesellschaften, war die typische ›tiefe Tasche‹. Da sich ihre Einnahmen auf siebzehn Milliarden Dollar beliefen – eine Summe, die dem Bruttosozialprodukt vieler kleiner Länder gleichkam –, konnte sie es durchaus vorziehen, die mageren fünfunddreißigtausend Dollar entsprechend der Versicherungspolice von Deana auszuzahlen, anstatt den Fall vor einem kalifornischen Gericht durchzufechten. Das geschähe dann aus durchaus vernünftigen ökonomischen Erwägungen.

Allerdings hatte Hatch selbst die Polizei erst vier Monate nach Deanas Tod angerufen. Keeney vermutete, daß Hatch nicht in großer Eile sein konnte, den Fall endlich abzuschließen. Ihm könnte vielleicht sogar ein neuer Grund zupasse kommen, der die Auszahlung verzögerte. So oder so lohnte sich ein Versuch, mit Hatch zu sprechen.

Aufgrund des Zeitunterschieds von einer Stunde zwischen Louisville und dem Hauptsitz der State-Farm-Versicherung in Normal, Illinois, hoffte Keeney, den Mann noch in seinem Büro zu erreichen. Als er die Telefonnummer wählte, dachte sich Keeney ein Argument bezüglich Bobbie Roberts aus.

Mike Hatch war wie durch ein Wunder noch an seinem Arbeitsplatz und nahm den Anruf auf seinem eigenen Apparat entgegen. Hatch entsann sich sofort des Falls – beinahe zu schnell für einen Mann in seiner Position, dachte Keeney.

»Was ich fragen möchte, hört sich ein bißchen abstrus an, Mr. Hatch«, sagte Keeney zu Beginn des Telefongesprächs. »Ihre Gesellschaft hat eine Lebensversicherung auf diese Deana abgeschlossen, und am nächsten Tag war sie tot. Das und die Tatsache, daß Sie den Fall immer noch untersuchen, ist das einzige, was ich weiß.«

»Ich möchte Ihnen gern helfen, Mr. Keeney, aber mit der Detektivarbeit befassen sich nun mal die Leute der SRU, unserer zentralen Auskunftsstelle.«

Hatchs Worte hörten sich gelassen an, aber sein Akzent täuschte darüber hinweg, daß der Mann in Wirklichkeit unnachgiebig war. Keeney spürte jedoch, daß sich Hatch im Moment in einer leutseligen Stimmung befand.

»Eine ziemlich offene Antwort«, erwiderte Keeney. »Aber vielleicht können wir einander etwas Arbeit ersparen und von Zeit zu Zeit ein paar Fakten austauschen. Sie sehen, meine Mandantin kann einen Anspruch auf dieses Geld haben.«

Keeney legte seine Auffassung von dem Fall dar: Wenn Deana zum Zeitpunkt ihres Todes noch verheiratet war, konnte sie rein juristisch nicht mit James Coates verlobt sein. Die State Farm müßte jedoch irgend jemandem das Geld auszahlen. Schließlich war es Deanas Versicherungspolice, die ausgestellt und bezahlt worden war. Dieser Jemand war wahrscheinlich Deanas Gatte, Jay Wild. Indes was wäre, wenn Jay stürbe, bevor der Fall geklärt wäre, oder wenn er das Geld ablehnte oder anderweitig als nicht zum Empfang der Summe berechtigt angesehen würde? Dann könnte Bobbie Roberts Anspruch darauf haben, entsprechend den kalifornischen Treuhand- und Vermögensgesetzen das Geld zu erhalten.

»Im Augenblick zerbreche ich mir wirklich nicht den Kopf darüber, wem was zusteht«, sagte Hatch und schien nur wenig interessiert. »Der Fall wird noch von unseren Fahndern untersucht. Wir können eventuell sogar die Gültigkeit des Vertrages überhaupt leugnen, falls das Mädchen auf dem Antrag unwahre Angaben über ihren Gesundheitszustand gemacht hat. Aber wenn es Sie tröstet, kann ich Ihnen verraten, daß die State Farm gegenwärtig nicht im Begriff ist, irgendwem auch nur einen Nickel zu zahlen.«

»Ich gehe davon aus, daß das im Augenblick eine gute Nachricht ist.« Keeney kämpfte sich mühsam voran. »Inzwischen können Sie mir vielleicht sagen, *wieso* Sie den Fall immer noch prüfen.«

»Gut, da Sie eine potentielle Anspruchsberechtigte vertreten, kann ich Ihnen etwas Wesentliches mitteilen«, erwiderte Hatch vorsichtig. »Nachdem Virginia McGinnis versuchte, das Geld für James Coates zu bekommen, befragten wir alle Nutznießer. Wir erfuhren von allen mehr oder weniger die gleiche Geschichte, die sie dem Sheriff erzählt hatten.«

»Vielleicht kapiere ich hier etwas nicht«, erwiderte Keeney. »Aber warum können Sie sich immer noch nicht zur Auszahlung der Summe entschließen, wenn Ihnen doch alle das gleiche gesagt haben?«

Hatch schwieg einen Augenblick. Keeney stellte sich vor, daß der Mann, umgeben von versicherungsstatistischen Tabellen, in seinem Büro saß und über das Risiko nachdachte, einige wenige Fakten zu verraten.

»Mister Keeney«, sagte er schließlich. »Ich kann Ihnen mitteilen, daß Billie Joe McGinnis am selben Tag wie Deana in der Versicherungsagentur erschien und ebenfalls einen Antrag ausfüllte.«

»Ja, und?«

»Tatsache ist, daß Billie Joe niemals eine Chance hatte, versichert zu werden.«

»Warum nicht?« fragte Keeney.

»Aus medizinischen Gründen. Er hat eine sehr schlechte Gesundheit. Und James Coates, der erste Begünstigte, ist Virginia McGinnis' Sohn. Virginia und B. J. waren als die nachgeordneten Begünstigten angegeben.«

»Mister Hatch, die ganze Sache kommt mir sehr merkwürdig vor. Hat irgendwer Coates überprüft? Er ist der erste, der Anspruch auf das Geld hätte.«

»Gewiß doch. Er hat ein hieb- und stichfestes Alibi. Coates

befand sich zum Zeitpunkt des Todes von Deana im Gefängnis, weil er gegen die Bestimmungen für die Gewährung von Hafturlaub verstoßen hatte.«

»Der erste Begünstigte saß hinter Gittern?« Keeney stieß die Worte etwas atemlos hervor.

»Ja, das stimmt. Natürlich hat das nicht viel zu sagen. Aber wenn Sie mir einen Dienst erweisen wollen, wäre ich Ihnen dankbar, wenn Sie uns ein Foto von Deana schickten. Dadurch könnten Sie uns helfen, die Möglichkeit einer Vertauschung der Leiche auszuschließen.«

»Eine Vertauschung der Leiche?« fragte Keeney ungläubig. »Entschuldigen Sie, Mister Hatch, aber das letzte Mal war es beim Pferderennen, als mir eine riskante Wette angeboten wurde. Ich ging sie ein und verlor, und ich möchte den gleichen Fehler nicht zweimal begehen.«

»Ich bedaure, Mister Keeney«, erwiderte Hatch und signalisierte damit das Ende des Telefongesprächs. »Es tut mir leid, daß Ihre Mandantin nichts von Coates, von der Versicherung und dem ganzen Drum und Dran gewußt hat. Sicherlich sind die Fakten beunruhigend, und ich weiß, was Sie denken, nämlich, daß die McGinnis' Deana von der Klippe gestoßen haben könnten. Aber Sie müssen bedenken, daß das Mädchen selbst in die Agentur kam und den Antrag eigenhändig unterschrieb. Niemand hielt ihr eine Pistole an den Kopf. Obendrein hat das Büro des Sheriffs die Sache untersucht und den Tod als einen Unfall eingestuft. Das Beste, was Sie tun können, ist, etwas von vornherein zu begreifen: Ein Sturz von einer Klippe bleibt ein Sturz von einer Klippe, und es ist sehr schwierig, etwas anderes zu beweisen.«

Keeney benötigte einen Augenblick, um diese Bemerkung zu verdauen. Dann erwiderte er: »Gewiß, Mister Hatch. Aber ich möchte gern eine Kopie von Deanas Police sehen. Und bevor wir mehr wissen, haben Sie etwas dagegen einzuwenden, daß ich Ihnen eine schriftliche Notiz über Bobbie Roberts zusende?«

»Sie würden uns damit einen Gefallen tun.«

Keeney dankte Hatch und ging hinunter in seine Küche,

um eine weitere Tasse Kaffee zu trinken. *Ein Sturz von einer Klippe bleibt ein Sturz von einer Klippe.* Hatch schien dem Inspektor im Film ›Double Indemnity‹, der die Ansprüche von Versicherten untersuchte, sehr ähnlich; diesem setzte jedesmal ›ein kleiner Mann‹ in seinem Innern zu, wenn ein verdächtiger Fall auf seinem Schreibtisch landete. Hatch hatte sich so angehört, als ob er eine Entschuldigung vorbrachte. Sie hatten es trotzdem geschafft, sich gegenseitig auf halbem Wege entgegenzukommen. Keeney hatte Hatch einen berechtigten Grund geliefert, die Auszahlung der Versicherungssumme an die McGinnis' zu stoppen. Hatch wiederum hatte ihm einige beunruhigende und wahrscheinlich vertrauliche Fakten mitgeteilt – ohne im mindesten die State Farm zu kompromittieren.

Als nächstes war es erforderlich, ein langes Gespräch mit Bobbie Roberts zu führen und ihren Versicherungsanspruch anzumelden – unter der Voraussetzung, daß sie weitere Schritte unternehmen wollte.

Er brachte Christian zu Bett und saß dann den Rest des Abends am Computer, um etwas für seine zahlenden Kunden zu tun.

Am nächsten Abend ließ Keeney Christian in der Obhut der Hausangestellten und fuhr durch die immer größer werdenden Randbezirke von Louisville zu Bobbie Roberts' Haus in der City von Fincastle – einer ›City‹, in der es keine Geschäfte, kein Postamt, keine Schulen, keine öffentlichen Verkehrsmittel und keine Tankstelle gab, sondern nur ein paar hundert Häuser, die wie ein mittelalterliches Dorf von einer knapp zweieinhalb Meter hohen Ziegelmauer umgeben waren.

Als er die Schnellstraße entlangfuhr, überlegte Keeney, womit er sein Gespräch beginnen sollte. Eine Versicherungspolice hatte an und für sich genausowenig Bedeutung wie die Sache mit dem ›Verlobten in spe‹, oder sogar die Tatsache, daß Coates im Knast war. Aber er hatte immer noch die Pflicht, seiner Klientin die Fakten mitzuteilen.

Er versuchte sich vorzustellen, wie sein Großvater sich in dieser Situation verhalten hätte.

Zwei Generationen von Presbyterianern in Indiana und Kentucky hatten Reverent Arthur Hail Keeney als einen hervorragenden Redner und Geistlichen angesehen. Wenn nötig, bestieg Reverend Keeney die Kanzel mit einer Handvoll Pfefferminzbonbons in der Tasche und lud die Kinder der Kirchengemeinde dazu ein, auf den Stufen der Kanzel Platz zu nehmen. Wenn die jüngeren anfingen, unruhig zu werden, lehnte er sich über die Kanzel und ließ ein paar Süßigkeiten herabfallen. Die Leute wußten, daß er das richtige Gespür hatte. Sein Enkel aber hatte in dieser Hinsicht nicht viel Übung, da er mehr auf dem Gebiet des Körperschaftsrechts zu Hause war.

Bobbie begrüßte Keeney an der Tür mit einem Gesicht, auf dem sich Hoffnung, Sorge und Leid gleichzeitig spiegelten. Er zwang sich zu einem Lächeln und blickte sich um, als sie die Wohnung betraten. Die kleine Küche, die mit Stuck verzierten Wände, die engen Zimmer – all das vermittelte ein Gefühl der Einsamkeit. Das Wohnzimmer sah tadellos, fast wie geleckt aus, das Spülbecken in der Küche war mit einem Tuch trocken gewischt. Es ist das Heim einer Frau, die sich wacker durchs Leben schlägt, dachte Keeney.

Als er am Eßtisch Bobbie gegenüber Platz genommen hatte, hielt sich Keeney an das Szenario, das er auf der Herfahrt vorbereitet hatte.

»Miss Roberts, ich möchte mit Ihnen darüber sprechen, wie Ihr Anspruch an die Versicherung durchgesetzt werden soll. Soweit es die Erstattung der Begräbniskosten betrifft, scheint alles eine Routineangelegenheit zu sein. Inzwischen bin ich aber auf bestimmte Fakten gestoßen, die Deanas Tod betreffen und überprüft werden sollten.«

»Von welchen Fakten sprechen Sie?« fragte Bobbie Roberts.

Keeney vermied es, eine direkte Antwort zu geben. »Hatte Deana vor, noch einmal zu heiraten?«

»Sie hat so etwas nie erwähnt«, erwiderte Miss Roberts zögernd wie jemand, der glaubte, ihm sei eine Fangfrage gestellt worden. »Als ich sie das letzte Mal sah, sagte sie, Jay und sie seien dabei, ihre Differenzen beizulegen. Was versuchen Sie mir eigentlich mitzuteilen? Ich bin Deanas Mutter, und sollte irgend etwas nicht in Ordnung sein, kann es mir ruhig gesagt werden, egal was es ist.«

»Ich möchte Sie nicht beunruhigen, aber vor kurzem habe ich mit Sergeant Glen Brown aus Monterey telefoniert. Sie hatten recht. Die Polizei erklärt, sie untersuche immer noch Deanas Tod. Niemand weiß, wohin die Nachforschungen schließlich führen werden, aber ...«

»Mister Keeney«, unterbrach ihn Bobbie, »was versuchen Sie mir zu sagen?«

Keeney dachte daran, sich eine Zigarre anzuzünden und Bobbie Roberts um eine Tasse Kaffee zu bitten, nur um Zeit zu gewinnen. Schließlich schleuderte er die Worte auf einmal heraus: »Miss Roberts – Bobbie –, es ist nicht ausgeschlossen, daß Deanas Tod kein Unfall war. Eine andere Versicherungsgesellschaft hat wegen des Todes mit der Polizei Verbindung aufgenommen.«

Bobbie sah ihn verdutzt an. »Eine andere Versicherungsgesellschaft?« wiederholte sie.

Behutsam informierte er sie über die Fakten.

Nachdem er geendet hatte, schien es Keeney, als ob seine Worte von den Wänden widerhallten. Beide saßen eine kleine Weile da, die Stille wurde nur vom Summen des Kühlschranks und dem Surren der Autos unterbrochen, die gelegentlich auf dem Highway vorbeifuhren. Bobbie blickte durch das Fenster in die Dunkelheit hinaus.

»Nein, Deana wollte keinesfalls eine Versicherung abschließen«, sagte sie schließlich. »Und was ich über die hochhackigen Schuhe und alles andere gehört habe, klang niemals plausibel. Aber ich wollte anscheinend glauben, daß es ein Unfall war. Und das, was die Polizei sagte, schien so überzeugend.« Sie wandte sich Keeney zu. »Konnte wirklich jemand so etwas tun?«

Bei diesem Gedanken lief ihnen beiden ein Schauer den Rücken hinab.

»Ich weiß nicht, Bobbie«, sagte Keeney schließlich. »Ich weiß nicht einmal, was das alles zu bedeuten hat.«

»Nun gut, was sollen wir tun?«

»Wie wäre es mit einer Tasse Kaffee?«

Während Bobbie den Wasserkessel füllte, stand Keeney auf und schlenderte ins Wohnzimmer hinüber. Darin befanden sich ein Sofa und ein Sessel mit Blumenmuster sowie ein Paar orientalischer Truhen. Durch zwei verschiebbare Glastüren blickte man auf einen begrünten Hof und einen Parkplatz hinaus. Die eine Wand schmückte ein Ölgemälde, auf dem schlanke Kentucky-Rennpferde zu sehen waren. Ihm gegenüber hingen in Metallrahmen zwei Reproduktionen von Monet und Renoir. Mehr als einmal – so dachte er – hatte Bobbie Schweres durchstehen müssen. Zweimal war sie geschieden worden, und nun hatte sie eines ihrer beiden Kinder verloren. Was sie im Leben erlitten hatte, begann sich in feinen Linien in ihrem Gesicht bemerkbar zu machen, das sonst so vollkommen wie eine Kamee war.

Er griff nach einem gerahmten Foto, das er auf einem Seitentisch inmitten einer Nippessammlung entdeckte. Darauf waren Bobbie und zwei Teenager zu sehen.

»Deana?« fragte Keeney.

»Das Mädchen rechts ist Deana«, rief Bobbie aus der Küche. »Daneben, das ist meine Tochter Janie. Einen Teil des Monats wohnt sie bei ihrem Vater Tom.«

Keeney schaute sich das Foto genauer an. Deana hatte ein sanft gerundetes Gesicht, glattes Haar und einen makellosen, rosigen Teint. Aber irgend etwas stimmte nicht mit ihrem Lächeln, bei dem ihre silbrigen Zahnspangen zu sehen waren. Obwohl sie offen und freundlich dreinblickte, schien es ein vages Lächeln zu sein, und dadurch wurde ihr ganzes Gesicht ausdruckslos.

Einige Minuten später saßen beide wieder am Eßtisch, und die Kaffeetassen dampften. Bobbie setzte das Gespräch an der Stelle fort, wo es unterbrochen worden war.

»Wissen Sie, Mr. Keeney, anfangs war ich so glücklich, daß Deana zwei ältere Leute kennengelernt hatte, bei denen sie in San Diego wohnen konnte. Da Virginia McGinnis früher sogar selbst in Louisville gelebt hatte, fühlte ich mich sehr erleichtert. Nun weiß ich wirklich nicht, was ich denken soll.«

Keeney suchte nach den passenden Worten. Er kannte sich im Steuerrecht, in den Gesetzen zur Verhütung unlauterer Manipulationen im Wertpapierhandel und in der Politik der Börsenmakler aus. Die einzige Strafsache, die er je vertreten hatte, betraf Trunkenheit am Steuer. Er überlegte, ob er Bobbie Roberts nicht zu einem guten Rechtsanwalt schicken sollte, der sich im Strafrecht auskannte. Aber solche Anwälte wollten entweder im voraus kassieren oder verlangten laufend Zahlungen. Es fiel ihm indes niemand ein, der einen Fall wie diesen übernehmen würde. Diese Aufgabe war irgendwie ihm zugefallen.

»Bobbie«, sagte er schließlich, »wir können nicht vorschnell eine Schlußfolgerung aus dem ziehen, was in Monterey geschehen ist. Aber ich habe gestern mit der State-Farm-Versicherung gesprochen. Ich habe ihnen gesagt, daß Sie eventuell Anspruch auf Deanas Lebensversicherung erheben.«

»Ich möchte nicht einen Cent davon haben«, unterbrach sie ihn vehement. »Allein dieser Gedanke macht mich krank. Ich möchte lediglich wissen, wie meine Tochter ums Leben gekommen ist.«

»Es wird gewiß eine ganze Weile dauern, ehe der Fall aufgeklärt sein wird. Doch wenn wir die Forderung geltend machen, werden die McGinnis' und James Coates sich abwartend verhalten, um zu sehen, was passiert. Es ist durchaus möglich, daß all dem ein schreckliches Mißverständnis zugrunde liegt.«

Bobbie verstummte wieder und starrte in ihre Kaffeetasse. Dann sagte sie: »Ich glaube, ich werde tun, was immer getan werden muß, damit die Wahrheit ans Tageslicht kommt, Mr. Keeney. Aber was mich betrifft, so will ich mit diesen Leuten oder mit dem Geld nichts zu schaffen haben.«

»Ich möchte Ihnen folgendes sagen: Nehmen Sie sich einige Tage Zeit, um über alles nachzudenken. Wenn Sie können, schließen Sie Frieden mit Gott und mit sich selbst. Bedenken Sie, daß wir unter Umständen nie viel mehr wissen werden als jetzt. Und ich werde am Ende nur ein Anwalt sein, der eine andere Sache zu vertreten haben wird, während Sie diejenige Person sind, die mit dem, was geschah, wird weiterleben müssen.« Keeney hatte das Gefühl, daß sein Großvater mit der kleinen improvisierten Rede zufrieden gewesen wäre.

Als sie nach draußen gingen, wo die Luft noch immer schwül war, erklärte sich Bobbie dazu bereit, das Ganze noch einmal zu überschlafen. Im blauweißen Licht der Straßenlaterne sah sie müde aus. Keeney fragte sich, ob es nicht besser wäre, wenn sie einfach ihr bisheriges Leben fortsetzte. Aber das mußte sie selbst entscheiden.

»Rufen Sie mich doch in ein, zwei Tagen an.« Er nahm den Gesprächsfaden noch einmal auf: »Ich werde, wenn Sie wollen, dabei behilflich sein, die Wahrheit herauszufinden. Das verspreche ich. In der Zwischenzeit versuchen Sie bitte, sich so gut wie möglich an alles zu erinnern, was Virginia oder Deana gesagt haben und was zur Klärung des Falles beitragen könnte. Das ist der beste Ansatzpunkt.«

»Ich glaube, das ist wirklich nicht allzuviel«, erwiderte Bobbie. »Als Virginia einen Tag nach Deanas Tod anrief und sagte, was für ein wunderbarer Mensch meine Tochter gewesen sei, kam sie mir so nett vor. Virginia äußerte sogar, sie könne nachfühlen, wie mir zumute sei. Sie erwähnte, sie habe in der Zeit, da sie in Louisville wohnte, ebenfalls eine Tochter bei einem Unglücksfall verloren.«

Als Keeney nach Hause fuhr, versuchte er, sich über den Grund für seinen Verdacht klarzuwerden. Virginias Tochter? Ein weiterer Unglücksfall mit tödlichem Ausgang? Daß Virginia gleich bei zwei tödlichen Unfällen dabeigewesen sein sollte, schien sehr merkwürdig. Es kam noch eine andere, ausgesprochen widerwärtige Möglichkeit in Betracht. Aber die

Polizei war ja – so sagte er sich – hinter dieser Sache her, und das gleiche tat auch Mike Hatch von der State-Farm-Versicherung. Alles würde sich gewiß als ein schrecklicher Irrtum herausstellen.

Schlamperei

Keeney wachte auf, nachdem er wie gewöhnlich fünf Stunden geschlafen hatte. An den meisten Abenden war er bis nach Mitternacht auf, erledigte Geschäftliches am Telefon oder arbeitete akribisch genau Schriftstücke für Klienten aus. Um sieben Uhr früh fuhr er wieder ins Büro. Unter den Anwälten von B & A hatte er den Ruf eines Workaholics erworben, nachdem er auch noch die unmittelbare Verantwortung für das firmeninterne System des Studiums der Rechtsauslegung übernommen hatte. Sogar für die wenigen Male, wo er Urlaub machte, arbeitete er detaillierte, bis zu zwanzig Seiten umfassende Arbeitspläne aus. Sein geregelter Alltag war vor kurzem auf unliebsame Weise unterbrochen worden, als seine Exfrau wegen unterlassener Unterhaltszahlung für das Kind Klage gegen ihn erhob. Da war sein Sohn, der eine Privatschule besuchte, mit teuren Computerspielen spielte und von einer Hausangestellten verhätschelt wurde. Keeney aber drohte die Demütigung, vor dem Schöffengericht erscheinen und nachweisen zu müssen, daß Christian nicht sträflich vernachlässigt wurde. Das war – er lächelte bitter – viel unangenehmer, als an der Seite eines Mandanten zu sitzen.

An diesem Morgen aber wachte er in einer besseren Stimmung auf. Nachdem er Bobbie Roberts' Wohnung am Abend zuvor verlassen hatte, hatte er noch eine andere Verabredung wahrgenommen. Er war zu Wynn Buckholder gefahren. Jahrelang hatte er Wynn nur flüchtig als ein Mitglied seiner Kirchengemeinde und der besten Kreise von Louisville gekannt. Mit ihrem weißen breitkrempigen Hut, ihrem knallroten Blazer und ihren schwarzen Pumps war sie ein Energiebündel mit kastanienbraunem Haar. Alles an ihr, angefangen von der kehligen Altstimme bis zu ihrer breitschultrigen Figur, zeugte davon, daß sie ihre Zeit lieber in männlicher Gesellschaft verbrachte, als im Klub der Ladies von Louisville zu tratschen, und daß sie einen Golfball genauso hart schlagen konnte wie ein Mann.

Einige Monate nach seiner Scheidung hatte Keeney erwogen, mit Wynn auszugehen. Aber als es an der Zeit war, mit ihr eine Verabredung zu treffen, kam er sich wie ein Schuljunge vor. Er konnte es gelassen hinnehmen, wenn die Chefs großer Firmen wegen zu hoher Gerichtskosten tobten und wütende Richter ihm eine Strafe wegen Mißachtung des Gerichts androhten. All das konnte er im Dienst eines Mandanten ertragen. Erhielte er dagegen bei einer persönlichen Verabredung eine Absage, würde ihn das in seinem Stolz treffen.

Also kam seines Erachtens nur ein gut in Szene gesetzter Angriffsplan in Frage: einleitende Erklärung, Kreuzverhör, Schlußplädoyer. Es war an einem Sonntag, als er Wynn im Gemeindesaal erblickte. Sie sah unnahbar aus, wie sie da lächelnd und lachend inmitten eines Kreises von Bewunderern stand, von denen einige seine Freunde waren. Keeney dachte bei sich: Wenn andere Frauen ihn als eine gute Partie ansahen, wieso dann nicht auch Wynn?

Zehn Minuten später durchquerte er den Gemeindesaal, hielt seine Styroportasse umklammert und fragte sich, was schiefgegangen war.

»Das paßt überhaupt nicht zu Ihnen, Steve«, hatte sie in selbstsicherem Ton zu ihm gesagt, der ihn sofort nervös machte. »Sie wissen doch, wie klein Louisville ist. Die Leute würden reden. Es wäre mir sehr peinlich.«

Das war eine Antwort, die er noch nie erhalten hatte. Schlimmer noch war, daß sie recht hatte. Weder er noch sie waren länger als ein Jahr geschieden, und beide wußten sie, wie rasch man ins Gerede kam, wenn man gegen die Regeln verstieß.

Nach einer zweiten Tasse Kaffee schmiedete Keeney einen neuen Plan und ging wieder zu ihr hin.

»Wynn, ich möchte Ihnen folgendes vorschlagen«, sagte er und berührte dabei ihren Ellbogen mit den Fingerspitzen. »Wir treffen uns am nächsten Dienstag in Diamonds Restaurant. Nehmen Sie bitte Ihren Wagen. Auf diese Weise werden wir dort nicht zusammen aufkreuzen, und ich wette hundert zu eins, daß uns niemand sehen wird. Wenn Sie sich auch nur ein bißchen unbehaglich fühlen, können Sie das Lokal sofort verlassen, ohne auch nur ein Wort mit mir zu wechseln.«

»Steve, ich kann darauf nicht eingehen«, protestierte sie. Das Restaurant befand sich in der gleichen Straße wie die Kirche, und es bestand die hohe Wahrscheinlichkeit, daß man sie beide zusammen sehen würde.

»Im Ernst, Wynn. Wenn Sie irgend etwas stören sollte, können Sie gehen, ohne daß Ihnen irgendwelche Fragen gestellt werden. Wie können Sie das ablehnen?«

»Nun gut.« Sie lächelte vorsichtig. »Die Verabredung gilt.«

Wynn traf im Diamond ein, und der Ober führte sie zu einem Zweiertisch. Das Nobelrestaurant schien für Freitag abend acht Uhr ungewöhnlich ruhig. Erschrocken bemerkte Wynn, daß es leer war.

Einige Sekunden später näherte sich Keeney dem Tisch. Er trug einen Anzug aus grüner Seide. Wynn schien in diesem Moment eine Spur von Stolz an Keeney wahrzunehmen. Er lächelte und sagte: »Sehen Sie jemand, den Sie kennen?«

»Natürlich nicht, Steve«, erwiderte sie. »Es ist niemand da.«

»Es wird auch niemand kommen«, antwortete er, als er Platz nahm. »Ich liebe keine Überraschungen, daher habe ich das ganze Restaurant gemietet. Ich habe Ihnen doch versprochen, daß wir uns ungestört treffen können.« Wynn schüttete sich vor Lachen aus. Vielleicht war Steve gar kein so engstirniger Anwalt?

Beim Dessert lud er Wynn und ihre beiden Kinder ein, mit ihm zusammen eine ›Pinocchio‹-Aufführung im Kindertheater in Louisville sowie den anschließenden privaten Empfang zu besuchen. Er war schließlich Mitglied des Verwaltungsrates.

»Das ist aber kein sehr privater Ort, Steve«, sagte sie. »Aber was kann ich nach all dem schon sagen?«

Als Keeney an jenem Morgen im Bett lag, mußte er darüber schmunzeln, wie ungeschickt er sich benommen hatte, als er sich über den Tisch beugte, um Wynn zum ersten Mal einen Kuß zu geben. Seither waren Wochen vergangen, aber er erinnerte sich immer noch daran, daß er sich in seinem Maßanzug wie in einer Zwangsjacke gefühlt hatte. Er wälzte sich im Bett herum, und als er zum Fenster hinausblickte, sah er, wie ein leichter Dunst von den Rasenflächen rund um die mit Kolonnaden versehenen Häuser aufstieg. Zum ersten Mal seit Monaten schien sein Leben wieder friedlich und in Ordnung zu sein.

Danach erinnerte er sich beim Anziehen erneut an Deanas Sturz von der Klippe und an die seltsame Bemerkung über den Tod von Virginias Tochter. Sollte er sich angesichts der schönen neuen Perspektiven wirklich die umfangreichen Untersuchungen zu einem Todesfall aufhalsen? Und worauf gründete sich denn alles? Auf eine Versicherungspolice und eine etwas merkwürdige zeitliche Abfolge der Ereignisse. Allein der Gedanke an Mord erzeugte bei ihm großes Unbehagen. Wenn er den Wunsch gehabt hätte, als Strafrechtler sein Geld zu verdienen, hätte er eine Stelle beim Obersten Anklagevertreter der USA angenommen und Kriminelle mit weißen Hemdkragen verfolgt …

»Ein Anruf von Miss Roberts«, verkündete Sarah West, als er im Büro eintraf.

»Stellen Sie das Gespräch bitte durch, Sarah.«

Bobbie war am Apparat, ihre Stimme klang entschlossener als je zuvor. »Mr. Keeney, ich habe darüber nachgedacht, was Sie gesagt haben, und ich bin gewillt, alles Erforderliche zu tun, um die Wahrheit über Deanas Tod herauszubekommen. Wo beginnen wir?«

Keeney nahm sich Zeit, bevor er antwortete. Wenn er Abstand von der ganzen Sache nehmen wollte, war dies der geeignete Moment. Da fiel ihm ein, wie Bobbie Roberts draußen vor ihrer Wohnung in Fincastle ausgesehen hatte. Wenn er ihr nicht half, würde es anscheinend niemand tun.

»Okay«, sagte er, »hier sind ein paar Dinge, die wir gleich in Angriff nehmen können. Erstens werde ich ein Schreiben an Mike Hatch senden und versuchen, die Auszahlung des Geldes durch die State Farm zu stoppen. Zweitens müssen wir erreichen, daß die Fahnder der State Farm und die Ermittler aus Monterey ein Team bilden. Wenn deren Bemühungen erfolglos bleiben, möchte ich ein wenig mehr über Virginia und B. J. McGinnis in Erfahrung bringen. Das, was ich vorhabe, nenne ich den Mutter-Teresa-Test. Sollte es sich herausstellen, daß Virginia Mutter Teresa ist, wäre ich bereit, ihr aufs Wort zu glauben, daß Deanas Tod ein Unglücksfall war. Bevor wir von Mike Hatch von der State Farm etwas erfahren, kommt es vor allem darauf an, daß Sie alle Fakten, die Sie haben – Fotos, Briefe usw. – zusammentragen. Ich werde mich um die Herrschaften kümmern, die etwas zu sagen haben.«

»Nun gut, ich habe etwas, was ich Ihnen gleich zeigen kann«, sagte Bobbie. »Sofort nach Deanas Tod schickte mir Virginia einige Fotos, die angeblich während jener Reise entlang der Küste gemacht wurden. Soll ich sie Ihnen bringen?«

Keeney unterdrückte es, abwartend zu reagieren. »Das ist ein Ansatzpunkt«, erwiderte er.

In der Zwischenzeit kamen Deanas Totenschein, der Bericht des Pathologen und die Aufstellung des Coroners mit der Post an. Keeney hoffte, daß die Dokumente – die ersten offiziellen Unterlagen – die nötige Aufklärung bringen würden.

Der Pathologiebericht enthielt die Ergebnisse der ärztlichen Leichenschau sowie der toxikologischen Blut- und Urinuntersuchung. Die Blutproben waren, was Alkohol oder Narkotika betraf, negativ. Sie zeigten einen Nikotingehalt an, aber es war nicht überraschend, daß Deana Zigaretten geraucht hatte. Schließlich war sie ein Kentucky-Girl.

Allerdings waren in Deanas Urinproben zwei Stoffe entdeckt worden, die ihm unbekannt waren: Amitriptylin und Nortriptylin. Der Bericht enthielt keine Beschreibung ihrer pharmakologischen Wirkungen; es wurde nur ihr Vorhandensein festgestellt. Ehe Keeney weitere Schritte unternahm, entschloß er sich, einen der hiesigen Pharmakologen, ehemaliger Student seines Vaters, anzurufen. Der junge Doktor antwortete, es sei ihm eine Freude, dem alten Dekan Keeney einen Gefallen zu tun.

»Nortriptylin und Amitriptylin sind Bestandteile eines Arzneimittels, das unter dem Namen Elavil gehandelt wird«, erklärte er. »Es wird zur Behandlung von Depressionen verwendet; es dient zur Aufhellung der Stimmungslage und wird gewöhnlich in Tablettenform verabreicht.«

»Könnte es jemand einnehmen, um high zu werden?« fragte Keeney.

»Ich kann dafür keinen Grund sehen. Ehe man sich an Elavil gewöhnt hat, erzeugt es Übelkeit und Schwindelgefühle. Die meisten Patienten, die das Mittel zum ersten Mal einnehmen, klagen über Nebenwirkungen. Und für das Mittel existiert kein schwarzer Markt, falls Sie das interessiert.«

»Wie äußern sich diese Nebenwirkungen? Würde jemand hin und her taumeln?« Das würde leicht einen Sturz von der Klippe erklären, dachte Keeney.

»Das ist durchaus möglich«, antwortete der Doktor. »Die Patienten werden gewarnt, sich nicht ans Steuer zu setzen, bis sie sich an das Mittel gewöhnt haben. Welche Konzentration wurde denn im Körper des Mädchens festgestellt?«

Keeney sah im Bericht nach. »Darüber gibt es keine Angaben.«

»Das ist schlecht. Wenn wir das wüßten, könnten wir wirklich genaue Aussagen über die Wirkungen treffen. Ich äußere mich ungern kritisch«, fügte er hinzu, »aber wenn keine Konzentration angegeben ist, wurde ziemlich schlampig gearbeitet.«

»Nun gut, ich versuche lediglich, das Beste aus dem zu machen, was ich in der Hand habe«, erwiderte Keeney.

»Grüßen Sie bitte Ihren Vater von mir.«

»Das werde ich tun. Und vielen Dank.«

Im weiteren listete der Pathologiebericht Deanas Verletzungen auf. Ihr linkes Schienbein, ihre linke Kniescheibe, zwei Finger der linken Hand sowie der linke Oberschenkelknochen waren gebrochen. Außerdem lag eine Schädelfraktur vor. Einzig und allein diese Schädelverletzung schien zum Tode geführt zu haben. Der Pathologe in Monterey hatte eine ›Lazeration‹ des Kleinhirns festgestellt. Sein Bericht endete wie folgt: »Todesursache: Lazeration des Hinterhirns, Minuten. Aufgrund einer Schädelbasisfraktur, Minuten.«

Keeney schaute in seinem medizinischen Nachschlagewerk nach und rief dann seinen Vater an. Niemand schien zu wissen, was ›Minuten‹ bedeuten sollte.

Trotzdem ging aus dem Bericht klar hervor, daß Deana nicht einfach kopfüber in die Tiefe gestürzt war, wie Keeney es sich anfangs vorgestellt hatte. Ihr war aufgrund der Wirkung des Elavils schwindlig gewesen, und in diesem Zustand war sie offenbar taumelnd einen Abhang hinuntergestürzt, wobei sie sich mehrere Knochenbrüche zuzog. An einer bestimmten Stelle mußte sie mit dem Kopf gegen einen großen Felsbrocken geprallt sein, und das allein hatte die Schädelfraktur verursacht. Es schien alles sehr gut zusammenzupassen.

Danach las Keeney das letzte Dokument, den Bericht des Coroners. Es handelte sich um einen Vordruck, auf dem bestimmte Fragen angegeben waren, der aber auch Raum für eine Zusammenfassung des Falls ließ. Dave Dungan, der Stellvertreter des Coroners, hatte folgendes geschrieben:

»Am 2. April 1987 um 16 Uhr 21 starb Deana Wild-Hubbard im Alter von zwanzig Jahren, als sie – wie festgestellt – von einer Klippe südlich von Big Sur stürzte.

Deana Wild besuchte zusammen mit Bekannten, mit Billie und Virginia McGinnis aus San Diego, die Gegend von Big Sur. Deana Wild hatte sich einige Monate lang bei den McGinnis aufgehalten. Während dieser Zeit ging sie des öfteren mit deren Sohn aus. Als sie sich schon nicht mehr mit ihm traf, zog sie zu den McGinnis'. Da Mr. und Mrs. McGinnis wußten, daß Deana Wild bisher noch nicht viel von Kalifornien gesehen hatte, boten sie ihr an, sie auf eine Reise nach San Francisco und an die Küste von Monterey mitzunehmen.

Die McGinnis' brachen am Morgen des 2. April in San Diego auf und fuhren die Staatsstraße 1 entlang. Von Zeit zu Zeit wollten sie anhalten und Fotos machen und aßen in San Luis Obispo zu Mittag. Sie machten am Highway 1 in der Nähe der ›Küstengalerie‹ Rast, um den Sonnenuntergang und den Ozean zu fotografieren …

Mr. McGinnis erklärte, er habe neben Deana Wild gestanden, und seine Frau habe ein Foto von ihnen gemacht. Sie hätten etwa zwei Fuß vom Rand der steilen Klippe entfernt gestanden. Die Gegend ist sehr schön, und man kann dort phantastische Aufnahmen schießen. Nachdem Mrs. McGinnis beide fotografiert hatte, ließ Mr. McGinnis Deana Wild allein und ging zum geparkten Auto zurück. Er unternahm mit seiner Frau einen Spaziergang, und als sie sich nach der Stelle umdrehten, wo Deana Wild und Mr. McGinnis vorher gestanden hatten, war Deana Wild nirgends zu sehen. Beide hielten nach ihr Ausschau und kehrten dann zu der bewußten Stelle zurück. Weder er noch sie konnten Deana Wild entdecken, aber als sie vorsichtig über den Klippenrand blickten, entdeckten sie einen hochhackigen Schuh, der etwa sechs Meter unterhalb dieser Stelle lag. Sie blickten noch weiter hinab und sahen Deana Wild auf dem Geröll am Fuße der Klippe liegen. Die McGinnis' gingen sofort zur ›Küstengalerie‹, um Hilfe zu holen. Die Such- und Rettungsmannschaft von Monterey wurde zum Unfallort geschickt. Sie konnten die Tote bergen. Die Höhe der Klippe beträgt vorsichtigen Schätzungen zufolge etwa hundertzwanzig Meter.

Bei der ersten und der nachfolgenden Vernehmung der McGinnis' konnte ich nichts feststellen, was auch nur im entferntesten auf ein Gewaltverbrechen schließen ließ.

Zur Zeit des Unfalls trug Deana Wild ein Paar hochhackige Schuhe. Einer davon wurde vom Rettungsteam des Sheriffs von Monterey geborgen. Auf der linken Seite dieses Schuhs befanden sich mehrere abgeschürfte Stellen. Ein kleiner Kratzer befand sich am Absatz. Ich sah mehrere deutliche Kratzer auf der Schuhsohle.

Obwohl von keinen Zeugen bestätigt, muß davon ausgegangen werden, daß Deana Wild in Anbetracht der Beschaffenheit der Schuhe, die sie trug, als sie von der Klippe stürzte, auf dem lockeren Boden das Gleichgewicht verlor.

Die bevölkerungsstatistische Abteilung erhielt eine Todesmeldung. Da die Todesursache noch unklar ist, sollte nach Abschluß der Untersuchungen ein Nachtrag erfolgen.«

Trotz Dungans Versicherungen, er habe nichts feststellen können, ›was auch nur im entferntesten auf ein Gewaltverbrechen schließen ließ‹, schien der ganze Bericht so nachlässig abgefaßt, daß Keeney der Schweiß ausbrach. Er schaltete seinen Computer an und begann, die Fehler, Widersprüche und Ungereimtheiten zu speichern.

1. In der 19. Zeile des auszufüllenden Vordrucks hatte Inspektor Dungan eine ›schwere Kopf- und Brustverletzung‹ als Todesursache angegeben, aber im Pathologiebericht war keinerlei Brustverletzung erwähnt.

2. In der 5. Zeile wurde die Frage nach Deanas Familienstand mit »ledig« beantwortet, aber in der 26. Zeile stand: »nächster Verwandter – James Wild; Verwandtschaftsgrad – Ehemann.«

3. Bei der Frage nach der Todesursache hatte Dungan geschrieben: ›noch unklar‹, aber an anderer Stelle hatte er ›Unfall‹ angegeben.

4. Dungan erwähnte niemals, unterschriebene Erklärungen von den McGinnis' – den einzigen Zeugen des Absturzes – erhalten zu haben.

5. Die McGinnis' hatten behauptet, sie hätten angehalten, um ›den Sonnenuntergang und den Ozean zu fotografieren‹. Aber nicht einmal in Nordkalifornien geht die Sonne im April schon um sechzehn Uhr unter.

6. Die McGinnis' sagten auch aus, sie seien nach Deanas Verschwinden wieder zu ihrem Auto zurückgegangen,

erwähnten jedoch niemals, Schreie oder Hilferufe gehört zu haben. Dungan hatte dieses wichtige Detail kommentarlos weggelassen.

7. Es gab keine Liste der Personen, die sich dort aufgehalten hatten, und keinen Hinweis darauf, daß Fotos von der Unfallstelle existierten.

8. Danach schrieb Dungan in seinem Bericht, Deana habe sich erst seit einigen Monaten bei den McGinnis aufgehalten und sei während dieser Zeit des öfteren mit deren Sohn ausgegangen. Dann schrieb er, Deana habe sich schließlich nicht mehr mit ihm getroffen, doch sei sie zu dessen Eltern gezogen.

Insgesamt las sich der Bericht des Coroners wie ein Reiseführer: »Die Gegend ist sehr schön, und es lassen sich dort phantastische Aufnahmen machen.« Dungans Analyse erinnerte ihn an Oliver Wendell Homes' scherzhafte Bemerkung über einen Kollegen vom Obersten Gerichtshof, John Harlan aus Kentucky: Dieser habe »ein Gedächtnis wie ein Schraubstock, dessen Backen sich nicht schließen und der nur größere Brocken festhält«.

Wie war der genaue Hergang des Absturzes von Deana Wild? Keeney versuchte, sich die Szene vorzustellen. Ging Deana rückwärts, nachdem sie für einen Schnappschuß posiert hatte, oder stolperte sie in ihren hochhackigen Schuhen, weil sie vom Medikament benommen war? Niemand hatte sich die Mühe gemacht, diese ›Kleinigkeiten‹ zu klären. Wichtige Fälle wurden bei B & A nicht so behandelt, und wahrscheinlich war das auch in Monterey nicht gang und gäbe. Es wäre schön, wenn jemand die bisherigen Widersprüche aufklärte, dachte er.

Als Keeney danach Sergeant Brown anrief, beschloß er, etwas präziser zu fragen.

»Was zeigen die Fotos von der Unfallstelle?«

»Wir haben keine«, lautete die Antwort.

»Ich will mich nicht in Ihre Angelegenheiten einmischen. Aber ist es nicht üblich, Fotos vom Unfallort zu machen?«

»Mrs. McGinnis versprach Dave Dungan, ihm die Aufnahmen zu senden, die sie dort gemacht hat. Unter diesen Umständen entschied sich Dungan, auf eigene Fotos zu verzichten. Sie müssen wissen, daß es bei uns nicht Usus ist, in jedem Fall Aufnahmen zu machen. Bei uns hier stürzen häufig Menschen ab. Es geschieht andauernd – sie fallen wie Schneeflocken in einem Schneetreiben von den Klippen.«

»Nun gut, hat Mrs. McGinnis Ihnen je die Fotos geschickt?«

»Soweit ich weiß, nein.«

»Und Sie haben nie Bobbie Roberts angerufen, um festzustellen, was sie weiß?«

»So ist es.«

Als Keeney den Hörer aufgelegt hatte, fügte er seiner Liste der Mängel im Bericht des Coroners einen weiteren Punkt hinzu:

9. Der Stellvertreter des Coroners, Dave Dungan, kreuzte das Kästchen ›Fotos vom Unfallort‹ an. Wie sich aber jetzt herausstellt, sind die Schnappschüsse von McGinnis die einzigen Fotos, die gemacht wurden; es wurden Abzüge versprochen, aber der Coroner hat sie nie erhalten.

Dungans Bericht schien nach dem Muster gemacht: Aus den Augen, aus dem Sinn. Zu den Akten. Keeney wollte erneut zum Telefonhörer greifen und Brown sagen, er solle nun von sich aus tätig werden. Es ging hier um einen Mord und nicht um einen Verkehrsunfall. Er wußte, daß er zu ungeduldig war, aber es gab Grenzen für jene Art von ›Hilfe‹, die Monterey akzeptieren würde.

Seit der Zeit, da er zum ersten Mal auf der Umschlagseite des ›New Yorker‹ Saul Steinbergs Karte der Vereinigten Staaten erblickt hatte, konnte er sie nicht vergessen: New York und Brooklyn waren schemenhaft im Vordergrund dargestellt, der Mittlere Westen bestand aus Chicago und wogenden Getreidefeldern, die sich unabsehbar ausdehnten, während die Silhouette von Los Angeles das einzige war, was man im Hintergrund sah. Was damit gesagt werden sollte, war klar: Vom Standpunkt der Küstenstaaten aus betrachtet, war Kentucky kaum eine Erwähnung wert, dort gab es nichts als Bourbon, Tabak, Pferderennen und Rispengras. Und Louisville war natürlich nicht einmal ein winziger Punkt auf dieser Karte.

Das Büro des Sheriffs von Monterey wollte bestimmt nichts von einem Möchtegernermittler hören, der in der tiefsten Provinz wohnte und einem mit einer Flut von Beschwerden auf den Wecker ging. Sergeant Brown hatte gewiß mit seiner Bemerkung recht, daß die Leute in Monterey häufig von den Klippen stürzten. Und sicherlich konnte er einen Fehltritt von einem Mord unterscheiden, wenn einer passierte.

Aber Keeney war, wie er gern zu sagen pflegte, ›kein Strohkopf‹. Er würde sich nicht auf einen Streit über nachlässige Arbeit einlassen, zumindest so lange nicht, wie er nicht die ganze Geschichte kannte.

Fünfzehn Zeugen

In der ersten Augustwoche kam Bobbie Roberts mit den Fotografien, die Virginia ihr im April geschickt hatte, zu Barnett & Alagia. Die Abzüge steckten noch in der Papierhülle, in der sich die Negative befanden. Bobbie entschuldigte sich dafür, daß sie die Aufnahmen nicht schon früher gebracht hatte; sie hatte sie bei ihrer Schwester in Lexington gelassen.

Keeney schickte die Negative sofort zum Kopieren, um sicherzugehen, daß Virginia nicht irgendwelche wichtigen Schnappschüsse weggelassen hatte. Dann fragte er Bobbie, ob sie nicht noch etwas Zeit hätte, um einige Fragen zu beantworten.

»Sie entsinnen sich doch, daß ich Sie bat, sich alles, was Deana betrifft, in Erinnerung zu rufen«, sagte Keeney, sobald sie wieder in seinem Büro Platz genommen hatten. »Nun, jetzt ist der richtige Zeitpunkt gekommen. Mich interessieren Deanas Gewohnheiten, ihre Bekannten, ihre Schulausbildung – das Gute und das Schlechte. Wenn wir es je schaffen sollten, die Sache vor Gericht zu bringen, kann Deana sich nicht mehr verteidigen.«

»Ich bin nicht auf alles stolz, was sie getan hat«, erwiderte Bobbie. »Aber ich glaube, ich war eine gute Mutter, und Deana war ein gutes Kind. Bei uns ging es nicht schlechter zu als in vielen Familien.« Sie zwang sich zu einem Lachen.

Wie sich herausstellte, verlief Deanas Erziehung bei weitem nicht so glatt, wie Keeney es sich vorgestellt hatte. Deana war das Produkt von Bobbies erster Ehe, einer unglücklichen Verbindung mit einem unglücklichen Mann, der für die Telefongesellschaft arbeitete. Deana war drei Jahre alt, als sich Bobbie scheiden ließ. Nach weniger als einem Jahr heiratete sie einen freundlichen Jurastudenten, Tom Marshall.

Bobbie erwähnte, sie habe zuerst ihn, der es zwischenzeitlich zum Staatsanwalt gebracht hatte, gebeten, die Umstände von Deanas Tod zu klären, aber er wollte mit der Sache nichts zu tun haben. Keeney nahm von dieser Einzelheit keine

Notiz, da Familienangelegenheiten stets komplizierter waren, als sie schienen.

Als Deana geboren wurde, habe Bobbie, wie sie erzählte, davon geträumt, daß ihre Tochter Rechtsanwältin oder Hochschuldozentin würde. Später wurde sie dieser Illusion beraubt. Die Schulbehörde ordnete einen Intelligenztest an. Dabei wurde bei Deana ein Intelligenzquotient von 85 festgestellt, was bedeutete, daß sie nur begrenzt lernfähig war. In der Schule schnitt sie schlecht ab. Deana hatte jedoch ein stark ausgeprägtes Gemeinschaftsgefühl, erklärte Bobbie stolz. In ihrer Gruppe von flegelhaften Freundinnen spielte sie sogar die Rolle der Friedensstifterin und beschützenden Glucke.

Nach der Scheidung von Tom behielt Bobbie das Sorgerecht für die Kinder, aber ihre Beziehungen zu Deana verschlechterten sich. »Wir hatten einige heftige Zusammenstöße«, bekannte Bobbie, »doch Deana hatte immer ein Zuhause.«

Dann – am Freitag, dem 5. September 1986 – war Deana plötzlich verschwunden. Sie hatte nicht einmal eine Nachricht hinterlassen. Bobbie nahm an, Deana sei weggerannt und halte sich bei einer Freundin auf. Aber am nächsten Tag rief Deana an, um ihr mitzuteilen, daß sie einen alten Schulfreund, einen Mann von der Navy, namens Jay Wild geheiratet habe und daß sie nach San Diego zögen, wo Jay stationiert sei. Bobbie hörte danach alle paar Wochen etwas von ihrer Tochter. Wann immer sie konnte, schrieb Bobbie der Frischvermählten einen Brief, doch Deanas Adresse in San Diego änderte sich oft.

Im Januar rief Deana zu Hause an und sagte, sie und Jay hätten sich wegen ihrer Finanzen gestritten und würden jetzt getrennt leben. Sie hätte vor, zeitweise zu einem älteren Ehepaar, zu Virginia und B. J. McGinnis, zu ziehen.

Sobald Deana dort wohnte, riß die Verbindung zu ihr ab. »Mama«, warnte Deana sie eines Tages, »wenn du weiter anrufst, bitte ich meine Wirtsleute, ihre Telefonnummer ändern zu lassen. Du gehst uns allen wahnsinnig auf die Nerven.«

»Sie können es auf Mutterinstinkt zurückführen«, sagte Bobbie, »aber ich fing an, mir schreckliche Sorgen um meine

Tochter zu machen. Ich war fest entschlossen, Deana nach Hause zurückzuholen. Deshalb sandte ich ihr eine Rückfahrkarte zu Händen von Virgina McGinnis.«

Am 9. Februar 1987 kam Deana, den Koffer in der Hand und die Tasche über der Schulter, zum ersten Mal wieder nach Hause, seit sie durchgebrannt war. Keeney machte sich eine Notiz und unterstrich sie. Wie ernsthaft konnte Virginia einen Versicherungsbetrug vorgehabt haben, wenn sie Deana auf Bobbies Bitte heimschickte? Noch ein Punkt zugunsten der Unfallversion.

Es dauerte nur wenige Tage, dann kam es zwischen Bobbie und Deana wieder zu erbitterten Streitigkeiten. Bei ihrer letzten Auseinandersetzung nahm sie Deana die Tasche weg, in der sich ihre Rückfahrkarte befand. Deana stürmte aus der Wohnung und schaffte es irgendwie, an die Westküste zurückzukehren. Die nächste Nachricht über ihre Tochter erhielt sie dann vom Coroner in Monterey.

Nach dem Begräbnis schickte Virginia ein Beileidsschreiben in Form eines weitschweifigen Poems. Bobbie zog einen zusammengefalteten Bogen Papier hervor und las vor:

Deana

Deana war wie eine freundliche Puppe, die viel Liebe spendete und viel Liebe benötigte! Deana ging gern mit dem Hund im Park und auf den Feldern spazieren. Sie blieb stehen, um die Blumen und die Natur zu betrachten.

Wir verließen San Diego, um in Richtung Norden zu fahren. Sie war so gespannt auf San Francisco, Chinatown und Fisherman's Wharf. Auch auf das Zusammentreffen mit unserer Familie und unseren Freunden. Deana war den ganzen Tag voller überschäumender Freude – seht, das Wasser, der Nebel und der Regenbogen! Nicht zu vergessen der Sonnenschein.

Deana wollte sich hier weiterbilden. Und wir (B. J. und ich) wollten ihr helfen.

Deana war ein süßes Mädchen – sanft und liebevoll.

Mit unserem tiefsten Mitgefühl

B. J. und Virginia McGinnis

Keeney lehnte sich im Stuhl zurück, trank in kleinen Schlucken Kaffee aus seiner großen weißen Tasse und ließ die Worte auf sich einwirken.

Wie alles in diesem Fall warf Bobbies kurzer Bericht bloß noch mehr Fragen auf. War James Coates wirklich mit Deana verlobt gewesen? Warum aber hatte Virginia McGinnis Bobbie oder der Polizei nichts von der Versicherung erzählt? Und es war *durchaus* möglich, daß jemand eine Versicherung abschloß und am nächsten Tag starb. Es war jedoch wenig wahrscheinlich, daß das einer ›Verlobten in spe‹ widerfuhr, als sie allein mit den Personen am Rand eines Abgrunds stand, die von ihrem Tod profitieren würden. Die ganze Geschichte stimmte weder hinten noch vorn.

Die Abzüge – fünfzehn insgesamt – trafen am nächsten Tag ein. Keeney nahm sie mit nach Hause und prüfte sie bei einer Tasse Kaffee und einer Macanudo-Zigarre. Tagsüber, wo er mit Klienten zu tun hatte, die hofften, sich ein kleines Imperium zu schaffen oder die Steuerbestimmungen geschickt für sich ausnutzen, hatte er keine Zeit für eine Gratisbeschäftigung. Aber zu Hause in seinem holzgetäfelten Studierzimmer, wenn Christian bereits schlief, konnte er sich Bobbies Fall widmen.

Er breitete die Fotos entsprechend der Numerierung auf dem Filmnegativ der Reihe nach vor sich aus und prüfte sorgfältig jeden Schnappschuß. Jede der fünfzehn Aufnahmen hielt er für einen stummen Zeugen. Genaugenommen konnte die ganze Fotoserie ein ›Manuskript‹ oder eine Handlung ergeben, die mit der Fahrt der McGinnis' zur Küste begann und mit Deanas Tod endete.

Die Tatsache, daß die Aufnahmen so langweilig waren, schien Virginias Story zu bestätigen, daß es ein Ausflug gewesen war, der tragisch endete.

Bei den Fotos 1 und 2 handelte es sich um reine Landschaftsaufnahmen: um den Blick von einer zerklüfteten Küste hinab auf einen mit Geröll bedeckten Strand sowie um ein

Stück Straße, die sich um braune, grasbedeckte Hügel wand. Die Schnappschüsse 3 und 4 waren beide Ganzaufnahmen von Deana, die glücklich und entspannt wirkte und Jeans, blaue Pumps und eine Sonnenbrille trug. War es nur Zufall, daß auf den Fotos Deanas hohe Absätze zu sehen waren? Keeney hielt das für wahrscheinlich. Und da war das gleiche vage Lächeln, das er auf dem Familienfoto in Bobbies Wohnung gesehen hatte.

Das fünfte Foto hatte etwas an sich, was Keeney veranlaßte, es länger zu betrachten. Er konnte nicht genau sagen, was es war. Es handelte sich um einen Schnappschuß, der durch die Windschutzscheibe eines Autos hindurch gemacht worden war; man sah darauf einen untersetzten Mann und eine Frau. Das waren vermutlich die McGinnis', die auf mehrere Felsblöcke zustapften, die sich in regelmäßigen Abständen am Rand einer Klippe befanden. Virginia, die strähniges Haar hatte und übergewichtig war, trug eine Stretchhose aus Polyester, eine weite Windjacke und einen gelben Schal, den sie um den Kopf gebunden hatte. B. J., der von hinten zu sehen war, hatte eine plumpe, fast quadratische Figur, aber viel mehr war wegen des Aufnahmewinkels nicht zu erkennen.

Die McGinnis' sahen aus wie Leute aus dem Arbeitermilieu. Sie konnten von jedem beliebigen Parkplatz gekommen sein oder aus jedem beliebigen kleinen Einfamilienhaus in den USA stammen. Sie entsprachen gewiß nicht Keeneys Vorstellungen von einem Gaunerpaar. Trotzdem störte ihn etwas an diesem Foto.

Er legte es auf seinem Tisch beiseite.

Bei den Fotos 7 bis 10 handelte es sich durchweg um Ganzaufnahmen von B. J. und Deana, die in verschiedenen Posen vor weiteren Klippen und Felsblöcken standen. Keines der Fotos schien besonders aussagekräftig, da alle unscharf und aus zu großer Entfernung gemacht worden waren.

Dann kam das elfte Foto.

Es war ein Schnappschuß, und er zeigte B. J. und Deana von hinten. Beide standen nebeneinander am Rand einer

Klippe. Die Felsen von Big Sur fielen steil zum Meer ab. B. J. hatte seinen rechten Arm um Deanas Rücken gelegt, und eine quadratische Schulter verdeckte Deanas Körper. Sie schien jedoch in den Abgrund zu blicken.

Die elfte Aufnahme kam zu den Fotos 5 und 6.

Die letzten vier Fotos waren noch einmal Landschaftsaufnahmen. Auf ihnen waren Graskuppen, vom Wind abgetragene Bergflanken und der weite graue Pazifik zu sehen. Auf dem letzten Foto sah man über einen Felsvorsprung hinweg einen geröllbedeckten Strand in über hundert Meter Tiefe.

Auf den ersten Blick stützte all das sowohl die Aussagen von Dave Dungans Bericht als auch die Story der McGinnis'. Deana hatte sich wahrscheinlich mit Coates verlobt, ohne es Bobbie gegenüber zu erwähnen. Das war aufgrund ihres gespannten Verhältnisses auch nicht weiter verwunderlich. Als Coates dann im Gefängnis war, bezahlte Virginia ihrer künftigen Schwiegertochter die erste Rate der Lebensversicherung. Am nächsten Tag brachen sie zu einer Reise auf, um Verwandte zu besuchen. Unterwegs nahm Deana etwas Elavil ein – vielleicht war sie tablettensüchtig und hatte das Arzneischränkchen der McGinnis' geplündert. Benommen und unsicher strauchelte sie und stürzte ab. Es macht alles seinen Sinn, sagte er zu sich selbst.

Am nächsten Tag schickte Keeney die Fotos 5, 6 und 11 ins Labor zurück, um sie vergrößern zu lassen. Er wollte die Szene von B. J. und Deana am Klippenrand in Postergröße haben.

Die Vergrößerung machte den fünften Schnappschuß, der die McGinnis' zeigte, wie sie zur Klippe stapften, so körnig, daß das Paar zu einem aus vielen kleinen farbigen Punkten bestehenden Fleck wurde. Es war einfach ein schlechtes Foto, das in der Vergrößerung noch weniger erkennen ließ als vorher. Das einzig Ungewöhnliche darin war, daß Deana sie aus dem Wagen heraus geknipst hatte.

Aber warum hatte sie den Rücken von zwei Personen fotografiert, die sich von ihr entfernten? Vielleicht hatte Deana plötzlich Verdacht gegen die McGinnis' geschöpft. Hatte sie während der Fahrt entlang der Pazifikküste immer mehr das Gefühl, daß etwas nicht stimmte? Hatte sie versucht, irgendeine Botschaft – ihren Fingerabdruck – zu hinterlassen und ihre Mörder auf den Film zu bannen, als sie ihr den Rücken zukehrten?

Das war seines Erachtens denkbar, aber ein wenig weit hergeholt. Deana konnte auch mit der Kamera gespielt haben, wobei sie plötzlich den Auslöserknopf betätigte.

Das sechste Foto blieb auch in der Vergrößerung unklar. Deana lehnte ihren Kopf gegen die Schulter von B. J. Dieser wirkte mit seinem bleichen Gesicht und seinen lächelnden Augen hinter der Brille mit viereckigen Gläsern eher geistesabwesend und selbstgefällig als finster. Deanas Gesicht dagegen schien aufgedunsen, und ihre Haltung war schlaff. Auf den früheren Schnappschüssen hatte sie noch erwartungsvoll dreingeblickt. Nun hatte sich ihr Gesichtsausdruck verändert. Irgendwann zwischen dem ersten und diesem Schnappschuß hatte das Elavil – so folgerte Keeney – zu wirken begonnen.

In dem Moment, als Keeney das elfte Foto betrachtete, hatte er das Gefühl, ein wichtiges Beweisstück vor sich zu haben. In Postergröße wurde die Szene auf eine erschreckende Weise lebendig. Es war, als ob ein fehlender Zeuge erschienen sei. Als er das Foto danach Bobbie zeigte und sie dessen Bedeutung begriff, konnte er sehen, wie ihr das Blut aus dem Gesicht wich.

Deana und B. J. standen am Rand der Ausweichstelle unter einem grauen Himmel; ihre Gestalten hoben sich kaum von den graubraunen Klippen im Hintergrund ab. Deana wirkte ganz und gar nicht entspannt. Die Spitzen ihrer blauen hochhackigen Schuhe wiesen direkt auf die Innenseite von B. J.s Absätzen; ihre Füße waren nach außen gedreht und ihre Knie durchgedrückt. Ihr Blick schien nicht länger einfach nach unten gerichtet. Der Kopf war leicht unscharf, als ob sie ihn bewegt oder, genauer gesagt, gedreht hatte, um in den Abgrund zu sehen, der zu ihren Füßen gähnte.

B. J. schien über seine rechte Schulter auf einen Abschnitt des Highways 1 in nördlicher Richtung zu blicken. Seinen rechten Arm hatte er gegen Deanas Rücken gepreßt, während er die linke Hand aus seiner Hosentasche zog. Seine beiden Knie waren deutlich gebeugt. Das linke Knie bildete einen Winkel von etwa fünfzehn Grad und das rechte Knie einen Winkel von etwa dreißig Grad. Er bewegte sich auf den Rand des Abgrunds zu.

Keeney fiel ein Bildtitel ein: *Deana weiß Bescheid.*

Als er jedoch Bobbie Roberts die Fotos zeigte, ließ er Vorsicht walten. Während der Wochen, die seit dem Morgen ihrer Begegnung in der Kirche vergangen waren, hatte Keeney die Stimmungsumschwünge seiner Klientin kennengelernt. An manchen Tagen klagte sie über Depressionen, nach denen sie abends in einen traumlosen Schlaf fiel. Sie hatte ihm erzählt, sie würde sich immer gleich nach dem Abendessen hinlegen und wie eine Tote bis zum nächsten Morgen schlafen. An anderen Tagen, besonders wenn sie mit ihren Brüdern in Lexington und Frankfort gesprochen hatte, packte sie die Wut, so daß ihre Hände zitterten. Ihre Brüder sagten, die Versicherungspolice sei ein mehr als ausreichender Beweis. Sie wollten die ganze Angelegenheit im ›Kentuckystil‹ – mit einem Trupp von Leuten und einem Revolver – bereinigen.

Keeney tat sein Bestes, um Bobbie zu trösten. Er gewöhnte sich allmählich an den Gedanken, daß er eine Klientin aus Fleisch und Blut beriet. Und das einzige, was er gegen die McGinnis' besaß, waren Verdachtsmomente.

»Bedenken Sie, Bobbie, Virginia versprach dem Stellvertreter des Sheriffs, ihm den entwickelten Film mit den Schnappschüssen zu senden, die an der Klippe gemacht worden waren. Wir wissen nicht mit Sicherheit, daß diese Aufnahmen von der Absturzstelle stammen. Die Fotos beweisen nur, daß Deana und B. J. nahe am Abgrund standen. Das haben die McGinnis' am ersten Tag selbst der Polizei berichtet.«

Bobbie nickte zustimmend. Sie durften keine voreiligen Schlüsse ziehen. Aber als sie zu den Lifts gingen und Keeney sagte, er würde sich wieder mit ihr in Verbindung setzen, hatten beide das Gefühl, die Einzelteile des Puzzles würden sich nahtlos zusammenfügen.

An diesem Abend fuhr Keeney zurück zur Hill Road, der eleganten Straße in seiner Wohngegend in Castlewood, um mit Christian zusammenzusein. Er hatte es zum ersten Mal geschafft, das Büro vor 18 Uhr 30 zu verlassen. Vater und Sohn würden sich heute Sportsachen anziehen, um Ball zu spielen oder vielleicht ein paar Löcher für das Einpflanzen von Tulpenzwiebeln in den Rasen zu graben, und danach entscheiden, was sie zu Abend essen wollten. Und er würde die Hausangestellten zeitig nach Hause schicken. Keeney wollte Wynn sehen, aber er brauchte Zeit, um mit Christian allein zu sein.

Als er vom Highway zur Hill Road abbog, erblickte er bereits den großen Würfel, der sein Haus war. Das feuchtwarme Augustwetter hatte bewirkt, daß die Natur in ihrer verschwenderischsten Fülle prangte. Die japanischen Ahornbäume mit ihren gefiederten Blättern warfen einen rötlichgrünen Schatten auf den abgemähten Rasen, der sich gegenüber der Straße erstreckte; durch ihren dunklen Baldachin drang der gelbe Schein der Lampen im Eßzimmer. Er stellte sich vor, wohin man die Tulpen pflanzen könnte. Er blickte genauer hin. Eine weiße, geisterhafte Gestalt schien dort zu tanzen, mal schien sie in das Licht hinein und mal aus ihm heraus zu wirbeln. Sie schwebte dahin und verschwand dann. Licht. Dunkelheit. Einsamkeit und Leere.

Als Keeney seinen Wagen in die Einfahrt lenkte, schwebte der Geist auf ihn zu. Christian kam aus dem Schatten gerannt, er schwenkte seine Arme in einem übergroßen weißen T-Shirt, das sich wie ein Segel blähte. Er war ein ernster, dunkeläugiger Junge, der zu Stimmungsumschwüngen neigte. Er erinnerte seinen Vater an sich selbst. Als Keeney beobachtete, wie Christians Gestalt die Schatten passierte, überkam ihn ein Gefühl der Angst. Wieder schien die Gestalt für einen Augenblick eine Halluzination zu sein. Wie leicht konnte sie sich in einen Schatten auflösen und für immer verschwunden sein, ein Leben, das so rasch und geheimnisvoll genommen wurde, wie es gegeben worden war.

Da pochte Christian an die Wagenscheibe und schrie laut: »Daddy, du bist zu Hause! Können wir Ball spielen?« Mein Gott, dachte Keeney, was ist, wenn sie das Mädchen tatsächlich umgebracht haben? Er verdrängte diesen Gedanken, sprang aus dem Auto und hob den Sohn kraftvoll über seinen Kopf.

Seid stark, seid schön!

Nachdem Christian zu Bett gegangen war, sah Keeney seine Post durch. Unter Rechnungen und Briefumschlägen, auf denen zu lesen war ›Steven H. Keeney, Sie können der glückliche Gewinner von 10 Millionen Dollar sein‹, befand sich ein Bulletin des Trinity College. Darin wurden ehemalige Studenten dafür geworben, das zwanzigste Treffen organisieren zu helfen, das erst in zwei Jahren stattfinden sollte. Nachdem sich ihm ein Seufzer – *zwanzig Jahre!* – entrungen hatte, entdeckte er seinen Namen im ersten Absatz: »Steven Keeney wurde Anwalt einer großen Gesellschaft.« Seine persönliche Metamorphose war offenbar so bemerkenswert, daß sie an erster Stelle genannt wurde. Er erinnerte sich plötzlich an Dinge, an die er seit Jahren nicht mehr gedacht hatte.

August 1968. Steven Keeney – Student im zweiten Jahr am Trinity College, oder, noch wichtiger, Mitglied der Organisation ›Studenten für eine Demokratische Gesellschaft‹ – trampt ins Zentrum von Chicago. Panzer und Jeeps fahren durch die Straßen, während Tausende von Polizisten und Angehörige der Nationalgarde in voller Ausrüstung an den Straßenecken stehen und auf einen Vorwand warten, um in Aktion zu treten. Später an jenem Tag standen Hubert Humphrey, dem Präsidentschaftskandidaten der Demokraten, vor den Kameras des nationalen Fernsehens die Tränen in den Augen, als Polizeibataillone auf die Menschenansammlungen einknüppelten und Wolken von Tränengas versprühten.

Wie so viele, die es nach Chicago zog, um bei einem historischen Ereignis dabei zu sein, hatte Keeney bei seiner Ankunft keine Idee, was er tun oder wohin er überhaupt gehen sollte. Am College organisierte er eine Protestaktion, um die Einrichtung eines Fonds für ein Minoritätenstipendium durchzusetzen. Und er schrieb hitzige Leitartikel für die Hochschulzeitung, von denen einer die Überschrift trug: BUMST DIE PEPSICOLA-GENERATION! Mit schulterlangem Haar ging er auf die Straße und geriet mitten in eine Demonstration hinein.

Binnen weniger Minuten wurde er zusammen mit einer Gruppe anderer ›Radikaler‹ von einer Schwadron von Polizisten festgenommen. »Dummkopf, du bist verhaftet« – das waren die ersten und die letzten Worte, die er auf den Straßen von Chicago hörte.

Auf der Polizeiwache sprühte ihm ein Beamter Reizgas in die Augen. »Das ist furchtbar«, sagte ein anderer grinsend, »ich will dir helfen, es abzuwaschen.« Er preßte Keeneys Gesicht in ein Toilettenbecken und betätigte die Spülung.

Das nächste, woran Keeney sich erinnerte, war, daß er in eine überfüllte Arrestzelle gesperrt wurde. Als er aufschaute, erblickte er statt der Taschendiebe und Junkies, die er erwartet hatte, zwei bekannte Gesichter. Sie waren ihm sogar mehr als bekannt. Es waren Abbie Hoffmann und Tom Hayden, zwei Leuchten der neuen Linken.

Der erste Schein der Morgendämmerung drang schon durch die vergitterten Fenster des Cook-County-Gefängnisses, als eine politische Diskussion, die sich durch die ganze Nacht hingezogen hatte, zu Ende ging und die Vorbereitung auf die richterliche Vernehmung zur Anklage begann. Das Gericht erledigte die anstehenden Fälle wie üblich im Fließbandverfahren, und ein Anwalt von der ACLU, der Amerikanischen Bürgerrechtsvereinigung, erreichte spielend, daß die Anklage wegen Anstiftung zum Aufruhr fallengelassen wurde. Ein paar Stunden später verließ Keeney als freier Mann das Gerichtsgebäude und überlegte, wann der nächste Bus nach Connecticut abfuhr.

An das College zurückgekehrt, veröffentlichte er einen in der Tradition von Abbie Hoffmann abgefaßten Artikel unter dem Titel: ›Heiße Stadt, Schweine auf den Straßen‹. Dieser endete mit der aufrüttelnden Botschaft: ›Polizeiketten können uns nicht länger aufhalten. Seid stark, seid schön!‹

Einige Monate danach klingelte um 7 Uhr 00 in der Frühe das Telefon im ›Cabaret Voltaire‹, seinem Wohnheim in Hartford.

»Steven Keeney?« fragte eine männliche Stimme vorwurfsvoll. »Hier ist das FBI.«

»Ja, ist doch klar«, sagte er und legte prompt den Hörer wieder auf.

Als Vorsitzender der ›Studenten für eine Demokratische Gesellschaft‹ war Keeney es gewohnt, zu jeder beliebigen Tages- oder Nachtzeit Anrufe zu erhalten. Sie kamen gewöhnlich von Kommilitonen, die aus irgendeinem Grund wegen zivilen Ungehorsams Schwierigkeiten hatten. Das Letzte, was ihm noch fehlte, war, daß am Morgen als erster ein Spinner in der Leitung war.

Fünf Minuten später klingelte es wieder. Dieselbe Stimme sagte, jetzt aber nicht ganz so forsch und eine halbe Oktave höher: »Hier ist das FBI.«

Keeney rief sofort die ACLU an.

Im Hartforder Gebäude der bundesstaatlichen Instanzen mußten Keeney und sein Anwalt zuhören, wie ein Untersuchungsbeamter des FBI den radikalen Studenten darüber informierte, daß er wegen möglicher Verstöße gegen das Bundesgesetz überwacht werde und daß ihm das Reisen in andere Bundesstaaten zum Zwecke der Anstiftung von Tumulten verboten sei.

Die Mafiabosse betreiben ihre Drogengeschäfte und organisierte Erpressung, so dachte Keeney rückblickend, doch dieser Agent hatte nichts Besseres zu tun, als einen pfeiferauchenden ›Preppie‹, der die Vorstudienanstalt besuchte, aus dem Bett zu holen. Was war das? Eine neue McCarthy-Ära?

Es war ein weiter Weg, den er vom Vernehmungsraum des FBI (es wurden nie offizielle Anklageschriften zu den Akten gegeben) zu den mit Läufern bedeckten Korridoren der Firma Barnett & Alagia zurückgelegt hatte. Nach dem College besuchte er ein Priesterseminar, wo er seine Magisterprüfung in Theologie ablegte. Danach arbeitete er als Reporter, bevor er Jura zu studieren begann. Nach Erlangung der Magisterwürde auf diesem Gebiet sagte er der umstürzlerischen Politik ade und begann sogleich, eine der mächtigsten Gesellschaften des Landes zu vertreten, wobei er Geschäfte beförderte, die er noch in der Collegezeitung gebrandmarkt hätte. Aber selbst nachdem er die Blue jeans gegen elegante Anzüge vertauscht hatte, bewahrte er sich privat seinen jugendlichen Idealismus: Er stimmte bei den Wahlen für die Demokraten, gehörte den Vorständen von Wohltätigkeitsvereinen an und stand jeden Sonntagmorgen zeitig auf, um einen Kurs über »Die Bibel in ›fünf leichten Teilen‹« abzuhalten.

Zu dem Zeitpunkt, als Bobbie Roberts ihn im Gemeindesaal ansprach, hatte Steven Keeney bereits sieben Jahre bei B & A gearbeitet und dort rasch Karriere gemacht. In vieler Hinsicht setzte er die Familientradition fort. Seine Eltern, Arthur und Virginia Keeney, waren selbst Muster an Tüchtigkeit im Beruf.

Arthur, ein gutaussehender Mann mit dem hageren Gesicht eines südlichen Aristokraten, war Dekan der Medizinischen Fakultät. Virginia, eine Frau, deren Schönheit mit der von Katherine Hepburn verglichen wurde, praktizierte als Ärztin, während sie ihre drei Kinder großzog. Nachdem diese alle ihren Weg machten, unternahm sie es, zum zweiten Mal die Magisterwürde zu erwerben, diesmal auf dem Gebiet der Psychiatrie. Sie wurde schließlich außerordentliche Professorin an der Medizinischen Fakultät der Universität von Louisville. Sie und ihr Mann gehörten den Vorständen wohltätiger, kultureller und akademischer Organisationen an, hatten kirchliche Funktionen inne und erhielten jedes Jahr eine oder zwei akademische Auszeichnungen.

Der gleiche mühelose Aufstieg auf der Erfolgsleiter wurde von ihren Kindern, besonders von ihrem Ältesten, Steven Harris, erwartet. Im Oktober 1966 schrieb er in einem Beitrag für die Zeitung seiner Vorstudienanstalt in Philadelphia, der Chestnut Hill Academy: ›Das Ziel ist festgelegt und klar. Jetzt kommt es darauf an, es unbeirrbar anzusteuern.‹

Er lebte in einer Welt, in der Mord wegen einer Versicherungssumme von fünfunddreißigtausend Dollar unvorstellbar war.

Keeney erwachte aus seinen Träumen und blickte auf den Stapel von Papieren in der äußersten Ecke seines Studierzimmers. Bobbie Roberts' Fall – Gesprächsnotizen, die Fotos, die Polizeiberichte, Korrespondenz – begann mittlerweile den Charakter eines richtigen Rechtsstreits anzunehmen. Wer würde all die Arbeit bezahlen, die noch zu leisten war?

Seine Teilhaber bei B & A würden sich ungern auf eine nutzlose und teure Angelegenheit einlassen. Sie honorierten unentgeltliche Arbeit nicht, wenn diese nicht zu neuen Geschäftskontakten führte. Keeney wußte nur zu gut, daß die Gründer von B & A stolz darauf waren, sich voll und ganz den zahlenden Kunden zu widmen. Er hatte es peinlichst vermieden, den Fall auf den Beratungen der Teilhaber zu erwähnen, er hatte es sogar so eingerichtet, seine private Arbeit, die er pro bono leistete, in die Zeit nach siebzehn Uhr zu verlagern, wenn die Büros in Chicago und an der Westküste noch geöffnet hatten und bei B & A langsam die Ruhe einkehrte. Aber je mehr sich die Chancen der Aufklärung des Unglücksfalls von Big Sur verringerten, um so dringlicher wurde es, in der Sache Dampf zu machen.

Das war insofern besonders wichtig, als niemand sonst sich für Bobbie Roberts interessierte. In den Augen eines Cops in Monterey war Deana bloß eine Frau gewesen, die sich von ihrem bei der Navy dienenden Matrosen getrennt und sich offenbar mit einem Exsträfling verlobt hatte. Man hatte wahrscheinlich wichtigere Todesfälle zu untersuchen. Mike Hatch hatte das gleichfalls mit einer Bemerkung zu verstehen gegeben, dies sei einer der geringsten Versicherungsansprüche in diesem Jahr. Keeney hatte den Eindruck, als ob jedermann täte, was er zu tun hatte, jedoch nur routinemäßig.

Die McGinnis' brauchten nicht einmal schuldig zu sein, dachte er. Aber es wäre aller Anstrengungen wert, die Wahrheit herauszufinden. Es war eine elementare Frage, was richtig und was falsch, ob es ein Unglücksfall oder ein Mordfall war.

Die einfachste Theorie ist die richtige

Dr. Barbara Weakley-Jones saß in ihrem nüchternen Arbeitsraum im Leichenschauhaus von Louisville. Es roch nach Alkohol und Formaldehyd. Gerahmte Aufnahmen ihrer verschmitzt lächelnden Kinder standen auf einer Ecke ihres Desktops. Neben den Familienfotos lagen etliche Berichte und acht bis zehn Hochglanzfotos, die jeden Schritt der an Deana Wild vorgenommenen Autopsie dokumentierten. Das Material war von Steve Keeney beschafft worden, der nun Frau Dr. Weakley-Jones gegenübersaß und auf ihre Analyse wartete.

Sie selbst sah nicht wie eine Mitarbeiterin des Leichenbeschauers aus. Mit ihrem mattblonden Haar und den klaren blauen Augen glich die dreiundvierzigjährige Ärztin eher einer TV-Mami: Sie wirkte freundlich und munter, ja sogar ein wenig schüchtern. Doch bis zu dem Zeitpunkt, da sie mit Keeney zusammentraf, um über Deana Wilds Tod zu sprechen, hatte die Mutter von zwei Kindern bereits mehr als dreitausend Leichen seziert.

Es hatte mehrere Wochen gedauert und Keeney ein halbes Dutzend Telefonanrufe gekostet, ehe die Autopsiefotos herausgerückt wurden. Sergeant Brown hatte bedauernd geäußert, er könne sie grundsätzlich weder privaten Anwälten noch Familienangehörigen aushändigen, nur Personen des Gesetzesvollzugs. Aber Keeney ließ sich nicht so leicht abspeisen.

Er rief zurück und erbot sich, die Fotos persönlich der Mitarbeiterin des Leichenbeschauers, Frau Dr. Weakley-Jones, einem offiziellen Mitglied der Gesetzesvollzugsabteilung von Kentucky, zu übermitteln.

»Selbstverständlich«, erwiderte Brown, »aber wenn die Fotos aus dem Umschlag herausfallen sollten, sollten Sie sie lieber nachzählen, damit Sie sichergehen, daß keines fehlt.«

»Ein Rechtsanwalt hat die Pflicht, gewissenhaft zu sein, Sergeant.«

»Ich werde daran denken, Sie anzurufen, falls ich je in Kentucky verhaftet werden sollte.«

Die Pathologen in Monterey hatten einen ganzen Film dazu verwendet, um Deanas Autopsie zu dokumentieren; es waren fünfundzwanzig Farbfotos, eins für jeden Schritt. Sie zeigten die Leiche angezogen, nackt und dann in verschiedenen Stadien der Sektion. Sowohl die Aufnahmen als auch der mehrere Seiten umfassende Polizeibericht lagen nun auf Dr. Weakley-Jones' Tisch.

Keeney entschuldigte sich dafür, daß er der Ärztin die Zeit nicht vergüten könne. Sie lachte: »Ein medizinisches Gutachten mehr oder weniger wird *mich* nicht umbringen.« Der makabre Humor schien von der Umgebung inspiriert.

Sie breitete die Fotos auf ihrem Eintragebuch aus und ging sie der Reihe nach durch.

Deanas Leichnam lag angezogen auf dem dunklen Autopsietisch. Einige wenige Abschürfungen und Blutergüsse waren an Händen und Füßen zu sehen. Ihr Haar war von Blut verklebt und ihr Gesicht blutbefleckt. An einer der Fersen war der Strumpf zerrissen.

»Ich habe versucht, die Verletzungen am Körper aufzuzeichnen, um zu sehen, ob sich daraus ein Bild ergibt«, erklärte Frau Dr. Weakley-Jones. »Das erste, was mir auffiel, war, daß die meisten Abschürfungen und Quetschungen, die die Tote erlitt, sich auf der *rechten* Seite befinden. Wenn Sie die Fotos genauer betrachten, können Sie linienförmige Kratzer erkennen. Mir scheint, daß sie die Klippe hinabrutschte, fast so, als ob sie matt und kraftlos war.«

»Aber es war doch eine etwa einhundertzwanzig Meter hohe Klippe«, wandte Keeney ein. »Selbst wenn sie ein Medikament eingenommen hatte, hätte sie nach allem greifen müssen, woran sie sich im Kampf um ihr Leben festhalten konnte.«

»Gewiß, sie stürzte hinunter. Aber bedenken Sie: Die einzig tödliche der etwa sechzehn Verletzungen, die sie erlitt, war die am Kopf. Sie prallte vielleicht mit dem Kopf gegen einen Felsen, als sie hinunterfiel. Sie konnte aber auch genauso leicht *getroffen* worden sein, vielleicht von einem stumpfen Gegenstand, der ihr nachgeworfen wurde. Das würde sowohl die einzelne Kopfverletzung als auch die linienförmigen Spuren erklären.«

»Wenn Sie sich wirklich ein Bild von der Sache machen wollen«, sagte sie mit einem Ausdruck, als habe sie gerade einen Fehler auf ihrem Kassenbon im Lebensmittelladen entdeckt, »dann sehen Sie sich diese Aufnahmen an.«

Keeney nahm zwei Fotos, die Deanas geschwollene Hand zeigten. Sie war von blauschwarzen Blutergüssen bedeckt.

»Alle diese Hämatome befinden sich auf den Handrücken, aber soweit ich es beurteilen kann, gibt es nichts Vergleichbares auf den Handflächen«, setzte Dr. Weakley-Jones ihre Ausführungen fort. »Niemand hat daran gedacht, die Verletzungen an den Handflächen zu fotografieren. Entweder gibt es keine, oder sie waren zu unbedeutend. Doch würden Sie nicht mit einer offenen Hand zugreifen, wenn Sie versuchten, sich an einem Felsen, einem Baum oder sonstwas festzuhalten, das Ihren Absturz verhindern könnte?«

Keeney nickte. Gewiß täte er das. Es war ein weiteres Detail, das nicht mit dem Umfallszenario übereinstimmte.

»Das *Fehlen* von Verletzungen läßt darauf schließen, daß sie wahrscheinlich die ganze Schräge hinabrutschte«, sagte die Ärztin. »Aber das ist nur der Anfang. Alle ihre Fingernägel – falsche übrigens – sind abgebrochen. Sie werden fragen: wieso?«

Keeney wartete auf eine Antwort.

»Okay.« Sie lehnte sich zurück, krempelte die Ärmel ihres Laborkittels hoch und fing an, mit ihren Fäusten in die Luft zu boxen. »Stellen Sie sich ein Mädchen vor, das am Rande eines Abgrunds um ihr Leben kämpft. Sie versetzt den Personen, die sie hinabstoßen wollen, Schläge. Ohne Erfolg – die Täter sind zu stark. Deshalb beginnt sie zu kratzen. Die blauschwarzen Blutergüsse und die abgebrochenen Nägel sind klassische defensive Verletzungen. Oder, wenn man es sich richtig schaurig vorstellt ...« – das Hausfrauenlächeln erschien wieder auf ihrem Gesicht – »vielleicht traten die McGinnis' ihr auf die Hände, als sie sich an den Klippenrand klammerte. Vielleicht brachen ihre Fingernägel ab, als sie sich festkrallte.« Sie machte eine Pause, damit ihre Worte richtig verdaut wurden. »So oder so handelt es sich nicht um Verletzungen, die ich bei einem einfachen Absturz vom Rande eines Abgrundes erwarten würde.«

»Alles in allem, was ist Ihre Meinung? War es ein Unfall? Ich bemühe mich ständig, mir das einzureden.«

»In Anbetracht des Zeitpunkts, zu dem die Lebensversicherung abgeschlossen wurde, und in Anbetracht dieser Verletzungen würde ich ernsthaft an Mord glauben. Aber die derzeitigen faktischen Beweise – die Berichte über das Unfallgeschehen und die Polizeiberichte – genügen nicht. Es fehlt zuviel: Fotos vom Ort des Geschehens, der Fallweg, Fingernagelspuren und Kratzer. Es existiert nicht einmal ein gutes, klares Foto von der Verletzung. Und wenn Sie mich fragen, ob ich hinfahren und diese Leute verhaften lassen würde, erwidere ich Ihnen, daß das nicht meine Angelegenheit ist. Vielleicht sollten Sie versuchen, die Kleidungsstücke zu bekommen, die die McGinnis' an jenem Tag anhatten. Achten Sie auf Risse und sogar auf Blutspuren, für den Fall, daß sie Deana einen Schlag auf den Kopf versetzt haben. Es ist schon zuviel Zeit verstrichen, aber manchmal können Kriminelle nicht nur unglaublich gerissen, sondern auch unglaublich dumm sein.«

»Überdies ist es eine Schande«, fügte sie mit einem Kopfschütteln hinzu, »daß der Pathologe keine quantitativen Angaben zum Elavil gemacht hat.«

»Das ist auch meine Meinung.« Keeney begann, den Bericht und die Fotos einzupacken.

»Noch etwas«, sagte sie. »Ich habe mit unserem Chef, George Nichols, über diesen Fall gesprochen. Er empfiehlt Ihnen, einen Gerichtspsychiater zu konsultieren, und ich teile seine Auffassung. Sollte es sich hier um Mord handeln, weichen Virginia McGinnis und ihr Mann erheblich von der Norm ab. Ich bitte Sie, in dieser Richtung wirklich etwas zu unternehmen.«

Mit diesem Ratschlag im Ohr fuhr Keeney nach Hause. Er versuchte, sich das Verbrechen vorzustellen. Mit der Rekonstruktion von Deanas letzten Stunden konnte er sich erst in den späten Abendstunden befassen, wenn Christian eingeschlafen war und die Lichter in der Nachbarschaft von Castlewood ausgingen. Umgeben von seinem Computer und den Bücherregalen saß Keeney am Schreibtisch und ging die verschiedenen Szenarios von Deanas Tod durch. Er testete ein jedes von ihnen unter Berücksichtigung der Regel, die besagt, daß man sich immer auf das Wesentliche beschränken sollte. Das sei von überragender Bedeutung, hatte ihm sein Vater eingehämmert. Diese Regel besagte auch: Die einfachste Theorie, die die meisten bekannten Fakten erklärt, ist die richtige.

Steve jonglierte eine ganze Weile mit den Fakten herum, damit das Unfallszenario stimmte, aber es gab allzuviele Anomalien, und ihre Zahl wuchs. Nach seiner Begegnung mit Dr. Weakley-Jones erkannte er jetzt, daß er nicht umhin konnte, das Mordszenarium festzuhalten. Er gab die Daten in den Computer ein und fügte alle bekannten Tatsachen hinzu:

Deana kommt im September in San Diego an. In jenem Herbst überwirft sie sich mit ihrem Mann und trifft James Coates, der bedingt aus der Haft entlassen wurde. Coates bringt sie nach Hause mit. Danach wird er wieder straffällig und kommt erneut ins Gefängnis. Die McGinnis' erkennen, daß Deana ein ideales Opfer ist: ein naives Mädchen, das von ihrem Mann und ihrer Familie getrennt lebt. Sie steht allein da, ist arbeitslos und auf Hilfe angewiesen. Sie behalten sie als Gast bei sich. Am 1. April bezahlen sie ihr eine Lebensversicherung, wobei sie eine angebliche Verlobung mit Coates zum Vorwand nehmen. Zur Tarnung geben sie an, eine Versicherung für B. J. abschließen zu wollen. »Wir gehen auf jeden Fall zum Versicherungsagenten. Komm doch mit.« Deana mit ihrem niedrigen Intelligenzquotienten wird zur Unterschrift überredet. Am nächsten Tag nehmen die McGinnis' sie zur Küste mit und halten Ausschau nach einer abgelegenen Ausweichstelle. Sie kennen die Straße wahrscheinlich von früheren Besuchen bei Verwandten in San Francisco her. Virginia sorgt dafür, daß Deanas hohe Absätze auf zwei Schnappschüssen zu sehen sind, für den Fall, daß die Schuhe beim Absturz verlorengehen. Irgendwann haben sie Deana etwas Elavil verabreicht, vielleicht in einer Coca-Cola oder in einem Milchshake, oder sie haben ihr gesagt, das Mittel sei gut gegen die Reiseübelkeit. Als es zu wirken beginnt, schlägt Virginia vor, ein weiteres Mal zu halten, um zu fotografieren. Sie fahren den Wagen zur Seite. Deana hat das Gefühl, daß etwas nicht stimmt. Sie schießt das fünfte Foto in dem Augenblick, da sie ihr den Rücken zukehren. Virginia kommt wegen der Kamera zurück und nutzt das dazu, Deana an den Rand des Abgrunds zu locken, nachdem sie sich davon überzeugt hat, daß er tief genug ist. Deana ist vom Elavil umnebelt. Da ihr schwindlig ist und sie auf schwachen Beinen steht, lehnt sie sich an B. J. und lächelt schläfrig in die Kamera, in der Hoffnung, daß alles in Ordnung ist. Foto 6. Dann gehen sie auf den Klippenrand zu. Virginia fotografiert weiter. Sie macht die elfte Aufnahme. B. J. prüft, wie der Verkehr auf der Straße ist. Virginia schaut durch das Objektiv, um sicherzugehen, daß niemand sie beobachtet. Dann gibt B. J. Deana einen Stoß. Trotz ihrer Betäubung bewahrt Deana das Gleichgewicht. Adrenalin wird ausgeschüttet. Ihre Hände werden verletzt, während sie sich boxend zur Wehr setzt; ihre Fingernägel brechen ab. Sie verliert einen Schuh, ihr Strumpf zerreißt an der Ferse. B. J. ruft Virginia zur Hilfe. Er wird des Mädchens nicht mehr Herr. Virginia greift nach einem Felsbrocken oder nimmt das Blitzlicht und versetzt Deana damit einen Schlag auf den Kopf. Der Körper des Mädchens erschlafft und rutscht die Klippe hinab. Verletzungen, die jemand davonträgt, wenn er von einer Klippe gestoßen wird, lassen sich kaum von solchen unterscheiden, die bei einem zufälligen Sturz von einer Klippe entstehen. Die Polizei untersucht den Fall flüchtig und verschwindet wieder. Virginia setzt sich in Bewegung, um aufgrund der Versicherungspolice das Geld zu kassieren.

Keeney lehnte sich vor dem Bildschirm seines Computers zurück. Der Text war stimmig. Er beantwortete allerdings weder die Frage, warum Deana, eine verheiratete Frau, sich bereit erklärte, Coates als ihren Verlobten zu bezeichnen, noch gab er präzise Auskunft darüber, wieso Virginias Name auf die Police gelangte oder wie Deana dazu kam, das Elavil einzunehmen. Doch er erklärte all die anderen Fakten.

Zu den ersten Anrufen, die Detective Donald Herbert Smythe tätigte, zählte der bei Steven Keeney. Er schien ihm eine gute Nachricht mitteilen zu wollen. Keeney hatte den Eindruck, es mit einem zähen Burschen zu tun zu haben, seine Stimme klang gut eine Oktave tiefer als sonst bei einem Cop. Besser wäre es, wenn sie interessiert klänge. Smythe, der bereits sechzehn Jahre bei der Ermittlungsbehörde war und vorher jahrelang an den Klippen von Big Sur hinauf und hinab gestiegen war, teilte Keeney mit, daß er gerade die Akte durchgelesen habe.

Smythe sagte frei heraus, die Story der McGinnis' käme ihm spanisch vor. Gewiß stürzten Leute bei den Klippen von Big Sur an Stellen ab, wo man eine gute Aussicht hatte, aber nur dann, wenn sie versuchten, tolle Stückchen zu machen, wie z. B. die Klippen hinabzuklettern oder auf einem Bein stehend zu posieren. Niemand stürzte ab, ohne einen Laut von sich zu geben …

Smythe erklärte, bevor er den Fall dem dortigen Staatsanwalt auf den Tisch legen könnte, würde er so viel belastendes Material benötigen, wie er bekommen könnte.

Keeney nutzte die Chance, sich in die Sache einzuschalten.

Am 25. August sandte er Smythe einen fünfseitigen engzeilig geschriebenen Brief, Kopien der Fotos, die bei den Klippen gemacht worden waren, sowie eine Zusammenfassung der Meinung von Dr. Weakley-Jones, alles in der Absicht, sowohl das Büro des Sheriffs von Monterey als auch die dortige Staatsanwaltschaft zu veranlassen, endlich etwas zu unternehmen. Keeney wußte, daß jeder Staatsanwalt noch viel mehr Beweise benötigte, ehe er Anklage erheben konnte. Aber es war ein Anfang.

Er selbst hatte bereits den nächsten Schritt geplant.

»Bobbie, es gibt etwas, was Sie tun könnten, um die Sache voranzubringen. Allerdings könnte Ihnen das, was ich Ihnen vorschlagen möchte, im Moment vielleicht zuviel sein ...« Keeneys Stimme war immer leiser geworden, bis in der Leitung nichts mehr zu hören war.

Er wußte, daß die Zeit für seinen Anruf ungünstig war. Unlängst hatte Bobbie ihm erzählt, sie habe davon geträumt, daß ihre Tochter von einer Klippe gestürzt sei und daß die Seelöwen zwei Gestalten angebrüllt hätten, die oben auf dem Felsen standen. Gerade drei Tage zuvor hatte er seinen Brief an Detective Donald Smythe abgeschickt, und Bobbie mußte inzwischen die Kopie des Schreibens erhalten haben. Es war sicherlich kein Trost für sie, all die nüchternen Fakten lesen zu müssen. Keeney befürchtete, daß er Bobbie mit seinem ›Ansinnen‹ zuviel zumuten würde.

»Ich weiß nicht.« Ihre Antwort kam zögernd. »Es ist für mich jetzt kein sehr passender Moment. Meine Tochter Jane und ich tun, was wir können, aber – es ist schwer. Das ist alles.«

»Sie wissen, Bobbie, ich würde Sie nicht behelligen, wenn ich nicht ehrlich davon überzeugt wäre, daß wir Antwort auf eine Menge von Fragen erhalten würden. Ich bitte Sie, Virginia anzurufen, und ich möchte das Gespräch auf Band aufnehmen.«

Sie seufzte. Es klang, als ob sie sich dazu durchringen würde. Keeney fuhr fort: »In diesem Fall wird es auf die Details ankommen. Ein Tonband wird es uns ermöglichen, das, was gesagt wurde, noch einmal abzuspielen und von verschiedenen Gesichtspunkten aus, Zentimeter für Zentimeter, zu überprüfen. Wenn Virginia die Wahrheit sagt, wird niemand einen Schaden davontragen. Sollte sie lügen, bekommen wir Beweismaterial. So oder so werden Sie Virginias Story aus erster Hand erfahren. Und Mr. Smythe erhält die Beweise, die er benötigt.«

»Ist das nicht illegal?« fragte Bobbie.

»Nicht in Kentucky«, erwiderte Keeney. »Wir werden uns später den Kopf über Kalifornien zerbrechen.«

»Wenn Sie glauben, daß es nützen könnte, Mr. Keeney, will ich es tun. Im allgemeinen verstehe ich mich darauf, ein Gespräch zu führen«, lachte sie. »Das ist mein Beruf ...«

1. September 1987. Am Abend saßen Keeney und Bobbie Roberts im Wohnzimmer von Bobbies neuem Heim. Sie hatte sich des alten verwinkelten Hauses durch einen raschen Verkauf für eintausend Dollar in bar entledigt, wobei der geschuldete Restbetrag in den nächsten vierundzwanzig Monaten fällig war. Bobbie wußte, daß sie zum gegenwärtigen Zeitpunkt einen besseren Verkaufspreis hätte aushandeln können, doch sie hatte aus dem Haus herausgemußt. Alpträume waren schon schlimm genug. Doch wenigstens wurde sie nun nicht mehr in den bisherigen vier Wänden wach, wo man von Erinnerungen heimgesucht wurde.

Ihre neue Eigentumswohnung lag im ersten Stock eines unregelmäßigen Komplexes von Ziegelbauten in der Nähe ihrer Schule und im Geschäftsviertel von Louisville. Es war eine verkehrsreiche Gegend, wo sie jederzeit Menschen sah, wenn sie nach Hause kam oder fortging. Die Wohnung selbst, zwei Schlafzimmer, die ganz in Weiß gehalten waren, sowie ein großes Wohnzimmer, von dem aus man auf Kiefern blickte, war jene Art von Behausung, die sich ein Lehrer auf dem billigen Wohnungsmarkt von Kentucky leisten konnte.

Keeney saß Bobbie in einem großen Sessel gegenüber und trank schlückchenweise Kaffee aus seiner großen Tasse. Sein pastellfarbenes gestreiftes Hemd und sein dreiteiliger Anzug aus tasmanischer Wolle hatten den Tag wie gewöhnlich knitterfrei überstanden. Bobbie saß auf dem mittleren Kissen desselben geblümten Sofas, das in Fincastle – wie er sich erinnerte – im Wohnzimmer gestanden hatte.

Keeney betrachtete Bobbies Gesicht genau. Er war sich ziemlich sicher, daß sie trotz ihres sanften femininen Äußeren innerlich sehr gefestigt war. Sie würde alles richtig machen, dachte er.

Bobbie Roberts wählte die Nummer der McGinnis' in Chula Vista, Kalifornien. Keeney hörte mit Hilfe eines anderen Apparats mit; ein gelber Notizblock lag auf seinen Knien.

»Hallo?« meldete sich eine weibliche Stimme.

»Virginia?«

»Ja.«

Bobbie verdeckte die Sprechmuschel mit der Hand und wisperte: »Sie ist es.«

Keeney gab ihr zu verstehen, daß sie zu sprechen beginnen sollte.

»Hier ist Bobbie in Louisville, Kentucky. Wie geht es Ihnen? Sie sagten, ich könne Sie jederzeit anrufen.«

»O ja. Gut, ziemlich gut. Wie geht es Ihnen?«

»Manchmal gut, manchmal schlecht. Sie wissen ja, wie es ist, wenn man eine Tochter verloren hat.« Bobbie konnte sich diesen Satz nicht verkneifen. Der Zusammenhang zwischen Deanas Tod und dem seltsamen Ende von Virginias Kind hatte ihr auf der Seele gelegen.

»Ja, ich bin dort gewesen, daher ... Ich kann nicht sagen, ob der Schmerz je vergehen wird.«

Virginias Stimme überraschte Keeney. Sie klang heller und weiblicher, als er erwartet hatte.

»Nein, ich glaube nicht. Ich denke, je mehr Zeit verstreicht, um so mehr vermisse ich Deana. Was ich mir wünsche, ist, daß sie nach Hause kommt, damit ich sie wenigstens anschreien kann«, scherzte Bobbie nervös. »Ich möchte einfach mit Ihnen reden.«

»Oh, das ist lieb«, erwiderte Virginia.

»Sie hatten mir gesagt, ich könne Sie jederzeit anrufen, und wir könnten darüber sprechen. Ich glaube, als wir zum ersten Mal miteinander telefonierten, war ich vor Schmerz so betäubt, daß ich bloß den Wunsch hatte, zuzuhören, wie Sie mir etwas erzählten, und ...« Bobbie blickte zu Keeney hinüber – Virginia schwieg. Er legte seinen Kugelschreiber hin und beschrieb mit der Hand einen Kreis in der Luft: Reden Sie weiter.

Sie begann ins Blaue hinein zu sprechen und beliebige Fragen zu stellen. »Hm ... erzählen Sie mir doch bitte, was sie über mich oder ihre Schwester gesagt hat. Fangen Sie mit irgend etwas an, wovon Sie glauben, daß es mir helfen könnte. Blieb sie am Abend vor ihrem Absturz bei Ihnen oder ... ? Können Sie sich entsinnen?«

»Ja, sie war hier«, antwortete Virginia munter.

»Wissen Sie noch, wie lange sie bei Ihnen wohnte?«

»Sie war hier, aber ich kann es jetzt wirklich nicht genau sagen. Auf alle Fälle hielt sie sich hier mehrere Tage lang auf.«

Eine weitere Antwort, die zu nichts führte. Bobbie begann sich zu fragen, ob die Frau argwöhnte, daß ihre Äußerungen mitgeschnitten wurden.

»Hat sie über mich oder über ihre Schwester gesprochen oder erinnern Sie sich sonst an irgend etwas, was sie vielleicht über uns gesagt hat?« Bobbie dachte, die Frage habe absurd geklungen; sie hatte das Gefühl, daß sie im Begriff war, die Kontrolle über sich zu verlieren – vielleicht war sie im Grunde nicht dazu geeignet, etwas im Verborgenen zu tun.

»Nun, im wesentlichen sagte sie, sie wolle, daß ihre Schwester nach Beendigung der Schule herkomme, und sie dachte, Sie würden vielleicht auch kommen wollen.«

Am Nachmittag hatte Keeney Bobbie auf das Telefongespräch vorbereitet. »Bringen Sie sie einfach zum Reden, stellen Sie ihr allgemeine Fragen.«

»Was sage ich, wenn sie wissen will, ob ich das Telefongespräch mitschneide?«

»Sie wird nicht fragen, wenn Sie ihr dazu nicht einen Anlaß geben«, sagte Keeney. »Falls es ein Unglücksfall war, wird alles auf natürlichem Wege ans Tageslicht kommen. Beginnen Sie einfach allgemein und heben Sie sich die speziellen Fragen – nach dem Elavil und besonders nach der Versicherung – zum Schluß auf. Eine Anspielung darauf, daß Sie Argwohn hegen und Einzelheiten wissen, die sie der Polizei nicht mitgeteilt hat, könnte bewirken, daß Virginia sofort verstummt.

Nehmen Sie einfach an, daß sie die Wahrheit sagt und daß dies ein Gespräch ist, daß Sie sich immer gewünscht haben.«

Bobbie erinnerte sich an den Ratschlag, war aber weiter besorgt. Falls sie fortführe, wie ein Polizeidetektiv eine Frage nach der andern zu stellen, würde Virginia dann nicht den Hörer aufknallen?

»Ja, ich hatte vor, zu kommen«, setzte Bobbie das Gespräch fort. »Gibt es sonst nichts, was Sie mir erzählen könnten? Wie lernte sie zum Beispiel Jimmy kennen?«

»Durch einige andere Leute, die ich nicht kannte. Er brachte Deana ein paarmal nach Hause mit. Wie ich bereits erwähnte, hatte sie wirklich keine Bleibe. Er wollte nicht, daß sie auf der Straße landete.«

Bobbie fragte, ob Virginia noch irgendwelche Sachen von Deana habe. Mit munterer Stimme antwortete Virginia, daß sie noch ›alles‹ hätte, selbst ›den kleinen schwarzen Bikini‹, den sie Deana kaufte. Bobbie sagte, sie werde Virginia zwanzig Dollar schicken, damit sie alles nach Hause senden könne. Virginia erklärte, das wolle sie gern tun. Dann wechselte Bobbie abrupt das Thema. »Wissen Sie, ich versuche, mir ein genaues Bild davon zu machen, was geschah, als sie abstürzte. Hörten Sie etwas, als sie sich umdrehte? Ich meine, Sie wissen …« Bobbie brach bewußt mitten im Satz ab.

»Wir haben keinen Laut vernommen«, antwortete Virginia in einem singenden Tonfall. »Wir befanden uns etwas oberhalb der Stelle, wo der Wagen geparkt war. Wir waren noch ein Stück hinaufgegangen, um einige Fotos von dem alten Mauerwerk zu machen, das sich die Straße entlangzieht.«

»Deana – äußerte sie den Wunsch, daß unterwegs einmal angehalten wird? Ich meine, wie oft legten Sie eine Pause ein?«

»Ich würde sagen, wir hielten wahrscheinlich drei- oder viermal an … Das letzte Mal eine bis eineinhalb Stunden zuvor, und sie aß etwas bei dieser Gelegenheit.«

Das mußte etwa um fünfzehn Uhr gewesen sein, schätzte Keeney. Warum so spät? Mit leerem Magen ist es eine lange Fahrt von San Diego. Selbstverständlich nimmt ein leerer Magen Medikamente schneller auf.

Das Gespräch drohte wieder zu stocken. Keeney malte weitere Kreise in die Luft: Bobbie sollte dafür sorgen, daß Virginia weiterredete.

»Was aß sie? Erinnern Sie sich daran?«

Virginia bejahte. »Einen Hamburger und Pommes frites ...«

»Fuhr sie?« fragte Bobbie unvermittelt. »Saß Deana am Steuer oder ...«

»Nein, sie wollte hinaussehen. Von Zeit zu Zeit rief sie: ›Oh, seht doch, seht!‹ Inzwischen brach periodisch die Sonne durch die Wolken, und kleine Regenbogen waren zu sehen, die sie faszinierten.« Virginia sprach die Silben von *periodisch* und *faszinierten* gedehnt aus. Man hörte, daß sie auf ihr Vokabular stolz war.

»Oh, gewiß.« Bobbie mußte bei diesen Worten ihre Tränen unterdrücken.

»Aber sie war aufgeregt, da wir nach San Francisco fahren und Joanie, die Schwester meines Mannes, sowie meinen Schwager besuchen wollten. Sie wohnen nördlich von San Francisco. Es war das erste Mal, daß sie ihnen begegnen sollte.«

»Für die Verwandten muß es ein Schock gewesen sein, als Sie dann nicht kamen.«

Keeney nickte zustimmend. Bobbie begann ihre Fassung wiederzugewinnen.

»Nun ja, wir riefen sie an und erklärten ihnen, was passiert war. Ich wollte in jener Nacht nicht in Monterey bleiben, aber nach allem, was geschehen war, bestand man darauf. Dann kehrten wir um und fuhren nach Hause.«

Das folgende war Bobbie bekannt. Virginia fing an, Deanas Zukunftspläne zu schildern. Eines Tages seien sie losgegangen, um sich eine Broschüre über eine Schwesternschule zu besorgen, sagte Virginia. Keeney hielt die Idee für absurd, daß eine Schulabgängerin mit einem Intelligenzquotienten von 85 als Krankenschwester arbeiten konnte. »Ich dachte immer, Deana würde eine phantastische Krankenschwester abgeben, weil sie so fürsorglich war«, sagte Bobbie mit einem Seufzer.

»Das stimmt.«

»Dachten Sie das auch?«

»Absolut. Und was wir ihr nachdrücklich klarmachten, war, daß sie, wenn sie sich für dieses Gebiet entscheiden sollte, sich nicht von ihren Gefühlen leiten lassen dürfe. Sie könne viel Einfühlungsvermögen bei den Patienten zeigen, aber dürfe fremdes Leid nicht tief mitempfinden. Ich sagte, es könnte eine sehr dankbare, aber manchmal auch sehr entmutigende Aufgabe sein. Ich sagte, es sei leichter gesagt als getan, sich nicht von Gefühlen mitreißen zu lassen. Ich sagte, sie müsse sich zur Selbsterhaltung mit einem Schutzpanzer umgeben.«

Bobbie sah eine Möglichkeit, noch mehr zu erfahren. Fragen sprudelten über ihre Lippen: »Wie haben Sie selbst sich verhalten, als Ihre Tochter starb? Können Sie mir irgend etwas davon erzählen, wie Sie darüber hinwegkamen und was Sie taten? Was machten Sie mit ihren Sachen und unter welchen Umständen starb sie? Ist da irgendeine Parallele erkennbar, obwohl ich glaube, daß es in der Geschichte keine Wiederholung gibt?«

Keeney überprüfte das Tonbandgerät, nahm einen Schluck Kaffee und kehrte auf seinen Platz zurück, um sich weiter Notizen zu machen.

»Nun ja, Cynthia war drei Jahre alt, sie wäre vier geworden, wenn sie nicht im Dezember gestorben wäre.«

»Wieso starb sie?«

»Sie wollte auf ihrem Pony reiten. Und als wir in Louisville wohnten, hatten wir ein paar Reitpferde auf einer kleinen Koppel. Im wesentlichen kümmerten sich die Jungen um die Pferde. Es war ein kalter, windiger Tag, und gewöhnlich trug ich einen Pullover, wenn ich hinausging, um Sugar einzufangen. Aber an jenem Tag kriegte ich ihn nicht zu fassen, und ich weiß nicht, ob es auf den Wind zurückzuführen war, der den Mantel bewegte, oder auf etwas anderes. Das Pony rannte immer wieder weg, und schließlich sagte meine Tochter: ›Mami, ich friere.‹ Und ich sagte: ›Es ist gut, mein Schatz, geh in die Scheune, wo der Wind nicht bläst.‹ Dort stand eine kleine Mähmaschine. Um mich kurz zu fassen: Sie kletterte auf das Gerät. Die Kinder hatten eine Schnur, die im Garten gebraucht wurde, über die Dachsparren gehängt. Meine Tochter verhedderte sich darin und erhängte sich.« Keeney notierte sich den Satz und unterstrich ihn: ›*Tochter erhängt.*‹

»O mein Gott!« sagte Bobbie. Virginia schwieg wieder am Telefon.

Keeney formulierte lautlos eine Frage: »Wann?«

Bobbie griff sie auf. »Wann geschah das? In welchem Jahr?«

»1972.«

»Und ist das der Grund, weshalb Sie mehr oder weniger nach Kalifornien geflüchtet sind? Um den Erinnerungen zu entgehen?«

»Ursprünglich lebte ich in Kalifornien. Und mein Mann starb 1974.«

»War es Cynthias Vater?«

»Ja, er hatte inoperablen Krebs, und ...«

»Das Leben spielt uns zuweilen übel mit, nicht wahr?«

»Ich gab mir selbst einen Großteil der Schuld, als Cynthia den Tod fand.«

»Wieso fühlten Sie sich schuldig?«

»Ja, was wäre gewesen, wenn ich gesagt hätte: ›Wir werden dich reiten lassen, wenn die Jungen nach Hause gekommen sind‹? Oder wenn ich sie nicht aufgefordert hätte, in die Scheune zu gehen ...« Virginia stammelte, als ob sie nach einer Antwort suchte. »Es ist sehr leicht, dazusitzen und zu sagen: ›Nun gut, was hätte ich tun können und was hätte ich anders machen sollen.‹ Eigentlich kann man sich mit einem Schuldgefühl zugrunde richten.«

»Das ist wahr.«

»Und was wir schließlich mit ihren Sachen machten? Wir riefen die Kirche an ... Sie besaß viele Sachen, von denen die meisten an andere Kinder gingen. Es war – hm – sehr schwer, über das Ganze hinwegzukommen.«

»Nun ja, haben Sie etwas von Deanas Mann gehört? Hat sich Jay nie gemeldet?«

»Nein.«

»Ich würde gern wissen, ob Deana, als sie zu Ihnen zog, ihre Sachen mitbrachte, zum Beispiel ein Fernsehgerät?«

»O nein, sie brachte nur die Kleidung mit, die sie trug. Sie erwähnte faktisch nie, daß sie verheiratet war. Mir ist davon nichts bekannt.«

»Oh, das stimmt nicht. Sie waren tatsächlich miteinander verheiratet«, protestierte Bobbie. Sie hatte ihr Temperament zurückgewonnen. »Haben Sie noch andere Fotos von dem Tag, an dem Deana abstürzte? Existieren davon noch mehr?«

»Nein, nur was in der Kamera war, der Film, den ich schickte.«

»Okay, was ist mit den Fotos, die Sie mir sandten? Wo stammen sie her? Was sagten Sie, als diese Aufnahmen gemacht wurden? Und wie kamen sie zustande?« Bobbie hatte die Telefonschnur um die Finger gewickelt. »Ich meine: Stammen sie von dort, wo sie abstürzte? Sagen Sie es mir bitte.«

Virginia erwiderte nichts. Bobbie und Keeney schauten sich nervös an. Hatte sie zu eindringlich gefragt? Sie warteten, um zu sehen, ob Virginia den Hörer auflegen würde.

»Einige wurden dort gemacht«, sagte sie schließlich über die weite Entfernung hinweg.

»Oh, einige stammen von der Absturzstelle?«

»Ja.«

Eine weitere Szene im Text über die Mordversion erwies sich als richtig. Bis jetzt hatte Keeney es nicht für ausgeschlossen gehalten, daß Virginias Fotos nicht an der Ausweichstelle Robbenstrand geschossen worden waren. Virginia stellte die nötige Verbindung zwischen dem elften Foto und der Stelle her, wo Deana den Tod gefunden hatte.

»Ich glaube, daß ich die letzte Aufnahme dieses Films gemacht habe. Ich versuche, mich zu erinnern. Der Wind hatte sich verstärkt, und der Himmel bewölkte sich wieder. Wir wollten an jenem Unglückstag erst die Robben beobachten und hörten dann die Seelöwen brüllen. Wenn ich mich nicht irre, heißt die Stelle dort Robbenfelsen oder Robbenaussichtspunkt. Ich glaube, sie heißt Robbenfelsen …«

Virginia war bestrebt, zu einem unverfänglicheren Thema überzugehen. Sie behauptete, sie hätten Deana nach Mexiko mitgenommen, dann erzählte sie, B. J. und sie hätten vorgehabt, ein Haus in Strandnähe zu bauen, es sei denn, Amerikaner dürften dort kein Land kaufen. Sie hätten sogar daran gedacht, nach dem Besuch in San Francisco zum Lake Tahoe zu fahren. »Deana war aufgeregt, da sie verschiedene Orte kennenlernen sollte«, sagte Virginia. »Sie hatten für sie magische, mystische Eigenschaften.«

Bobbie fragte, wie Virginia erfahren hatte, daß Deana im Februar nach Kalifornien zurückgekehrt war.

»Sie rief an, als sie im Stadtzentrum in der Nähe der Achten Straße war. Ich glaube, sie hatte den Bus vom Flugplatz genommen. Ich fuhr los und holte sie ab.«

»Was sagten Sie?«

»Zuerst sagte ich: ›Was zum Teufel machst du wieder hier?‹ Sie antwortete: ›Ich konnte es in Louisville nicht aushalten ... Ich habe dort nichts verloren.‹«

»Sagte sie das wirklich?«

»Es waren genau ihre Worte.« Virginias Stimme klang plötzlich schwärmerisch, aber auch ein wenig verlegen. »Sie sagte, sie habe nichts mit den anderen jungen Leuten gemein, und fügte hinzu: ›Ich liebe meine Mutter, und ich liebe meinen Paps, aber sie leben ihr eigenes Leben.‹ Und Kalifornien sei jetzt ihre Heimat.«

»Erwähnte sie Catherine, die Hausmeisterin?«

»O ja. Deana sagte über sie: ›Catherine glaubt nicht, daß ich über einen gesunden Menschenverstand verfüge.‹ Ich begann zu lachen und erwiderte: ›Ich weiß, daß meine Mutter zu dem Zeitpunkt, da sie starb, mich nicht einmal für fähig hielt, allein die Straße zu überqueren. Mal verglich sie mich mit Einstein, und dann war ich wieder ein Dorftrampel.‹ Ich sagte zu Deana, daß die Leute, wenn sie älter werden, einen weiter als kleines Kind ansehen und daß man das niemals ändern kann. Ich sagte, man fühle sich deswegen manchmal ganz miserabel. Sie erwiderte: ›Ja, ich glaube das.‹ Aber sie konnte das Für und Wider erkennen.« Virginia lachte kurz auf.

»Konnte sie das? Was denken Sie?«

»Ha, sie konnte es – oder sie paßte sich so weit an, daß ich dachte, sie sei dazu imstande. Urteilen Sie selbst«, zwitscherte Virginia.

Keeney vermochte nicht zu sagen, warum die aufgesetzte Freundlichkeit und die Häufung von ›ich sagte‹ ihn beunruhigten. Das Ganze wirkte unnatürlich, es war geschmacklos und befremdlich wie eine Kondolenzkarte von einem Leichenbestatter.

Bobbie begann ihre Beherrschung zu verlieren. »Aber ... ich vermisse ihre Sanftheit, o Gott, ich dachte neulich, ich würde sterben«, brach es aus ihr heraus.

»Sie würde vorbeikommen ..., sie würde vorbeikommen und Sie umarmen ...«, bemerkte Virginia.

»War sie nicht lieb?« fragte Bobbie.

Keeney schrieb rasch etwas auf ein Blatt Papier, riß es aus seinem Notizblock heraus und hielt es Bobbie vor die Augen: »WARUM HAT SIE NICHT ANGERUFEN?«

»... oder sie küssen und sagen ›ich liebe dich‹«, fuhr Virginia fort. »Einfach deswegen, weil sie ein sehr, sehr liebevoller Mensch war.«

»Ja, das war sie. Ich denke, sie hatte eine meiner besten Eigenschaften geerbt. Neulich übernachtete Janie bei mir. Es war ein Sonnabend. Und ich kam am Sonntagmorgen in ihr Zimmer, bevor ich zur Kirche ging. Und, Virginia, ich sah sie daliegen, und sie sah Deana so ähnlich, mir blieb fast das Herz stehen. Ich ging zu ihr hin und küßte sie. Es ging mir so nahe ... Ja, das tat es wirklich.« Bobbie brach in Tränen aus.

Danach faßte sie sich und setzte sich wieder gerade hin. »Könnten Sie mir sagen, was danach geschah? Sie haben mich in jener Nacht nicht angerufen. Warum taten Sie das nicht und sagten nicht: Hallo, Bobbie –?«

»Ich hatte Ihre Nummer nicht.«

»Wirklich nicht? Ich dachte ... Ich wunderte mich immer, warum Sie mich nicht angerufen haben. Ich hätte es ein wenig leichter ertragen, wenn ich die Nachricht von Ihnen erhalten hätte, statt von einem Fremden.«

»Ich fragte den Coroner, ob ich nicht Ihre Nummer bekommen könnte, und er sagte nein … ich sah ihn an, ich muß ihm wie eine Närrin vorgekommen sein, und ich sagte, ich müsse versuchen, ihre Mutter anzurufen.«

»Gewiß.«

»Ich sagte, es sei meine Pflicht. Und er erwiderte, sobald er sich mit Ihnen in Verbindung gesetzt habe, würde er mich am nächsten Tag anrufen und mir die Telefonnummer geben. Das ist der Grund, weshalb ich Sie nicht benachrichtigte. Ich hatte keine Möglichkeit dazu.«

Keeney machte sich eine Notiz. Diese Information ließ sich nachprüfen.

»Nun, und was geschah, als die Polizei kam? Was sagte sie zu Ihnen?«

»Ich war hinuntergegangen, um zu telefonieren. Es gab da eine kleine Kunsthandlung, eine kleine Kunstgalerie, und von dort habe ich angerufen. Die junge Dame fuhr mit mir zurück, es war etwa eine halbe Meile bis dahin. B. J. war noch weiter die Straße hinaufgegangen und hatte, soweit er sich vorwagte, nach unten geblickt. Aber er konnte nichts sehen. Dann kam die Polizei. Sie sagte, wir sollten uns ins Auto setzen, sie würden die Sache in die Hand nehmen. Schließlich ließen sie sich mit irgendeinem Flaschenzug hinab.«

»Wie das?«

»Er hing an der Seilwinde eines Transporters. Sie bargen den Leichnam. Wir wußten nicht, wie tief sie hinuntergestürzt war … Und von dort, wo wir uns befanden, konnten wir nichts sehen. An das, was danach geschah, habe ich nur eine verschwommene Erinnerung. Ich weiß, daß ein Fernseh-Reporter kam und ein Interview haben wollte, und ich sagte den Leuten, sie sollten weiter hinaufgehen. Ich sagte ihnen, sie sollten ein Honorar zahlen. Wir erhielten keine Antwort. Ich glaube, jemand von der Nachrichtenagentur UPI war da und wollte wissen, wie man sich fühlt, wenn eine Freundin tödlich verunglückt ist.«

Keeney notierte sich: »Reporter suchen.«

»Was haben Sie gesagt?« fragte Bobbie.

»Ich sah ihn einfach an, und B. J. sagte: ›Ja, was glauben Sie denn, wie ich mich fühle?‹ Natürlich gab man uns darauf keine Antwort«, erklärte sie mit einem Lachen. »Dann warteten wir, bis sie den Leichnam geborgen hatten, und man fuhr uns nach Monterey zum Coroner. Er wollte in der Hauptsache nichts weiter als unsere Namen, unsere Papiere, unsere Telefonnummer usw. Ich fragte nach Deanas Tasche, damit ich mich mit Ihnen in Verbindung setzen konnte. Er sagte, ich könnte sie nicht bekommen. Und ich fragte: ›Aber wieso?‹ Er erwiderte, wenn ich nachgedacht hätte, wüßte ich, daß sie ein Teil ihres persönlichen Eigentums sei. Ich fühlte mich nicht sehr wohl. Ich versuchte, Sie anzurufen, als ich nach Hause kam, aber da bekam ich keinen Anschluß.«

»Ja, Sie haben recht. Das stimmt genau. Dieser Coroner rief um zwölf Uhr nachts an.« Bobbies Stimme klang traurig. »Es war so ein Anruf, den lieber niemand entgegennehmen möchte. Natürlich kam meine Familie nach Louisville und nahm mich mit nach Lexington. Ich fühlte mich mehr schlecht als recht.«

»Das kann ich mir vorstellen. Ich weiß, es war ein langer, schwerer Sommer für Sie ...« Virginia schilderte, wie sie Deana aufgenommen und darauf bestanden hatte, daß das Mädchen befolgte, was sie die ›Normen und Regeln‹ nannte.

»Ich sagte, daß ich wesentlich älter sei als Sie, und wenn ich etwas schleifen ließe, fühlte ich mich verpflichtet, meinen Mann zu bitten, das zu erledigen.«

»Ja, gewiß«, erwiderte Bobbie. »Deana war zu allem bereit. Stimmen Sie dem zu? Man konnte gut mit ihr auskommen, nicht wahr?«

»Im Grunde war sie sehr bemüht, anderen gefällig zu sein. Die passendste Bezeichnung, die mir einfällt, ist: Sie war ein freundliches Junges.

»Ja, ich danke Ihnen.« Bobbies Stimme klang reserviert. Bobbie zwang sich zu einem Lachen.

»Es ist ein schlechter Vergleich«, entschuldigte sich Virginia.

Keeney spitzte die Ohren. Man hörte, daß die Frau zweifellos gebildet war. Und aus der Äußerung über den beabsichtigten Bau eines Hauses in Mexiko ließ sich schließen, daß sie auch vermögend war. Eine solche Lady paßte nicht zu dem Bild, das er sich von einer Person gemacht hatte, die eine Fremde wegen fünfunddreißigtausend Dollar umbringen würde. So etwas erwartete man von irgendeinem Ausbrecher mit schweißbedecktem Gesicht oder von einem mißtrauischen Wahnsinnigen. Und dann war da noch diese entnervende süßliche Stimme.

Die Unterhaltung drohte wieder ins Allgemeine abzugleiten. Bobbie erklärte, sie denke daran, ein Jahr lang im Ausland zu unterrichten. Virginia fragte, ob es in Louisville Selbsthilfegruppen gebe. Bobbie erwiderte, daß sie sich noch an keine gewandt habe. Inzwischen hatten sie fast vierzig Minuten miteinander gesprochen und schienen deutlich vom eigentlichen Thema abzuweichen. ›AUTOPSIE/ELAVIL‹ schrieb Keeney in Großbuchstaben auf seinen Notizblock und hielt ihn hoch.

»Die Autopsie ergab, daß Deanas Blut Elavil enthielt«, sagte Bobbie und unterbrach damit den Gesprächsfluß.

Keeney schüttelte den Kopf. Die Frage war zu direkt gestellt. Bobbie ignorierte ihn.

»Ich erwähne das nur, weil es mir aufgefallen ist. Was für ein Mittel ist Elavil? Hat B. J. oder haben Sie es eingenommen? Wo hatten Sie es her?«

Es folgte eine Pause. Dann plapperte Virginia weiter.

»Es war ein Medikament, das B. J. vor langer Zeit wegen Schlaflosigkeit verschrieben wurde. Ein Antidepressivum.«

»Brauchte er das?«

»Der Arzt war der Ansicht, daß B. J. es nehmen sollte; denn er sollte sich operieren lassen. Das ist schon eine Weile her, und das einzige, woran ich mich erinnern kann, ist, daß es dem Advil sehr ähnlich ist, falls Sie wissen, was für ein Mittel das ist.«

Bobbie ließ sie reden.

»Nun ja, es gleicht etwa dem Aspirin, aber die Tabletten sind dragiert. Und sie haben in etwa die gleiche Farbe. Ich weiß, daß sie sich im Medizinschränkchen befanden. Was ich nicht weiß, ist, ob Deana versehentlich eine schluckte; das Mittel verbessert jedoch die Stimmung, man fühlt sich gut aufgelegt – es macht einen nicht schläfrig, sondern bewirkt, daß man sich glücklicher fühlt. Ich kann Ihnen keine Auskunft über die Nebenwirkungen geben, da ich kein medizinisches Nachschlagewerk bei der Hand habe. Aber im Grunde handelt es sich um ein Mittel ohne Gewöhnungseffekt, das meistens nur für kurze Zeit eingenommen wird. Man verwendete es häufig, als man anfing, den Leuten kein Valium und keine Lithiumsalze mehr zu verschreiben, und, wie ich sagte, es war kein Beruhigungsmittel oder eine Arznei, die einen schläfrig oder müde macht. Als die Tabletten verschrieben wurden, hatten wir seine Mutter in ein Pflegeheim gegeben, und meine eigene Mutter war gerade gestorben. Und er sollte ins Krankenhaus gehen, um sich einer größeren Operation zu unterziehen. Ich glaube, das war etwas zuviel für ihn.«

Keeney fiel auf, daß Virginia wiederholt hatte, das Elavil mache nicht schläfrig. Kurz davor hatte sie aber gesagt, B. J. habe Elavil genommen, um schlafen zu können.

Virginia fing an, Deanas allgemeinen Tagesablauf in San Diego zu schildern, aber Bobbie unterbrach sie: »Machten Sie sich gar keine Sorgen darüber, daß sie die verdammten hochhackigen Schuhe anhatte, als sie in der Nähe des Abgrunds stand?«

»Nein – hm – weil sie die Pumps so gern trug – diese verfluchten blauen Hochhackigen. Ich tat alles, um sie dazu zu bringen, sich dieser verdammten Dinger zu entledigen. Erstens mochte ich sie nicht. Zweitens war einer der Gummiflecken abgegangen. Doch sie sagte immer wieder: ›Aber ich liebe sie. Sie sind so bequem.‹ Ich sagte: ›Sie sind ungeeignet.‹ Für sie waren diese Schuhe ein Teil ihrer selbst ... Ich trug ein paar Stiefel, die breite Absätze hatten ... Sie kennen gewiß die Schuhe, die ich meine. Ich glaube, unter den Fotos, die ich Ihnen geschickt habe, befindet sich eines, das Deana auf einem großen Felsblock sitzend zeigt und auf dem diese Schuhe zu sehen sind.«

Keeney machte sich eine weitere Notiz. Virginias Bemerkung schien seinen Verdacht zu bestätigen, daß sie Deana fotografiert hatte, um eine Erklärung parat zu haben, falls ihre Schuhe irgendwie verlorengehen sollten.

»Jaja, dieses Foto existiert«, sagte Bobbie und wußte nicht weiter. Ihr fiel keine Frage mehr ein. Sie war sich nicht einmal sicher, ob sie überhaupt so fortfahren konnte. Aber nun redete Virginia flott weiter.

»Ich habe schon gesagt, daß wir keinen Laut gehört haben. Punktum. Wir hörten keinen Schreckenslaut; wir vernahmen – nichts. Falls Sie sich besser oder schlechter fühlen ...«

»Reden Sie einfach, es macht mir nichts aus.« Bobbie seufzte.

Keeney lächelte. Sie hatte mehr Durchhaltevermögen, als er gedacht hatte.

»Die junge Lady von der Kunstgalerie sagte, dort oben sei viel Füllmaterial verwendet worden und die Stelle habe als nicht genügend fest gegolten.«

»Wie konnte sie das wissen? Wie konnte dieses Mädchen das wissen?« fragte Bobbie empört.

»Weil sie in der Gegend wohnt.«

»Okay.« Keeney hielt seinen gelben Notizblock hoch: VERSICHERUNG! Bobbie nickte. »Ich arbeite schon siebzehn Jahre lang für die Schulbehörde und habe eine Menge Papiere ausgefüllt, auch Versicherungsunterlagen. Ich wußte wirklich nicht, daß ich eine Versicherung für Deana besaß, weil es schon so lange her war. Und so erhielt ich ein Schreiben mit der Aufforderung, ich solle einige Formulare ausfüllen – und daß ich Deanas Totenschein benötige. Ich rief im Büro des Coroners an. Ich erfuhr, daß ich das Papier nicht bekäme, der Fall werde noch untersucht.«

Es folgte eine lange Pause. In der Leitung knackte es. Bobbie wartete. Keeney war gespannt, ob Virginia stillschweigend aufgelegt hatte. Dann sprach sie aber laut und deutlich.

»Oh, tatsächlich? Seltsam. Wir haben natürlich nie etwas davon gewußt. Wie seltsam.« Eine weitere Pause. »Wie lange ist das her?«

»Ich weiß nicht. Ich habe das nicht nachgeprüft. Gestern bekam ich ein weiteres Schreiben, in dem ich aufgefordert wurde, wegen des Versicherungsgeldes einen Antrag zu stellen. Aber das Büro des Coroners hat nein gesagt, man würde den Totenschein, den ich benötige, nicht ausfertigen. Wirklich merkwürdig war, daß man mir gegenüber erwähnte, Deana habe selbst eine Lebensversicherung abgeschlossen. Das hat mir die Sprache verschlagen. Ich weiß nicht, ob Ihnen das bekannt ist oder nicht. Ich möchte Sie einfach bitten, mir in dieser Situation zu helfen, wenn Sie dazu in der Lage sind. Man hat mir gesagt, sie hätte eine abgeschlossen ...«

Mit einer anderen Stimme, abwägend und vorsichtig, antwortete Virginia: »Ja, sie schloß eine Lebensversicherung ab.«

»Tatsächlich?« Bobbie täuschte Erstaunen vor.

»Damals schloß mein Mann eine ab. Oh, ich kann nicht sagen, welche Versicherungssumme vereinbart wurde, aber es war ein sehr geringer Betrag.«

»Nun ja, okay.«

»Oh, ich glaube, es war eine jener Versicherungen, bei denen im Alter ein hübsches Sümmchen ausgezahlt wird, und B. J. wollte, wie ich mich entsinne, seine Versicherungssumme erhöhen, weil er den Dienst beim Bund der Kriegsveteranen quittiert hatte; er hatte dort eine Versicherung abgeschlossen. Und Deana sagte: ›Was ist mit mir? Bin ich etwa ein Nichts?‹ Wir lachten und sagten: ›Was willst du denn mit einer Versicherungspolice?‹ Der Versicherungsagent pflichtete ihr bei und meinte, er wünschte, jemand hätte ihn in ihrem Alter gedrängt, eine Versicherung abzuschließen. Er könnte heute ein hübsches Sümmchen kassieren. Ich denke, es war eine jener Versicherungen, für die man rund zwanzig Jahre lang zahlt.«

»Gewiß doch, okay«, erwiderte Bobbie.

Keeney blickte auf und sah, wie Bobbie errötete. Virginia hatte nicht ein einziges Mal erwähnt, daß sie laut Police Nutznießerin der Versicherung sein sollte, nun schüttelte sie rasch eine Erklärung aus dem Ärmel. Der Gedanke, daß Deana eine Lebensversicherung abzuschließen *wünschte*, machte etwa genau soviel Sinn, als ob sie Altgriechisch hätte lernen wollen.

»Nun gut, ich weiß, daß ich mich Ihnen aufgedrängt und Sie über Gebühr in Anspruch genommen habe, und daher will ich Sie nicht länger aufhalten«, sagte Bobbie.

Keeney gab Bobbie zu verstehen, daß sie Virginia zum Weitersprechen bewegen sollte, aber sie schüttelte den Kopf.

»Haben Sie dem Coroner einen beglaubigten Brief mit der Bitte um den Totenschein gesandt?« fragte Virginia.

»Ob ich es getan habe? Nein. Mir wird ganz schlecht, wenn ich nur daran denke.«

»Nun ja, warum lassen Sie Ihren Bruder das nicht für Sie erledigen? Ich weiß nicht, was ich sonst noch empfehlen soll.«

»Gut. Darf ich Sie wieder anrufen, wenn mir so ist?«

»Aber selbstverständlich, Bobbie, Ihr Anruf ist mir immer willkommen. Es hilft gewiß, ab und zu mit jemandem zu sprechen. Ich sollte etwas Positiveres sagen als nur: Die Zeit heilt alle Wunden.«

»Oh, vielleicht werde ich noch Probleme haben ... Auf jeden Fall danke ich Ihnen dafür, daß Sie sich soviel Zeit genommen haben, mit mir zu reden.«

»Okay, geben Sie auf sich acht«, gurrte Virginia.

»Danke.«

»Bye-bye.«

Nachdem Bobbie zum letzten Mal gute Nacht gewünscht hatte, ließ sie sich auf das Sofa zurückfallen. Keeney legte den zweiten Hörer beiseite, schaute von seinem Notizblock auf und lächelte: »Bobbie, Sie waren großartig. Niemand hätte mehr erfragen können.« Sein Lob verhallte ungehört.

»Was konnte jemanden nur dazu bringen, mein schönes Kind zu ermorden?« sagte sie halb zu sich selbst. »Ich kann einfach nicht verstehen, wie jemand zu so etwas imstande war.«

»Ich weiß es nicht, Bobbie.« Keeney drehte sich um, weil er das Tonband zurückspulen wollte.

Als Keeney auf der Autobahn zurückfuhr, die von Bobbies Eigentumswohnung zu seiner Wohngegend führte, spielte er auf dem Kassettendeck im Auto das Tonband noch einmal ab. Virginia hatte sich mit einigen unglaubhaften Geschichten eindeutig eine Blöße gegeben: mit ihrer Bemerkung, der Coroner habe angeblich gesagt, sie solle am späten Abend des Todestages Bobbie Roberts nicht anrufen; mit der Behauptung, die neunzehnjährige Deana habe den *Wunsch* gehabt, eine Lebensversicherung abzuschließen; damit, daß sie sagte, B. J. habe eine Versicherung aufstocken wollen, die er nie besaß. Und da war noch die schlimme Story von Virginias Tochter, die angeblich dadurch starb, daß sie sich zufällig erhängte. Dann folgte die Bemerkung über das Elavil und darüber, daß sie gerade kein medizinisches Nachschlagewerk zur Hand hätte.

Ihre Stimme, süßlich und flott, hallte im Auto wider. Zugleich hatte sie sonderbar gleichgültig geklungen, als Virginia die Details von Deanas Tod schilderte, immerhin der Mutter des Mädchens.

Virginia hatte es getan. Dieser Gedanke setzte sich in Keeneys Kopf fest. *Sie hat es getan.* Die Version, es habe sich um einen Unglücksfall gehandelt, kam nicht mehr in Frage. Diese freundliche, hilfsbereite Frau über fünfzig, die nun über Selbsthilfegruppen sprach, hatte Deana in den Tod geschickt. Lächelte sie, als das Mädchen – wahrscheinlich um ihr Leben flehend, sich die Fingernägel am Felsen reißend und sich fragend, warum ihre ›Freunde‹ sie hinters Licht geführt hatten – abstürzte? Sah sie zu und lachte dabei oder drehte sie sich – immer Dame – um, als B. J. die Dreckarbeit erledigte? Sie ist *hämisch*, dachte Keeney. *Sie weiß, daß wir nichts beweisen können. Wenn wir dazu in der Lage wären, hätte man sie und B. J. längst in Handschellen abgeführt. Nein, Virginia ließ keinen Trick aus.*

Was ihn aber mehr als jede Einzelheit schaudern ließ, war, wie normal sie wirkte. Er hätte wahrscheinlich keinerlei Verdacht geschöpft, wenn sie seine Nachbarin gewesen wäre.

Hallo, Mrs. McGinnis, haben wir heute nicht einen herrlichen Tag?

O ja. Er ist wunderbar. Wir nehmen einen Gast zu einem Ausflug mit. Sie hat einige unserer schönsten Gegenden noch nie gesehen.

Das scheint eine prima Idee zu sein. Ich wünsche Ihnen einen guten Tag.

War das die Stimme des Bösen? Log sie ihm etwas vor?

Er lenkte seinen Wagen in die Einfahrt und blieb noch eine Weile hinter dem Steuer sitzen, bis das Band abgespielt war. Morgen würde er anfangen, einige wichtige Details zu überprüfen.

Unterzeichnung des eigenen Todesurteils

5. September 1987

12 Uhr 45. Das frische weiße Tischtuch, die Wandtäfelung aus Mahagoni und ein aus vier Gängen bestehendes Mittagessen, das von Männern mit schwarzen Schlipsen geliefert wurde, sollten eine behagliche Atmosphäre für die Teilhaber der Firma B & A schaffen, die eine einstündige Pause einlegten, um sich von ihrer anstrengenden Arbeit zu erholen. Aber Keeney war nicht in der Stimmung, um sich entspannen zu können.

»Unsere Computer sind zu langsam«, sagte er. Die Bemerkung war an den am Tisch sitzenden Teilhaber John Davis gerichtet. Dieser, ein strohblonder Mann in den Vierzigern, schien sich hinter dem großen silbernen Kandelaber verstecken zu wollen.

Keeney hielt seine Behauptung aufrecht. »Jeder Anwalt in dieser Firma muß ein Computerterminal haben mit Zugang zu LEXIS und NEXIS, und damit werden wir lediglich aus der Startphase herauskommen. Wir benötigen on-line-Vorverhandlungen, on-line-Beweisfragen, on-line-Anträge, die neuesten offiziellen Meinungen über die Besteuerung sowie E-Mail. John, wenn wir nichts unternehmen, werden wir weit hinter den anderen zurückbleiben.«

Davis nahm sich ein Glas Montrachet. Während er daran nippte, fragte er sich: Und wer wird die Rechnung für diese IBM-Rennpferde bezahlen?

Das war ja die Höhe! Über die Computer war auf der letzten Generalversammlung der Teilhaber abgestimmt worden, und nach Keeneys Meinung waren sie unverzichtbar, wenn die Firma in der Lage sein sollte, mit den großen Gesellschaften in New York City und Chicago zu konkurrieren. Sollten doch die Teilhaber denken, was sie wollten: B & A mußte sich auf die Rechtspraxis des einundzwanzigsten Jahrhunderts einstellen.

»John« – er versuchte, seinen Kollegen, so gut es ging, durch die Säulen des Kandelabers hindurch zu fixieren –, »Sie wissen ebensogut wie ich, daß die Computer sich bezahlt machen werden. Außerdem sollte die Sache noch geheimgehalten werden.«

»Die Zahlen sind noch nicht publik, Steve.« Davis hatte seine Stimme gesenkt und blickte verstohlen um sich. »Soviel kann man sagen, daß dieses Jahr vielleicht nicht das beste für neue Kapitalanlagen ist. Wie es aussieht, prüfen wir das Projekt Beechcraft neu. Allerdings ist es nicht so rentabel wie die Flüge, die zu den Farmergenossenschaften in East Pitchfork unternommen werden. Und Sie wissen, daß wir die Einrichtung eines neuen Büros planen.«

Keeney wollte lächeln und einen Streit vermeiden, aber sein Gesicht rötete sich und er hob die Stimme: »John, worauf zum Teufel spielst du an? Verkauft das Flugzeug, vergeßt die Einrichtung eines neues Büros. Aber was wir um Pete Lazars willen brauchen, sind nicht Leute, die sich bewegen, sondern Informationen, die fließen.«

»Hör zu.« Davis' Gesicht nahm einen unnachgiebigen Ausdruck an. »Es ist einfach nicht die beste Zeit für die Firma, finanziell gesehen.«

»Und was soll das heißen? Wir sprechen über etwas, das zehn, zwanzig Riesen maximal kostet.«

»Du brauchst dich nicht zu beunruhigen, Steve. Wir haben die Segel noch nicht gerefft, noch nicht. Wir sind gerade dabei, sie in die richtige Stellung zu bringen. Das ist alles.«

»Verschone mich damit«, unterbrach ihn Keeney und sprach immer noch zu laut, aber nicht mehr zurückhaltend. »Wer trimmt denn die Segel schlecht und recht? Und was meinst du mit ›noch nicht‹?«

»Immer mit der Ruhe? Wir sind einfach nur zeitweilig in der Klemme. Du weißt, daß Stan Chauvin gute Aussichten hat, Präsident der Amerikanischen Anwaltsvereinigung zu werden. Nach seiner Krönung wird er die Welt bereisen und Schlagzeilen machen, und das Geld wird in die Kassen fließen. Diese Computer werden binnen eines Jahres auf unseren

Schreibtischen stehen. In der Zwischenzeit sorge einfach dafür, daß die nötigen Arbeitsblätter kommen. Mit Volldampf voraus!« Er hob sein Glas.

»Nicht mit leeren Benzintanks«, parierte Keeney. »Wenn wir Gewinne machen wollen, so laß uns in unsere Klienten investieren. Es ist blödsinnig, Geld für Weltreisen zum Fenster hinauszuwerfen, und du weißt es.« Er drückte seine Zigarre aus und ging.

»Wohin rennst du?« rief Davis ihm hinterher.

»Ich renne nicht, ich habe einfach den Appetit verloren.«

Den ganzen Weg zurück ins Büro legte er sehr erregt zurück. Jedes Jahr war gewinnbringender als das vorangegangene gewesen. Die Bonusse wurden erhöht, und die Gehälter stiegen an, die Größe der Zweigniederlassungen wurde verdoppelt. Er dachte an die jüngste der alljährlich stattfindenden Tagungen der Firmenteilhaber, die im Breakers Hotel in Palm Beach abgehalten worden war. Nun schreckten sie plötzlich vor einigen lausigen PCs zurück! Irgend etwas war im Gange, und ohne Zweifel spielte das Geld dabei eine Rolle. Keeney tröstete sich mit einem seiner Lieblingsaphorismen: »Jedes Problem birgt zugleich eine Gelegenheit in sich.« Doch er runzelte die Brauen und murmelte leise vor sich hin: »Ich kenne das Problem. Wo ist nun die Gelegenheit?«

Ein kurzer Blick auf seinen Schreibtisch genügte, um festzustellen, daß es nicht an Ansatzpunkten mangelte. Dutzende von Fällen zahlender Klienten warteten darauf, daß er sich mit ihnen befaßte, sogar in diesem Moment. Doch hatte Bobbies Anruf bei Virginia McGinnis dazu geführt, daß zahlreiche Angaben auf ihren Wahrheitsgehalt zu überprüfen waren.

Keeney hatte bereits Donald Smythe im Büro des Sheriffs angerufen und erfahren, daß Virginia und B. J. nach dem ›Unglücksfall‹ im Day's Inn übernachtet hatten. Er bat Smythe, eine Aufstellung der von ihrem Zimmer aus geführten Telefonate zu besorgen. Falls die McGinnis' wirklich geplant hatten, ihre Verwandten im Norden zu besuchen, hatten sie sie möglicherweise angerufen, um ihnen zu erklären, weshalb sie nicht kamen. Bei einer Apotheke bestellte er auch Fotos von allen vorhandenen Sorten von Elaviltabletten, um herauszufinden, ob diese in ihrem Aussehen den Adviltabletten glichen. Und er meldete ein Telefongespräch zur lokalen Fernsehstation in Monterey und zur Nachrichtenagentur UPI an, um zu erfahren, ob noch Filmmaterial vom Ort des Geschehens existierte. Die Journalisten erklärten jedoch, daß das meiste davon vernichtet worden war. Er und Bobbie sandten einen Brief an Virginia ab mit der Bitte, Deanas Habseligkeiten zurückzuschicken. Sie fügten zwanzig Dollar für das Porto bei.

Sarah West war mittlerweile beauftragt worden, Nachforschungen im Zusammenhang mit dem Tod von Cynthia Elaine McGinnis anzustellen, die sich ›zufällig erhängt‹ hatte.

An jenem Nachmittag aber, nach dem Mittagessen der Teilhaber, lag ein Paket auf seiner Tagespost, das von Mike Hatch von der State-Farm-Versicherung stammte. Es ist zur rechten Zeit eingetroffen, dachte Keeney. Er warf einen Blick auf einen Prospektentwurf ›Verstöße gegen die Wertpapierbestimmungen‹, der sorgfältig geprüft werden mußte. Aber der Umschlag von der State Farm ließ ihm keine Ruhe. »Es wird nicht länger als eine halbe Stunde dauern, sich Deanas Versicherungsformulare anzusehen«, überlegte er. »Und es wird mir helfen, nicht mehr über die Politik meiner Firma nachzugrübeln.«

Er öffnete den Umschlag und zog ein Bündel Fotokopien heraus: Deanas Versicherungsantrag und ihre Police. Es war ein einfacher Vertrag, der zwischen Deana und der State Farm abgeschlossen worden war, und er trug ihre Unterschrift. Die Versicherung war voll bezahlt.

Auf der ersten Seite der Police stand die Nummer 8 751 862 und schien mehr als nur ein Hilfsmittel zur Identifizierung zu sein. Für die State Farm war Deanas Sache nur eine von Millionen von Versicherungen, die jedes Jahr abgeschlossen wurden – nicht mehr als ein Floh auf dem Rücken eines Grizzlybären. Unter der Nummer stand der wichtigste Satz der Lebensversicherung: ›Die State-Farm-Lebensversicherungsgesellschaft wird die Versicherungssumme an eine begünstigte Person auszahlen, sobald ein angemessener Beweis für den Tod des/der Versicherten erbracht wird.‹ Die einzige Einschränkung war: Das Geld wird nicht gezahlt, wenn ›der Versicherte innerhalb von zwei Jahren, vom Datum der Ausstellung der Police an gerechnet, durch Selbstmord bei geistiger Gesundheit oder bei geistiger Umnachtung stirbt‹. Ist das nicht der Fall, ist die Versicherungssumme sofort auszuzahlen.

Konnte Deana Selbstmord begangen haben? Keeney verwarf den Gedanken sofort. Sie hätte es nicht ohne Hinterlassung einer Notiz, wahrscheinlich nicht im Dabeisein anderer Menschen und mit hoher Sicherheit nicht durch einen Sprung von einer Klippe getan. Mehr als ein Experte auf dem Gebiet der Psychologie hatte geschrieben, daß insbesondere Frauen einen Abscheu davor empfinden, im Tod entstellt zu sein. Außerdem paßte diese Art von Planung und Vorausdenken – der Abschluß einer Lebensversicherung vor dem Sprung von einer Klippe – nicht zum Bild einer hilflosen Frau, die sich auf der Flucht aus einer gescheiterten Ehe befand. Und das wirre Lächeln auf den Fotos, die am Rand der Klippe geschossen worden waren, paßte absolut nicht zu einer Person, die sich darauf vorbereitete, in einem Akt der ›Selbstvernichtung‹ von einem Felsen zu springen. Nein, ein Selbstmord war ausgeschlossen.

Etwas schien jedoch auf der Versicherungspolice zu fehlen. Auffallend war, daß die Worte ›Mord‹ und ›Totschlag‹ nicht vorkamen. Mord war offensichtlich kein Grund, die Versicherungssumme nicht auszuzahlen.

Der Antrag auf Lebensversicherung – ein zweiseitiges Formular, datiert vom 27. Februar 1987 – trug Deanas Unterschrift. Sie hatte ihren Namen – Deana Hubbard – mit großen runden Buchstaben wie eine Schülerin geschrieben. Keeney wunderte sich, daß sie nicht den Namen verwendet hatte, den sie bei der Heirat annahm. Das machte die Story von einer Verlobung mit James Coates noch glaubhafter.

Die Namen der Begünstigten, die Anspruch auf die Versicherungssumme hatten, waren mit der kritzeligen Handschrift eines Erwachsenen eingetragen worden: Erstens *James Coates – 30 – Verlobter*; zweitens *Virginia McGinnis – 50 – Mutter in spe*; drittens *Billie McGinnis – 47 – Vater in spe*. Keeney bemerkte, daß der Versicherungsagent wenigstens nicht den Begriff *Verlobter in spe* verwendet hatte. Natürlich war der Begriff ›Mutter in spe‹ auf der Police einer Lebensversicherung ziemlich ungewöhnlich.

Der Rest des Schriftstücks bestand aus Fragen, die mit ja oder nein zu beantworten waren und den Gesundheitszustand des Versicherungsnehmers betrafen. Keeney las jede Antwort durch, stellte aber nichts Auffallendes fest. Deana schien eine völlig gesunde junge Frau gewesen zu sein.

Eine Fotokopie von Virginias Scheck, ausgestellt auf die State-Farm-Versicherungsgesellschaft über einen Betrag 68 Dollar 10 war der letzten Seite beigefügt. Mit diesem Scheck wurde die erste vierteljährliche Rate für die Versicherung bezahlt, und er war von Virginia A. Rearden unterschrieben.

Warum hatte Virginia ihre beiden Familiennamen verwendet? Wer würde nicht erkennen, daß Virginia McGinnis und Virginia Rearden ein und dieselbe Person waren? Vielleicht ein Computerprogramm oder jemand im Sektor ›Ansprüche aus Lebensversicherungen‹? Jemand, der zwei Namen benutzt, so fand Keeney, machte sich verdächtig.

Er hielt den Scheck unter seine Schreibtischlampe. Er trug die Nummer 267. Es war eine niedrige Zahl, die darauf hindeutete, daß es sich um ein ziemlich neues Konto handelte. Die Unterschrift war groß und protzig. Die beiden ›t‹ im Wort *State* waren mit einem durchgehenden Querstrich verbunden, und die Großbuchstaben V und R überragten die Kleinbuchstaben beträchtlich. Die Handschrift sah ganz anders aus als das hingekritzelte *Virginia McGinnis* auf dem Antrag.

Er lehnte sich zurück und trommelte mit den Fingern auf den Scheck, der vor ihm lag. All die Merkwürdigkeiten auf dem Antrag, der Police und dem Scheck machten ihn noch nachdenklicher. Er mußte wirklich zugeben, daß alles ganz normal schien – mit Ausnahme der Tatsache, daß in der Police niemand von Deanas Blutsverwandten aufgeführt und die Versicherung von einer Frau bezahlt worden war, die zwei Familiennamen verwendet, sich selbst als ›Mutter in spe‹ bezeichnet und die Cops belogen hatte.

Dann bemerkte er das Datum in der rechten oberen Ecke des Schecks. Es war in Virginias flamboyanter Schrift geschrieben: *2. 4. 1987.*

Virginia hatte die Versicherung am 1. April bezahlt, da man jemanden zum Narren zu schicken pflegte. Das war eigenartig. Aber der 2. April war der Tag, wo Deana in der Nähe des Robbenstrandes den Tod fand. Konnte Virginia dieses Datum im Kopf gehabt haben, als sie in der Art einer Freudschen Fehlleistung den Scheck ausschrieb?

Keeney ging, um sich noch etwas Kaffee zu holen; der Gedanke, daß die McGinnis' Deana versichert hatten, machte ihn krank. Aber trotzdem wußte er, daß der vorliegende Beweis nicht anerkannt würde. Wie sich herausstellte, war die Aufgabe, nachzuweisen, daß Deana ermordet worden war, genau so schwierig und entnervend wie das Aufnehmen eines Quecksilbertropfens.

Als Keeney die Halle durchschritt, holte ihn Pete Lazar – Stevens Verbindung zum Pendennis-Klub – ein und legte ihm seine knochige Hand auf die Schulter.

»He, Cowboy! Wieso bist du so schnell vom Lunch weggerannt? Du machtest eine Miene, als ob du gleich jemanden umbringen wolltest. Und auch jetzt siehst du noch nicht viel besser aus.« Er musterte Keeney. »Mein Freund, du stehst noch immer ein wenig unter Dampf. Was ist los?«

»Nichts Ernstes, Pete.« Keeney ignorierte die Hand auf seiner Schulter und ging weiter. »Nur etwas Persönliches.«

»Liegt dir die Scheidung schon im Magen?« Lazar blieb stehen und rief ihm hinterher: »Mann, ich weiß, das kann Mord sein.«

Keeney drehte sich auf dem Absatz herum und antwortete: »Pete, du hast den Nagel auf den Kopf getroffen.«

Ein paar Wochen später saß Keeney in seinem Büro und lauschte dem Baß von Detective Smythe, der gerade aus Monterey anrief. »Ihr Schreiben hat auf alle Eindruck gemacht«, sagte er unter Bezugnahme auf Keeneys fünf Seiten lange Analyse des Falls. »Die Folge war, daß mein Sergeant und ich zu den McGinnis' nach Chula Vista fahren mußten, um sie mündlich zu befragen.«

»Nun, wie lautet die Schlagzeile?« fragte Keeney. »KILLERPAAR IN IHREM VERSTECK IN SAN DIEGO GESCHNAPPT?«

»Nicht ganz so, Steve«, erwiderte Smythe zögernd. »Eigentlich das Gegenteil. Beide sagten, sie seien zu ihrem Wagen zurückgegangen, und plötzlich hätten sie gemerkt, daß Deana verschwunden war. Beide sagten, sie hätten nicht das geringste gehört. Dieselbe alte Geschichte. Und beide gaben unumwunden zu, daß sie die Versicherung bezahlt hatten. Sie seien angeblich nur wegen B. J. zum Versicherungsvertreter gegangen, aber dieser hätte die Situation genutzt, um mit Deana eine Versicherung abzuschließen. Sie erzählten uns auch das gleiche über Deana, was sie am Telefon Ihrer Klientin gegenüber erwähnten, nämlich, daß Deana geäußert habe: ›Bin ich etwa ein Nichts?‹ B. J. sagte, er habe nie eine Police bekommen, sie sei ihm aus gesundheitlichen Gründen verweigert worden, aber Deana habe eine erhalten. Ich muß sagen, daß alles gut zusammenpaßt.«

»Nicht so gut wie in meinem Szenarium. Wie ich von der State Farm erfahren habe, muß B. J. gewußt haben, daß er aus gesundheitlichen Gründen abgelehnt würde. Warum sollte ein Mann seine Zeit unnütz vertun, wenn er nichts anderes im Sinn hätte?«

»Sie können einem Burschen nicht zum Vorwurf machen, daß er es versucht hat. Einen Antrag auf Lebensversicherung zu stellen, das ist kein krimineller Akt in Kalifornien.«

»Haben Sie sich nach dem Elavil erkundigt?« fragte Keeney, auch wenn er sich wenig Hoffnungen machte, daß er etwas Wesentliches erfahren würde.

»Sicher«, erwiderte Smythe sofort. Er hatte offenbar mit

dieser Frage gerechnet. »Es gibt Neuigkeiten in zweierlei Hinsicht. Erstens, B. J. teilte uns unaufgefordert mit, daß er das Zeug eingenommen hat. Er zeigte mir ein Medizinfläschchen, auf dem sein Name vermerkt war und das vielleicht noch ein Dutzend Tabletten enthielt. Es war am 20. Februar 1987 mit Tabletten zu je 150 mg nachgefüllt worden. B. J. sagte, sie seien ihm als Schlafmittel verschrieben worden, nachdem seine Mutter in ein Pflegeheim gekommen war.« Keeney notierte sich das Datum. Es könnte eines Tages von Nutzen sein.

»Ich schlug ihnen vor, sich einem Test mit dem Lügendetektor zu unterziehen. Sie sagten zuerst ja, äußerten dann aber, daß sie das mit ihrem Anwalt besprechen wollten. Das beweist wirklich nicht sehr viel. Interessanter ist vielleicht der Bericht, den wir gerade vom Gerichtsmedizinischen Institut erhalten haben. Er ist datiert vom 31. 8. 1987. Wir hatten ein Fläschchen mit Deanas Urin aus dem Kühlschrank des Coroners hingeschickt, damit der Gehalt an Elavil – wie von Ihnen vorgeschlagen – bestimmt wird.«

»Und?«

»Fehlanzeige. Sie haben nichts gefunden.«

Keeney schwieg für kurze Zeit und überlegte, was schiefgegangen sein konnte.

»Donald, beim zweiten Test muß ein Fehler unterlaufen sein. Kann Ihre Abteilung die Probe zurückschicken, damit ein neuer Test gemacht wird?«

Smythe stieß einen Pfiff aus. »Das ist viel verlangt. Wie ich schon sagte, die Story der McGinnis' ist fischig, aber sie klingt noch besser als manches, was ich bei anderen Gelegenheiten zu hören bekommen habe. Virginia erzählte mir, sie habe gefroren, und daher sei sie zum Wagen zurückgegangen. B. J. sei ihr gefolgt. Das nächste, was sie feststellten, war Deanas Verschwinden.«

»Ich würde gern glauben, daß es die Wahrheit ist, wenn sie sagen, es habe sich um einen Unfall gehandelt«, erwiderte Keeney. »Aber ich glaube nicht an Zufälle, ich glaube an Fakten.«

»Die Tatsache, daß sie Dave Dungan in puncto Versicherungspolice belogen haben, wiegt ziemlich schwer«, gab Smythe zu. Selbst über die große Entfernung hinweg war ihm anzumerken, wie ernst er das, was er sagte, auch meinte. Zugleich konnte sich Keeney jedoch vorstellen, wie ein Cop sich fühlte, der vielleicht zwei Dutzend Fälle gleichzeitig zu untersuchen hatte. »Aber noch ist das kein Beweis, sondern nur ein Verdacht, daß sie Deana umgebracht haben. Sie wissen besser als ich, Steve, was ein Gericht ist. Ich werde die Sache unserem Oberstaatsanwalt vorlegen, aber ich rechne nicht damit, daß er darüber aus dem Häuschen geraten wird.«

»Was ist mit den Telefonaten, die vom Day's Inn aus geführt wurden?«

»Ich habe das gecheckt, und da ist nichts. Sie haben kein einziges Gespräch angemeldet in jener Nacht.«

»Sie meinen, daß sie einfach dort in ihrem Zimmer gehockt haben, ohne ihre Verwandten anzurufen?« fragte Keeney.

»Vielleicht. Oder sie haben von einem Münzautomaten aus telefoniert.«

Keeney schwieg einen Augenblick. »Bleiben wir weiter dran«, sagte er schließlich. »Im Moment kann ich meiner Klientin nicht mit ruhigem Gewissen sagen, daß wir schon alles Nötige wüßten.«

Keeney legte den Hörer auf und fragte sich: Was habe ich mit dieser Sache bloß zu schaffen? Ich bin ein Laie und denke, daß sie stinkt. Smythe ist ein Profi, und er ist geneigt, Virginia beinahe jedes Wort zu glauben.

Mac McCains Versicherungsagentur in Chula Vista, Kalifornien, macht nicht viel her. Sie befindet sich in einer einstöckigen, mit Stuck verzierten Ladenfront. MCCAIN INSURANCE steht da in roten Buchstaben auf der Glasscheibe des von unten bis oben reichenden Schaufensters. In Tijuana könnte man das Ganze für eine Bar oder eine Pfandleihe halten.

Drinnen werden die Besucher sogleich von einer Sekretärin empfangen, die an einem Schreibtisch sitzt. Ein zweiter Schreibtisch nimmt die Mitte des Raums ein, und in dessen hinterem Teil befindet sich, abgetrennt durch eine Wandverkleidung aus Holzimitation, ein kleines Büro. Mac McCains Versicherungsagentur ist auf ihre Weise typisch für Chula Vista, eine Lokalität ohne besondere Ausstattung, mit dünnen Wänden. Man hat den Eindruck, daß alles beim nächsten Staubsturm davongeblasen wird oder in der Hitze des Südens plötzlich in Flammen aufgeht.

Cleo ›Mac‹ McCain hatte mehr als dreißig Jahre seines Lebens in diesem Büro verbracht und zehn weitere als Versicherungsinspektor gearbeitet. 1958 hatte Mac sich in Chula Vista – ehemals eine Stadt von Neusiedlern ganz in der Nähe der mexikanischen Grenze und nun eine Randsiedlung von San Diego – auf eigene Füße gestellt. In dem Maße, wie sich San Diego von einem von Rabaukentum und Prostitution heimgesuchten Marinestützpunkt zur siebtgrößten Stadt der USA mauserte, entwickelten sich auch Chula Vista und Macs Geschäft. Neunzehn Jahre später stieg Macs Sohn Art ein und übernahm nach und nach die Leitung des kleinen, aber stabilen Familienunternehmens. Als Steve Keeney anrief, schlenderte Mac McCain, der schon halb im Ruhestand war, gerade im Büro umher.

Art und Mac gingen beide ans Telefon. Vater wie Sohn sprachen in dem für Südkalifornien typischen optimistischen Tonfall von Leuten, die, angelockt von der Sonne, den schönen Aussichten und den endlosen Autobahnen, in den Süden gekommen waren. Für einen Augenblick stellte sich Keeney vor, wie dieses Paar Lebensversicherungen unter jungen Heiratswilligen wie Lutscher verteilte. Dann wieder dachte er, sie könnten aalglatte Geschäftsleute sein, die nur eines im Sinn hatten: Versicherungsabschlüsse. Wie sich aber herausstellte, bestand die ganze Transaktion nicht einfach darin, daß jemand hereinkam, bezahlte und dann den Laden mit einer Police wieder verließ. Die McCains waren ganz anders.

Art war der erste im Büro, der mit Virginia persönlich wegen Deanas Versicherungspolice verhandelt hatte.

»Sie kam eines Tages im Februar, um den achtzehnten herum, mit Deana vorbei«, sagte Art. »Mrs. McGinnis äußerte, sie wolle für Deana eine Lebensversicherung abschließen, damit das Mädchen ein Visum für eine Fahrt nach Mexiko bekommen könne.«

»Mexiko?« fragte Keeney. »Irren Sie sich da nicht?« Mexiko wäre ideal für die Ermordung Deanas gewesen, dachte er. Überfüllte Polizeiwachen und Gerichtssäle, in denen überall nur spanisch gesprochen wurde. Mexiko schien überaus geeignet für ein solches Vorhaben, so daß sich durch diesen Umstand die Wahrscheinlichkeit verringerte, daß bei Big Sur ein Mord geschehen war.

»Ich weiß, daß es keinen Sinn ergibt«, fuhr Art fort, »aber ich gebe nur die Worte von Mrs. McGinnis wieder: Sie sagte, um für Deana das Visum zu erhalten, würden sie eine Sozialhilfenummer benötigen, und um diese zu bekommen, brauche sie eine Lebensversicherung. Sie rief sogar ein, zwei Tage später an, um die gleiche sonderbare Frage zu stellen. Der Gedanke war so abwegig, daß ich die Sache nicht vergessen konnte. Eigentlich hatte Mrs. McGinnis schon einige Tage zuvor angerufen und das gleiche gefragt. Aber ich machte mir nicht die Mühe, das zu notieren.«

»Was genau geschah, als Virginia und Deana vorbeikamen?« fragte Keeney.

»Nichts, außer der Geschichte mit Mexiko. Danach teilte ich Virginia mit, wir würden eine Versicherungspolice nur dann ausstellen, wenn uns die zu versichernde Person selbst eine Sozialhilfenummer vorwiese. Virginia sagte danke und ging. Einfach so.«

»Äußerte Deana irgend etwas?«

»Ich glaube nicht«, entgegnete Art.

Mac schaltete sich ins Gespräch ein. »Einige Tage danach rief Virginia wieder an, um noch mehr Fragen hinsichtlich des Abschlusses einer Lebensversicherung zu stellen, da das Mädchen vorhabe, ihren Sohn James zu heiraten. Ich ging ans Telefon und forderte sie auf, mit den beiden herzukommen, damit jeder eine Police erhalten könne, aber sie antwortete,

James habe schon eine Menge Versicherungen. Ich nahm rein zufällig den Anruf entgegen. Ich wußte nicht, daß sie schon mit Art gesprochen hatte.«

»Wie dem auch sei«, sagte Art, »am 27. Februar erschienen hier Virginia, Deana und Billie Joe. Mein Vater war nicht da, aus diesem Grund fragte ich, was ich für sie tun könnte. Virginia sagte, sowohl Deana als auch Billie Joe wollten eine Lebensversicherung abschließen. Ich erklärte ihr erneut, daß wir nach wie vor eine Sozialhilfenummer für Deana benötigten. Diesmal reichte Virginia mir ein Blatt Papier, auf dem eine Sozialhilfenummer stand. Ich erklärte mich dazu bereit, einen Antrag für das Mädchen auszufüllen, entschied aber sofort, daß wir die Sache als unverbindlich ansehen, d. h. den Antrag zur Bestätigung an die State Farm schicken würden, statt den Vertrag auf der Stelle für gültig zu erklären. Vater und ich waren uns bereits darüber einig geworden, daß wir ohne Zustimmung von oben den McGinnis' keinen Versicherungsschutz mehr gewähren würden.«

»Sind Sie sicher, daß es Virginia war und nicht Deana, die die Versicherung abschließen wollte?« fragte Keeney. »Konnten vielleicht ein paar beiläufige Bemerkungen falsch verstanden worden sein?«

»Ich bin sicher, daß es Virginia war«, erwiderte Art. »Das Mädchen schien der Sache nicht viel Beachtung zu schenken. Virginia war die Wortführerin. Sie sagte auf Anhieb, daß Deana eine Police über fünfunddreißigtausend Dollar haben wolle. Deana saß einfach da und tat den Mund erst auf, als ich die Fragen über den Gesundheitszustand stellte. Danach fragte ich sie, wer außer ihr zum Empfang der Versicherungssumme berechtigt sein sollte. Virginia mischte sich wieder ins Gespräch ein und erklärte, sie und B. J. seien die Begünstigten. Deana sagte kein Wort. Um die Wahrheit zu sagen, ich dachte, das Mädchen sei vielleicht nicht ganz richtig im Oberstübchen. Danach erklärte ich Virginia, daß wir keine Summe in die Police eintragen würden, bevor nicht unsere Versicherungsgesellschaft den Vertrag bestätigt hätte. Solange habe die Police keine Gültigkeit. Sie sagte okay. Das gleiche Verfahren wandten wir bei Billie Joe an. Wir schlossen mit ihm auch keinen bindenden Vertrag ab, obwohl Virginia nur eine Summe von fünfundzwanzigtausend Dollar eintragen lassen wollte. Ich sagte, daß wir uns wieder mit ihnen in Verbindung setzen würden, sobald wir etwas von unseren Versicherungsagenten erfahren hätten. Ich hoffte jedoch, daß diese den Vertrag nie bestätigen würden.«

»Wieso?« fragte Keeney.

»Man muß gewöhnlich auf Kundensuche gehen und die Leute von der Notwendigkeit des Abschlusses einer Lebensversicherung überzeugen«, erklärte der alte Makler. »Fast niemand kommt deswegen von der Straße herein. Und natürlich war Deana erst neunzehn. Wenn ich die Wahrheit sagen soll, schließen Neunzehnjährige keine Lebensversicherung ab. Und der Verlobte, James Coates, erschien nicht einmal im Büro. Sie müssen wissen, daß ich im Laufe von vierzig Jahren noch nie erlebt habe, daß Verlobte sich nicht gegenseitig versicherten. Hier aber sollte die Versicherung nur zugunsten eines Partners abgeschlossen werden. Wir sandten die Anträge ab, doch fügte ich für unseren regionalen Manager noch eine Notiz folgenden Inhalts bei. ›Stan, ruf mich bitte deswegen an. Es ist wichtig.‹«

»Und?«

»Stan rief zurück, und wir besprachen den Fall. Er versprach, unseren Versicherungsträger zu informieren.«

»Wie reagierte die State Farm?« fragte Keeney. »Schickte sie einen Kontrolleur her?«

»Sie bearbeitete einfach die Anträge und stellte für Deana eine Police aus«, erwiderte Mac. Keeney glaubte, aus seinen Worten Enttäuschung herausgehört zu haben. »Natürlich wurde Billie Joes Antrag aus medizinischen Gründen abgelehnt. Dieser Kerl hatte so viele Probleme. Ich wundere mich, daß er noch lebt. Obendrein ist er auch noch impotent. Deanas Versicherungspolice traf jedenfalls am 31. März bei uns ein, und Art rief die McGinnis' an. Gleich am nächsten Tag kreuzten sie mit Deana hier auf. Ich begrüßte sie an der Tür, und wir gingen nach hinten ins Büro. Ich erklärte ihnen, daß sie die Wahl hätten, die Versicherungsbeiträge vierteljährlich, halbjährlich oder jährlich zu bezahlen. Virginia sagte, sie wolle vierteljährlich bezahlen, dann schrieb sie mir einen Scheck aus. Ich wollte Deana gerade die Police geben, da streckte Mrs. McGinnis die Hand aus und grapschte nach der Versicherungsurkunde.«

»Sind Sie sicher, daß Deana nicht versuchte, sie zu nehmen?« fragte Keeney.

»Virginia schnappte sie sich einfach. Aber das ist noch nicht alles. Als sie sie in ihre Handtasche steckte und aufstand, um zu gehen, fragte sie: ›Sie ist nun gültig, nicht wahr?‹ Ich antwortete: ›Ja, Madam. Sie haben den Beitrag bezahlt, und die Police gilt.‹ Dann gingen sie. Aber einige Sekunden später steckte Mrs. McGinnis noch einmal den Kopf durch die Tür. ›Schließt die Versicherung auch einen tödlichen Unfall ein?‹ fragte sie. Ich bejahte und fügte hinzu, daß sich in einem solchen Fall die Versicherungssumme verdoppeln würde. Sie sagte okay. Danach verschwand sie.«

Macs Worte überraschten Keeney. Ich muß noch weiterfragen, sagte er sich im stillen.

»Mike Hatch hat mir erzählt, daß Virginia in Ihr Büro zurückkehrte, um das Geld zu kassieren.«

»Es war vielleicht eine Woche später«, sagte Mac. »Ich war gerade unterwegs, um etwas zu erledigen. Als ich zurückkam, war Virginia da und sprach mit meiner Sekretärin. Sie trug den Arm in einem zu einer Schlinge geknoteten Tragetuch, das einer Windel glich.«

»Irren Sie sich nicht?« stieß Keeney hervor. Diese Einzelheit paßte genau zu Dr. Weakley-Jones' Szenario vom Tode Deanas, die am Rand des Abgrunds um ihr Leben kämpfte.

»Nein, zum Teufel«, entgegnete Mac. »Ein Fall wie dieser kommt nicht alle Tage vor. Ich erinnere mich, daß ich sie fragte, wie sie sich verletzt habe. Sie antwortete, es sei nichts. Einfach eine alte Verletzung, die sich ab und zu bemerkbar mache. Wir gingen in mein Büro, sie legte die Police auf den Schreibtisch und sagte: ›Sie ist tot.‹ Ich erwiderte: ›Das meinen Sie doch nicht im Ernst.‹ Dann fragte ich sie, wie es passiert sei. Sie erzählte mir, daß sie nach Big Sur gefahren seien. Sie und Mr. McGinnis seien vorausgegangen, und Deana sei ihnen gefolgt. Sie hätten sie dann vermißt und seien zurückgegangen, um sie zu suchen. Mrs. McGinnis sagte: ›Kurz darauf erblickten wir sie unten zwischen den Robben. Sie war von einer Klippe gestürzt.‹ Ich bat sie, mir den Namen des Coroners usw. zu geben, damit wir das Übliche einleiten konnten. Danach äußerte sie: ›Ich wußte nicht, daß Polizeibeamte so grausam sein können. Sie unterzogen uns eines Verhörs dritten Grades.‹ Als nächstes fragte sie: ›Wann bekommen wir den Scheck?‹ Ich antwortete, daß wir ihr ein Formular zur Geltendmachung ihres Anspruches schicken würden. Sie bedankte sich und ging. Nicht eine einzige Träne. Ein rein geschäftsmäßiges Gebaren.«

Keeney ließ sich keines von Macs Worten entgehen, während er sich die wichtigsten Einzelheiten notierte. »Was dachten Sie über Deanas Tod?«

»Nun ja, dies war nicht Virginias erster Besuch und nicht die erste Summe, die sie geltend machte«, sagte Mac. »Ich begegnete ihr zum ersten Mal im Dezember 1985, als sie eine Versicherung über ein Haus in der Calle Santiago Nr. 1306 abschloß, das sie und ihre Mutter besaßen. Seitdem war ich ihr Versicherungsvertreter und hatte sozusagen geschäftlich mit ihr, ihrer Mutter und ihrem Mann zu tun. Ungefähr im Oktober '86 strich ich den Namen ihrer Mutter auf der Hausratsversicherung. Wahrscheinlich war sie gestorben.«

»Erzähl ihm doch von den früheren Versicherungsansprüchen, Vater«, schaltete sich Art in das Gespräch ein.

»Ich komme gleich dazu«, sagte Mac. »Sehen Sie, Mr. Keeney, Mike Hatch hat mich gebeten, die Daten zusammenzustellen. Am 10. März 1986 machten die McGinnis' bei der Versicherung einen Sturmschaden in Höhe von 1169 Dollar geltend. Am 19. Oktober 1986 verlangten sie 9079 Dollar Schadenersatz wegen eines Einbruchdiebstahls. Zwei Tage später forderten sie 885 Dollar aufgrund eines Wasserschadens. Wirklich verdächtig war der Schadenersatzanspruch bei dem Einbruchdiebstahl im Oktober.

Am 13. Oktober versicherte sie einen acht Jahre alten Datsun-Lieferwagen. Sechs Tage später kam sie zurück und behauptete, in ihr Haus sei eingebrochen und der Transporter gestohlen worden. Die Polizei fand das Auto schließlich auf einem unbenutzten Gelände in San Diego. Das Eigenartige dabei war, daß der Datsun nicht ausgeschlachtet worden war. Wenn ein Auto gestohlen wird, baut der Dieb gewöhnlich die Einzelteile aus und verkauft sie. Der Datsun war jedoch nur ausgebrannt. Das Autoradio war noch da, und der Wagen stand auf seinen vier Rädern. Es sah so aus, als ob jemand einen Kanister Benzin auf dem Vordersitz ausgegossen und dann den Wagen angezündet hatte.«

»Es war sonderbar«, fügte Art hinzu, »aber wir zahlten sowohl für den Laster als auch für den Schmuck und die Sachen, die angeblich aus dem Haus gestohlen worden waren. Vielleicht hätten wir die Schadenersatzforderung anzweifeln können, aber niemand tat es. Wir zahlten einfach.«

»Schon bevor sie uns aufsuchte, hatte sie bereits andere Schadensansprüche gestellt«, fuhr Mac fort.

»*Andere* Ansprüche?« wiederholte Keeney ungläubig.

»Kurz nachdem sie sich 1985 an uns gewandt hatte, druckte der State-Farm-Computer, der Policen von Hauseigentümern bearbeitet, eine Adresse aus der Umgebung von Palo Alto aus. Das Haus war sowohl auf Virginias Namen als auch auf den ihrer Mutter versichert. Es hatte gebrannt. Fragen Sie mich nicht weshalb, aber wir zahlten auch in diesem Fall Schadenersatz, und zwar hundertfünfundzwanzigtausend Dollar.«

An jenem Abend las sich Keeney zu Hause noch einmal die Notizen durch, die er sich beim Telefongespräch mit den McCains gemacht hatte. Die Geschichte war haarsträubend. In ihm stiegen jedoch Fragen auf. Falls die McGinnis' immer nach einem Versicherungsabschluß Ansprüche geltend gemacht hatten, was hatten dann die McCains nach Aushändigung von Deanas Versicherungspolice gedacht? Hatten sie geahnt, was passieren würde? Warum hatten sie es nicht einfach abgelehnt, die Police auszustellen, wenn sie vermuteten, daß ein Mord geschehen würde? Sie mußten es kommen gesehen haben und hatten der State Farm den Schwarzen Peter zugespielt. Es war kein Wunder, daß sich Mike Hatch zurückhaltend verhielt.

Als er die neuen Fakten in seinen Computer eingab, um sein Mordszenarium zu ergänzen, stieg in Keeney das Gefühl auf, daß McCains Geschichte eines deutlich gemacht hatte: Alle Einzelheiten ließen nur eine Schlußfolgerung zu. Vielleicht würden die Cops etwas finden, was Virginia entlastete, wenn sie jemals dazu kämen, eine Haussuchung durchzuführen. Aber das bezweifelte er. Folgende ungefähre Aufstellung machte die Logik der Geschichte deutlich:

11. 2. 87 (ungefähr) – Virginia ruft die McCains an, um sich bei ihnen wegen des Abschlusses einer Versicherung für Deana zu erkundigen.
18. 2. 87 – Virginia und Deana erkundigen sich persönlich nach einer Versicherung.
20. 2. 87 – B. J. besorgt sich Elaviltabletten auf Rezept; Virginia ruft die McCains wieder an.
27. 2. 87 – Virginia setzt es durch, daß ein Versicherungsantrag für Deana ausgefüllt wird.
31. 3. 87 – McCain ruft an, um mitzuteilen, daß Deanas Versicherungspolice da ist.
1. 4. 87 – Virginia zahlt den Versicherungsbeitrag.
2. 4. 87 – Deana findet den Tod.
9. 4. 87 (ungefähr) – Virginia macht ihren Anspruch geltend.

Als Keeney die Liste der Daten durchlas, hatte er ein Gefühl, als ob sich endlich der Druck auf den Magen verringerte. Er hatte nicht unter Wahnideen gelitten. Es handelte sich um Handlungen von Personen, die schuldig waren und geschickt einen gut geplanten Mord begangen hatten.

Keeneys Sekretärin Sarah West, die im allgemeinen nicht aus der Ruhe zu bringen war, hatte den Eindruck, daß ihre Chancen, irgend etwas über Virginias Tochter Cynthia Elaine herauszufinden, denkbar schlecht standen. Doch Keeney verlangte, daß sie sich weiter bemühte. Eine Woche später stürmte Sarah in Keeneys Büro.

»Es hat keinen Sinn, Mr. Keeney«, sagte sie und knallte einen Packen Notizen auf den Schreibtisch. »Alle Stellen, die mir nur eingefallen sind – das Büro des Coroners, des Sheriffs des Landkreises, die Gesundheitsbehörde, ja sogar der Hilfsdienst zum Schutz des Kindes – versicherten mir, daß, soweit ihnen bekannt, niemals ein kleines Mädchen namens Cynthia Elaine Rearden oder McGinnis im Gebiet von Louisville gelebt habe. Ich beginne zu glauben, daß Virginia das Kind einfach erfunden hat.«

»Virginia hat es fertiggebracht, Bobbie Fotos von den letzten Augenblicken in Deanas Leben zu senden«, stimmte Keeney laut nachdenkend zu. »Sie war sicherlich auch dazu imstande, sich eine andere Lüge auszudenken, um einfach den Verdacht von sich abzulenken.«

»Warten Sie eine Minute«, sagte Sarah West, wobei ihr Gesicht sich aufhellte.

»Was ist mit Coates? Es ist der gleiche Familienname wie der von Virginias Sohn James.«

»Das ist einen Versuch wert«, erwiderte Keeney, dann griff er nach dem Telefon.

Dora Kalprowski im Büro des Coroners des Landkreises Jefferson beantwortete den Anruf mit unsicherer Stimme. Zunächst sei Mittagspause, dann werde sie in den Unterlagen nachsehen. Als sie zurückrief, teilte sie mit, daß sie eine Karteikarte zu dem Fall gefunden habe. Diese enthalte folgenden Vermerk: »Cynthia Elaine Coates, 10105 Jefferson Hill Road, Sterbedatum 6.12.72.« Keeney sagte, er werde sogleich hinkommen.

Als er zur Tür hinausging, winkte er Sarah zu und rief: »Danke für den Tip, Gehirn.«

Er fand Mrs. Kalprowski in ihrem abgeteilten kleinen Raum. Als Keeney erschien, schaute die weißhaarige Frau von ihrem schmalen Schreibtisch auf, der mit künstlichen Blumen und Briefbeschwerern in Gestalt von wuscheligen Häschen bedeckt war. Sie reichte ihm eine graue, drei mal fünf Zoll große Karteikarte, die mit Eselsohren versehen war. Handschriftlich stand darauf:

Cynthia Elaine Coates, Alter 3 Jahre
Starb durch zufällige Strangulation in einer Scheune
Detective R. D. Jones

Keeney notierte sich die Worte auf einem Notizblock und gab die Karteikarte zurück. »Wissen Sie, Madam, Sie haben unter Umständen gerade dazu beizutragen, einen Killer zu schnappen.«

»Ich weiß nicht, daß ich das getan habe, Mr. Keeney«, sagte die ältliche Angestellte, wobei sie ihren Mund zu einem Lächeln verzog. »Aber Sie müssen wissen, daß ich in einigen Monaten pensioniert werde. Es wäre schön, wenn ich das Büro mit einem Knalleffekt verließe.«

Der Polizeistab des Landkreises Jefferson ist im Kellergeschoß des Justizgebäudes von Louisville untergebracht. Das ist ein niedriger moderner Zweckbau in der City, der inmitten von Wolkenkratzern, unbebauten Grundstücken und Parkflächen steht. Die Büros der Polizeibehörde sind besonders unattraktiv, aber da sie fensterlos sind, wird dort mit einer gewissen Intensität gearbeitet, als ob Louisville eine Stadt wäre, die sich ununterbrochen in einem Belagerungszustand befinden würde.

Keeney rief die Polizei unmittelbar nach dem Verlassen des Büros des Coroners an und erfuhr, daß Detective R. D. Jones, dessen Name auf der fünfzehn Jahre alten Karteikarte stand, immer noch im Polizeistab tätig war. Robert David Jones oder auch ›R. D.‹, wie er allgemein genannt wurde, konnte man in seinem Zimmer hinter dem Schreibtisch sitzend antreffen. Er war jetzt Sergeant in der Abteilung für Beweissicherung.

R. D. war nur notgedrungen zur Polizei gegangen. Als er vom College kam, unternahm er erst einmal den Versuch, als Profi für die Kansas City Royals Baseball zu spielen. ›Ein guter Fänger, ein miserabler Schlagmann‹ beliebte er immer noch zu scherzen. Nach zwanzig Jahren besaß er nun ein eigenes Büro, einen weißen fensterlosen Würfel, dessen Einrichtung in der Hauptsache aus einigen metallenen Aktenschränken, einem Schreibtisch aus Holzimitation, einem Sessel mit verstellbarer Rückenlehne für ihn selbst und einem einfacheren Sessel für Besucher bestand. Der Raum war klein und sparsam ausgestattet, aber zumindest konnte R. D. die Tür schließen.

Als Keeney ankam, war R. D. bereits auf seinen Besuch vorbereitet. Dora Kalprowski hatte den Captain der Mordkommission angerufen, und dieser wiederum hatte die Abteilung für Beweissicherung informiert. »R. D., irgendein hohes Tier, ein Anwalt, ist auf dem Weg zu deinem Büro, um dich wegen eines Todesfalls zu befragen, den du vor undenklichen Zeiten untersucht hast«, sagte der Captain. »Ein kleines Mädchen namens Cynthia Elaine Coates. Erinnerst du dich zufällig an den Fall?«

»O Bruder, das haut hin«, stöhnte R. D. auf. »Das ist einer der wenigen Fälle, die ich nicht vergessen kann.«

»Nun ja, du hast etwa zwei Minuten Zeit, bis er bei dir aufkreuzt. Versuche dem Herrn zu zeigen, daß wir hier ein strammer Haufen sind.«

R. D. erwiderte Keeneys saloppen Gruß mit einem festen Händedruck und lud den Besucher mit unbeweglichem Gesicht ein, Platz zu nehmen. Keeney begann sofort, die Geschichte von Deanas Tod und den Zusammenhang mit Cynthia Elaine zu erklären. Es sei ein Fall, den er gratis bearbeite, fügt er hinzu, eine Angelegenheit, die er für eine Frau aus seiner Kirchengemeinde erledige.

Während R. D. zuhörte, betrachtete er Keeney mit geübtem Auge. Was er bemerkte, beunruhigte ihn. Anwälte in teuren Anzügen bedeuten für Polizeibeamte gewöhnlich Ärger. Meist waren sie auf Geld oder auf Publizität aus. Beim Fall Cynthia Elaine Coates – dem allerersten Todesfall, den er untersucht hatte – war er nie ein flaues Gefühl losgeworden. Er war nicht begeistert von der Aussicht, die Entscheidungen, die er als Anfänger getroffen hatte, einer neuen Prüfung unterziehen zu müssen oder in den Ruf des Unglücksraben der Behörde zu kommen.

»Ich denke, das ist es, was Sie suchen«, sagte R. D. Er zog eine gelbe Aktenmappe aus der Schublade und legte sie auf sein Dienstbuch. Keeney entdeckte den Namen CYNTHIA ELAINE COATES, der mit Schreibmaschine auf den Aufkleber getippt war. R. D. legte die Hand lässig auf die Mappe. Keeney bemerkte, daß es eine große Hand war, geschmückt von einem Ring, wie ihn manche Collegeabsolventen trugen.

»Ist Ihre Klientin mit der Toten verwandt?« fragte R. D.

»Nein, Sergeant«, erwiderte Keeney.

»Sie wissen, unsere Akten sind nicht für jedermann zugänglich, der darin herumstöbern möchte.«

»Ich verstehe. Und es ist nicht ausgeschlossen, daß ich an der falschen Adresse bin. Aber ich kann nichts außer acht lassen, was möglicherweise wichtig ist.«

»Sie denken nicht daran, um jeden Preis Anklage gegen die Polizeibehörde zu erheben?« R. D. begann, mit seinen Fingern auf die Aktenmappe zu trommeln.

»Sergeant«, sagte Keeney, »das wäre das Letzte, was ich vorhabe.«

»Die Akten dieses Falles sind seit fünfzehn Jahren geschlossen. Es ist schwer vorstellbar, weshalb Sie sich für eine Geschichte interessieren, die so lange zurückliegt.«

»Lassen Sie uns gleich Klarheit schaffen.« Keeney holte eine Zigarre aus der Tasche, schnitt das eine Ende ab und zündete sie an, ohne den Blick von R. D. zu wenden. Der Mann schien so blaue Augen und so sanfte Manieren wie der Cop in Bobbie Rogers' Nachbarschaft zu haben. Er hatte einen graumelierten Schnurrbart, ein kleiner Schmerbauch quoll ihm über den Gürtel, und man hatte das Gefühl, er wußte, was im ganzen Raum geschah, selbst wenn er einem direkt ins Gesicht sah.

Als die Zigarre richtig brannte, begann Keeney erneut zu sprechen. »Sergeant, es scheint einfach sehr merkwürdig, daß die Frau bei zwei tödlichen Unfällen dabei war, von denen einer beinahe wie Mord aussieht. Und da Sie mit der Untersuchung betraut waren, dachte ich, daß Sie vielleicht bereit wären, uns zu helfen. Das ist alles, was ich und Bobbie Roberts wünschen, einfach ein wenig Hilfe.«

»Das ist gut und schön, Mr. Keeney«, erwiderte R. D. »Aber weshalb ist nicht die Polizei von Kalifornien in dieser Angelegenheit hier?«

»Da bin ich überfragt. Vielleicht sollten Sie dort anrufen und versuchen, es herauszufinden.«

»Ich möchte Ihnen folgendes sagen«, antwortete R. D. und legte die Aktenmappe wieder in die Schublade seines Schreibtisches. »Geben Sie mir ein bis zwei Tage Zeit. Ich sage weder ja noch nein. Ich möchte diese Sache mit meinem Captain besprechen.«

R. D. wußte, daß er guten Grund hatte, sich defensiv in bezug auf seine Polizeiarbeit im Jahre 1972 zu verhalten. Er hatte damals seine Aufgabe so gut wie möglich erledigt. Aber selbst nach fünfzehn Jahren hatte er noch nicht den Anblick des leblosen dreijährigen Kindes vergessen, das damals auf dem Rücksitz seines Streifenwagens lag.

Und jeder Ermittlungsbeamte, der heute auf den vor fünfzehn Jahren üblichen Gesetzesvollzug in Kentucky zurückschaut, wäre vor den damaligen Schwierigkeiten zurückgeschreckt.

Anfang der siebziger Jahre war der ganze Landkreis Jefferson immer noch eher Hinterland als ein Gebiet städtischer

Zivilisation. Fairdale, wo Cynthia Elaine Coates starb, hatte erst vor kurzem aufgehört, ein Sumpf zu sein, wo die Menschen von Moskitoschwärmen geplagt waren und wo es vor Mokassinschlangen wimmelte. Kentuckys ›junger Gouverneur‹ und späterer Baseball Commissioner, A. B. ›Happy‹ Chandler, hatte gerade den Startschuß zum Bau des Interstate 65 gegeben. Das Hundert-Millionen-Dollar-Straßenprojekt des Gouverneurs erforderte die Anlage riesiger Drainagekanäle und führte dazu, daß Tausende von Morgen Land gewonnen wurden. Sobald sich das Wasser zurückzog und die Schlangen und Moskitos ausstarben oder woanders Zuflucht suchten, drangen viele Menschen in die fruchtbare Ebene vor, die bei Fairdale begann und sich meilenweit erstreckte.

Manche Mitarbeiter des Leichenschauhauses von Louisville, dessen beispielhafte Ausstattung heute weithin einen guten Ruf hat, erinnern sich mit unverhohlenem Zynismus noch an die früheren Zustände.

»Die Leute pflegten zu sagen: Möchtest du deine Frau umbringen, dann tue es in Kentucky«, scherzte einer der dortigen Assistenten. »War es der gute alte Joe, der gewählt werden sollte, wurde er von allen gewählt. Einige der Coroner waren Klempner oder Zimmerer, aber die meisten waren Direktoren von Bestattungsunternehmen. So kamen sie zu Aufträgen. Sie erschienen am Unfall- oder Tatort, steckten einem Verwandten ihre Visitenkarte zu und sagten: ›Welche Art von Bestattung wünschen Sie? Wenn Sie uns den Auftrag erteilen, können wir sicher eine Autopsie vermeiden.‹ Zum Teufel, wie hätte man besser ungestraft davonkommen können, wenn man seine Frau getötet hatte.«

Selbst wenn eine Autopsie vorgenommen wurde, war das erforderliche ärztliche Gutachten nicht zu bekommen. Die Leichen wurden zur medizinischen Fakultät der Universität von Louisville gebracht, wo unerfahrene Assistenzärzte im Rotationsverfahren Autopsien durchführten. Es ging dort eher zu wie in einer Anatomieklasse. Bei einigen wirklich komplizierten Mordfällen wurde die Leichenöffnung von

Studenten vorgenommen, weil sie gerade an der Reihe waren. Wer weiß, wie viele lösbare Fälle auf diese Weise ungeklärt geblieben sind.

Zwei Tage nach der Begegnung in der Polizeibehörde des Landkreises Jefferson begrüßte Keeney R. D. in der großen Empfangshalle von Barnett & Alagia. Dann gingen sie in sein Büro.

R. D. dachte immer noch im stillen, daß es eine Masche Keeneys sei, den edlen Ritter zu spielen. Die Tatsache, daß Sarah West eine Tasse Kaffee im China-Geschirr der Firma servierte, steigerte noch sein Unbehagen. Aber er hatte einen Grund, der wichtiger war als das Risiko, zur Verantwortung gezogen zu werden.

In dem Augenblick, da Sarah West den Raum verließ und die Tür hinter sich schloß, öffnete R. D. seine Aktentasche und holte die Unterlagen über den Fall Cynthia Elaine Coates heraus.

»Ich vermute, das ist der Moment, auf den Sie gewartet haben«, sagte er grinsend. Keeney saß ruhig da, als R. D. aus einem Umschlag, der an die Aktenmappe geheftet war, eine Schlinge aus dicker brauner Schnur herauszog.

»Das ist die Leine, an der das Mädchen hing«, sagte er. »Ich hätte sie vor fünf Jahren gemäß dem in der Abteilung für Beweisführung üblichen Verfahren wegwerfen müssen. Aber ich habe das Beweisstück für alle Fälle aufgehoben.«

»Sergeant, Sie glauben, daß das Mädchen vorsätzlich getötet wurde?« fragte Keeney.

R. D. antwortete, als ob er laut nachdächte: »Ich bin eigentlich nie richtig damit fertiggeworden, daß ein dreijähriges Mädchen zufällig an einem über zwei Meter hohen Dachsparren hing. Das ist der einzige Fall, der mir so lebhaft in Erinnerung geblieben ist. Damals war ich zu fünfundneunzig Prozent davon überzeugt, daß es ein Unglücksfall war, aber da sind die restlichen fünf Prozent. Wenn ich zurückdenke, kann ich mich nicht entsinnen, am Hals des Mädchens Strangulationsmarken gesehen zu haben. Das ist das erste, wonach man bei Erhängten schauen muß, tiefe Spuren am Hals, die zeigen, daß die Blutzufuhr zum Gehirn abgeschnürt wurde. Aber das habe ich erst später gelernt, als ich an einem FBI-Lehrgang in Quantico teilnahm. Damals dachte ich einfach bei mir, daß sie bei einem kleinen Mädchen fehlen könnten.«

Ohne eine Spur von Verlegenheit fügte er hinzu: »Wir hätten auf einer Autopsie bestehen sollen.« Ein Lächeln breitete sich unterhalb seines Schnurrbarts aus. »Der Grund, weshalb ich hergekommen bin, ist, daß sich nun eine Möglichkeit bietet, die Dinge richtigzustellen. Selbst nach so langer Zeit.«

An diesem Nachmittag erzählte R. D. die Geschichte, die er eineinhalb Jahrzehnte lang für sich behalten hatte.

Der 6. Dezember 1972, ein Mittwoch, hatte mit einem plötzlichen Absinken der Temperatur begonnen. Man konnte mit einem kalten hellen Nachmittag an der Jefferson Hill Road in Fairdale, Kentucky, rechnen.

Etwa um zehn Uhr vormittags kam Jake Miller, ein Polizist, der der Familie Rearden gegenüber auf der anderen Straßenseite wohnte, zu Virginia und Bud herüber, um ihnen bei Maurerarbeiten an einem Kamin zu helfen. Bud Rearden hatte vor, die offene Feuerstelle im Haus umzubauen, aber er war krank geworden, bevor er die Arbeit beenden konnte. Jake hatte seine Hilfe gegen ein bescheidenes Entgelt angeboten.

Den ganzen Morgen mauerte er im Wohnzimmer, während Virginia in der Küche buk und die kleine Cynthia Elaine ausgelassen durch das Haus rannte.

»Das ist mein Kamin«, zwitscherte sie, als sie vor die halbfertige Feuerstelle sprang. Jake schubste sie zur Seite, aber ein paar Minuten später kam sie schüchtern wieder und bestand lachend darauf, daß es ›ihr‹ Kamin sei.

Einige Nachbarn klagten darüber, daß Cynthia ›zu wild‹ sei, aber im großen und ganzen war das goldhaarige Mädchen der Liebling der Jefferson Hill Road. Sie kletterte über Lattenzäune, verlief sich in fremden Gärten und liebte es, wie ihre Mutter, aufzufallen. Jake gestattete es dem Mädchen, vergnügt zu sein und steuerte es, damit es keinen Ärger bekam.

An diesem Nachmittag unterbrach Jake um halb drei Uhr seine Arbeit. Sein Dienst auf der Polizeiwache begann um drei Uhr. Der Himmel hatte sich grau bezogen, ein böiger Wind kam auf, und Eisregen prasselte auf die schlammigen Pfützen nieder. Es war das klassische Wetter hier im langweiligen Tal des Ohioflusses, ein Tag, wo einem die Feuchtigkeit mehr zu schaffen machte als die Kälte und wo die Wolken niedrig und schwer über den Baumwipfeln hingen.

Einige der Nachbarkinder hatten vorgehabt, auszureiten, aber am frühen Nachmittag beschlossen alle, zu Hause zu bleiben.

Jake wusch sich Gesicht und Hände in Reardens Küchenausguß und ging dann über die Straße, um sich für den Dienst umzuziehen. Die Außenstelle Charlie befand sich nicht mehr als zehn Minuten von Jakes Haus entfernt in derselben Straße. Es war ein alter einstöckiger Ziegelbau, der in ein allgemeines Dienstzimmer und einen Raum zum Aufrufen von Personen unterteilt war. Im Dienstzimmer klapperten ein paar Schreibmaschinen. Es war selten viel zu tun. Bisweilen wurden landwirtschaftliche Geräte und Rasenmäher gestohlen, und manchmal gerieten sich gute alte Haudegen vom Lande mit Kerlen aus der Stadt in die Haare und schlugen sich die Köpfe blutig. Ein Mann wurde wegen Sodomie eingesperrt. Er verging sich an Ziegen und wurde auf frischer Tat ertappt. Das bildete monatelang den Gesprächsstoff der Dienststelle. Ansonsten aber war es eine verschlafene Polizeiwache, wie man es in einer so wenig bevölkerten Ortschaft wie Fairdale auch nicht anders erwartet hätte.

Jake Miller trug sich um 15 Uhr 05 in das Anwesenheitsbuch ein. Fünf Minuten später nahm er einen Notruf entgegen. Es handelte sich um den Tod eines Kindes in der Jefferson Hill Road. Obwohl fünf oder sechs Polizisten Dienst hatten, übernahm Jake den Auftrag. Das Unglück hatte sich direkt gegenüber seinem eigenen Haus ereignet – bei Bud und Virginia Rearden.

O Mann, dachte Jake, als er rasch die gewundene schmutzige Straße zurückfuhr, *ich hoffe, daß das kleine Mädchen nicht in meinem Kamin verunglückt ist.*

Als er in die Einfahrt zum Haus der Reardens einbog, sah Jake den Streifenwagen seines Kollegen Bob Hamilton an der einstöckigen Scheune stehen. Bob hatte sich zufällig in der Nähe befunden und war daher schneller als Jake zur Stelle. Jake sprang aus seinem Wagen, rannte hinunter zur Scheune und traf dort Bob, der sich gerade über den Rücksitz seiner alten Chaise beugte, die Bud zur Ersatzteilgewinnung diente. Als Jake näherkam, sah er, daß Bob eine Mund-zu-Mund-Beatmung bei Cynthia Elaine durchführte.

Virginias Vater, Christie Hoffmann, dessen Brille in der feuchten Luft beschlagen war, stand mit Bud und Virginia gleich neben dem Auto. Er hielt eine Sichel in der Hand und schnaufte asthmatisch. Bud konnte man anmerken, wie bedrückt er war, erinnerte sich Jake, aber Virginia ›sah nicht allzu mitgenommen aus‹.

Cynthia Elaine lag auf dem Autositz. Sie trug einen blauen Skianzug mit rotem und weißem Besatz, Fäustlinge und blaue Tennisschuhe. Sie sah aus wie ein Engel, der im Freien spielen wollte, nur daß das Gesicht unnatürlich bleich war, wie bei einer Wachsfigur, und daß man einen Streifen Blut bemerken konnte, der aus dem Ohr des Mädchens geflossen zu sein schien. Ihr kleiner Brustkorb hob und senkte sich, als Bob Luft in ihren Mund preßte, aber die Atmung setzte nicht wieder ein.

Jake und Bob hoben den Körper des Mädchens aus dem Autowrack und legten ihn auf den Rücksitz des Streifenwagens. Bob Hamilton setzte die Mund-zu-Mund-Beatmung fort, während Jake zum St. Mary & Elizabeth Hospital raste. Unterwegs forderte Jake über Funk einen Ermittlungsbeamten an, wie es in solchen Fällen erforderlich war.

Bei ihrer Ankunft im Krankenhaus erklärte der diensthabende Arzt Cynthia Elaine Coates für tot. Es war 15 Uhr 18.

R. D. Jones, ein junger Polizeibeamter, der zum ersten Mal einen Todesfall zu untersuchen hatte, traf Jake und Bob in der

Notaufnahme. Sie gingen, um sich den Leichnam anzusehen. R. D. erinnerte sich, daß er ›bläuliche Flecken‹ im Gesicht und am Hals von Cynthia bemerkte, als sie im Krankenhaus ankamen; die Verfärbung stammte, wie er annahm, von der Schnur. Aber sein Hauptinteresse galt in diesem Augenblick dem Verhör der Familie.

Auf dem Flur des Krankenhauses nahm R. D. Virginia beiseite und fragte sie, was passiert sei. Die fünfunddreißigjährige Virginia Rearden erschien R. D. wie eine gewöhnliche Einwohnerin von Fairdale. Sie war eine korpulente Frau mit kastanienbraunem Haar und grünen Augen, die ihn kühl anstarrten.

Virginia sagte, sie habe Cynthia Elaine zu einem Ritt mit dem Pony mitnehmen wollen, das eigentlich ein Maulesel war. Als sie zur Scheune kamen, entwich das Pony und rannte in den Hof. Virginia sagte, sie hätte es vielleicht ein paar Minuten herumführen sollen, weil es zu viel Feuer hatte.

R. D. fiel auf, daß Virginia mehr als nur eine Geschichte zu erzählen schien, aber er schob das auf ihre momentane seelische Erschütterung. Sie fuhr fort: Als sie zur Scheune zurückkehrte, fand sie ihre Tochter. Sie hing mit dem Hals an einer Schnur, die um einen Dachsparren geschlungen war. Sie rannte sofort ins Haus zurück, um ihren Vater zu holen, damit er beim Abschneiden des Kindes helfe. Danach kam die Polizei.

R. D. rief Coroner Burchett vom Krankenhaus an, aber Burchett sagte, er habe noch einige Fahrten zu machen, und bat R. D., später bei im vorbeizukommen.

Noch am selben Nachmittag fuhr R. D. in die Jefferson Hill Road, um den Ort des Geschehens näher in Augenschein zu nehmen. Er stapfte durch den Schlamm zur Scheune und betrat diese durch das auf der Nordseite befindliche Tor. Dort waren hinter einer Mähmaschine, die knapp einen Meter hoch war, Heuballen aufgestapelt. Auf der kleinen Mähmaschine war noch ein Fußabdruck des Kindes zu sehen. Die durchgeschnittene Schlinge hing noch am Dachsparren. R. D. bemerkte, daß sich die Pferdeboxen im anderen Teil der

Scheune befanden, der nicht mit dem Raum verbunden war, wo das Kind verunglückt war. Er machte einige Aufnahmen, wickelte die Schnur zusammen und ging ins Haus zurück, um den neunundsechzig Jahre alten Christie Hoffmann zu befragen.

Christie sagte, er habe im Haus gesessen, als er hörte, daß Virginia ihn rief. Er habe hinausgesehen, um festzustellen, was dieses Theater zu bedeuten habe. Virginia habe im Hof gestanden und laut etwas von Cynthia und dem Pferd geschrien. Christie sei hinausgegangen, und sie seien zusammen zur Scheune hinübergerannt – dorthin, wo sie die Gerätschaften aufbewahrten.

Er habe in die Scheune hineingesehen und bemerkt, daß Cynthia mit dem Hals an einer Schnur hing, wie sie zum Strohbündeln diente. Die Schnur war um einen Dachsparren geschlungen, der sich oberhalb der Mähmaschine befand. Christie hatte den Eindruck, als ob Cynthia fast auf dem Mäher saß. Er nahm eine Sichel von der Scheunenwand, schnitt Cynthia ab und trug sie zu Buds altem Auto. Er versuchte, eine Mund-zu-Mund-Beatmung durchzuführen, hatte damit aber keinen Erfolg.

R. D. dachte, die ganze Geschichte klinge etwas seltsam. Aber ohne eindeutigen Beweis bestand für ihn kein Anlaß, auch nur in Erwägung zu ziehen, daß eine Mutter ihr eigenes Kind ermordet und das Ganze so arrangiert hatte, daß es wie ein Unfall aussah. Und Jake Miller war mehr als bereit, für Virginia zu bürgen.

R. D.s Bericht endete wie folgt:

›... Möglicherweise spielte das Opfer auf der Mähmaschine und verhedderte sich beim Schaukeln in der Schnur, wobei sie von der Mähmaschine rutschte. Das Opfer befand sich teilweise in einer sitzenden Position, als Mr. Hoffmann sie fand. Er erzählte uns, daß sie nicht atmete, und er konnte bei ihr auch keinen Puls und keine Herztätigkeit feststellen ...

Der Polizist J. Miller wohnt gegenüber dem Haus der Reardens auf der anderen Straßenseite. Er teilte uns mit, daß die

Familie vor etwa drei Jahren hergezogen sei und daß er sie so lange kenne. Aufgrund des Urteils, das er sich über die Familie gebildet hat, ist er der Meinung, daß der Unfall so geschehen ist wie in der Überschrift des Berichts formuliert: Unfall durch Erhängen … Detective Davis rief Coroner Burchett an und informierte ihn über unseren Bericht. Er entschied, daß ein Unfall durch Erhängen die Todesursache sei, und gab die Leiche für Hardys Bestattungshaus frei.‹

Am 8. Dezember 1972 wurde Cynthia Elaine Coates an einer nicht gekennzeichneten Stelle im Resthaven Memorial Park beigesetzt.

»Wir hatten damals keine Ahnung von Kindesmißhandlungen«, erklärte R. D. Keeney blickte von der Aktenmappe und den Fotos der kleinen Mähmaschine und der Schlinge auf. R. D.s Gesicht war anzumerken, daß er fünfzehn Jahre lang auf diesen Moment gewartet hatte. Er verschränkte die Hände ineinander und fuhr fort: »Die Medien brachten keine Sensationsmeldungen darüber. Aber ich hatte immer das Gefühl, daß irgend etwas faul war. Virginia schien nicht bestürzt, sondern gleichgültig, ja sogar kalt. Und das Wetter an diesem Tag war rauh und stürmisch, die Quecksilbersäule war auf fast null Grad gesunken. Um die Scheune herum war der Schlamm acht bis zehn Zentimeter tief. Ich mußte mir ein Paar Stiefel von Bud Rearden borgen, damit ich in die Scheune gehen konnte, um mich dort umzusehen. Wie in aller Welt war es möglich, daß eine Mutter an einem so lausig kalten Tag ihre dreijährige Tochter im Schlamm auf einem Pony reiten lassen wollte?«

Während Keeney am Abend in seinem Vorgarten Löcher für eine Reihe immergrüner Büsche grub, dachte er über R. D.s Bericht nach. Virginias Schilderung von Cynthia Elaines Tod ließ ihm keine Ruhe, wie eine vertraute Melodie, die einem immer wieder in den Sinn kommt.

Er legte die Schaufel hin und trat vom Haus zurück, um einen prüfenden Blick auf seine Arbeit zu werfen: eine Reihe von Löchern, die 45 Zentimeter im Durchmesser maßen und jeweils einen Meter voneinander entfernt waren. Er dachte an die übergewichtige Frau auf Deanas letztem Schnappschuß und an ihre ölige Stimme bei dem Telefongespräch mit Bobbie. Er stellte sich vor, wie Virginia die Schnur um den bereits schlaffen Hals des Kindes gelegt hatte. Vielleicht hatte sie das Mädchen in einem Wutanfall erwürgt, dann ihren alten Vater gerufen und ihn zum Zeugen eines inszenierten Unfalls gemacht.

Aber R. D.s Bericht enthielt beinahe ebenso viele Ungereimtheiten wie der von Dave Dungan. Fast im gleichen Atemzug hatte er erklärt, das Mädchen habe ›möglicherweise‹ einen tödlichen Unfall durch Erhängen erlitten, es sei aber in einer ›teilweise sitzenden Position‹ gefunden worden. R. D. hatte sich auch die Mühe gemacht zu notieren, daß Virginia selbst zwei verschiedene Erklärungen darüber abgab, was sie gemacht hatte, als das Mädchen starb. Es hörte sich wie eine Lüge an, zugleich kam es ihm irgendwie bekannt vor. Sie hatte die Polizisten also schon einmal mit einer verworrenen Geschichte eingelullt …

Keeney hatte plötzlich das Gefühl, daß ein logischer Zusammenhang zwischen den Fakten existierte. Er streifte seine Gärtnerhandschuhe ab und lief die Treppen hinauf. In Sekundenschnelle holte er sein ›Mordszenarium‹ auf den Bildschirm des Computers. Er tippte die einzelnen Informationen über Cynthias Unfall ein und verglich die in zwei Spalten erscheinenden Berichte miteinander.

Virginia hatte Don Smythe erzählt, sie habe gefroren und sei zum Auto zurückgegangen. Sie hatte Bobbie am Telefon erzählt, daß Cynthia in die Scheune gegangen sei, nachdem sie gesagt hatte: »Mami, ich friere.«

Deana stolperte und stürzte von einer Klippe; Cynthia stolperte anscheinend und stürzte von einer Mähmaschine. In beiden Fällen war Virginia am Ort des Geschehens, weil das Mädchen dorthin wollte; es war *seine* Schuld.

Beide Mädchen waren blau gekleidet; beide trugen blaue Schuhe.

In beiden Geschichten kamen Tiere vor: Seelöwen, ein Pony.

Virginia meldete beide Todesfälle bei der Polizei und hatte damit Einfluß darauf, wann diese eintraf.

Beide Opfer waren bei Ankunft der Polizei tot.

Die Unfälle ereigneten sich, als das Opfer für einen Augenblick von Virginia getrennt war und sie ihm den Rücken zukehrte. Virginia hörte und sah nichts. Sie war gerade mit ihren eigenen Dingen beschäftigt.

In jedem Fall hatte Virginia einen passenden und leicht zu manipulierenden Zeugen bei der Hand: Christie und B. J.

Und bei jedem tödlichen Unfall hatte sich Virginia nur wenige Meter von der Unfallstelle entfernt befunden.

Keeney schloß die Augen und holte tief Luft. *Die Geschichten glichen sich.*

Blutsverwandtschaften

Der Herbst in Kentucky ist eine Jahreszeit mit stabiler Wetterlage. Die Tage sind klar und strahlend. Der Sommerregen hört auf, die schwarze Erde beginnt hart zu werden. In den Himmel, der genau so majestätisch blau ist wie in Colorado, ragen imposante Bäume. In der Luft liegt der Geruch von verwelkendem Laub, das bei Frost spröde knistert. Pferde schnauben in den Ställen, und Dampfwolken entströmen ihren Nüstern.

Der Wechsel der Jahreszeit gab jedoch weder Bobbie Roberts noch Steven Keeney neuen Auftrieb. An Sonntagen sah Keeney seine Klientin zwischen den vielen Menschen im Gemeindesaal der Zweiten Presbyterianischen Kirche herumschlendern. Er plante vielleicht gerade, Golf zu spielen oder mit Wynn irgendwo zu Mittag zu essen, da ging Bobbie mit einem geistesabwesenden Gesichtsausdruck vorbei. In der Kirche sprachen sie selten miteinander, aber gelegentlich rief Bobbie ihn zu Hause an, und dann wollte sie mit ihm nur reden.

Nicht der Versicherungsfall oder die Arbeit der Polizei schien sie zu interessieren. Sie bevorzugte es, sich in Erinnerungen an Deana zu ergehen oder davon zu sprechen, daß sie ihr Leben nicht ins rechte Gleis bringen könne, solange sie die Wahrheit über ihre Tochter nicht kannte. Oder sie beklagte sich darüber, daß Virginia immer noch nicht Deanas Sachen zurückgeschickt hatte. Ihre Konversation kreiste unvermeidlich um die gleichen Worte: »Ich vermisse sie so sehr.«

Keeney bemühte sich, Bobbie mit Bemerkungen wie »Die Mühlen der Justiz haben noch nie Geschwindigkeitsrekorde erzielt« aufzumuntern. Er selbst aber behielt den unangenehmen Gedanken für sich, daß, wäre Deana Absolventin einer der Eliteuniversitäten oder die Tochter eines Politikers oder eine erfolgreiche junge Frau mit einem akademischen Beruf gewesen, die Presse den Fall aufgegriffen hätte, er hätte jedermann zu eifrigeren Bemühungen motiviert und wäre in der allgemeinen Prioritätenliste höher eingestuft worden. Die Selektionsmentalität war offenbar bei den Justizorganen weitverbreitet, und Deanas Fall wurde einfach keine Priorität beigemessen.

Bei der State-Farm-Versicherung kamen die Dinge nur langsam voran. Mike Hatch hatte angerufen, um mitzuteilen, daß seine Ermittler nach wie vor herauszubekommen versuchten, ob nicht noch weitere Versicherungspolicen auf Deanas Namen existierten. Die Versicherungsgesellschaften benötigen zentrale Einrichtungen für die gegenseitige Information, dachte Keeney. Sie könnten Daten sowohl über Personen, die durch Versicherungsverträge begünstigt waren, als auch über Versicherte im Austauschverfahren sammeln und bereitstellen, ähnlich wie beim Index der Grundstücksverkäufer. Die Suche wäre dann per Computer binnen fünf Minuten erledigt.

Hatch sagte, die Sache sei nicht so einfach. Ein Versicherungsträger nach dem anderen müßte angerufen werden, und es gäbe buchstäblich Tausende davon im ganzen Land. Er entschuldigte sich für die Verzögerung und murmelte etwas davon, daß die Bundesregierung die Anlage von Datenbänken bisher nur für die Versicherung von Vermögenswerten gestatte. Dann legte er auf.

Trotz der verdächtigen Ähnlichkeiten zwischen Deanas und Cynthias Tod und trotz der Dinge, die sich in McCains Versicherungsagentur zugetragen hatten, schien niemand im Büro des Sheriffs von Monterey oder bei der Staatsanwaltschaft zu glauben, daß sie genügend Beweise hätten, um einen Haussuchungsbefehl ausstellen zu können.

Jeden Tag hoffte Keeney, daß ihn ein Staatsanwalt, der in Sachen Mord ermittelte, oder ein Polizeiinspektor mit ärgerlicher Stimme bitten würde, den Fall den Fachleuten zu überlassen. Aber bei jedem Anruf und jedem Schreiben schien ihm Donald Smythe höflich auszuweichen. Natürlich sagte sich Keeney, daß die Behörden in Monterey, vor allem die Staatsanwaltschaft, viele gute Gründe hatten, Deanas Fall zu verschleppen. Eine Person des Mordes anzuklagen bedeutete, eine Unmenge politischer und finanzieller Überlegungen – primäre Faktoren im Kalkül eines jungen Staatsanwalts – anzustellen. Die Ermittlungen allein würden einen hohen Aufwand an Zeit und Mühe erfordern: Flüge nach Louisville, Hunderte von Befragungen, Honorare für Experten. Und selbst dann würden all diese Anstrengungen und Aufwendungen nur zu einem riskanten Prozeß führen. Kein Augenzeuge war bisher aus den Sequoiawäldern entlang des Highways 1 aufgetaucht, und anscheinend war auch mit keinem zu rechnen. Es handelte sich nicht um eine Sache, wo jemand einfach erstochen oder erschossen worden war, um etwas, was jeder als Mord bezeichnen würde und wo einzig und allein die Frage zu klären wäre, wer es getan hatte. Das Ganze lief hier darauf hinaus, ob es ein Mord oder ein Unfall war, ob das Opfer hinabgestoßen wurde oder ob es ausgerutscht war. Das Opfer war außerdem ein zielloser Mensch oder konnte von einem geschickten Verteidiger leicht als solcher hingestellt werden. Zuerst verließ Deana Louisville, und dann verließ sie ihren Ehemann, um mit einem hartgesottenen Verbrecher zusammenzuleben. Wer weiß, was sie sonst noch getan hätte?

Und welcher Prozeßanwalt konnte die Tatsache ignorieren, daß Virginia McGinnis das Büro des Sheriffs schon zweimal an der Nase herumgeführt hatte? Im Zeugenstand würde sie bestimmt mit der gleichen überzeugenden Aufrichtigkeit aussagen. Der Staatsanwalt war sich sicherlich dessen bewußt, daß die Klageerhebung in diesem Fall auch die Offenlegung aller Mängel bei den ursprünglichen Ermittlungen des Sheriffs bedeuten würde – ein unglücklicher Umstand, der politische Nachteile mit sich bringen konnte, besonders wenn der Prozeß erfolglos verlief.

Nein, der Fall McGinnis war ganz gewiß nicht etwas, worauf sich die meisten Prozeßanwälte stürzen würden.

Unterdessen sah Keeney, daß die Zeit, die er umsonst für Bobbie Roberts tätig war, immer mehr anwuchs. Sein bisheriger Zeitaufwand entsprach einer Summe, die sich schon auf fünfundsiebzigtausend Dollar belief. In wenigen Wochen würde ihn bestimmt irgendwer beiseite nehmen und fragen, wieso in seiner Arbeitsbilanz jeden Monat mehrere Stunden fehlten.

In einem langen Brief, der jede bisher unbewiesene Tatsache aufführte, begann Keeney, Bobbie Roberts auf eine anscheinend unvermeidliche Enttäuschung vorzubereiten.

Da ich nicht möchte, daß Sie sich falsche Hoffnungen über die Aussichten machen, jemals mit ziemlicher Gewißheit zu erfahren, was genau bei jenen Klippen geschah, möchte ich Sie erneut darauf aufmerksam machen, daß tödliche Stürze aus großer Höhe sich mit am schwersten untersuchen und aufklären lassen. Obwohl ich glaube, daß wir eine lobenswerte Arbeit bezüglich des Sammelns und Analysierens der vorhandenen Unterlagen leisten, gibt es bei jeder Untersuchung immer ›Lücken‹. In diesem Fall geht z. B. aus den Autopsieberichten, einschließlich der Fotos, nicht eindeutig die äußere Beschaffenheit der Leiche hervor, bei der ersten Untersuchung wurde keine quantitative Analyse hinsichtlich der in Deanas Organismus festgestellten Arzneimittel vorgenommen, von der Stelle, wo Deana den Tod fand, machten die Ermittlungsorgane keine Aufnahmen, und es kann sein, daß wegen weiterer Unterlassungen (so wurde beispielsweise die Umgebung nicht nach eventuellen Waffen abgesucht und auch die Kleidung der McGinnis' keiner Prüfung unterzogen) bestimmte Fragen unbeantwortet bleiben werden. Trotzdem werden wir unser Bestes tun, um soweit wie möglich alle Unklarheiten zu beseitigen.

Mit freundlichen Grüßen
Steven H. KEENEY
BARNETT & ALAGIA

Während Keeney darauf wartete, einen offiziellen Bescheid zu erhalten, befaßte sich R. D. Jones weiter mit der Klärung der Umstände von Cynthia Elaines Tod. Er hatte das Gefühl, daß sich ein Mord nachweisen ließ und daß es nur eine Frage der Ausdauer wäre. Er gab Virginia und Billie Joes Namen in die Computer der Polizei von Kentucky ein, doch seine

Bemühungen blieben erfolglos. Virginias Söhne James und Ronnie Coates schienen jedoch als Jugendliche jede Menge von Straftaten begangen zu haben.

Bei Jimmie waren es geringfügige Vergehen: Trunkenheit am Steuer und Tätlichkeiten im betrunkenen Zustand, jene Art von Krakelerei, die manche Jungen später sein lassen. Ronnies Strafregister aber rief R. D. einen Vorfall aus dem Jahre 1976 in Erinnerung. Ronnie, damals zwanzig Jahre alt, war von Kentucky nach Kalifornien geflohen, um einem Prozeß wegen Kindesentführung, Raubes und Einbruchdiebstahls zu entgehen. R. D. verhaftete den jungen Mann und holte ihn zurück. Zu Hause im Bundesstaat Kentucky wurde Ronnie wegen Einbruchs zweiten Grades und wegen gemeinschaftlich geplanter und begangener Verbrechen verurteilt.

Keeney stieß einen Pfiff aus, als R. D. mit der Polizeiakte über Virginias Söhne kurz vorbeischaute. »Ich sage es ungern, aber es macht irgendwie Sinn«, erklärte Keeney. »Es war anzunehmen, daß Virginia wenigstens einen Halunken großziehen würde.«

»Steve«, erwiderte R. D. mit einem Anflug professioneller Herablassung. »Was meinen Sie mit ›einem‹? Ich glaube, Sie haben zu lange Zeit in diesen gemütlichen Büros verbracht.«

»Sie glauben nicht, daß Jimmy Coates genau so schlecht wie sein Bruder werden wird?« fragte Keeney.

Macht er Witze? dachte R. D. Seit ihrem ersten Zusammentreffen war seine Haltung zu diesem zugeknöpften Anwalt nachgiebiger geworden. Doch als er hörte, daß Keeney Bemerkungen wie diese machte, kam ihm wieder zu Bewußtsein, mit was für einem Greenhorn er es zu tun hatte.

»Überlassen wir doch die Entscheidung darüber lieber der Erfahrung als der Philosophie«, sagte R. D. zum Abschluß des Gesprächs.

Am Nachmittag rief er zurück. »Ich möchte Ihnen die Telefonnummer eines Mannes namens Ash durchgeben. Fragen Sie ihn einfach nach James Coates.«

»Ist das noch einer von Virginias Ehemännern?« scherzte Keeney.

»Nein. Ich glaube, Sie werden seinen Standpunkt einleuchtend finden.«

Keeney erreichte Albert Ash zu Hause. Selbst nach zehn Jahren war der Mann immer noch wegen Jimmy Coates in Rage. »Yeah, ich kannte diesen Kerl«, wetterte er. »Mein Sohn fuhr damals gerade mit dem Fahrrad eine Straße in Fairdale entlang. Jimmy befand sich hinten auf einem Laster, der dort gerade angefahren kam. Er warf ein Seil aus, als ob er einen Stier mit einem Lasso einfangen wollte. Das Seil wickelte sich um den Hals meines Sohnes. Er wurde die Straße entlanggeschleift. Es hätte ihn das Leben kosten können! Danach haute dieser niederträchtige Kerl nach Kalifornien ab, ehe die Sache vor Gericht kam. Das Gericht schickte einen Bevollmächtigten hinterher. Aber als Jimmy Coates dann zurückkam, beschloß mein Sohn, die Sache auf sich beruhen zu lassen.«

Während Keeney zuhörte, erkannte er, daß R. D. mit seiner Meinung über James Coates recht hatte. Sein Versuch, ›klüger‹ als die Polizei von Monterey zu sein und Deanas Fall wie Detektiv Mickey Spilane zu lösen, war einfach lachhaft. Leider schien aber niemand gewillt, den Fall zu übernehmen.

9. Oktober 1987. Sarah West hatte ihre üblichen Arbeiten, wie das Tippen von Briefen und die Ablage von Schriftstücken, bei B & A erledigt, und nun begann ein langweiliger Nachmittag.

Sarah fing an, Deana Wilds Akte von vorn bis hinten durchzusehen. Der Fall glich einer Seifenoper. Zudem war das Ganze geheimnisumwittert, und Keeney verlor in der Firma nie ein Wort darüber.

Sarah West hatte bereits mehrmals die Berichte von Dungan und R. D. durchgelesen und das Band von Bobbies Telefongespräch mit Virginia abgehört. Heute sah sie sich erneut die Fotos an. Als sie die fünfzehn Abzüge betrachtete, hatte sie das Gefühl, als ob sie in die Welt von Deana und Virginia McGinnis hineinsah. Der Gedanke daran ließ ihr die toupierte Hochfrisur zu Berge stehen.

Die in der richtigen Reihenfolge eingehefteten Fotos schienen als Teil eines gut geplanten Mordes Sinn zu machen. Nach Sarah Wests Meinung war klar, was nach dem elften Foto geschah. Ein Stoß von B. J. Dann ein Schrei, als das Mädchen, betäubt von den Tabletten, von den Felsen stürzte.

Was aber hatten die McGinnis' danach gemacht? Sie stellte sich vor, wie die verschlagene Frau und ihr Lakai von Mann gemeinsam am Abgrund berieten. Begriffen sie, daß das Leben eines Menschen gerade ausgelöscht worden war? Oder war alles nur des Geldes wegen geschehen? War Deana nur ein Mittel zum Zweck gewesen?

Dann nahm Sarah die letzten vier Fotos näher in Augenschein. Jedes von ihnen zeigte eine nichtssagende Aussicht. Es waren vier Schnappschüsse, die eigentlich für nichts und wieder nichts gemacht worden waren, als ob Virginia den Film rasch hatte beenden wollen ...

Es war so aufregend, daß es Sarah den Atem verschlug. Um sicherzugehen, zog sie Dungans Polizeibericht hervor.

»Mrs. McGinnis hatte die beiden gerade fotografiert, da ließ Mr. McGinnis Deana Wild stehen und ging zum geparkten Auto zurück. Er unternahm mit seiner Frau einen Spaziergang, und als sie sich nach der Stelle umblickten, wo Deana Wild und Mr. McGinnis gestanden hatten, war Deana Wild nirgends zu sehen. Beide schauten sich nach ihr um und gingen dann zu der bewußten Stelle zurück. Weder er noch sie konnten Deana erblicken, aber als sie vorsichtig über den Klippenrand lugten, sahen sie einen hochhackigen Schuh. Er befand sich rund zwanzig Fuß unterhalb jener bewußten Stelle. Sie schauten noch weiter hinab und sahen Deana Wild auf den Felsen am Fuße der Klippen liegen. Die McGinnis begaben sich sofort zur ›Küstengalerie‹, um Hilfe zu holen.«

»... hatte gerade die beiden fotografiert ... begaben sich sofort zur ›Küstengalerie‹ ...« Wenn die Version der McGinnis' stimmte, müßte die letzte Aufnahme die sein, auf der Deana und B. J. zusammen zu sehen waren. Statt dessen gab es noch vier weitere nicht erklärbare Schnappschüsse, alle von einer Landschaft, die wie Big Sur aussah. Falls diese Aufnahmen vom Aussichtspunkt Robbenstrand stammten – und sie glichen gewiß den anderen –, *mußten sie gleich danach an derselben Stelle gemacht worden sein.*

Keeney befand sich in einer Sitzung. Daher tippte Sarah West eine Notiz und legte sie auf seinen Schreibtisch: ›Steve, mir scheint, die letzten vier Fotos wurden am Ort des Geschehens geknipst, damit der Film voll wird und entwickelt werden konnte. Sarah 9. 10. 87.‹

Keeney kam an diesem Tag spät vom Gericht zurück. Als er die Notiz gelesen hatte, rief er Sarah an, um ihr zu gratulieren. Ihre Erkenntnis brachte die Story der McGinnis' weiter ins Wanken. Virginia war nicht, wie sie behauptet hatte, atemlos zur ›Küstengalerie‹ zurückgelaufen, um die Cops zu alarmieren. Sie hatte sich die Zeit genommen, noch einige Fotos zu schießen, vielleicht, um sicherzugehen, daß Deana wirklich tot war.

Ich frage mich, wie lange Deana wohl da unten lag, dachte Keeney.

Sarah Wests Entdeckung war erst der Anfang. Als Deborah Cross aus Big Sur, Kalifornien, anrief, hatte Keeney das Gefühl, daß ein weiterer Durchbruch in diesem Fall erzielt wurde. Sie entschuldigte sich dafür, daß es Wochen gedauert hatte, bis sie sich meldete, aber sie hatte in diesem Herbst die meiste Zeit außerhalb des Landes – weit weg von ihrem Job in der ›Küstengalerie‹ – Urlaub gemacht. Die Galerie befand sich an der Straße, die von dem Aussichtspunkt Robbenstrand herabführte. Keeney nahm an, daß Deborah Cross vielleicht eine Hauptzeugin würde. Sie war, abgesehen von Billie Joe, die erste Person, mit der Virginia nach Deanas Tod gesprochen hatte. Keeney stellte Deborah Cross jede Frage, die ihm einfiel, und kritzelte ein Dutzend Seiten voll. Dann erbot er sich, ihr Abzüge der kurz vor Deanas Tod gemachten Fotos zu senden, in der Hoffnung, daß ihr beim Betrachten der Aufnahmen das eine oder andere einfiel.

»Für den Fall, daß diese Sache je vor Gericht kommen sollte«, sagte er, »ist es von Nutzen, die Story aufzuschreiben, solange sie frisch ist. Wären Sie dazu bereit, daß Ihre Erinnerungen auf Band genommen werden?«

Deborah Cross war einverstanden. Ihr vom 7. November 1987 datierender mündlicher Bericht, den sie Keeney gab, dauerte fünfzehn Minuten.

»Ich leite die ›Küstengalerie‹ am Highway 1 in Big Sur. An jenem Tag im April war es ungefähr fünf Uhr nachmittags, als eine korpulente Frau in die Galerie kam. Sie war vielleicht Anfang fünfzig ... Sie war äußerst erregt und nervös. Sie kam um den Ladentisch herum und sagte, ein Mädchen, das in ihrer Begleitung war, sei von einer Klippe in der Nähe abgestürzt ... Sie konnte die Worte kaum herausbringen und atmete schwer. Ich war um die ältere Frau sehr besorgt. Ich wußte nicht, ob sie ohnmächtig werden oder gleich einen Schlaganfall bekommen würde ... Sie wollte sich nicht hinsetzen, doch fragte sie mich: ›Wo kann ich die 9-1-9 anrufen?‹ ... Sie wollte zum Aussichtspunkt Robbenstrand zurückkehren, wo ihr Mann zu dieser Zeit wartete, und da ich sah, daß sie nicht in der Lage war, zu Fuß zu gehen, bot ich ihr an, sie hinzufahren ...

Wir kamen dort an. Es war ein Mann da – er war ... lässig gekleidet ... wahrscheinlich über fünfzig und schlanker oder in besserer körperlicher Verfassung als sie. Ich entsinne mich, daß sie sagte, das Mädchen habe fotografiert – es könnte sich möglicherweise um Seelöwen gehandelt haben ... Man sieht sie sehr gut vom Parkplatz aus ... Man kann sie vom Auto aus nicht hören, wenn man in Richtung Norden fährt, vielleicht haben sie einfach die Ausweichstelle gesehen. Soweit ich weiß, waren sie in Richtung Norden unterwegs. Es ist eine sehr gefährliche Linkskurve ... Gewöhnlich halten dort die Leute, wenn sie in Richtung Süden fahren. Mir ist nicht bekannt, daß man dort häufig anhält, wenn man in Richtung Norden fährt, da die Ausweichstelle so unvermittelt kommt und weil man, wenn man nordwärts fährt, dort wirklich keine gute Aussicht hat …

Zurück zur Unterhaltung, wie ich sie im Gedächtnis habe. Sie sagte, das Mädchen habe fotografiert und sei gestolpert. Sie habe hochhackige Schuhe angehabt, Schuhe mit Metallstiften. Auf der Fahrt in Richtung Norden hätten sie an verschiedenen Stellen gehalten, um zu fotografieren oder einfach die Aussicht zu genießen … Sie hätten das Mädchen gebeten, ihre Hochhackigen auszuziehen, weil sie stolpern und stürzen könnte. Sie sollte ein Paar Turnschuhe anziehen. Sie habe entschieden nein gesagt, sie wollte davon nichts wissen und ihre Schuhe weder ausziehen noch wechseln …

Das stimmte offenbar, sie glitt aus und stürzte ab. Die Frau klagte, sie hätten den Highway 1 wählen sollen, der durch das Tal hinaufführt und nicht entlang der Küste verläuft. Sie wünschte, sie hätten sich so entschieden, aber das Mädchen sei noch nie an der Küste gewesen. Aus diesem Grund wollten sie sie zur Küste mitnehmen; sie sollte die Landschaft sehen …

Die Frau erwähnte auch, wie durcheinander sie sei. Wie sollte sie den Eltern des Mädchens erzählen, was geschehen war? Sie war sehr verwirrt, weil sie nicht wußte, was sie ihnen sagen und wie sie ihnen begegnen sollte, und Tränen traten ihr in die Augen. Sie weinte und schluchzte nicht, war aber ganz aufgelöst.

Der Mann wirkte verkrampft. Ich weiß nicht, wie ich es sonst bezeichnen soll. Er war vielleicht genauso verwirrt wie sie, doch er sprach nicht viel …

Als ich aus dem Wagen gestiegen war, schaute ich über den Rand der Klippe hinweg … Man kann nicht weiter als zehn Fuß von der Ausweichstelle bis zum Rand der Felsen sehen. Danach geht es ziemlich steil hinab. Es gibt dort einen leicht abgeschrägten Sims, auf ihm sah ich einen blauen hochhackigen Schuh liegen … nur einen, sonst nichts weiter, auch keinen zerfurchten Boden …

Wir hatten noch die Öffnungszeiten des Winters, daher schloß die Galerie um halb sechs. Woran ich mich erinnere, ist, daß ich wieder hinunterfahren und die Kasse machen wollte. Gleichzeitig wollte ich aber auch bei dem Ehepaar bleiben, bis Hilfe kam. Ich glaube, es war Viertel nach fünf, als ich endlich losfuhr … Ich schloß um halb sechs, und als ich in nördlicher Richtung nach Hause fuhr, sah ich, daß Hilfe eingetroffen war. Jedenfalls wollte ich noch anhalten, tat das dann aber doch nicht. Ich sah, daß alles unter Kontrolle war … Und kurz bevor ich zu Hause anlangte, hörte ich das Geräusch eines Hubschraubers, der in südlicher Richtung zur Unfallstelle flog …

Ich habe mich so gut wie möglich zu erinnern versucht, und ich werde sicherlich weiter über die Sache nachdenken und Ihnen alles, was mir eventuell noch einfällt, mitteilen. Aber das werden Sie mit der Post erhalten, Steve, am Montag. Ich weiß, Zeit ist kostbar. Vielleicht versuchen Sie, mit dem Büro des Sheriffs Verbindung aufzunehmen …«

Keeney spielte das Band immer wieder ab – bei der Fahrt zur Arbeit oder zur Kirche, oder wenn er Wynn abholte. Deborah Cross hatte völlig neue und verwirrende Details mitgeteilt.

Die Ausweichstelle wurde laut Deborah Cross kaum von Touristen benutzt, die in Richtung Norden fuhren. Die McGinnis' dagegen hatten sich dazu entschlossen, nach einer zehnstündigen Fahrt dort anzuhalten, und zwar zu einer Zeit, wo es windig und kalt und der Himmel bedeckt war. Virginia erzählte Deborah Cross, wie durcheinander sie wäre, weil sie Bobbie die Nachricht übermitteln müßte. Aber warum hatte Virginia, wenn sie so besorgt war, nicht am Abend angerufen, nachdem das Mädchen tot war? Immerhin hatte ja der Stellvertreter des Coroners, Dave Dungan, Bobbies Telefonnummer von Virginia erhalten. Virginia erzählte Deborah Cross, daß *Deana* fotografiert hätte, wogegen B. J. Dungan sagte, daß *Virginia* Fotos machte.

B. J. erzählte Dungan, er habe Deanas Leiche unten auf den Felsen liegen sehen. Virginia dagegen teilte Deborah mit, sie habe nur Deanas Schuh gesehen. Es beschäftigte Keeney, daß

Virginia sich so verhalten hatte, als ob Deana *bereits* tot war, sogar bevor die Rettungsmannschaft eingetroffen war. Und wieso hatte Deborah nicht gesehen, daß der Boden um den Schuh herum zerfurcht war, wenn Deana ausgerutscht und hinabgestürzt war?

Virginia weiß genau, was sie tut, dachte Keeney beim Nachgrübeln. Sie hat da und dort kleine Lügen erzählt und die Leute verwirrt. Sie hat dafür gesorgt, daß niemand das ganze Bild sah. Sie verfuhr so mit R. D., und sie hat es in Monterey getan.

Angesichts zweier verdächtiger Todesfälle – beide Opfer hatten bei Virginia gewohnt und an ihrem Tisch gesessen – und einer Reihe von Versicherungsansprüchen schien die Welt düsterer zu sein, als Keeney je vermutet hatte. Man nahm doch nicht an, daß nette fünfzigjährige Frauen herumgingen und Morde planten. Obendrein kannte er dank Donald Smythe die kalifornischen Strafregister der Coates-Söhne. Ging die Welt aus den Fugen?

Zum Unterschied von dem, was R. D. in Kentucky herausgefunden hatte, handelte es sich hier um schwerere Delikte als nur Trunkenheit am Steuer, Erregung öffentlichen Ärgernisses oder kleinere Vergehen.

Ronnie Coates' kriminelle Laufbahn an der Westküste begann in Redwood City mit dem Auslieferungsbefehl, den R. D. übermittelte. Binnen weniger Monate war Ronnie wieder in Redwood City; er befand sich dort wegen eines weiteren Einbruchdiebstahls in Untersuchungshaft. Vierzehn Monate später, am 7. März 1978, wurde er wegen Hehlerei und zwei Jahre danach wegen Einbruchdiebstahles verurteilt.

Die Liste war noch länger: 1980 nahmen ihn die Cops in San Mateo fest, weil er im Besitz von Rauschgift und einer Injektionsspritze war. Ehe noch das Jahr abgelaufen war, mußte er drei weitere Strafen wegen Drogenbesitzes abbrummen; beim letzten Mal, im Dezember 1980, wurde er zusätzlich wegen Urkundenfälschung verurteilt. 1982 setzte man ihn wegen eines bewaffneten Überfalls, wegen Einbruchdiebstahls und wegen Urkundenfälschung fest. 1983 kam er erneut wegen Einbruchdiebstahls ins Gefängnis. Ronnie Coates war, so vermutete Keeney, eine tickende Zeitbombe.

Die schließlich explodierte. Am 29. August 1985 drohte dem dreißigjährigen Ronnie Coates eine Anklage wegen Mordes, wegen Bandenzugehörigkeit und eines bewaffneten Überfalls. Er wurde zu fünfzehn Jahren Zuchthaus verurteilt. Während er im Gefängnis saß, wurde gegen ihn eine weitere Anklage wegen bewaffneten Überfalls und Urkundenfälschung vorbereitet.

Jimmy Coates' Strafregister war nicht besser. Am 25. Oktober 1975 wurde er in Redwood City, Kalifornien, bei einem bewaffneten Überfall verhaftet, obwohl unklar blieb, ob er deswegen je verurteilt wurde. Er war damals neunzehn Jahre alt. Eine Woche später schnappte man ihn beim Verkauf von Marihuana. Ein Jahr darauf waren es Fahrerflucht, dann Beschädigung fremden Eigentums und danach Einbruchdiebstahl und Hehlerei. Bei den meisten der ersten Vergehen ließ man ihn wieder laufen, oder es endete jeweils damit, daß Jimmy eine Weile im Stadtgefängnis verbrachte.

Am 28. Februar 1977 erschoß er jedoch in San Francisco einen Drogendealer und wurde wegen Totschlags verurteilt. Während er im Zuchthaus von Vacaville einsaß, einer besonders gesicherten Strafanstalt in Kalifornien, wurde er wegen eines tätlichen Angriffs auf einen Mitgefangenen zur Verantwortung gezogen. Noch später tauchten Drogen in seiner Zelle auf.

Trotz allem wurde Jimmy im August 1982 bedingt aus der Haft entlassen, allerdings ein halbes Jahr danach wegen Hehlerei erneut verhaftet. Zwei Wochen später wurde er bei einem Einbruch geschnappt. Diesmal lautete das Urteil vier Jahre Haft.

Im Februar 1987, als seine Strafe wieder bedingt ausgesetzt war und er sich in San Diego aufhielt, wurde Jimmy wegen einfachen Diebstahls festgenommen. In Anbetracht seiner Vorstrafen erhielt er sechzehn Monate Gefängnis.

Das Urteil wurde am 20. März 1987 gefällt. Er blieb bis 1. April 1987 in San Diego, d. h. bis zu jenem Tag, da Virginia Deanas Versicherung bezahlte. Danach wurde er ins Staatsgefängnis gebracht.

Keeney weigert sich hartnäckig, an Zufälle zu glauben. Wenn Dinge geschehen, gibt es dafür einen Grund, und die bloßen Tatsachen zeigten eines: Jimmy wußte, daß er sich eine lange Haftstrafe einhandelte, wenn die Versicherung abgeschlossen würde. Der ganzen Familie McGinnis war bekannt, er würde wochenlang hinter Gittern sein, bevor Deana von Louisville nach San Diego zurückkam, bevor B. J. sein Elavilfläschchen nachfüllen ließ und bevor Virginia begann, wegen der Versicherungspolicen anzurufen. Jimmy Coates' hieb- und stichfestes Alibi fing an, genau so wohlkalkuliert zu erscheinen wie der Abschluß der Versicherung.

Noch mehr als dies ließen Keeney zwei andere Erkenntnisse erschaudern. Erstens begriff er, wenn auch verspätet, daß der Killer, den er verfolgte, sich von jedem anderen, den er sich vorstellen konnte, unterschied: Es handelte sich um eine Mutter. Diese Einsicht brachte alle seine bisherigen Meinungen ins Wanken; sie half auch, zu erklären, wie sie es geschafft hatte, bei zwei verdächtigen Todesfällen ungeschoren davonzukommen.

Noch beunruhigender aber war seines Erachtens die Tatsache, daß Virginia nicht einfach nur selbst eine Mörderin war: *Sie züchtete Mörder heran.*

Keeney dachte, ihm würden, wenn er noch ein weiteres schlimmes Verbrechen Virginias erführe, vor lauter Verzweiflung die Tränen kommen. Interessierte sich überhaupt jemand dafür, was diese Frau getan hatte? Offensichtlich nicht. Es war an der Zeit, energische Schritte einzuleiten.

Es gab nur eine Stelle, an die er sich wenden mußte: die Staatsanwaltschaft von Monterey. Wie bei seinen ausgeklügelten Reiserouten oder Organisationsplänen für die Firma begann er, ein Dokument abzufassen, in das alle bekannten Einzelheiten eingefügt wurden, z. B. wo genau Virginia und B. J. standen, als Deana abstürzte; wie Virginia es dazu brachte, in McCains Agentur eine Versicherung abzuschließen; und Cynthia Elaine Coates' Tod. Er analysierte die Elemente des Mordes und erörterte die rechtlichen Erfordernisse für einen Haussuchungsbefehl.

Das Memorandum umfaßte einschließlich der Kopien von Deanas Heiratsurkunde, der Zusammenfassungen von Befragungen, mit Zeitungsausschnitten, Auszügen aus Strafregistern, Abschriften der Aussage von Deana Cross und des Telefonats von Bobbie Roberts mit Virginia, mit R. D.s Bericht über Cynthia Elaine Coates und mit Dr. Barbara Weakley-Jones' Analyse des Autopsieberichts im Fall Deana Wild über zweihundert Seiten.

Es waren sogar Dinge aufgelistet, die *nicht* vorlagen, wie z. B. eine Urkunde, die bestätigte, daß Virginia als geprüfte Krankenschwester in New York, in Kentucky oder in Kalifornien registriert wäre.

Gebunden und mit einem Index versehen, wurde das Werk mit einem Begleitschreiben an Donald Smythe abgeschickt. Dieser wurde ermächtigt, das Memorandum den geeigneten Instanzen zuzustellen. Sogar mit allen noch offengebliebenen Fragen – und Keeney wußte, daß es viele waren – stellte es ein Stück gründlicher detektivischer Arbeit dar. Keeney hoffte, daß nun mit der schleppenden Bearbeitung des Falles Schluß sein würde, wenn der Oberstaatsanwalt das Memorandum gelesen hätte.

Ende November 1987 kam ein Schreiben an, das an Mr. Steven H. Keeney, Law Officer of Barnett & Alagia, adressiert und von der Staatsanwaltschaft von Monterey abgesandt war. Lange Zeit hatte diese Instanz nichts von sich hören lassen. Keeney öffnete den Umschlag und erwartete, nun zu lesen, daß ihm zu der geleisteten guten Arbeit gratuliert würde. Doch er hatte sich getäuscht.

Das Schreiben war nur etwas mehr als ein Dutzend Zeilen lang:

Sehr geehrter Mr. Keeney,

ich habe alle Berichte in der obenerwähnten Angelegenheit, auf die ich aufmerksam gemacht wurde, gelesen und gründlich überdacht.

Alle Vorkommnisse, die zum Ableben von Ms. Hubbard-Wild führten, deuten nur darauf hin, daß es dafür eine plausible Erklärung gibt.

Unser Kernproblem ist jedoch der Nachweis der kriminellen Handlung, und das ist – dessen sind Sie sich bewußt, wie ich Ihrem Schreiben entnehmen kann – ein wesentliches Hemmnis. Die Ermittlungen werden fortgesetzt, und falls Sie uns noch irgendeine Information zukommen lassen wollen, bitte ich Sie, diese an mich zu senden.

Wie Sie sich vorstellen können, habe ich sehr viele unerledigte Fälle. Aber ich will mein Bestes tun und mich in nicht allzuferner Zeit wieder mit Ihnen in Verbindung setzen.

Mit freundlichen Grüßen
Jon N. Yudin, Assistent des Oberstaatsanwalts
Michael W. Bartram, Oberstaatsanwalt

Nur eine halbe Seite als Antwort auf die monatelangen gewissenhaften Nachforschungen, die er für eine Frau seiner Kirchengemeinde unternommen hatte – das empfand er wie eine Ohrfeige. Er wußte, daß der Staatsanwalt nichts gegen ihn oder Bobbie hatte. Es schien einfach eine institutionalisierte Rangordnung zu geben, die keine schwer zu lösenden Fälle berücksichtigte – mit einer Ausnahme vielleicht, nämlich bei prominenten Opfern.

Aus dem Schreiben ging jedoch nicht hervor, wie er Bobbie Roberts erklären sollte, daß die Staatsanwaltschaft nicht an seiner Aufklärung der Ermordung ihrer Tochter Deana interessiert war. Sogar Jon Yudin, der Assistent des Oberstaatsanwalts, meinte, daß die Fakten ›nur eine mögliche plausible Erklärung‹ zuließen. Wie konnte er das schreiben, seine Unterschrift daruntersetzen und das Ganze dann mit einem Achselzucken abtun? Konnte er wirklich warten, bis ein Augenzeuge Virginia etwa auf frischer Tat ertappte?

Eingedenk des Tages, an dem er Bobbie Roberts informiert hatte, daß eine auf den Namen ihrer Tochter ausgestellte Versicherungspolice existierte, begann er sich auf eine weitere Begegnung mit seiner Klientin vorzubereiten, um ihr zu erklären, daß ihre Tochter nicht nur ermordet wurde, sondern daß trotz all ihrer gemeinsamen Bemühungen die Mörder eine sehr gute Chance hatten, ungeschoren davonzukommen.

Zweiter Teil

ASCHE, ASCHE

Monterey

In einem anderen Anwaltsbüro, eintausendachthundert Meilen von Barnett & Alagia entfernt, sah die Lage genauso trostlos aus. Der einzige Unterschied bestand darin, daß die Lokalzeitungen den Anwälten seit Monaten ziemlich zusetzten. Der Presse zufolge tobten in der Staatsanwaltschaft von Monterey interne Kämpfe, man schrieb von Sexismus und Günstlingswirtschaft und davon, daß ihre Anwälte nicht einmal einen Strafprozeß bei Fußgängerdelikten gewinnen könnten, geschweige denn bei einem Mordfall.

Die Moral in Monterey hatte mit der Wahl eines neuen Oberstaatsanwalts namens Mike Bartram zu sinken begonnen. Während seiner zwanzigjährigen juristischen Laufbahn im Landkreis von Monterey hatte Bartram einen guten Ruf als Prozeßanwalt erworben. Er war nicht nur ein guter Anklagevertreter, sondern auch ein Mann, der Mitleid für Beklagte empfand, wenn diese es verdienten. Sah man von seiner juristischen Begabung ab, so waren sich selbst treue Anhänger darüber einig, daß Bartram nie einen Verwaltungsposten hätte annehmen dürfen; es mangelte ihm sowohl am nötigen politischen Geschick als auch an jenem dicken Fell, das die Inhaber öffentlicher Ämter haben müssen, um den Angriffen standzuhalten, denen sie unvermeidlich ausgesetzt sind. Seinen Freunden stockte der Atem, als er gewählt wurde.

Seine Feinde fanden ihre Zweifel von Anfang an bestätigt. Unmittelbar nach dem Einzug in sein neues Büro berief er persönlich die neuen Assistenten des Oberstaatsanwalts. Selbst bei diesen einfachen Ernennungen schaffte es Bartram, Ressentiments wachzurufen. Anstatt berufserfahrene Männer zu befördern, und zwar stellvertretende Staatsanwälte, die ein Jahrzehnt ihres Lebens oder länger damit zugebracht hatten, Gesetzesbrecher in Monterey vor Gericht zu stellen, wählte er drei alte Haudegen aus, die schon lange den Beruf des Anklagevertreters zugunsten einer lukrativen Privatpraxis an den Nagel gehängt hatten.

Wie vorauszusehen, murrten die erstklassigen Mitarbeiter seiner Behörde. Als einer von ihnen hätte Bartram eine gewisse Loyalität an den Tag legen sollen. So aber kam er in den Geruch, ein Snob zu sein.

Noch bevor die Erregung über die Ernennung der Assistenten des Oberstaatsanwalts abebbte, entstand weiterer Ärger, und zwar in Form eines Skandals. Mike Bartram hatte Gerüchten zufolge eine Affäre mit einer attraktiven Stellvertreterin des Staatsanwalts. Hätte sich die Liaison nur auf heimliche Rendezvous beschränkt, wäre sie vielleicht ignoriert worden. Bald aber fingen andere stellvertretende Staatsanwälte an, sich darüber zu beschweren, daß Bartrams Geliebte ihnen auf unfaire Weise die besten Fälle wegschnappte. Obendrein fühlten sie sich noch dadurch gekränkt, daß sie sogar das Klo des Bosses benutzte.

Nach Bartrams Auffassung war es seine Sache, mit wem er schlief, und was die Günstlingswirtschaft betraf, so wies er vehement alle Anschuldigungen zurück. Der aufrechte Skip Brauderick aber, einer der Assistenten des Oberstaatsanwalts, die Bartram erst vor kurzem ernannt hatte, war anderer Meinung oder glaubte zumindest, daß sich ein Unheil zusammenbraute. Als Bartram sich weigerte, die Affäre zu beenden, kündigte Brauderick. Er räumte seinen Schreibtisch im Jahre 1987, nur wenige Monate nach Einzug in sein Büro.

Die Topanwälte, die in der ersten Ernennungsrunde übergangen worden waren, gaben sich nun neuen Hoffnungen hin. Sie warteten darauf, daß der Oberstaatsanwalt einen Insider auswählen würde, um den freien Posten zu besetzen. Als ob Bartram etwas wiedergutmachen wollte, begann er, in seiner Behörde die Stufenleiter hinauf und hinab Befragungen durchzuführen. Doch nachdem diese Show beendet war, entschied sich Bartram für ein weiteres unbeschriebenes Blatt, einen früheren Stellvertreter des Staatsanwalts von Monterey namens Jon Yudin. Als er Yudin im August 1987 zum Leiter des Büros in Monterey ernannte, gingen die Wogen der Erregung unter dem Personal erneut hoch.

In dieser unklaren Situation nun warf Donald Smythe aus

dem Büro des Sheriffs eines Tages Keeneys zweihundert Seiten starken Wälzer auf Yudins Schreibtisch. »Der Fall muß untersucht werden«, sagte Smythe in forderndem Ton. »Irgend etwas ist daran faul.«

Die Mordsache Deana Wild-Hubbard hätte vielleicht eine Chance gehabt, zügig bearbeitet zu werden, wenn die internen Meinungsverschiedenheiten das einzige Problem in Bartrams Behörde gewesen wären. Aber leider war dem nicht so.

Da gab es zunächst die Mordsache ›Das Volk des Bundesstaats Kalifornien gegen Hart Silverie‹. Der Mord selbst war zwar schon vor über einem Jahrzehnt begangen worden, doch das öffentliche Interesse erwachte sofort wieder, als nun in diesem Fall Anklage erhoben wurde. Es ging um eine attraktive junge Frau, die man seinerzeit im eleganten Carmel Valley, dem kulturellen und finanziellen Zentrum von Monterey, tot aufgefunden hatte. Die Autopsie ergab, daß sie Sex gehabt hatte, bevor jemand sie mit einem Kopfschuß tötete.

Jahrelang hatte der Fall bei der Polizei geschmort, ohne daß es einen Anhaltspunkt gab, der zur Aufklärung des Mordes hätte führen können. Da meldete sich ganz unerwartet ein Exsträfling und bezichtigte Hart Silverie, einen Bürger von Monterey, die Frau ermordet zu haben. Zum Leidwesen von Bartrams Behörde endete der Prozeß damit, daß sich die Geschworenen nicht über die Schuldfrage einigen konnten. Bartram versuchte auch nicht, ein Wiederaufnahmeverfahren in Gang zu setzen. In Leitartikeln wurde das Ganze als Angelegenheit bezeichnet, für die die Staatsanwaltschaft nutzlos viel Zeit und Geld vergeudet hatte, als eine Sache, die man entweder hätte gewinnen oder bei den Akten liegen lassen sollen. Für Mike Bartram stand es null zu eins.

Während sich die Staatsanwaltschaft noch nicht vom Silverie-Fall erholt hatte, machte die Polizei einen wirklich tollen Fang. Sie verhaftete im Landkreis Monterey den prominenten Geschäftsmann Billie Leo Briggs. Einen Monat zuvor waren Ermittlungsbeamte dahintergekommen, daß Briggs eine hohe Lebensversicherung für einen Geschäftspartner abgeschlossen hatte. Danach wurde in den Wäldern die Leiche jenes Mannes gefunden; sein Kopf war durch einen Schuß aus einer Schrotflinte zur Hälfte unkenntlich. Die Anklage stützte sich auf Indizienbeweise, wobei besonders der Zeitpunkt des Versicherungsabschlusses schwer wog.

Die Staatsanwaltschaft marschierte vor Gericht und hoffte auf einen großen Sieg. Aber als die Stellvertreter des Sheriffs in den Zeugenstand traten, geriet der Fall außer Kontrolle. Die Ermittler hatten zufällig die Mordwaffe stundenlang in der Sonne liegen lassen. Die Blutspuren und kleinen Fleischfetzen am Lauf waren dabei so weit eingetrocknet, daß sie keinem Test mehr unterzogen werden konnten. Danach verlor eine Laborantin ihre Originalaufzeichnungen. Ob Versicherungsabschluß oder nicht, das Gericht sprach Billie Leo Briggs frei. Als das Urteil bekannt wurde, schrieben die Zeitungen, daß diese zweite Schlappe inakzeptabel sei.

Allem Anschein nach büßte Bartram sein Selbstvertrauen ein. Selbst seine Anhänger beklagten, daß sie häufiger die Sekretärin des Oberstaatsanwalts zu Gesicht bekamen als ihn selbst.

»Er schloß sich ein und war von jedermann in der Stadt völlig isoliert«, erinnert sich ein prominenter Verteidiger. »Ich mochte Mike und bewunderte ihn. Aber das war verheerend.«

Deana Wilds Fall ähnelte zu sehr sowohl dem von Silverie als auch dem von Briggs. Es handelte sich um eine komplizierte Mordsache, bei der sich die Anklage auf Indizien stützen mußte. Erschwerend kam hinzu, daß schon viel Zeit verstrichen war und die Polizei von Monterey unzureichend ermittelt hatte. (Tatsächlich war die Behörde zusätzlich noch dadurch angeschlagen, daß einer ihrer Beamten überführt worden war, sowohl Gegenstände aus dem Nachlaß unlängst verstorbener Bürger als auch Schußwaffen während der Ermittlungen in Mord- und Selbstmordfällen gestohlen zu haben.)

Dem Assistenten des Oberstaatsanwalts, Jon Yudin, kam Deanas Fall wie ein immer wiederkehrender Alptraum vor. Yudin gehörte nicht zu denen, die leicht beigaben, ganz im

Gegenteil. Der fast zwei Meter große Bodybuilder mit Babygesicht war aus der New Yorker Bronx zur Staatsanwaltschaft nach Monterey gekommen, er war ein zäher Bursche.

»Mich interessieren die Einzelheiten wenig«, sagte Yudin einmal von sich selbst. »Ich gehe einfach dazwischen und kämpfe. Wäre ich ein Boxer, so würde ich nicht verlieren. Man müßte mich aus dem Ring hinaustragen.«

Er war im August zur Staatsanwaltschaft zurückgekehrt. Als die McGinnis-Sache eintraf, dachte Yudin, daß er sich des Falls annehmen könnte. Aber die Mittel im Landkreis waren knapp. Es war nicht genügend Geld da, um einen Stellvertreter des Staatsanwalts, geschweige denn einen ganztägig beschäftigten Ermittlungsbeamten mit einem Fall allein zu betrauen. Und dieser Fall hier würde Reisen und eine Menge Arbeit erfordern.

»Ich bin der festen Überzeugung, daß sie es getan, daß sie das Mädchen umgebracht haben. Ich kann mir vorstellen, daß ich die Akte noch drei- oder viermal bis zwei Uhr nachts durchlesen werde. Aber wir können den Fall trotzdem nicht aufrollen.«

Ein R-Gespräch aus Lodi, N.Y.

»Ein R-Gespräch von Richard Coates für Steven Keeney«, sagte die Vermittlung. Sarah West nahm das Gespräch an und fragte sich, was sie als nächstes sagen sollte.

Sie und Keeney hatten seit Monaten vergeblich versucht, Richard Coates – jenen Mann, der in Cynthia Elaine Coates' Geburtsurkunde als ihr Vater vermerkt war – ausfindig zu machen. Das war natürlich ein fast unmögliches Unterfangen. Der Mann konnte entweder tot sein oder sich in irgendeinem der fünfzig Bundesstaaten oder außerhalb der USA hinter Gittern befinden. Im Nachruf auf Cynthia Elaine Coates war erwähnt worden, daß ›Richard Coates aus New York‹ ihr Vater sei. Auf der Geburtsurkunde war jedoch Palo Alto, Kalifornien, als Cynthias Geburtsort angegeben.

Keeney und Sarah erkundigten sich bei zahlreichen Telefonauskunftszentralen in Kalifornien, Kentucky und New York nach Richard Coates. Einige Nachbarn von der Jefferson Hill Road erinnerten sich, daß Virginia einmal erwähnt hatte, sie sei in der Provinz des Staates New York in der Nähe von Ithaca aufgewachsen. Daher riefen sie die Telefonvermittlungen in den Landkreisen rund um Ithaca an. Sie belästigten eine Menge Leute, die Coates hießen, aber nicht mit dem Gesuchten verwandt waren.

Schließlich sprach Keeney mit einer Frau namens Margaret Coates, die in einem Pflegeheim in der kleinen Stadt Lodi lebte. Margaret erzählte Keeney, sie habe einen Sohn Dick, der einmal mit einer Frau mit dem Vornamen Virginia verheiratet gewesen sei. Das klang vielversprechend. Keeney bat Margaret, ihrem Sohn zu übermitteln, daß er ihn doch bitte anrufen solle. Seither waren Wochen vergangen.

Ein Mann meldete sich am Telefon: »Hallo?«

»Sind Sie Richard Coates?« fragte Sarah.

Von der schlechten Telefonverbindung abgesehen, klang die Stimme, die nun ertönte, so, als ob der Betreffende gerade einen zwanzigjährigen Winterschlaf hinter sich hätte.

»Hier spricht Dick Coates. Ist Steve Keeney da?« krächzte der Mann.

»Mr. Keeney befindet sich gerade beim Gericht«, antwortete Sarah. Sie überlegte schnell.

»Ich telefoniere von einem Münzfernsprecher aus.«

Wer weiß, ob Coates je wieder zurückrufen würde, dachte Sarah. »Wenn Sie eine Minute Zeit haben, möchte ich selbst ein paar Fragen an Sie richten.«

»Wenn Sie wollen«, antwortete Coates.

Unterdessen kehrte Keeney ins Büro zurück. Sarah platzte gleich mit der Neuigkeit heraus.

»Wir haben sie!« sagte Sarah mit gerötetem Gesicht.

»Okay, Gehirn, spann mich nicht zu lange auf die Folter.« Keeney lachte.

»Virginia McGinnis«, sagte sie, während sie sich hinter ihrem Schreibtisch erhob und einen Notizblock schwenkte. »In der Zeit, wo Sie auf dem Gericht waren, hat Richard Coates angerufen, und wenn die Hälfte von dem stimmt, was er mir erzählt hat, ist der Fall abgeschlossen. Ich habe fünf Seiten Notizen, Sie werden es nicht glauben.«

»Schon gut«, sagte Keeney, dann nickte er in die Richtung seines Büros. »Wollen wir es uns mal ansehen.«

Eine halbe Stunde später lehnte Keeney sich in seinen Sessel zurück und atmete hörbar aus. Dann drehte er sich um und hob den Telefonhörer ab. Margaret Coates antwortete. Keeney fragte, ob sie ihrem Sohn eine Nachricht übermitteln könnte. Er wolle sobald wie möglich mit Richard sprechen.

»Das wird gehen«, sagte die alte Frau stockend. »Er steht neben mir.«

Es folgte eine Pause. Dann sprach Dick Coates durch das Telefon.

»Mr. Keeney, ich weiß, Sie haben versucht, mich aufzustöbern. Ehe ich noch ein weiteres gottverdammtes Wort sage, möchte ich, daß Sie mir sagen, in was für eine gottverdammte Lage sich meine Exfrau diesmal gebracht hat.«

»Mr. Coates, das ist eine lange Geschichte. Ich habe versucht, Sie zu erreichen, um –«

»Ich weiß, daß Sie das versucht haben. Das ist der Grund, weshalb ich anrufe. Nun, in was für eine gottverdammte Lage hat sich Virginia gebracht? Ich habe zwanzig Jahre lang nichts von ihr gehört, und ich möchte die gottverdammte Vergangenheit nicht wieder aufrühren.« Der Mann schien sich wie ein mißhandelter Hund zu fühlen, der dazu bereit war, sogar in eine Hand zu beißen, die ihn streicheln wollte.

»Mr. Coates, Ihre Exfrau stand in der Nähe einer Klippe, als ein Mädchen namens Deana Wild-Hubbard dort abstürzte und starb. Ich vertrete deren Mutter. Sollten Sie irgend etwas über Virginia, Deana oder Ihre Tochter Cynthia Elaine wissen, wäre ich Ihnen dankbar, wenn Sie mir das sagten.«

»Okay, Mister, nun weiß ich, Sie sind verrückt. Ich dachte, ihr Anwälte wüßtet alles. Ich habe keine Tochter und hatte nie eine. Sie sind also auf dem Holzweg, was die erste Sache betrifft, nach der Sie mich gefragt haben. Und wenn Sie so etwas wie Mord untersuchen, warum wenden Sie sich dann nicht an die Polizei?«

Keeney sah, daß er sich wieder auf einer falschen Fährte befand, daß es ein anderer Richard Coates war. Das schien jedoch nach allem, was dieser Kerl Sarah West erzählt hatte, nicht möglich.

»Wie verhält es sich mit den Söhnen, mit Ronald und James? Sagen Ihnen diese Namen etwas?«

»Ronnie und Jimmy?« Coates Stimme klang vor Stolz plötzlich hell und wurde dann wieder dumpf. »Sie sind meine Jungen. Das letzte, was ich hörte, war, sie seien im Gefängnis oder Zuchthaus. Natürlich schreiben sie mir nur, wenn sie in der Klemme sind. Aber ich habe keine gottverdammte Tochter.«

»Ich falle Ihnen sehr ungern auf den Wecker, Mr. Coates. Aber Virginia hat 1969 in Palo Alto ein Mädchen namens Cynthia Elaine Coates geboren, und Sie sind auf der Geburtsurkunde namentlich als Vater angegeben. Hilft Ihnen das, sich zu erinnern?«

»Nein. Das letzte Mal sah ich Virginia am Weihnachtsabend 1966. Ich erinnere mich gut, weil es das letzte Mal war, wo wir das machten, was ein Ehemann mit seiner Frau zu tun pflegt. Seither hatte ich keinerlei Beziehung mehr zu ihr. Ich war nie in meinem Leben in Kalifornien. Ich habe nie von einem kleinen Kind gehört. Wie zum Teufel soll ich der Vater dieses Kindes sein, wenn es zwei Jahre, nachdem ich Virginia das letzte Mal sah, geboren wurde? Sie sind der gottverdammte Anwalt, finden Sie es heraus!«

Keeney ließ es damit bewenden. Er hatte den richtigen Richard Coates gefunden, obwohl es schwerfiel, dessen hinterwäldlerische Sprache mit Virginias verfeinerter Sprechweise in Einklang zu bringen. Er ging davon aus, daß die Sache mit der Zeit klarer würde. Er würde diese Spur weiter verfolgen.

Als Dick Coates über die endlosen Missetaten seiner ehemaligen Frau sprach – und er zählte viele seltsame, ja sogar perverse Dinge auf –, übte er bei den Details anfangs Zurückhaltung. Er machte erst Andeutungen und antwortete dann ausweichend, erst fiel ihm plötzlich etwas ein, und dann bekam er es wieder mit der Angst zu tun.

»Das Stehlen war für Virginia immer ein Problem«, sagte Coates. »Sie stahl jedes gottverdammte Ding, das sie anfaßte.«

»Können Sie mir einige Beispiele nennen, einige Dinge, die sie entwendete?« fragte Keeney.

»Wenn ich Ihnen erzähle, was sie mir alles stahl, so müßten wir monatelang miteinander reden.«

»Beging sie Ladendiebstähle?«

»Ich sagte Ihnen bereits, daß wir monatelang miteinander reden müßten«, erwiderte Coates und schwieg dann.

Und so ging es weiter. Keeney mußte sich ins Bewußtsein rufen, daß dieser Mann mit Virginia verheiratet gewesen war und daß jede Frage bei ihm eine Wunde aufriß. Was er auch immer zu erzählen hatte, es betraf wahrscheinlich Dinge, die er für immer vergessen wollte. Virginia hatte ihn gewiß nicht glücklich gemacht.

Seit sie vor zwanzig Jahren auseinandergingen, habe er, so

Coates, allein in einem Schuppen außerhalb der Stadt gewohnt, die wohl der winzigste Punkt im Atlas zu sein schien. Er arbeitete in den dortigen Weingärten und auf Holzplätzen und hatte offenbar nie mehr als ein paar Dollar in der Tasche. An manchen Tagen, ja sogar sonntags, hörte es sich so an, als ob er getrunken hatte. Bei anderen Gelegenheiten sprach er mit bemerkenswerter Klarheit.

Dann plötzlich gab Coates aus unerfindlichen Gründen während eines Telefongesprächs, nach einem Dutzend Anrufen, seine Zurückhaltung auf. Keeney war sich nicht sicher, was dazu beigetragen hatte, aber es spielte keine Rolle. Bald fing Dick an, in allen Einzelheiten über sein Leben mit Virginia zu berichten. Während Keeney zuhörte und sich Notizen machte, stellte er sich vor, wie Dick, der seinen Lastwagen am Rand der leeren Hauptstraße von Lodi abgestellt hatte, manchmal eine Stunde lang, an eine Mauer gelehnt, einen Münzfernsprecher okkupierte und irgendeinem Fremden, der tausend Meilen entfernt zuhörte, seine Lebensgeschichte erzählte.

Dick Coates rief immer häufiger an, und bald begann Keeney, mit anderen Bekannten und Verwandten von Virginia Verbindung aufzunehmen. Nach einigen Wochen konnte er sich ein Bild von Virginias weiter zurückliegenden Vergangenheit machen, auch wenn sein Wissen ungenau war. Und er fing an, zu begreifen, was hinter ihrer gewinnenden Art steckte.

Anders

Landkreis Tompkins, N. Y.

»Ginger hatte keine Freunde«, erinnerte sich Nelson Eddy. »Wer hätte sich auch in ihrer Nähe aufhalten wollen? Sie stank. Sie war auch größer als wir alle und war ein gemeines Biest. Als sie acht Jahre alt war, stach sie mir mit einem Bleistift in die Hand, nachdem ich sie an den Zöpfen gezogen hatte. Die Mine steckt noch in meiner Hand.« Er streckte eine große, schwielige Farmerhand aus und zeigte auf einen dunklen Splitter, der durch die Haut zu sehen war.

Die Hoffmann-Familie kam rasch in den Geruch, *anders* zu sein. Dieses Wort wurde von den Einwohnern des Landkreises Tompkins – Farmern, Melkern, Zimmerern, Weintraubenpflückern, Tagelöhnern – mit einer besonderen Betonung ausgesprochen. Christie Hoffmann, ein breitschultriger Mann mit Bürstenfrisur und einer schwarzgerahmten Brille, hatte einige Jahre, bevor er 1936 nach Ithaca zog, den Dienst im Marinekorps der USA quittiert. Er hatte in einer Brooklyner Bank als Wachmann gearbeitet und war dann zur Polizei gegangen. Aber da er zu oft und zu stark betrunken war, stand Christie bald auf der Straße, arbeitslos, mit einer jammernden Frau, einem krakeelenden Jungen namens Thomas und einem weiteren Kind, das unterwegs war.

Im Marinekorps war Christie manches beigebracht worden, vor allem, wie man in Notsituationen überlebt. Angesichts der Gefahr, von der Roten Armee angegriffen oder in einem Atomkrieg vernichtet zu werden, glaubte Christie, daß man vor allem auf eigener Scholle hoffen könne, so etwas durchzustehen. »Es ist nicht möglich, jeden kleinen Acker zu erfassen«, belehrte er seine Familie, worauf er ihre ganze Habe auf einen Lastwagen lud und in die Gegend nördlich von New York fuhr, um eine Milchfarm zu gründen.

Sie kamen im Landkreis Tompkins zu einer Zeit an, da dies noch in der Hauptsache ein ruhiger, hügeliger Landstrich war. Die Finger Lakes, der Seneca- und der Cayugasee schimmerten in ihren von Eisbergen geschürften Granitbecken. Getreide- und Luzernefelder zogen sich die Straßen entlang und endeten abrupt vor tiefen Wäldern. Bisweilen war es im Winter so kalt, daß die Augen tränten und zufroren. Ließ man Wasser in einem Eimer draußen stehen, gefror es zu kristallklarem Eis. Nach anhaltenden Schneefällen fuhren die Kinder mit den Schiern über Schneewehen in die Stadt, die fast so hoch ragten wie die Spitzen der Telefonmasten. In den übrigen Jahreszeiten sah man auf den saftigen grünen Weiden, die die Landstraßen säumten, schwarz-weiße holsteinische Rinder grasen. Nur ab und zu unterbrach ein rumpelndes Lastauto die Stille, die über dem Land lag.

Das Leben in Ithaca war eher rauh als friedlich. Einige Leute bauten Wein und allerlei landwirtschaftliche Produkte an, aber die meisten Einwohner bestritten ihren Lebensunterhalt mit der Milchwirtschaft und der Holzfällerei.

Christie Hoffmann, seine Frau Mary Agnes, sein Sohn Thomas und seine kleine Tochter Virginia, die den Spitznamen Ginger trug, lebten zusammengedrängt in einem kleinen zweistöckigen Haus, das einige Meter von der Bostwick Road entfernt stand, einer zweispurigen schnurgeraden Straße, die auf einen Berg oberhalb der Stadt Ithaca hinaufführte. Den Mittelpunkt des Hoffmannschen Hauses bildete ein stinkender, mit Öl geheizter Ofen, aus dem ein Rohr aufstieg, das wie eine heiße schwarze Schlange zischte. Draußen stand unmittelbar neben dem Wohnhaus eine kleine rote Scheune, in der die Schar der fünfundzwanzig schlecht gehaltenen Kühe während der langen Winternächte vor Kälte zitterte.

Das Haus, die Farm und das Vieh waren die Erfüllung von Christies geheimsten Wünschen.

Kaum waren die Hoffmanns angekommen, machte sich ihre Anwesenheit bemerkbar. Im Frühherbst ernteten die Farmer gemeinsam die Felder ab, halfen sich gegenseitig beim Füllen der Getreide-Silos und stapelten gemeinsam die Heuballen. Der traditionelle Dank für einen Tag Arbeit bestand (abgesehen davon, daß man, wenn die Zeit heran war, bei den anderen mit zupackte) darin, daß die Helfer mit einem kühlen Trunk und einem Imbiß am Familientisch bewirtet wurden. Dies waren althergebrachte Regeln, und es wurde als Selbstverständlichkeit angesehen, daß die Nachbarn auf Christies Farm erschienen, um dort mitzuarbeiten, und daß umgekehrt Christie bei ihnen mit zugreifen würde.

Aber die Nachbarn mußten bald erfahren, daß man Christies Haus nie von innen zu sehen bekam, nicht einmal, wenn sie einen Schluck Wasser haben wollten. Der eigensinnige Kerl stand draußen, in der einen Hand die Zigarette und in der anderen ein Bier, und machte keinerlei Anstalten, einen dazu einzuladen, am Tisch Platz zu nehmen. Er war *anders*.

Hoffmanns Hof lieferte auch eine Menge Gesprächsstoff, hauptsächlich wegen der *Tiere*. Warum in aller Welt machte der alte Hoffmann das? Er nagelte Stoffhäschen und Teddybären an die große Eiche vor seinem Haus und ließ sie verrotten. Wollte er den Kindern Angst einjagen?

Und da war jene Nacht, in der er stockbesoffen hinausgerannt war und mit seiner Schrotflinte so lange auf einen Baum schoß, bis Sheriff Howard kam und ihn hinter Schloß und Riegel setzte. Oder seine verrückte Angewohnheit, sich ohne ersichtlichen Grund aus fahrenden Fahrzeugen hinausfallen zu lassen. Die Leute waren sich einig: Er war *anders*.

Nur einmal gab Christie nach und erlaubte es Besuchern, das Haus zu betreten. Die Familie hatte zugestimmt, daß junge Burschen und Mädchen aus der Umgebung sich dort zu einem geselligen Beisammensein trafen. Aber das Fest fand ein unrühmliches Ende, als Christie zu verstehen gab, daß er nicht die Absicht hatte, etwas zu essen zu servieren, geschweige denn, den Gästen zu erlauben, einen anderen Raum als das Wohnzimmer zu betreten. Das verärgerte die hart arbeitenden Nachbarn, die der Meinung waren, daß sie ein Recht auf Hoffmanns Gastfreundschaft hatten.

Die Heimlichtuerei und Knickerigkeit sowie die Stofftiere, die am Baum vor dem Haus verrotteten, führten dazu, daß es sich um so rascher herumsprach, wenn jemand einmal dennoch über die Schwelle des Hauses stolperte und dann darüber berichtete, ›was drin los war‹.

An einem heißen Sommertag begab sich ein Mann, der zum Tünchen von Christies Scheune angeheuert war, zur Haustür, weil er sich etwas zum Trinken holen wollte. Er klopfte an. Als er keine Antwort bekam, ging er hinein.

»In deinem ganzen Leben hast du noch nie einen solchen Saustall gesehen«, berichtete er. »Und der Gestank dort! Es war, als ob Schweine mit der Familie zusammenlebten. Aber am schlimmsten war, daß sie die Hunde den Abwasch erledigen ließen. Sie stellten einfach die Teller auf den Fußboden, damit die Hunde sie ableckten.«

Dem Burschen war, nachdem er das gesehen hatte, der Durst vergangen, und niemand im Landkreis Tompkins konnte ihm das verdenken.

Als Gingers Bruder Tom älter wurde, sagte man ihm gleichfalls nach, daß er *anders* wäre.

»Tom fuhr«, wie sich der Sohn eines Nachbarn erinnerte, »zum nahe gelegenen Luftwaffenstützpunkt Samson, um sich von der Verpflegungsstelle Lebensmittel zu holen, deren Verfallsdatum längst überschritten war: Brot, das schon einen Monat alt war, Süßigkeiten, Pfannkuchen und Mehl. Die Leute verfütterten das normalerweise an die Schweine, aber die Hoffmanns aßen es selbst. Ja, das taten sie. Ich habe Tom mit dem alten Zeug im Mund gesehen. Er war groß und lief schlampig herum. Natürlich war es Tom egal, wie er aussah, da er intelligent war wie kein anderer, dem ich je begegnet bin. Er las ein Buch so schnell, wie er die Seiten umblättern konnte. Er verschlang jedes Buch in der öffentlichen Bibliothek von Ithaca. Ja, das tat er. Er war so intelligent, daß er sich keine Gedanken darüber zu machen brauchte, wie er aussah. 1952 gab es hier das erste Mal Fernsehen, und wir gingen die

Straße hinauf zu Art Tuckerman, um uns die Übertragungen anzuschauen. Tommy war bei den Quizsendungen der Schnellste. Ja, Sir, das war er.«

Allmählich begriff Keeney, daß Christie Hoffmann und seine Sippschaft die unterste Stufe des Farmerdaseins repräsentierten, obwohl Dick Coates das nie so sagen würde.

Mary Agnes Hoffmann war dafür bekannt, daß sie ›vornehm‹ tat. Die Leute beklagten sich darüber, daß sie ›eingebildet‹ und ›selbstgefällig‹ war und damit prahlte, Verwandte in New York und New Jersey zu besuchen. Am allerschlimmsten war, daß gemunkelt wurde, sie benehme sich hinter dem Rücken ihres Mannes schamlos. Sie warte, bis Christie betrunken eingeschlafen sei, und schlüpfe dann aus dem Haus.

Die wenigen Leute aber, die die heruntergekommene alte Farm an der Bostwick Road besuchten, machten sich am meisten Gedanken über Christies Tochter Ginger.

Christies Bruder, Henry Hoffmann, erinnerte sich an seine Besuche auf der Farm in den vierziger Jahren: »Ich fuhr hin und verbrachte den Sommer dort, als ich siebzehn oder achtzehn war. Sie lebten miserabel, die Hoffmanns, besonders Ginger. Im Haus sah es immer gräßlich aus, daher nahm ich sie ins Kino mit. Sie tat mir sehr leid. Ich meine, man wollte einfach niemanden in dieses Haus hineinlassen, es war so schmutzig. Und dann ihr Bruder Tom, er war es gewohnt, mit ihr hinter die Scheune zu gehen und dort mit ihr herumzumachen – sexuell, meine ich. Es tut mir leid, das sagen zu müssen.

Und dann war Ginger immer heimlichtuerisch. Sie suchte sich Verstecke und blieb einfach dort. Mir scheint, sie hatte immer etwas im Sinn. Sie war verschlagen.«

In der Schule gingen die Mitschüler dem Hoffmann-Mädchen aus dem Weg; sie war groß und stark wie viele der Bauernjungen, und mit ihr war nicht gut Kirschen essen. Sie hatte vorn einen Pony und trug zwei lange Zöpfe, die sie über die Schultern zurückwarf. Ihre großen Augen blickten starr, was die Leute als Zeichen von Zurückhaltung auffaßten. Sie sagten schließlich, Ginger käme nach ihrer selbstgefälligen Mutter aus New Jersey.

»Manchmal erschien Ginger mit diesen Diamantringen und versuchte sie zu verkaufen«, erzählt Nelson Eddy, ein früherer Klassenkamerad, der gleich unten am Berg wohnte. »Es handelte sich wahrscheinlich um falsche Edelsteine, aber das spielte keine Rolle. Sie benahm sich so, als ob die Steine echt seien und als ob sie sie bekommen könnte, wann immer sie wollte. Wir Kinder hatten nicht einmal eine Briefmarke, die wir zur Schule hätten mitnehmen können, am wenigsten Ginger Hoffmann. Und ich mußte das wissen. Ich saß sieben oder acht Jahre lang neben ihr. Ich glaube, wenn sie angab, war sie glücklich, dann strahlten ihre Augen.

Herbst 1942

»He, Ginger! Tom!«

Art Tuckermans Ruf ertönte in der morgendlichen Stille. Er brachte seinen Kombi vor dem Haus der Hoffmanns zum Stehen und hupte. Bei diesem Signal kamen die Kinder durch die Tür gelaufen und stiegen in Arts ›Schulbus‹.

Sekunden nach dem Ertönen des Hupzeichens kam die elfjährige Ginger durch die Gazetür. Meist trug sie einen buntkarierten Trägerrock, ein Kleidungsstück, das bei ihrer morgendlichen Hausarbeit so oft schmutzig geworden war, daß man sein Muster nur noch erahnen konnte. Und Ginger gähnte gewöhnlich. Sie stand, noch ehe es dämmerte, früh um fünf Uhr auf, melkte die Kühe, holte eimerweise Trinkwasser vom Brunnen und heizte den Ölofen im Wohnzimmer an. Ihr Bruder Tom schlief lange – er war ›ein fauler Dandy‹, pflegte Nelson Eddy zu sagen –, aber wenn Virginia aus dem Haus stolperte, kam er gleich hinterher.

»Hu!« riefen Virginias Klassenkameraden, wenn sie in Arts Kombi kletterte. »Kuhmist und Kerosin! Haltet eure Nasen zu!«

»Komm nur, Schatz«, sagte Art Tuckerman verschmitzt

lächelnd und klopfte mit der Hand auf den Nebensitz. »Du kannst bei mir hier Platz nehmen.« Und sie stieg ein.

Weiter unten am Berg hielt der Wagen bei Eddys Farm, wo Nelson abzuholen war. Dieser war mit elf Jahren schon stämmig und hatte eine gewölbte Brust. Danach, am Ende der Bostwick Road, bogen sie ab, ließen Mary Baker zusteigen und fuhren schließlich zur Schule.

Bildung – das bedeutete für die Kinder der Bostwick Road, die Colgrove-Schule zu besuchen, eine mit Schindeln gedeckte Einrichtung, die nur einen Raum besaß und mit einem Kohleofen beheizt wurde. Von acht Uhr früh bis nachmittag um drei nahm die Lehrerin, Mrs. Fisch, ein Fach nach dem anderen mit den Kindern durch und gab sich die größte Mühe, ihren mehr als zwanzig Schülern und Schülerinnen das Lesen, Schreiben und Rechnen beizubringen. Sobald diese älter als zehn Jahre waren, gingen sie in der Stadt Ithaca zur Schule.

Mrs. Fisch war für ihre Schüler eine Legende. Entweder unterrichtete sie ohne Pause, oder sie saß eisern wie eine Aufpasserin in ihrem kleinen Büro an der Rückseite des großen viereckigen Klassenraums. Das schien allen wie ein Wunder, und darüber wurde lange debattiert.

»Wann pinkelt sie mal?« wisperten die Kinder.

»Gar nicht. Sie hält es einfach zurück.«

»Unsinn! Niemand kann es so lange aushalten. Das wäre nicht menschlich.«

Dann, eines Nachmittags, guckte einer der Jungen in ihr Büro und kam hinter das Geheimnis. Die Neuigkeit machte sofort die Runde: »Sie pinkelt in den Kohlenkasten.«

Während der morgendlichen Fahrt saß Ginger eingepfercht zwischen Art Tuckerman und einem der anderen Kinder. Sie saß zugeknöpft da, warf ab und zu einen Blick nach draußen oder wehrte heimliche Angriffe ab, die irgendein ungebärdiger Mitschüler von hinten versuchte.

Nach einer Weile legte Art seine Hand auf Gingers Knie und ließ sie an ihrem Bein aufwärts gleiten. Einige Augenblicke lang beobachtete Mary Baker vom hinteren Sitz aus still, wie sich die große Pranke langsam über das karierte Kleid hinweg bewegte. Dann schaute sie weg. Sie hatte große Angst, über die Sache nachzudenken, geschweige denn darüber zu sprechen, zumal Ginger sich niemals zu beklagen schien und jeden Morgen auf Arts Zeichen hin wieder vorn hinaufkletterte.

Mary erspähte auch die roten Striemen auf Gingers Händen und Armen. Sie und die anderen Kinder konnten höchstens über *Hiebe mit der Reitpeitsche* wispern. Denn in den ländlichen Gebieten des Bundesstaates New York war in den vierziger Jahren ›Disziplin‹ angesagt, sogar ›strenge Disziplin‹. Und all das wurde als private Familienangelegenheit angesehen. Welche Eltern hatten ihren Kindern nicht ab und zu eine Tracht Prügel verpaßt oder sie gar mit dem Riemen verdroschen? Davon abgesehen wurde Ginger von Christie Hoffmann – obwohl man ihn allzuoft im Hof eine Büchse Bier trinken sah – gestattet, ihr eigenes Pferd zu halten, eine ungepflegte rötlich-weiße Kreatur namens Pete. Wie schlecht konnte ein Vater sein? Gott weiß, ein wenig Strenge hat wohl nie jemandem geschadet.

Mrs. Fisch behielt Ginger trotzdem im Auge. Sie ging dazwischen, wenn die Kinder sich beim Spiel ›Erbeutet die Fahne‹ auf das arme Mädchen stürzten, und gebot Einhalt, wenn sie es durch Sticheleien rasend machten.

Danach begann die Geschichte mit den Essenbeuteln der Kinder. Täglich verschwand irgendeine der braunen Essenstüten, die unter der Kleiderablage in der Nähe des Waschraums aufbewahrt wurden. Mary Baker und Nelson Eddy, die beide hinter Ginger saßen, waren die ersten, denen etwas auffiel. Sie beobachteten, wie Ginger eine Hand hob, um sich zu entschuldigen. Argwöhnisch über die Schulter schielend, ließ sie irgendeinen Essensbeutel in ihrer Tasche verschwinden, ehe sie ins Nebengebäude rannte. Einige Augenblicke später huschte sie zurück in die Klasse, wobei sie Krümel von ihrem Kleid abwischte.

Bald bemerkten es alle und zeigten mit den Fingern auf sie: »Sie hat die Essenstüten geklaut! Sie hat sie geklaut!«

Mrs. Fisch hatte Mitleid mit dem Kind, dessen Eltern ihm nicht einmal Essen in die Schule mitgaben. Sie beruhigte die Klasse und erlaubte nicht, daß Ginger Hoffmann ausgelacht wurde. Jeder wurde aufgefordert, ein wenig von seinem Essen mit Ginger zu teilen.

Frühjahr 1950

»Der Teufel soll mich holen!«

Die Stimme, die draußen in der Scheune erklang, war die von Louie Petro, einem der Molkereiinspektoren. Jeden Monat kam Mr. Petro in seiner khakifarbenen Uniform vorbei und prüfte die Milch.

»Dieses Produkt besteht fast zu einem Viertel aus Wasser, Christie«, sagte er. »Was denkst du dir eigentlich, wenn du der Lea-Molkerei gepanschte Milch verkaufst? Das ist bei Gott kriminell. Ich tue es ungern, aber ich muß dich bitten, zur Verwaltung mitzukommen.«

»Verdammt, Louie«, protestierte Christie, »drück ein Auge zu. Nur dieses Mal! Ich war knapp bei Kasse, verstehst du? Es ist nur dieses eine Mal passiert.«

»Ich habe nichts gegen dich persönlich, Christie. Aber das hier ist eine ernste Sache. Abgesehen davon, daß es Betrug ist, schädigt die Panscherei jeden Molkereibesitzer. Ich muß an den ganzen Landkreis denken.«

»Ich bitte dich. Ich habe Frau und Kinder.«

»Christie, wenn ich das durchgehen lasse, und die Verwaltung kommt dahinter, bin ich so gut wie gefeuert.«

»Louie, ich bitte dich ...«

»Es ist nicht gut.«

»Sicher«, Christies Stimme wurde lauter. »Du bist mir ein schöner Freund, du und deine blöde Verwaltung. In deinen Augen bin ich keinen Pfifferling wert, nicht wahr?«

»Christie, ich muß einfach ...«

»Verschwinde von meinem Grundstück, hörst du? Geh zum Teufel, du stinkiger, lausiger Hurensohn!«

Ginger schaute um die Ecke und sah, wie ihr Vater die Fäuste erhob. Sie schlüpfte aus ihrem Versteck und rannte ins Haus.

In dieser Nacht, in der Mary Agnes bei Verwandten zu Besuch war und Tom im Zimmer nebenan schlief, hörte Ginger, wie ihr Vater unten ins Wohnzimmer hereinkam.

»Ginger! Tom! Wo zum Teufel seid ihr?« Einem Krachen folgte irgendein Gemurmel. Für einen Moment war alles still, dann drang die undeutliche Stimme des Vaters herauf.

»Seid froh, daß ich zu müde bin, um euch zu verdreschen!« Keuchend schrie er: »Zur Hölle mit der Verwaltung! Zur Hölle mit der Welt! Zur Hölle mit euch Kindern! Ihr eßt und eßt, nicht wahr? Hört auf, mich arm zu fressen, du verwöhnte kleine Prinzessin samt deinem dickärschigen Bruder. Morgen werde ich euch grün und blau schlagen, das könnt ihr mir glauben! Ihr bekommt einen Denkzettel, ihr Bastarde! Ich werde die Reitpeitsche nehmen und euch so lange das Fell gerben, bis die Sonne in China untergeht ...« Die Stimme wurde immer leiser, bis sie verstummte. Ginger schlief ein.

Winter 1953

Gingers Herz raste, als sie das letzte Pferd, das noch in Hoffmanns Scheune gehalten wurde, bestieg und im Schein des Vollmondes davonpreschte. Das geschah im Januar, am Abend vor ihrem sechzehnten Geburtstag.

Vier Tage später schlüpfte sie wieder ins Haus, rannte am zischenden Ofen vorbei die Treppe hinauf und legte sich ins Bett. Während sie fort war, hatte Christie sie überall suchen lassen. Als er Ginger wohlbehalten und gesund in ihrem Bett fand, geriet er in Wut. »Zum Teufel, wo warst du? Was ist dir kleinem, dreckigem Miststück bloß in den Sinn gekommen?«

Wieder flüsterten sich die Leute das Wort *Reitpeitsche* zu.

Herbst 1953

Zwielicht. Zwei Teenager im Landkreis Tompkins – Dick Coates und Bert Chase – gabelten, eine halbe Meile von der Bostwick Road entfernt, in Berts Scheune Heu auf den Heuboden hinauf. Dick Coates hatte einen kleinen runden Kopf, in dem zwei leuchtend blaue Augen saßen. Seine Nase war für einen Boxer ein wenig zu lang, und er hatte ein reges Mundwerk, wodurch er immer in Schwierigkeiten geriet, wenn auch nicht für lange Zeit. Es war schwer, dem schlampigen Dick mit seinem lachenden schmutzigen Gesicht ernstlich böse zu sein.

Dicks Gefährte, Bert Chase, trug das Haar ordentlich gescheitelt und hielt seine Kleider in Ordnung – zumindest wenn er nicht auf dem Feld arbeitete. Die beiden Bauernburschen zerbrachen sich jedoch nicht allzuviel den Kopf über ihre Unterschiede. Mit ihren muskulösen Armen und ihrer vom Holzfällen rauh gewordenen Haut waren Bert und Dick typische Jugendliche des Landkreises Tompkins.

»He, Dick«, rief Bert. »Sieh mal.«

Dick stieß seine Heugabel in den Boden und stützte sich auf den Griff. Der östliche Teil des Himmels, der zu dieser Stunde gewöhnlich dunkel war, leuchtete orangefarben wie ein Schmiedefeuer. Sie warfen ihre Gerätschaften hin und rannten los. *Es brannte!*

An der Kreuzung Podunk und Boswick Road blickten sie hinab. Es war Hoffmanns Scheune. Flammen schossen durch das Dach in die Höhe und bewirkten, daß Ascheteilchen spiralförmig wie in einem schwarzen Tornado aufstiegen. Christie Hoffmann stand wild mit den Armen fuchtelnd auf der Straße, während Tom und Ginger hin und her rannten, um Kälber und Kühe aus der Scheune herauszuholen. Dick und Bert liefen hinunter. Als das Feuer immer stärker wütete, blieb nicht viel zu tun übrig. Man konnte nur versuchen, ein Durchbrennen der erschreckten Tiere zu verhindern und der Asche auszuweichen, die durch die Luft wirbelte.

Ein Feuerwehrauto traf Minuten später ein. Es war ein

klappriger roter Dinosaurier, der aufgrund der Lecks in seinem Druckwassertank ächzte und stöhnte. Die Feuerwehrleute gingen geschäftig zu Werke, spritzten Wasser, hielten die wachsende Menge von Schaulustigen in sicherer Entfernung und trieben die letzten verstörten Tiere von der Scheune weg.

Sobald das Vieh oben auf dem Hügel auf der Farm eines Nachbarn sicher untergebracht war, bildeten die Leute einen Halbkreis und beobachteten den Brand.

Dick stand in der vordersten Reihe, in der Nähe von Ginger.

Er kannte Ginger vom Sehen, aber nun richtete er zum erstenmal sein Augenmerk auf sie. Ihr langes rotbraunes Haar und ihre großen grünen Augen leuchteten im Feuerschein; ihr Gesicht glühte vor Erregung und war schweißbedeckt. Dick bemerkte ihre kräftige Figur, ein straffer junger Körper, der zur Fülle neigte. Sie schien ihm reif zum Anbändeln. Sie warf ihm einen schnellen, fast hungrigen Blick zu, und das war eine mehr als ausreichende Einladung. Er legte einen Arm um Gingers Taille, während sie in die Glut starrte und beim Knacken und Krachen der brennenden Dachsparren erzitterte.

Die brennende Scheune erhellte die Straße eine Meile weit in beide Richtungen, und als die Nacht anbrach, beobachteten die Nachbarn immer noch das Feuer, bis es endlich erlosch. Nach einer gewissen Zeit, es war schon dunkel geworden, brachen die Eckpfosten zusammen, und die Feuerwehr hörte auf, die anderen Teile des Anwesens zu schützen. Ein Pfosten nach dem anderen gab ruckartig und zögernd nach, bis das spitze Scheunendach inmitten eines Funkenregens herunterkrachte. Es war ein Brand, den man nicht vergaß.

Christie war ganz benommen, als die Flammen noch einmal aufflackerten und dann erloschen.

»Der Ort hier ist wie verhext«, murmelte er. »Zuerst der Ärger mit der Molkereiverwaltung, und jetzt diese verdammte Sache. Wenigstens bin ich versichert.«

Er hielt nach Ginger Ausschau, doch diese hatte sich aus

dem Staube gemacht. Dick Coates war auch fort. »Diese Hündin«, brummte er vor sich hin, »wenn es nicht der eine Kerl ist, dann ist es ein anderer.«

Ein paar Wochen danach ging Tom, Gingers Bruder, in Ithaca mit einer seltsamen Geschichte hausieren. Er erzählte den Leuten, daß seine Schwester Ginger etwas mit dem Scheunenbrand zu tun hätte. Er sagte nie, wie sie es gemacht hatte, behauptete aber, er sei sich dessen sicher. Ginger weigerte sich, darüber zu sprechen. Sie ging erhobenen Hauptes weg, wenn ihr Fragen gestellt wurden.

Man hatte gerade von Brandstiftung zu munkeln begonnen, als dies wegen zweier Vorkommnisse plötzlich kein Gesprächsthema mehr war.

Eines Morgens erwischte man Tom, als er gerade an einem kleinen Jungen ›herumspielte‹, der an der Strecke wohnte, wo Tom das ›Ithaca Journal‹ austrug. Man ließ die Sache unter den Tisch fallen, als Tom die Zeitungszustellerei aufgab und im Krankenhaus von Ithaca einen Job als Fußbodenreiniger annahm. Nach seiner Blamage behielt er fortan die Gedanken über die von seiner Schwester begangene Brandstiftung für sich. Und die Leute schienen auch kaum geneigt, ihm zu glauben.

Zur gleichen Zeit kamen Gutachter von der Versicherungsgesellschaft, um die Überreste von Christies Scheune zu besichtigen. Die Agenten betrachteten den Schaden und waren bereit, einen Scheck auszuhändigen. Allerdings war die Summe für einen Wiederaufbau der Scheune völlig unzureichend. Daher bemühte sich niemand mehr, genau herauszufinden, wie es zum Scheunenbrand gekommen war. Aber selbst nach dreißig Jahren noch behaupteten die Leute, wie z. B. Tom Hoffmanns Witwe, Nelson Eddy, Dick Coates, Christies Schwester und andere, daß Ginger Hoffmann das Feuer gelegt hätte.

Leimfabrik

Frühling 1954

Die Bostwick Road war zwar an manchen Stellen noch eisverkrustet, doch war sie infolge des Tauwetters auch da und dort schon aufgeweicht. Die Schlammzeit würde in einigen Wochen beginnen, und die Berge von Ithaca würden sich in braunen Modder verwandeln.

An jenem Nachmittag stapften Ginger und Dick zum Haus hinauf. Auf dem Hügel gegenüber dem Eichenbaum, an dem zahlreiche ausgebleichte und verrottete Stofftiere hingen, hievte ein Laster mit Greifer etwas Großes und Schmutziges in die Höhe. Eine Winde gab wimmernde Geräusche von sich. Als die Last emporgehoben und nun deutlich zu sehen war, fiel das Gefährt auf seine Hinterräder zurück.

Christie lehnte lächelnd und mit geröteten Augen an einem Baum und genoß das Schauspiel. Ein Pferdekadaver hing über dem Laster, aus einer Schußwunde so groß wie eine Vierteldollarmünze floß das Blut in Strömen am mächtigen Schädel herab.

Als Ginger und Dick näherkamen, erkannte Ginger, was da geschah. Sofort stürzte sie los.

»Pete! Was ist mit Pete passiert?» schrie sie und packte Christie am Ärmel.

»Ich mußte das verdammte Biest erschießen«, erwiderte Christie keuchend und strich sich mit der Hand über sein Haar. »Es hat zuviel gefressen und zuviel Platz weggenommen. Es ist Zeit, daß es in die Leimfabrik kommt. Ja, nun ist Pete dran. Direkt in den Kessel hinein.« Christie grinste bei diesem Gedanken.

Gingers Finger gruben sich in Christies Arm. »Gott strafe dich, du Bastard!« kreischte sie mit aufgerissenen Augen und schluchzte. »Pete war *mein* Pferd. Du hattest kein Recht! Ich hasse dich! Ich verfluche euch alle! Er gehörte MIR!!«

Mit einer schnellen Bewegung stieß Christie sie beiseite.

Dick kam und legte seinen Arm um Gingers Taille. »Mach dir nichts draus, Liebling«, tröstete er sie. »Es wird alles gut werden.«

»Er gehörte mir! Du hattest kein Recht!« wimmerte sie immer noch.

»Fräulein, es reicht«, erwiderte Christie. »Du bist viel zu verwöhnt.«

Das Geräusch, das beim Einlegen des Rückwärtsgangs entstand, unterbrach ihre Auseinandersetzung. Das schlammbedeckte tote Pferd wurde herumgeschwenkt und fiel mit einem dumpfen Geräusch auf die Ladefläche. Dick Coates stand mit offenem Mund da. Er hatte zuvor schon gesehen, wie Pferde weggeschafft wurden, aber Pete war Gingers Lieblingstier gewesen, das ihr so nahe wie ein Freund war. Christie muß dringend Geld gebraucht haben, dachte er.

Die Fahrer verstauten ihre Gerätschaften und fuhren los. Mit seinem Gewehr in der Hand stolperte Christie ins Haus zurück. Dick und Ginger sahen zu, wie Petes Kadaver, der hinten auf dem Laster wie ein Sack Mehl hin und her gerüttelt wurde, in der Ferne verschwand.

Herbst 1954

Sogar nach Dick Coates' Dafürhalten war seine Hochzeit mit Ginger Hoffmann nur eine kurze Romanze gewesen. Er war damals neunzehn und sie siebzehn Jahre alt.

»Ich schwängerte sie, dann heirateten wir«, erzählte er Keeney vom Münzfernsprecher in Lodi aus. »Oben im Haus des Pfarrers richtete Christie eine kleine Feier aus, bei der es ein Stück Kuchen und etwas Eiscreme gab. Nur Christie war da, Mary Agnes, mein Daddy und meine Mutter, mein kleiner Bruder und Tom. Sonst keiner. Ginger hatte mir erzählt, daß Christie sie eines Tages niedergeschlagen hätte, weshalb sie nicht schwanger werden könne. Ich mußte das Gegenteil erleben, aber da war es schon zu spät.«

Zu Beginn ihrer Ehe lebten sie bei Dicks Eltern in der nahegelegenen Stadt Locke. Das zweistöckige Farmhaus der Familie Coates war ein alter sogenannter ›Neuengländer‹ mit den ursprünglichen Dielenbrettern, die noch mit der Hand zurechtgesägt worden waren, und mit niedrigen, engen Eingangstüren. Das Gebäude war bereits zwei Generationen lang im Besitz der Familie von Mrs. Coates. Dick und seine Mutter wurden dort geboren.

Da Flitterwochen etwas für die Reichen waren, fuhren Dick und sein Vater drei Tage nach der Hochzeit zurück in den Wald, um Bäume zu fällen. Ginger hütete mit Margaret Coates zusammen das Haus, sie kochte mit ihr und half ihr beim Holzholen. Eines Abends in jenem Herbst kehrten Dick und sein Vater bei Einbruch der Dunkelheit nach Hause zurück. Als sie die schmutzige Einfahrt entlangfuhren, hörten sie Gingers Stimme durch die Bäume schallen.

»Ich weiß nicht, wovon Sie reden«, sagte sie in scharfem Ton.

»Sie haben sie genommen«, protestierte eine Frau. »Mit ihren kurzen Fingern, an denen alles kleben bleibt! Sie sind ein gemeines Luder, ja, das sind Sie.«

»Ich habe nicht die leiseste Idee, wovon Sie reden«, antwortete Ginger. »Wenn Sie Ihre Handtasche verloren haben, kommen Sie bitte nicht flennend zu mir.«

»Flennend? Sie Diebin –«

Die Frau hielt inne, gerade als Dick und sein Vater am Ende der Einfahrt auftauchten. Sie drehte sich um und zeigte mit dem Finger auf Ginger, die ihr, die Arme in die Hüften gestemmt, gegenüberstand.

»Ich weiß nicht, wer von Ihnen mit dieser gemeinen Person verwandt ist, aber sie hat meine Brieftasche gestohlen, und ich möchte sie wiederhaben!«

»Nun, Madam, da muß irgendeine Verwechslung vorliegen.« Dicks Vater nahm die Sache in die Hand und ging mit großen Schritten zu den beiden Frauen hin.

Die Frau blieb bei ihrer Behauptung und wollte sich nicht vom Fleck rühren, wenn sie ihre Tasche nicht zurückbekäme. Ginger sagte, die Frau müßte bekloppt sein.

»Wir schritten die halbe Nacht die Landstraße ab und suchten das verdammte Ding«, erinnerte sich Dick. »Schließlich fanden wir die Tasche hinter unserem Haus ganz in der Nähe des Gartens. Sie enthielt etwas Geld und ein Portemonnaie. Doch am meisten außer sich war die Frau wegen eines Fotos ihrer toten Tochter, das sie darin hatte.«

Die Frau nahm ihre Handtasche, klemmte sie unter den Arm und ging davon. Ginger drehte sich um und begab sich ins Haus. Dick und sein Vater blickten sich im Hof stillschweigend an und fragten sich, was wohl in Ginger gefahren sein mochte, daß sie so etwas tat.

Dick ließ die Sache auf sich beruhen. Nachdem alles gesagt und getan war, blieb Ginger immer noch seine Frau. Er wollte nicht zu Beginn ihrer Ehe damit anfangen, Partei gegen sie zu ergreifen. Bei der ganzen Sache mußte es sich um irgendein Mißverständnis gehandelt haben.

Wenige Wochen danach, als der Zwischenfall mit der Handtasche gerade in Vergessenheit geriet, stolperte Dick über einen Schraubstock, der auf seinem Zufahrtsweg lag. Es war ein nagelneues Werkzeug, und Dick nahm an, daß sein Eigentümer, wer es auch immer sein mochte, kommen und es sich holen würde. Die Leute im Landkreis Tompkins waren zu arm, um einen voll gebrauchsfähigen Gegenstand wegzuwerfen.

»Ginger!« rief er zum Wohnzimmerfenster hinauf »Warum zum Teufel liegt dieses Ding hier?«

Die Gazetür, die zur Küche führte, ging mit einem Schwung auf, und Ginger trat heraus. Sie hatte ein gebügeltes Strandkleid aus Baumwolle an, auf ihr Gesicht war Make-up aufgetragen. Während der Monate, in denen sie miteinander gingen, hatte Ginger angefangen, immer mehr auf ihr Äußeres zu achten. Sie trug einen Bubikopf, und obwohl sie zum Dickwerden neigte, hatte niemand sie je Sachen tragen sehen, die nicht frisch gewaschen und gebügelt waren. Das betraf sogar die spitzenbesetzte Unterwäsche, mit der sie ihre Figur vor Dick vorteilhaft zur Geltung brachte. Manche Leute bezeichneten Ginger als großkotzig, aber Dick war stolz darauf, eine so gepflegte Frau zu haben, ein Weib, das im Schlafzimmer heißer war als eine Höllenkatze.

»Das Ding muß von einem Lastauto herabgefallen sein, Dick«, antwortete sie in ihrer Singsangstimme. »Mir scheint, du kannst es dir einfach nehmen. Wer etwas findet, darf es behalten. So ist die Regel.«

»Ich weiß nicht. Jemand wird kommen und danach fragen.«

»Mach, was du willst, aber ich sage dir, behalte es.« Vielleicht hat sie recht, dachte Dick. Er hob den Schraubstock auf und nahm ihn mit ins Haus.

Am Abend fragte sich Dick erneut, ob jemand durch ihren Hof gefahren war und den Schraubstock verloren hatte. Auf Gingers Gesicht erschien ein frostiges Lächeln. Es war eine Miene, die Dick inzwischen kannte. Sie bedeutete: Misch dich nicht in Angelegenheiten ein, die dich nichts angehen!

Bald darauf wurde nur allzu offensichtlich, was im Gange war. Wenn Ginger von Fran Newhart, dem Lebensmittelhändler, nach Hause kam, hatte sie pfundweise Butter in ihrer Jacke versteckt. Sie begann, im Laden eine Schau abzuziehen, und dabei war es einfach, ein paar Waren in ihrem bauschigen Mantel verschwinden zu lassen. Ein andermal konnte ein Stapel Dollarnoten auf mysteriöse Weise zum Vorschein kommen, oder Dick fand einen neuen Anzug im Kleiderschrank vor. Und dann war da noch Gingers rätselhafter Vorrat an ausgefallener Damenunterwäsche.

Natürlich kam ein besorgter Nachbar vorbei, um nach einem Schraubstock zu fragen, den er auf der Ladefläche seines Transporters hatte liegen lassen.

»Vor unserer Heirat war mir nicht bekannt gewesen, daß sie stahl«, bekannte Dick. »Danach aber schien das jedermann zu wissen. Das traf mich wie ein Hammer.«

Mit jedermann meinte er, wie sich herausstellte, Mr. Coates senior und dessen Frau.

Eines Tages nahm der alte Mann seinen Sohn beiseite. »Verdammt noch mal, ich lasse nicht zu, daß deine Frau noch länger unser Haus in Verruf bringt. Ich verstehe, daß du sie heiraten mußtest. Aber wir sind bescheidene, arbeitsame Leute, und sie blamiert uns alle. Sie muß verschwinden.«

Dick verteidigte sein schwangeres Weib, aber das hatte nur zur Folge, daß sein Vater ein zweites Mal seinem Ärger Luft machte. »Ich kenne den alten Hoffmann, er ist ein Trinker und ein Dieb, der seine Milch verpanscht, um seinen Geldbeutel auf Kosten seines Nachbarn zu füllen. Diese Tochter ist keinen Deut besser. Du weißt genau so gut wie ich: Der Apfel fällt nicht weit vom Stamm.« Mr. Coates verlangte, daß das junge Paar seine Siebensachen packte, und seine Abschiedsworte waren: »Was mich betrifft, so könnt ihr ausziehen und bleiben, wo der Pfeffer wächst!«

Der erste Schnee eines weiteren rauhen Winters in Ithaca war gerade gefallen, da erschienen Dick und Ginger mit Koffern in der Hand an der Schwelle des Hauses in der Bostwick Road, um bei Christie und Mary Agnes Hoffmann zu bleiben.

Frühling 1955

Unbekümmert ertrug Dick Coates in der engen Unterkunft die kleinen Diebstähle seiner Frau und Christies Alkoholismus, doch bald entdeckte er eine noch dunklere Seite ihres Wesens.

An einem Winterabend lenkte Dick seinen Laster in die Einfahrt zu Christie Hoffmanns Anwesen. Er war jenseits des Cayugasees gewesen, wo er Bäume gefällt und Holz transportiert hatte. Wie immer, war er bei Anbruch der Dämmerung nach Hause gefahren.

Im Haus stand Ginger, deren Schwangerschaft inzwischen weit fortgeschritten war, neben der Spüle in der Küche. Sie trug eine weiße Schürze über einem Kleid, das Dick noch nie gesehen hatte. Es paßte zu ihrem gewölbten Bauch. Sie war gerade dabei, das Abendessen vorzubereiten, hatte das Gemüse gewaschen und Bohnen mit einem großen Hackmesser geschnitten.

»Wo ist das Geld, das du heute verdient hast?« fragte sie, als Dick sich in seinen Sessel vor dem Ofen im Wohnzimmer fallen ließ.

Dick durchwühlte theatralisch seine Taschen und erklärte forsch, nachdem er nichts gefunden hatte: »Zum Teufel, das hab' ich ganz vergessen. Aber Donny wird mir morgen das Doppelte auszahlen.«

»Nein, das wird er nicht tun. Du hast das Geld ausgegeben, nicht wahr?«

»Ehrlich, Ginger, ich hab' es einfach vergessen. Ich werde das Geld morgen bekommen.«

Gingers Gesicht nahm einen starren Ausdruck an, ihre Augen waren glasig. Sie war wieder in jener Stimmung, in der, wie Dick wußte, mit ihr nicht gut Kirschen essen war; die beste Strategie bestand dann immer darin, sie nicht weiter zu reizen. Er machte sich daran, seine Schuhbänder aufzuknoten, und wärmte sich am Ofen.

Christie und Mary Agnes waren nicht da, im Haus herrschte Stille, und in der Hitze des Ölofens begann Dick einzunicken. Auf einmal hörte er rasche Schritte hinter sich im Flur. Als er aus seinem Halbschlaf erwachte, drehte er sich um und sah, wie seine Frau – mit perfekter Frisur, das Kleid sauber und hübsch gebügelt – mit erhobenem Hackmesser auf ihn zukam. Ihr hübsches Gesicht hatte sich in eine Maske verwandelt.

»Verdammter Idiot! Wo ist das Geld?« schrie sie mit einer Stimme, die Dick kaum wiedererkannte, dann sauste das Messer dicht neben seinem rechten Ohr nieder und blieb in der Armlehne des Sessels stecken.

Mit einem Satz sprang Dick auf und wich zur Vordertür zurück, wobei er über seine Schuhbänder stolperte. *Sie versuchte, mich kaltzumachen,* erinnerte er sich. *Ich konnte es nicht glauben.*

Ginger zog das Messer heraus und drehte sich zu Dick um, als dieser sich auf die Vordertür zubewegte.

»Nun leg das Ding schon weg«, sagte Dick, als er sich durch die Türöffnung drängte. »Es tut mir leid, Liebling. Ich werde morgen mit Donny sprechen. Das verspreche ich dir.«

Ginger schien ihn nicht zu hören. Sie bewegte sich schwerfällig vorwärts und holte zu einem weiteren Hieb aus. Dick hatte das Gefühl, als ob die Schneide seine Kehle streifte. Ginger, deren Gang wegen des immer größer werdenden Bauches unbeholfen war, verlor das Gleichgewicht und stürzte über ein Tischchen. Dick rettete sich nach draußen und schlug die mit Gaze bespannte Tür zu.

»Ginny, beruhige dich«, sagte er mit zitternder Stimme. »Ich werde das Geld bekommen. Nur leg das Messer weg. Du möchtest doch nicht jemanden damit verletzen. *Leg das Ding weg!*«

Durch die Gazetür sah er, wie Ginger sich vom Boden erhob, ihr Kleid glattstrich und sich die Handflächen abwischte. Dann griff sie noch einmal zum Hackmesser. Sie näherte sich ihm torkelnd, zerfetzte mit der Schneide die Gaze und schrie: »Ich bringe dich um, verdammt noch mal!«

Dick hatte nicht vor, zu warten und zu sehen, was als nächstes passieren würde. Er stieg in sein Auto. Im Rückspiegel beobachtete er Ginger-Virginia, die mit erhobenem Messer, das Gesicht von den roten Rücklichtern seines Lasters beschienen, in der Veranda stand.

Herbst 1955

Ihr erstes Kind, Ronald Albert Coates, hatte im Mai das Licht der Welt erblickt. Danach schien Ginger eine Weile ruhiger geworden zu sein. Dick verdiente gutes Geld, da er tagsüber als Trucker für die Molkerei Lea arbeitete und nebenbei ein paar Bäume fällte.

Bis zum darauffolgenden Januar (1956) hatte er genug

Geld beiseite gelegt, um mit der Familie von der Boswick Road in ein neues Heim zu ziehen. Sie ließen sich in der Nähe nieder, in Newfield, wo sie ein weißes zweistöckiges Haus mit Fensterläden bezogen. Es befand sich in der Spencer Road. Zwischen der Straße und dem einige Meter nach hinten versetzten Haus erstreckte sich eine rechteckige Rasenfläche. Newfield war, wie der größte Teil des Landkreises Tompkins, nicht mehr als ein Streifen Zivilisation in der Wildnis. Unweit des neuen Hauses der Familie Coates nahmen schmutzige Wege ihren Ausgang, die sich durch Bergschluchten, Mulden und weite Waldungen schlängelten.

Das Haus, das die Coates' gemietet hatten, gehörte einer älteren Frau namens Pierson, die direkt gegenüber in derselben Straße wohnte. Mrs. Pierson verlangte zehn Dollar die Woche. Dicks kombiniertes Einkommen (Arbeit für die Molkerei Lea und daneben Schwarzarbeit) belief sich auf zweiundachtzig Dollar wöchentlich. Daher blieb viel Geld für Lebensmittel, Kleidung und Ausflüge zu den gelegentlichen Versteigerungen übrig. Etwa zu dieser Zeit bekam Dick Wind von den sexuellen Eskapaden seiner Frau. Er empfand das weder als Überraschung noch als einen schweren Schlag.

Ginger stand, solange Dick sie kannte, in dem Ruf, es mit der Moral nicht sehr genau zu nehmen. Erstens wußte jedermann in der Gegend, wie Ginger Hoffmann ihre Unschuld verloren hatte: Sie verbrachte eine Nacht mit zwei Jungen auf einem Heuboden. Ihre Freundin Betty Boyce, die eine sittsame Freundschaft zu einem der Missetäter unterhielt, war danach außer sich.

»Jesus, Ginny«, keuchte sie. »Die ganze Stadt weiß es! Wie konntest du mir sowas antun?«

»Ich kann machen, was ich will«, erwiderte Ginger und drehte sich um.

»Warum hast du –«, begann Betty zu fragen, aber Ginger schien sie nicht zu hören. Sie stolzierte davon und blieb nur stehen, um noch einen letzten Blick über die Schulter zu werfen.

Nach den beiden Jungen auf dem Heuboden folgte Art

Tuckerman, der Fahrer des Schulbusses. Dick Coates sagte, er konnte nie Klarheit darüber gewinnen, ob sie von Art vergewaltigt wurde oder nicht; Ginger sagte manchmal, er hätte sie genötigt. Aber das schien ohne Belang, selbst wenn man alle ihre sattsam bekannten nächtlichen Rendezvous in den Kornfeldern nicht in Betracht zog.

»Zum Teufel, von Zeit zu Zeit schlief Pete Gibbs mit Ginny.« Dick lachte bitter. »Ich erwischte ihn einmal, als ich von der Arbeit als Fahrer für die Molkerei Lea zeitig nach Hause kam. Ich sah Fußspuren im Schnee, die direkt zur Hintertür führten. Es muß meiner Meinung nach in der Familie gelegen haben. Einmal grapschte Gingers Mutter nach meinem Glied und versuchte, es in ihr Hinterteil zu schieben. Ginger war im Zimmer. Das störte sie nicht. Mary Agnes wollte mich direkt hinten reinhaben, wenn ich sie gelassen hätte. Ich werde diesen Abend nie vergessen.

Und ich war mir nie sicher, ob Ronnie von mir stammte, obwohl wir in erster Linie seinetwegen heirateten. Als ein Jahr später Jimmy auf die Welt kam, war ich mir ziemlich sicher, daß er von mir war. Aber ich konnte es nie genau wissen. Zum Teufel, Ginger war einfach eine Hure. Außer Vögeln hatte sie nie etwas gelernt.«

Dick nahm Gingers Promiskuität hin, aber daß sie ständig gegen das Gesetz verstieß, machte ihn rasend. Eines Tages tauchten neue Silberbestecke im Haus auf. »Ich wußte, daß ich mich nicht danach zu erkundigen brauchte, woher das gottverdammte Silber stammte«, erzählte er Keeney. »Ich fragte mich nur, was passierte, wenn jemand vorbeikommen würde, um danach zu suchen.«

Drei Tage später verkündete Ginger: »Mrs. Pierson ist morgen zum Essen bei uns eingeladen.«

»Jesus, Ginger, du hast sie immer eine alte Schachtel genannt«, sagte Dick. »Was hat dich plötzlich so freundlich gestimmt?«

»Sie ist unsere Hauswirtin, und sie verdient es«, erwiderte Ginger. Damit war das Thema beendet.

Am folgenden Tag kam Dick nach Hause, und der Tisch

war sehr hübsch gedeckt. Ginger hatte offenbar den ganzen Tag damit verbracht, ein richtiges Festessen, wie auf dem Lande üblich, zuzubereiten: Pute, weiche Brötchen, Bratensoße, ein Dinner wie zum Erntedankfest. Die Silberbestecke lagen, auf Hochglanz poliert, neben den Tellern.

Als Mrs. Pierson kam, regte sich in ihm erneut der Stolz auf seine gutgekleidete junge Frau. Alle Ehepaare haben ihre Probleme, tröstete er sich, die unsrigen sind nicht schlimmer, als wir sie verdienen. Sie saßen im Wohnzimmer und unterhielten sich höflich, bis Ginger sie mit der Mitteilung, das Dinner sei serviert, ins Eßzimmer lud.

»Es war ein schöner Anblick. Sie hielt mich wirklich zum Narren«, sagte Dick zornig.

Während des Essens sah Mrs. Pierson Ginger an und erklärte: »Sie wissen, daß ich einen Satz Silberbestecke wie diese hatte, aber sie sind in der letzten Woche aus meinem Hinterzimmer verschwunden!«

»Ist das nicht schlimm?« Ginger blickte lächelnd zu ihrem Mann hin. »Man kann nie wissen, ob einem das nicht auch passiert.«

»Die alte Mrs. Pierson wußte, daß die Bestecke gestohlen waren«, sagte Dick zu Keeney. »Aber die Leute fürchteten sich vor Ginger, daher unternahm niemand etwas. An jenem Abend verprügelte ich Ginger wegen der Diebereien, und sie verpaßte mir mit dem Staubsauger einen am Kopf. Danach machte ich mich wieder fort.«

Am selben Abend traf er zufällig einen der wenigen Einheimischen, die seine Frau weiterhin schätzten. Es war Bert Chase, mit dem Dick an jenem Abend auf den Feldern gearbeitet hatte, als Christies Scheune brannte. Bert legte einen Arm um Dicks Schultern und versuchte, dessen Zorn zu dämpfen. Ginger, so meinte er, sei vielleicht nicht die beste aller Frauen, aber sie kümmere sich gut um das Haus und den Jungen.

»Weißt du«, sagte Bert, »ich habe Virginia immer als eine ziemlich passable Frau angesehen. Das stimmt. Und du bist durch sie zu einer Familie gekommen. Nun sei ein Mann und geh nach Hause.«

Herbst 1957

Dick und Ginger wohnten noch in Mrs. Piersons Haus. Ronnie war nun zwei und ihr zweites Kind Jimmy knapp ein Jahr alt. In den Jahren dazwischen hatte es weitere Seitensprünge, Diebstähle und Tätlichkeiten gegeben.

Alle Leute in Ithaca, Newfield und Cortland wußten über die hochnäsige Virginia Coates, die lange Finger machte, Bescheid. Kein Mensch hatte jemals so etwas erlebt: Die dicke Frau mit dem braunen kurzgeschnittenen Haar, die adrett angezogen war, stahl alles, was ihr in die Hände kam. Das Wort *Kleptomanin*, das man kaum je im Landkreis Tompkins vernommen hatte, war jetzt ein gängiger Begriff. Die kritischen Äußerungen und heimlichen Bemerkungen, die Dick aufschnappte, machten ihn wahnsinnig. Ginger hatte es sogar fertiggebracht, eine alte Freundin in der Schule zu besuchen und dabei einen ›neuen‹ Pelzmantel zu tragen, den eine der Lehrerinnen als ihren eigenen erkannte. Danach kam sie wütend nach Hause, weil man sie gezwungen hatte, ihn zurückzugeben.

Obwohl Dick schlampig herumlief und übermäßig trank, war er im Grunde ein anständiger Kerl. Er fand es allmählich unerträglich, mit der bekanntesten Diebin des ganzen Landkreises verheiratet zu sein.

Dick sagte, er sei nie darüber hinweggekommen, was er zu hören bekam, als Dutch Stolton ihn einmal auf der Hauptstraße anhielt. »Wie gefallen dir deine neuen Schuhe, Dick?« fragte Dutch feixend.

»Ich finde sie schön«, antwortete Dick und wollte weitergehen.

»Trag sie besser nicht, wenn du ins Warenhaus von Baker gehst.« Stolton versperrte ihm den Weg. »Das ist nämlich der Ort, wo deine Frau sie geklaut hat. Ha, ha!«

Dick schlich davon, ohne zu wissen, ob er sich die Haare ausreißen, seine Frau schlagen oder sich scheiden lassen sollte, um ein neues Leben anzufangen. Und als die Scham verging, verhärtete er innerlich. Er sagte sich, daß er nach Hause gehen, ihr eine runterhauen und sich dann mit ein paar Bieren einen angenehmen Abend machen würde.

Winter 1958

Versteigerungen zählten zu den wichtigsten gesellschaftlichen Ereignissen im Landkreis Tompkins. Die Leute spendeten jeden nur entbehrlichen Haushaltsgegenstand oder jedes erdenkliche abgetragene Kleidungsstück, um Geld für wohltätige Zwecke, die Kirche oder die Feuerwehr zusammenzubringen. Die Frauen buken und stellten Tische auf. Die Männer versammelten sich und rauchten ihre Pfeifen. Manchmal begannen ein oder zwei Leute, auf einer Gitarre ein Lied zu spielen.

In jenem Dezember blieben Dick und Ginger bis Mitternacht auf einer solchen Auktion. Als sie nach Hause kamen, holten sie die Bettdecken heraus und schliefen in der Nähe des Ofens im Wohnzimmer. Im oberen Stockwerk blieb es nur durch die Hitze warm, die von unten durch die Dielen drang. Im Winter, wenn die Temperatur unter null Grad absank, hatten sie es eher warm, wenn sie sich direkt vor dem alten Ölofen hinlegten. Dick schlief rasch ein und hatte immer noch seine Flanelljacke an. Ronnie und Jimmy lagen aneinandergeschmiegt in einem Bett im oberen Stockwerk.

Etwa gegen zwei oder drei Uhr morgens wurde Dick plötzlich wach. Ihr Hund Dixie bellte wütend. Dick brauchte das Licht nicht anzuknipsen, um zu sehen, was der Grund war. Auf der gegenüberliegenden Seite des Raums hatte ein Teil der Zimmerdecke Feuer gefangen, um eine kreisrunde Stelle herum brannten sowohl die Tapete als auch das Holz. Rauch zog durch ein rasch größer werdendes Loch. Dick blickte sich um. Ginger war schon aufgestanden und war fort. In dem alten, trockenen Gebäude blieb keine Zeit, darüber nachzudenken, wohin sie gegangen war. Oben schliefen die Kinder. Dick rannte die Treppen hinauf, riß die Jungen aus dem Bett und schleppte sie ins Freie. Ginger war schon dort und sah zu, wie die Feuerwehrautos angefahren kamen. Zitternd auf ihrem kleinen Stück Rasen stehend, beobachtete die Familie, wie die Feuerwehrmänner Wasser ins obere Fenster hineinspritzten.

Erst nach einigen Tagen begann Dick sich Gedanken darüber zu machen, daß Ginger nicht neben ihm auf der Couch gelegen hatte, als er wach wurde. Woran er sich erinnerte, war, daß der Widerschein des Feuers auf ihr Gesicht fiel und daß ihre Augen blitzten, wie damals vor fünf Jahren, als Christie Hoffmanns Scheune abbrannte.

Das Feuer selbst beunruhigte ihn. Die Zimmerdecke hatte auf der Seite zu brennen angefangen, die dem Ofen *entgegengesetzt* war. Das ließ sich nicht mit dem Gedanken vereinbaren, der Ölofen hätte die Balken in Brand gesetzt.

Was immer auch die Ursache gewesen sein mochte, das Feuer zerstörte den größten Teil der Decke. Aber das Erdgeschoß konnte weiter genutzt werden. Die Familie hätte dort wohnen bleiben können, während die Zimmerleute das Haus wiederherstellten. Mrs. Pierson bestand jedoch darauf, daß sie sich sofort nach einer neuen Unterkunft umsahen. Sie war der Ansicht, daß wahrscheinlich in erster Linie die Familie Coates selbst für den Ausbruch des Feuers verantwortlich war. Außerdem hatte sie den Diebstahl der Silberbestecke nicht vergessen.

Die Familie kehrte erneut in das Haus in der Bostwick Road zurück. Dick arbeitete weiter als Tagelöhner. Ginger setzte ihre Ladendiebstähle fort und trieb es weiter mit beliebigen Partnern. Die Jungen wurden größer.

Sommer 1959

Am Freitag, dem 3. Juli, kam Dick von der Arbeit nach Hause. Die Familie wohnte inzwischen in Newfield in einem Haus, das sie vor kurzem gemietet hatte. Er fand zwei hungrige Mäuler vor, aber nicht Ginger. Das ließ ihn kalt. Nach der Arbeit hatte er ein paar Stunden damit verbracht, hinter dem Gebäude der Molkerei Lea herumzulungern. Er hatte um Pennies gespielt und mehrere Biere getrunken. Er hatte zehn Cent – mehr als sonst – gewonnen und war nicht zu einem Streit mit seiner Frau aufgelegt. Morgen, am 4. Juli, wollten sie alle in die Stadt fahren, um sich das Feuerwerk anzusehen. Er bereitete für sich und die Jungen das Abendessen, trank eine Büchse Bier und schlief auf dem Sofa ein.

Etwa um acht Uhr abends läutete das Telefon.

Ein Anwalt namens John Ryan stellte sich vor. Er sagte, er rufe im Auftrag einer Frau namens Beverly Mulks an, die in Cortland wegen Scheckbetrugs festgenommen wurde. Mrs. Mulks habe ihm diese Telefonnummer gegeben. »Sie ist auch unter dem Namen Virginia Coates und Mary Bames bekannt«, fügte der Anwalt hinzu. »Sind Sie mit der Dame verwandt?«

Dick sprang in seinen Truck und raste in das zehn Meilen entfernte Cortland hinüber. Unterwegs überlegte er, was seine Frau diesmal wieder angestellt hatte. Als er ankam, fand er Ginger in einer Arrestzelle vor. Kein Justizbeamter war zu erreichen, es war Wochenende. Daher mußte Ginger den Sonnabend und Sonntag im Kittchen schmoren. Dick holte ein paar Journale, damit sie sich die Zeit vertreiben konnte.

Montag, der 6. Juli, hielt einige Überraschungen bereit. Der Haftrichter sah die gutgekleidete Frau an und verlas die Anklagepunkte. Acht Fälle von Urkundenfälschung, vier Fälle von Diebstahl. Dem Polizeibericht zufolge hatte sie eine Scheckbetrugstour durch die Stadt unternommen und war beim Verlassen von Cortland festgenommen worden, wo Scheckbetrug als ein schweres Verbrechen galt. Richter Harris sah keinen Grund, Strafmilderung zu gewähren. Er entschied, daß die Frau bis zur Eröffnung des Hauptverfahrens nur gegen eine Kaution in Höhe von eintausend Dollar freigelassen werden durfte.

Dick hatte den Schreck noch nicht überwunden, als der Anwalt ihm eine Rechnung über einhundert Dollar präsentierte, als Vorschuß für die Verteidigung seiner Frau auf der bevorstehenden Gerichtsverhandlung. Die Syracuse Bonding Company streckte das Geld vor, und Dick und Ginger verließen unverzüglich die Stadt.

Sobald sie zu Hause waren, erwartete Dick die schlimmste Überraschung: ausführliche Berichterstattung in der Presse. Er hatte immer befürchtet, daß Gingers kriminelle Gewohnheiten einmal publik würden. Was er nun las, gab ihm recht.

›Ithaca Journal‹ – 6. Juli 1959

FRAU WEGEN SCHECKBETRUGS VERHAFTET

Eine Frau aus Newfield saß heute morgen im Gefängnis des Landkreises Cortland ein, nachdem sie auf eine Prüfung des Vorwurfs, am Freitag dieser Woche gefälschte Schecks im Werte von insgesamt 195 Dollar in diesem Ort eingelöst zu haben, verzichtet hatte.

Polizeichef Thomas Davis identifizierte die Frau als Mrs. Virginia Coates. Er erklärte, sie habe den Namen Beverly Mulks benutzt, als sie die Schecks in Höhe von jeweils 20 bis 75 Dollar bei hiesigen Geschäftsinhabern einlöste. Er sagte weiter, sie habe 68,50 Dollar für Lebensmittel und den Rest für Kleidung ausgegeben.

Den Verdacht der hiesigen Geschäftsinhaber erregte, so Polizist Davis, die Höhe der von der Frau ausgegebenen Summe. Die Frau wurde verhaftet, bevor sie die Stadt verlassen konnte.

Der ›Syracuse Post Standard‹ brachte einen ähnlichen Artikel. Darin wurde erwähnt, daß Virginia ›dank der Mithilfe einheimischer Geschäftsinhaber, der Bank und einer Schar von Pfadfindern sowie des Büros für Vertragsauskunft‹ verhaftet wurde. Dick kam es vor, als ob sich die ganze Stadt erhoben hätte.

Der Vorfall wurde auch von denen, die Ginger gut kannten, als sonderbar empfunden. Dick erinnerte sich an Beverly Mulks, deren Namen Ginger bei der Polizei angegeben hatte. Die blonde, üppige Beverly war das schönste Mädchen der Klasse an der Hauptschule in Ithaca gewesen. Als Sängerin einer Band eroberte sie später die Herzen der ganzen Stadt. Dick zog eine Grimasse, als er daran dachte, was die Leute in Ithaca jetzt darüber sagen würden, daß Ginger sich für Beverly Mulks ausgegeben hatte.

Zwei Monate später erhob die Justiz von Cortland eine zwölf Punkte umfassende Anklage gegen Viriginia Coates alias Beverly Mulks, und Ginger und Dick fuhren wieder zum Gericht von Cortland. Wenigstens diesmal verdiente Gingers Anwalt, Jack Ryan, das Honorar, das er forderte.

Auf seinen Antrag hin wurde ein Anklagepunkt, der auf schweren Diebstahl lautete, fallengelassen, und Ryan schaffte es auch, für seine Mandantin eine geringere Strafe auszuhandeln, da sie sich bereit erklärte, freiwillig ein Schuldgeständnis abzulegen. Am 5. Oktober 1959 stand Viriginia Coates vor dem Richter und legte ein freiwilliges Schuldgeständnis zu den übrigen Anklagepunkten ab.

Richter Sloan verurteilte Ginger, die damals zweiundzwanzig Jahre alt war, zu einer zweijährigen Gefängnisstrafe, die auf Bewährung ausgesetzt wurde.

Wie Dick berichtete, minderte die bedingte Strafaussetzung keineswegs den Drang seiner Frau, weiter zu stehlen. Nach wie vor kam sie plötzlich mit Kleidungsstücken oder Lebensmitteln oder irgendeinem ganz billigen Schmuckstück an, das ihr gefallen hatte. Es schien beinahe egal zu sein, was sie entwendete.

Dick erzählte, daß er folgenden Vorfall nie vergessen würde. Er besaß ein Kundenkreditkonto beim Montgomery-Ward-Kaufhaus in Ithaca. In jenem Frühjahr hielt ein Eintreiber von Außenständen vor dem Haus der Coates' und forderte die Bezahlung einer überfälligen Rechnung in Höhe von achthundert Dollar. Ginger … das war, so wußte Dick gleich, die einzige Erklärung.

»Ich belegte sie mit allen Schimpfwörtern, die mir überhaupt nur einfielen«, erinnerte sich Dick. »Natürlich bezahlte ich die verdammte Rechnung nicht. Ich sagte dem Kerl, er solle sich verdrücken.«

Etwas später bemerkten Dick und Louie Petro – ein anderer Fahrer, der bei der Molkerei Lea beschäftigt war –, daß in der Zigarrenkiste, in der sie das Benzingeld aufbewahrten, fünfundzwanzig Dollar fehlten. »Wir vermuteten, daß sie es genommen hatte«, entsann sich Louie. »Sie gehörte zu der Sorte von Frauen, denen ich in Geldangelegenheiten nicht über den Weg trauen würde. Aber wir unternahmen nichts.«

Eine elektrische Beleuchtung tauchte im Wohnzimmer der Coates' auf. Armbanduhren erschienen an Gingers Handgelenk und verschwanden dann wieder. Teure Hochzeitsgeschenke für die Nachbarn waren plötzlich da, dazu noch mehr Lebensmittel aus Fran Newharts Geschäft, sogar ein Satz Schallplatten mit Operettenaufnahmen der Longiness Symphonette Society. Eine andere Agentur, die überfällige Rechnungen kassierte, rief an und drohte damit, die Möbel der Coates' wieder abholen zu lassen.

Und ihre Streitigkeiten gingen weiter, wobei es Viriginia

war, die für gewöhnlich anfing. Dick Coates begann schwer zu trinken. Die beiden Jungen waren schlecht erzogen, doch niemand schien das zu kümmern. Das Leben der Coates' in der ruhigen Stadt Newfield im Staat New York erreichte seinen Tiefpunkt.

Herbst 1961

Es geschah wieder nachts.

Dicks Holzfällerkumpan Peanut Everett war gekommen, um sich nützlich zu machen. Die beiden Männer hatten den größten Teil des Nachmittags damit verbracht, einen neuen Gemüsegarten anzulegen. Peanut, der lieber mit der Arbeit aufhören als sie fortsetzen wollte, vergaß bei Sonnenuntergang, den Gartenschlauch aufzurollen.

Nach dem Abendessen legte sich Peanut auf das Sofa im Wohnzimmer und schlief ein. Um fünf Uhr morgens wachte er auf. War das Rauch? Das konnte nicht sein. »He, Dick!« rief er. »Ich glaube, dein Haus brennt!«

Dick kam die Treppe herunter und bemerkte den üblen Gestank brennender Isolierung. Ein Kellerbrand. Unten befindet sich nichts, was brennen könnte, schoß es Dick durch den Kopf. Er und Peanut krochen auf allen vieren nach draußen und fanden den Gartenschlauch, der noch an den Wasserhahn angeschlossen war. Es dauerte nur wenige Minuten, den Schlauch in den Keller zu ziehen, und das Feuer erlosch, noch ehe die Dielenbretter versengt waren.

Irgendwann während des ganzen Durcheinanders kam Ginger mit Ronnie und Jimmy die Treppe herab. Sie stand da in ihrem Nachthemd und hielt die Kinder in sicherem Abstand.

Dick und Peanut räumten am nächsten Morgen den Keller auf. Mitten zwischen den verkohlten und nassen Trümmern fanden sie einen kleinen Haufen abgebrannter Streichhölzer, der unter einem Stück Litze lag. Dick schüttelte den Kopf. Er hatte diese Litze gerade erst vor einigen Wochen verlegt. Es war nagelneuer isolierter Leitungsdraht, und es gab keinen vernünftigen Grund dafür, daß er in Brand geriet.

Dick erzählte Keeney, daß er Ginger deswegen, oder wegen der anderen Brände, nie zur Rede stellte. Welche Erklärung gab es dafür? Er konnte nur Vermutungen anstellen. Er wollte nicht, daß sie wieder mit einem Hackmesser auf ihn losging.

Es wäre nichts dabei gewonnen gewesen, wenn er sie zur Rede gestellt hätte. Sie schien entschlossen, ihren Weg fortzusetzen, egal, was es kostete. Dick sagte, er hätte alles kommen sehen müssen, aber dann sei es zu spät gewesen. Die Gefängnisstrafe und ihre Aussetzung hatten keinen Eindruck auf sie gemacht. Wie hätte er erwarten können, daß ein paar Worte eine größere Wirkung erzielt hätten? Der einzige Ausweg, der ihm blieb, war zu gehen.

Winter 1966

Weihnachten 1966 trennten sich Dick und Virginia. Sie hatten einige ruhige Jahre miteinander verlebt, doch waren diese nie ganz ruhig gewesen. Ronnie war jetzt elf, rannte in Overalls und Arbeitshemden herum und spielte mit Jimmy, der zehn war, im Hof Versteck.

Dick konnte sich nicht mehr daran erinnern, was der Anlaß für seinen letzten Streit mit Ginger gewesen war. Aber das spielte keine Rolle. Seine Ehe war seit Jahren kaputt. Noch einmal gingen sie aufeinander los und wollten sich die Köpfe einschlagen. Dick schrie Ginger an, sie solle zur Hölle gehen und für immer aus seinem Haus ausziehen. Und diesmal ging sie.

Beleuchtet von der Weihnachtsdekoration im Fenster rannte Ginger in den Schnee hinaus. Sie nahm die Jungen, hievte sie auf den Sitz des Lasters und fuhr davon.

Monatelang hörte Dick nur von anderen etwas über seine Frau. Es wurde erzählt, sie wohne wieder bei Christie in der Bostwick Road, und ihre Mutter, Mary Agnes, sei nach Kalifornien gezogen. Einmal erblickte Dick plötzlich Ginger, als sie die Hauptstraße entlangspazierte, aber er hielt genügend Abstand.

Im März des darauffolgenden Jahres las er eine Meldung im ›Ithaca Journal‹: Person bei Brand verletzt.

Am Sonntag morgen brannte ein zweistöckiges Haus in der Bostwick Road 903 völlig nieder. Der Brand hatte zur Folge, daß zwei Familien ihre ganze Habe verloren und eine Mutter von zwei Kindern ins Krankenhaus gebracht wurde.

Mrs. Virginia Coates befand sich heute im Tompkins County Hospital in einem zufriedenstellenden Zustand. Sie wird dort wegen der Schnittwunden und Gesichtsprellungen behandelt, die sie sich zuzog, als sie von einem Fenster im ersten Stock heruntersprang, nachdem sie ihre Kinder an zusammengebundenen Bettlaken herabgelassen hatte.

Das Feuer wurde um 3 Uhr 55 früh von Mrs. Coates entdeckt. Sie alarmierte daraufhin die Familienmitglieder und die Polizei des Landkreises Tompkins.

Es ist wieder Ginger gewesen, dachte Dick, aber diesmal brauchte er sich nicht damit zu befassen.

Einige Monate später rief jedoch ein Versicherungsagent an und fragte, ob er den Scheck senden solle. »Ich teilte dem Mann mit, daß ich keine gottverdammte Versicherung hätte«, sagte Dick zu Keeney.

»Daraufhin erwiderte er, daß ich zehntausend Dollar bekomme, da die Scheune von Hoffmann gerade abgebrannt sei! Ich erklärte ihm erneut, daß ich keine Versicherung hätte. Aber er sagte, er hätte eine Police auf meinen gottverdammten Namen. Davon wußte ich nicht einmal was!

Am Abend rief ich Ginny bei Christie Hoffmann an, weil ich wußte, daß sie etwas damit zu tun hatte. Sie kam gleich in einem Ford Mustang herüber – fragen Sie mich nicht, wo sie das Geld für das gottverdammte Ding herhatte –, und wir regelten die Sache gleich draußen auf dem Zufahrtsweg. Sie sagte, da sie die Versicherungsraten bezahlt habe, würde ihr das Versicherungsgeld zustehen. Aber sie war gewillt, mir eintausend Dollar abzugeben, weil die Versicherung auf meinen Namen abgeschlossen wurde. Ich sagte ihr, daß ich das Geld nehmen würde, aber sie solle sich zum Teufel scheren.

Sie stieg ins Auto ein, als ob sie wegfahren würde. Dann wendete sie und versuchte, mich umzufahren. Ich lag im Schnee und beobachtete, wie sie mit neunzig Meilen in der Stunde davonbrauste. Ich habe sie nie wiedergesehen, außer als ich meinen Anteil vom Geld erhielt. Davon hatte ich aber nichts. Einige Jahre später mußte ich wegen der Schulden, die sie gemacht hatte, und wegen der Unterhaltszahlungen für die Kinder meinen Bankrott erklären.«

O mein Gott, dachte Keeney, als er nach einem weiteren langen Telefongespräch mit Dick Coates den Hörer auflegte. Der Mann ratterte wie eine Konservendose, die hinter einem Auto hergezogen wurde. Aber wenn nur die Hälfte von dem wahr wäre, was er erzählte …

Coates' Erinnerungen enthielten auch einen Hinweis, weshalb Cynthia Elaine umgebracht wurde. Dick hatte nur für die beiden Jungen, Ronnie und Jimmy, Unterhalt gezahlt. Daher war es Cynthia Elaine vielleicht nicht wert gewesen, am Leben zu bleiben.

Etwas anderes aber bereitete Keeney das größte Kopfzerbrechen. Wieso hatte Virginia mit ihrem Treiben eigentlich so lange Erfolg? Jahrzehntelang hatte sie die Feuerwehr, Versicherungsagenten, Polizeibeamte und Nachbarn an der Nase herumgeführt. Sie alle hatten einen Verdacht gehegt, aber nichts unternommen. Nur einmal ging etwas schief, in Cortland, als sie unterwegs war, um gefälschte Schecks einzulösen.

Virginia bzw. Ginger war als Kriminelle gewiß keine Meisterin. Nach dem zu urteilen, was Dick berichtet hatte, wußte jedermann in Ithaca über ihre Diebereien Bescheid. Ladenbesitzer erschienen im Haus der Familie Coates, um ihr Eigentum zurückzufordern; die Leute rissen hinter Virginias Rücken Witze. Aber das, was sie tat, machte sie verdammt gut. Die Versicherungsgesellschaften zahlten. Polizei und Feuerwehr fanden keine Anhaltspunkte oder ließen einfach alles schleifen.

Langsam, aber sicher wurde eines immer deutlicher: Wenn irgend jemand dazu fähig war, für eine Fremde eine Versicherung abzuschließen und dann diese Person kaltblütig von einer Klippe zu stoßen, dann war es Virginia.

Keeney versetzte sich wieder in die Gegenwart, in sein Arbeitszimmer in Castlewood. Er war Anwalt. Es müßte ihm doch möglich sein, etwas gegen eine Person zu unternehmen, die unverfroren gemordet hatte. Das Büro des Sheriffs und die Staatsanwaltschaft mußten bloß davon überzeugt werden, was für ein brisanter Fall da in ihrer Schublade schlummerte …

Während Keeney über die rechtlichen Probleme nachgrübelte, bog R. D. Jones' neutraler Streifenwagen in eine lange gerade Strecke der Jefferson Hill Road ein. Der Winter hatte dazu geführt, daß die Kriminalität vorübergehend zurückgegangen war, und R. D. hatte sich dazu entschlossen, sich an Virginias altem Zufluchtsort etwas umzutun. Er hatte sich Cynthia Elaines Fall wieder vorgenommen und eine Vollmacht zur Exhumierung der Leiche des Mädchens beantragt. Nun wollte er ein wenig herumschnüffeln, mit einigen Nachbarn sprechen und herausfinden, ob nicht eine alte, ärgerliche Geschichte nach fünfzehn Jahren vielleicht in einem anderen Licht gesehen wurde.

R. D.s Interesse galt auch einem neuen Problem, nämlich Virginias zweitem Ehemann Bud Rearden.

Erneut hatte Sarah West die Anregung dazu gegeben. Im Nachruf auf Cynthia Elaine Coates war erwähnt, daß sie im Resthaven Memorial Park in Louisville beigesetzt wurde. Als Sarah den Friedhof anrief, um die Bestätigung zu erhalten, daß Cynthia Elaine tatsächlich dort begraben war, stellte sie fest, daß Virginias zweiter Ehemann, Sylvester ›Bud‹ Rearden junior, zwei Jahre später ebenfalls dort beerdigt wurde. Alle anderen Reardens waren jedoch im Memorial Garden West in Louisville beigesetzt.

Sarah West kam das etwas merkwürdig vor. Warum gerade diese beiden? Hatten Cynthia und Bud etwas gemein? Keeney und R. D. dachten, daß das eine weitere vage Vermutung sei, aber wenn sie das Ausmaß der von Virginia begangenen Verbrechen in Betracht zogen, mußten sie der Sache auf den Grund gehen.

R. D. fuhr an dem Anwesen vorbei, wo die Familie Rearden gewohnt hatte. Das Haus war wieder aufgebaut, und die

Scheune, in der Cynthia Elaine den Tod gefunden hatte, stand noch immer auf dem Feld dahinter. Die Nachbarn waren auch noch dieselben. Sie lebten an der Jefferson Hill Road, seit Fairdale im ehemaligen Sumpfgebiet entstanden war. Es blieb eine Gegend, in der sogar Familien, die nur zur Mittelklasse gehörten, sich ziemlich geräumige Häuser in einer grünen ländlichen Umgebung leisten konnten.

Die Leute erinnerten sich an das alte Anwesen der Reardens: ein zweistöckiges, mit Holzschindeln gedecktes Haus mit einem von Eichen umgebenen großen Garten vor dem Haus. In der dahinterliegenden Scheune war das Reittier der Familie untergebracht gewesen: zuerst Sugar, ein störrischer Maulesel, den Virginia als ihr ›Pony‹ bezeichnet hatte, und danach Fancy, das zum Teil ein Araber war. Das Anwesen war auf seine Weise typisch für die Jefferson Hill Road. Jeder hielt dort ein bis zwei Pferde, jeder hatte einen Garten, jeder verstand ein wenig von Technik und vom Zimmern, und jeder kannte jeden.

Über die Reardens wurde noch immer geklatscht und getratscht. R. D. verhielt sich zurückhaltend zu dem Gerücht, ein Ehepaar, das das wiederaufgebaute Haus der Reardens Anfang der achtziger Jahre gekauft hatte, habe es eine Woche nach dem Einzug wieder verlassen. Sie hätten behauptet, es sei verhext. R. D. dachte realistischer. Virginias zweiter Ehemann, Bud Rearden, war, wie man sich erinnerte, so etwas wie ein Tom Swift auf dem Gebiet der Elektrotechnik. 1955, an seinem fünfzehnten Geburtstag, war er zur Navy gegangen, hatte dort rasch Karriere gemacht und war dann ein spezieller Elektrotechniker geworden, der zur absoluten Geheimhaltung verpflichtet war. Er entwickelte sich zum Fachmann auf dem Gebiet der Telemetrie, und zwar der Kollimationstürme, die für die Steuerung von Raketen, Radaranlagen und TARTAR-Raketensystemen verwendet wurden, sowie der MK1-118-Computer. Als es wegen des High-Tech-Spionageschiffs ›Pueblo‹ internationale Kontroversen gab, war er Mitglied des Teams, das zu Reparaturen auf das Schiff geflogen wurde. Zu Hause entwarf er die elektrischen und sanitären Anlagen der

Familie und stand im Ruf, fast jeden Automotor auseinandernehmen und wieder zusammensetzen zu können. Verglichen mit Dick Coates war Bud, so dachte R. D., ein Spitzenmann.

Zu der Zeit, da Bud Virginia begegnete, arbeitete er auf einem Marinestützpunkt in Port Hueneme, etwa einhundert Meilen nördlich von Los Angeles. Virginia war nach dem Westen zu ihrer Mutter Mary Agnes gezogen, die in einem Hospital des Bundes der Kriegsveteranen in Menlo Park arbeitete. Virginia nahm eine Tätigkeit als Krankenpflegerin auf und betreute eine ältere rekonvaleszente Frau.

Als Virginia Bud kennenlernte, einen schmucken blauäugigen Seemann, der wie Dick Coates dem Alkohol ergeben war, umwarben sie sich in einer für Verheiratete typischen Art und Weise. Sie veranstalteten Picknicks, zu denen Bud seine drei Söhne und Virginia ihre beiden Jungen sowie die kleine Cynthia Elaine mitbrachten. Einmal fuhren sie alle quer durch die USA, um Verwandte und frühere Kameraden von Bud in Falmouth, Massachusetts, zu besuchen. Am 25. Februar 1971 wurde Virginias Scheidung von Dick Coates rechtskräftig vollzogen, und im Juni heiratete sie Bud.

Gleich nach ihrer Hochzeit wurde Bud an die Technische Station der Marineartillerie nach Louisville versetzt, an eine ›Einrichtung‹, die Geschützlafetten konstruierte und baute. Im Juli jenes Jahres zog der Rearden-Clan – nun eine Sippe, zu der zwei Großelternpaare und sechs Kinder gehörten – in das Haus in der Jefferson Hill Road in Fairdale, Kentucky.

Jeder Anwohner dieser Straße bildete sich rasch auf die übliche ruhige Art ein Urteil. Was die einen Nachbarn über die anderen wußten, war gewöhnlich auf das zurückzuführen, was sie durch ihre Wohnzimmerfenster beobachten konnten. Und was das Verhältnis zwischen den Reardenkindern, Virginias Eltern, Bud und Virginia selbst betraf, so gab es viel zu erspähen.

Eine Frau erinnerte sich: »Ich begegnete Virginia zum erstenmal im Herbst des Jahres, in dem sie in die Jefferson Hill Road zogen. Sie war ein wenig fett. Ich hatte den Eindruck, daß sie ein privilegiertes Leben führte.

Sie kleidete sich betont salopp. Zum Beispiel trug sie einen ausgestellten Rock und dazu einen Pullover – diese Art von Sachen. Und die teuren Gegenstände in ihrem Haus – sie wirkten wie Luxusräder an einem klapprigen Auto.

Sie besaß Jadefiguren, irgendein silbernes Service, einen Wandschirm aus Seide mit einer Darstellung der vier Jahreszeiten sowie Gegenstände mit Intarsien aus Jade und Elfenbein. Ich fragte Virginia, woher sie das viele Geld habe, um das alles bezahlen zu können. Sie sagte, sie habe in Kalifornien als Krankenpflegerin für eine rekonvaleszente Frau gearbeitet, die Cynthia Elaine in ihr Herz geschlossen und ihr in ihrem Testament ihre Sachen vermacht habe. Mir kam das jedoch schon damals merkwürdig vor. Virginia erzählte mir, Familienangehörige hätten ihr vorgeworfen, einen unzulässigen Einfluß ausgeübt zu haben, und es sei zu einem Rechtsstreit gekommen. Sie teilte mir das mit, als ob es eine Kleinigkeit wäre.«

Terri Pullin, die zwei Häuser weiter auf der gegenüberliegenden Straßenseite wohnte, war eine der wenigen Einheimischen, die eine gute Meinung von den Reardens hatte. Sie sagte:

»Bei den Reardens ging es zu wie in einer Familienidylle. Virginia trug Hosenanzüge, hatte eine Kurzhaarfrisur und war freundlich zu allen Kindern in der Nachbarschaft. Wir fühlten uns dort wohl. Sie buk immer Pasteten oder einen Kuchen. Es gab gute alte Hausmannskost. Sie glich June Clever. Es war wie: Komm doch herein, trink eine Tasse Kakao, stell dich ans Feuer. Als die kleine Cynthia starb, kam Jimmy herüber und sagte, sie habe sich wegen eines Pferdes erhängt. Aber davon abgesehen, ging es dort wirklich normal zu.«

»Ein paar Tage nach dem Tod des kleinen Mädchens rief mich Virginia an«, erinnerte sich Althea Boren, eine andere Nachbarin. Althea hatte nie Interesse bekundet, mir ihr Kontakt zu pflegen, durch Virginias Versuch, sich ihr aufzudrängen, fühlte sie sich wie vor den Kopf gestoßen. »Sie wollte wissen, ob ich die Kleider und Spielsachen ihrer Tochter für meine Tochter haben wollte. ›Was würden Sie denken, wenn

Sie mein Mädchen in Cynthias Kleidern draußen spielen sähen?‹ fragte ich sie. ›Es würde mir nichts ausmachen‹, antwortete sie. Ich sagte ihr, ich sei nicht interessiert. Am nächsten Tag stellte sie die Spielsachen in Plastiksäcken nach draußen, damit der Müllmann sie abholte.«

Niemand hatte lebhaftere Erinnerungen an die Reardens als Jake und Ina Miller. Jake und Ina wohnten auf der anderen Straßenseite direkt gegenüber den Reardens in einem im Kolonialstil des achtzehnten Jahrhunderts erbauten Haus mit weißem Schindeldach und einer zur Straße gelegenen Veranda. Eine Garage war angebaut, und dahinter stand ihre eigene große Scheune. Jake hatte das Anwesen Stück für Stück ausgebaut. Damals war er sechsundzwanzig Jahre alt, und seit dieser Zeit gehörte er zum lebenden Inventar der Jefferson Hill Road – und das um so mehr, als er 1964 der Polizei des Landkreises Jefferson beitrat.

Seit dem Tage, da Cynthia Elaine ins Krankenhaus gebracht wurde, war Jake allmählich zu einem sich langsam bewegenden, dickbäuchigen Mann mit Stiernacken geworden. Er hätte wohl nie vermutet, daß man ihn einmal so charakterisieren würde. Er baute in seinem Garten Tomaten an und teilte sie mit den Nachbarn, verwandte seine Freizeit auf die Erweiterung der Scheune und dachte niemals auch nur im entferntesten daran, anderswo als in Fairdale zu wohnen. Ein Bekannter scherzte einmal: »Wenn man Jake nimmt und ihn multipliziert, dann ergibt das Fairdale.«

Als R. D. Jones vor Jakes Anwesen hielt, kam dieser heraus und streckte ihm zur Begrüßung seine schwielige Hand entgegen.

»Jake«, sagte R. D., als er aus seinem Streifenwagen kletterte, »erinnerst du dich noch an die alte Virginia Rearden? Es sieht so aus, als ob sie wieder in der Tinte sitzt.«

»Wenn du das sagst. 'türlich war das zu erwarten.« Jake sprach mit einem Akzent, bei dem jedes Wort so klang, als würde es wie ein Stück Rollentabak durchgekaut und ein paar Stunden lang in seiner Wange aufbewahrt, ehe er es ausspuckte.

»Komm, setzen wir uns hin und sprechen wir kurz darüber, okay?«

Als sie in Jakes hinterer Veranda saßen und auf ein Winterfeld mit kahlen Bäumen blickten, fingen R. D. und Jake an, sich die Stories wieder ins Gedächtnis zu rufen, über die in der Jefferson Hill Road so viel geredet worden war.

»Bud und Virginia schienen wirklich nette Leute zu sein«, sagte Jake. »'türlich war das, bevor all die seltsamen Dinge passierten.«

»Du meinst Cynthia Elaines Tod?«

»Damit hat es anscheinend begonnen. Ich weiß nicht, wie viele Geschichten seither erzählt worden sind. Ich entsinne mich, daß ich hinüberkam, und da lag das kleine Mädchen in einem Wagen, mit einem Handtuch unter dem Nacken. Auf dem Boden waren auch ein paar Tropfen Blut. Ina, meiner Frau, zerriß es das Herz. Sie sagte, sie hatte den Eindruck, als ob jeder dort schwer mitgenommen war, mit Ausnahme der Mutter selbst.«

Jake teilte R. D. mit, er habe gegen Virginia Verdacht geschöpft, als Bud Rearden zwei Jahre später starb. Das war zu der Zeit, wo ein ›Ding‹ nach dem anderen passierte.

»Sie und ihre Mutter hatten mir erzählt, sie seien Krankenschwestern. Ich wußte nicht, was sie wirklich waren. Aber sie teilten einem sofort mit, sie seien ausgebildete Kräfte, sie gaben gern damit an. Wie dem auch sei, eines Abends kam Virginia herüber und sagte, Bud ist tot. Ich rannte zu ihnen hinüber, Virginia und ihre Mutter waren als einzige im Haus. Die Mutter war im Schlafzimmer und wusch die Leiche. Ich entsinne mich, daß ich damals dachte, sie hätten den Toten nicht anrühren dürfen, bevor nicht der Arzt und der Coroner die Möglichkeit gehabt hätten, ihn sich anzusehen. Einige Tage danach wurde Bud begraben, und das war's.«

Jake wurde niemals wieder in seiner offiziellen Eigenschaft als Polizist zu den Reardens gerufen. Aber kurz nachdem Bud gestorben war, kam Virginia erneut mitten in der Nacht zu ihm herübergerannt.

»Sie sagte, ihr Haus stehe in Flammen, und so war es auch. Das ganze verdammte Anwesen brannte. Flammen schossen aus dem Dach, und Funken stoben umher. In jener Nacht suchten sie bei uns Zuflucht, und wir alle blieben auf, um zu sehen, wie die Feuerwehr den Brand bekämpfte. Die Jungs schafften es kaum, das Haus zu retten. Aber das war auch schon egal.« Miller lachte kurz auf. »Weil das Haus einige Wochen danach nämlich wieder brannte. Diesmal war ich mir sicher, daß etwas nicht stimmte. In der Nacht hatte ich einen Dreivierteltonner und ein Wohnmobil drüben stehen sehen, und die Familie hatte alles aufgeladen, was nicht niet- und nagelfest war Dann brannte erneut alles ab, und Virginia erschien noch einmal mitten in der Nacht bei uns, wie eine Fledermaus aus der Hölle.

Nach dem zweiten Brand verließen sie Kentucky. Niemand blieb mit ihnen in Verbindung. Sie verschwanden einfach. Ich glaube, ich bekam einen Brief von einem der Jungen. Er bat mich darum, ihm zu helfen, aus dem Knast herauszukommen. Virginia aber verkaufte einfach den Besitz und war dann auf und davon.«

Als R. D. etwas herumfragte, erfuhr er, wo die drei Stiefsöhne von Virginia – Kenneth, Sylvester und Butch Rearden – steckten. Kenneth und Dennis, die beiden älteren Brüder, lebten nun in Texas. Keiner der beiden, die jetzt erwachsene Männer waren, konnte viel über Virginia sagen; auch sie ergingen sich nur in allgemeinen Vermutungen, wie die Leute, die R. D. in der Jefferson Hill Road befragt hatte. Sie sagten jedoch, daß ihr Bruder Butch bei Virginia geblieben sei und alles mögliche wußte.

Butch, der neunundzwanzig Jahre alt und verheiratet war, arbeitete als Automechaniker in einer kleinen Industriestadt im mittleren Teil von Pennsylvanien, als er einen Anruf von R. D. Jones erhielt. Mit seinem blonden, struppigen Haar und seiner schmächtigen Figur hatte Butch – der kleinste der drei Brüder – eine kampflustige Art und eine entsprechende

Stimme. Sein Wesen entsprach dem eines Mannes, der sich nicht unterkriegen läßt.

Zuerst zögerte Butch, sich die Zeit des Zusammenlebens mit Virginia wieder ins Gedächtnis zu rufen. Er sagte, daß er sich schon unwohl fühlte, wenn er nur Virginias Namen höre, und daß sie eine Person sei, an die er sich, wie er gehofft hatte, nie mehr erinnern müßte. Aber als R. D. erklärte, daß Virginia in zwei Morde verwickelt sein könnte, war Butch bereit zu reden.

»Ich will Ihnen etwas mitteilen«, sagte Butch erregt, »etwas, worüber ich mit keinem Menschen, außer mit meiner Frau, je gesprochen habe.«

»Was ist das?« fragte R. D.

»Sie hat meinen Vater umgebracht.«

R. D. verzog den Mund. Er dachte an den Friedhof, wo Cynthia und Bud bestattet waren. »Nun gut, jetzt erzählen Sie mir bitte alles, was Sie wissen.«

»Ich kam mir in dem Haus immer wie ein Aschenputtel vor«, fing Butch an, sich an das Thema heranzutasten. »Virginia bevorzugte Jimmy und Ronnie. Sie konnten die ganze Nacht saufen oder sonstwas anstellen, doch immer war ich derjenige, der angeschrien wurde. Es war kein Auskommen mit den Coates-Jungen. Selbst wenn sie mich windelweich prügelten, verteidigte Virginia sie jedesmal. Ihrer Meinung nach konnten sie nichts Böses tun.

Selbst wenn mir die ganze Zeit die Hölle heiß gemacht wurde, wollte ich aber doch bei meinem Vater sein – er hieß Sylvester, aber jeder nannte ihn Bud. Da er bei der Navy war, hatte ich als Kind nie die Möglichkeit gehabt, ihn richtig kennenzulernen, daher zog ich nun mit ihm nach Kentucky, um dort bei ihm und Virginia zu wohnen. Es war mir egal, wie *sie* war. Aber von Daddy konnte ich noch eine Menge lernen.

Nachdem meine Brüder fort waren, fing Virginia langsam an, mich bei meinem Daddy madig zu machen. Sie erzählte dauernd, ich sei schlecht und tauge nichts. Sie machte viel Gesums im Haus, gab mir für dies und das die Schuld und benutzte dies dazu, mich vor meinem Vater zu demütigen. Ich verbrachte ganze Nächte damit, im Wohnzimmer zu sitzen und jeden Schraubenschlüssel in Vaters Werkzeugkasten zu polieren, als Strafe für etwas, was ich nie getan hatte. Im Grunde versuchte sie mich genau so zu vertreiben wie meine Brüder. Aber ich wollte nicht gehen. Ich war starrsinnig. Dann starb Cynthia Elaine.«

»Sie war für mich wie eine Schwester«, fuhr Butch fort. »Ich war an jenem Tag in der Schule. Es war kalt und regnerisch, und Virginia ging gewöhnlich nicht allein in die Scheune. Einmal war sie abgeworfen worden und verbrachte eine Woche lang damit, auf einem dieser aufblasbaren Gummiringe zu sitzen. Danach hielt sie sich von Pferden immer fern.

Wie dem auch sei, als ich aus der Schule nach Hause kam und ein Polizeiauto vor dem Haus stand, war ich erschüttert. Aber Virginia behielt die Nerven. Sie ließ das Foto des Mädchens mit der Bildseite nach unten liegen. Und es wurde einfach über den Vorfall geschwiegen.«

»Wie verhielt sich Ihr Vater?« R. D. versuchte, das Gespräch wieder auf Bud zu lenken.

»Bevor er anfing, krank zu werden, verbrachten wir viel Zeit zusammen. Daddy war ein absoluter Perfektionist, sein Kopf war wie ein Vakuum. Sobald etwas in seine Nähe kam, saugte er es gleich in sich auf. Wir bastelten an Autos herum und reparierten elektrische Geräte im Haus. Als wir den neuen Flügel anbauten, hielt Daddy die Bauvorschriften der Stadt für unzureichend, er ignorierte sie. Er war ein sehr gewissenhafter Arbeiter. Ich bin nicht so gut wie er«, sagte Butch traurig, »aber ich bin nahe dran.«

R. D. fragte, ob Virginia Bud betreut habe, als er krank wurde.

»Ja, sie betreute ihn«, erwiderte Butch. »Sie sprach sogar davon, daß sie eine Krankenschwester sei, aber ich hatte nie bemerkt, daß sie arbeiten ging. Eines von Daddys hochgeschätzten Dingen im Haus an der Jefferson Hill Road war ein alter Kurzwellenempfänger. Virginia erwähnte, sie habe ihn von einer älteren Dame in Palo Alto bekommen. Die Frau starb und habe ihr das Radio hinterlassen. Zumindest behauptete Virginia dies.« Schließlich erzählte Butch eine Geschichte, die er die letzten dreizehn Jahre für sich behalten hatte.

»Butch!« Eine stockende Stimme erklang aus dem Schlafzimmer im Erdgeschoß, aus jenem Raum, in den Virginia keine Besucher hineinließ.

Es war das Krankenzimmer, in das Essen auf Tabletts hinein- und hinausgetragen wurde, der Raum, wo ein Tisch voller Fläschchen mit Darvon, Dilaudid und Morphin nahe dem großen zerwühlten Bett stand und wo das Wort *Krebs* wie ein Fluch geflüstert wurde.

»Butch, komm einen Augenblick herein.«

»Ja, Daddy«, rief Butch aus dem sogenannten ›guten‹ Wohnzimmer. Dieser mit den besten Möbeln ausgestattete Raum war für Besucher vorgesehen. Aber Butch lungerte manchmal darin herum, wenn keiner da war. An jenem Nachmittag war Virginia fortgefahren, um Besorgungen zu machen, und Jimmy und Ronnie waren auch nicht da. Deshalb konnte Butch mehr oder weniger tun, was er wollte.

Seine älteren Brüder waren schon bei der Army in Guam, und sein Entschluß, in Kentucky zu bleiben, lag inzwischen mehr als ein Jahr zurück. Erst vor kurzem, als Virginia wieder einmal brüllte und schrie und ihn einen Taugenichts oder hirnverbrannten Idioten schimpfte, hatte er sich zu fragen begonnen, ob es für ihn nicht an der Zeit sei, ebenfalls zu gehen. Die Nähe zu seinem Vater konnte all die Beleidigungen nicht wettmachen, denen er ausgesetzt war, weil er Virginias Stiefsohn war.

Cynthia Elaine war vor einem Jahr gestorben.

Unterdessen ging es Butchs Vater immer schlechter, er magerte in einem alarmierenden Tempo ab. Butch konnte die Muskeln unter der fahlen Haut sehen, die die eingefallenen Wangen seines Vaters überspannte. Es war wie das Gesicht eines Fremden.

»Butch, wo bist du?«

»Ich bin hier, Daddy.« Butch kam ins Krankenzimmer, setzte sich zu seinem Vater und berührte dessen Arm. Bud bewegte seinen Kopf. Es war, als ob sich ein Gesicht auf einer Stange drehte.

»Gut. Nun hör zu«, sagte er in seiner beharrlichen, brummigen Art. »Ich werde dich fortan nicht mehr wie ein Baby behandeln. Verstehst du?«

»Ich höre, Dad.«

»Du weißt, was die Ärzte in der Klinik gesagt haben. Es ist bei mir nur noch eine Frage der Zeit. Wie lange es dauern wird, weiß niemand genau. Aber ich werde sterben, und zwar eher früher als später.« Sein Vater begann zu husten. Butch schaute ihn an und wartete. »Verstehst du?« sagte Bud, als er den Arm seines Sohnes drückte.

»Ja.« Er verstand. Sein Vater war todkrank. jeder wußte das. Die Leute, die ihn besuchten, redeten leise und gebrauchten Worte wie *Prognose* und *Metastasen*, Ausdrücke, die er nie gehört hatte.

»Geh zu meinem flachen Schrank dort und öffne ihn.« Bud hob einen knochigen Finger und zeigte auf das Möbelstück, das er meinte. »In der Schublade oben rechts befindet sich ein Kästchen mit einem Schnappdeckel.«

Butch gehorchte. Er ging zum Schrank und zog vorsichtig die obere Schublade mit den kleinen Wertgegenständen heraus, die Vater gehörten. Er schaute hinein. Zwischen einigen angelaufenen Münzen, Tabakkrümeln und Papierfetzen befand sich ein kleines blaues Schmuckkästchen. Er hielt es hoch, damit der Vater es sehen konnte.

»Los, bring es her«, rief Bud. Butch verstand, daß sein Vater ungeduldig war. Das war eines der Vorrechte, die ein Kranker hatte. »Beeil dich, ich könnte vielleicht schon tot sein, ehe du hier bist.«

Butch brachte ihm das Kästchen.

»Gut, öffne es.« Bud lächelte ihm aufmunternd zu. »Los, sie werden dir gefallen.«

Einige Tabakkrümel fielen herab, als der blaue Samtdeckel aufsprang.

»Da sind sie«, sagte er. »Meine goldene Krawattennadel mit dem Tigerauge, die Manschettenknöpfe und der Ring. Wenn ich gestorben bin, Butch, gehören sie dir. Verstehst du? Ich möchte, daß du sie bekommst. Du weißt jetzt, wo sie sind. Komm einfach und nimm sie dir.«

»Okay, Daddy. Danke. Ich werde es nicht vergessen. Ich verspreche es.«

»Gut«, Buds Kopf sank aufs Kissen zurück. »Nun pack sie weg. Ich bin noch nicht tot, und ich habe nicht vor, früher als absolut nötig das Zeitliche zu segnen. Vergiß nur nicht, zu kommen und sie dir zu holen. Hörst du?«

»Ich höre, Dad.«

7. September 1974. Butch entsann sich, daß es ein Samstag abend war. Seine Stiefbrüder Jimmy und Ronnie, die beide einige Jahre älter waren als er, planten, wie gewöhnlich durch die Straßen von Louisville zu rasen. Butch blieb zu Hause, auch wie gewöhnlich.

Gerade am Tag zuvor hatte Virginia ihn beiseite genommen und gesagt: »Butch, dein Vater wird nicht mehr lange leben. Du bist ein großer Junge, und du solltest das wissen.« Die Art und Weise, wie sie das sagte, hatte wie eine Warnung geklungen.

Jimmy und Ronnie Coates – der eine achtzehn und der andere zwanzig Jahre alt – machten inzwischen, was sie wollten. Beide waren richtige Countryboys mit kräftigen Oberarmen und rotblondem Haar. Ihre tiefblauen Augen konnten sowohl seelenvoll als auch stahlhart blicken und bewirkten, daß es den beiden an Mädchen nicht mangelte. Jimmy war glattrasiert, Ronnie dagegen trug einen ungepflegten Bart, den er bisweilen spitz zulaufend trimmte. Ansonsten hätte man die beiden für Zwillinge halten können. Sie nahmen die gleichen Drogen, saßen beide eine Zeitlang in den gleichen Gefängniszellen und veranstalteten beide den gleichen Mordskrach.

Jimmy fuhr einen teilweise veränderten viertürigen 1966er Wildcat mit frisiertem V-8-Motor. Der Wildcat hatte Jake einst als Polizeifahrzeug gedient, dann kaufte Jimmy das Auto von Jake und baute es in einen Wagen für Spritztouren um. Es war nicht erlaubt, das Ding privat zu besitzen, da man bei einer Fahrt damit leichter in einen Geschwindigkeitsrausch geraten konnte als mit einem anderen Gefährt. Mit einem Fahrer am Steuer, der sich Methamphetin spritzte, konnte der Wildcat jedes Motorrad der Staatspolizei auf einem bestimmten Streckenabschnitt der Staatsstraße, der als ›Dixie-Die-Way‹ – Dixie-Sterbe-Weg – bekannt war, weit hinter sich lassen.

In jenem September ›fuhr‹ Jimmy, wie er es nannte, mit einem blonden Teenager namens Debbie Williams aus Louisville-Ost. Debbie – Tochter eines Cops, die unter Männern mit Schießeisen aufgewachsen war – hatte wie ihr rasender Galan eine Vorliebe für Dinge, bei denen man einen Nervenkitzel verspürte. Sie jubelten bei den professionellen Ringkämpfen in Louisville Gardens, machten Sex auf Grabplatten und brausten im LSD-Rausch um zwei Uhr nachts die Highways in entgegengesetzter Richtung entlang.

Debbie wußte so gut wie jedermann, wozu Jimmy und Ronnie fähig waren. Aber der reine Machismo ihrer zwanghaften Gesetzesverletzungen war für eine Siebzehnjährige eine phantastische Sache. Sie hatte gesehen, wie Jimmy einen Schwarzen hinten an seinen Transporter festband und dann die Jefferson Hill Road hinabfuhr, wobei er vor sadistischer Freude kreischte und brüllte, da die Knie des Mannes auf dem Asphalt bis auf die Knochen durchgescheuert wurden. Ein andermal hielt er eine geladene Pistole an den Kopf eines Mannes, zwang ihn, sich hinzuknien, und ging dann grinsend weg. »Ich habe ihn nur veralbert«, sagte er.

Am Abend des Siebenten rauchten Jimmy, Ronnie und Debbie in einem verrosteten Wohnwagen, der im Garten hinter dem Haus der Reardens stand, Marihuana, während Butch sich um seinen Vater kümmerte.

Etwa gegen elf Uhr klopfte Virginia an die Tür.

»Jungs, kommt bitte leise heraus«, rief sie.

Jimmy, Ronnie und Debbie öffneten die Tür des Wohnwagens mit einem Ruck und steckten die Köpfe heraus.

Da stand Virginia und hielt Butch an einem Arm fest. Ihr Gesicht war wie gewöhnlich stark geschminkt, und sie trug eine eng sitzende Bluse, die ihren Busen zur Geltung brachte. Ihr Wohnsitz war zwar Fairdale, Kentucky, aber sie kleidete und gab sich wie eine Dame aus der Stadt. Die Leute wußten es: Bettlaken aus Satin, ein neuer Sedan aus New York, der sich in einem erstklassigen Zustand befand und vor dem Haus geparkt war. Sie benahm sich wie die Fürstin der Jefferson Hill Road.

Butch hatte eine buntkarierte Jacke an und sah aus, als ob er irgendwohin auf Besuch gehen müßte. Jimmy und Ronnie kamen heraus und fragten, was los sei.

»Hier sind zwanzig Dollar, Liebling.« Sie ging auf Ronnie zu und drückte ihm einen Geldschein in die Hand. »Ich möchte, daß ihr alle zusammen Butch zu einem netten Ausflug mitnehmt.« Ihre Stimme klang freundlich, aber bestimmt.

»Worum geht es denn?« fragte Debbie im Wohnwagen.

»Mutter möchte, daß wir den alten Butch hier zu einer Tour mitnehmen.« Jimmy drehte sich grinsend zu Debbie um, wobei er eine Reihe angefaulter Zähne entblößte. »Mit zwanzig Mäusen können wir ganz schön etwas losmachen. Juchhe, let's boogie!«

»Jungs, sorgt dafür, daß er sich gut amüsiert, und zwar jetzt!« rief Virginia, als sie ins Haus zurückging.

»Hab keine Sorge, Ma«, erwiderte Ronnie.

Die Gazetür knallte hinter ihr zu. Butch stand verlegen zwischen den umnebelten Teenagern, als sie ihre Jacken anzogen und wieder ihre Schlachtrufe ausstießen. Etwas Seltsames sollte geschehen. Ein einziges Mal hatten Jimmy und Ronnie ihn bisher im Wagen mitgenommen. Dabei brachten sie ihm bei, Marihuana zu rauchen, und ließen ihn dann zwei Meilen vom Haus entfernt unten an der Straße zurück.

»Los, komm.« Jimmy packte Butch am Revers und fing an, ihn zum Wagen zu ziehen. »Tu, was dir die Mama sagt. Haha!« Dann drehte er sich nach Debbie um. »He, Baby. Wo gehst du hin?«

»Warte«, rief Debbie ihm von den vorderen Stufen des Hauses zu. »Ich muß mal.«

»Ich auch«, erklärte Butch und machte sich von Jimmy los. Er rannte, um Debbie einzuholen.

»Verdammte Scheiße«, schrie Jimmy hinterher. »Mach es in den Büschen.«

Als Butch die Stufen zur Veranda hinaufging, hörte er, wie Jimmy Ronnie fragte: »Was meinst du, weshalb wir Butch mitnehmen sollen?«

»Weiß der Teufel, Bruder. Aber zwanzig Mäuse sind zwanzig Mäuse. Ich werde sie nicht fragen.«

Das Badezimmer befand sich am Ende des Flurs im Erdgeschoß, genau neben der Küche und gegenüber dem Krankenzimmer. Debbie nickte dem bettlägerigen Bud Rearden durch die offenstehende Tür des Krankenzimmers zu, als sie ins Bad ging. Er erwiderte den Gruß mit einem kaum wahrnehmbaren Neigen des Kopfes.

Butch wartete draußen vor dem Badezimmer. Er blickte in das Zimmer seines Vaters und bemerkte einen glänzenden Gegenstand, der inmitten der vielen Dilaudid- und Morphinfläschchen auf dem seitwärts stehenden Tisch lag. Es war eine Injektionsspritze. Bud wurden seine schmerzstillenden Mittel schon eine Weile intravenös verabreicht, er wußte das. Virginia wollte ihm sicher eine weitere Spritze geben.

Der Wildcat raste die Jefferson Hill Road hinab, vorbei an den dunklen Konturen der Bäume, vorbei an unbeleuchteten Häusern und an den Silhouetten von Scheunen. Ziel war der Dixie-Die-Way. Jimmy und Debbie saßen vorn und unterhielten sich bei dem wahnsinnigen Tempo laut darüber, wo das Geld des ›Chauffeurs‹ ausgegeben werden sollte. Jimmy fuhr wie ein Selbstmörder; er trank Bier und rauchte Joints, während der Wagen durch die Kurven schleuderte. Jimmy ist verrückt, dachte Butch. Er war schon lange zu dieser Ansicht gelangt. Aber heute nacht konzentrierte er seine Gedanken ganz darauf, lebend wieder nach Hause zu kommen. Unaufhörlich stellte er sich vor, wie es wäre, wenn sie mit einem großen Truck, der um Mitternacht unterwegs war, frontal zusammenstießen.

Es schien wie ein Wunder, daß sie nicht auf Tragbahren landeten, doch um zwei Uhr morgens fuhren sie wieder auf der Jefferson Hill Road zurück. Der Mond war untergegangen, aber die Lichter im Haus brannten noch. Die Vier zwängten sich in den Wohnwagen hinein; Jimmy nahm Butch wie ein Maskottchen mit. Ronnie spielte am Radio herum. Debbie begann einen neuen Joint zu drehen. Die Coates-Jungen waren eiserne Männer; sie konnten literweise alkoholische Getränke in sich hineinschütten, LSD schlucken, Kokain schnüffeln, einen Joint nach dem anderen rauchen und trotzdem den Cops davonfahren.

Plötzlich hämmerte jemand an die Tür des Wohnwagens.

Virginias Stimme ertönte: »Jungs, kommt raus hier! Sofort, diese Minute!«

Sie schauten durch die kleine Fensteröffnung und erblickten Virginia, die ihre Arme in die Hüften gestemmt hatte. »Los, los, Kinder, bewegt eure Ärsche!«

Sie drängten sich aus dem Wohnwagen hinaus.

»Butch.« Virginia fing an, mit einer freundlichen Stimme zu sprechen, die nicht dem Inhalt ihrer Worte entsprach. »Ich habe eine schlechte Nachricht für dich. Dein Vater ist tot. Er ist vor etwa einer Stunde gestorben. Großmutter ist drinnen, um die Leiche zu waschen.«

Butch hatte das Gefühl, als ob ihm gleich die Beine wegsacken würden. Er wollte sich übergeben. Sein Vater, der das einzige Bindeglied war, das er zu Fairdale, ja zu jedem beliebigen Ort in der Welt, außer Guam, besaß, lebte nicht mehr.

»Nein!« rief er. »Ich glaube dir nicht. Ich will ihn sehen.«

Er wollte losrennen, aber Virginia packte ihn am Arm und hielt ihn fest. Butch, ein schmächtiger Sechzehnjähriger, war seiner Stiefmutter kräftemäßig noch nicht gewachsen.

»Der Coroner kommt bald«, redete sie in ihrer beherrschten Art weiter. »Du bist einfach im Weg. Geh nun hinein und bleib im Eßzimmer.«

Butch rannte ins Haus; er war fest entschlossen, nicht zu

weinen, solange Virginia noch in Sichtweite war. Er verspürte den überwältigenden Wunsch, loszugehen und Vaters Leichnam zu sehen, aber er gehorchte Virginia. Jedermann gehorchte Virginia.

»Zwei oder drei Tage nach dem Tod meines Vaters fand nach Virginias Willen das Begräbnis statt«, erzählte Butch. »Meine Brüder und meine Mutter wurden nicht benachrichtigt. Als ich nach dem Testament meines Vaters fragte, sagte Virginia einfach, ich sei zu jung, um zu begreifen, was darin stünde. Meine eigentliche Mutter erfuhr erst von Vaters Tod, als die Leute von der Sozialhilfe sie anriefen. Virginia ließ weder das Testament eröffnen, noch gab sie mir je die Manschettenknöpfe, die Krawattennadel oder sonstwas. Sie behielt alles, soweit ich weiß.

Ich hing dort nicht mehr lange herum. Ich ging weg, mit der Kleidung, die ich anhatte, und mit einem Koffer. Danach hörte ich, daß das Haus abgebrannt und das Feuer angeblich wegen eines Kurzschlusses ausgebrochen sei. Diese Erklärung wollte mir nie einleuchten. Vater hatte immer so genau gearbeitet, er war ein richtiger Perfektionist gewesen. Aber eines steht fest: In jener Nacht hat sie meinen Vater umgebracht.«

Den ganzen Dezember hindurch arbeitete Keeney weiter an seinem Schriftstück, das für Jon Yudin bestimmt war. Keeneys Bemühungen, den Staatsanwalt davon zu überzeugen, daß der Fall endlich aufgegriffen werden mußte, hatte bereits den Charakter einer Kampagne angenommen, und allein sein Dossier hatte im Vergleich zu dem ursprünglichen Text, der hundert Seiten umfaßte, den doppelten Umfang angenommen. Keeney konnte jedoch nicht aufhören. Er blieb bis in die frühen Morgenstunden wach, formulierte und formulierte um, bis er das Gefühl hatte, daß seine Argumente unwiderlegbar seien.

R. D.s Entdeckungen wiesen auf eine weitere Möglichkeit hin, die eines *dritten Mordes.*

»Vor sechs Monaten hätte ich noch gesagt, daß Sie verrückt sind«, seufzte Keeney, nachdem R. D. ihm von Butchs Erinnerungen berichtet hatte.

»Ich hätte das auch gesagt«, erwiderte R. D. »Aber es sollte mich nicht wundern, wenn wir auf noch schlimmere Dinge stoßen. Denken Sie darüber nach. Können Sie ein einziges positives Detail nennen, das wir über Virginia erfahren haben? Sollte sich Butchs Geschichte als richtig erweisen, haben wir einen wirklichen Todesengel vor uns.«

R. D. kam schließlich bei Barnett & Alagia vorbei und brachte einen Stapel kaum lesbarer Krankenberichte vom jüdischen Hospital in Louisville mit. R. D. und Keeney überflogen sie, wobei sie argwöhnisch die weiße Schrift auf schwarzem Grund beäugten.

Etwa von 1972 an, und zwar kurz vor Cynthia Elaines Tod, begannen die Behandlungen, die Bud wegen seiner Schmerzen in den Armen und Beinen erhielt. Sein Krankenblatt aus dem Hospital gab Auskunft über den Ausbruch der Krebserkrankung. Sie war begleitet von Brechanfällen, Abmagerung, Muskelabbau an den Extremitäten und starken Schmerzen. Bald mußte ihm Dilaudid und, als sich sein Zustand verschlechterte, Morphin intravenös injiziert werden. In der letzten Eintragung, die zwei Monate vor Buds Tod gemacht wurde, hieß es: ›Mit Mr. Rearden geht es rapide bergab.‹

Hie und da entdeckte Keeney zwischen den verschiedenen Eintragungen nebensächliche Bemerkungen.

›Am 13. 7. 74 erhielt die Frau des Patienten, eine ausgebildete Krankenschwester, Anweisungen in bezug auf das Dilaudid ...‹ *Eine ausgebildete Krankenschwester.* Es gab generell nichts gegen den Begriff einzuwenden; alle möglichen Leute hatten Virginias Tätigkeit als solche erwähnt. Aber nach der Aussage von Dick Coates besaß Virginia nur eine gewöhnliche Schulbildung.

Auf den letzten Seiten des Krankenberichts hatte der behandelnde Arzt einige Unregelmäßigkeiten hinsichtlich der Sorgfalt vermerkt, die Virginia bei der Krankenpflege walten ließ: ›... Dilaudid wurde nicht mehr verabreicht, statt dessen wird Morphin als Analgetikum in einer Dosis von 2 ccm alle drei bis vier Stunden verwendet. Nach Meinung seiner Frau entspricht das einer Gesamtdosis von 15 mg, doch der Mengenangabe in seiner alten Krankenakte zufolge wären das 30 mg ...‹

Virginia hatte anscheinend die Dosierung für Bud willkürlich geändert.

Wollte sie ihm seine Schmerzen erleichtern oder ihn aus dem Weg räumen? Da sie sich als ausgebildete Krankenschwester ausgab, besaß sie eine hervorragende Möglichkeit, sein Ableben zu beschleunigen. Hatte sie diese Gelegenheit wahrgenommen?

R. D. Jones kehrte bald mit weiteren harten Tatsachen zurück, die aus Buds Akte bei der US-Navy stammten.

Am 11. Mai 1970 hatte Bud im Rahmen des Lebensversicherungsprogramms für Bundesbedienstete eine Versicherung beantragt. Die Akte enthielt keinen Hinweis auf die Höhe der Summe, die im Todesfall ausgezahlt würde, diese konnte jedoch ein Motiv für einen Mord sein.

Am 28. Juni 1974 beantragte Bud, für ein Jahr ohne Entgelt beurlaubt zu werden, da er sich mehreren medizinischen Tests und einer Operation unterziehen mußte und sein gesamter verfügbarer Jahres- und Krankenurlaub aufgebraucht war. Dem Antrag wurde mit Wirkung vom 5. Juli 1974 stattgegeben – das war acht Wochen vor Buds Tod.

Keeney und R. D. wurde auf einmal klar, daß Bud von dem Augenblick an, da er über kein Einkommen mehr verfügte, aber eine überdurchschnittlich hohe Lebensversicherung besaß, tot mehr wert war als lebendig. Und die Schriftstücke, die nach Buds Tod ausgefertigt wurden, schienen deutlich Virginias ›Handschrift‹ zu tragen.

Virginia füllte prompt ein Standardformular 2800 aus, einen Antrag auf Auszahlung der Lebensversicherung. Die Art und Weise, wie sie das Formular ausgefüllt hatte, erregte bei der Navy sofort die Aufmerksamkeit der Bürokraten.

Ein Aktenvermerk, den Ewing Davidson, zuständiger Offizier für Kontakte zu Verwandten von Bediensteten des Marinestützpunkts, an das zuständige Büro der Kommission des US Civil Service sandte, hatte folgenden Wortlaut:

›Ein Standardformular 2800 – Antrag auf Auszahlung einer Lebensversicherung – wurde von Miss B. J. Judson, einer zivilen Beauftragten von Mrs. Sylvester Rearden, ausgefüllt ... Miss Judson bestand darauf, daß das SF 2800 so, wie von ihr eingereicht, d. h. ohne Änderung und ohne maschinengeschriebene Abschrift (wie es in der Verantwortung dieser Abteilung liegt) weitergeleitet wird, selbst wenn die Abteilung irgendwelche Unzulänglichkeiten feststellen sollte.‹

Es gab mehr als nur eine ›Unzulänglichkeit‹, die selbst Keeney mit ungeübtem Auge entdeckte. Virginia hatte das Schriftstück nicht mit einem Datum versehen. Noch wesentlicher war, daß sie es vermieden hatte, zwei Ja/Nein-Fragen zu beantworten. Die erste lautete: ›Wird ein Testamentsvollstrecker ernannt, wenn keiner benannt wurde?‹ Die zweite lautete: ›Wird ein Vormund ernannt, wenn keiner benannt wurde?‹ *Beide* Kästchen – das für ›ja‹ und das für ›nein‹ – waren durchgestrichen worden.

Ihr konnte gewiß nicht der Vorwurf gemacht werden, falsche Erklärungen abzugeben, sagte sich Keeney. Es war die gleiche Methode, die sie bei Deanas und Cynthias Tod angewandt hatte: Sie sagte Halbwahrheiten, erzählte verschiedene Geschichten und gab vage Antworten. Das alles waren Tarnmanöver.

Aber Virginia und ihre ›Beauftragte‹ Judson gingen noch weiter. Das offizielle Formular enthielt folgende Passage: ›Wenn das Gericht für irgendeines der Kinder einen Vormund eingesetzt hat, geben Sie uns den Namen des Vormunds an‹ Virginia hatte Butch als Vormund für Buds sechzehnjährigen Sohn eingetragen, doch das Wort *Gericht* durchgestrichen. Als Antwort auf die Frage nach dem ›Verwandtschaftsverhältnis gegenüber dem Kind‹ hatte Virginia nicht Stiefmutter, sondern ›Witwe‹ hingeschrieben.

»Das ähnelt der ›Mutter in spe‹«, überlegte Keeney. »Hatte sie diese Tricks etwa im Hospital des Bundes der Kriegsveteranen gelernt?«

Und dann kam die Sache mit dem Testament. Im Formular der Navy hieß es: ›Wenn das Gericht einen Testamentsvollstrecker oder einen Verwalter zur Klärung der Besitzverhältnisse eingesetzt hat, geben Sie bitte den Namen an.‹ Das Wort *Gericht* war durchgestrichen, und Judsons Name erschien an dieser Stelle; wahrscheinlich sollte sie als Testamentsvollstreckerin gelten. Aber wie konnte es eine Testamentsvollstreckerin ohne Gerichtsentscheid geben? In Kentucky existierten seit mehr als zweihundert Jahren Gesetze zur Regelung von Erbschaftsangelegenheiten.

Eine weitere Version tauchte auf dem Formular FE-6 auf. Damit hatte Virginia die Auszahlung der Lebensversicherung beantragt. Diesmal hatte sie an der Stelle, wo gefragt wurde, ob das Gericht einen Verwalter des Besitzes vorhandener minderjähriger Kinder eingesetzt habe, wie zuvor das Wort *Gericht* durchgestrichen und das Wort *Testament* hingeschrieben.

Doch weder Keeney noch R. D. waren imstande, festzustellen, wo sich das Testament befand. Das Gericht besaß darüber keine Information. Buds Besitz schien zusammen mit Virginia und den Unterlagen über den Anspruch auf zwei Lebensversicherungen verschwunden zu sein.

Virginia kannte das System – soviel war klar. Sie wußte, wie sie durch die Löcher in den Netzen schlüpfen, wie sie mit einer Versicherungsgesellschaft umgehen und die Bürokratie in die Irre führen konnte. Dabei half auch, in andere Bundesstaaten zu verziehen. Noch mehr half es, wenn sie selbst die Vorfälle meldete. Wieso sollten die Polizei oder die Navy oder ein Versicherungsinspektor ihr nicht glauben? Einer verheirateten Frau mit Kindern? Sie würden ihr glauben *wollen*. Einer einfach aussehenden Frau, der Nachbarin von nebenan … Das war eine natürliche Neigung, ein angeborener Drang.

Und es hatte den Anschein, als ob Virginia es über dreißig Jahre lang bei jeder Angelegenheit, die es wert war, mit dieser Masche versucht hatte.

»Wir sind ein ziemlich gutes Team, nicht wahr?« sagte Keeney eines Tages, als er und R. D. über den Krankenhausberichten brüteten. »Wir wollen nun sehen, ob wir Virginia schlagen können.«

Hure von Babylon

Keeney betrachtete vom Fenster seines Büros aus die Skyline von Louisville, die sich gegen einen grauen Herbsthimmel abhob. Er versuchte, sich jeden der Todesfälle vorzustellen. Louisville und der Ohiofluß verschwanden vor seinen Augen, und an ihre Stelle trat das Bild eines Klippenrands. Deana taumelte hinab, ihre Knochen brachen, und aus einer Kopfwunde floß Blut. Dann sah er eine Scheune vor sich, in der Cynthia Elaines Leiche mit einer Schlinge um den Hals von einem Dachsparren herabhing. Die rohen Holzwände begannen sich vor seinem geistigen Auge mit Tapeten zu überziehen, und nun stand Virginia an Bud Reardens Bett. O Gott, all das ist grauenhaft, dachte er. Sie ist abgrundtief böse. Und bei der Aufgabe, nachzuweisen, daß Deana ermordet worden war, ging es nicht mehr einfach nur um einen Fall, den er aus freien Stücken bearbeitete, um jemandem einen Gefallen zu erweisen. Das Ganze war zu einer Mission, ja fast zu einer persönlichen Herausforderung geworden.

Das Mordszenarium, das mit Deanas Tod begonnen hatte und durch immer neue Fakten vervollständigt wurde, reichte nun zurück bis zu Virginias Kindheit. Er schloß die Augen und sah die junge Ginger Hoffmann, wie sie beim Scheunenbrand dastand, als ob sie in Trance versetzt worden war; wie sie heimlich Schulbrote unter die Jacke steckte, pfundweise Butter stahl und im Keller Streichhölzer anzündete. Er zählte die Brände. Er wußte von sieben: Vier hatten sich in Ithaca ereignet, einer in der Nähe von Palo Alto (den die McCains erwähnt hatten), und zwei im Landkreis Jefferson. Dann die Leichen: Cynthia Elaine, Bud Rearden, Deana Wild-Hubbard. Gott allein weiß, wie viele Diebstähle, Betrügereien und Scheckfälschungen sie begangen hatte. Gab es etwa noch weitere Mütter oder Kinder, die wegen eines vorzeitigen Todes Tränen vergossen hatten?

Alle diese Fälle waren perfide. Aber Keeney verstand jetzt, daß es dabei einen gemeinsamen Faktor gab – jenes Mädchen mit dem verstohlenen Blick, das lieblos, in chaotischen Verhältnissen aufwuchs und sexuell mißbraucht wurde, ein Mädchen, das zur Kleptomanin, Ehebrecherin und Brandstifterin wurde, zu einer Frau, die die Rolle der netten Dame von nebenan spielte – die June Cleaver glich, wie ein Nachbar bemerkt hatte. Möglicherweise war sie auch eine Serienmörderin. Als Anwalt wußte Keeney jedoch, daß es ratsam war, die Meinung eines Experten einzuholen, ehe er mit irgendeiner ausgefallenen Theorie zum Staatsanwalt ging. George Nichols, medizinischer Examinator in Louisville, empfahl ihm Emanuel Tanay.

»Tanay ist einer der besten forensischen Psychologen«, teilte Nichols mit. »Er arbeitet an der Wayne-Universität in Detroit. Er wurde beim Fall von Ted Bundy hinzugezogen, ist also kein Anfänger. Wenn jemand in der Lage ist, etwas mehr Licht in diese Angelegenheit zu bringen, dann er.«

Als Keeney am Abend zu Hause war, beschaffte er sich über eine Computerdatei einige Informationen über Tanay. Der Mann hatte beste Referenzen. Er hatte sich sogar einige Zeit lang in Kentucky aufgehalten, um Donald Harvey zu untersuchen, einen Krankenpfleger, der die bislang größte Zahl von Morden begangen hatte.

Als er die Wayne-Universität anrief, dachte er an den ›Mutter-Teresa-Test‹ zurück, den er einmal Bobbie Roberts gegenüber erwähnt hatte. Wie es jetzt den Anschein hatte, lautete die Frage nicht mehr, ob Virginia Mutter Teresa war. Vielmehr mußte er nun wissen, ob sie nicht die Hure von Babylon sein könnte. Er steckte sich eine Zigarre an, hörte das Telefon klingeln und dachte, daß er er auf dem bestem Weg war, aus seiner Anwaltsliga auszuscheiden.

Dr. Tanay war am Telefon.

Emanuel Tanay, Sohn eines Polen, der dem Holocaust entronnen war, war mit einem deutschen Doktortitel in die USA gekommen und hatte die darauffolgenden fünfunddreißig Jahre damit verbracht, die Psyche von Killern zu analysieren. Er sprach mit Wiener Akzent, indem er das *R* rollte und ein scharfes *S* wie ein weiches aussprach.

Keeney legte die Fakten dar, wobei er hin und wieder an seiner Zigarre zog. Schließlich fragte er: »Doktor, was glauben Sie? Paßt das zum Bild einer psychopathischen Serienmörderin?«

Tanay nahm sich Zeit, bevor er seine Meinung äußerte. Als er endlich zu reden anfing, sprach er gemessen und in ernstem Ton.

»Eigentlich müssen Sie damit beginnen, Massenmorde in zwei Gruppen einzuteilen: zum einen die, die von ausgeflippten Killern begangen werden, und zum anderen die, die von Serienmördern verübt werden. Ausgeflippte Killer sind z. B. Leute, die mit einer Maschinenpistole bewaffnet in ein überfülltes Postamt gehen und jeden niedermähen, der ihnen in die Quere kommt. Sie explodieren vor Wut und beruhigen sich dann, vielleicht werden sie nie mehr töten. Vielleicht begehen sie auch Selbstmord.«

Keeney verursachte mit dem Kugelschreiber mehrmals ein klickendes Geräusch. *Okay, sie ist offenbar keine ausgeflippte Mörderin*, dachte er. *Ich vermute, er muß seine Checkliste durchgehen. Immerhin ist der Mann ein Professor.*

»Aber Serienmörder«, erläuterte Tanay weiter, »sind ganz anders geartet. Sie morden eiskalt und tun es immer wieder. Es ist eine rituelle, beinahe fetischistische Handlung. Ich muß jedoch sagen, das Seltsame an Ihrem Fall ist, daß ich niemals von einer *Serienmörderin* gehört habe. Das Alter der Frau entspricht auch nicht der Norm. Und es gibt noch eine Anomalie. Ein Mann hat die Tat gemeinsam mit Virginia begangen, aber Sie sagen, er sei dabei wahrscheinlich nicht der Anstifter gewesen. Das Problem besteht darin, daß es psychologische Duos, die gemeinsam morden, so gut wie nicht gibt.«

Der Mann genoß einen beachtlichen Ruf, aber daß er so rasch die Existenz von Serienmörderinnen in Frage stellte, schien nicht richtig zu sein.

Keeney stimmte ihm zwar zu, aber das geschah hauptsächlich, um zu sehen, was Tanay noch zu bieten hatte.

»Doktor, wonach richten Sie sich, wenn Sie entscheiden, ob jemand ein Serienmörder *sein könnte* oder nur ein gewöhnlicher Mörder ist? Doch nie nach dem Geschlecht. Haben solche Verbrecher nicht ein bestimmtes Verhaltensmuster, gehen sie nicht auf eine bestimmte Art vor, oder haben sie vielleicht Erfahrungen, die aus ihrem Milieu stammen?«

»Wenn ich davon ausgehe, was Sie mir erzählt haben, klingt es so, als ob Sie sich mit jemand befassen, der – wie wir es nennen – ›organisiert‹ ist, und diese Art von Menschen empfindet wenig Gewissensbisse.

Beim letzten Fall, wo das Mädchen an einer Klippe starb, handelt es sich nicht um einen spontanen Mord. Er wurde gut, und zwar Schritt für Schritt, geplant. Und es hat nicht den Anschein, als ob Virginia jemand wäre, der aus Lust mordet. Das ist kein Sexualverbrechen und auch keine Untat, die begangen wurde, um ein anderes Verbrechen, wie z. B. Vergewaltigung oder Raub, zu vertuschen. Dieser Mord scheint eher zielgerichtet begangen worden zu sein. Es kam auf die Resultate an, wenn Sie so wollen.«

Richtig. Sie tat es wegen der Versicherung. Keeney bemerkte, daß sein Kugelschreiber erneut ›klick‹ machte.

Er schaute zu den Silhouetten der Bäume hinauf, die durch seine Dachfenster hindurch zu sehen waren. Vielleicht besaßen die Experten doch keine goldenen Schlüssel. Bis jetzt hatte er nichts vernommen, womit er sein Bild von Virginia ergänzen konnte. Tanay fuhr fort:

»Alle Morde, die Sie geschildert haben – vorausgesetzt, daß es sich um solche handelte –, kamen den Tätern gelegen oder erwiesen sich für sie als gewinnbringend. Solchen Leuten fällt es nicht sehr schwer, jemanden umzubringen, wenn das für sie vorteilhaft ist. Ihre Gewissenlosigkeit ist auf die Kindheit zurückzuführen. In früher Jugend lassen sich bereits Verlogenheit, Diebstähle und Promiskuität – alles um der Resultate wegen – feststellen. Besonders Promiskuität, da einige Fachleute die sexuelle Begierde mit aggressiven Trieben in Verbindung bringen. In jedem der beiden Fälle – ob Aggression oder Sex – wäre die Selbstbeherrschung nicht groß.«

Nun sind wir im Gespräch, dachte Keeney. Diebereien,

regelwidriger Sex und jede Menge von Lügen – all das paßte zu Richard Coates' Story. Keeney streckte die Hand nach seiner Tasse aus, um einen Schluck Kaffee zu trinken, und hörte weiter zu.

»Ein solches Verhalten ist für einen Psychopathen typisch. Wir alle verspüren den Wunsch nach verbotenen Dingen, aber unser Gewissen hält uns davon ab, dem Verlangen nachzugeben. Wir sehen in einem Kaufhaus etwas, was wir haben möchten, aber wir stehlen nicht. Kinder können befürchten, ertappt zu werden; Erwachsene befürchten, von den Menschen, die ihnen am Herzen liegen, nicht mehr geachtet zu werden. Es ist, als ob wir uns vorstellten, daß ein Polizist auf unseren Schultern stünde. Psychopathen haben, wenn Sie so wollen, diesen imaginären Polizisten nicht in sich.

Es gibt jedoch eine weitere, ebenso wichtige Eigenheit. Diese Menschen langweilen sich leicht. Es erregt sie, wenn sie stehlen und morden. Sie finden darin eine Bestätigung, daß sie *jemand* sind. So bereitet es Kindern z. B. Vergnügen, wenn sie etwas hinter dem Rücken ihrer Eltern machen. Psychopathen haben die gleiche Eigenschaft. Sie finden Freude daran, eine Behörde, die Polizei usw. zu überlisten. Sie suchen nach Mitteln und Wegen, um sich vor der Obrigkeit selbst zu beweisen.«

So ist Virginia, dachte Keeney. Großtuerisch, dominierend. Sie stieß andere mit der Nase auf die Untaten, die sie begangen hatte; es war wie eine Herausforderung.

Tanay fuhr fort: »Ein anderer psychopathischer Charakterzug ist die Hochstapelei. Virginia gab z. B. an, eine Krankenschwester zu sein. Man stiehlt jemandem die Identität, meistens einer angesehenen Person. Die meisten Menschen empfinden dabei Furcht, aber einem Psychopathen macht das gewöhnlich nichts aus. Da er gewissenlos ist, hat er auch keine Angst, hochzustapeln. Und anderen ein X für ein U vorzumachen, kann sehr aufregend sein.«

Eine Hochstaplerin! Keeney hatte schon eine ganze Weile nach der richtigen Bezeichnung für Virginias scheinbar normale Aufmachung gesucht. *Maskerade* war nicht der richtige

Ausdruck. Auch *Scharade* nicht. Und *Schizophrenie* ging zu weit: Keeney war nicht bekannt, daß Virginia unter Halluzinationen oder Wahnvorstellungen litt, und sie hatte gewiß nicht ihren Realitätssinn verloren. Doch die Bezeichnung *Hochstaplerin* paßte sehr gut zu ihr.

»Doktor«, sagte Keeney, »Virginia mag eine zähe und zur Promiskuität neigende Frau sein, damit ist sie jedoch noch lange keine Psychopathin. Gibt es spezifische Besonderheiten?«

»Das ist eigenartigerweise ein Umstand, durch den einige dieser Killer meines Wissens im Vorteil gegenüber dem Gesetzesvollzug sind«, erwiderte Tanay. »Sie scheinen im allgemeinen normal, ja sogar freundlich zu sein. Die meisten von ihnen befinden sich in keinerlei Behandlung. Daher ist es schwierig, sie zu entdecken, bevor sie handeln.

Anscheinend haben Sie jedoch einige aufschlußreiche Fakten direkt vor sich auf dem Tisch liegen. Daß Virginia die Fotos an die Mutter des Mädchens schickte, wäre damit zu erklären, was ich vorhin schon gesagt habe: Diese Killer spielen mit den Behörden Katz und Maus und leben gefährlich – sie geben an und verhöhnen andere. Und Serienmörder neigen dazu, sich immer wieder die gleiche Art von Opfern auszusuchen: Kranke oder Gebrechliche. Es hängt davon ab, was sie mehr lieben oder worauf sie mehr fixiert sind. Sehen Sie sich die Fotos der Opfer an und schauen Sie, ob Sie auffallende Ähnlichkeiten entdecken können.

Nach dem, was Sie mir erzählt haben, handelte es sich um ein kleines Mädchen und um eine junge Frau, beide auf ihre Weise hilflos. Und Virginias Ehemann war natürlich bettlägerig zu dem Zeitpunkt, da sie ihn, wie Sie sagen, möglicherweise umbrachte. Vielleicht sollten Sie sich nach weiteren jungen Frauen umsehen oder nach anderen kranken, schwachen Leuten, die in Virginias Nähe gerieten.

Serienmörder entwickeln oft auch eine gewisse Routine, indem sie ihre Verbrechen selbst melden oder immer mit denselben Methoden töten. Es kann sich um eine bestimmte Art von Wiederholung, ein selbstgeschaffenes Ritual handeln.

Und es gibt noch ein Gebiet, wo sie ihren Vorteil wahrnehmen. Sie haben die scharfen Kanten abgeschliffen und sind weniger unachtsam als die mittelmäßigen Mörder. Außerdem empfinden diese Personen keinerlei Reue. Sie scheinen bemerkenswert normal.

Schließlich sollten Sie darauf achten, in welchen Zeitabständen sich die Vorfälle ereignen. In der Regel häufen sich die Taten, und sie werden mit jedem Erfolg dreister. Ich prophezeihe Ihnen, Sie werden in Virginias früher krimineller Laufbahn auf relativ seltene und relativ harmlose Dinge stoßen: Ladendiebstähle, kleine Betrügereien und dergleichen. Je erfolgreicher sie ist, um so häufiger und um so gefährlicher werden ihre Verbrechen, wie z. B. Brandstiftung. Nachdem sie erst einmal voll in Fahrt ist und inzwischen Morde begeht, wird sie auch weiterhin Diebstähle begehen und dann immer unverfrorener werden. Schließlich wird sie so zügellos morden, daß man den Eindruck gewinnt, als ob sie gefaßt werden möchte, und das kann durchaus der Wahrheit entsprechen.«

Keeney dachte an Deanas Ermordung. Eine abnorme Persönlichkeit konnte bestimmt ein elektrisierendes Gefühl dabei empfinden, wenn sie einen Tag, bevor sie jemanden umbrachte, eine Versicherung bezahlte und dies dann der Polizei gegenüber leugnete. Er bat Tanay, fortzufahren.

»Das Verhalten solcher Individuen anderen gegenüber tendiert zu dem, was man als ›hochtrabend‹ bezeichnet«, erklärte der Doktor mit seinem Akzent. »Ihr übersteigertes Selbstgefühl entsteht aus einer tiefsitzenden Unsicherheit. Um diese zu kompensieren, legen solche Menschen eine fast grenzenlose Arroganz an den Tag. Im Innersten sind sie jedoch so wenig von sich überzeugt, daß sie sich beinahe selbst hassen. Sie wollen Selbstmord begehen, aber der Überlebenswille siegt und bewirkt, daß diese Absicht sich gegen andere Menschen richtet.«

»Und die Brände?« fragte Keeney. »Passen sie auch zu diesem Bild? Pyromanen müssen doch keine Mörder sein.«

»Sie sind es nicht. Aber hat sie vielleicht auch ein Enuresisproblem?«

»Wie bitte?« fragte Keeney, weil er dachte, er hätte wegen Tanays Akzent das Wort nicht richtig verstanden.

»Grausamkeit gegenüber Tieren, Bettnässen und Pyromanie. Diese drei Eigenheiten findet man bei Psychopathen oft vereint«, sagte er. »Es ist eine sogenannte Triade. Ihre Frage kann ich also mit ja beantworten. Die Brände passen recht gut zu dem, was wir über Psychopathen wissen. Bei manchen Menschen hat dies alles etwas mit verlorener Selbstkontrolle zu tun. Und das kann der Schlüssel zum Verständnis der Persönlichkeit dieser Frau sein.«

Lange nachdem Keeney sich bei Tanay dafür bedankt hatte, daß dieser so viel Zeit für ihn erübrigte, saß er da und blickte auf den Monitor seines Computers. Von unten war Christian zu hören, der gegen die Nintendo-Krieger kämpfte. Der sechsjährige Junge hatte die größte Angst davor, daß Außerirdische in der Kammer stecken könnten. Aber Keeney wußte, daß er mit seinem Fall etwas nach Hause mitbrachte, was viel furchterregender und viel realer war. Vielleicht können sich gestandene Cops an so etwas gewöhnen, dachte er, aber nicht Firmenanwälte. Und wenn er anfinge, bei B & A über die Verfolgung eines Serienmörders zu reden, würde man glauben, er sei verrückt.

Abgesehen von Dr. Tanays allgemeinen Bemerkungen darüber, daß es keine Serienmörderinnen gäbe, stimmte alles, was er gesagt hatte, in erstaunlichem Maße mit den Fakten von Virginias Leben überein. Keeney hätte den Test, bei dem es darauf ankam, sich auf das Wesentliche zu beschränken, mit Leichtigkeit bestanden.

Da war Virginias Aufstieg aus den elenden Verhältnissen, in denen sie in Ithaca gelebt hatte, wo sie vom Vater roh mißhandelt und sowohl vom Bruder als auch vom Schulbusfahrer sexuell mißbraucht worden war. Die Tatsache, daß sie als Kind unterernährt war, in Lumpen herumlief und im Dreck lebte, hatte dazu beigetragen, daß sie sich selbst haßte. Es machte durchaus einen Sinn, daß sie sich gegenüber ihren

Mitschülern mit einem unechten Diamanten großtat und dann deren Schulimbiß stahl. Promiskuität mußte ihrem Bedürfnis entsprochen haben, wichtig genommen und geliebt zu werden. Aber auch diese rasch wechselnden und schmutzigen Beziehungen ließen das Feuer, das in ihr schwelte, nicht verlöschen. Gelegentlich loderte es auf, und dann ereigneten sich schlimme Dinge. Meist aber hielt sie dieses Feuer hinter ihrer netten, freundlichen Fassade verborgen.

So hatte sie sich, nebenbei Ladendiebstähle und Scheckbetrügereien begehend, still und unauffällig den Weg nach oben gebahnt und versucht, *jemand* zu sein. Die Welt, die es gewagt hatte, sie zu ertappen, wurde von ihr an der Nase herumgeführt.

Die Tatsache, daß sie vorgab, Krankenschwester zu sein, erschien jetzt als ein genauso wichtiges Detail wie ihr Bemühen, hilflose Menschen auszuplündern. Es wurden Zusammenhänge zwischen Vorkommnissen erkennbar, die durch Jahre und Hunderte von Meilen voneinander getrennt waren. Selbst Dr. Tanays Bemerkung über Inkontinenz – Enuresis – erwies sich als zutreffend.

Dick Coates hatte mal eine alte Story der Hoffmann-Familie über Virginia erwähnt. Eines Nachts hatte Tante Maggie, eine der Verwandten, die im Haus in der Bostwick Road geduldet wurden, das Zimmer kontrolliert, das Virginia und Tom als Kinder teilten. Maggie pflegte darüber zu scherzen, daß sie einen furchtbaren Gestank bemerkte, als sie hineinkam.

»Tom, hast du dich übergeben?«fragte sie.

»Nein«, ertönte Toms Stimme unter der Bettdecke.

Maggie ging ihrer Nase nach und kam zu Virginias Bett. Sie schaute hinein und schnappte nach Luft. »Was ist denn hier los? Das ist ja eine schöne Bescherung«, rief sie aus.

Als Dick dies zum erstenmal erzählte, schüttelte Keeney bloß den Kopf. Jetzt verstand er die eigentliche Bedeutung dieser Geschichte. Sie gehörte zu einem der Zacken von Tanays ›Triade‹. Das war einfach eine künstliche Konstruktion, eine Theorie. Aber wenn bestimmte vom Theoretiker vorausgesagte Dinge mit der Theorie übereinstimmten, mußte man eine Denkpause einlegen.

Es war drei Uhr morgens. Christians Nintendo-Spiel war seit Stunden nicht mehr zu hören.

Umgeben von Zigarrenrauch, der vor dem hellen Schein des Monitors in Ringeln aufstieg, saß Keeney an seinem Computer und fügte Dr. Tanays Erläuterungen seinem Porträt von Viriginia hinzu.

Er hielt inne und blickte zu seinem Spiegelbild im Dachfenster hinauf. Sich dehnend und streckend, stellte er Blickkontakt mit seinem reflektierten Ich her. An den Rändern löste sich sein Bild im Dunkeln auf. Die Welt ist ein seltsamer Ort, dachte er traurig. Mit der Übernahme von Bobbies Fall hatte er sich seiner Anwaltsfirma, Wynn und, was noch schwerer wog, seinem Sohn entfremdet.

Und Virginia läuft immer noch frei herum, dachte er. Wenn sie wieder mordet, werde ich mich dann schuldig fühlen?

Am darauffolgenden Abend läutete Wynn Buckholder an der Tür des Hauses in der Hill Road. Sie hatte sich für das Dinner in einem Restaurant zurechtgemacht und wollte einen romantischen Abend erleben. Ihre grünlichen Augen leuchteten. Keeney begrüßte sie mit einer Entschuldigung.

»Es tut mir leid, Wynn, aber bevor wir losgehen, muß ich etwas im Zusammenhang mit Bobbie Roberts' Fall zu Ende bringen. Komm mit nach oben, es wird nur eine Minute dauern.«

Wynn folgte ihm in sein Studierzimmer und verzichtete darauf, ihm eine Lektion über gute Manieren zu erteilen. Das Vergnügen, Steve beim Arbeiten zuzuschauen, rangierte auf ihrer Liste der Möglichkeiten, den Abend zu verbringen, an unterster Stelle. Sie hatte ihn noch nie so abgespannt gesehen.

»Ich sage es ungern, Liebling«, äußerte sie, indem sie die Hand auf seine Schulter legte, während er dasaß und auf der Tastatur seines Computers herumhackte, »aber du siehst furchtbar aus.«

Seine Augen blickten weiter auf den Monitor. »Ich bin bloß ein wenig erschöpft, Wynn. Ein gutes Dinner würde da nicht helfen.«

»Steve« – sie beugte sich über ihn – »ich mache keinen Scherz. Du solltest dir etwas Ruhe gönnen.«

Keeney wußte, daß sie recht hatte. In den Wochen, die vergangen waren, seit er Yudins Schreiben erhalten hatte, mußte er sich zum Essen zwingen und rauchte Zigarren in einer Quantität, wie manche Leute Zigaretten konsumierten. Trotzdem hatte er erheblich zugenommen. Sein Gewicht hatte zweiundachtzig Kilo betragen, aber inzwischen wog er fast hundert Kilo. Seine maßgeschneiderten Anzüge spannten jetzt an Stellen, wo der Stoff einmal in Falten herabgefallen war. Er schlief weniger als sonst, und in den paar Stunden, die er schlief, wurde er von schrecklichen Träumen geplagt. Wenn er mit Christian spielte oder die Morgenzeitungen las oder in seinem Garten buddelte, quälte ihn die Vorstellung, daß Virginia inzwischen wieder in eine neue Umgebung gezogen war und einen neuen ›Logiergast‹ aufgenommen hatte. Und er fragte sich, wie viele Instanzen bereits hinter ihr her waren.

Er drehte sich zu Wynn um, die mit verschränkten Armen dastand und ihn mit einer Mischung aus Besorgnis und Unzufriedenheit ansah.

»Ich weiß, es klingt absurd, aber ich glaube, ich bin auf eine Serienmörderin gestoßen«, sagte Steve. »Sie hat ihre Tochter ermordet, sie hat Deana Wild in den Tod geschickt, und sie hat sogar einen ihrer Ehemänner umgebracht. Überdies hat sie fast jedes Haus niedergebrannt, in dem sie wohnte.«

»Warte einen Moment, Steve.« Wynn runzelte die Stirn. »Das ist doch nicht möglich. Die Leute würden ihr auf die Schliche kommen.« Sie hatte Keeney schon vorher so reden hören. Bisweilen hatte sie das Gefühl, daß er dazu neigte, die Dinge zu übertreiben, obwohl er an sich ruhig veranlagt war und alles genau nahm. Zugleich war er nicht der Typ, der seine Zeit für sinnlose Geschichten vergeudete. »Wenn sie so gemeingefährlich ist, warum unternimmt dann die Polizei nichts?«

»Ich wäre froh, wenn ich das wüßte. Aber zu der Story gehört auch, daß die Frau immer wieder ihren Wohnsitz gewechselt hat. Sie ist von einem Bundesstaat in den anderen gezogen, und niemand hat je die einzelnen Mosaiksteine zusammengesetzt. Ich bin der erste, der das tut.«

»Nun gut. Aber warum verhaftet die Polizei sie nicht? Wenn du mich fragst, rate ich dir, dich lieber mit Fällen zu befassen, die dir etwas Geld einbringen.« Keeney drehte sich um und schaute Wynn in die Augen.

»Wynn, ich kann Bobbies Fall ebensowenig aufgeben, wie ich nicht aufhören kann, in die Kirche zu gehen. Wenn ich genügend hieb- und stichfeste Beweise habe, wird man Virginia einsperren. Und wenn das nicht geschieht, können wir auf Schadenersatz klagen. Virginia mag vielleicht nicht viel besitzen, aber Bobbie wird es so oder so erreichen, daß ein Gerichtsprozeß stattfindet und die Wahrheit an den Tag kommt. Es ist eine Frage der Beharrlichkeit, und nicht des Geldes.«

»Ich muß ehrlich zu dir sein, Liebling«, sagte sie, wobei sie durch das Zimmer ging und mit den Fingern an den Reihen der ordentlich aufgestellten Bücher entlangfuhr. »Ich bin anderer Meinung. Ständig kommen Menschen vor Gericht. Einige verlieren ihren Prozeß, selbst wenn sie im Recht sind. Andererseits gehen Schuldige straffrei aus. Es gibt kein Fair play, aber so ist das nun mal.«

»Laß es gut sein, Wynn«, antwortete Keeney, »mit etwas Glück wird die Arbeit in ein paar Wochen beendet sein. Nun, was hältst du jetzt von einem Dinner?«

Während der folgenden Tage beeilte sich Keeney, sein Memo über Virginia fertigzustellen. Ihm kam es vor, als würde er die letzten fünf Meilen eines Marathonlaufes immer noch einmal zurücklegen. Dabei ließen ihm insbesondere die zunehmenden Probleme bei B & A keine Ruhe. Er hätte keinen ungünstigeren Zeitpunkt wählen können, sich mit einem verschleppten und möglicherweise aussichtslosen Fall zu befassen. Die Firma wurde gründlich reorganisiert. Gerichtsverfahren zwischen unzufriedenen Teilhabern untergruben die Moral. Während der Geschäftsessen sprachen die rangältesten Firmenmitglieder unter der Hand über niedrigere Gewinnmargen, zu starke Expansion und Kundenverschleiß. Einige wenige wiederholten den Vorschlag, das firmeneigene Flugzeug zu verkaufen und die beiden festangestellten Piloten zu entlassen. Keeneys Pläne, die vorsahen, jeden Arbeitsplatz mit einem Computer auszustatten, waren auf Eis gelegt. Man war im Begriff, sogar den Namen B & A in Alagia, Day, Marshall, Mintmire & Chauvin umzuändern.

Wenn Keeney im Druck war, konnte er sechzehn bis achtzehn Stunden täglich in erstaunlichem Tempo recherchieren. Gespräche führen, organisieren, schreiben und Entwürfe überarbeiten. Er vergaß dann alles um sich herum, und das einzige, was er im Augen behielt, war sein Ziel.

Vor allem mußte er die Bedenken zerstreuen, die Jon Yudin, Assistent des Oberstaatsanwalts, hinsichtlich des kriminellen Charakters der Tat geäußert hatte; es handelte sich im Grunde genommen darum, daß er von Yudin durch die Blume um einen Beweis für den gesetzwidrigen Charakter eines Vorkommnisses gebeten worden war, dachte Keeney mit einem Anflug von Sarkasmus. Um einen Mord nachzuweisen, mußte man zeigen, daß jemand die Absicht gehabt hatte, das Opfer abstürzen zu lassen. Der Begriff der kriminellen Handlung schien etwas weiterzugehen als der des legalen Tricks. Wenn die Personen, die sich mit Deana in der Nähe der Klippe aufhielten, darauf aus gewesen waren, von ihrem Tod zu profitieren, und wenn die Umstände dagegen sprachen, daß das Opfer ausrutschte und abstürzte, wären die Geschworenen berechtigt, diese Personen als schuldig anzusehen. Indizienbeweis – klar und einfach.

In Erwiderung eines Anrufs von Steve in dieser Angelegenheit erwähnte Yudin jene Arten von Beweisen, die seiner Ansicht nach das Problem lösen würden: eine weitere Versicherungspolice, die auf Deanas Namen ausgestellt wäre und Virginia mit begünstigen würde; ein zusätzlicher wissenschaftlicher Beweis in Deanas Sache; ein Beweis, daß Deanas Verlobung mit James Coates ein Täuschungsmanöver gewesen war und daß Virginia und B. J. das gewußt hatten, bevor sie die Versicherung bezahlten. Nach Meinung von Yudin waren Cynthia Elaines und Buds Tod keine überzeugenden Beweise und wären bei einem Mordprozeß nicht zulässig.

Dies warf immense praktische Probleme auf. Virginia hatte sich durch die verschiedenen Jurisdiktionen der einzelnen Bundesstaaten geschlängelt und dafür gesorgt, daß sich die Spuren ihrer Verbrechen in den Akten – von der State Farm bis zur Navy – verloren. Weitere Versicherungsgesellschaften und weitere Policen konnte es überall geben.

Diese Variante kam also nicht in Frage, dachte Keeney. Aber warum sollte man nicht die ›Todesart‹ – entweder Sturz von Felsklippen oder Tod durch Erhängen – sowie Alter und Geschlecht der Toten (weibliche Personen unter vierundzwanzig) berücksichtigen? Sicherlich war es eine langwierige Aufgabe, aber der ganze Fall hatte ja sowieso wenig Erfolgsaussichten. Und irgendwo konnte Virginias Name auftauchen.

Kalifornien sandte ihm auf seine Anforderung eine Liste von *eintausenddreihundertunddreißig Todesfällen* und fragte, ob er alle Totenscheine – zum Preis von je sieben Dollar – sehen wollte. Die Leute fielen tatsächlich wie ›Schneeflocken in einem Schneetreiben‹ von den Klippen! Und er hatte nicht vor, Bobbie Roberts um Geld zu bitten, das sie nicht besaß. Durch seine Entscheidung, die Suche auf San Francisco und San Diego zu beschränken, schrumpfte die Zahl der Todesfälle auf etwa dreißig. Das kalifornische Personenstandsregister schickte ihm die Totenscheine. Auf keinem von ihnen tauchte Virginias Name auf.

Das war kaum verwunderlich. Eher enttäuschend. Immerhin war selbst auf Deanas Totenschein Virginias Name überhaupt nicht erwähnt. Deanas Tod würde aus der Masse der Fälle auch nicht mehr hervorstechen als beispielsweise der von Shelley Anne Shirley, einer ledigen Achtzehnjährigen, die

›das Gleichgewicht verlor und in eine Felsspalte bis hinunter zu den Gesteinsblöcken und zum Wasser stürzte‹. Die stundenlange Arbeit erbrachte nichts.

Aber Keeney nahm jedes der von Yudin genannten Elemente methodisch und hartnäckig in Angriff. Die Ermittlungen glichen in mancher Hinsicht einem Versteckspiel. Der Fall, der in sich stimmig war, gabelte sich in ein Dutzend Stränge auf. Ich habe, Gott sei Dank, wenigstens R. D. Jones, damit ich nicht abwegigen Fragen nachgehe, sagte er sich.

Endlich faßte Keeney seine Ergebnisse zusammen. Sein Memo für Jon Yudin war ein fünfhundert Seiten langes Dokument, das in der Polizeibehörde von Monterey schließlich als ›das Buch‹ bekannt wurde. Teils Darstellung des Falls, teils Biographie, umspannte es einen Zeitraum von dreißig Jahren und verband Geschehnisse miteinander, die sich zum Teil dreitausend Meilen voneinander entfernt zugetragen hatten. Es ging auf jede Frage ein, die sich Keeney nur vorstellen konnte.

Dann folgten eine kurze Zusammenfassung, in der der kriminelle Charakter der Tat in fünf Punkten analysiert wurde, Keeneys gesammelte Korrespondenz, eine Liste der Beweise, die bei einer Haussuchung eventuell gefunden werden könnten, und eine Zusammenfassung des Inhalts der Strafregister der beiden Coates-Söhne.

Den Rest des ›Buches‹ bildeten Dokumente: Nachrufe, Zeitungsausschnitte, Krankenhausberichte, Heirats- und Todesurkunden, Niederschriften von Befragungen, Polizeiberichte, Berichte der Feuerwehr, Bankauszüge, Hypothekenbriefe, Deanas Versicherungspolice, die Fotos, die bei der Klippe gemacht wurden, Dr. Barbara Weakley-Jones' Autopsieanalyse und die Unterlagen der Computersuche nach Totenscheinen in Kalifornien.

Mittlerweile hatte Bobbie Roberts Deanas Briefe an ihre Tante Betsey beschafft. In keinem von ihnen war eine Verlobung mit James Coates, geschweige denn sein Name erwähnt. In einer Tasche, die Deana im Februar bei ihrem Besuch in Louisville vergessen hatte, fand Bobbie zwei Briefe, die ein Sträfling namens Donald Dale Moore an Deana gerichtet hatte und die voller Schreibfehler waren. Moore schien der Gedanke in Rage versetzt zu haben, Deana könnte vielleicht mit James Coates verlobt sein.

Ein Brief mit Poststempel vom 12. Januar 1987 begann folgendermaßen: ›Hi, Liebling, wi get es dir is alles ok … ich mechte wirklich das du stark bist un weist was du willst, un wenn du mir wirklich heiraten wilst, mechte ich dir sagen das du so bald wi meglich an der Reihe bist …‹ Der Brief wurde Beweisstück Nr. 26.

Am Abend des 10. Dezember 1981 stand Keeney schließlich in der Eingangshalle von B & A und beobachtete, wie die Exemplare des ›Buches‹, die für Smythe, Yudin, R. D. Jones, die State Farm, Sergeant Brown und Bobbie bestimmt waren, aus der Abteilung Publikationen heraufgebracht wurden; sie waren in den freien Stunden zwischen bezahlten Arbeitsaufträgen fertiggestellt worden. Die gebundenen Dokumente mit den übersichtlich beigefügten Beweisstücken bedeckten Sarah Wests Tisch. Keeney behielt die Eingangshalle im Auge, um sicherzugehen, daß nicht einer seiner Teilhaber fragte, was dieser Massenversand zu bedeuten habe.

Am darauffolgenden Sonntag saß Keeney im Sanktuarium der Zweiten Presbyterianischen Kirche. Anstelle von sommerlichem Weiß trugen die Betenden jetzt dunkle Winterkleidung.

Von seiner Kanzel aus blickte der Pastor über die Versammlung wohlhabender Louisvillianer und bemerkte, daß selbst in der hellen Vorstadt eine gedrückte Stimmung herrschte. Im Herzen der City, in der Nähe der altehrwürdigen Hotels von Brown und Seelbach, waren die Auslagen zahlreicher Geschäfte mit Brettern vernagelt. Die Schlangen der Arbeitslosen waren länger geworden, und die Geschäftsleute erlitten durch die Umsatzflaute in der jetzigen Saison schwere finanzielle Einbußen. Erst in einigen Tagen war Weihnachten, aber die Zeit der winterlichen Bläue war früh gekommen.

Der Prediger versuchte, jeden aufzumuntern. »In deinen dunkelsten Momenten«, so sprach er, »blicke empor, denn deine Erlösung ist nahe.«

Keeney, der inmitten der zahlreichen festlich gekleideten Menschen saß, versuchte, den Worten des Geistlichen zu folgen. Er hob den Blick. Statt des Heils, das von oben kommen sollte, stand ihm das Durcheinander in der Firma drohend vor Augen; die Mordsache Virginia McGinnis hatte ihn monatelang in Anspruch genommen, ohne daß die geringste Erfolgsaussicht bestand, und was Bobbie Roberts betraf, so war sie erst zuversichtlich gewesen und hatte dann ihre Hoffnung wieder aufgegeben.

Und was wäre, wenn ich mich total geirrt hätte? Diese Frage erwog er ungern. Aber hier in der Kirche quälte ihn der Gedanke, daß er eine Frau ungerechtfertigt des Mordes – eines *vielfachen* Mordes – bezichtigte. Er zahlte bereits persönlich einen Preis für seinen Ein-Mann-Feldzug. Wynn dachte, daß er schlappmachen würde. Die Teilhaber in der Firma brauchten seine Zeit für gewinnbringende Geschäfte. Christian saß vor dem Fernseher statt auf dem Schoß des Vaters.

Aber der Fall hatte begonnen, sich nach eigenen Gesetzen zu entwickeln. Keeney hatte seltsamerweise das Gefühl, etwas zu machen, wozu jeder gute Anwalt verpflichtet war. Solange nicht die offizielle Entscheidung getroffen war – und er hoffte, daß das bald geschehen würde – schien es das beste zu sein, wenn er betete, arbeitete, studierte und hoffte. Das Studieren half ihm, einige weitere Fragen zu beantworten, die Virginia betrafen.

Nach der Fachliteratur zu urteilen, schien Virginia in jeder Hinsicht eine Serienmörderin zu sein. Sie hatte mindestens drei Menschen umgebracht, und zwischen jedem Mord war immer viel Zeit verstrichen. Berücksichtigte man, welche geringen Summen sie kassiert hatte, schien es unmöglich, Geldgier als ihr einziges Motiv anzusehen.

Keeney rief das FBI an und wurde von einem ortsansässigen Psychiater darüber informiert, daß es neun charakteristische Merkmale eines überlegt handelnden Killers gab: 1. geplanter Angriff, 2. ein als Opfer ausersehener Fremder; 3. ein gefügiges Opfer; 4. Anwendung restriktiver Mittel und Methoden; 5. der Tatort zeigt, daß der Täter sich zu kontrollieren vermag; 8. Tatwaffe nicht vorhanden; 9. das Opfer oder die Leiche werden transportiert. Bei Deanas Ermordung trafen sieben Punkte zu, bei Cynthia Elaine und Bud Rearden jeweils sechs.

Tatsächlich ließen sich auch alle anderen Kriterien, die Keeney in Erfahrung bringen konnte, auf Virginia anwenden: die zweiundzwanzig diagnostischen Kriterien in dem von der Amerikanischen Gesellschaft für Psychiatrie herausgegebenen Werk ›Diagnostisches und statistisches Handbuch über psychische Störungen‹, Hervey Cleckleys sechzehn Punkte seines klassischen Werks ›Die Maske der Zurechnungsfähigkeit‹, sowie die sechs Kriterien von William und Joan McCord, angeführt in ›Der psychopathische Ursprung des Verbrechens‹.

Viele angesehene Autoritäten erörterten die Möglichkeit organischer Hirnschäden bei Mördern. Keeney wußte, daß Virginia geschlagen worden war, und Dick Coates hatte erwähnt, daß sie von einem schrottreifen Auto überfahren wurde; der Unfall hatte zur Folge, daß sie bewußtlos war und daß ihr Arm einen bleibenden Schaden davontrug. Er dachte auch daran, daß Virginia 1967 bei dem Brand in Ithaca aus einem Fenster im ersten Stock stürzte. Sie fiel mit dem Kopf auf eine Milchkanne und verbrachte zwei Wochen mit Gesichtsverletzungen im Krankenhaus.

Weitere Fachleute hatten seitenlang über andere Faktoren geschrieben: Ernährung; das Verhalten unter dem Einfluß von Schlafmitteln; Selbstmedikation und erhöhte Gesundheitsrisiken. Keeney fiel es jedoch schwer, mehrfach begangene Morde einfach auf einen Schlag auf den Kopf oder auf schlechte Ernährung zurückzuführen. Mörder wären sonst auf der Welt im Überfluß vorhanden. Zum Glück bildeten sie jedoch die Ausnahme.

Trotzdem hatte Virginia McGinnis mehr als nur entfernte Ähnlichkeit mit einem Serienmörder, wie er im Buche stand. ›Es handelt sich um das, was Computerfachleute als ein Störsignal bezeichnen. Ein Störsignal, noch ein Störsignal und dann ein Störsignal nach dem anderen und immer weitere

Störsignale‹, schrieb Keeney, nachdem er die ganze Standardliteratur durchgeackert hatte. ›Kein anderer Vergleich ist für Virginias Leben und Deanas Tod so zutreffend wie dieser.‹

Auch sah er zahlreiche Arbeiten durch, die Dr. Tanays verallgemeinernde Behauptung widerlegten, ausschließlich Männer seien Serienmörder: ›Ladies, die töten. Die Kriminologie vom gruppentypischen Verhalten abweichender Frauen‹; ›Langfinger. Die Geschichten von elf Frauen, die eine lebenslängliche Freiheitsstrafe erhielten‹; ›Die Serienmörderin‹ (alle erschienen im ›Journal für Polizei- und Verbrechenspsychologie‹) sowie ›Frauen, die töten‹ (veröffentlicht in den ›Archiven der Allgemeinen Psychiatrie‹). All das lieferte nur eine Handvoll von Beispielen, aber sie ließen sich finden. Am besorgniserregendsten war, daß ziemlich viele Frauen eine verblüffende Ähnlichkeit mit Virginia aufwiesen.

Hazel Doss, bekannt als die ›kichernde Großmama‹, wanderte 1958 in Oklahoma hinter Gitter, nachdem sie fünf Ehemänner vergiftet und jedesmal die Versicherungssumme kassiert hatte. Salie Jean Matajke, die sich als Pflegerin für ältere Menschen ausgab und sich Zugang zu deren Konten verschaffte, brachte in den vierziger Jahren vier Menschen in New York City um. Die Aufzählung ließ sich fortsetzen: Faye Copeland war neunundsechzig Jahre alt, als sie wegen fünffachen Mordes verurteilt wurde; Velma Barfield war zweiundfünfzig, als sie 1984 wegen fünffachen Mordes in North Carolina hingerichtet wurde; ›Ma‹ Belle Gunness war fünfzig, als sie verschwand und mindestens vierzehn Leichen zurückließ, die sie auf ihrer Farm in Indiana vergraben hatte; sie hatte die Opfer niedergemetzelt.

Schließlich stieß Keeney auf die Fälle von Marie Frazier Hilley und Dorothy Gray Puente, zwei Mörderinnen, deren Leben solchen Frauen wie Virginia hätte als Warnung dienen können. Mrs. Hilley, 1933 geboren, vergiftete ihren Mann, ihre Mutter, ihre Schwiegermutter und ihre Tochter (die am Leben blieb), während sie von Bundesstaat zu Bundesstaat zog. Wie Virginia war Mrs. Hilley wegen der Einlösung gefälschter Schecks früh verhaftet worden und war auch bei zahlreichen unerklärlichen Bränden zugegen gewesen. Sie war fünfzig Jahre alt, als sie wegen Mordes verurteilt wurde.

Noch mehr stimmte Dorothy Puentes Geschichte mit der von Virginia überein. Sie wurde mit neunzehn Jahren wegen Scheckbetrugs verurteilt (Virginia war zweiundzwanzig) und war viermal verheiratet (Virginia dreimal). Um ihren Lebensunterhalt bestreiten zu können, behauptete Puente, eine ausgebildete Krankenschwester zu sein und ältere Menschen zu betreuen (wie Virginia). Ihre Bekannten bezeichneten sie als eine freundliche Grundeigentümerin, die eine Vorliebe für protzigen Schmuck hatte (wieder wie Virginia). Und dann gruben Kriminalbeamte 1988 im Garten ihres Hauses in Sacramento, Kalifornien, sieben Leichen aus. Puente war neunundfünfzig Jahre alt, als sie verurteilt wurde.

Dr. Tanays Analyse war zutreffender, als Keeney gedacht hatte. Marie Hilley, Dorothy Puente und Virginia McGinnis glichen sich fast aufs Haar.

Ein fabelhaftes Weihnachtsgeschenk

Das Nächste, was geschah, kam völlig unerwartet.

James Coates, der gerade bedingt aus der Haft entlassen worden war, tauchte Anfang Dezember in San Diego auf. Eine seiner Aktionen als freier Mann bestand darin, daß er Bill O'Connell als Anwalt anheuerte, um aufgrund von Deanas Lebensversicherung wegen der Auszahlung Druck auf die State Farm auszuüben. Und Bill O'Connell verstand es, die richtigen Leute zu beeinflussen.

Am 9. Dezember richtete O'Connell an Detective Don Smythe in Monterey ein Schreiben, das folgendermaßen schloß: ›Sie haben mir mitgeteilt, daß die Untersuchungen noch im Gange sind, und obwohl Sie Grund hätten, anzunehmen, daß es sich nur um einen Unfall handelte, müßten Sie der Sache in bestimmten Punkten nachgehen … Ich werde mich in dieser Angelegenheit im Januar mit Ihnen in Verbindung setzen, falls ich nicht früher von Ihnen höre.‹

Danach nahm O'Connell mit Mike Hatch Kontakt auf, um diesem mitzuteilen, er erwäge, gegen die State Farm einen Prozeß wegen ›ungerechtfertigter Verweigerung der Auszahlung einer Lebensversicherung‹ anzustrengen.

Als die Kopien der Schreiben bei Keeney in Louisville eintrafen, hatte er das Gefühl, daß bald eine Offenlegung der Karten bevorstand.

Bobbie Roberts brauste auf, als sie von der Sache erfuhr: »Wie kann er es wagen, vom Tod meiner Tochter profitieren zu wollen! Seine Mutter hat sie *umgebracht*. Es ist einfach nicht zu fassen.«

»Ich verstehe Sie gut«, versuchte Steve einzulenken, »aber bedenken Sie, daß wir keinerlei Anhaltspunkte haben, um gegen Jimmy Coates vorzugehen. Er saß im Gefängnis, als Deana starb, und erschien nie bei der Versicherungsgesellschaft. Wir könnten eventuell nachzuweisen versuchen, daß er nach Abschluß der Versicherung Beihilfe zum Mord leistete und das Verbrechen anstiftete, da sein Name in die Police eingetragen war. Aber zur Zeit können wir nicht das geringste beweisen.«

Sobald Bobbie Keeneys Büro verlassen hatte, rief er Hatch an, um ihm mitzuteilen, daß Mrs. Roberts energisch Einspruch erheben würde, falls Jimmy Coates auch nur einen Cent vom Versicherungsgeld erhielte.

Hatch antwortete mit der gleichgültigen Stimme eines Mannes, der schon eine Menge von Fällen scheitern gesehen hatte: »Steve, das zieht sich bereits eine ganze Weile hin. Wir können die Geschichte nicht ewig hinauszögern. Wir schieben unsere Ermittlungen noch einmal an, doch dann werden wir einige harte Entscheidungen treffen müssen.«

Hatch fügte hinzu, daß zwei Betrugsexperten – Diana Rael und Dough Camphuis – schon dabei seien, Befragungen vorzunehmen, die mitgeschnitten würden. Er habe einen der Topermittler der Firma, einen früheren FBI-Agenten aus Georgia namens Ken Goodnight, mit der Aufgabe betraut, die Bemühungen der beiden genannten Personen zu koordinieren. Goodnight würde, so Hatch, ›die Aktion gegen Virginia entweder groß aufziehen oder die Finger davon lassen‹.

»Das klingt so, als ob eine Gnadenfrist gewährt würde«, sagte Keeney.

»Wir werden sehen«, erwiderte Hatch trocken.

Keeney verstand Hatchs Zynismus. Die Tatsache, daß die State Farm nun ein wenig Dampf hinter ihre Ermittlungen machte, bedeutete keineswegs, daß er oder sogar die Polizei ohne weiteres Zugang zu den Ergebnissen haben würden. Ganz im Gegenteil. Die Agenten der State Farm hatten sich dazu verpflichtet, über alles, was ihnen anvertraut wurde, Stillschweigen zu bewahren. Und Hatch mußte mitbekommen haben, daß die Detektive der State Farm den örtlichen Behörden oft weit voraus waren. Manchmal gelangten sie in den Besitz nützlicher Informationen, die die Polizei nicht hatte. Doch dann verfolgten sie einen Fall plötzlich nicht weiter, da es die Geschäftsinteressen der Firma inzwischen nicht mehr erforderten, die Ermittlungen fortzusetzen. Manchmal entschloß sich die Polizei dazu, sich unter Strafandrohung Einblick in die Akten zu verschaffen. So oder so war für die State Farm nur ihr Kontakt maßgebend. Wenn sich die Versicherung aus einem rein sachlichen Grund – das konnte z. B. ein von Deana nicht wahrheitsgemäß ausgefülltes Formular über ihren Gesundheitszustand sein – ihren Verpflichtungen entziehen konnte, würde Hatch die Gültigkeit der Versicherungspolice in Frage stellen und alle bereits zusammengetragenen Berichte in den nächstbesten Aktenschrank einschließen lassen.

Bobbie Roberts' potentielles Interesse daran, wie mit der Versicherungspolice weiter verfahren würde, war ein Ansatzpunkt, aber das war auch schon alles.

Als der Topermittler der State Farm, Ken Goodnight, Verbindung mit Keeney aufnahm, fingen die beiden Männer an, sich wie zwei Hunde zu umkreisen und zu beschnüffeln. War Goodnight mit dem Fall betraut worden, um zu erreichen, daß Bobbie ihren Anspruch schleunigst aufgab? fragte sich Keeney. Oder war er darauf aus, einer Klage Bobbies gegen die State Farm vorzubeugen?

»Sagen Sie halt, wenn ich die seitlichen Schürfspuren an Deanas Leiche falsch interpretiere«, äußerte Goodnight. Oder: »Komme ich jemandem in die Quere, wenn ich versuche, Jay Wild zu befragen?«

Langsam, aber sicher begannen Keeney und Goodnight sich dann zu verstehen. Goodnight war tatsächlich der erste Angestellte der Versicherungsgesellschaft, den Keeney sagen hörte, die State Farm hätte den Vertrag mit Deana nie abschließen dürfen.

»Die State Farm ist so groß, und bei ihr arbeiten so viele Leute, daß man einfach einen Bock geschossen hat«, entschuldigte sich Goodnight. »Sie haben bloß Papier verarbeitet. Die meisten Führungskräfte sind Geschäftsleute. Sie haben keine Ahnung von Ermittlungen und wollen nicht denken, ihre Versicherungsnehmer seien Gauner.«

»Es ist schön, daß das jemand sagt«, antwortete Keeney. »Nun, was halten Sie von einem Austausch gewisser Informationen?«

»Das ließe sich arrangieren.«

Der größte Leckerbissen, den Goodnight Keeney heimlich zusteckte, waren die offiziellen Dokumente zum höchsten Versicherungsanspruch, den Virginia je geltend gemacht hatte. Keeney mußte bei dem, was er las, daran denken, was er von Dick Coates oder Jake Miller erfahren hatte.

Im Juni 1985 besaßen Virginia und ihre Mutter Mary Agnes gemeinsam ein Haus. Es befand sich in der Weeks Street Nr. 828 in einem heruntergekommenen Stadtteil von Palo Alto, nördlich von San Francisco. Am Abend des 23. Juni hörte ein Nachbar eine Explosion und benachrichtigte die Feuerwehr. Die Feuerwehrleute schafften es, das halbe Haus zu retten, und in den geschwärzten Überresten fanden sie in der Küche als Beweis für Brandstiftung: ›einen leeren, drei Gallonen fassenden Benzinkanister‹. Im Bericht hieß es schließlich, man habe ›nicht genügend Anhaltspunkte‹ für die Feststellung der genauen Brandursache gefunden. Die State Farm schätzte den Schaden auf achtzigtausend Dollar und beschloß aus Gründen, die nicht in der Akte ausgewiesen waren, das Haus lieber wieder aufbauen zu lassen, als die volle Schadenssumme auszuzahlen.

Einen Monat später brannte es wieder in der Weeks Street Nr. 828. Diesmal war die Feuerwehr nicht in der Lage, auch nur einen Teil des Hauses zu retten.

Die Inspektoren der Feuerwehr durchkämmten die Trümmer und fanden im Haus wieder einen ›eine Gallone fassenden Benzinkanister, der zu der Annahme berechtigt, daß das Feuer durch Brandstiftung verursacht wurde‹. Ihr Bericht schloß mit den Worten: ›Der Benzinkanister wurde der Polizeidienststelle in Palo Alto Ost überstellt.‹

Man braucht sich nicht zu wundern, dachte Keeney. Nicht die Polizei, sondern die Feuerwehr untersucht Brandstiftung. Jemand hatte das Pferd falsch aufgezäumt.

Inzwischen hatte Goodnight aus den Akten den Namen

von Dorothea Green, einer Frau aus der unmittelbaren Nachbarschaft herausgefischt.

Als seine Agenten 1988 Mrs. Green in ihrem Haus aufsuchten, erwies sie sich als die verläßlichste Zeugin in der ganzen Häuserzeile.

»Oh, ich erinnere mich an Miss Virginia und Miss Mary. Miss Virginia erzählte mir, daß sie eine ausgebildete Krankenschwester sei«, sagte Mrs. Green. »Sie habe beim Bund der Kriegsveteranen gearbeitet. Als das Haus zum erstenmal brannte, fand bei mir gerade eine Geburtstagsfeier statt. Mein Freund rannte hinüber und schlug die Scheibe ein, um zu sehen, ob sich jemand im Haus befand. Aber es war niemand da.

Am nächsten Tag erschienen Miss Virginia und ihre Mutter. Sie sagten, sie seien in Las Vegas gewesen.

Nun hatten die Hoffmanns diese Hunde, einen Dobermann und drei Pekinesen. Etwa eine Woche später hörten wir sie alle draußen winseln. Sie lagen auf der Straße, hatten Schaum vor dem Maul und atmeten schwer. Wir riefen das Tierheim an. Sie kamen und sagten, die Hunde seien vergiftet worden. Sie mußten fortgeschafft werden. Einfach *vergiftet*. Schrecklich.

Dann passierten noch seltsamere Dinge. Einige Zeit nach dem Verrecken der Hunde kamen die Coates-Jungen, Ronnie und Jimmy, schleppten eine Menge Sachen aus dem Haus, luden sie auf einen Laster und fuhren damit davon. Miss Virginia sagte, ihre Mutter sei Antiquitätenhändlerin, und all das Mobiliar würde von da stammen. Sie hatten viel Jadezeug und diese bemalten Seidenwandschirme und Statuen.

In jener Nacht riefen mich meine Söhne und sagten: ›Das Haus steht wieder in Flammen!‹ Sie hatten Jimmy die Ausfahrt entlanglaufen sehen, kurz bevor das Feuer ausbrach. Jeder wußte, daß sie ihr Haus niedergebrannt haben. Nach dem, was ich hörte, haben Miss Mary und Miss Virginia aber das Geld von der Versicherung bekommen.«

Obwohl festgestellt wurde, daß Brandstiftung die Ursache des zweiten Feuers war, zahlte die State Farm den Hoffmanns schließlich hundertsiebenundzwanzigtausendzweihundertfünfundfünfzig Dollar Schadenersatz. Wer konnte bloß so blind gewesen sein, fragte sich Goodnight. Und Keeney dachte: Diese Brände sind auch bei mir einfach durchgerutscht.

Er erkannte alle charakteristischen Merkmale von Virginia. Da waren die gleichen Berichte über die Gegenstände aus Jade und die mitternächtlichen Vorbereitungen, die getroffen wurden, bevor ein Brand ausbrach. Er erkannte sogar einen anderen Faktor, der zu Tanays soziopathischer Triade gehörte: Grausamkeit gegenüber Tieren – die vergifteten Hunde.

Endlich war das von ihm erträumte Team von Ermittlern tätig geworden und förderte immer neue Fakten zutage. Smythe hielt den Fall offen, R. D. Jones rief an, um mitzuteilen, daß er damit begonnen habe, neue Spuren in New York zu verfolgen, und das Personal der State Farm hatte sich mit Volldampf an die Arbeit gemacht.

An diesem Nachmittag schrieb er an Bobbie Roberts, um ihr die guten Nachrichten mitzuteilen.

Sehr geehrte Miss Roberts,

es hat den Anschein, als ob mein Schreiben vom 10. Dezember bewirkt hat, daß sowohl im Büro des Sheriffs des Landkreises Monterey als auch bei der State-Farm-Versicherung und darüber hinaus bei Sergeant Jones von der Abteilung Gewaltverbrechen der Polizeibehörde des Landkreises Jefferson das Interesse für diese Angelegenheit weiter gestiegen ist.

Ich habe heute mit Detective Smythe von der Polizeibehörde des Landkreises Monterey gesprochen. Er ist bereit, einige der Ermittlungen anstellen zu lassen, die ich in meinem Schreiben vom 10. Dezember anregte … Detective Smythe teilte mir ebenfalls mit, daß er einen Anruf von einem speziell eingesetzten Ermittler der State-Farm- Versicherung erhalten hat. Darin wurde angekündigt, dieser wolle sich Mitte Januar mit Detective Smythe in Kalifornien treffen.

Des weiteren habe ich heute mit Mike Hatch von der State Farm gesprochen. Mr. Hatch hat darauf hingewiesen, daß die Versicherungsgesellschaft zwei ihrer Experten für Versicherungsbetrug zur Prüfung des Anspruchs in Kalifornien eingesetzt hat.

Schließlich habe ich mit Sergeant Jones von der Polizeibehörde des Landkreises Jefferson gesprochen.

Kurzum, es sieht so aus, als ob wir endlich die Sache in Gang bringen und in der zweiten Januarhälfte mit einigen Entscheidungen der verschiedenen Behörden rechnen können.

Ich wünsche Ihnen und Ihrer Familie frohe und gesegnete Weihnachten.

Mit herzlichen Grüßen
Steve Keeney

Das war, wie Keeney dachte, ein fabelhaftes Weihnachtsgeschenk.

Bobbie Roberts beschloß, sich selbst während der Weihnachtsferien ein Geschenk zu machen. Immer noch träumte sie nachts davon, daß Deana abstürzte und ein Paar oben auf der Klippe stand. Sie wollte selbst den Tatort sehen.

Ende Dezember stieg Bobbie aus ihrem Auto und blickte von der Ausweichstelle Robbenstrand über die weite blaue Fläche des Pazifischen Ozeans. Big Sur ist wirklich großartig, dachte sie.

Gewaltige Klippen fielen steil ab zum wütendblauen Pazifik. Geier kreisten am Himmel und stießen im Sturzflug herunter. Der Ort besaß prähistorische Qualität – der Anblick eines Sauriers, der seinen schuppigen Kopf aus dem Wasser herausstreckte, würde gut zu den Felsblöcken und den rauhen Klippen passen.

Sie roch die Luft, die vom Duft von Aloe, Beifuß, Rosmarin und Meersalz angefüllt war. Nur einige hundert Meter entfernt entdeckte sie die Fontänen vorbeiziehender Grauwale. Nirgends gab es ein Anzeichen menschlichen Lebens, außer einem Warnschild, das unterhalb der nördlichsten Kurve an der Straße stand. Unten auf einem schmalen Sandstreifen rekelte sich eine Seelöwenfamilie in der Sonne. Deana ist sehr allein in der Welt gewesen, dachte Bobbie.

Als sie sich an der Ausweichstelle umsah, versuchte sie sich den Tod ihrer Tochter vorzustellen. Schrie Deana, als sie abstürzte und sich dabei überschlug? Fragte sie sich, warum man ihr das antat? Bobbie hoffte, daß alles rasch zu Ende gegangen war.

Während dieser Woche erschien an der Ausweichstelle Robbenstrand noch ein anderer Besucher.

Ken Goodnight wußte, daß dies ein wichtiger Moment war und daß die ersten Eindrücke entscheidend waren. Kein anderer Ermittler hatte den Ort besucht, seit das Team des Sheriffs von Monterey Deana Hubbards Leiche am Fuß der Klippe geborgen hatte. Neun Monate waren vergangen, mit heftigen Regenfällen, starkem Wind, natürlicher Erosion und den Auswirkungen des Tourismus. Er wußte, er würde keinen Tuchfetzen, keinen abgebrochenen Fingernagel und auch keine Blutspuren mehr finden. Aber er konnte immer noch ein Gefühl für den Ort bekommen, wo sich das alles zugetragen hatte; er würde ihn sich nun ins Gedächtnis rufen können, wenn er die Berichte in seinem Glaskastenbüro las.

Obwohl Goodnight nicht der Typ war, der über die Schönheit eines Frühlingstages nachsann, war er von Big Sur beeindruckt. Die Gewalt der Wellen, die steilen Klippen, die wie aus Urzeiten stammende Küstenlinie. Er stellte sich vor, wie Deana die letzten Minuten ihres Lebens verbracht hatte.

Und Virginia und B. J.? Wohin hatten sie geblickt? Sie hatten zweifellos auf Deanas Reaktionen oder auf die Straße geachtet. Hatten die Tabletten gewirkt? Hatte sie einen Verdacht geschöpft? Wie lange sollten sie warten, ehe sie die Polizei benachrichtigten?

O Gott, dachte Goodnight, die State Farm hatte wirklich nachlässig gehandelt! Hätte nur irgendwer bei der Übernahme der Versicherung bemerkt, daß an der Sache etwas faul war! Doch in neun von zehn Fällen wurde bei der *Über-*

nahme einfach kurz mal angerufen, um die Antworten auf dem Formular zu überprüfen; eigentlich wurden den gleichen Personen die gleichen Fragen zweimal gestellt. Wenn man nur besser gearbeitet hätte, könnte Deana vielleicht noch am Leben sein. Was die Polizei von Monterey betraf, so hatte sie sich wirklich nicht gerade mit Ruhm bekleckert. Die abgebrochenen Fingernägel hätten dem Pathologen bei der Autopsie auffallen müssen.

Goodnight holte das Foto 11 aus der Tasche und verglich es mit dem Tatort vor ihm.

Deana hatte anscheinend am nördlichen Rand der Ausweichstelle gestanden. Goodnight ging dorthin und stampfte mit dem Fuß auf dem kiesbedeckten Boden auf. Dieser schien genügend fest. Wenn sich im letzten Jahr nicht radikal etwas geändert hatte, war er unter Deanas hohen Absätzen gewiß nicht zerbröckelt.

Die Klippenkante, an der sie zuletzt mit B. J. gestanden hatte, entsprach ebenfalls dem Bild, das Goodnight sich von dieser Stelle gemacht hatte. Die Klippe fing eigentlich gar nicht als Klippe an. Da war erst ein kleiner Abhang, so flach, daß man dort kaum mit Skiern hätte hinabfahren können, wenn er mit Schnee bedeckt wäre. Erst nach etwa vierzehn Metern fiel die Klippe steil nach unten ab, es gab aber auch dort noch viele Büsche und Felsvorsprünge, an denen man sich festhalten konnte.

Virginias Story vom lautlosen Ausrutschen und Abstürzen machte nun, da er die Stelle sah, sogar noch weniger Sinn als vorher. Ein Körper müßte schon einen Stoß erhalten, damit er den ›point of no return‹, den Umkehrgrenzpunkt, erreichte.

Er blickte noch einmal flüchtig um sich und sah in die blaue Weite des Ozeans. So hatte Deana die Welt zum letztenmal gesehen. Es war eine schöne, aber auch schreckliche Art zu sterben. Er hörte, wie der Wind den Berg heraufblies, als ob der Ort, an dem Deana ermordet worden war, zu ihm sprechen oder ihm einige Antworten zuflüstern wollte.

Doch er vernahm nur das Tosen des Ozeans und das Brüllen der Seelöwen, die sich unten am Ufer aufhielten.

Der Glücksspieler von einem Riverboat

Als bei B & A die Papiergirlanden und Festtagskränze von den Wänden abgenommen wurden, waren Mord und Brandstiftung nicht die einzigen Verbrechen, die die Gemüter in den Büros bewegten.

Eine Nachricht verbreitete sich wie ein Lauffeuer: Charles Barnett, Sohn des Teilhabers und Firmenmitbegründers Barney Barnett und nun ein mächtiger Mann bei der B & A, war vom FBI verhaftet worden, als er auf dem Kennedy-Flughafen in New York durch die Paßkontrolle ging. Es geschah nur wenige Monate nach dem Tod seines Vaters. Die Agenten durchsuchten Charles' Aktenkoffer und fanden darin Unterlagen über einen Erdöldeal, die angeblich gestohlen waren. Eine Klientin von B & A, die Ashland Oil Company, hatte Erdöl von der Staatlichen Iranischen Erdölgesellschaft bezogen. Die Dokumente bewiesen angeblich, daß die Ashland Company sich eines Betrugs schuldig gemacht hatte.

Zehn Jahr lang stritt sich die Staatliche Iranische Erdölgesellschaft erbittert mit dem Riesen Ashland um sieben Tankerladungen Erdöl, die einen Wert von schätzungsweise zweihundertdreiundachtzig Millionen Dollar hatten. Ashland hatte das Erdöl bekommen, und die Staatliche Iranische Erdölgesellschaft hatte es der Ashland in Rechnung gestellt, aber die Lieferungen wurden nie bezahlt. Es handelte sich um eine einfache Zahlungsverweigerung. Doch wenn es um derart hohe Summen ging, blieb das nie ein einfacher Streitfall.

Als sich die Nachricht von Charlie Barnetts Verhaftung von Büro zu Büro verbreitete, vermuteten die Teilhaber, daß Charlie reingelegt worden war. »Wie viele Aktenkoffer wurden denn an diesem Tag auf dem Flughafen kontrolliert?« fragten sie nervös im Scherz.

Aber das Späßchen hatte gerade begonnen, die Runde zu machen, als der für den südlichen Bezirk von New York zuständige Bundesanwalt bekanntgab, daß gegen Charlie

Barnett wegen konspirativer krimineller Vorhaben, wegen Bestechung und wegen Betrugs in neununddreißig Fällen Anklage erhoben würde. Der Staatsanwalt beschuldigte Barnett und einen ehemaligen Vorsitzenden der Ashland Oil, heimlich Absprachen zum Verkauf von Unterlagen getroffen zu haben, die bewiesen, daß die Ashland Oil die Staatliche Iranische Erdölgesellschaft bewußt getäuscht hatte. Der Preis für die Schriftstücke belief sich angeblich auf viele Millionen Dollar. Die Mitarbeiter in den Büros waren völlig aus dem Häuschen. An diesem Streitfall, bei dem es um Hunderte von Millionen ging, hatte die B & A tatsächlich jahrelang gut verdient, und die Firma konnte dadurch expandieren. Selbst wenn bei der Anklageerhebung keine Beweise gegen Barnett vorlagen, würde das Delikt als schwerer Verstoß gegen die Moral betrachtet werden und den Ruf der B & A dauerhaft schädigen.

Wochenlang mußten Keeney und seine Partner erleben, wie ihre Firma immer wieder in Zeitungsartikeln erwähnt wurde, deren Autoren verbissen Mutmaßungen anstellten. Ein Richter schlug vor, daß die Ashland Oil das Recht erhalten sollte, von der B & A die Rückerstattung der in den achtziger Jahren gezahlten Honorare zu fordern. Die Firma mußte daher mit einem dreifachen Verlust rechnen. Sie hätte einen ihrer wichtigsten Mitarbeiter verloren, ein kleines Vermögen würde den Bach runtergehen, und eine weitere hübsche Summe müßte für die eigene Verteidigung ausgegeben werden. Sie alle konnten sehr rasch Bankrott machen.

Fast über Nacht kündigten zahlreiche Mitarbeiter, um einer Entlassung zuvorzukommen. Die Zahl der Anwälte, die bei der Firma tätig waren, verringerte sich innerhalb weniger Monate von einhundertsechzig auf weniger als hundert. Es gab Teilhaber, die wie Keeney daran dachten, sich nach einer freundlicheren Umgebung umzusehen, wobei die Vergütungen am Jahresende das letzte waren, was sie interessierte. Weiter eine Beschäftigung zu haben, das war das beste, worauf sie hofften.

Keeney zwang sich, die Sorgen um die Zukunft zu ignorieren, und stürzte sich in die Arbeit, die getan werden mußte. Sein Fall von Eisenbahnbankrott war endlich abgeschlossen, nachdem ein Richter im Bundesgerichtshof die Vermögenswerte unter einem Rudel gieriger Gläubiger aufgeteilt hatte. Nun wollte eine Hotelfirma Kapital zusammenlegen, um einen Pensionsplan aufzustellen, aber dazu wollte man wissen, was für steuerliche Konsequenzen das hätte. Es gab noch viel Arbeit, in die er sich vergraben konnte.

15. Januar 1988. Keeney war gerade dabei, den Pensionsplan für die Hotelangestellten durchzugehen, als Jon Yudin, der Assistent des Oberstaatsanwalts, anrief. Keeneys fünfhundert Seiten starkes Buch war fünf Wochen zuvor versandt worden.

»Sie haben wirklich hervorragende Arbeit geleistet«, erklärte Yudin zu Beginn des Telefonats. »Die Leute in meinem Büro sind ziemlich beeindruckt. Sie müssen eine Menge Zeit investiert haben.«

Yudin sagte das in ernstem, doch bedauerndem Ton. Keeney wappnete sich für das, was nun kommen würde: ein weiterer Hieb auf den Kopf.

»Das Problem besteht darin, daß wir noch genug am Hals haben«, sagte Yudin. »Ich habe mit dem Staatsanwalt und mit einigen anderen gesprochen. Es herrscht Übereinstimmung darüber, daß wir schon bei einer Vorverhandlung mit der Mordanklage nicht durchkämen. Wir würden nicht einmal einen Haussuchungsbefehl erhalten. Wir benötigen noch einen Zeugen oder eine weitere Leiche.

Die einzige andere Möglichkeit besteht darin, Deanas Leiche zu exhumieren und zu untersuchen. Es ist wirklich ein dünner Strohhalm, Mr. Keeney. Es tut mir leid.«

Ehe Keeney begriff, was geschehen war, beendete Yudin das Gespräch. Keeney war stolz darauf, daß er sich beherrschen und mit unbewegtem Gesicht zuhören konnte, wenn seine Chancen ungünstig standen. Viele Leute, darunter einige von Wynn Buckholders Freunden, hegten wegen seiner Ruhe und seiner Art, wohlüberlegt zu sprechen, sogar ein leises Mißtrauen gegen ihn. In diesem Augenblick fragte sich Keeney jedoch, ob er sich nicht besser fühlen würde, wenn er das Telefon aus der Wand risse und durch das Fenster schleuderte.

Er hatte unzählige Beweise zusammengetragen, um Yudins Befürchtungen zu zerstreuen. Wieso wollte Monterey nicht einen aufbereiteten Mordfall übernehmen, der ihnen auf silbernem Tablett serviert wurde? Das mindeste, was sie tun könnten, wäre, einen Haussuchungsbefehl auszustellen!

Statt dessen wurden die Morde an Cynthia Elaine, Deana Wild, Bud Rearden und vielleicht noch an anderen Menschen ignoriert, weil sie angeblich schwer zu beweisen waren. Das Leid von Dick Coates, Bobbie Roberts und Butch Rearden kümmerte niemanden. Keeney dachte an seinen optimistischen Brief an Bobbie Roberts, den er ihr erst vor wenigen Wochen geschickt hatte. »Es sieht so aus, als ob wir endlich die Sache in Gang bringen und in der zweiten Januarhälfte mit einigen Entscheidungen der verschiedenen Behörden rechnen können.« Nun gut, die Behörden hatten entschieden, und jetzt mußte Keeney Bobbie erklären, weshalb er das nicht hatte kommen sehen.

Er mußte sich über den nächsten Schritt klar werden. Nachdem er so weit gekommen war, weigerte er sich, eine Niederlage hinzunehmen.

Bei jeder Maßnahme gegen die McGinnis' spielte Zeit jetzt eine große Rolle. Es war, als ob eine ganze Reihe von Weckern, die alle so gestellt waren, daß sie zu unterschiedlichen Zeiten losklingeln würden, nun zur selben Zeit zu ticken aufhörten. Eine Zivilklage gegen die McGinnis' konnte nur innerhalb eines Jahres, von Deanas Todestag an gerechnet, angestrengt werden. Ein Versicherungsbetrug verjährte nach zwei Jahren. Die State Farm selbst konnte jeden Moment entscheiden, Deanas Lebensversicherung an James Coates auszuzahlen.

Nur bei Mord gab es keine Verjährungsfrist. In jedem der fünfzig Bundesstaaten konnte eine Person wegen Mordes angeklagt werden, ganz gleich, wieviel Zeit vergangen war – fünf Minuten oder fünfzig Jahre. In Virginias Fall jedoch würde das zu keiner Zeit geschehen. Wirklich?

Neben all diesen Uhren tickte Keeneys persönlicher Zeitmesser, der auf hundertfünfzig Dollar pro Stunde eingestellt war. Die Zeit, die er Bobbies wegen in den Fall investiert hatte, machte einen beträchtlichen Teil seiner Jahresbilanz aus, nicht gerechnet seine Barauslagen, die Telefongespräche, die Kopierkosten sowie die Kosten für Schreibarbeiten. Und jetzt, da Monterey ausschied, war immer noch kein klares Ende in Sicht.

Das jährliche Treffen der Teilhaber von B & A würde in wenigen Monaten stattfinden, und gleichzeitig würde die Jahresbilanz erstellt werden. Die Zahlen jedes Teilhabers würden auf einer Anzeigetafel im Sitzungssaal aufleuchten. Dollars ›realisiert‹, Dollars für Vorauszahlungen auf der Bank, Dollars, die ›eingenommen‹ worden waren für alle Aufträge, die jeder Teilnehmer erhalten hatte. Dollars und noch mehr Dollars. Das waren keine ›Punkte‹ für gute Taten, für abgehaltene Seminare oder für die Schulung junger Anwälte. Es war die Summe der Zahlen, die nach Meinung der Firma den ›Erfolg‹ eines jeden Teilhabers ausdrückte. Keeneys Arbeit für Bobbie Roberts hatte nicht einen Dollar erbracht. Seine Kollegen würden kaum aufstehen und auf diese Leistung ein Hoch ausbringen – nicht während der schwersten aller Zeiten bei B & A. Wie die Dinge standen, würde das Treffen der Teilhaber im nächsten Jahr wahrscheinlich im Saal der Kirchengemeinde statt in Palm Beach stattfinden.

Vielleicht war es an der Zeit, Bobbie Roberts' pro-bono-Fall aufzugeben, den Mißerfolg einzugestehen und die Verluste abzuschreiben, überlegte Keeney. Selbst wenn er eine Zivilklage gegen die McGinnis' anstrengte, könnte er nicht mehr als einen Bruchteil der aufgewendeten Zeit geltend machen. Leute, die morden, um eine Lebensversicherung in Höhe von fünfunddreißigtausend Dollar zu kassieren, besaßen wahrscheinlich keine großen Vermögenswerte, die gepfändet werden konnten, wenn sie einen Prozeß verloren.

Er hatte Bobbie versprochen, sie würde die Wahrheit über Deanas Tod erfahren. Nun gut, sie waren ihr näher gekommen, als er je geträumt hatte. Niemand würde jemals etwas an seinem Fleiß aussetzen können, wenn er jetzt einen Rückzieher machte.

Am Abend brachte er Christian zu Bett. Sie hatten sich vorher eine mittelmäßige Fernsehserie über Cops und Räuber angesehen. Steve hatte bemerkt, daß Christian bei den brutaleren Szenen zurückzuckte. Man wußte nie, was Kinder liebten. Eines Tages würden sie den blutrünstigsten Streifen anschauen und sich dann im Dunkeln fürchten.

»Daddy«, fragte Christian, als Keeney ihn ins Bett packte, »könntest du nicht eine Weile im Zimmer bleiben?«

»Okay, Christian.« Er lächelte nachsichtig. »Was hast du?«

»Ich habe bloß Angst. Diese bösen Kerle im Fernsehen.« Er zog die Decke bis an sein Kinn.

»Ist das alles?« Steve lachte, als er sich auf das Bett setzte und seinem Sohn den Kopf streichelte. »Es gibt Polizisten, die arbeiten vierundzwanzig Stunden am Tag, sieben Tage in der Woche, das ganze Jahr über, und ihre Aufgabe ist es, Bösewichter zu fangen und hinter Gitter zu bringen. Ich würde wegen böser Kerle, die nachts in dein Zimmer schleichen wollen, nicht auf den Schlaf verzichten. Es ist anzunehmen, daß die Polizei sie ohne deine Hilfe schnappen kann.«

»Du meinst, so, wie in Monterey die Frau, die alle diese Sachen gemacht hat? Sie werden sie doch verhaften, nicht wahr?«

Am Abend zuvor hatte Keeney ihm von den McGinnis' erzählt. Das war eine Geschichte, die er ihm begreiflich machen konnte. Ein Mord ließ sich einem Sechsjährigen viel leichter erklären als die Fusionierung von Gesellschaften. Aber nun fragte er sich, ob es eine kluge Idee gewesen war, Christian das zu erzählen. Er wollte antworten: »Ja, wie in Monterey.« Aber er empfand es nicht als richtig, im Schlafzimmer seines Sohnes eine Lüge zu äußern.

»Es ist meine Aufgabe, mir nachts darüber noch etwas den Kopf zu zerbrechen«, sagte Keeney. »Laß uns beten, und dann werden wir beide uns etwas ausruhen.«

Sie knieten beide nieder und senkten den Kopf.

Keeney hielt Wort. Nachdem er Christian zugedeckt hatte, ging er in die Küche hinunter und machte sich eine Tasse Kaffee. Er blieb wach und beobachtete, wie der neue Tag dämmerte. Die Küche war ein ruhiger, bequemer Ort, wo er seinen Gedanken nachhängen konnte.

Viele Gründe sprachen dafür, die Nachforschungen abzubrechen. Er hatte das bereits gründlich erwogen, ohne zu einem Schluß gekommen zu sein.

Statt dessen dachte er darüber nach, aus welchen Gründen er das Priesterseminar verlassen hatte und Anwalt geworden war. Faszination für das Theoretische spielte dabei eine große Rolle. Das Recht konnte wie ein riesiges logisches Puzzle sein und so kompliziert, wie man es sich wünschte. Manchen mochte es seltsam vorkommen, doch Keeney liebte es geradezu, die Probleme der Besteuerung von Unternehmen und Kapitalgesellschaften zu lösen. Und wie alle Jurastudenten hatte auch ihn die Vorstellung gelockt, er würde der Gerechtigkeit dienen. Er wollte seine Ideen verwirklicht sehen, er wollte Gestrandete wieder aufrichten, unschuldige Opfer schützen, die Welt besser machen, als sie vorher war. Das war der Sirenengesang, der jedes Jahr Tausende dazu verlockte, diesen Beruf zu ergreifen. Einer seiner Juraprofessoren hatte einmal zu ihm gesagt: »Das Recht ist Licht.« Keeney war niemals ganz von diesem Gemeinplatz überzeugt, doch brachte er in gewissem Maße den Reiz dieses Berufs zum Ausdruck. Der Gerechtigkeit zu dienen, das war mehr als ein abstraktes Ideal; es bot einem die Möglichkeit, sein Boot durch das Leben zu steuern.

In diesen Tagen aber schien sich in seiner Arbeit bei B & A alles nur um Geld zu drehen. Ein Klient hielt nach Löchern im Steuerrecht Ausschau; ein anderer beklagte sich darüber, zu Unrecht Geld bei einem Geschäft verloren zu haben; seine eigene Firma war emsig bemüht, Dollars zu machen. War

Geld die Kraft, die bewirkte, daß die Welt des Rechts sich drehte? Und wenn ja, war das dann die Welt, in der er sich für den Rest seines Lebens wohlfühlen würde?

Wordsworth, einer seiner Lieblingsdichter, hatte geschrieben: ›Die Welt ist uns heute viel zu sehr angepaßt ... Wir verschwenden, was wir gewonnen, und vergeuden damit unsere Energien.‹ Obwohl vor einhundertachtzig Jahren geschrieben, inspirierten ihn diese Zeilen immer noch, und die Menschen machten immer noch die gleichen Fehler in ihrem Leben. Seit Jahren hatten ihn solche Gedanken nicht mehr beschäftigt – nicht mehr, seit er in Chicago auf die Straße gegangen war oder im College radikale Reden geschrieben hatte.

»Fahrlässige Tötung, Mr. Keeney? Ich dachte, der Staatsanwalt sei die einzige Person, die eine Anklage wegen Mordes erheben könnte.«

Keeney hatte Bobbie Roberts nach der Schule zu Hause angerufen. Seit ihrem letzten Telefongespräch war viel Zeit vergangen, und er hegte den Verdacht, daß Bobbie langsam die Geduld mit der Justiz verlor. Als er seine neue Theorie erwähnte, reagierte sie positiv. Sie hatten schon früher darüber gesprochen, doch hatte sie es nur als eine vage Möglichkeit angesehen.

»Bei fahrlässiger Tötung wird keine Mordanklage erhoben«, erläuterte er ihr. »Es ist eine Zivilsache, bei der das einzige, was man gewinnen kann, Geld ist. Niemand kommt hinter Gitter, das geschieht nur bei Verbrechen. Bei einer Zivilklage brauchen Sie außer den berechtigten Zweifeln keine Beweise vorzubringen. Sie müssen einen Richter oder die Geschworenen lediglich davon überzeugen, daß die McGinnis' *wahrscheinlich* Deanas Tod verursacht haben. Falls es Sie tröstet, Zivilsachen sind ein Gebiet, auf dem ich mich auskenne.«

»Ich weiß nicht«, erwiderte Bobbie. »Deana ist tot. Geld wird sie nicht wieder zum Leben erwecken. Und Sie sagten selbst, daß diese Leute wahrscheinlich nicht einen Cent besitzen. Wollen wir nicht lieber warten und sehen, was der Staatsanwalt unternimmt?«

Keeney stockte der Atem. Er schloß seine Augen, als er die schlechte Nachricht übermittelte.

»Nun ja, Bobbie, der Staatsanwalt sagt, seines Erachtens lägen noch nicht genügend Beweise vor, um die McGinnis' zu verhaften oder auch nur einen Haussuchungsbefehl zu bekommen.«

»Und die Versicherungspolice? Die Mittel in ihrem Blut? Und all die Lügen der McGinnis'? Ich verstehe das nicht. Ist es ihnen denn egal, daß meine Tochter ermordet wurde?«

»Ich weiß, Bobbie. Aber wir müssen ihre Entscheidung akzeptieren, selbst wenn sie uns nicht gefällt. Ich möchte Ihnen einige Gründe dafür nennen, weshalb Sie die McGinnis' verklagen sollten.«

»Ich möchte nichts mehr von irgendwelchen Beweisen hören. Wir drehen uns nur im Kreis, und ich glaube, das System stinkt.«

»Bobbie, wenn Sie die McGinnis' verklagen, können wir ihre Bankkonten überprüfen lassen und sie zwingen, Deanas letzte Habseligkeiten – die Virginia nie herausgerückt hat – zurückzugeben. Wir können von jedermann beeidete Erklärungen verlangen. Ich hätte die Möglichkeit, sie im Zeugenstand einem Kreuzverhör zu unterziehen. Vielleicht werden sogar ein weiterer Zeuge oder noch eine Versicherungspolice auftauchen.

Natürlich werden Sie in den Zeugenstand treten müssen, und bei einem Kreuzverhör kann es happig werden. Es ist mehr als wahrscheinlich, daß Deanas Charakter zur Sprache gebracht wird. Bestimmte Dinge werden Sie nicht hören wollen: Sex, Drogen, oder welche Leichen auch immer sie im Keller hatte. Es geht ähnlich zu wie bei einem Prozeß wegen Vergewaltigung. Irgendwie wird man versuchen, Deana die Schuld in die Schuhe zu schieben. Aber je länger wir den Fall am Kochen halten, desto besser ist es. Das ist es, was auf Sie zukommt. Es ist Ihre Entscheidung.«

Gerade als die Stille peinlich zu werden begann, begann Bobbie wieder zu sprechen. »Bei Deana gibt es nichts zu verbergen. Sie hat nie Drogen oder ähnliche Dinge genommen. Trotzdem müssen Janie und ich es zusammen entscheiden.«

»Ich möchte Sie nicht drängen, Bobbie, aber Sie haben nur bis zum ersten April Zeit. Danach verjährt Ihr Anspruch. Rufen Sie mich an, sobald Sie einen Entschluß gefaßt haben.«

Als Keeney aufgelegt hatte, kam ihm das ganze Gespräch bekannt vor. Es war wie eine Wiederholung ihres Treffens vor mehr als einem halben Jahr. Warum sollte es jetzt besser um die Dinge bestellt sein als vor einem halben Jahr? dachte er besorgt.

Da nun eventuell ein Zivilprozeß in Aussicht stand, holte Keeney weitere Informationen ein. Es war nicht damit zu rechnen, daß Monterey Anklage erheben würde, doch konnte er noch seine Verbindungen zu Ken Goodnight festigen. Keeney wußte, daß die State Farm ganze Schubladen voller Informationen hatte.

Nach und nach hatte ihm Goodnight verraten, was die State Farm all die Monate versucht hatte, in Erfahrung zu bringen, und ihre Bemühungen waren wirklich beeindruckend.

Kaum hatte Virginia – nur eine Woche nach Deanas Tod – die Auszahlung der Lebensversicherung beantragt, war die State Farm in Aktion getreten. Ihre Ermittler durchkämmten ganz Kalifornien und schauten in jeden Winkel. Dutzende von Befragungen fanden statt, eine jede wurde auf Band aufgenommen und danach vom Band abgeschrieben. Die Akten umfaßten bereits viele hundert Seiten.

Eine Gruppe von Ermittlern versuchte, jeder falschen medizinischen Angabe in Deanas Antrag auf die Spur zu kommen. Es war das Gerücht durchgesickert, daß Deana Drogen genommen hatte, und falls der Antrag auf Abschluß einer Lebensversicherung auch nur eine Unwahrheit enthielt, wäre die ganze Police ungültig. Dann wäre die State Farm aus dem

Schneider. Mit dem gleichen Ziel versuchten die Agenten herauszubekommen, in welchem Verhältnis Deana tatsächlich zu James Coates gestanden hatte.

Aber auf keiner Strecke waren die Ermittlungen erfolgreich verlaufen, soweit es die Interessen der State Farm betraf. Abgesehen von den Gerüchten, die von Junkies stammten, welche sich kaum an Deanas Namen erinnern konnten, gab es keinen Beweis für Rauschgiftkonsum. Und in Deanas Leiche wurden mit Ausnahme des Elavils keinerlei Mittel festgestellt.

Auch was die Verlobung betraf, stand schließlich nur Coates' Aussage gegen die der State Farm. Niemand von den Befragten hatte gehört, daß Deana viel von Coates erzählt hatte. Das einzige, worüber die Leute sich übereinstimmend äußerten, war, daß sich Deana und Jimmy einige Monate lang gekannt hatten, bevor Jimmy wieder ins Gefängnis zurückkehren mußte. Die meisten Bekannten der beiden waren Personen, die zum harten Kern der Rauschgiftszene gehörten, und Sträflinge wie Coates selbst. Eine stürmische Romanze war denkbar, aber sie blieb unbestätigt.

Tatsächlich ließ sich ein Ermittler der State Farm zu der Äußerung hinreißen, die Sache mit der ›Verlobung‹ stinke genau so übel wie Jimmy Coates. Gerade als Coates auftauchte und seinen Anspruch auf die Versicherungssumme geltend machte, hatte er Jimmy aufgespürt, um ihn zu befragen.

Der einunddreißigjährige Jimmy Coates, tätowiert und voller Einstichstellen von Injektionsnadeln, erschien dem Ermittler als ein rabiater Knastbruder, der ihn wütend anstarrte. Auf jede Frage hatte er eine passende Antwort parat: Er und Deana seien verlobt gewesen. Seine Mutter habe ihm einen Brief geschrieben, in dem sie ihm wenige Tage nach dem Unfall die schlechte Nachricht mitteilte. Nun, wo Deana tot und begraben sei, wolle er die fünfunddreißig Riesen haben. Keeney und Goodnight waren sich darüber einig, daß Jimmy Coates wahrscheinlich mehr wußte, als er zugab. »Wieso entzieht er seinem Anwalt nicht sofort das Mandat, wenn er nichts zu befürchten hat?« fragte Keeney. »Warum wartet er nicht die richtige Entscheidung ab?«

Goodnight sagte, er denke das gleiche. Ein Mordfall war für James Coates doch nichts Neues.

Die State Farm hatte auch einige Hintergrundinformationen über B. J. McGinnis gesammelt, und diese waren keineswegs erfreulich. Es stellte sich heraus, daß der siebenundvierzig Jahre alte B. J. so etwas wie ein kleiner Betrüger war. Der Mann war viele Jahre lang mit der Navy in der Welt herumgekommen. Er schied aus dem Dienst aus, nachdem er wegen Urkundenfälschung verhaftet worden war und die Strafe in einem amerikanischen Militärgefängnis in Deutschland abgesessen hatte. Nach seiner Entlassung begab er sich nach San Francisco, wo er in die Schwulenszene ging und einige Male wegen Urkundenfälschung hinter Gitter kam.

Einer seiner Bekannten konnte sich von einem alten Foto, einer künstlerischen Porträtaufnahme, trennen. Sie zeigte B. J. Sein Schnurrbart war auf Bleistiftstärke getrimmt und sein Haar wie angeklatscht. Er stützte den Kopf lässig auf die Hand. Hinter ihm hing ein Rouleau, auf das Bücherregale mit ledergebundenen Wälzern gemalt waren. B. J. trug ein pastellfarbenes Hemd mit Weste, und seine Hände waren mit Goldringen geschmückt. Keeney hatte den Eindruck, daß er wie ein trauriger dummer Mann aussah, wie ein gescheiterter Frisör, der sich aber wie ein Glücksspieler von einem Riverboat vorkam.

Einer von B. J.s ehemaligen Liebhabern erzählte den Ermittlern der State Farm, er habe nicht verstehen können, warum B. J. mit Virginia ging. »Du kannst diese Frau nicht heiraten«, habe er zu ihm gesagt, »denn du warst zu lange schwul!« Aber Keeney bekam nach einigen Nachforschungen heraus, daß B. J. und Virginia tatsächlich geheiratet hatten – am 14. April 1984 in der Hochzeitskapelle in Carson City, Nevada. Das war lange nach B. J.s erster Heirat. Es war seine *fünfte* Ehe.

Eine davon dauerte insgesamt drei Monate. Eine andere endete damit, daß die geschiedene Frau sich einen Anwalt nahm, um ihren Besitz wiederzuerlangen.

»Ich glaube, ich erkenne das Muster, nach dem das Ganze abgelaufen ist«, sagte Keeney zu Goodnight bei einem Telefonat zu später Stunde. »B. J. traf Virginia im Hospital des Bundes der Kriegsveteranen, wo beide arbeiteten. Er hielt sie für eine Frau, die er hereinlegen konnte. Immerhin hatte sie eine Schwäche für protzigen Schmuck. B. J. dachte wahrscheinlich, sie besitze eine Menge Geld«, sagte Keeney mit einer Spur von Mitleid. »Er erkannte sicherlich zu spät, was hinter der Fassade steckte.«

Schließlich verriet Goodnight Keeney, daß die State Farm einen unwiderlegbaren Beweis in ihren Akten hatte.

Vor wenigen Wochen, am 12. Januar, waren Virginia und B. J. in das Büro von Bill O'Connell, James Coates' Anwalt, gekommen, um sich mit einer Ermittlerin der State Farm, Diana Rael, zu treffen. O'Connell hatte es sich zur Regel gemacht, ein Auge auf alles zu haben, was seinen Mandanten einen Prozeß in Versicherungsangelegenheiten ersparen konnte. Daher fand die Unterredung in seinem Büro in San Diego statt.

Virginia und B. J. nickten höflich, als sie eintraten. Diana Rael betrachtete die beiden genau. Virginia hatte eine füllige Figur und wog wahrscheinlich über neunzig Kilo. Sie hatte ihr ergrauendes kastanienbraunes Haar nach hinten gekämmt und trug einen Pferdeschwanz, der ihr quadratisches Gesicht mit der ungewöhnlich hohen Stirn und den hin und her huschenden Augen noch größer erscheinen ließ, als es schon war. Sie hatte eine kleine Nase. Ihre Mundwinkel waren herabgezogen. Aber es waren vor allem ihre kalt und abweisend blickenden Augen, die Rael im Gedächtnis behielt.

B. J. dagegen sah schlank aus. Er hatte das Gesicht eines Mannes, der einmal ein Spaßvogel gewesen, aber nun von Sorgen geplagt war. Goodnight sandte Keeney eine Tonbandabschrift. Das erste, was Keeney auffiel, war, daß während des ganzen zweistündigen Gesprächs weder der Mann noch seine Frau auch nur eine Spur von Mitgefühl für Deana zeigten. Virginia äußerte nicht einmal, daß sie die ›Verlobte‹ ihres Sohnes vermisse oder daß sie sich schuldig fühle, weil sie zugelassen habe, daß es zu der Tragödie kam.

Das einzige Mal zeigte Virginia eine Gefühlsregung, als Diana Rael sie fragte: »Aus welchem Grund wollten Sie für jemanden zahlen, den Sie kaum kannten?«

»Kaum kannten?« Virginia sagte das in einem Ton, als ob sie sich beleidigt fühlte. »Nun ja, ist nicht jedermann anderen Menschen etwas schuldig? Mir haben Leute in der Vergangenheit geholfen, von denen ich kaum etwas wußte ... Ich verlor meine Tochter, Deana war kein Ersatz – nichts kann einen Menschen ersetzen, den man verliert, sei es durch Unfall oder durch Tod, mag es ein Kind oder ein Elternteil oder sonstwer – ein Freund – sein. Aber sie war meiner Meinung nach eine nette Person, und sie war im Begriff, Jim zu heiraten, sie – sie schien den aufrichtigen Wunsch zu haben, sich weiterzubilden, und wir glaubten ihr unbesehen. Wir wollten nicht, daß ein Kind irgendwo auf die Straße gesetzt wird.«

Keeney und Goodnight bemerkten auch, daß sich Virginias Story inzwischen in einigen Punkten geändert hatte. Sie sagte nun, sie habe Deana zu einem Tagesausflug nach Mexiko mitgenommen, obwohl sie ursprünglich vorgegeben hatte, sie brauche eine Versicherungspolice, um für Deana ein Visum zu bekommen. Eine weitere Lüge, zu der sie im Zeugenstand Stellung nehmen müßte, dachte Keeney.

Die Ermittlerin Rael erzählte Goodnight, daß B. J. der kalte Schweiß ausbrach, als sie ihre Fragen an ihn richtete. Er gab leise und meist einsilbige Antworten. Wenn sie unzureichend ausfielen, gebrauchte er Ausflüchte und redete sich darauf heraus, sich nicht mehr erinnern zu können.

RAEL: Wie erfuhren Sie, daß die Versicherungspolice für Deana bereitlag?

B. J.: Ich weiß nicht.

RAEL: Durch einen Anruf oder durch ein Schreiben?

B. J.: Ich weiß nicht.

RAEL: Nehmen Sie keine Telefonanrufe entgegen?

B. J.: Ich geh' nicht ran, wenn es klingelt, und ich gehe selten zu einem Briefkasten.

RAEL: Wie lange hielten Sie sich in der Nähe der Klippe auf?

B. J.: Fünfzehn bis zwanzig Minuten.
RAEL: Und?
B. J.: Wir können uns nicht erinnern, wie lange wir uns dort aufgehalten haben, es war ... wir hatten gerade ein paar Fotos gemacht.

Jeder gewann den Eindruck, daß B. J. von Virginia streng eingeschärft worden war, wie er sich verhalten sollte. Sie hatte den Mann fest im Griff. Als Virginia und B. J. nachdrücklich nach Jimmys Verlobung gefragt wurden, war weder aus ihr noch aus ihm viel herauszukriegen:

RAEL: Wer wußte von der Verlobung?
VIRGINIA: Sie erklärten, daß sie heiraten wollten, sobald Jimmy alles ins Lot gebracht hätte.
RAEL: Okay, teilten die beiden das der Familie je offiziell mit?
VIRGINIA: Nein, es war etwas, was sie bloß untereinander abgemacht hatten.
RAEL: Okay ... aber Sie haben davon gewußt?
VIRGINIA: Deana hatte mir erzählt, daß sie vorhätten zu heiraten.
RAEL: Hat sie das ihrer Familie mitgeteilt?
VIRGINIA: Nein.
RAEL: Und sie hat nichts von ihrem Ehemann erwähnt?
VIRGINIA: Nichts. Wir wußten nicht, daß das Mädchen je verheiratet war.
RAEL: Hatten sie ein bestimmtes Datum für die Hochzeit festgesetzt?
VIRGINIA: Nein.
RAEL: Nicht einmal den Monat?
VIRGINIA: Nein.

RAEL: Schrieben sie sich in der Zeit, wo James in Haft war, gegenseitig Briefe?
B. J.: Meines Wissens nein.
RAEL: Wissen Sie, warum Deana niemals James Coates im Gefängnis besuchte?

B. J.: Sie wollte unter diesen Umständen mit ihm keinen Kontakt haben. Wissen Sie, sie wollte es einfach nicht, und ich habe mit ihr nicht darüber gesprochen.

Als sich das Gespräch dem Ende näherte, berührte Rael zwei neue Fragenkomplexe, bei denen sie hoffte, daß die McGinnis' nicht so leicht ausweichend antworten konnten.

Virginia hatte sowohl Dungan als auch Smythe erzählt, daß sie, Deana und B. J. am 2. April 1987 zu B. J.s Schwester fahren wollten, die in Santa Rosa nördlich von San Francisco wohnte. Rael hatte von Nachbarn erfahren, daß Virginia damals einen Hund besaß, der Tsunami hieß.

»Wie lange sollte Ihr Ausflug dauern?« fragte Rael.

»Etwa vier oder fünf Tage höchstens«, sagte Virginia.

»Und wer sollte Ihren Hund füttern, während Sie weg waren?«

»Wir hatten ihn in ein Tierheim gegeben«, antwortete Virginia bereitwillig.

»Wissen Sie, in welches?«

»Nein, ich weiß es wirklich nicht.«

»Befindet es sich in Chula Vista?« hakte Rael vorsichtig nach.

»Warten Sie einen Moment.« Virginia schien sich plötzlich wieder zu erinnern. »Wir hatten zu dieser Zeit gar keinen Hund. Wir wollten uns einen Akita zulegen, aber wir kauften den Hund erst Mitte April.«

Rael bemühte sich, keine Miene zu verziehen, als Virginia so offenkundig log.

Sie fragte dann nach dem Formular, auf dem die Auszahlung der Lebensversicherung beantragt worden war. Unter dem Schriftstück standen drei Unterschriften: Virginias, die von James Coates und der kaum lesbare Namen eines Zeugen. Rael wußte, daß Virginia Coates' Namen daruntergesetzt hatte; sie besaß eine von einem Rechtsanwalt beglaubigte Vollmacht, die ihr gestattete, anstelle ihres Sohnes Unterschriften zu leisten. Aber Rael wollte mehr über den Zeugen wissen. »Haben Sie dieses Antragsformular ausgefüllt?« fragte sie.

»Ja.«

»Wer ist der Zeuge? Ich kann es nicht lesen.«

»Das ist nicht meine Unterschrift«, antwortete Virginia zögernd.

»O ja, ich weiß, jemand anders hat hier unterschrieben. Aber wer war es? Eine Freundin? Eine Nachbarin?«

»Oh!» besann sich Virginia plötzlich wieder. »Kissane … unsere Nachbarin von nebenan.«

»Ihre Nachbarin von nebenan?«

»Ja, ich mußte einen Augenblick überlegen.«

Nach Raels Gespräch suchten die Ermittler in Virginias Nähe nach der Zeugin. Es dauerte etwas länger als erwartet, Mrs. ›Kissain‹ zu finden, und zwar deshalb, weil ihr Name auf dem Formular falsch geschrieben war. Alice Kissane war eine ältere Frau, die die McGinnis' nur flüchtig kannte. Sie warf einen kurzen Blick auf das Schriftstück und bestätigte den Verdacht der Ermittler. Niemand schrieb den eigenen Namen falsch. Die Unterschrift war gefälscht.

Haeussinger

Die beiden fuhren zusammen in einem Streifenwagen der Polizei, wobei der eine vorn und der andere hinten saß. Sie unterhielten sich mit Unterbrechungen, während sie sich, auf acht Spuren hin und her wechselnd, durch den Verkehr von San Diego schlängelten. Sie ähnelten sich in der Gestalt, obwohl keiner von beiden über den Vergleich glücklich gewesen wäre. Beide waren großgewachsen und rotblond, hatten kantige Gesichter und eine Statur wie ein Kühlschrank. Der hintere Mann bekam bereits eine Glatze, bei beiden aber war die Stirn von tiefen südkalifornischen Falten durchzogen, ein Zeichen dafür, daß sie ihren Lebensunterhalt damit verdienten, San Diegos rauhere Distrikte zu durchstreifen.

Der für Raubüberfälle zuständige Detective Jack Haeussinger steuerte den Wagen. Sein Revolver steckte in einem von Schweiß verfärbten glatten Lederhalfter, das er unter seiner Tweedjacke verborgen trug. Er pfiff fröhlich, eine Gewohnheit, die seinem Passagier auf die Nerven ging.

Auf dem Rücksitz saß James Coates und beobachtete, wie die geduckten Häuser von San Diego vorbeiglitten. Außer Jeans, einem Paar Cowboystiefel, einem Hemd aus Jeansstoff und einem überlangen Spitzbart trug Coates ein Paar verchromte Handschellen, mit denen seine Hände hinter dem Rücken gefesselt waren. Sein Gesichtsausdruck war dem eines verheirateten Mannes nicht unähnlich, der wegen der schlechten Manieren seiner Ehegattin aufgebracht ist.

Haeussinger aber war gutgelaunt und wollte sich unterhalten. Er lächelte Coates im Rückspiegel zu.

»Strapaziöse Pause, Jimmy. Paß das nächste Mal besser auf dich auf. Wegen des Rückfalls wirst du noch härter rangenommen werden. Dir wird der Arsch auf Grundeis gehen.«

»Ich wurde schon vorher hart rangenommen, Jack. Vacaville ist nicht so schlimm.«

»Ja? Ich kenne einen Kerl dort. Der wurde bei einem zweihundertsiebzig Pfund schweren Zellengenossen namens

Bubba einquartiert, der gern Schläge austeilt. Du kannst Pech haben.«

»Bei guter Führung bin ich in acht Monaten wieder draußen. Ich glaube, ich kann auf mich achtgeben.«

»Vergiß nicht, deiner Mami zu sagen, daß sie dir deine Zahnbürste schicken soll«, sagte Haeussinger und achtete auf Coates' Reaktion.

Bevor er Coates verhaftet hatte, weil dieser gegen die Bestimmungen der bedingten Haftentlassung verstoßen hatte, erfuhr er von Jimmys Betreuer, daß Coates, ganz abgesehen davon, daß er ein Killer war, wegen eines zweiten Gesprächs mit einer Ermittlerin der State Farm gesucht wurde. Es habe etwas mit einer Lebensversicherung zu tun, die Coates' Mutter bezahlt habe, und Haeussinger konnte es sich nicht verkneifen, in der Sache ein wenig herumzustochern, um zu sehen, was es damit auf sich hatte.

»Du hältst dich da raus, hörst du?» brauste Jimmy auf, wobei er sein stoppliges Kinn vorreckte, als ob es eine Art Waffe wäre. »Ma hat genug eigene Sorgen.«

»Habe ich einen Nerv getroffen?«

»Irgendein Anwalt versucht, ihr eine Klage anzuhängen, weil sie angeblich ein Mädchen von hier draußen ermordet haben soll. Scheiße! Sie kann es nicht fassen. Mord? Ich meine, Ronnie und ich könnten so etwas eher verkraften, aber Ma?«

»Du und Ronnie?« fragte Haeussinger und kontrollierte dabei Coates' Gesichtsausdruck. Jimmy sah nicht so aus, als ob er scherzen würde.

»Ja«, sagte er. »*Wir* könnten es. Aber nicht Ma.«

Jimmy hat wirklich nicht alle Tassen im Schrank, dachte Haeussinger. Er betrachtete argwöhnisch das Gesicht des Mannes. Coates' Arroganz war, obwohl er an Armen und Beinen gefesselt in einem Streifenwagen der Polizei saß, nicht im mindesten geringer geworden. Er wirkte immer noch überheblich – überheblich und gefährlich.

»So, wer ist denn dieser Anwalt?«

»Wie zum Teufel soll ich das wissen? Irgendein Clown in Louisville. Er behauptet, sie habe meine alte Freundin wegen einer Lebensversicherung umgebracht. Es ist eine ganze Menge Geld. Ma war niemals im Knast.«

»Louisville?«

»Ich versuche immer noch rauszukriegen, wer dieser Kerl ist. Nicht, weil es mich juckt. Mein Mädchen ist durch einen Unfall ums Leben gekommen, und mir steht das Versicherungsgeld zu. Das ist eine Tatsache. Fünfunddreißigtausend. Ich gehe jetzt vielleicht wieder in den Bau, aber dieser verfluchte Anwalt läßt nicht locker.«

Ein Anwalt in Louisville, der wegen Mordes in Kalifornien hinter Coates' Mutter her war? Das war ein neuer Knüller. Haeussinger dachte, die Story könnte ein Phantasieprodukt von Jimmy Coates sein. Doch Haeussinger liebte ausgefallene Geschichten.

Jack Haeussinger war in erster Linie deswegen zur Polizei gegangen, weil er eine Vorliebe für unübliche Dinge hatte. San Diego war ein guter Nährboden für Verbrechen – sowohl für ausgefallene als auch für ›normale‹. Dank den Hell Angels, die anderen den Schädel einschlugen, den Schießereien der Street-Gangs, dem mexikanischen Drogenhandel auf dem Boulevard El Cajon und den Stripteaselokalen, die voller Matrosen waren, welche nach einem dreiwöchigen Aufenthalt auf See zu Tausenden in die Stadt strömten, mangelte es nicht an seltsamen Fällen, die seinen Appetit stillen konnten.

Haeussinger arbeitete gern allein; zehn Jahre war er nun im Dienst für die Polizeibehörde von San Diego, und immer noch besaß er den Instinkt eines Außenseiters.

»Louisville, Kentucky«, wiederholte Haeussinger laut. Er wollte den Anwalt ausfindig machen und sehen, was es mit dem Gerede auf sich hatte.

Keeney wußte nicht, ob er lachen oder weinen sollte, nachdem er den Anruf der AmEx-Versicherungsgesellschaft erhalten hatte. Es schien fast komisch, daß sie sich so spät bei ihm meldete, nachdem Bobbie ihn gebeten hatte, ihr einen kleinen Gefallen zu tun und ihr in dieser Angelegenheit behilflich zu sein.

»Miss Roberts' Versicherungspolice sieht vor, daß nur die Begräbniskosten für Kinder, die ›zur Schule gehen‹, ›nicht verheiratet‹ und ›jünger als neunzehn Jahre‹ sind, erstattet werden«, erklärte der Sachverständige mit monotoner Stimme. »Deana entspricht nicht einem einzigen dieser Kriterien. Die Entscheidung der Versicherungsgesellschaft hat nichts mit Deanas Totenschein oder dem Bericht des Coroners zu tun, Mr. Keeney. Es ist einfach eine Frage der Bestimmungen.«

Als der Sachverständige sich über die verschiedenen Klauseln ausließ, mußte Keeney sich das Lachen verbeißen.

Hätte er sich vor einem halben Jahr eine Kopie des Vertrages geben lassen, hätte er Bobbies Fragen innerhalb von zehn Minuten klären können. Er hätte ihr mit ein paar Worten sein Beileid bekundet und dann gesagt, er würde sie am Pastetenstand im Gemeindesaal sehen. Statt dessen war er durch dieses Versehen in einen Fall hineingeraten, wo er sich inzwischen Sorgen darüber machte, ob nicht die Coates-Boys auf die Idee kommen könnten, ihm oder Bobbie in Louisville einen Besuch abzustatten. Er dankte dem Sachverständigen für die Auskunft und entschuldigte sich für das Mißverständnis.

Es schien, als ob bei dem Fall wirklich alles schiefging. Vor allem war die Zeit sowohl in Monterey als auch bei der State Farm fast abgelaufen.

Gerade einen Monat zuvor hatte O'Connell einen Brief an die Polizei in Monterey gesandt, um auf eine Entscheidung zu drängen, die die McGinnis' entlastete und die Auszahlung der Versicherungssumme gestattete:

Sehr geehrter Detective Smythe,

ich wurde von der Familie McGinnis darüber informiert, daß Mr. und Mrs. McGinnis erneut von Beamten Ihrer Behörde vernommen wurden und daß sie sich ein weiteres Mal in hohem Maße kooperativ verhalten haben.

Aufgrund dessen, daß die Personen, die mit Deana am Unglücksort waren und wiederholt vernommen wurden, sich in hohem Maße kooperativ verhielten und während der ganzen Zeit mit den Polizeibeamten sprachen, ohne darum zu bitten, daß ein Rechtsbeistand hinzugezogen wurde, ist es meiner Meinung nach an der Zeit, die Untersuchung des Falls abzuschließen. Die Tatsache, daß Sie ihn schleppend behandeln, behindert die Regelung des Versicherungsanspruchs und hat die ganze Angelegenheit um fast ein Jahr verzögert. Leiten Sie entweder ein Gerichtsverfahren ein oder ziehen Sie die Schlußfolgerung, daß das Ganze ein Unfall war.

Ich glaube, es ist an der Zeit, beim Gericht Schritte zum Schutz meiner Mandanten und zur Währung ihrer Interessen einzuleiten … Unter Beifügung einer Kopie dieses Schreibens informiere ich den Versicherungsträger von meiner Absicht, diesen Anspruch geltend zu machen und die Sache einzuklagen, falls sie nicht innerhalb der nächsten zwanzig Tage geklärt ist …

Ich habe erfahren, daß Ihre Dienststelle diesen Fall nur deswegen verfolgt, weil Deanas Familie Druck ausübt …

Nach wenigen Wochen, so befürchtete Keeney, würde Monterey offiziell entscheiden, daß Deanas Tod ein Unfall war, und die State Farm müßte James Coates die ganze Lebensversicherung, einschließlich einer Entschädigung für das Vorenthalten des Geldes, auszahlen.

Er fühlte sich todunglücklich. Er hatte zwar Bobbie Roberts geholfen, der Wahrheit näherzukommen, doch in jeder anderen Hinsicht hatte er sie im Stich gelassen. Am Ende wäre sie noch viel schlechter dran.

8. März 1988. An diesem Tag wäre Deana Hubbard einundzwanzig Jahre alt geworden. Bobbie Roberts nahm die Gelegenheit wahr, Keeney in seinem Büro bei B & A anzurufen. Er hatte gerade die Skyline der Stadt betrachtet, über die sich ein heiterer Frühlingshimmel spannte, doch ihm erschien alles trübe und trostlos.

»Ich möchte eine Klage wegen fahrlässiger Tötung einreichen«, sagte sie. »Ich möchte, daß diese Leute mit dem konfrontiert werden, was sie getan haben.« Keeney vernahm ihre Worte mit dem unbehaglichen Gefühl, daß er das schon einmal erlebt hatte. Trotzdem war er gewillt weiterzumachen.

Nach dem Anruf stellte er einen ungefähren Zeitplan auf. Am 2. April 1988 jährte sich zum erstenmal Deanas Tod, und das war der Zeitpunkt, bis zu dem eine Zivilklage gegen die McGinnis' erhoben werden konnte. Das bedeutete, daß ihm nur vier Wochen verblieben, um den Prozeß zu beantragen, die Klage zu formulieren und sie bei Gericht einzureichen.

Er ging, um sich etwas Kaffee zu holen. Unterwegs kam er an mehreren Büroräumen vorbei, die in letzter Zeit freigeworden waren; überall standen halbvolle Kisten und lagen Akten herum. B & A glich in diesen Tagen einer Geisterstadt. »Man könnte unten in der Halle eine Schrotflinte abfeuern, ohne etwas zu treffen«, scherzte Pete Lazar.

Binnen einer Woche war der Staatsanwalt von Monterey, Chuck Warner, dazu bereit, Bobbies Fall unter der Bedingung zu übernehmen, daß er ein Erfolgshonorar erhielt und daß Keeney der Hauptrechtsbeistand war. Bobbie bot Keeney das übliche Anwaltsdrittel als Honorar an. Er sah keinen Grund, das abzulehnen. Es wäre sowieso nicht viel. Auf ein Drittel des Geldes, das sie bekäme, hätte Keeney Anspruch, und Warner würde ein Drittel von Keeneys Drittel erhalten.

Beide – er und Warner – formulierten eine drei Punkte umfassende Klage wegen fahrlässiger Tötung, Unachtsamkeit und Körperverletzung. Nachdem sie den Text überarbeitet und die Fakten gecheckt hatten, wurde die Klage beim

Gericht des Staates von Kalifornien für den Landkreis Monterey eingereicht.

Die Sache sollte am 30. März 1988 um 15 Uhr 00 – zweieinhalb Tage vor dem Verjährungstermin – verhandelt werden.

Der nächste kritische Schritt bestand darin, den McGinnis' ihre Exemplare der Klageschrift zuzustellen. Chuck Warner behauptete, das sei kein Problem. Keeney besaß jedoch genug Erfahrung, um zu wissen, daß verschiedene Anwälte in den letzten Jahren beim Zustellen von Anklagen auf die dumme Tour geritten waren, um einen Beklagten abzuservieren. ›Anklopfen und dalassen‹ (d. h. wer immer im Haus des Beklagten die Tür öffnet, dem drücke die Anklageschrift in die Hand) und auch der ›Abwasserkanalservice‹ (d. h. steck das Ding in den Gully und tisch dem Gericht eine Lüge auf) waren zu wohlbekannten Taktiken des Einsatzes aller Mittel geworden.

»Ich möchte ein sauberes Vorgehen in dieser Sache«, verlangte Keeney von Warner. »Schalten Sie das Büro des Sheriffs oder einen professionellen Zusteller ein, aber wenden Sie keine Tricks an. Das kann das Vorspiel zu einem Mordfall sein …«

»Gut, gut«, sagte Warner. »So oder so werden wir sie ausfindig machen und in die Pfanne hauen.«

Keeney hatte kaum den Hörer aufgelegt, da ließ Sarah West wieder den Summer ertönen. Ein Polizeidetektiv war in der anderen Leitung.

»Steve Keeney? Detective Jack Haeussinger von der Polizeibehörde in San Diego.« Es klang so, als ob der Mann es liebte, seinen Namen zu nennen, wobei er auf jeder Silbe wie auf einem Lederriemen herumkaute – Hau-ssin-dscher. »Don Smythe in Monterey sagt, Sie würden hinter all diesem Gerede von einem Mord stecken, den eine Virginia McGinnis begangen haben soll. Ich dachte, ich rufe Sie mal an, um zu erfahren, was Sie wissen.«

Keeney dachte einen Augenblick nach, bevor er antwortete. Der Name Jack Haeussinger war ihm völlig unbekannt. Polizeidetektive riefen nicht ohne jeden Grund aus anderen Städten an. Die Sache kam ihm nicht geheuer vor. Es konnte die Stimme von Jimmy Coates sein, der vielleicht herkommen wollte, um ihm wegen der Versicherungsangelegenheit zuzusetzen. Jimmy war ein gefährlicher Typ, der einem genau so einen Kopfschuß verpassen wie die Hand schütteln konnte. Keeney dachte an den Jungen, den Jimmy von einem schnell fahrenden Lastauto aus mit einem Lasso gefangen hatte, und an den Drogendealer, den er in den Kopf geschossen hatte. Und ich sitze hier in meinem Büro und warte darauf, daß auf mich angelegt wird wie auf eine Milchflasche auf einem Zaun, dachte Keeney.

Allerdings konnte es mit dem Anruf auch etwas anderes auf sich haben.

»Detective«, antwortete er, »es tut mir leid, Sie zu bitten, mir Ihre Telefonnummer zu geben, damit ich zurückrufen kann.« Er dachte, daß Haeussinger, wenn er ein Profi wäre, verstünde, was er meinte.

»Wie Sie wollen«, sagte die ledern klingende Stimme. »Aber Sie werden herausfinden, daß ich keine krummen Touren mache.« Keeney kontrollierte, welche Position Jack Haeussinger bei der Polizei in San Diego innehatte, und erwiderte den Anruf.

»Es scheint, Sie sind nicht unbekannt bei den Coates-Boys«, sagte Haeussinger. »Jimmy machte mich auf Sie aufmerksam.«

»Das ist nicht gerade das, was ich jetzt hören möchte«, antwortete Keeney. »Ich war eben am Überlegen, ob ich nicht meine Nummer aus dem Telefonbuch streichen lassen sollte.«

»Haben Sie keine Angst, Ronnie und Jimmy sind im Bau. Es kann natürlich nicht schaden, ein paar Vorsichtsmaßnahmen zu treffen. Besitzen Sie eine Pistole? Das geht mich jedoch wirklich nichts an, nicht wahr?

Ich habe mit Don Smythe gesprochen und mit einer Ermittlerin der State Farm namens Diana Rael. Beide sagen, Sie hätten eigene Ermittlungen in Sachen Virginia McGinnis angestellt. Nun, ich kenne die Coates-Boys; sie sind etwa genau so kaltblütig wie die übrigen Ganoven, die hier herumlungern. Daher nehme ich an, daß ihre Mama nicht Betsy Ross ist.

Smythe hat mir erzählt, daß er hier ein paar Probleme hat, die Sache beim Staatsanwalt durchzubringen. Aber wenn sein Fall so schwerwiegend ist, wie er sagt, liegt es an der Politik und nicht an den Beweisen, wenn es zu keinem Prozeß kommt.«

»Nun gut, Sie haben mein Interesse geweckt, Detective. Aber wo können Sie ansetzen? Ich habe mit Jon Yudin gesprochen, und ich war danach wenig optimistisch gestimmt.«

»Ein guter Mordfall könnte etwas sein, was ich unserem hiesigen Oberstaatsanwalt, ja sogar dem Generalstaatsanwalt auf einem Tablett präsentieren kann. Man muß die beiden gegeneinander ausspielen, wenn der erste nicht anbeißt.«

Das klang gut. Aber übersah Haeussinger nicht ein grundsätzliches Problem?

»Ich kehre ungern den Anwalt hervor«, warf Keeney ein, »aber wie steht es um eine solche Kleinigkeit wie die jetzige gerichtliche Zuständigkeit? Deana wurde rund fünfhundert Meilen nördlich von San Diego umgebracht. Zum Teufel, ich würde ja den Fall unserem hiesigen Staatsanwalt unterbreiten, wenn es so einfach wäre.«

»Es spielt keine Rolle, daß sich die Leiche nicht in Ihrem Landkreis befunden hat«, sagte Haeussinger, »zumindest, wenn Sie die Meinung eines Laien in juristischen Dingen akzeptieren. Wir wissen, daß die McGinnis' die Versicherung in Chula Vista bezahlt haben. Das geschah also innerhalb der Grenzen des Landkreises von San Diego. Wenn Sie die Versicherung als Teil eines Komplotts bezahlt haben, das die Ermordung des Mädchens vorsah, sind wir juristisch gesehen für das Komplott und den Mord zuständig. Sie rennen in Monterey mit dem Schädel gegen eine Mauer, und das einzige, was Sie davon haben, sind Kopfschmerzen. Sie glauben tatsächlich, daß man dort in Monterey wegen dieses Falls nicht viel riskieren will?«

»Wieso sagen Sie mir nicht, was Sie vorhaben?«

»Sie schicken mir, was immer Sie über den Fall herausgekriegt haben. Ich werde mir die ganze Kiste anschauen und sehen, ob sich eine Anklage wegen Mordes erheben läßt. Wenn ja, bringe ich die Unterlagen höchstpersönlich in Ed Millers Büro.«

Keeney wußte nicht, was er von dem Mann halten sollte. Haeussinger hörte sich an wie ein heißer Typ der Marke Clint Eastwood, aber auch wie jemand, der in der Lage war, einen völlig mürbe zu machen. Er konnte entweder einer der nettesten und mutigsten Kerle von San Diego sein oder ein falscher Hund, dessen Name auf einer Akte gleichbedeutend mit einem Todeskuß war. Und wenn San Diego anfing, in diesem Fall herumzuwühlen, und ihn dann wieder aufgäbe, würde Monterey Keeney beschuldigen, die Geschichte an zwei miteinander konkurrierende Justizbehörden verkauft zu haben.

»Ich muß das ein bis zwei Tage überdenken«, sagte Keeney schließlich. »Ich werde es mit meiner Mandantin besprechen. Sie ist die einzige, die mit den Resultaten wird leben müssen.«

»Machen Sie, was Sie für richtig halten. Melden Sie sich einfach wieder, wenn Sie denken, daß ich recht habe.«

1. Mai 1988. Chuck Warner, öffentlicher Ankläger in Monterey, hatte einige überraschende Neuigkeiten, als er bei B & A anrief.

»Herzlichen Glückwunsch! Sie haben gesiegt«, teilte Warner mit.

»Wovon reden Sie?« Keeney setzte sich aufrecht hin und griff nach einem Kugelschreiber. »Hat der Richter ein beschleunigtes Verfahren beschlossen?«

»Nein, im Ernst, Sie haben gesiegt. Wegen einer Formalität, wenn Sie es so nennen wollen. Doch Sie haben Ihr Urteil.« Warner machte eine Pause und wartete auf eine Reaktion. »Ich dachte, Sie würden begeistert sein.«

»Chuck, erzählen Sie mir doch bitte, was passiert ist.« Keeney war nicht zum Scherzen zumute. Er glaubte, es sei ihnen endlich gelungen, die McGinnis' vor Gericht zu bringen, und nun wolle dieser Schauspieler herumalbern.

»Okay, okay. Nun kommt es. B. J. und Virginia wohnten unter zwei verschiedenen Adressen. Ein Zusteller vom Büro des Sheriffs machte sie ausfindig und überbrachte ihnen persönlich die Anklageschrift. B. J. hält sich bei seiner Schwester in einem Pflegeheim auf; Virginia hat ihren Wohnsitz im Landkreis Contra Costa. Wir ließen ihnen die Schriftstücke persönlich zustellen *und* zusätzlich per Post.«

»Und?« Keeney klickte mit dem Kugelschreiber.

»Das ist alles«, sagte Warner heiter. »Nichts. Sie hatten drei Wochen Zeit und antworteten kein einziges Mal. Sie erschienen nicht einmal vor Gericht. Ein schweres Versäumnis. Richter William Wunderlich, einer unserer ehemaligen Staatsanwälte, ließ das Urteil zugunsten von Bobbie Roberts protokollieren. Sie haben das Verfahren gewonnen. Hurra.«

Keeney senkte seine Stimme. »Chuck, das ist doch unglaublich. Wirklich unglaublich. Ich hätte nie gedacht, daß ich mich so ärgern würde, wenn ich das höre.«

»Was reden Sie da?« fragte Warner. »Das ist ein Sieg. Sie sollten sich darüber freuen.«

»Ja, aber *niemand* versäumt es doch, vor Gericht zu erscheinen, wenn es um fahrlässige Tötung geht. Der Termin rückte heran, und sie ließen ihn ohne einen Mucks verstreichen.« Er nahm einen Schluck Kaffee; die Geschichte mit Virginia nahm einen immer seltsameren Verlauf.

»Nun ja, es ist geschehen«, sagte Warner. »Und nun können Sie sich ans Gericht wenden und eine Entscheidung über die Höhe der finanziellen Entschädigung verlangen, dabei werden keine Fragen gestellt.«

»Gerade das ist es. Ich habe das Gefühl, daß sie zur Sache gar nichts zu Protokoll geben wollten, egal, worum es gehen mochte.«

»So?«

»Sie sind schuldig, und sie haben uns kommen sehen. Nun haben wir keine Gelegenheit, ihnen die Frage Nummer eins zu stellen. Es sei denn ...« Keeney verstummte für einen Augenblick und nahm einen weiteren kleinen Schluck aus der Tasse. »Es sei denn, wir gehen an ihre Vermögenswerte heran.

Sie verspielen bei dieser Gelegenheit das Haus – falls sie eins besitzen. Was werden wir Ihrer Meinung nach finden?«

»Nun gut, zuerst werden wir die Verhandlung abwarten müssen, auf der die Höhe der Entschädigungssumme festgelegt wird, auf die Bobbie Roberts Anspruch hat. Dann können wir nach Vermögenswerten fahnden. Ich bin aber mit Ihnen einer Meinung, daß das der beste Treffer ist, den wir landen könnten.«

»Lassen Sie uns versuchen, der Verhandlung ein wenig zuvorzukommen, und schon einige Erkundigungen einziehen. Beginnen wir mit Virginias Haus: Rechtsanspruch, Buchwert usw. Sie ist sicherlich der Typ, der reagiert, wenn es ums Geld geht. Was sagen Sie dazu?«

Warner antwortete, er werde dafür zur Verfügung stehen. Keeney dankte ihm, und sie legten beide auf.

Nur eines schien klar, nämlich, daß die McGinnis' durch ihr Nichterscheinen vor Gericht den Prozeß verloren hatten. Jetzt konnte er sich entweder für Haeussinger entscheiden oder so lange warten, bis Yudin seinen Sinn änderte.

Am 11. Mai 1988 wurde ein Exemplar der Endfassung von Keeneys ›Buch‹, dessen Umfang durch die neueste Aktualisierung auf sechshundert Seiten angewachsen war, an Detective Jack Haeussinger nach San Diego abgeschickt.

Das Thema der nächsten Jahresversammlung der Teilhaber von B & A war wenig erfreulich. Das einzig Gute an der Tagung würde sein, daß man für kurze Zeit von den wütenden Auseinandersetzungen der scheidenden Teilhaber und von den Nachrichten über Charlie Barnetts Kampf gegen die Bundesstaatsanwälte in New York verschont blieb.

Pete Lazar leitete die Diskussion und bemühte sich, die Teilnehmer bei Laune zu halten. Nach der Debatte über den Etat und den entsprechenden Tagungsort schlug Lazar das Scottsdale Princess Hotel in Phoenix, Arizona, vor. Eine verdächtige Stille herrschte im Raum, als Lazar zum Zeichen dafür, daß der Beschluß gefaßt war, die Hand auf den Tisch herabsenkte. Das Princess war nicht etwa eine zweitklassige Tagungsstätte, aber es symbolisierte das Ende einer Ära bei B & A. Nie wieder würde es das Breakers in Palm Beach sein!

»Was die Unterbringung betrifft, so hoffe ich, für meine Verabredung mit Wynn Buckholder ein Appartement zu bekommen, das neben meinem eigenen gelegen ist«, sagte Keeney laut und deutlich. »Sie alle wissen inzwischen, wer Wynn ist.« Einige der Anwesenden nickten zustimmend, als Keeneys Blicke den Tisch im Sitzungssaal hinauf und hinunter wanderten. »Das Appartement geht auf meine Rechnung, aber ich dachte, daß ich das hier mit Ihnen vorab regle.«

Den ganzen Herbst und Winter hindurch hatte Keeney einen festen Halt in Wynn. Sie verbrachten manche Nachmittage zusammen mit ihren Kindern – Wynn hatte zwei, Mark und Kelly – und fingen sogar an, so etwas wie eine Familie zu werden. Daß sie sich nun einen Urlaub zu zweit, ohne die Kinder, gönnen wollten, schien der nächste natürliche Schritt zu sein.

Ehe einer von Keeneys Kollegen antworten konnte, kam ein dringender Anruf für Pete Lazar. Daher mußte die Sitzung geschlossen werden.

»Tut mir leid, Steve«, sagte Lazar, als er sich anschickte, zur Tür zu gehen. »Wir kommen in der nächsten Woche darauf zurück. Die Sitzung ist vertagt.«

Keeney sann immer noch über das Treffen der Teilhaber in Arizona nach, da vernahm er ein Klopfen an der Tür seines Büros. Er öffnete sie und sah einen der großen alten Männer der Firma, Hugh Stark, im Korridor draußen stehen. Stark blickte wie stets übermäßig ernst drein.

»Steve, es gibt da ein Problem, über das wir sprechen müssen – privat«, begann er in einem unheilvollen Ton. Starks weißhaariger Kopf sowie sein ausdrucksloser Mund erinnerten Keeney fatal an seinen Vater.

Keeney hatte ein flaues Gefühl im Magen.

»Gewiß doch, Hugh. Komm herein, nimm Platz.« Er rückte zwei Sessel an den Kaffeetisch im Seitenflügel seines Büros.

»Es ist etwas, was ich nicht leichthin zur Sprache bringe«,

sagte Stark, der hereingekommen war, aber sich nicht hinsetzen wollte. »Es gibt dafür wirklich nur ein Wort.«

Ein Wort. Keeney zerbrach sich den Kopf. Kostenberechnung? Stunden? Gewinne? Nichts fiel ihm ein, außer das Stark tatsächlich manchmal ein großes Arschloch war. Konnte der Mann denn nicht einfach sagen, was er meinte?

Doch dann beschloß Keeney, sich etwas gewählter auszudrücken: »Ich gebe es auf, Hugh. Sag es gerade heraus.«

Starks blaue Augen schossen feurige Blitze, als er das Wort hervorstieß: »Unzucht.« Er legte eine Pause ein, um es wirken zu lassen.

Keeney hütete sich davor, zu lachen. Sowohl er als auch Wynn waren geschieden, und mit drei Kindern traten sie in ihr viertes Lebensjahrzehnt ein. In welchem Jahrhundert glaubte Stark eigentlich zu leben?

»Du meinst Wynn?« fragte er schließlich mit heiserer Stimme.

»Ich glaube nicht, daß ich da noch etwas erklären muß«, sagte Stark, ehe er sich umdrehte, um wieder zu gehen. »Appartements, die nebeneinanderliegen! Ich hoffe, daß du dir das überlegen wirst.« Die Tür schloß sich hinter ihm.

Keeney setzte sich wieder an seinen Schreibtisch. Er war sprachlos. Unentschlossen nahm er den Hörer ab, um Wynn in ihrem Büro anzurufen und ihr zu erklären, daß er solo zum Treffen der Teilhaber fahren würde. Er begann die Nummer zu wählen und hielt dann inne. Er blickte sich in seinem Büro um. Überall lagen Akten auf dem Fußboden. Zu Hause in seinem Studierzimmer sah es nicht besser aus.

Er dachte an Christian, der zwei Zuhause hatte und hin und her pendelte, sowie daran, daß er selbst wie unter einem Zwang aß, rauchte und Kaffee trank. Wynn schien das einzig wirklich Gute in diesem ganzen Durcheinander zu sein, selbst wenn sie der Meinung war, es sei ein vergebliches Unterfangen, die McGinnis' zur Strecke zu bringen. Sie hatte versucht, ihn dazu zu bringen, seine schlechten Gewohnheiten aufzugeben, und sie hatte angefangen, sogar auf sein Gewicht zu achten.

Hugh Stark mochte zwar prüde sein, dachte Keeney, aber er war verantwortlich für eine der besten Entscheidungen, die er, Steve Keeney, je treffen würde.

Unzucht. Das Wort hallte in Keeney nach, als er gemeinsam mit Wynn auf der ›Bonnie Belle‹, einem der Schaufelraddampfer von Louisville, fuhr. Im Flußhafenviertel rollten einige Autos gemächlich über die Brücken, die nach Indiana hinüberführten. Die Sonne schien golden am späten Nachmittag. Doch das Deck der ›Bonnie Belle‹ war menschenleer.

»Steve, bist du sicher, daß wir nicht auf dem falschen Dampfer sind?« Wynn sah um sich und genoß die schöne Aussicht. Da fiel ihr Blick auf den von zwei Stühlen flankierten Einzeltisch, auf dem ein silberner Sektkübel mit einer Flasche Roederer Cristal und ein Dutzend Rosen standen. Sie kannte Keeney nur zu gut, um das Weitere erraten zu können; sie hatte das gleiche schon einmal erlebt.

Binnen zehn Minuten war die Flasche geleert, Keeney und Wynn dampften auf die Ohiofälle zu und waren verlobt. Unter dem aufsteigenden Halbmond sah Keeney, wie sein ungeordnetes Leben wieder in geregelte Bahnen kam. Neben dem Gedanken an die neue Familie stellte er sich vor, wie er auf der bevorstehenden Zusammenkunft der Teilhaber in Phoenix dem weißhaarigen Hugh Stark ein deftiges Wort entgegenschleudern würde: *Unzucht.*

Am anderen Ende der Staaten war Jack Haeussinger am späten Abend dabei, Keeneys ›Buch‹ zu lesen. Seiner Meinung nach war es eine erstklassige Arbeit, obwohl er gleichzeitig dachte, daß es wieder einmal typisch Anwalt sei, die Täter mehrfach zu überführen.

»Man braucht nur die Versicherungspolice, die Fotos und Virginias Beteuerung zu nehmen, sie habe angeblich nie etwas von einer Versicherung Deanas gehört, und da hast du den Fall«, brummte er. »Alle Pathologieberichte und mitgeschnittenen Telefongespräche der Welt könnten keine bessere Mordsache ergeben als diese.«

Den ganzen Juni hindurch rief er Ken Goodnight und Diana Rael von der State Farm, Don Smythe in Monterey und R. D. Jones in Louisville an. Alles wurde gecheckt. Dann nahm Haeussinger an einem Nachmittag sein Exemplar von Keeneys ›Buch‹ und dazu seinen eigenen zwanzig Seiten langen Bericht, kletterte in den blauen Streifenwagen und fuhr von seiner Polizeiwache im östlichen Teil der Stadt in die City von San Diego.

Jim Pippin, Leiter der Staatsanwaltschaft beim Gericht, kehrte gerade vom Mittagessen in einem mexikanischen Lokal zurück, das den Namen ›Los Quattros Milpas‹ trug, aber von den Polizeibeamten scherzhaft ›Die Fliege‹ genannt wurde. Sein Mahl – ein Teller Chorizo und Reis, sowie mit Mehl bestreute Tortillas, dazu noch ein Tecate, mit dem alles hinuntergespült wurde – bewirkte, daß er nun müde war und nicht gestört werden wollte.

Als Pippin Haeussingers eindrucksvolle, einsdreiundachtzig Meter große Gestalt erblickte, die den Türrahmen ausfüllte, zwang er sich dazu, den Besucher freundlich zu begrüßen. Er wußte genau, was dieser im Schilde führte, und war von der Idee nicht gerade begeistert. Pippin hatte bereits eine Unmenge von Mordfällen am Halse. In San Diego wurden jährlich an die vierhundert Morde begangen, dazu kamen Zehntausende von Einbrüchen, Raubüberfällen und Vergewaltigungen. Bis zu sechshunderttausend Vollziehungsbefehle mußten wegen Nichterscheinen vor Gericht erlassen werden. Warum sollte eine Behörde, die mehr als genug zu tun hatte, einen Fall übernehmen, bei dem keinerlei Fortschritte erzielt wurden? Ein in einem anderen Zuständigkeitsbereich begangener Mord ließ Pippin angesichts der hohen Kriminalität völlig kalt. Nachdem er sich achtzehn Jahre lang bei der Staatsanwaltschaft mit Strafsachen herumgeschlagen hatte, wußte er jedoch, daß die Männer des Gesetzesvollzugs zusammenhalten mußten.

»Derselbe alte Mord, Jack? Ich habe dir doch schon in der

vorigen Woche erklärt, daß wir mehr als genug Fälle haben«, sagte Pippin in seiner gedehnten Sprechweise. »Das letzte, was wir brauchen, ist irgendein ›Waisenkind‹ aus Monterey.«

Pippin mochte Haeussinger. Der Bursche mit seiner Batterie von Ausdrücken und seiner lässigen Art war ein Witzbold. Und er war ein für Raub zuständiger Kriminalist, zugegebenermaßen ein guter Mann, aber immer noch ein Cop. Pippin bezweifelte, ob er je in seinem Leben von Anfang bis Ende mit einem Mordfall befaßt gewesen war. Und wenn man die Telefonanrufe mit dazuzählte, so war es das ›*sechste*‹ Mal, daß Haeussinger bei der Staatsanwaltschaft mit seinem ›großen Mord‹ hausieren ging. *Es ist ein handfester Fall. Der Anwalt in Louisville hat eine verdammt gute Arbeit geleistet. Die Verbrecherin ist ein richtiger Drache von Lady. Sie hat nicht die mindeste Spur Mitleid.* Pippin kannte das alles schon.

Und jedes Mal sprach Haeussinger länger und erregter als vorher. Nun war er wieder da und beugte sich über Pippins Desktop.

»Dieser Keeney hat sich schon ein Jahr lang ganz allein hinter diese Sache geklemmt, ohne auch nur einen einzigen lausigen Dollar dafür zu kriegen. Wie viele Anwälte sind so verrückt, das zu machen? Sie sind es sich einfach schuldig, sein ›Buch‹ zu lesen und sich meinen Bericht zu Gemüte zu führen.

Außerdem werden Sie stolz sein können, wenn ihr Kerle einen Mordfall klärt, den Monterey nicht einmal mit spitzen Fingern anfassen wollte. Denken Sie bitte darüber nach.«

Pippin sann über Haeussingers Worte nach, während er zugleich nach seinem mexikanischen Mahl Sodbrennen verspürte. Hier war ein Cop, dem man die Tür vor der Nase zuschlug. Wenn die Staatsanwaltschaft sich wenigstens die Kiste anschaute, würde Haeussinger, so hoffte Pippin, endlich Ruhe geben. Er hatte das Gefühl, nicht noch einen dieser Besuche ertragen zu können.

»In Ordnung, Jack. Sie haben gewonnen. Ich werde mir das ansehen.«

»Schön, ich werde Sie in der nächsten Woche anrufen, um mit Ihnen die Einzelheiten der Verhaftung zu besprechen.«

»Ich sagte, ich werde es mir durchlesen, Jack. Dann werden wir darüber sprechen.«

Keeney hatte mit einem Anruf von Mike Hatch und Ken Goodnight gerechnet, seit er das Schreiben des Rechtsanwalts von James Coates gelesen hatte, in dem der State Farm ein Prozeß wegen Verweigerung des Versicherungsanspruchs angedroht worden war. Er war kaum überrascht, als sie beide hintereinander anriefen, um ihm den nächsten Schritt der State Farm mitzuteilen: Sie wollte nachgeben.

»Wir werden wahrscheinlich niemals genau wissen, was auf jener Klippe geschehen ist«, sagte Goodnight. »Die Untersuchungen haben länger gedauert, als jemand voraussagen konnte, und es besteht noch immer keine Hoffnung, daß der Fall geklärt wird.«

Keeney erwiderte, er wünsche, daß es anders wäre, aber gab zu, daß die State Farm schon mehr getan hatte, als es ihre Pflicht gebot.

»Wir werden Coates nicht etwa einen Scheck ausstellen«, fügte Hatch hastig hinzu.

Die State Farm wendete einen legalen Trick an und wollte die Versicherungssumme an den Bundesgerichtshof überweisen. Jeder, der ein Interesse an diesem Geld hätte, müßte vor Gericht gehen und es dem Richter überlassen, zu entscheiden, wer das Geld bekommen sollte. Die State Farm wusch ihre Hände in Unschuld und schützte sich so vor allen Gerichtsverfahren wegen ungerechtfertigter Verweigerung eines Versicherungsanspruchs.

Hatch und Goodnight legten nach ihrem Anruf zum letzten Mal auf.

Danach überlegte sich Keeney: Das einzig Gute an der Nachricht war, daß, wenn James Coates dumm genug wäre und versuchte, an das Geld heranzukommen, ein Prozeß stattfinden müßte. Er hätte dann die Möglichkeit, James Coates und dessen Mutter einem Kreuzverhör zu unterziehen. Dabei müßten sie unter Eid aussagen.

»Steve, hast du eine Minute Zeit« fragte Pete Lazar, als er Keeney im Korridor von B & A begegnete. An seiner Miene war erkennbar, daß er über Wichtigeres sprechen wollte als das Scottsdale Princess Hotel.

»Es handelt sich um Charlie Barnett«, sagte Lazar, als die Tür hinter ihnen zugefallen war. »Sie lassen ihn schmoren.«

»Im Ernst, Pete«, wandte Keeney ein, »Charlie ist in Schwierigkeiten, aber mit einem Team von guten Verteidigern hat er eine faire Chance, freigesprochen zu werden.«

Lazar machte eine abwehrende Handbewegung. »Ich meine um Gottes willen nicht die US-Staatsanwaltschaft. Wir sind es, die Charlie schmoren lassen. Kein Geld für die Verteidigung, keine Rückendeckung. Wir distanzieren uns völlig von ihm. Vor zehn Minuten haben sich die Hauptteilhaber von ihm getrennt.«

»Aber warum?« fragte Keeney verblüfft. »Wir sind wie eine Horde Eskimos, die die Alten aus ihrer Gemeinschaft ausstoßen, damit sie auf einem Eisberg sterben.«

»Das ist erst der Anfang«, fuhr Lazar erbittert fort. »Wir kündigen auch einem Dutzend Teilhabern ihren Vertrag auf. Du stehst nicht auf der Liste, aber du wirst davon hören und darüber möglicherweise auch etwas lesen.«

»Ein Dutzend Teilhaber«, wiederholte Keeney.

Teilhaber bzw. Partner zu werden, das galt als das Ideal eines Anwalts, als der Topf voller Gold, dessentwegen man es auf sich nahm, so lange Jura zu studieren, die Anwaltsprüfung abzulegen und als ›Associate‹ tätig zu sein. Man hatte ein Lebensziel. Im Namensverzeichnis stand hinter dem Namen der Anwälte entweder ein *a* für ›associate‹ oder ein ›p‹ für ›partner‹. In der Firma strebte natürlich jeder Anwalt danach, seinen a-Status gegen den p-Status auszutauschen. Nach seinem eigenen Aufstieg in die Elite hatte sich seinerzeit auch bei Keeney ein Gefühl ungeheurer Sicherheit eingestellt.

»Ich sehe mich bereits ein wenig auf dem Arbeitsmarkt um«, teilte Lazar ihm mit. »Wir können durch die Revision der Geschäftsbücher etwas Zeit gewinnen, aber am Ende wird es ein noch größeres Blutvergießen geben.«

Keeney dankte Lazar und ging in sein Büro.

Er blickte zurück auf eine Karriere, bei der er papierne Konstruktionen schuf und verteidigte, Geldmengen und Aktienpakete hin und her bewegte. Seine Trophäen waren Souvenirs aus Marmor und ›Grabsteine‹ aus Acrylharz. Auf einem war zu lesen: ›»$12 000 000/1984–1985 Pachtvertragstransaktion‹. Aber keine dieser Aufgaben erfüllte ihn mit einer solchen Entschlußkraft wie das Ziel, Virginia zur Strecke zu bringen und Bobbie Roberts zu helfen. Es war an der Zeit, seinen Abschied zu nehmen.

Keeney holte einen gelben Block hervor und begann zu schreiben:

MITTEILUNG: *An alle Teilhaber*
Betrifft: Steven H. Keeney – Kündigung

Im Herbst regelte Keeney seine Angelegenheiten bei B & A. Da waren sein Kapitalkonto, die Bewertung seines guten Rufs bei angesehenen Klienten, der Anteil am Jahresbonus. Aber Bobbie Roberts' Fall geriet darüber nicht in Vergessenheit. Parallel zur Aktion der State Farm, die dem Gericht die Verantwortung für die Klärung des Versicherungsanspruchs zuschob, begann Keeney, Bobbie auf die Zeugenvernehmung in Kalifornien vorzubereiten, wo eine Verhandlung zur Festlegung der Höhe des Schadenersatzanspruchs bevorstand.

»Im Grunde läuft das Ganze darauf hinaus, das Leben einer Zwanzigjährigen auf einen bestimmten Dollarbetrag zu reduzieren«, erklärte Keeney. »Die laufenden Barausgaben sind einfach. Die Kosten Ihres Rechtsbeistands; die Reise, die Sie zu Weihnachten unternahmen, um die Stelle zu sehen, wo

Deana den Tod fand; der Umzug vom Haus in Fincastle in Ihre neue Wohnung. Obendrein versuchen Sie bitte, dem Gericht zu schildern, was für ein Mensch Deana war und was es für Sie persönlich bedeutet, sie verloren zu haben. Die Gerichte in Kalifornien bezeichnen das als ›hedonistischen‹ Schaden.«

Das war eine Aufgabe, die nur ein Anwalt als Routine ansehen konnte.

Und der Frust war vorprogrammiert. Virginia McGinnis hatte kaltblütig einen Mord begangen, und sollte sie ungeschoren davonkommen, wäre das eine himmelschreiende Ungerechtigkeit. Der Richter könnte Bobbie Roberts zwar eine Entschädigung in Höhe einer Million Dollar zubilligen, das wäre jedoch nur ein Sieg, der auf dem Papier stünde, wenn Virginia keinerlei Vermögenswerte besaß, die gepfändet werden konnten. Und Keeney fragte sich, wie viele Mütter es noch gab, die den Verlust eines Kindes oder eines Angehörigen beklagten, weil Virginia gemordet hatte. Und wie viele andere ›Patienten‹ mochte sie heimlich ins Jenseits befördert haben? Es war unwahrscheinlich, daß Deana Virginias erstes Mordopfer außerhalb der eigenen Familie war. Virginia und B. J. hatten das Verbrechen mehr als einen Monat vorher geplant, hatten kühl und routiniert die Formalitäten erledigt sowie die Gespräche geführt.

Und sie laufen noch frei herum, dachte Keeney.

Oper in Bario

Ende Juli kam der Stellvertreter des Oberstaatsanwalts Jim Pippin zu dem Schluß, daß etwas mit Haeussingers Mordfall geschehen mußte. Die Unterlagen schmorten schon zu lange in seinem Büro. An einem Nachmittag trug er sie ins Büro eines Staatsanwalts der mittleren Ebene, Luis Aragon. Pippin hielt Aragon für den gewissenhaftesten Mann, der den dicken Wälzer vielleicht tatsächlich lesen würde.

»He, Luis, ich habe etwas für Sie. Lesen Sie es und sagen Sie mir, ob es sich um einen Mord handelt. Irgendein Anwalt für Zivilsachen in Louisville sagt, daß es das sein könnte. Der Staatsanwalt in Monterey verneint es. Nehmen Sie die Unterlagen mit nach Hause, und bilden Sie sich darüber ein Urteil.«

Aragon saß an einem Schreibtisch, der mit Notizen für die Vorbereitung von Prozessen übersät war. Er hörte Pippin zu und schaute finster drein.

Sein erster Gedanke war, daß es irgendein Gefängnisanwalt oder einfach ein alter Dummkopf sein mußte, der diese Unterlagen zusammengetragen hatte. Es rannten eine Menge Excops und Anwälte herum, die eine fixe Idee hatten und ganze Bände über ›brennend wichtige Fragen‹ oder eingebildete Komplotte verfaßten.

Jim Pippin war jedoch sein Vorgesetzter. Er versicherte, daß Keeney ein ehrenwerter Anwalt sei und daß ein Angehöriger der hiesigen Polizeibehörde der Meinung wäre, der Fall verdiene eine gewisse Beachtung. Aragon entschloß sich, die Akte mit nach Hause zu nehmen und nach einem Weg zu suchen, sie wieder loszuwerden.

Luis Manuel Aragon beschäftigte sich seit acht Jahren mit Strafsachen in der Staatsanwaltschaft von San Diego, aber er war dort keineswegs der beste Mann. An manchen Tagen blickte er sich tatsächlich in seinem Büro um und fragte sich, wie er es eigentlich fertiggebracht hatte, so hoch aufzusteigen.

Aragon war in Calexico aufgewachsen, einer knapp zehntausend Einwohner zählenden Stadt, die nördlich von Tijuana, doch schon innerhalb der Grenzen der USA, gelegen war. Sein Vater hatte zunächst auf den Feldern gearbeitet und war dann ins Imperial Valley gezogen, wo er bei der U. S. Gypsum als Schmelzer Arbeit fand. Während Mr. Aragon eine ›Hitze nach der anderen‹ ertrug, wie er zu sagen pflegte, unterrichtete seine Frau ihre neun Kinder – Luis war das jüngste – in Fächern, die von der lateinischen Poesie bis zur Oper reichten.

Mariachi plärrte aus den anderen Fenstern der in Bario gelegenen Mietskaserne, aber Mrs. Aragon sorgte dafür, daß in ihrer Wohnung die Musik von Puccini und Wagner erklang.

Nach Beendigung der Schule in Calexico ergriff Luis die erstbeste Gelegenheit, die Stadt zu verlassen. Zuerst absolvierte er das Yale College und studierte dann an der Law School in Georgetown. Als er 1981 bei der Staatsanwaltschaft in San Diego zu arbeiten begann, war es wie eine Heimkehr. Obwohl Absolvent einer Elitehochschule im Osten der USA, bildete sich Aragon etwas darauf ein, daß er noch in der Lage war, mit den Farmern aus dem Grenzgebiet zusammen die Ärmel hochzukrempeln. Und die Arbeit in der Staatsanwaltschaft – sah man von ihrem großen Einfluß und von den politischen Intrigen einmal ab – erforderte den täglichen Kontakt mit Taschendieben, Junkies, Cops und ganz normalen Menschen. Sein Job trug dazu bei, daß er hübsch zwischen Himmel und Erde schwebte.

Aragon wußte, daß er kein Prozeßanwalt war, wie er im Buche stand. Bei seinem Auftreten im Gerichtssaal imponierte er anfangs nicht, ja er wirkte sogar bescheiden. Er hatte ein schmales, leicht pockennarbiges Gesicht, schönes schwarzes Haar und eine gute Figur, obwohl er als Folge der Arbeit am Schreibtisch immer etwas gebeugt ging. Er strahlte Ernsthaftigkeit, aber nicht Energie aus. Das traf auch auf seine Stimme zu, die, selbst wenn sie sich zu einem Crescendo steigerte, immer leicht bebte.

Aragon machte jedoch aus seiner besonderen Mischung aus Professionalität und Volksverbundenheit, Akademikertum und Calexico High School das Beste. Für die Geschworenen hatte er eine unmißverständliche Botschaft: Wir richten uns einfach nach dem Buch hier, Leute. Wie könnt ihr jemanden freisprechen, wenn der freundliche Luis Aragon mit den netten Manieren der Meinung ist, daß der Angeklagte die Tat begangen hat.

Schließlich machte er sich daran, Keeneys ›Buch‹ zu lesen. Am Samstag morgen rekelte er sich im Pyjama in seinem Bett. Da er keine Ausreden mehr hatte, machte er sich eine Tasse Kaffee, schaltete die Lampe an seinem Bett ein und packte den dicken Wälzer auf seine Knie. Er blieb für den Rest des Tages im Bett und las; am nächsten Morgen setzte er seine Lektüre fort.

Er hörte bereits die Verteidigung sagen: »Sehr geehrte Geschworene, meine Mandantin wurde nie eines Verbrechens überführt. Sie ist fünfzig Jahre alt. Und sie hat der Polizei selbst den tödlichen Unfall gemeldet. Nachdem alles gesagt und getan wurde, ist das ein reiner Indizienprozeß!« Aber Aragon wußte, wie er diese Argumentation zu seinen Gunsten umkehren konnte: »Sehr geehrte Geschworene« – hatte er schon einige Dutzend Male gesagt -»Indizien lügen nicht, Menschen ja.«

Montag vormittag rief er Pippin an.

»Jim, ich habe das ganze Wochenende über das Ding gelesen. Ich glaube, es liegt ein Mord vor.«

»Was muß getan werden?« fragte Pippin, wobei er seine Überraschung verbarg.

»Na ja, das ist hier die Frage. Keeney vertritt die Mutter des toten Mädchens und könnte einen eigenen Standpunkt haben. Ich brauche sechs Monate und einen Kriminalbeamten, der nur für den Fall tätig ist. Danach können wir entscheiden, ob das unter unsere Gerichtsbarkeit fällt und ob wir eine verhandlungsfähige Sache haben.«

»In Ordnung«, sagte Pippin zurückhaltend, »lassen Sie uns über die Straße gehen und mit dem Oberstaatsanwalt sprechen.« Er hoffte, Aragon würde seinen Ruf nicht wegen eines von einem hartnäckigen Kerl in Louisville verfaßten Blödsinns aufs Spiel setzen.

Aragons Anruf, den Keeney an jenem Nachmittag von der Staatsanwaltschaft in San Diego erhielt, erschien ihm wie ein Wunder. Keeney hatte fast aufgehört, an Jack Haeussinger zu glauben. Diesmal hoffte er, daß Virginia nicht durch die Maschen des Gesetzes rutschen würde. Aber Aragon blieb cool.

»Wir ermitteln hier bloß«, sagte er vorsichtig. »Ich möchte das klarstellen. Ob wir imstande sein werden, Anklage zu erheben, hängt davon ab, was wir herausbekommen. Aber Sie und Miss Roberts sollten wissen, daß der Fall nicht völlig in Vergessenheit geraten ist.«

»Ich denke, daß meine Meinung dazu klar ist«, sagte Keeney. »Jetzt wollen wir es so halten, daß Sie uns einfach fragen, wenn es etwas gibt, was Miss Roberts oder ich tun können.«

Vom Herbst an bis weit in das Frühjahr 1989 hinein verfolgten Aragon und Scott Lawrence, Ermittler bei der Staatsanwaltschaft, die Spuren. Jack Haeussinger hatte sich freiwillig erboten, mitzumachen, aber seinem Wunsch wurde nicht stattgegeben. Aragon brauchte ein reibungslos funktionierendes Team, und er hatte rasch mitbekommen, daß – aus welchem Grund auch immer – Spannungen zwischen Lawrence und Haeussinger existierten. Es mußte eine Wahl getroffen werden, und am Ende entschied Aragon sich für Lawrence, der seine Ausbildung beim FBI erhalten hatte.

Er und Lawrence, ein blonder, untersetzter Dreißigjähriger, fuhren von Kalifornien bis in die nördliche Provinz des Bundesstaates New York, nach Kentucky und dann wieder zurück. Sie führten Gespräche mit Art und Cleo McCain, Dick Coates, Ken Goodnight, Donald Smythe, R. D. Jones, Bobbie Roberts und einem Dutzend anderen potentiellen Zeugen.

Es vergingen nur wenige Wochen, da erkannten Aragon und Lawrence das volle Ausmaß der von Virginia begangenen Verbrechen. Es war alles noch schlimmer, als es Keeneys ›Buch‹ gezeigt hatte. Alle, die Virginia kannten, schienen nur darauf gewartet zu haben, daß jemand kam und fragte. Aragon konnte sich jedoch nicht durch andere Missetaten von der Hauptsache ablenken lassen. Dem Mord an Deana galt sein Hauptinteresse.

Aragon begriff, daß Deanas Charakter zur Schlüsselfrage werden konnte, wenn es je zu einem Prozeß kommen sollte. Wollte sie tatsächlich eine Lebensversicherung haben? War sie eine ungeschickte, leichtsinnige Person, die dazu neigte, Opfer von Unfällen zu sein? War sie drogensüchtig? Hatte sie in Billie Joes Medizinschränkchen gekramt und jede Tablette, die sie fand, geschluckt? Und in welchem Verhältnis hatte sie wirklich zu James Coates gestanden? Die Ermittlungen führten von Bobbie Roberts' Haus in Louisville bis zu einigen Bezirken von San Diego, die am meisten von der Drogensucht heimgesucht waren. Aragon gelangte zur gleichen Schlußfolgerung wie Keeney Monate zuvor. Deana würde unvermeidlich zum Mittelpunkt des Prozesses werden.

Aber all das sollte später kommen. Unterdessen verschaffte sich das Team des Staatsanwalts mit richterlicher Verfügung Zugang zu den Akten der State Farm und überprüfte das Strafregister der McGinnis'. Deanas Blut, das im Laboratorium des Coroners in gefrorenem Zustand aufbewahrt wurde, testete man erneut auf seinen Elavilgehalt. Pharmazeuten wurden zu Rate gezogen. Scott Lawrence ließ sich mit einer Videokamera an der Klippe hinab, um Deanas Absturzkurve zu ermitteln. Mittels Triangulationsmethode bestimmte er, wie weit oben die Person gestanden haben mußte, die das letzte Foto von Deana und B. J. am Klippenrand geschossen hatte. Aragon fand heraus, daß Virginia und B. J. keine anderen Einkünfte hatten als Virginias kleine Invalidenrente vom Bund der Kriegsveteranen.

Es kamen rasch sehr viele Informationen zusammen. Fast überall, wo Aragon und Lawrence nachforschten, fanden sie

Anzeichen dafür, daß der Anwalt aus Louisville ihnen mit seinen Modems, Faxgeräten und Computern den Vorrang streitig gemacht hatte. Im Dezember fuhr Scott Lawrence zum Eagle Crest Hotel, um dort nach Eintragungen über Deanas Aufenthalt zu suchen. Der Eigentümer führte ihn in ein Hinterzimmer, das mit staubbedeckten Gästebüchern angefüllt war. Lawrence durchstöberte den Haufen, bis er auf das Exemplar vom Herbst 1986 stieß. Als er es öffnete, fiel ein Zettel heraus. ›10.11.87 Steven Keeney anrufen‹ stand darauf.

Endlich kam Aragon zu dem Schluß, daß ein guter Prozeß gegen Virginia geführt werden konnte. Nun hatte er das Bedürfnis, sich gefühlsmäßig darauf einzustellen. Er flog nach Louisville, um dort Scott Lawrence zu treffen. Als ihr erster Tag zu Ende ging, hatten sie mit Steve Keeney, Bobbie Roberts, R. D. Jones und einigen von Deanas Freundinnen gesprochen. Er wollte sich in Deanas Haus aufhalten, ihr Essen probieren, Personen ihres Alters und ihrer Interessenlage treffen – das Opfer kennenlernen.

Am nächsten Tag fuhren sie mit ihrem Mietauto nach Lexington, um mit Deanas Tante und Onkel zu reden. Am Nachmittag war es diesig, ein Nieselregen kam auf und ließ den Abend früh anbrechen, aber das war kein Grund, die Arbeit einzustellen.

»Wo ist Deana begraben?« fragte Aragon impulsiv. Sie falteten einen Stadtplan auseinander und steuerten ihren Wagen eine regennasse Straße entlang, die zum Friedhof in Lexington führte.

Auf dem weiten Gräberfeld, das Aragon und Lawrence allein überquerten, wuchsen ein paar Sträucher und Bäume. Deanas kleiner Grabstein aus Granit sah inmitten vieler hundert kleiner anderer verloren aus.

Es war kein Armengrab, aber es wirkte friedlich und unauffällig, wie Deana selbst gewesen war. Wer konnte schon wissen, daß dieses Mädchen das Opfer einer hinterhältigen Tat war, die an einer der schönsten Stellen der Erde verübt worden war, dachte Aragon.

Der Regen wurde stärker, und Lawrence sagte, er wolle wieder zum Auto zurückkehren.

»Geh voraus«, erwiderte Aragon mit einem Kopfnicken. »Ich möchte gern mit ihr allein sein.«

Aragon war kein Kirchgänger, aber er praktizierte seine eigene Religion. Der höfliche Staatsanwalt senkte seinen Kopf, Regentropfen perlten jetzt über seine Brillengläser und ließen die Worte auf dem Granitsockel verschwimmen, bis sie unleserlich waren.

Halblaut sagte er: »Deana, es ist ein sehr schwieriger Fall für mich. Ich weiß nicht, was dabei herauskommen wird. Ich glaube, Virginia ist schuldig, aber ich weiß nicht, ob die Jury mit mir einer Meinung sein wird. Ich brauche deine Hilfe. Das einzige, was ich jetzt für dich tun kann, ist, für dich zu beten.«

Dritter Teil

DIE EISIGE LADY

Das Netz wird zugezogen

4. April 1989

Bobbie Roberts trat in Monterey in den Zeugenstand. Sie hatte das Gefühl, in den letzten Monaten wie scheintot gewesen zu sein. Die McGinnis' hatten noch nicht auf die Zivilklage reagiert. Keeney hatte jetzt ein Ein-Mann-Büro und war noch mehr mit Arbeit überhäuft. Die State Farm hatte ihre Ermittlungen völlig eingestellt. Und Aragon hatte die McGinnis' noch nicht verhaftet.

Bobbie sagte an diesem Tag eine Stunde lang als Zeugin aus und verlor dabei nie ihre lehrerinnenhafte Sicherheit. Die Plätze am Tisch der Verteidigung, wo Virginia und B. J. hätten sitzen müssen, waren leer. Im quadratischen modernen Gerichtssaal schien dadurch das Gleichgewicht gestört. Und da kein Verteidiger da war, der zwischendurch Fragen an Bobbie gestellt oder sie einem Kreuzverhör unterzogen hätte, konnte sie ungestört ihr Zusammenleben mit Deana schildern.

»Haben Sie den Unglücksort besucht?« fragte Chuck Warner, als Bobbie geendet hatte.

»Ja, zu Weihnachten. Ja, Sir.«

»Weshalb fuhren Sie dorthin?«

»Ich hatte fortwährend Alpträume«, sagte Bobbie, »und jede Nacht versuchte ich mir den Ort vorzustellen, wo es geschehen ist. Ich wollte die Fakten kennen. Ich wollte mich vergewissern, wie es dort ausgesehen hat.«

Gegen Ende der Verhandlung übernahm Richter Wunderlich die Aufgabe, die Fragen zu stellen.

»Auf dem Foto kann ich nicht erkennen, wie groß Ihre Tochter war. Hatte sie die Körpergröße einer Frau? Mit anderen Worten, sie war nicht klein. War sie sehr groß?«

»Ja. Sie war ein Meter achtzig.«

»Gut. Wieviel wog sie ungefähr zum Zeitpunkt ihres Todes?«

»Ich würde sagen, etwa neunundfünfzig bis einundsechzig Kilo.«

»Litt sie an Gleichgewichtsstörungen?«

»Nein, Sir.«

»Trieb sie Sport, als sie ein junges Mädchen war?«

»Sie war eine Schwimmerin.«

»Und konnte sie ihre Bewegungen gut koordinieren?«

»Ja.« Am Schluß der Vernehmung durch Wunderlich war der Eindruck verschwunden, es habe sich um eine unbeholfene und unzurechnungsfähige Person gehandelt. Sie war ohne Zweifel eine junge Frau gewesen, die gesund und fit war. Ein guter Verteidiger hätte eine Menge Fragen stellen können. So hätte er z. B. auf die benebelnde Wirkung von Elavil und auf die hohen Absätze oder auf eventuell auftretende gefährliche Böen hinweisen können. Aber die McGinnis' glänzten durch Abwesenheit.

»Und haben Sie aufgrund der Ermittlungen erfahren«, fragte Wunderlich weiter, »daß die McGinnis' am 1. April eine Lebensversicherung auf den Namen Ihrer Tochter abschlossen und daß diese am 2. April von einer Klippe in Big Sur abstürzte?«

Bobbie antwortete mit Bitternis im Herzen: »Absolut. Ja, Sir.«

Chuck Warner rief Keeney zu später Stunde an. In Kentucky war es schon Abend geworden.

»Ein toller Erfolg«, jubelte Warner am Telefon. »Zweihundertfünfundachtzigtausend Dollar Entschädigung und ein gerichtliches Protokoll, auf das Sie sich stützen können. Vor allem auf die Bemerkung, die Wunderlich am Schluß aus dem Stegreif machte. Sie ist so gut, daß ich sie wortwörtlich mitgeschrieben habe. Er war hier zwanzig Jahre lang Staatsanwalt, ehe er Richter wurde …«

»Chuck, ersparen Sie mir bitte die Lobeshymnen«, sagte Keeney ungeduldig. »Ich möchte Informationen haben. Was sagte er?«

»Haben Sie einen Kugelschreiber bei der Hand?«

»Chuck –«

»In Ordnung, in Ordnung. Wunderlich sagte, zu Bobbie gewandt: ›Miss Roberts, es tut mir außerordentlich leid, was geschehen ist. Es ist eine sehr bedauerliche Tatsache, daß wir im Süden des Landkreises Monterey eine unglaublich schöne Küste haben, daß aber dort leider bisweilen auch unglaublich brutale und verabscheuenswerte Verbrechen begangen werden.‹ Wie gefällt Ihnen das? Unser ehemaliger Staatsanwalt hat demnach ziemlich deutlich gesagt, daß sie Deana ermordet haben.«

Keeney sprach an diesem Abend mit Bobbie Roberts, während sie sich im Hotelzimmer ausruhte. Sie schien müde zu sein, aber zugleich schien sie sich, wie ihrer Stimme anzumerken war, etwas beruhigt zu haben.

Lächelte Virginia in diesem Augenblick? fragte sich Keeney an diesem Abend in seinem Studierzimmer. Er sah durch das Dachfenster die Sichel des aufsteigenden Mondes.

Richter Wunderlichs Worte in Monterey hatten Bobbie Roberts gewiß etwas getröstet, doch ansonsten waren sie ziemlich bedeutungslos. Die McGinnis' konnten das Gerichtsurteil über fahrlässige Tötung ignorieren und ihr Leben genau so fortsetzen, wie sie es seit Jahren geführt hatten. Selbst der Staatsanwalt in San Diego mußte erst noch klären, ob gegen sie Anklage erhoben würde. Es wurde immer noch ermittelt.

Ja: Mord, Brandstiftung und Urkundenfälschung schienen das Familiengewerbe der McGinnis' zu sein, und sie betrieben es erschreckend gut. Virginia hatte wahrscheinlich Deanas Tod als Einnahmequelle betrachtet. Da sie ihn nicht nutzen konnte, zog sie einfach wieder woanders hin. Virginia hatte das in Ithaca, Louisville und San Francisco ebenso gemacht. Keeney wußte das und hegte den Verdacht, daß sie jetzt wieder so verfahren würde. Ihr Sohn James Coates hatte mittlerweile noch bessere Aussichten, das Geld zu kassieren. Richter Wunderlich hatte *ihn* nicht für schuldig befunden. So oder so konnte Virginias Plan aufgehen.

Während Keeney sich das unstete Leben der McGinnis' vorstellte, verbrachten Scott Lawrence und die mit den Ermittlungen befaßte Arbeitsgruppe des Staatsanwalts die Monate Juli und August damit, dieses genau zu dokumentieren. Sie versuchten, B. J. und Virginia ganztägig zu überwachen, stießen dabei aber sofort auf Schwierigkeiten. Es stellte sich heraus, daß Billie Joe und Virginia die Stadt einige Monate nach Deana verlassen hatten. Sie hatten sich sofort scheiden lassen und gingen danach getrennte Wege.

Lawrence leitete die Gruppe, die sich bemühte, Virginia aufzuspüren. Sie war in der Zwischenzeit zweimal umgezogen und benutzte wieder ihren fünfzehn Jahre alten Namen Rearden. Die Detektive fanden schließlich heraus, daß sie in der Shoreline Drive 282 in Pittsburg, Kalifornien, wohnte. Es war ein einfaches einstöckiges Vorstadthaus mit zwei Schlafzimmern und einer Garage; es war so gebaut, daß es sich harmonisch in die einfache Umgebung einfügte.

Die Detektive überwachten das Haus von einem neutral aussehenden Auto aus, das auf der anderen Straßenseite geparkt war. Sie bemerkten, daß Virginia im Laufe eines der heißesten Sommer die Unterkunft nur zweimal verließ. Am Eingang zur Veranda stapelten sich die Zeitungen. Die Eingangstür hätte ebensogut vernagelt sein können. Entweder wußte Virginia, daß jemand sie beobachtete, oder sie hatte merkwürdige Gewohnheiten.

Vom Auto aus schoß Lawrence von Virginia bei ihrem ersten Ausgang mehrere Fotos. Lawrence hatte endlich eine Aufnahme, auf der ihr Gesicht deutlich zu erkennen war. Darauf war zu sehen, wie sie mit einer Tasche voller Lebensmittel und mit einem kleinen Hund an der Leine eine sonnenbeschienene Straße entlangging. Das Foto war nicht als Beweismittel gedacht. Lawrence mußte sichergehen, daß er die richtige Frau beschattete.

Regel Nummer eins bei der FBI-Ausbildung war: Vergewissere dich, daß es die richtige Person ist, bevor du eine Verhaftung vornimmst. Niemand würde einfach mit einem Lächeln darüber hinweggehen, wenn jemand irrtümlich festgenommen würde. Und Lawrence hatte lediglich Beschreibungen besessen, die von der State Farm stammten, sowie das Foto Nummer fünf, jenen verschwommenen Schnappschuß, der Virginia und B. J., am Klippenrand stehend, von hinten zeigte.

Als Virginia zum zweiten Mal ausging, verfolgte Lawrence sie bis zu einer Filiale der Sozialhilfe. Von dort ging sie zu einem Geldinstitut, das Schecks einlöste. Durch das Schaufenster sah er, wie sie etwas unterschrieb und sich einen Geldbetrag auszahlen ließ. Am liebsten wäre er danach hineingegangen, um sich nach dem Scheck zu erkundigen, aber er durfte nichts riskieren. »He, Mrs. Rearden, irgendein Cop war hier und wollte etwas über den Scheck wissen, den Sie eingelöst haben.« Das ging nicht.

Virginia hatte bereits den Anspruch auf die Lebensversicherung wie ein gestohlenes Schmuckstück an James Coates weitergegeben, die Verbindung zu ihrem Komplizen abgebrochen und danach die Stadt verlassen. Sie wollte nicht das geringste Risiko eingehen. Im Augenblick konnte man nur beobachten, warten und geduldig das Netz enger ziehen.

Es gab einen weiteren Grund, auf der Lauer zu liegen. Viele der befragten Personen hatten erklärt, sie hätten vor Virginia und B. J. eine Heidenangst. Vor allem einer von B. J.s ehemaligen Liebhabern in San Francisco, Ken White, sagte, er habe sich um dessen Sicherheit Sorgen gemacht, seit B. J. mit Virginia verheiratet war. Nachdem Lawrence diesen Mann aufgespürt hatte, wußte man, daß B. J. in Gefahr sein konnte, sobald Virginia einen Ansatzpunkt gefunden hätte. »Welche Meinung haben Sie von Virginia?« fragte Lawrence Ken White.

»Um ehrlich zu sein, sie wäre dazu imstande«, äußerte White frei heraus. »Ich meine, sie wäre imstande, jemanden kaltzumachen, um die Versicherung zu kassieren.«

»Soso«, pflichtete Lawrence bei, um aus White noch mehr herauszukriegen.

»Wissen Sie, daß B. J. im November letzten Jahres einen Schlaganfall erlitten hat?«

»Ja, Sir.«

»Okay.« White holte tief Luft. »Ich glaube, Virginia besitzt Bücher über alle Arten von Arzneimitteln und solche Dinge. Sie kennt sich in den Wirkungen aus und ...« Er stockte.

»Worauf wollen Sie hinaus?«

»Na ja, ich habe das Gefühl, daß sie etwas getan hat, damit B. J. vom Schlag getroffen wird ... Als ich dort unten zu Besuch war, kam mir B. J. – während der ganzen Zeit, in der ich ihn im Hause sah – und sie in der Nähe war – so vor, als ob er den Arsch offen hätte und entweder high oder besoffen wäre. Und als ich ihn besuchte, schien er mir nicht übermäßig viel zu trinken ... ich glaube, daß sie ihm Medikamente verpaßt hat. Und ich denke, sie hat etwas gemacht, was seinen Schlaganfall herbeiführte; denn seit er hier ist und weg von ihr, hat sich sein Zustand gebessert. B. J. hat mir auch erzählt, daß sie zur Apotheke ging, um für ihn auf Rezept Tabletten zu holen. Das war, wenn ich mich richtig erinnere, kurz vor ihrer Trennung. Und sie kommt zurück und händigt ihm die Tabletten mit ihrem Namen auf dem Fläschchen aus.«

»Ihr Name stand darauf?«

»Ihr Name stand darauf. Und er sagte: ›Das ist nicht das, was mir verschrieben wurde.‹ Sie antwortete: ›Oh, sie müssen in der Apotheke einen Fehler gemacht haben.‹«

»Soso.«

»Nun gut, offenbar nahm er die Tabletten nicht ein, aber ich meine ... da war auch der Tod ihrer Mutter.«

»Was wissen Sie darüber?«

»Das Haus der Mutter in Palo Alto Ost brannte nieder. Und ich hörte, es sei Brandstiftung gewesen. Ich denke, sogar B. J. oder Virginia haben mir das erzählt. Die Mutter wohnte bei ihnen in San Francisco, und dann zogen sie weg. Sie kaufte das Haus – nein, die Mutter kaufte es in San Diego. Das hat man mir jedenfalls erzählt.«

»Okay, fahren Sie fort.«

»Und dann, die Mutter stirbt drei Monate nach dem Kauf des Hauses während einer Herzattacke. Die Leiche der Mutter wurde fast augenblicklich eingeäschert. Und so fange ich an, Geister zu sehen.«

Lawrence machte sich eine Notiz, damit der Tod von Virginias Mutter überprüft wurde. Wenn White recht hatte, war das die Leiche Nummer fünf.

»Hat Ihnen B. J. jemals erzählt, daß er sein Leben für gefährdet hielt?«

»Nein. Aber ihm war unbehaglich zumute. Ich glaube, ich habe ihm gesagt, daß sein Leben bedroht sei. Sei es, wie es sei, nachdem er von Virginia weggezogen war, rief ich ihn an seinem Geburtstag an. Und er erzählte mir, er wolle hinfahren, ein paar Wochen dort bleiben und einige seiner Sachen holen. Ich sagte zu ihm: ›Ich glaube, du bist bekloppt.‹ Ich sagte: ›Du fährst hin und kommst vielleicht nicht mehr lebend zurück.‹ Und ich dachte, vielleicht besitzt sie eine Versicherungspolice auf seinen Namen.«

»Was sagte B. J. dazu?«

»Nun gut, B. J. erklärte mir, soweit er sich erinnern könne, habe sie keine Police, die auf seinen Namen lautete. Jedenfalls dachte er darüber nach und fuhr nicht hin.«

Lawrence gingen Ken Whites Befürchtungen durch den Kopf, während er von seinem Wagen aus Virginias ruhiges Haus beobachtete.

Zur gleichen Zeit fuhr die andere Hälfte des Teams in die Provinz nahe der Bucht zurück, um B. J. aufzuspüren. Nach der Scheidung war B. J. zu seiner Schwester Eve Williams gezogen, die ein Pflegeheim für eine kleine Gruppe von geistig Behinderten unterhielt. Eves Haus befand sich am Ende einer langen schmutzigen Straße, wo ein handgemaltes Warnschild stand: ›SACKGASSE‹. Das Team der Ermittler gelangte zu der Ansicht, daß dieses Haus einem Versteck glich.

Beide fragten sich, wen B. J. am meisten fürchtete: Virginia oder die Polizei?

In seinem großen Büro gegenüber dem Gebäude der Staatsanwaltschaft pflegte der Oberstaatsanwalt von San Diego, Ed Miller, jeden Donnerstag nachmittag die wöchentliche Liste der noch unerledigten Sachen durchzugehen. Er hatte es sich angewöhnt, jede Anklage abzuzeichnen und den Fortgang jedes wichtigen Verfahrens zu verfolgen.

An diesem Donnerstag waren Luis Aragon, Scott Lawrence, eine Gruppe von Prozeßüberwachern und der Staatsanwalt persönlich dabei, die Ergebnisse in Sachen ›Deana Wild-Hubbard‹ einzuschätzen. Aragon hatte den Fall zwei Stunden lang vorgeführt, wobei er Dias, Diagramme und Videos verwendete. Es war ein Miniprozeß, die letzte Stufe, bevor die Staatsanwaltschaft eine Anklage für begründet erklärte. Nachdem Aragon geendet hatte, blickte die versammelte Gruppe sichtlich beunruhigt drein. Die kombinierten Erfahrungen aller Männer im Raum ergaben eine Summe von achtzig Jahren Arbeit, die sie in Vorbereitung von Strafprozessen geleistet hatten, doch angesichts des Ausmaßes der von Virginia verübten Taten verschlug es jedem die Sprache.

Ed Miller beendete das Schweigen. »Sind wir bereit, Anklage zu erheben?«

»Ich habe heute morgen Jon Yudin in Monterey angerufen. Er sagte: ›Macht Dampf. Unsere Staatsanwaltschaft kann in dieser Sache nichts unternehmen‹«, antwortete Aragon.

»Was hat dieses Gesocks eigentlich auf dem Kerbholz?« Wie jeder gute Prozeßanwalt wollte Miller über die Vorstrafen der Angeklagten Bescheid wissen.

»Das ist hier ein Problem, Sir«, erwiderte Aragon. »Virginia beging in letzter Zeit ein paar kleine Diebstähle – ich glaube, sie ließ ein paar Zigaretten mitgehen. Aber das ist auch schon alles, wenn man nicht eine Urkundenfälschung aus dem Jahre 1959 hinzurechnet. B. J. ist ein geübter Urkundenfälscher, aber er hat schon jahrelang nicht gesessen. Im Grunde haben sie reine Westen. Sollten sie in den Zeugenstand treten, könnte ich beim Kreuzverhör nicht auf irgendwelche Vorstrafen Bezug nehmen.«

Millers Pupillen verengten sich. Die Gelder waren wie immer knapp, und diese Sache fiel nicht einmal in die Zuständigkeit der hiesigen Justiz.

»Du willst den Fall, Luis. Er ist dein Baby«, sagte er.

»Bedenke, daß es uns annähernd eine Million Dollar kosten wird, die Schuld dieser Leute nachzuweisen.«

Aragon glaubte, daß er zumindest seine Zweifel gegenüber dem Staatsanwalt äußern mußte, bevor er eine Anklage wegen Mordes für begründet erklärte. Er war lediglich Stellvertreter des Staatsanwalts auf mittlerer Ebene. Genügend andere Staatsanwälte hatten bei Prozessen Rekorde erzielt, die seine eigenen Leistungen in den Schatten stellten. Das hier wäre der bedeutendste Fall in seiner Laufbahn.

»Mr. Miller«, sagte er mit heiserer Stimme. »Sie wissen, ich kann nicht garantieren, daß wir diese Sache gewinnen werden.«

Miller hob den Blick, als wollte er sagen: Was meinst du mit ›wir‹? Statt dessen bemerkte er: »Nun ja, Luis. Liegt hier ein Mordfall vor oder nicht?«

»Ich kann garantieren, daß es sich um Mord handelt. Ich kann bloß nicht garantieren, daß wir die Sache gewinnen werden. Sie kennen die Meinung von Monterey. Wenn wir verlieren, kann ich mir vorstellen, wie der Leitartikel aussehen wird.« Seine Stimme nahm einen klagenden Ton an, als er ausrief: »Unser Oberstaatsanwalt hat hier in Diego wohl nicht genug zu tun. Er läuft herum, liest Fälle auf, für die die hiesige Justiz nicht zuständig ist, wirft unser Geld zum Fenster hinaus und zieht dann den kürzeren.«

Millers Gesicht blieb ruhig, aber Aragon sah ihm an, daß er den imaginären Angriff registrierte.

Am 15. September 1989 waren beide Abteilungen des Kommandos, das die Festnahmen durchführen sollte, zum Losschlagen bereit. Dreißig Polizeibeamte – Angehörige der Polizeibehörde und der Staatsanwaltschaft von Pittsburg, Kalifornien, der Polizeibehörde und Staatsanwaltschaft von San Diego sowie die Dienststellen des Sheriffs jedes Landkreises beteiligten sich. Die Animal Control sollte sich um Virginias Hund kümmern, und der Medizinische Notdienst war in Bereitschaft, falls B. J. einen Schlaganfall erleiden sollte.

Um 9 Uhr 35 Uhr antwortete Virginia auf das Klopfen an ihrer Tür. Detective Jack Haeussinger stand davor, und hinter ihm hatte eine Reihe von Polizisten Aufstellung genommen. Er schaute Virginia an, und ein flüchtiges Lächeln zeigte sich auf seinem Gesicht. Es war jener Augenblick, auf den Haeussinger gewartet hatte, seit er Keeneys ›Buch‹ gelesen und angefangen hatte, Jim Pippin in der Staatsanwaltschaft zu nerven. Aragon war zu dem Schluß gekommen, daß Haeussinger wenigstens die Ehre gebührte, die ›Drachenlady‹, wie er sie gern nannte, zu verhaften.

Virginia sah fast genau so aus wie auf der von Scott Lawrence geschossenen Aufnahme und auf dem Foto Nummer fünf. Sie war eine übergewichtige Frau in Stretchhosen aus profanem Polyester, hatte eine hohe, kantige Stirn, weit auseinanderstehende grünliche Augen und trug eine Brille mit rosa Kunststoffgläsern.

»Virginia McGinnis«, erklärte Haeussinger, »ich verhafte Sie wegen Mordes an Deana Wild-Hubbard.«

Ihr feistes Gesicht erstarrte, als ein Kriminalbeamter auf sie zutrat und ihr einen Haussuchungsbefehl aushändigte. Mit fast herzlicher Stimme, die im Gegensatz zu ihrer abweisenden Miene stand, bat sie die Schar der Polizisten hinein.

Ein Kriminalbeamter fotografierte und inventarisierte Virginias Besitz. Haeussinger hatte Virginia auf dem Sofa Platz nehmen lassen und eröffnete ihr: »Nun ja, Mrs. McGinnis, Sie sind angeklagt, den Tod von Deana Wild-Hubbard herbeigeführt zu haben. Verstehen Sie das?«

Mit ihrer zuckersüßen Stimme antwortete sie: »Ja, ich verstehe.«

»Sie sind in San Diego angeklagt«, fuhr Haeussinger fort. »Und es wird eine lange Fahrt dorthin sein.«

Virginias Augen flatterten, als sie erklärte, sie sei vor zwei Tagen bei ihrem Arzt gewesen, und fragte, ob sie ihre Medikamente mitnehmen dürfe. Haeussinger wollte wissen, bei welchem Arzt sie gewesen sei. Virginia antwortete, sie sei sich nicht sicher, wie der Name des Mannes ausgesprochen werde.

»Lassen Sie mich einen Blick auf die Medikamente werfen«, sagte Haeussinger.

Sie holte ihre Handtasche und kramte vier braune Medizinfläschchen hervor. Haeussinger las die Etiketten. Alle Tabletten waren verfallen und hätten schon verbraucht sein müssen, wenn sie vorschriftsmäßig eingenommen worden wären.

»Caraway!« rief er. »Klär die Lady über ihre Rechte auf.«

»Ich möchte mit einem Anwalt sprechen«, warf sie rasch ein.

Aragon und Lawrence hatten es übernommen, B. J.s Verhaftung persönlich zu überwachen. Es war anzunehmen, daß B. J. viel eher dazu bereit war, ein Geständnis abzulegen, als Virginia. Ein Schuldbekenntnis wäre für die Sache entschieden von Vorteil.

Während Jack Haeussinger gerade an Virginias Tür klopfte, rief Scott Lawrence B. J. im Pflegeheim seiner Schwester Eve an. Eve Williams antwortete und holte B. J. ans Telefon. Lawrence erklärte, er sei ein Polizeibeamter, der einen Freund von James Coates suche, und fragte, ob er bereit sei, sich ein paar Fotos anzusehen. Mit schwacher, aber freundlicher Stimme lud B. J. Lawrence ein, hinzukommen und mit ihm in ein unten am Berg gelegenes Speiselokal zu fahren, wo sie sich unterhalten könnten.

Aragon war einverstanden, mit dem Rest des Teams bei der Gaststätte zu warten. Sie beschlossen, daß Aragon, sobald Lawrence und B. J. ankämen, die Verhaftung vornehmen und beginnen sollte, B. J. Fragen zu stellen.

Minuten später war Lawrence beim Pflegeheim. Er sprach kurz mit B. J. an der Tür, und dann fuhren sie an kargem Buschland vorbei die Straße hinunter. Während der Fahrt sprachen sie über belanglose Dinge. So weit, so gut, dachte Lawrence.

Plötzlich bemerkte Lawrence zwei Polizeiautos, die sich ihm näherten. Im vorderen Wagen saß Aragon. Konnten diese Kerle nicht zehn Minuten warten? fragte sich Lawrence im stillen. Wenn B. J. jetzt Lunte röche, so läge er selbst vielleicht gleich angeschossen und blutend im Auto, und B. J. würde in die Büsche flüchten. Er mußte sich irgend etwas einfallen lassen, das glaubhaft klang.

Er sah zu B. J. hinüber und fragte: »Wer sind diese Typen?«

»Oben an der Straße wohnt ein Knabe. Er ist Anwalt«, erwiderte B. J. »Sie sind gewiß hier, um ihm einen Besuch abzustatten.«

Lawrence lenkte den Wagen plötzlich an den Straßenrand und winkte die Autos heran.

»Habt ihr Kerle euch verfahren?« schrie er und machte Aragon ein Zeichen.

»Yeah. Wo ist die Hauptstraße?« Aragon lehnte sich aus dem Wagenfenster und versuchte, einen Blick auf B. J. zu werfen.

»Folgt mir einfach. Wir fahren zu einem Speiselokal.«

Die Karawane der Polizeifahrzeuge rollte gemächlich den Highway entlang und hielt an einem kleinen Burgerlokal. Scott und B. J. stiegen aus, um den Polizeibeamten zu ›helfen‹, die jetzt neben ihren Autos standen.

»Billie Joe McGinnis«, sagte Lawrence, »das hier ist der Stellvertreter des Oberstaatsanwalts, Luis Aragon. Ich glaube, er hat Ihnen etwas zu sagen.«

»Mr. McGinnis, Sie sind wegen Mordes an Deana Wild-Hubbard verhaftet.«

Billie Joe stand da wie vom Donner gerührt. Aragon fragte rasch: »Möchten Sie eine Erklärung abgeben?« Er wollte B. J. in einem Moment überrumpeln, wo dieser völlig unvorbereitet war, in einem Augenblick, wo er die Tat zugeben würde, ohne an neue Lügen oder an Anwälte oder an Virginia zu denken.

Aragon konnte B. J.s Furcht an seinen Augen und an seinem verkniffenen Mund erkennen. Er war sich sicher, daß B. J. drauf und dran war, ein Geständnis abzulegen. Aragon wartete ruhig. Aber nichts geschah.

»Ich möchte mit einem Anwalt sprechen«, brachte Billie Joe schließlich mit Mühe heraus.

Es dauerte nicht lange, bis auch Bobbie Roberts und Steve Keeney die Gesichter der Mörder von Deana zu sehen bekamen. Kurz nach der Verhaftung schossen Reporter einige Fotos, die auf den Titelseiten der Zeitungen in Louisville und San Diego erschienen und eine Welle von lokalen Fernsehberichten auslösten.

Wynn Buckholder warf einen einzigen Blick auf die Bilder, und ihr Urteil stand fest: »Sie haben es getan«, sagte sie und schwenkte die Zeitung, die sie in der Hand hielt.

In Bobbie Roberts' Gesicht trat ein harter Ausdruck: »Mein Gott, sie sieht böse aus, nicht wahr?«

Keeney starrte auf die Schnappschüsse, legte sie hin und nahm sie wieder in die Hand. »Ich sage es ungern«, erklärte er, »aber sie spielen ihre Rolle überzeugend.«

Auf dem Foto hatte Virginia den Kopf herausfordernd zur rechten Schulter gedreht und sah von der Seite den Richter an, als ob sie überlegen würde: Wie sind sie mir bloß auf die Schliche gekommen? Die Reize, die sie besaß, als sie Dick Coates und Bud Rearden heiratete, schienen passé. Eine weite Bluse, am Hals von einer Schnur zusammengehalten, verdeckte ihre schlampige, fast fette Figur. Ihr Haar war strähnig, und der eiskalte Ausdruck ihrer Augen verstärkte ihr abstoßendes Aussehen. Falls sie irgendwelche Emotionen hatte, lagen sie tief unter einer grimmigen Oberfläche verborgen. Nach Keeneys Meinung schien sie Tanays Theorie zu bestätigen, wonach sie eine Frau war, die sich selbst haßte.

B. J. stand neben ihr und wirkte eher verloren als böse. Nach der Verhaftung hatte er während der Fahrt nach San Diego einen schmerzhaften, heftig juckenden Hautausschlag bekommen. Er war ganz in Schweiß gebadet und mitgenommen. Er trug dieselbe Brille, die Keeney von den bei den Klippen gemachten Fotos her kannte; sein silbrig braunes Haar war immer noch sorgfältig gescheitelt. B. J. schien es nicht richtig ins Bewußtsein gedrungen zu sein, daß die Anklage auf Mord, Mordkomplott, Urkundenfälschung und Versicherungsbetrug lautete und daß die Frau mitangeklagt war, die dafür gesorgt hatte, daß er im Zustand der Benommenheit dahinlebte.

Kurz bevor die McGinnis' zu den Anklagepunkten vernommen werden sollten, fanden Keeney und Chuck Warner (in seiner Eigenschaft als Rechtsberater aus Monterey) heraus, daß Virginia ihr Haus in Chula Vista für annähernd zweihunderttausend Dollar verkauft und dafür das einstöckige Vorstadthaus in Pittsburg, dem Ort ihrer Verhaftung, erworben hatte. Keeney empfahl Aragon, die Kaution bei mindestens zwei Millionen Dollar anzusetzen. Es sollte verhindert werden, daß Virginia das Haus für ein Zehntel seines Werts verpfändete, um Haftverschonung zu bekommen. Aragon griff die Anregung auf. In der Annahme, daß der Richter wie gewöhnlich mit der Verteidigung feilschen würde, beantragte er, eine Summe von fünf Millionen Dollar als Kaution vorzusehen.

Der Vernehmungsrichter hörte sich Aragons Schilderung der außerordentlichen Umstände an, unter denen Deana in Big Sur umgekommen war. Nach einer kurzen Pause entschied er mit unbewegtem Gesicht, daß die Kaution, die für beide Angeklagten zu hinterlegen sei, je fünf Millionen – in bar – betrug. Die Zeitungen fanden heraus, daß das die höchste Summe war, die jemals im Bundesstaat Kalifornien bei einem anstehenden Prozeß festgesetzt wurde.

Endlich waren die McGinnis' von der Straße weg, dachte Keeney. Immerhin hatten die Behörden in Monterey die Ansicht vertreten, es gäbe nicht einmal genügend Beweise, die einen Haussuchungsbefehl rechtfertigen würden!

Der Bundesstaat Kalifornien brachte Virginia im Las-Colinas-Gefängnis unter, einer Strafanstalt, die eine halbe Stunde von der Stadt entfernt in den gestrüppreichen Bergen der Wüste von San Diego gelegen war. Aragons Haltung in dieser Sache blieb kompromißlos: keine Angebote, keine inoffiziellen

Absprachen, bei denen man der Angeklagten im Falle eines Schuldbekenntnisses Strafmilderung zusicherte. Doch davon abgesehen ließ Virginia in keiner Weise erkennen, daß sie sich kooperativ verhalten würde. Sie gab weder Erklärungen ab, noch beteuerte sie ihre Unschuld. Sie starrte im Gerichtssaal einfach ungerührt geradeaus.

Infolgedessen verbrachte sie viele Monate, zusammengenommen zwei Jahre, in Untersuchungshaft, wobei sie ihre Gefängniszelle mit einer ganzen Reihe von Personen teilte, die wie sie des Mordes angeklagt waren. Obwohl sie sich fast völlig in Schweigen hüllte, hoffte Aragon dennoch, daß er ihre wenigen Worte gegen sie verwenden könnte.

›Gefängnisgeplapper‹ – das, was ein Gefangener insgeheim einem Zellengenossen anvertraut – ist eins der bekanntesten Mittel des Staatsanwalts. Selbst einige wenige Andeutungen, die ein Angeklagter einem Mitgefangenen macht, vermögen seine sorgfältig zusammengezimmerte Version vom Verbrechen ins Wanken zu bringen. Er hatte nichts, was er ihr für ein Geständnis bieten konnte, aber er hoffte, ihre Zellengenossinnen hätten etwas zu vermelden.

Er beauftragte Scott Lawrence, genau zu kontrollieren, wer – auch nur für kurze Zeit – mit Virginia zusammen war. Betty Broderick, ein Mitglied der oberen Zehntausend, die ihren geschiedenen Mann und seine neue Frau erschossen hatte, als sie in ihrem eleganten Strandhaus schliefen, war mehrere Monate lang mit Virginia zusammen in einer Gefängniszelle untergebracht. Nach dem zu urteilen, was Lawrence erfuhr, kannte Betty Broderick Virginia wahrscheinlich besser als jede andere. Aber Broderick, die darauf wartete, wegen zweifachen Mordes vor Gericht gestellt zu werden, stand mit dem Staat nicht gerade auf gutem Fuß und war aufgrund ihrer seelischen Instabilität eine unzuverlässige Quelle.

Eine Untersuchungsgefangene, die kurze Zeit eine Zelle mit Virginia geteilt hatte, behauptete, Virginia habe ihr erzählt, daß B. J. es war, der Deana in den Abgrund stieß.

Scott Lawrence machte Aragon aufgeregt darüber Mitteilung. Die Information kam einem direkten Beweis gleich.

Aragon hörte sich die Einzelheiten an und überlegte, ob die Zeugin dem Fall nicht mehr schaden als nützen würde. Machte man von den Angaben der Zellengenossin Gebrauch, würde das bedeuten, daß man das eine Verfahren von dem anderen abtrennen müßte, da die Aussage die eine Person in Gegensatz zu der anderen brachte. Und die Geschworenen würden der Informantin – einer heroinsüchtigen Prostituierten, die Strafmilderung als Gegenleistung für die Zeugenaussage haben wollte – möglicherweise nicht glauben. Aragon schwankte hin und her, bis er sich dazu entschloß, die Information einfach an B. J.s und Virginias Anwälte weiterzugeben. Er konnte mit einem Indizienprozeß zurechtkommen. Er hoffte, die richtigen Geschworenen zu finden.

Während Virginia im Las-Colinas-Gefängnis einsaß, befand sich B. J. in der Haftanstalt des Kriminalgerichts von San Diego, einem 1950 errichteten dunklen, vierstöckigen Anbau. Seine zwölf Meter dicken Wände und seine sich langsam bewegenden Kameras, die an allen vier Ecken des Gebäudes angebracht waren, hatten ungefähr den gleichen Effekt auf die City von San Diego wie einst die Galgen auf das Zentrum von London.

Aus gesundheitlichen Gründen blieb B. J. von den anderen Häftlingen isoliert. Seine Zelle war von jener Qualität, deretwegen die Gefängnisreformer auf die Barrikaden steigen. Von der nordwestlichen Ecke des Gebäudes erblickte man den schmalen Streifen eines Betonpfades und ein Stückchen Himmel. Die Haftbedingungen schienen bei B. J. zu stetigem geistigen und körperlichen Verfall zu führen.

B. J.s sinkende Moral ließ Aragon hoffen. Vielleicht konnte B. J. die Lücke in Virginias Leben von 1976 bis 1986 schließen, indem er den Schlüssel für die Aufklärung anderer Todesfälle oder für die Auffindung verschollener Personen lieferte. Oder er konnte einfach eine Wende um hundertachtzig Grad vollziehen und sagen, er habe in Big Sur das Opfer hinuntergestoßen.

Es gab jedoch noch etwas, was ein Geständnis erschwerte: B. J. hatte schreckliche Angst, daß Virginias Söhne seiner Schwester Eve ein Leid antun könnten. Gleich nach B. J.s Verhaftung hatte Scott Lawrence Eve angerufen und das Telefongespräch mitgeschnitten. Obwohl sie schon einmal von der State Farm befragt worden war, kam Eve diesmal zu dem Schluß, daß sie mit der Wahrheit nicht länger hinter dem Berg halten durfte. Eve erzählte Lawrence, daß sie Virginia schon von dem Augenblick an nicht mochte, wo sie ihr das erste Mal begegnet war. »Sie gibt sich so freundlich und schmiert einem Honig ums Maul, und dann sieht man die Kälte in ihren Augen. Ich habe wirklich das Gefühl, daß mein Bruder befürchtete, sie könnte dafür sorgen, daß mir jemand etwas antut ... Das war von Anfang an so. Er sagte: ›Liebling, sie sind gemein.‹«

»B. J. befürchtete, daß –?« Lawrence spornte sie durch die unvollendete Frage zum Weiterreden an.

»Daß sie mir etwas Böses antut. Und er fügte hinzu: ›Sei vorsichtig. Sie ist eine tückische Person.‹ Und er sagte: ›Ich befürchte, sie könnte dafür sorgen, daß dir jemand ein Leid zufügt.‹«

»Nun gut. Warum hätte sie das tun wollen? Ich kann Ihnen da nicht folgen«, erklärte Lawrence. »Worauf gründete sich seine Meinung?«

»Ich glaube, er sagte, die Söhne seien schlecht, sie nähmen Rauschgift und dergleichen. Und sie hätten einen Hieb weg, wegen einiger ihrer Übeltaten. Meiner Meinung nach war es der Ältere, der trank. Und wie mir scheint, sagte er auch, dieser habe zugegeben, jemand umgebracht zu haben, und er sei dabei noch günstig davongekommen. Ich entsinne mich, daß B. J. nach Hause kam, weil er es dort nicht mehr aushalten konnte. Und als sie in San Francisco waren, kehrte er heim und erzählte uns, er glaube, sie vergifte ihn. Ich beschwor ihn, nicht zurückzufahren.« Eve machte eine Pause. Dann seufzte sie: »Er fuhr wieder zurück.«

»Weshalb sollte sie ihn vergiften? Ich denke, sie waren frischvermählt. Habe ich recht?«

»Ja, Sie haben recht. Sie war dahintergekommen, daß er nicht das Geld besaß, das sie bei ihm vermutet hatte. Denn sie erzählte mir einmal, sie hätte ihn nie geheiratet, aber sie habe angenommen, daß er wohlhabend sei.«

Scott Lawrence dachte an Billie Joes zahlreiche kurzlebige Ehen zurück, an die Frauen, die er wahrscheinlich des Geldes wegen geheiratet hatte. Die ganze Heirat war letzten Endes darauf hinausgelaufen, daß ein Blutsauger versuchte, den anderen zu schröpfen. Kein Wunder, daß sie geplant hatten, Deana umzubringen. Sie hatten vor, sich gegenseitig auszustechen.

»Was sagte Ihr Bruder, als Virginias Mutter, Mary Hoffmann, starb? Was meinte er zu ihrem Tod?«

Allein schon bei der Erwähnung des Themas schien Eve die Fassung zu verlieren.

»O mein Gott, ich sage es wirklich ungern. Er dachte, sie habe es getan. Ich weiß, ich sollte das nicht sagen, aber er hatte schreckliche Angst. Er wollte sie damals verlassen, aber er tat es nicht.«

»Und was hat er Ihnen erzählt?«

»Er habe sich deswegen so erschreckt, weil Virginia am Abend, bevor die Mutter starb, mit dem Sohn gesprochen hatte. Dieser wohnte damals dort. Er war wieder aus dem Gefängnis entlassen. Virginia sagte ihm, er solle Platz nehmen, und danach redete sie mit ihm. ›Nun mein Sohn‹, sagte sie, ›ich weiß, daß du deine Großmutter sehr lieb hast. Aber sie ist eine alte Frau, die jeden Moment sterben kann.‹ Am nächsten Tag hatte sie das Zeitliche gesegnet.«

Lawrence hatte mit R. D. Jones gesprochen und wußte, daß Virginia fast in der gleichen Weise Butch Rearden den Tod seines Vaters angekündigt hatte. Auf die eine oder andere Weise schien Virginia bei jedem ihrer Verbrechen ihr Signum zu hinterlassen.

Lawrence bemühte sich, einige nähere Einzelheiten zu erfahren. »Warum sagte B. J., daß er sich so erschreckt habe? Ich meine, falls die Mutter krank war, wollte Virginia vielleicht bloß sagen, daß –«

»Wieso ließ sie sie nicht ins Krankenhaus bringen, wenn sie glaubte, daß es in jener Nacht geschehen würde? Sie besaß meines Erachtens eine Versicherung ... Und was uns erstaunte, war die Tatsache, daß man die Mutter, als sie uns anriefen, bereits eingeäschert hatte, und zwar einen Tag danach.«

»Sagte Ihr Bruder, wer die Leiche entdeckte und wer die Polizei anrief?«

»Virginia.«

»Sie war es? Sagte er, wie sie reagierte oder was sie tat?«

»Nein. Das ist es ja. Sie ist sehr, sehr kalt. Ich glaube, Virginia erwähnte, daß mal ihre Mutter sich Insulin spritzte und mal sie ihr die Spritze gab.«

»Erzählte Ihnen Virginia jemals, daß sie Krankenschwester sei oder medizinisch ausgebildet wurde?«

»Nein. Sie erwähnte nur, sie habe eine Weile privat eine wohlhabende Lady gepflegt.«

Lawrence versuchte, noch mehr herauszubekommen, aber Eves Vorrat an Erinnerungen war erschöpft.

Sie entschuldigte sich. »Ich weiß wirklich nichts, weil er sagte, er sei über vieles nicht informiert, was Virginia getan hat. Und er sagte auch, sie habe vieles für sich behalten. Seinen Worten nach war sie eine seltsame Frau. Aber es gab – müssen sie wissen – eine Menge Dinge, von denen er nichts wußte. Es kam vor, daß sie ein neues Kleid anhatte, wenn sie mit einer Freundin ausging, und er fragte: ›Nanu, wo hast du das Kleid her? Es sieht neu aus.‹ Und sie erwiderte: ›O nein, ich habe diesen Lappen seit Jahren im Schrank hängen.‹«

Lawrence dachte, daß Eves letzte Bemerkung an das erinnerte, was Dick Coates schon einmal berichtet hatte. *Misch dich nicht in Angelegenheiten ein, die dich nichts angehen ...*

Trotz der Furcht, die B. J. vor den Coates-Boys empfand, tat Aragon alles, um die Möglichkeit offenzuhalten, B. J. zu einem freiwilligen Schuldgeständnis unter Zusicherung von Strafmilderung zu bewegen. Er konnte nicht mehr direkt mit

B. J. sprechen, da er und Virginia jetzt Verteidiger hatten, die vom Gericht festgelegt worden waren. Albert Tamayo vom Büro der Pflichtverteidiger kümmerte sich um Virginias Fall, und Gary Edwards war B. J.s Verteidiger.

Aragon kannte Gary Edwards von seiner erfolgreichen privaten Anwaltspraxis in San Diego her. Edwards war ein freundlicher, recht gutaussehender Mann mit sanften Manieren, mit denen er eine Jury auf eine Weise einwickeln konnte, wie ein Cockerspaniel es fertigbrachte, an einem Eßtisch Happen zu ergattern.

Edwards nahm zu B. J.s Fall eine gelassene Haltung ein. Nach dem zu urteilen, was er herausgefunden hatte, konnte sein Mandant mit einem Freispruch rechnen. Wie schwerwiegend waren die Beweise, die die Anklagevertretung vorbringen konnte, soweit es B. J. betraf? Die Tatsache, daß er mit Virginia zur Versicherungsagentur gegangen war? Ein paar Bemerkungen an der Klippe? Das verordnete Elavil? Das Foto Nummer elf? Mehr als das hatten sie nicht. Der Zorn der Geschworenen konnte sich auf Virginia entladen, aber B. J. konnte als willensschwacher Helfershelfer hingestellt werden, den seine Frau dazu gebracht hatte, ihre schmutzigen Geschäfte zu erledigen. Damit konnte er das Mitleid der Geschworenen wecken. Würde man sich auf einen Deal einlassen, hätte das zur Folge, daß er für eine gewisse Zeit ins Gefängnis müßte. Berücksichtigte man B. J.s Alter und seine sich verschlechternde Gesundheit, würde das auch bedeuten, daß er hinter Gittern stürbe. Ein Freispruch war die einzige Alternative. Aragon nutzte immer noch jede sich ihm bietende Gelegenheit.

»Jedermann kennt Virginias meisterhaften Plan, Deana umzubringen.« So ging er Edwards während einer Pause bei einer der vielen Verhandlungen um den Bart. »Ihr Mandant kann Frieden mit dem Herrn schließen, bevor es zu spät ist. Er kann sein Gewissen erleichtern und hoffen, daß er in seinem Leben noch etwas die Freiheit genießen wird.«

»Hallo, Mr. Aragon«, rief B. J. von der anderen Seite des Gerichtssaals herüber.

Aragon drehte sich um. Angeklagte sprachen fast nie in einem so freundlichen Ton zu Staatsanwälten. B. J. saß an einem der Tische der Verteidigung und wedelte mit einer Ansichtskarte aus Paris, die in Virginias Haus beschlagnahmt worden war.

»Lassen Sie uns eine Reise dorthin arrangieren, um die Sache nachzuprüfen.«

»Na sicher, B. J.«, erwiderte Aragon. »So lange Gary Edwards das bezahlt.«

Aragon versuchte, wieder Edwards Interesse zu wecken. »Wir sind bereit, für Totschlag mit Strafmilderung zu plädieren, wenn ein freiwilliges Schuldgeständnis abgelegt wird. Sonst bekommt er ›lebenslänglich‹.«

Edwards ging zu seinem Mandanten hinüber, um mit ihm zu wispern. Aragon beobachtete die ›Konferenz‹ und glaubte, einen Schimmer von Vertrauen in B. J.s Augen zu entdecken. Es schien, als wollte B. J., bevor er endlich auspackte, zum letzten Mal mit sich Rat halten und sich über die von Virginia ausgehende gespenstische Gefahr klarwerden.

Danach blickte er zu Boden und murmelte eine halbherzige Ablehnung vor sich hin. »Nein. Ich habe einfach ... ich bin nicht interessiert.« Da wußte Aragon, es war vorbei. B. J.s Gesicht nahm einen verschlossenen Ausdruck an.

Diese erbärmliche, willenlose Seele fühlt sich verlassen, überlegte sich Aragon. B. J. und Virginia waren in separaten Haftanstalten untergebracht, und trotzdem manipulierte sie ihn weiter. Hätte die State Farm B. J.s Versicherungsantrag akzeptiert, hätte er vielleicht als nächster dran glauben müssen. Wahrscheinlich begriff B. J. das auch.

In den Monaten vor und nach der Verhaftung der McGinnis' fühlte Keeney sich überfordert. Er hatte sich längst von seinen komfortablen Räumen bei B & A, vom hohen Gehalt, von Pete Lazar und Sarah West verabschiedet. Nun sah er sich vor die Aufgabe gestellt, seine eigene Anwaltspraxis zu betreiben.

Das verlangte ein hohes Maß an Planung, um so mehr von

einem, der immer bei etablierten Firmen gearbeitet hatte. Keeney hatte fürs erste ein paar kleine Geschäftskunden, für die er schon vorher gearbeitet hatte. Doch sehr bald mußte er anfangen, sich nach neuen Aufträgen umzusehen. Hinzu kam, daß er Sekretärinnen einstellen, die Miete bezahlen, die Bücher führen und Zeit für die Sonntagsschule und für die Vorbereitung seiner Hochzeit mit Wynn finden mußte.

Eine erneute Bestätigung dafür, daß er im richtigen Augenblick gegangen war, fand er im November in der ›New York Times‹, in einer Kolumne über die Anwaltsvereinigung:

Wer sonst, wenn nicht der Präsident der Amerikanischen Anwaltsvereinigung, sollte die Beständigkeit des Anwaltsberufs symbolisieren? Aber wie die Schwierigkeiten beweisen, denen sich der derzeitige Inhaber dieses Amts, L. Stanley Chauvin junior aus Louisville, gegenübersieht, kann er auch die Unstetigkeit repräsentieren.

Doch mehr als die meisten Anwaltsbüros spiegelt Chauvins Firma Barnett & Alagia (jetzt in Alagia, Day umbenannt) die zunehmenden Veränderungen in der Berufssparte wider, über die Mr. Chauvin präsidiert.

Erst nahm die Firma einen ungewöhnlichen Aufschwung … Innerhalb eines Jahrzehnts wuchs ihr fester Stamm von Mitarbeitern von einigen wenigen Anwälten auf einhundertvierzig an. Sie eröffnete Filialen in einer Weise, wie McDonald Konzessionen vergeben hat.

Heute aber … repräsentiert die Firma eine andere Seite der Branche; sie ist das Beispiel für eine Firma, die zu groß geworden und zu rasch gewachsen ist. Seit Januar (1989) sind fünfzig Anwälte gegangen oder wurden entlassen. Ein Mietvertrag für geräumige neue Büros von Filialen wurde plötzlich gekündigt. Die Filialen müssen bluten …

Die Firma hat sich zumindest bis zu einem gewissen Grad als schlampige Konstruktion erwiesen. Es hat alle möglichen Kämpfe gegeben: um Reviere, Input, Autorität, Geld, Ego, Sondervergütungen, ohne daß irgendein institutioneller Zusammenhalt existierte. Mr. Barnett starb vor einigen Jahren. Im vorigen Jahr wurde sein Sohn wegen Bestechung angeklagt ...

Mr. Chauvin hat schließlich die Firma bekannt gemacht, allerdings nicht ganz so, wie es seine Kollegen erwartet hatten ...

Keeney hoffte, daß er einiges aus dem Aufstieg und Fall von B & A gelernt hatte. Er wollte nun eine Praxis auf ›humaner Ebene‹ betreiben, wo die Klienten Gesichter statt Satzungen hatten und wo er sich nicht länger um die Moral seiner Partner Sorgen zu machen brauchte. Als er schließlich den Mietvertrag für ein Ein-Mann-Büro unterschrieben hatte, schaffte er Bobbie Roberts' Unterlagen in zwei winzige Kammern. Er blickte auf die enorme Anzahl von Schriftsätzen und Abschriften und wußte, daß Bobbie, wenn auch indirekt, für die neue Richtung seiner Laufbahn verantwortlich war. Sie war die einzige Klientin, die je gesagt hatte: »Ich kann den Kummer nicht überwinden.« Ihre Sache hatte ihn aus einem Leben in heiterer Gelassenheit gerissen. Und Keeney glaubte selbstverständlich nicht, daß das ein Zufall war.

Die Sache war aber bei weitem noch nicht zu Ende. Bobbies Fall nahm neue Dimensionen an, und jede Angelegenheit mußte so gehandhabt werden, daß der Staatsanwalt nicht übergangen wurde. Dies hatte zur Folge, daß Keeney fast täglich mit Aragon in Kontakt blieb.

Publizität wurde zu einer potentiellen Gefahr. Fernseh-, Rundfunk- und Zeitungsreporter begannen plötzlich anzurufen, seit die McGinnis' verhaftet waren. ›The San Diego Union‹, ›Monterey Herald‹, ›Louisville Courier-Journal‹, ›The National Examiner‹ und solche Fernsehsendungen wie ›Der Insiderreport‹, die Ereignisse zu Sensationen aufbauschten, wollten Berichte über ›Das böse Paar‹ bringen.

Bobbie instruierte Keeney, daß er ›alles‹ publik machen sollte. Sie wollte, daß die Welt informiert wurde. Aragon warnte, da eine Hetzkampagne der Presse seine Chancen, eine unparteiische Jury zusammenzubekommen, beeinträchtigen und sogar eine Verlegung des Prozesses an einen anderen Ort erforderlich machen konnte. Allerdings konnte ein einzelner gut plazierter Artikel bewirken, daß plötzlich ein bislang unbekannter Zeuge auftauchte.

Trotzdem war jedoch niemand in der Lage, den Lauf der Dinge groß zu beeinflussen. Keeney war journalistisch tätig gewesen und wußte, daß die Presse die Story lang und breit ausmalen würde, ob er mit ihr kooperierte oder nicht. Nachdem er sich sowohl mit dem Staatsanwalt und der Polizeibehörde als auch mit dem Ethikausschuß der Anwaltsvereinigung von Kentucky beraten hatte, einigten sich Keeney und Bobbie darauf, eine geringe Anzahl von Interviews zu geben.

Die nachfolgende Berichterstattung sowie die Ermittlungen der Verteidigung führten dazu, daß sich alte Bekannte aus der Provinz von Kentucky meldeten. Jimmy Coates' Exfrau Debbie Abell sah Virginias Foto im Fernsehen und rief Scott Lawrence an. Sie sagte, sie könne sich lebhaft an das Jahr erinnern, wo sie mit Virginia und Jimmy unter einem Dach lebte, und wolle sich dazu äußern.

Scott Lawrence stellte fest, daß Debbie immer noch in Louisville wohnte, und zwar unweit der Gegend, wo Coates sie verlassen hatte. Vor dem Haus, in dem Debbie zusammen mit ihren Kindern und ihren Eltern lebte, stand ein heruntergekommener Kombiwagen, der mit Aufklebern bepflastert war. Auf diesen wurde verkündet: ›Stolz darauf, ein Lkw-Fahrer a. D. zu sein‹; ›Geh ohne BH, es zieht dir die Falten aus dem Gesicht‹; ›Ich möchte dir eine runterhauen ...‹

Scott klopfte an die Haustür, von der die Farbe abblätterte.

Debbie Abell sah so aus, als ob sie wie ihr Auto viele Jahre auf dem Buckel hatte. Ihr blondes Haar war stumpf, ihr Teint von schlechtem Essen und vom Alkohol grau. Als Lawrence ihr seine Dienstmarke zeigte, zitterte sie wie ein verängstigtes Tier, aber sie bat ihn, einzutreten. Das Haus roch – so schien es Lawrence — wie ein Hundezwinger, der monatelang nicht gesäubert worden war.

Nach den üblichen einleitenden Bemerkungen schaltete

Lawrence sein Tonbandgerät ein. Er begann: »Soviel ich weiß, waren Sie mit Mr. Coates verheiratet.«

»Yeah, leider«, antwortete sie mit verdrießlicher Stimme. »Das war entweder im Jahre 1975 oder 76 …«

Damals sei sie, so Debbie, siebzehn Jahre alt gewesen und hatte gerade ein Mädchen zur Welt gebracht, das nicht Jimmy Coates' Kind war. Lawrence bat sie, freiweg zu erzählen, was sie über Virginia und Jimmy wußte.

»Einverstanden. Nein, ich wollte nichts sagen, weil ich eine Heidenangst vor seiner Familie habe … Jimmy hat mir ein paar schlimme Dinge angetan, als wir zusammen waren. Er fesselte mich beispielsweise zwei Tage lang an ein Bett und richtete einen Revolver auf mich. Einfach schreckliche Dinge.«

Lawrence nickte und beobachtete genau die Augen der Frau. Er wollte sichergehen, daß sie nicht eine Show abzog. Es war ihr jedoch anzusehen, daß ihre Furcht echt war.

»Als wir miteinander gingen, war alles gut. Er öffnete die Wagentür und sagte ›bitte‹. Nachdem wir verheiratet waren – peng! Es war wie Dr. Jekyll und Mr. Hyde. Er fing sogar an, mir von einem Mädchen zu erzählen, das er in Fairdale vergewaltigt hatte. Ihm ist alles zuzutrauen … Er ist meschugge. Wirklich, das ist er.« Debbies Stimme zitterte. »Er kann sich von der einen Seite zeigen und dann plötzlich von einer ganz anderen.«

Lawrence fragte Debbie, was sie über Virginia wüßte.

»Nachdem wir geheiratet hatten«, antwortete sie, »brachen schlimme Zeiten für uns an. Ich hatte eine kleine Tochter namens Jackie, in die Virginia ganz vernarrt war. Es war gerade zu der Zeit, als das Haus in Fairdale abgebrannt war, kurz vor Weihnachten. Wir alle bewohnten drei Zimmer im Alamo-Plaza-Motel – Jimmy, Ronnie, ich und Großvater Hoffmann. Virginia war auch da. Sie stolzierte in Nerzmänteln umher und trug diese Diamantringe. Das Beste war für sie gerade gut genug. Die Laken mußten aus Satin sein, und Geld spielte keine Rolle. Jedes Haar ihrer Frisur saß richtig, und sie redete mit herrischer Stimme. Was sie sagte, wurde gemacht.«

Lawrence versuchte, Debbie Abells Gedanken in eine andere Richtung zu lenken. »Sie sagen also, daß Virginia Jackie gern hatte. Wieso dachten Sie das?«

»Weil es seltsam war – Virginia ist wirklich eine eigenartige Frau. Ich meine, sie kommt mir wie eine schwarze Spinne vor, und ich fürchte mich vor ihr. So wie sie war, schien sie mich und Jackie nach und nach zu beherrschen. Damals hatte ich eine solche Angst vor der Frau, es war schrecklich.«

»Warum hatten Sie Angst vor Ihrer Schwiegermutter?« fragte Lawrence.

»Ich weiß nicht.« Debbies Pupillen weiteten sich. »Da war etwas ... Sie beherrschte einen. Sie wußte, wie man das machte. Diese Frau ist so.«

Lawrence fragte wieder nach Abells Tochter Jackie. »Äußerte Virginia Ihnen gegenüber je den Wunsch, das Kind zu adoptieren oder für das Kind zu sorgen?«

»Ja«, erwiderte Abell fast wie aus der Pistole geschossen. »Sie bot für sie fünfhundert Dollar.«

»Fünfhundert Dollar?« wiederholte Lawrence und hoffte, noch mehr zu erfahren.

»Oh, daran erinnere ich mich wirklich gut, denn ich dachte: Mann, das ist ja sehr wenig, fünfhundert Dollar.«

»Sie sagen, daß Sie Ihnen fünfhundert Dollar für das Kind bot, das im Grunde bereits ihre Enkelin war. Erklären Sie bitte, was es damit auf sich hatte.«

»Ich sah es nicht als eine Beziehung zwischen Großmutter und Enkelin an. Dies ist eine andere Sache.« Debbie wechselte unvermittelt das Thema. »Meine Mutter kam und nahm Jackie mit, und als sie das tat, gab es jede Menge Ärger. Virginia tobte. Es endete damit, daß sie die Polizei rief, mit ihr zum Haus meiner Mutter fuhr und Jackie zurückholen wollte. Sie sagte, daß sie, wenn sie Jackie wiederhätte, das Kind nach Kalifornien mitnehmen wollte, während ich und Jimmy und der Großvater mindestens drei Monate lang hier in Louisville bleiben sollten.«

»Wieso drei Monate?«

»Ich weiß nicht. Sie ging niemals auf Einzelheiten ein. Sie

nannte nie einen Grund für die Dinge, die sie tat. Sie tat sie einfach.«

»Legte Virginia Ihnen je nahe, eine Lebensversicherung abzuschließen?«

»Ja.« Sie sprach langsamer, als sie überlegte. »Nun, ich bin mir darüber nicht im klaren. Ich weiß, daß sie das Gespräch daraufbrachte und wollte, daß ich eine Versicherung für Jackie abschloß. Nicht für mich und Jimmy, nur für sie. Wir kamen plötzlich am Küchentisch auf das Thema Versicherungen zu sprechen. Sie fragte, ob Jackie eine hätte, und ich verneinte.«

»Eine Kranken- oder eine Lebensversicherung?«

»Ich glaube, eine Lebensversicherung, weil ich Jackie ärztlich untersuchen ließ ... Das ist auch der Grund, weshalb ich mit Ihnen Verbindung aufgenommen habe. Seit ich Virginia im Fernsehen gesehen und dann von der Versicherungspolice gehört habe, wird mir übel, wenn ich daran denke, daß sie meine Tochter haben wollte. Ich weiß, daß sich auch viele Unglücksfälle ereigneten, als sie hier wohnte. Ihr Haus brannte nieder; ihr Mann starb; ihre kleine Tochter starb; sie fuhr ihren Laster zuschanden. Sie trug Nerzmäntel und Diamantringe. Ich glaube, es war wirklich eigenartig.«

»Woher hatte sie das Geld für Nerzmäntel und Diamantringe?« fragte Lawrence.

»Sie sagte, daß entweder ein Pilot sie für sie gekauft habe, oder ein Rechtsanwalt oder ein Arzt, irgend jemand von ganz oben, der im Geld schwimmt. Sie sagte, diese Männer würden solche Dinge für sie kaufen.«

»Glauben Sie, daß das stimmte?«

»Nein. Weil ich nie einen von ihnen gesehen habe, und wenn sie ausging, blieb sie nie sehr lange weg.«

»Lassen Sie mich noch einmal auf Virginias Angebot zurückkommen, das Kind zu kaufen. Wer wußte noch davon?«

»Jim, aber ich bezweifle, daß er das zugeben würde. Der Großvater, der Großvater war da.«

»Wessen Großvater?«

»Jackies. Dieser Mann wußte, was los war.«

»Was war Ihrer Meinung nach los?«

»Ich weiß nicht … Ich hatte einfach einen Verdacht wegen der Versicherung, wegen des Kassierens der Versicherungssumme, weil sie das Geld zum Fenster hinauswarf.«

»Können Sie irgendeinen Grund erkennen, weshalb sie eine Lebensversicherung für Ihr Kind abschließen wollte?«

»Yeah, sie wollte mein Kind umbringen … ich meine, wenn ich ganz offen zu Ihnen sein soll.«

»Aus welchem Grund wollte Virginia Ihrer Ansicht nach das Kind ermorden?«

»Ich weiß nicht. Geld? Sie war auf schöne Dinge geradezu versessen. Sie müssen wissen, daß alles, was sie besaß oder kaufte, vom Feinsten sein mußte.«

Lawrence überflog seine Notizen, überprüfte das Tonbandgerät und dankte Debbie Abell. Als er aufstand und gehen wollte, platzte sie mit der Frage heraus: »Ich muß doch nicht etwa nach Kalifornien kommen?«

»Ich weiß nicht«, antwortete Lawrence. »Die Entscheidung liegt beim Staatsanwalt.«

Debbie verzog ihr Gesicht, als sie ausrief: »O Gott! Vor diesen Leuten habe ich eine Höllenangst.«

Im Herbst, als Scott Lawrence kreuz und quer durch das Land fuhr, heirateten Steve Keeney und Wynn. Die Trauungszeremonie fand im größeren Sanktuarium der Zweiten Presbyterianischen Kirche statt.

Am Tag vor der Hochzeit kam Wynn nach Hause. Sie besaß eine Villa mit drei Schlafzimmern im grünen Vorort Saint Matthews. Sie und Steve hatten beschlossen, ihr Haus zu behalten und seins zu verkaufen, um beiden Kindern von Wynn den Übergang zu erleichtern.

Aus einiger Entfernung sah Wynn bereits einen Lastzug von der Länge eines Fußballfeldes in der Einfahrt zu ihrem Haus stehen. Sie wußte, daß Steve das Haus in der Hill Road erst vor wenigen Tagen verkauft hatte, aber der Anblick von drei Männern im Overall, die unendlich viele Kisten auf den Rasen abluden, ernüchterte Wynn.

Im Haus sah ihr Bräutigam den Umzugsleuten zu, paffte eine Zigarre und dirigierte die Aufstellung seiner Bibliothek. Es waren mehr als fünfhundert Bücherkisten, von denen jede beschriftet und numeriert war. Da es an Platz mangelte, wurde das Wohnzimmer vollgestellt, das dadurch einem Warenlager glich.

Wynn begriff, daß sich ihre Zukunft bereits klar abzeichnete. Einige ihrer Freunde fanden Steves Arbeitswut und seine Sucht, jeden Schritt seines Lebens zu planen, abstoßend. Und Wynn wußte nicht, was sie davon halten sollte, als Steve ihr einen fünfundzwanzig Seiten umfassenden Reiseplan für ihre Flitterwochen überreichte, der eine genaue Übersicht über alle Golfplätze, Restaurants und Strände in der Umgebung ihres Ferienziels enthielt. Er schien alles mit der gleichen Energie anzupacken, die schon an Besessenheit grenzte. Doch selbst die Zweifler gaben zu, daß er im letzten Jahr reifer geworden war. Und unter der Oberfläche seiner tadellosen Erscheinung bemerkte sie eine rare und liebenswerte Anständigkeit. Es spielte keine Rolle, ob es der drauflosredende alte Dick Coates oder Bobbie Roberts oder der Staatsanwalt von San Diego war, Steve Keeney betrachtete es als Ehrensache, seinen Gesprächspartner anzuhören.

Nach ihrer Scheidung hatte Wynn, nur mit einem Telefon und einem automatischen Anrufbeantworter beginnend, aus eigener Kraft ein erfolgreiches Geschäft für Büroausstattungen aufgebaut, während sie zwei Kinder – Mark und Kelly – großzog. Die Zähmung dieses in einen dreiteiligen Anzug gekleideten Arbeitstiers schien eine lohnende neue Herausforderung zu sein. Sie wußte, daß man bei den Kleinigkeiten anfangen mußte, daher wurden die Zigarren als erster Punkt auf die Tagesordnung gesetzt.

»Steve, Liebling, du wirst doch nicht etwa das abscheuliche Ding da anzünden?« fragte sie, als bei ihrem Flug in die Flitterwochen das Zeichen NO SMOKING zu blinken aufhörte.

»Diese vorzügliche, in Handarbeit hergestellte kubanische Zigarre, die noch aus der Zeit vor Castro stammt?« Keeney lächelte, als er von der Zigarre aufsah, die er gerade aus einem Lederetui gezogen hatte. Auf der Suche nach einem verständnisvollen Schmunzeln begegnete er Wynns Blick. Er prallte gleichsam gegen eine Mauer. Sofort wußte er, daß alles vorbei sein würde. Aus Selbstachtung mußte er jedoch mit wehender Fahne untergehen.

»Das ist kein gewöhnlicher Stumpen, Wynn. In Restaurants pflegen die Leute zu mir zu kommen und zu sagen: Normalerweise verabscheue ich Zigarren, aber diese hier riecht wirklich gut. Sie erinnert mich an meinen Großvater, als er rauchte.«

»Mein Vater hat keine Zigarren geraucht«, bemerkte Wynn. »Eine Zigarre erinnert mich höchstens daran, daß sie ein Phallussymbol für Männer ist, die etwas kompensieren müssen, was ihnen auf einem anderen Gebiet fehlt.«

»Nun gut«, erwiderte Keeney, »manchmal ist eine Zigarre, wie Freud gesagt hat, bloß eine Zigarre.«

Ein weiterer Blick von Wynn verriet Keeney, daß sie Business gemeint hatte.

»Vielleicht kann ich den Rest der Zigarren verschenken.« Keeney seufzte und ließ das Fünf-Dollar-Prachtstück zurück ins Etui gleiten.

Die Flitterwochen waren kurz, aber als Keeney nach Louisville zurückkehrte, stellte er fest, daß schon eine Menge Leute ungeduldig auf ihn gewartet hatten.

Zuerst rief Jay Wild an. Er hatte Deanas Tod noch immer nicht verwunden. Auch ängstigte er sich etwas, da ihm vor kurzem zu Ohren gekommen war, daß einige ihn der Beteiligung an einem Mordkomplott gegen seine Frau verdächtigten. Keeney beruhigte Jay und erklärte ihm, daß er nichts zu befürchten habe. Wenigstens er hat sie geliebt, dachte Keeney bei sich.

Die nächste Anruferin, Debbie Williams, konnte er nicht so leicht abfertigen. Die Nachricht, die sie auf dem Anrufbeantworter hinterlassen hatte, besagte, daß es ›dringend‹ sei. Keeney rief zurück. Aber Debbie bestand darauf, mit ihm persönlich zu sprechen.

Sie erschien in Keeneys neuem Büro und zitterte immer noch nach ihrer Vernehmung durch die Ermittler der Verteidigung. Debbie, eine müde aussehende Blondine mit unstet blickenden gelbgrünen Augen, die von ihrer gar nicht ähnlichen Zwillingsschwester begleitet wurde, sagte, sie befinde sich höchstwahrscheinlich in Gefahr. Keeney bat die Zwillingsschwester, draußen zu warten.

In dem Moment, wo die Tür geschlossen war, legte Debbie los:

»Die Leute des Pflichtverteidigers behaupteten, sie kämen vom Staatsanwalt, aber das stimmte nicht«, sagte sie in jenem ausdruckslosen näselnden Ton, wie er im Süden üblich ist, und kicherte gelegentlich auf sonderbare Weise. »Sie erschienen dort, wo meine Mutter arbeitet, und jagten ihr einen Schrecken ein. Auf diese Weise fanden sie heraus, wo ich wohne.«

Das Verhalten des Pflichtverteidigers war nichts Neues. Jay Wild hatte geklagt, daß er ebenso irregeführt worden war. Keeney konnte sich leicht einen Ermittler der Verteidigung vorstellen, der sich kurz auswies und sagte, er sei vom ›PD‹-Büro. Es blieb den Zeugen überlassen, zu fragen, ob die Abkürzung ›Public Defender‹, also Pflichtverteidiger, oder ›Police Department‹, Polizeibehörde, bedeutete. Die Ermittler eines Pflichtverteidigers wären die Letzten, die gern ihre wahre Zugehörigkeit offenbarten.

»Ich und Jimmy Coates waren 1972 in Louisville das, was man ein Paar nennen konnte«, fuhr Debbie fort. »Wir hatten einen Sohn namens Little Jimmy miteinander. Ich begegnete Jimmy am Abend oder am Tag nach Cynthia Elaines Tod. Als wir uns das erste Mal trafen, hatte er einen Buick Wildcat aus dem Jahre fünfundsechzig von einem Polizeibeamten namens Jake gekauft, der auf der gegenüberliegenden Straßenseite wohnte. Im ganzen Land gab es kein Auto, das den Schlitten einholen konnte.«

Debbie ließ noch ein weiteres Mal ihr sonderbares Lachen ertönen und erzählte dann von der Nacht, in der Virginia sie, Butch Rearden, Jimmy und Ronnie weggeschickt hatte, damit sie eine Spritztour unternähmen. Es war die Nacht, in der Bud Rearden starb.

»Sie wollte uns nie erlauben, daß Butch mit uns fuhr. Es hieß immer: ›Butch, scher dich ins Haus!‹ Auf einmal aber sagte sie in jener Nacht: ›Hier ist etwas Geld, fahrt los.‹ Ich habe gesehen, wie sie die Spritze für ihn vorbereitete.«

»Wir amüsierten uns in jener Nacht«, erinnerte sie sich weiter. »Als wir zurückkehrten, gingen wir in den Campingwagen und erzählten uns Gespenstergeschichten. Plötzlich hörten wir, wie etwas gegen die Wand des Campingwagens stieß. Ronnie rief ›Was zum Teufel ist das?‹ Daraufhin öffnete Virginia die hintere Tür und kam herein. Sie sagte: ›Sylvester‹ – wir nannten ihn Butch, aber sie gebrauchte gern Fünfzig-Millionen-Dollar-Worte – ›Sylvester, dein Vater ist tot‹. Der Junge begann zu weinen, und ich fing auch zu flennen an, weil ich meinen Vater ebenfalls verloren hatte und wußte, wie einem in einem solchen Augenblick zumute ist. Aber diese Frau vergoß nicht eine einzige Träne. Weder beim Begräbnis noch in der Limousine noch sonstwann. Tatsache ist: Das erste, was sie nach dem Begräbnis äußerte, war: ›Das Kind Butch muß weg von hier.‹

Als Mr. Rearden im Sterben lag, wurde Virginia natürlich mit einem anderen Mann gesehen. Dieser arbeitete bei einer Tankstelle in der Dritten Straße – oder war es der Taylor Boulevard?« Debbies Gedächtnis versagte für einen Moment, aber Keeney war darauf erpicht, noch mehr zu erfahren. Ihre Schilderung stimmte genau mit der von Butch Rearden überein.

»Wie erhielten Sie Kenntnis davon, daß sie sich mit einem anderen Mann traf?«

»Als wir – Jim und ich – in den Tom-Wallace-Park gingen, sahen wir dort seine Mutter und einen Mann. Sie saßen in einem abgestellten Chrysler, und er zog ihr gerade die Sachen herunter. Statt den Mund zu halten, bemerkte Jimmy: ›Jedermann braucht irgendwann mal etwas.‹

Ich sagte im stillen zu mir: ›Virginia, du bist wirklich eine Nutte. Dein Mann stirbt zu Hause an Krebs, und du machst es mit einem x-beliebigen Kerl in deinem Wagen.‹ Sie hatte ihre Hände zwischen seinen Beinen. Sie trieben es miteinander. Wir sahen zu, aber sie hat es nie erfahren. Um ehrlich zu sein, ich glaube, sie hat Bud umgebracht.«

»Wieso glauben Sie das?« hakte Keeney nach.

»Nun gut, am Tag zuvor sah ich, wie sie diese große Standuhr aufzog, die sie im Hause hatten, und mich interessierte das, weil ich noch nie eine gesehen hatte. Als Bud tot war, sagte ich zu Virginia: ›Sie tickt nicht mehr.‹ Sie antwortete: ›Ja, die Standuhr ist um zwei Uhr stehengeblieben, genau wie damals, als Cynthia starb.‹ Ich habe das damals vielleicht geglaubt, aber heute nicht mehr. Denn ich bin dreiunddreißig Jahre alt. Man muß in die Uhr hineingreifen, um das Pendel anzuhalten.«

Keeney fragte Debbie, was sie über Cynthia Elaines Tod wußte.

»Ein- oder zweimal kam sie darauf zu sprechen, aber keinesfalls öfter. Sie erzählte, daß Cynthia hinauswollte, um Cowboy oder Indianer zu spielen. Das kleine Mädchen habe sich aber eine Schlinge um den Hals gelegt, sei auf einen Dachsparren geklettert und hinuntergesprungen.« Sie machte eine Pause und ließ dann wieder ihr seltsames Lachen ertönen.

»Als ich mit Virginia darüber sprechen wollte, erhielt ich eine glatte Abfuhr. Es war, als ob man einen Kühlschrank öffnete und hineintrat. Das Thema war tabu. Als ich sie ein zweites Mal fragte, haute sie mit der Faust auf den Tisch und sagte, es gäbe darüber nichts zu reden.

Danach bewirtete sie mich mit einem Glas Tee. Mir wurde schwindlig, und ich schlief stundenlang auf dem Sofa im

Wohnzimmer. Als ich meine Augen aufschlug, versetzte mir Virginia leichte Schläge, um mich wachzukriegen. Ich kam krank nach Hause, und zwei Tage lang war mir speiübel.«

Keeney blickte auf Debbie Williams' Hände, die eine Handtasche umklammerten. Sie zitterten, als ob sie die Parkinsonsche Krankheit hätte.

»Virginia sitzt hinter Gittern«, sagte er. »Und Sie brauchen nicht mit dem Pflichtverteidiger zu sprechen, wenn Sie nicht wollen. Es gibt nichts, worüber Sie sich aufregen müßten.«

»Jemand ist zu Ostern in meinen Wohnwagen eingebrochen«, erwiderte sie, ohne sich im mindesten getröstet zu fühlen. »Ich war im Krankenhaus, als es geschah. Alle Schubladen wurden geleert.«

»Haben Sie die Polizei verständigt?«

»Sie haben das an den Osterfeiertagen zu Protokoll genommen«, antwortete sie. »Meine ›Smith und Wesson einundvierzig‹ haben sie aber nicht gekriegt. Ich habe sie hier.« Sie klopfte nervös auf ihre Tasche.

»Ich bin froh, daß Sie die Polizei angerufen haben«, sagte Keeney.

»Little Jimmy ist einem Nervenzusammenbruch nahe«, fing Debbie wieder an, wobei sie offenbar nicht mehr an ihre Pistole dachte. »Er glaubt, daß sein Daddy mir etwas antun will. Er würde es tun. Jimmy erwähnte, er habe 1985 irgendeinen blöden Mexikaner in der Wüste draußen getötet. Er brüstete sich damit. Als Jimmy vor einigen Monaten hier in der Stadt war, sprach er davon, daß er Little Jimmy mitnehmen wolle. ›Nur über meine Leiche‹, habe ich zu ihm gesagt. ›Das läßt sich einrichten‹, hat er mir geantwortet.«

James Coates hatte sich vor wenigen Monaten in Louisville aufgehalten? Das war ein recht unangenehmer Gedanke. Keeney wurde sich bewußt, daß er immer noch befürchtete, Coates könnte irgendwann auf die Idee kommen, sich zu rächen. Ich muß weiter Notizen machen, sagte er zu sich selbst.

»Jimmy und ich trennten uns, gleich nachdem ich meinen Little Jimmy geboren hatte«, erzählte Debbie Williams weiter. »Er erzählte mir von diesem neuen Mädchen, Debbie Abell, und ich zeigte ihm, was eine Harke ist! Ich habe ihn nie geheiratet; diese Ehre fiel Debbie Abell zu.« Sie lachte. »Virginia wollte, daß Debbie Abell mit ihrer kleinen Tochter nach Kalifornien zog, aber Debbie wollte nicht. Virginia sagte, sie würde sich dafür erkenntlich zeigen.

Um die Wahrheit zu sagen, ich habe mir nie etwas aus Virginia gemacht. Ich würde dieser Frau niemals über den Weg trauen. Das Mädchen, das in Kalifornien starb, ist meines Erachtens ein wirklich anschauliches Beispiel.

Jimmy rief mich vor kurzem an. Er erzählte mir, daß seine Mutter verhaftet worden sei, und ich erwähnte, daß ich es in der Zeitung gelesen hätte. Er sagte: ›Psst, Debbie, wir können nicht darüber reden, weil das Telefon angezapft ist.‹ Ich hörte, wie er lachte. Es war jenes kalte, gemeine Lachen. Er sagte: ›Was glaubst du denn?‹ Ich antwortete, ich sei davon überzeugt. Daraufhin sagte er: ›Hör zu, ich kann nicht reden. Ich rufe dich von einem Münzfernsprecher an.‹

Das nächste war, daß das Telefon läutete und Jimmy wieder am Apparat war. Ich fragte ihn nach Virginia. Diesmal erzählte er mir: ›Du hast recht. Wir haben es geplant. Deana sträubte sich, sie wollte fort. Mama und B. J. zerrten sie die Klippe hinauf. B. J. schaffte es nicht, sie über den Rand zu stoßen, so mußte Virginia dabei helfen.‹« Debbie hielt inne und schien den Tränen nahe. Dann fügte sie hinzu: »Da ich davon weiß, hänge ich nun mit drin, nicht wahr?«

»Was haben Sie danach gesagt?« fragte Keeney ausweichend.

»Ich sagte Jimmy, ich wolle ihn sehen, aber er antwortete: ›Schieß mir einen Drachen her.‹ Sie wissen, im Gefängnisjargon heißt das: Schreib mir. Das war alles, was er mir, soweit ich mich erinnern kann, gesagt hat.«

Keeney seufzte erleichtert auf, als Debbie Williams ging, ohne ihre 41er zu ziehen.

Noch am selben Tag rief er Luis Aragon an und übermittelte ihm Debbie Williams' Information. Unter normalen Umständen hätte er Debbie für äußerst unglaubwürdig gehalten. Doch soweit es Virginia betraf, hatte er längst alle Bedenken aufgegeben.

Ihm fiel ein, daß er einst in der Annahme gelebt hatte, er würde immer vom Bösen verschont bleiben, als ob er eine Kreatur wäre, die glücklich in einem Terrarium gedieh. In diesen Tagen hatte er jedoch das Gefühl, in zwei Welten zu leben. Da war die sonnendurchflutete Welt seiner neuen Familie, seiner Anwaltspraxis und seiner Kirche. Daneben existierte eine Unterwelt, in der mündige Mütter Mörder heranzogen und in der niemand völlig sicher war. Und die Grenzen zwischen beiden Welten hatten begonnen, sich zu vermischen.

P. S. Dem Hund geht's gut ...

Am 26. Februar 1990 um 14 Uhr 30 schob Aragon einen Wagen voller Beweismaterial in die Abteilung des Oberlandesgerichts. Er rief Gary Edwards und Albert Tamayo das übliche halbherzige ›Guten Morgen‹ zu und begab sich dann zu Scott Lawrence an den Tisch der Anklagevertretung, wo dieser saß und die Beweismittel kennzeichnete. Alle Parteien waren beim Eröffnungsverfahren anwesend.

Die McGinnis' saßen nebeneinander am Tisch der Verteidigung; ihre linken Handgelenke waren mit Handschellen an ihre Sessel gefesselt. Zwei gelbe Schreibblöcke lagen aufgeschlagen vor ihnen auf dem Tisch.

Aragon und Lawrence waren noch mit dem Markieren der Beweismittel beschäftigt, als Richter Kasimatis verkündete: »Sie können beginnen, Mr. Aragon.«

Richter Nicholas Kasimatis hatte den Mordfall McGinnis übernommen. Aragon betrachtete Kasimatis' Anwesenheit als ein gutes Omen. Er kannte das längliche, freundliche Gesicht des Richters, sein silbriges Haar und die Brille mit den halbmondförmigen Gläsern. Als Aragon erklärte, daß der erste Zeuge der Anklage noch mit dem Kennzeichnen der Beweismittel beschäftigt sei, antwortete Kasimatis geduldig: »Na schön, wir werden warten, bis er fertig ist.«

Das Eröffnungsverfahren, wie es in Kalifornien gehandhabt wird, dauert gewöhnlich nicht lange. In etwa drei Stunden wird der Rahmen für die Hauptverhandlung abgesteckt und nur so viel Beweismaterial vorgelegt, um den Nachweis zu erbringen: Die Angeklagten müssen unter Beibehaltung der derzeitigen Kautionshöhe weiter in Haft bleiben. Der Staatsanwalt bemüht sich dabei, seine Karten nicht aufzudecken. Die Verteidigung versucht zum ersten Mal, die Zeugen, die sie später während des Prozesses einem richtigen Kreuzverhör unterziehen wird, in die Zange zu nehmen.

Luis Aragon sah keine Möglichkeit, das Verfahren abzukürzen. Das Beweismaterial bildete ein detailreiches Fadenspiel, und er wollte nichts dem Zufall überlassen. Von Zeit zu Zeit antwortete er: »Ich bin bereit, fortzufahren« und hörte nicht eher auf, bis im Laufe von zweieinhalb Tagen elf Zeugen der Anklage ausgesagt hatten.

Scott Lawrence trat als erster in den Zeugenstand. Mit seinem roten Schlips und seiner bulligen Figur, die in ein Tweedjackett gezwängt war, hätte er ein Footballstar sein können, der sich für das Aufnahmegespräch an einem College zurechtgemacht hat. In seiner knapp gehaltenen Zeugenaussage schilderte er den Ort an der Küste, wo Deana ums Leben gekommen war. Dann ging er auf die Hauptbeweise ein.

Albert Tamayo, Virginias Pflichtverteidiger, nahm als erster ein Kreuzverhör vor. Aragon hatte bisher nie eine Sache gegen Tamayo vertreten, aber er erkannte rasch, was diesem als Strafverteidiger einen Vorteil verschaffte: Er machte rein äußerlich einen guten Eindruck. Er hatte eine kupferfarbene Haut, mandelförmige Augen und pechschwarzes Haar, und tadellos gebügelte braune Anzüge brachten seine gute Figur zur Geltung. Außerhalb des Gerichtssaals trieb er leidenschaftlich Sport. Das äußerte sich in seinem lautlosen Gang und in seiner Körperbeherrschung. Im Alter von vierzig Jahren hatte er sich den hellen und motivierten Blick eines ehrgeizigen Anwalts bewahrt.

Doch zu Aragons Überraschung ritt Tamayo nur einige halbherzige verbale Attacken gegen Lawrence und nahm dann wieder Platz. Eingedenk seiner Theorie, daß B. J. die besten Chancen hätte, wenn er nicht groß auffiel, beobachtete Gary Edwards zufrieden das Geschehen.

Die Aussagen der Sachverständigen nahmen den Rest des Tages in Anspruch.

Dr. Williams Hoops vom Büro des Coroners in Monterey erklärte den Ausdruck *Lazeration des Hinterhirns, Minuten,* der in seinem ursprünglichen Autopsiebericht enthalten war. Deana starb, wie Hoops es darstellte, durch einen einzigen ›Stoß oder Hieb, der durch den Pons hindurch bis tief ins Kleinhirn drang, das ein lebenswichtiges Gebiet ist‹. Er erläuterte, Minuten bedeute, daß Deana Minuten nach der Verletzung starb.

Catherine Hamm, eine Toxikologin, vom Büro des Coroners in San Diego, sagte aus, daß sie 1989 ›Spuren‹ von Amitriptylin und Nortriptylin in einer Probe von Deanas Blut entdeckte, und zwar 0,02 Milligramm in einem Milliliter Blut. Diese Menge war so gering, daß sie selbst mit Hilfe des neuesten Gaschromatographen nur schwer nachweisbar war, aber das Mittel war ohne Zweifel im Blut enthalten.

Den ganzen Nachmittag saß Bobbie an der Rückseite des Gerichtssaals auf einer polierten Holzbank. Sie war von einer kleinen Gruppe von Personen umgeben, die ihr während der Verhandlung beistanden. Ihr Bruder war mit dem Flugzeug aus Lexington gekommen. Auch zwei Leute vom San-Diego-Sitz der Vereinigung ›Eltern ermordeter Kinder‹ waren anwesend. Alle wußten, daß Bobbie am nächsten Tag als Zeugin aussagen würde.

Aber Bobbie nahm ihre Gefährten kaum wahr. Sie konnte den Blick nicht von den McGinnis' abwenden. Keeney hatte sie auf alles vorbereitet, doch nicht darauf, daß sie die Mörder ihrer Tochter direkt vor sich sehen würde.

Die Frau von der Vereinigung ›Eltern ermordeter Kinder‹ sagte Bobbie immer wieder, daß alles gutgehen würde. Sie war selbst im Prozeß gegen einen Mann aufgetreten, der ihre dreizehnjährige Tochter vergewaltigt und ermordet hatte, und dieser Verbrecher hatte schließlich ›lebenslänglich ohne Aussicht auf bedingte Strafaussetzung‹ bekommen.

Bobbie beugte sich vor und sagte zu ihr: »Ich möchte, daß sie für das bezahlen müssen, was sie getan haben.« Sie entschuldigte sich hastig dafür, daß dies kein ›christlicher Gedanke‹ war, aber die drei Jahre, die sie hatte warten müssen, ehe die Justiz einen Finger rührte, hatten sehr an ihr gezehrt, und das war erst der Anfang. So vieles könnte dabei noch schiefgehen, meinte sie besorgt.

Am darauffolgenden Nachmittag verkündete Aragon: »Bobbie Roberts wird in den Zeugenstand gerufen.«

Bobbie, die ein unauffälliges blaues Kostüm und eine cremefarbene Seidenbluse anhatte, trat in den Zeugenstand. Sie nahm Platz und vermied ängstlich jeden Blickkontakt mit den McGinnis'. Aragon stellte Bobbie behutsam Fragen. Sie betrafen Deanas Jugend, die verminderte Lernfähigkeit des Mädchens und die Umstände, unter denen es im September 1986 zusammen mit Jay Wild durchbrannte. Dann spielte er die Tonbandaufzeichnung des Telefongesprächs ab, das Bobbie seinerzeit von Louisville aus mit Virginia McGinnis geführt hatte.

Während der Richter zuhörte, sah Bobbie zu Virginia und Billie Joe hinüber. Beim Anblick des Ehepaars, das mit Handschellen an die Sessel gefesselt war, empfand sie sowohl Zorn als auch Rachegefühle. Virginia hatte den Kopf zur Seite gedreht und wirkte eher gelangweilt als eingeschüchtert. Ihr Benehmen schien zu sagen, daß der Kriminalprozeß nur eine Unannehmlichkeit war, die bald vorüber sein würde. B. J. starrte mit leeren, glanzlosen Augen vor sich hin.

Nachdem das Tonband abgespielt war, unterzogen die Verteidiger sie nur einem flüchtigen Kreuzverhör, und Richter Kasimatis entließ Bobbie aus dem Zeugenstand. Mit einem Nicken begann sie die Stufen hinabzusteigen. Bei der letzten zögerte sie und warf einen Blick auf Aragon. Dann brach sie zusammen.

Zwei Gerichtsdiener eilten herbei und zogen sie an den Armen hoch. Sie stand unsicher auf den Beinen, aber brachte es fertig zu sagen: »Mir geht es gut. Es tut mir leid.«

Nach Art und Cleo ›Mac‹ McCain, den Agenten der State Farm, die die Lebensversicherung mit Deana abgeschlossen hatten, ließ Aragon noch einen ›Überraschungszeugen‹ auftreten.

Robert Bryan Lyke war ein schmächtiger, agiler Mann mit gepflegtem Bart und einer ängstlichen Gewissenhaftigkeit.

Obwohl er am Princeton-Seminar den Magister der Theologie erworben hatte, arbeitete er nun am Esalen-Institut, einer Einrichtung der Gemeinschaft ›New Age‹, die als Heimstätte der potentiellen humanen Bewegung bekannt war. Esalen versprach ein Leben reich an Massagen, Yoga, Meditation und Philosophie und hatte sich in einem erstaunlich breiten Streifen entlang der Küste etabliert. Lyke hatte 1973 als Tellerwäscher am Institut begonnen und war nun dessen Verwaltungschef. Er hatte im ›Monterey Herald‹ über die Verhaftung der McGinnis' gelesen und danach die Staatsanwaltschaft angerufen.

Er schilderte, wie er an jenem Nachmittag mit seiner Frau und seinen Kindern in südlicher Richtung die Küste entlanggefahren war und an einer Ausweichstelle das Team der Big-Sur-Ambulanz bemerkte. Das war am 2. April 1987. Da er selbst Mitglied dieser aus Freiwilligen bestehenden Mannschaft war, hielt Lyke an, um seine Hilfe anzubieten. Das Rettungsteam seilte sich bereits an der Klippe ab, um Deana zu suchen.

»Mir wurde gesagt, ein Mädchen sei abgestürzt, und es sei nicht sicher, ob sie noch lebe oder tot sei. Sie konnten nicht zu ihr gelangen, weil die Klippen so steil abfielen ...«

Als er Virginia und B. J. in ihrem Wagen entdeckte, wollte er zu ihnen gehen, um ihnen Trost zuzusprechen. Auf dem Weg zum Auto entdeckte Lyke einen Schuh, der nahe dem Klippenrand lag.

»Es mag belanglos scheinen, aber dieser blaue hochhackige Schuh, die Tatsache, daß er dort lag, wo ein jeder ihn hätte aufheben können, ließ mir keine Ruhe. Und ich versetzte mich in die Lage einer Person, die einen nahestehenden Menschen verloren hatte, weil dieser über den Rand der Klippe hinabgestürzt war. Ich hätte nicht im Auto gesessen, sondern hätte draußen gestanden. Ich hätte mich bemüht, herauszufinden, was mit jenem Menschen geschehen war.«

Lyke fuhr fort: »Nachdem ich von den Männern des Such- und Rettungstrupps des Sheriffs erfahren hatte, daß das Opfer, das sie gefunden hatten, nicht mehr am Leben war, ging ich zu den McGinnis' hinüber und sagte: ›Es tut mir leid, Ihnen mitteilen zu müssen, daß sie tot ist‹ ... Was sich auf ihren Gesichtern abzeichnete, war nicht Trauer, sondern Erleichterung.«

Virginia notierte etwas mit ihrer großen Hand, während B. J. sich schwerfällig im Sessel drehte.

Der Gerichtshof unterbrach am Abend die Verhandlung.

Virginia fuhr mit dem Gefängnisbus nach Las Colinas; B. J. wurde in seine Arrestzelle gebracht. Bobbie Roberts verließ den Saal, wobei sie sich am Arm ihres Bruders festhielt.

An der Rückseite des Gerichtssaals saß ein Mann mit blondem Schnurrbart und sonnenverbranntem Gesicht. Mit einem Schwung erhob er sich von seinem Sessel und ging mit einer Gruppe älterer Besucher der Verhandlung zur Tür hinaus. Detective Jack Haeussinger hatte am Nachmittag ›Luis im Auge behalten‹, wie er sich ausdrückte.

Während er in seinem blauen, nicht als Polizeifahrzeug gekennzeichneten Straßenkreuzer nach Hause fuhr, sann er über die Ereignisse des Tages nach. Nur in Kalifornien konnte man einen Geistlichen des ›New Age‹ in den Zeugenstand holen und damit stürmischen Beifall ernten, dachte er. Jack Haeussinger hatte nicht viel für die Dufttherapie des ›New Age‹ oder das Sitzen auf Lotosblumen übrig. Hatte man Keeneys ›Buch‹ gelesen, brauchte man auch keinen Vorbeimarsch der Experten, die mit ihrem Doktortitel angaben und feststellten, daß das alte Weib es getan hatte.

Er mußte jedoch zugeben, daß Luis eine gute Show abzog – als Anwalt.

Das Eröffnungsverfahren verlief mehr oder weniger nach Aragons Plan. Ein Experte auf dem Gebiet der klinischen Pharmakologie bezeugte, daß Elavil Schwindel hervorruft. Der Stellvertreter des Coroners, Dave Dungan, wiederholte, daß Virginia und B. J. geleugnet hatten, irgend etwas von einer Versicherung zu wissen. Donald Smythe trat in den Zeugenstand und gab wieder, was die Angeklagten bei der Befragung in Chula Vista gesagt hatten. An diesem Punkt machte sich Aragon allerdings Gedanken darüber, wie wenig Fragen die Verteidigung stellte. Tamayo ging nur kurz darauf ein, wo sich Deanas zweiter Schuh befand. Es stellte sich heraus, daß er verlorengegangen war. Smythe gab zu, von der Versicherungspolice gewußt zu haben, er habe jedoch nicht geglaubt, daß es genügend Beweise gab, um eine Verhaftung zu rechtfertigen. Gary Edwards verließ kaum seinen Sessel. Auf jeden Fall wußte Aragon, daß es zu spät war, seine Strategie neu zu überdenken. Er war bei seinem letzten Zeugen angelangt.

James Coates war alles andere als erfreut gewesen, unter Strafandrohung als Zeuge vor Gericht geladen zu werden. Coates war im letzten Jahr abwechselnd mal im Vacaville-Gefängnis und mal wieder draußen gewesen. Vacaville war ein Ort, wo es im Sommer heiß war wie in einem Backofen. Außerdem quoll das Gefängnis fast über von Zuhältern, Bandenmitgliedern und Psychos. Wann immer er es schaffte, wieder draußen zu sein, ging er in Hotels, um sich einen Schuß zu setzen. Dort rannten Nutten kreischend durch die Korridore, sein Kopf funktionierte nicht mehr richtig, die Tünche an der Zimmerdecke sah aus wie eine verbrannte Tortilla. Und nebenbei wartete er auf seine fünfunddreißigtausend Dollar von der State Farm.

Aragon hatte Coates nur aus einem einzigen Grund vorgeladen, nämlich, um ihn zu ›neutralisieren‹. Wenn ihm nachgewiesen wurde, daß er in einer Geschichte mit drin hing, konnte er für die Anklagevertretung sogar von Nutzen sein. Und spätere Überraschungen würden vermieden.

Als Coates schlaksig und muskelbepackt in seinem bestickten Cowboyhemd, mit abgetragenen Stiefeln und in Jeans im Zeugenstand saß, gab er sich als ein kahl werdender Johnny Cash. Und dennoch ging von ihm ein provozierender, tierischer Reiz aus.

»Mr. Coates«, begann Aragon so streng, wie es seine

Stimme erlaubte. »Sind Sie der Sohn von Mrs. Virginia McGinnis, der Frau, die an diesem Nachmittag im Gerichtssaal sitzt?«

Sich im Zeugenstand noch etwas weiter zurücklehnend, antwortete er: »Ja.«

»Kannten Sie Deana Wild-Hubbard?«

»Ja.«

»Wann begegneten Sie Miss Wild zum ersten Mal?«

»Im Oktober '86, ungefähr.«

»Wo begegneten Sie ihr?«

»Das erste Mal sah ich sie bei Frankie und Leslie's.«

Die Fragen wurden weiter in der gleichen Art gestellt, wobei Aragon und Coates es beiderseitig auf eine Machtprobe ankommen ließen. Coates sagte mit einer Nervosität aus, die für Strafgefangene typisch war. Er hatte sich in seinen Sessel hingefläzt und spuckte seine knappen Antworten gleichsam aus. Aragon begriff rasch, daß Coates sich vor Gericht so aufführte, um Fakten zu verschleiern.

»Was erzählte Mrs. Wild Ihnen über ihren Familienstand? Sagte sie, daß sie ledig oder geschieden war?«

»Ich möchte nicht ... ich kann keine Auskunft über etwas geben, was ich nicht weiß – was ich damals nicht wußte. Als ich ihr zum ersten Mal begegnete, wußte ich nicht, daß sie verheiratet war. Ich erfuhr das erst später.«

»Wann erfuhren Sie, daß sie verheiratet war?« Aragon wollte eine genaue Antwort haben.

»Nachdem wir uns regelmäßig sahen«, mauerte Coates.

»Sagten Sie uns nicht, daß Sie ihr im Oktober '86 begegneten?«

»Mitte Oktober etwa, ja.«

»Sagte Ihnen Mrs. Wild erst im Januar '87, daß sie verheiratet war?«

»Kann sein, ja. Genaue Daten merke ich mir nicht besonders gut.«

Coates behauptete auch, er habe Deana im Januar einen Heiratsantrag gemacht, nachdem sie zwei oder drei Wochen lang miteinander gegangen waren. Er fügte hinzu, daß er ihr einen Verlobungsring, ein Erbstück von seiner Großmutter, gegeben habe.

»Haben Sie gesehen, daß sie den Ring Ihrer Mutter zeigte?«

»Daran erinnere ich mich nicht.«

»Haben Sie gesehen, daß sie den Ring B. J. McGinnis zeigte?«

»Daran erinnere ich mich nicht.«

Aragon machte eine Pause, bevor er die nächste, kritische Frage stellte: »Wie reagierten Sie, als Sie erfuhren, daß Ihre Mutter auf Deanas Namen eine Lebensversicherung abgeschlossen hatte?«

»Ich erinnere mich nicht.«

Aragon war erstaunt über Coates' gleichgültige Antwort. Er hatte zumindest eine flüchtige Gefühlsregung erwartet. »Waren Sie darüber froh?«

»Ich erinnere mich nicht. Damals konnte ich mich fast über nichts freuen. Ich war wieder auf dem Weg ins Gefängnis, oder ich war im Gefängnis.«

»Wann erfuhren Sie, daß sie der Hauptbegünstigte dieser Lebensversicherung waren?«

»Ich weiß das nicht genau.«

Aragon ergriff das Beweismittel Nr. 19, einen Brief, den Virginia am 3. April 1987 an ihren Sohn geschrieben hatte, als er im Gefängnis saß. Er ging zum Zeugenstand. Coates wußte, was nun kam, und in seinen Augen flackerte Unsicherheit.

»Yeah«, sagte er, »ich habe Don Smythe diesen Brief gegeben. Ich glaube, Sie haben davon eine Kopie.«

Plötzlich drang ein dumpfes Grollen durch den Fußboden. Luis Aragon drehte sich um und hielt immer noch das Beweismittel in der Hand. Dann blickte er auf. Die Wände und die Decke des Gerichtssaals begannen zu schwanken, anfangs langsam und dann in Wellen. »Oh, mein Gott!«, »O nein!« riefen mehrere Stimmen gleichzeitig von der Galerie an der Rückseite des Gerichtssaals, als ein Erdbeben San Diego erschütterte und alle Gebäude im Umkreis von einhundert Meilen ins Wanken brachte.

Bobbie Roberts sprang auf, dann krümmte sie sich zusammen und hielt sich ein Taschentuch vor das Gesicht, um ihr Nasenbluten zu stoppen. Virginia und B. J. beugten sich vor und probierten, ob sie ihre Handschellen von den Lehnen ihrer Sessel losbekämen. Richter Kasimatis stand mit ausgebreiteten Armen da und beschwor die Leute, Ruhe zu bewahren. In seiner schwarzen Robe sah er wie ein Todesengel aus.

Dann hörte plötzlich alles auf. Die Wände erlangten wieder ihre Festigkeit. Die Decke über den Köpfen schwankte nicht mehr. Bobbie rannte zur Toilette.

Richter Kasimatis, ein Mann, der sich schon lange an San Diego gewöhnt hatte, setzte sich und ging wieder zur Tagesordnung über: »Wir wollen fortfahren.«

Aragon las den Brief vor, während Coates widerwillig durch Nicken seine Zustimmung bekundete:

Lieber Jim,

nur eine kurze Notiz, um dir mitzuteilen, daß es uns gutgeht. Anbei senden wir dir einen Bestellschein für deine Bücher. Auch ein paar Briefmarken. Teile uns bitte mit, ob du ein Geschenkpaket erhalten darfst. Ruf uns an, wenn du kannst.

Am letzten Donnerstag, dem 2. 4. 1987 sind wir auf dem Highway 1 zur Küste (in die Nähe von Big Sur) gefahren und haben an einem Aussichtspunkt gehalten. Wir haben ein paar Aufnahmen gemacht und wollten die Aussicht genießen. Deana war mit uns dort, rutschte aus und stürzte von der Klippe.

Der Brief endete mit dem Zusatz: ›P. S. Dem Hund geht's gut, und wir sind okay.‹

Coates beteuerte, daß er erst im nächsten oder übernächsten Brief von der Lebensversicherung erfahren habe.

»Haben Sie sie gefragt, wie es dazu kam, daß Deana abstürzte?« wollte Aragon weiter wissen.

»Nicht zu diesem Zeitpunkt, nein. Ich glaube nicht, daß ich mich je danach erkundigt habe.«

Die Tatsache, daß Coates weiterhin gleichgültig über Deanas Tod hinwegging, brachte Aragon in Rage: »Es war immerhin der Tod Ihrer Verlobten, mein Herr!«

»Ich weiß inzwischen, wie sie gestorben ist«, sagte Coates.

Aragon setzte sich. »Keine weiteren Fragen.«

Albert Tamayo marschierte energisch vor dem Zeugenstand auf und ab, wobei er sich jedesmal auf seinem Absatz herumdrehte. Er unterzog James Coates einem schonenden Verhör, wobei dieser erklärte, daß Virginia vor fünfzehn Jahren für ihn und seinen Bruder Ronnie eine Versicherung abgeschlossen habe. Das Verhör wurde nach wenigen Minuten beendet.

Gary Edwards verließ seinen Sessel überhaupt nicht.

Ehe Coates den Zeugenstand verlassen durfte, wendete Richter Kasimatis sich ihm zu, um selbst ein paar Fragen zu stellen.

»Mr. Coates, weswegen kamen Sie ursprünglich ins Gefängnis?«

»Wann?« Coates sah den Richter an, wobei er das Kinn aggressiv vorstreckte.

»Nun gut, wie oft waren Sie im Gefängnis?«

»Ich war viermal im Gefängnis«, antwortete Coates. »Aber der Grund, weshalb ich im Gefängnis war, gehört hier nicht zur Sache, nicht wahr?«

»Nun ja, manchmal müssen wir uns nach diesen Dingen erkundigen, und das ist jetzt so ein Zeitpunkt.« Kasimatis lächelte ungerührt und fragte: »Weswegen wurden Sie verurteilt?«

»Wegen Mordes.« Coates sagte das fast stolz.

Kasimatis konnte seine Überraschung nicht verbergen. »Wegen Mordes?« fragte er, wobei er Coates über die halbmondförmigen Brillengläser hinweg anstarrte. »Weswegen noch?«

Coates' Stolz schlug plötzlich in Ärger um. Kaum fühlte er sich sicher, wollte der Richter einen Blick in sein Strafregister werfen. Rasch antwortete er: »Wegen Einbruchdiebstahls, Hehlerei und Taschendiebstahls.«

»Wegen Einbruchdiebstahls?« fragte Kasimatis.

»Vier neunundfünfzig, vier sechsundzwanzig und vier achtundvierzig, davor sechs sechsundsechzig.« Coates rasselte die Nummern der Paragraphen des Strafgesetzbuches mit der Geschwindigkeit eines Polizeicomputers herunter.

»Weswegen mußten Sie das letzte Mal ins Gefängnis?« fragte Kasimatis.

»Vier vierundachtzig in Verbindung mit sechs sechsundsechzig.« Die Zahlen wurden erneut rasch heruntergebetet. Coates schien wie elektrisiert.

»Ist Ihre Haftstrafe immer noch bedingt ausgesetzt?«

»Ja.«

»Okay, Mr. Coates.« Kasimatis wandte sich ab. Er konnte seinen Widerwillen schlecht verhehlen. »Sie dürfen den Zeugenstand verlassen. Sie dürfen gehen oder auch dableiben.«

Coates bog um die Kante des Zeugenstandes und strebte mit weit ausholenden Schritten und rudernden Armbewegungen dem Ausgang zu. Als er an seiner Mutter vorbeikam, die am Mittelgang saß, tätschelte er ihr mit seiner Pranke die dicke weiße Hand und sagte im Flüsterton: »Ruf Ronnie heute abend an, Ma.«

Aragon schloß seinen Beweisvortrag ab.

Tamayo bot weder Zeugen auf, noch brachte er ein Argument vor. Edwards erklärte kurz, der Vertreter der Anklage habe es versäumt, zu zeigen, daß sein Mandant Billie Joe ein ›aktiver Mittäter‹ sei.

Kasimatis hörte höflich zu. Ohne zu zögern stellte er dann fest:

»Das Gericht ist davon überzeugt, daß die Schuld jedes der Angeklagten in ausreichendem Maße gegeben ist, so daß jeder wegen der Punkte, die der Anklage zugrunde liegen, vor Gericht gestellt wird … Die Schuld kommt eindeutig in zahlreichen offenkundigen Straftaten zum Ausdruck, die dargelegt wurden und durch Beweismaterial belegt sind, so daß der Verdacht des Gerichts mehr als bestätigt ist, daß die Angeklagten dieses schrecklichen vorsätzlichen Mordes schuldig sind.

Die vorher festgelegte Kautionshöhe wird beibehalten. Das Gericht vertagt die Verhandlung.«

An diesem Nachmittag fand Aragon drei Mitteilungen von Keeney vor. Sie enthielten Glückwünsche, zugleich wurde darin gutgeheißen, daß Richter Kasimatis seine improvisierte Bemerkung über ›diesen schrecklichen vorsätzlichen Mord‹ gemacht hatte. Damit sei nun zum zweiten Mal bestätigt worden, daß die im Laufe von zweieinhalb Jahren geleistete Arbeit gerechtfertigt war.

Es gab aber noch genügend Grund zur Besorgnis. Aragon hatte nichts über die Strategie der Verteidigung erfahren, denn die beiden Verteidiger hatten mehr als zwei Tage nur damit verbracht, allen seinen Hauptzeugen zuzuhören. Sie wußten alles über seine Beweisführung, doch er wußte nichts über ihre Verteidigung.

Todesurteil abgelehnt

Der Prozeß wurde für Juni 1990 angesetzt. Keeney überlegte, daß sich damit verschiedene Aufgaben für ihn ergaben. Er mußte Bobbie Roberts vorbereiten, Dick Coates zu einem kooperativen Verhalten bewegen, Erkundigungen über die Vermögenswerte der McGinnis' einziehen und sein Vorgehen mit dem Staatsanwalt koordinieren. Sonst würde er Gefahr laufen, lediglich ein Zaungast zu sein.

Aragon rief an.

»Wir haben unsere Entscheidung über das zu beantragende Strafmaß getroffen, Steve«, sagte er. Keeney merkte an Aragons Stimme, daß er in Druck war.

»Legen Sie los, Luis.«

»Ein Mädchen mit Medikamenten zu betäuben und dann von einer Klippe zu stoßen, um die Versicherung zu kassieren, ist einer der schlimmsten Fälle, die ich als Staatsanwalt im Laufe von zehn Jahren erlebt habe. Ich möchte Ihre Ansicht erfahren, bevor Sie in der Presse etwas hierzu lesen. Wie Sie wissen, handelt es sich um Mord aus Habsucht, wozu es einen besonderen Artikel im Strafgesetzbuch gibt. Ich weiß, Sie werden nicht damit einverstanden sein, aber wir werden sowohl für Virginia als auch für B. J. die Todesstrafe beantragen.«

Aragon wußte, daß sowohl Bobbie als auch Keeney einer Kirche angehörten, die sich öffentlich gegen die Todesstrafe gewandt hatte. Und was seine Behörde auf jeden Fall vermeiden wollte, war, daß die Mutter des Opfers oder ihr Anwalt in der Presse die Entscheidung kritisierten und sich dabei auf die Bibel beriefen.

Keeney wußte nicht, was er antworten sollte. Er konnte nicht im Namen von Bobbie Roberts sprechen. Aber wie stand es um seine eigenen Gefühle?

Virginia und B. J. sollten verurteilt werden, soviel stand fest. Aber sollten sie auch getötet werden? Soviel er wußte, hatten Hinrichtungen keine abschreckende Wirkung auf

Mörder. Und die Kosten der Revisionsverfahren, Vollzugsvoraussetzungen und Habeas-corpus-Petitionen bei einem durchschnittlichen Fall, in dem die Todesstrafe verhängt wurde, überstiegen leicht die eines lebenslänglichen Freiheitsentzugs. Sicherlich war es nicht seine Tochter, die die McGinnis' umgebracht hatten. Doch er konnte die Entscheidung des Staatsanwalts nicht stillschweigend hinnehmen. Keeney bat um eine gewisse Bedenkzeit, bevor die Staatsanwaltschaft an die Öffentlichkeit trat. Aragon sagte, er könne ein paar Wochen warten.

Keeney ging das Problem mit dem ganzen Eifer und Ernst an, zu dem ein zur Kirche gehender Anwalt für Steuersachen nur fähig war. Er rief seinen Pastor an, setzte sich mit dem Leiter des Projekts ›Strafjustiz‹ der Presbyterianischen Kirche der USA in Verbindung und zog gelehrte Schriften zu Rate. Wie immer schrieb er seine Analyse bis spät in die Nacht auf dem Computer. Keeneys Arbeitsgewohnheiten waren trotz seiner neuen Ehe und seiner größeren Familie die gleichen geblieben.

Seiner Meinung nach war der Text des Alten Testaments bezüglich einer Hinrichtung unmißverständlich. Im 1. Buch Mose, an der Stelle, wo Gott Noah und dessen Söhne segnet und mit ihnen ›einen Bund aufrichtet‹, verkündet Er: ›Wer Menschenblut vergießt, des Blut soll auch durch Menschen vergossen werden …‹ Diese Worte waren eine einfache Anwendung der *Lex talonis* – ›Auge um Auge‹ –, die zu den ältesten Rechtsvorschriften zählte.

Selbst das Sechste Gebot ›Du sollst nicht töten‹ bedeutete nicht, daß es keine Todesstrafe geben sollte. Wie jeder Anwalt wußte, erforderten Rechtsvorschriften präzise Auslegungen. Das aktive Verb im Sechsten Gebot war das hebräische *r-ts-ch*, das nach Auffassung der überwiegenden Mehrheit der Schriftgelehrten am besten mit ›morden‹ und *nicht* mit ›töten‹ übersetzt wird. Überall im Alten Testament war damit speziell der vorsätzliche Mord gemeint. ›Du sollst nicht töten‹

müßte richtiger mit ›Du sollst nicht morden‹ – d. h. töten ohne rechtliche Vollmacht – übersetzt werden. Wem das nicht als genügend klare Befürwortung der Todesstrafe erschien, der mußte in Betracht ziehen, daß das ganze 5. Buch Mose nicht weniger als siebzehn Vergehen anführt, die mit Todesstrafe zu ahnden waren. Soweit das Alte Testament. Es war einfach eine Frage der Definition der Begriffe.

Aber dazu mußten noch die Lehren Jesu berücksichtigt werden, und die Wasser des Neuen Testaments waren noch viel trüber. Selbst hartnäckige Gegner der Todesstrafe gaben zu, daß man die Evangelien ›synoptisch‹ lesen mußte, um darin Rückhalt für eine strikte Ablehnung der Todesstrafe zu finden. Die Frage reduzierte sich letzten Endes darauf, ob Jesus in der Bergpredigt, und zwar in seiner berühmten Mahnung ›Und wer dich schlägt auf deinen Backen, dem biete den andern auch dar‹, die *Lex talonis* ablehnte. Befürwortete er ein praktisches, doch wahlfreies Herangehen bei der Lösung von Konflikten, oder widerrief er das Recht auf angemessene Vergeltung? Das war eine schwierige Rechtsfrage.

Jeder Anwalt wußte, daß der Kontext entscheidend war. Überall in den Evangelien unterstützte Jesus ausdrücklich die Gesetze des Alten Testaments. Im Matthäus-Evangelium sagt Jesus: ›Ihr sollt nicht wähnen, daß ich gekommen bin, das Gesetz … aufzulösen; … Bis daß Himmel und Erde zergehe, wird nicht zergehen der kleinste Buchstabe noch ein Tüttel vom Gesetz, bis daß alles geschehe.‹ Sicherlich waren die *Lex talonis* und *Die Gesetze Mose* umfassender als der kleinste Buchstabe.

Und Keeney notierte sich, daß Jesus bei seiner eigenen Kreuzigung niemals die Berechtigung der Todesstrafe in Zweifel zog! Vermutlich hätte Er gesagt, sie stehe in Widerspruch zu Gottes Willen, und sei es nur den beiden anderen zuliebe, die wie er auf dem Golgatha gekreuzigt wurden.

Die Thesen, die die Oberen der Presbyterianischen Kirche 1985 in einer Resolution aufgestellt hatten, brachten die Diskussion nicht wesentlich voran. Eine Grundthese lautete: ›Die Anwendung der Todesstrafe in einer repräsentativen Demokratie versetzt die Bürger in die Rolle eines Henkers: Christen können sich nicht der gesellschaftlichen Verantwortung entziehen, einschließlich der Verantwortung für jede Hinrichtung und für jedes Opfer.‹

Das war nicht viel und erinnerte Keeney an ein altes presbyterianisches Sprichwort: ›Wo sich die Älteren uneins sind, ist die Entscheidung falsch.‹

Bestenfalls konnte er die Schlußfolgerung ziehen, daß die Bibel eine vom Staat sanktionierte Hinrichtung weder verbot noch forderte. Er persönlich war gegen die Todesstrafe, und er war der Auffassung, daß eher Liebe und Gnade als Gesetz und Gerechtigkeit den Kern der Bibel bildeten. Die Heilige Schrift war jedoch gewiß nicht der stärkste Pfeiler, auf den man sich bei seiner Argumentation stützen konnte.

1976 hatte das Oberste Gericht der USA in einem Prozeß, der unter der Bezeichnung *Gregg gegen Georgia* bekannt wurde, die Todesstrafe ebenfalls als verfassungsmäßig eingestuft. Keeney war mit dieser Entscheidung nicht einverstanden, aber er war nicht der erste Anwalt, der sich über die Urteile des Obersten Gerichts ärgerte. Wie ein Richter des Obersten Gerichts einmal sarkastisch bemerkte, sei das Oberste Gericht nicht deswegen die letzte Instanz, weil sie recht habe, sondern sie habe recht, weil sie die letzte Instanz war.

Dennoch enthielt das kalifornische Recht einige praktische Bestimmungen, die es nicht ratsam erscheinen ließen, die McGinnis' zum Tode zu verurteilen. Tatsächlich fragte sich Keeney aufgrund der Kenntnis bestimmter Rechtsvorschriften, ob Aragon alle Konsequenzen genügend bedacht hatte.

Sobald den McGinnis' die Todesstrafe drohte, hätte jeder von ihnen sofort Anspruch auf zwei ›auf Tod spezialisierte‹ Anwälte und vier Ermittler. Ihnen stünden auch unbegrenzt Mittel zur Verfügung. Das bedeutete vier Anwälte und acht Ermittler gegen Luis Aragon und Scott Lawrence.

Es gäbe auch zwei Gerichtsverfahren: das eine zur Feststellung der Schuld der Angeklagten und das andere zur Festlegung des Strafmaßes. Beim zweiten Verfahren hätten die Geschworenen zu entscheiden: lebenslänglich oder Todesstrafe. Die Gesamtkosten würden sich auf rund eineinhalb Millionen Dollar belaufen. Rechnete man noch die Revisionsverfahren und die föderalen Habeas-corpus-Petitionen hinzu, wobei die Revisionsverfahren unter Berücksichtigung der besonders strengen Normen für die Beurteilung eines mit einem Todesurteil endenden Schwurgerichtsprozesses abzuhalten wären, würden sich die obengenannten Kosten verdoppeln. Alle diese Kosten müßte der Steuerzahler tragen, und alles hätte zum Ziel, Virginia und B. J. McGinnis zu töten.

In Kalifornien war praktisch niemand mehr hingerichtet worden, bis vor vierzehn Jahren die Gregg-Sache kam. Warum sollte man sich all dieser Mühe bei etwa fünfzigjährigen Angeklagten unterziehen, wenn das tatsächliche Resultat sowieso der lebenslängliche Freiheitsentzug war? Für eine Million Dollar konnte man eine kleine Insel kaufen und die McGinnis' mit einem lebenslangen Vorrat an Lebensmitteln dorthin bringen. Den Restbetrag konnte man einem Fonds für Obdachlose zur Verfügung stellen oder für die Erziehung oder für Verbrechensverhütung verwenden. Aber das war keine Antwort für einen Vertreter der Anklage, der konkrete Entscheidungen für ein laufendes Verfahren zu treffen hatte.

Eine Woche später erläuterte Aragon seinen Standpunkt, wobei alle Parteien durch Konferenzschaltung miteinander verbunden waren. Bobbie Roberts' Antwort kam schnell: »Die McGinnis' haben meine Tochter umgebracht, Mr. Aragon. Tun Sie, was Sie für richtig halten.«

»Luis«, meldete Keeney sich zu Wort, »sind Sie sicher, daß Sie die zusätzlichen Anwälte und Ermittler in Kauf nehmen wollen, die bei einer kapitalen Sache erforderlich sind? Ich bin vielleicht ein Anwalt vom Lande, aber wenn vier gegen einen antreten, scheint mir das kein fairer Kampf zu sein.«

Aragon lachte. »Vielen Dank für Ihre Sorgen, aber Sie haben ja die Sache auf den Weg gebracht. Sie sollten am besten wissen, daß sie hieb- und stichfest ist.«

»Wenn Sie daraus einen Fall machen, bei dem die Todesstrafe gefordert wird, und wenn meine Mandantin damit einverstanden ist, werde ich keine Einwände erheben. Ich würde mich aber auch nicht beklagen, wenn Sie, um die ganze Wahrheit durch ein freiwilliges Schuldgeständnis herauszubekommen, eine geringere Strafe als die Todesstrafe aushandelten.«

Nach der Ankündigung des Staatsanwalts vergingen nur wenige Tage, und zwei neue, ›auf Tod spezialisierte‹ Anwälte verstärkten das Team der Verteidiger. Neben Albert Tamayo übernahm Virginias Verteidigung Juliana Humphrey, eine redegewandte junge Anwältin mit besonders guten Kenntnissen auf dem Gebiet der formaljuristischen Aspekte des Strafrechts. Gary Edwards und Elizabeth Barranco, eine andere kampferprobte Anwältin, betreuten B. J. Beide neuernannten Verteidigerinnen baten das Gericht um mehr Zeit.

Im Oberlandesgericht, Saal 22, hörte sich Richter Bernard Revak die Ausführungen über die Vertagung an.

Durch irgendwelche im Hinterzimmer getroffene Vereinbarungen hatte Richter Revak, erst seit zwei Jahren beim Oberlandesgericht tätig, den McGinnis-Fall übernommen. Revak begrüßte diese Entscheidung. Er liebte Komplotte – je komplizierter, desto besser. Während der zwanzig Jahre, die er vorher als öffentlicher Ankläger bei der Staatsanwaltschaft in San Diego tätig gewesen war, hatte er Dutzende von Personen wegen vorsätzlichen Mordes vor Gericht gestellt. Einmal wurde er zum kalifornischen Staatsanwalt des Jahres gekürt, da er den Mordprozeß in einem Fall erfolgreich abgeschlossen hatte, bei dem die Leiche nie mehr auftauchte.

Als Sohn eines baptistischen Predigers schien Revak ein besonderes Talent zu besitzen, sich moralisch zu entrüsten. Kollegen der Staatsanwaltschaft berichteten, daß seine Stimme selbst bei geschlossenen Türen vier bis fünf Gerichtssäle weit zu hören war, wenn er so richtig in Fahrt kam und großspurig vor den Geschworenen auftrat. Nachdem er nun hoch in den Fünfzigern war, schien sich dieses Temperament unter der kalifornischen Sonne etwas gemildert zu haben.

Statt von seinem Platz aus finster in den Gerichtssaal zu blicken, saß er jetzt gewöhnlich zurückgelehnt da; den Kopf hatte er in den Nacken gelegt, und die Augen hinter seinen rechteckigen Brillengläsern hielt er geschlossen. Wenn er redete, schien sein großer brauner Schnurrbart jedes Wort zu dämpfen.

Mehr als nur einige Stellvertretende Oberstaatsanwälte sprachen Aragon ihr Beileid aus. Richter Revak, so sagten sie, sorge zwar gentlemanlike für Ordnung im Gerichtssaal, aber Fairneß fasse er so auf, daß er bei jedem Streit mit dem Schwert Salomons dazwischenging. Und die Stellvertretenden Oberstaatsanwälte dachten, daß, wenn die Klinge herabgesaust kam, die Verteidigung oft das größere Stück abbekam.

Revak hörte sich an, was alle fünf Anwälte zur Vertagung des Prozesses zu sagen hatten. Danach wurde er um *fünf Monate* verschoben und für den Oktober 1990 neu angesetzt.

Zum zweiten Mal machte sich Keeney Sorgen hinsichtlich Aragons taktischen Geschicks. Nun stand er da. Er hatte jetzt die doppelte Feuerkraft gegen sich, und der Prozeß verzögerte sich um ein Jahr. Der Staatsanwalt hätte heute Anklage erheben können.

Danach wurden verschiedene legale Manöver unternommen, die Aragon Magenschmerzen bereiteten und Keeneys Besorgnis weiter erhöhten.

Als erstes beantragte die Verteidigung, sämtliche Beweismittel für die Todesfälle, Brände und Versicherungsansprüche in Virginias Vergangenheit unberücksichtigt zu lassen. Die Anwälte behaupteten, bei jenen Vorfällen sei nie nachgewiesen worden, daß es sich um Verbrechen gehandelt hatte. Es gehe hier lediglich um schädliche Spekulationen.

Der Antrag kam nicht überraschend, da einige der Vorfälle zwanzig Jahre zurücklagen. Aber Aragon stellte sich die Frage: *Wieviel* würde den Geschworenen vorenthalten werden?

»Nun ja, Mr. Aragon« – wandte sich Richter Revak an den Stellvertreter des Oberstaatsanwalts –, »ich habe Ihre für das

Gericht bestimmten Informationen gelesen. Ich bin immer noch nicht davon überzeugt, daß alle diese früheren Straftaten Berücksichtigung finden sollten.« Aragon wußte, daß Virginias Story vom Klippensturz, der ein Unglücksfall gewesen sein sollte, nur im Zusammenhang mit all ihren anderen ›Unglücksfällen‹ und Versicherungsmanipulationen richtig verstanden werden konnte. Ohne deren Kenntnis konnten die Geschworenen unter Umständen Virginias und B. J.s Schuld anzweifeln. Daher hatte sich Aragon den Tag zuvor die Mühe gemacht, sich etwas auszudenken, was er für ein genügend überzeugendes Argument hielt.

»Euer Ehren, stellen Sie sich vor, Sie befinden sich in einem Erfrischungsraum, und dort gibt es einen Coca-Cola-Automaten. Aus irgendeinem Grund sind Sie aufgebracht. Sie sagen etwa: ›O Mann, bin ich wütend, daß ich die Gehaltserhöhung nicht bekommen habe!‹ Dann versetzen Sie diesem Coca-Cola-Automaten einen kräftigen Hieb, und heraus kommt eine Cola. Sie erhalten eine Cola – Sie nehmen und trinken sie. Nun sind Sie eine Woche später wieder in diesem Raum, Sie sind fast am Verdursten, und alles, was Sie haben, ist ein Dollar. Doch der Wechselautomat funktioniert nicht. Sie wollen eine Cola haben, und Sie erinnern sich: Ich habe ihm einen Hieb versetzt. So wird aus einer harmlosen Sache eine Erfahrung.

Selbst wenn man annimmt, daß bei diesen Todesfällen alles rechtens war, lernte Virginia dabei etwas. Sie lernte etwas sehr Wichtiges, nämlich, daß die Behörden keine Untersuchungen anstellten. Und tatsächlich wurde der Sturz von der Klippe, wie wir wissen, als Unfall behandelt, es wurden keine Fotos gemacht. Man nahm eine Autopsie vor, und damit ließ man es bewenden. Es gab fast keine Ermittlungen. Sie wurden erst unternommen, als eine unabhängige Person, die nichts mit dem Gesetzesvollzug zu tun hat, nämlich Mr. Keeney, sich einschaltete. Die Lehren, die aus den früheren Todesfällen gezogen wurden, waren aufschlußreich. Es ist eine beweisbare Tat, die zeigt, daß methodisch und in Kenntnis der Versicherungspraxis vorgegangen wurde.«

Richter Revak nickte, seine Augen hinter den Brillengläsern waren immer noch geschlossen. Dann sauste das Schwert hernieder. Er sagte, er stimme den Ausführungen im Prinzip zwar zu, doch fühle er sich gezwungen, dies alles – mit Ausnahme der Versicherungsansprüche, die gestellt wurden, als Virginia in Chula Vista wohnte, also des Sturm- und Wasserschadens, des Einbruchs- und Autodiebstahls – von der Verhandlung auszuschließen.

»Die anderen Fakten sind zu präjudiziell«, sagte er. »Sie helfen nicht, zu beweisen, daß die McGinnis' das Mädchen von der Klippe gestoßen haben. Aber darum geht es in diesem Prozeß.«

Obwohl Richter Revak rein formal recht hatte, bereitete er beiden Seiten gleichermaßen Kummer. Weder wurde Virginias Vergangenheit vor den Geschworenen zur Sprache gebracht noch die Tatsache, daß Monterey es unterlassen hatte, Anklage zu erheben. Aragon hatte beantragt, dies zu Beginn des Prozesses zu erwähnen. Er argumentierte, daß die Auffassung einer anderen Strafverfolgungsbehörde keine Bedeutung für die Frage habe, ob die Angeklagten schuldig oder unschuldig waren.

Revak stimmte dem zu.

Keeney hörte von den Ergebnissen der letzten Runde der Anhörungen und wunderte sich über die Scheuklappen der Strafjustiz. Bei einer Zivilsache konnte man die verschiedensten Beweise vorlegen, die den Charakter und Umstände eines Falls betrafen. Aber bei einem Strafprozeß, wo mehr auf dem Spiel stand, erhielten die Geschworenen *weniger* Informationen. Die zwölf ausgewählten Personen, die über Virginias und B. J.s Schuld zu entscheiden hatten, würden nie erfahren, daß das Büro des Sheriffs von Monterey noch vor einem Jahr geglaubt hatte, nicht genügend Beweismaterial zu besitzen, das einen Haussuchungsbefehl rechtfertigen würde, oder daß Virginia die seltsame Angewohnheit hatte, oft bei Unglücksfällen dabei zu sein. Ob es nun gut war oder schlecht, der Mord, dem Deana zum Opfer gefallen war, würde in einem Vakuum verhandelt werden.

Trotz seines Teilsieges verließ Aragon den Saal 22 besorgt. Ihm hatte der Gesichtsausdruck mißfallen, mit dem Richter Revak seine Entscheidungen verkündet hatte. Glaubte Revak etwa, daß Virginia unschuldig war? Oder half ihr der sechste Sinn, den sie beim Umgang mit der Bürokratie erworben hatte, wieder dabei, durch die Maschen zu schlüpfen?

Als der Oktobertermin für den Prozeßbeginn herangerückt war, entschuldigte sich B. J.s Rechtsbeistand Gary Edwards dafür, daß er gerade die Verteidigung in einem anderen Prozeß übernommen hätte, bei dem es um Kidnapping ging und der sechs Wochen dauern sollte. Aragon war außer sich. Edwards hätte sich mit dem Gericht beraten müssen, ehe er einen Fall übernahm, der viel jüngeren Datums war. Die Termine schienen in verdächtiger Weise aufeinander abgestimmt worden zu sein.

»Wir stornieren die Flugreservierungen für Bobbie«, teilte Aragon Keeney mit. »Richter Revak hat der Verteidigung weitere drei Monate Zeit gegeben. Wir rechnen jetzt damit, daß der Prozeß im Dezember anfangen wird.«

Der Prozeßbeginn verzögerte sich weiter. Edwards' Prozeß dauerte zwei Monate länger als vorgesehen. Aus dem Dezember 1990 wurde Januar 1991. Aus dem Januar wurde März. Keeney kam es langsam so vor, als ob der Prozeß kafkaeske Züge annähme und doppelzünglerische Anwälte dafür sorgten, daß nichts geschah. Wynn erinnerte ihn manchmal daran, daß Prozesse ihrer Meinung nach niemals fair seien.

Während der Kampf um den Termin des Prozeßbeginns andauerte, fanden zwischen Aragon und der Verteidigung noch weitere Vorgeplänkel statt. Neun Monate nach der Festnahme der McGinnis' wurde ein Gesetzesentwurf zur Reform des Strafrechts – der sogenannte Prop 115 – zum Gesetz erhoben. Der Prop 115, unter dem Namen ›Erlaß zur Sicherung eines fairen Prozesses‹ bekannt, trat am 6. Juni 1990 in Kraft. Das Gesetz hatte zum Ziel, die Ungleichheiten bei Strafverfahren zu beseitigen. Aragon las begierig die Klausel, die dem Staatsanwalt das Recht gab, von der Verteidigung die reziproke Offenlegung ihrer Unterlagen zu verlangen.

Bisher war in Kalifornien die Offenlegung bei Strafverfahren immer eine Einbahnstraße gewesen. Der Staatsanwalt mußte der Verteidigung lange vor Prozeßbeginn buchstäblich alles offenlegen, was sich in seinen Akten befand. Die Verteidigung dagegen konnte warten, bis ihre Zeugen in den Zeugenstand traten. Erst dann brauchte sie dem Staatsanwalt Einblick in deren frühere Erklärungen zu gewähren. Verärgerte Anklagevertreter nannten diese Praxis ›Prozeß aus dem Hinterhalt‹. Der Prop 115 legte nun die beiderseitigen Pflichten fest. Er war auch ein ›retroaktives‹ Gesetz; denn er galt sogar für solche Angeklagte, denen ein Prozeß unmittelbar bevorstand.

»Das könnte einen wirklichen Durchbruch bedeuten«, sagte Aragon zu Keeney. »Es bietet die Möglichkeit, herauszufinden, welche Richtung die Verteidigung einschlägt.« Keeney war sich dessen nicht so sicher. In anderen Bundesstaaten gab es viele Beispiele für die reziproke Offenlegung bei Strafprozessen, und das Oberste Gericht der USA hatte diese Praxis schon lange für verfassungsgemäß erklärt. Er konnte aber der Idee keinen Geschmack abgewinnen, den Mord, dem Bobbie Roberts' Tochter zum Opfer gefallen war, als Testfall unter den Bedingungen des neuen Gesetzes zu behandeln – außerdem war mittlerweile zuviel Zeit mit Anträgen vertan worden.

Wie sich zeigte, umgingen B. J.s Anwälte das neue Gesetz mit Leichtigkeit. Sie teilten Richter Revak mit, sie hätten einfach keine Aufzeichnungen oder Berichte. Aragon machte seiner Erregung Luft: Es sei einfach undenkbar, daß zwei Anwälte einen des Mordes angeklagten Mann verteidigten, ohne sich von den Gesprächen mit Zeugen oder Experten Aufzeichnungen zu machen. Aber Edwards und Barranco schworen, daß sie nichts hätten.

Virginias Anwälte, Albert Tamayo und Juliana Humphrey, verfolgten ihre eigene Strategie. Sie weigerten sich, das Gesetz einzuhalten. Aragon geriet erneut in Rage. Sein Büro hatte beiden Teams der Verteidigung bereits über zehntausend Seiten Berichte und Abschriften gesandt. Da Gesetze dazu da waren, respektiert zu werden, konnte er Anwälten keine Achtung entgegenbringen, die bewußt gegen sie verstießen.

Richter Revak wies die Verteidigung an, sich an den Prop 115 zu halten. Doch bis Dezember 1990 hatten Tamayo und Humphrey immer noch nichts offengelegt. Revak wiederholte seine Order und drohte mit Sanktionen. Diesmal legten Virginias Anwälte Beschwerde ein. Sie behaupteten, sie seien gewillt, sich, wenn nötig, an das Oberste Gericht der USA zu wenden.

Richter Revak blickte finster drein, und Aragon rang verzweifelt die Hände, aber beide wußten, daß die Verteidigung dauernd auf ein und derselben Sache herumritt. Revak hatte die Macht, Tamayo und Humphrey die Order zu erteilen, beim Prozeß zu erscheinen, er konnte sich sogar weigern, Zeugen der Verteidigung zuzulassen, deren Erklärungen dem Staatsanwalt nicht zugestellt worden waren. Aber keine Berufungsinstanz würde jemals solches Vorgehen bei einem Mordprozeß unterstützen.

Virginias Verteidiger waren zufällig auf eine todsichere Möglichkeit gestoßen, den Prozeßbeginn um ein Jahr, wenn nicht noch länger, hinauszuzögern. Keeney sah die Tränen der Enttäuschung in Bobbies Augen aufsteigen, als er ihr die Lage erklärte.

Während der Mordfall nur zentimeterweise vorankam, unternahm Keeney weitere Bemühungen, um die zivilrechtlichen Ansprüche durchzusetzen. Dabei hatte er nur wenig Erfolg. Der Rechtsbeistand in Monterey, Chuck Warner, hatte den Vertrag über den Erwerb von Virginias neuem Haus ausgegraben und war sofort auf Probleme gestoßen.

»Sie hat uns kommen sehen«, nörgelte Warner.

»Wie das?« fragte Keeney. »Lassen Sie pfänden, verkaufen Sie die Immobilie auf einer Auktion, und Bobbie wird bekommen, was ihr zusteht.«

»Yeah, aber wir können *Ronnie Coates'* Haus nicht verkaufen.«

»Die Füchsin hat es an Ronnie verkauft?«

»Soweit ich rausgekriegt habe, hat Virginia das Haus ihrem Sohn *geschenkt*. Die Abtretungsurkunde wurde am 11. August 1989 bestätigt, genau drei Tage, nachdem der Anzeiger des Landkreises darüber berichtet hatte, daß wir die McGinnis' in Abwesenheit verurteilten. Sie hat uns kommen sehen. Das ist so klar wie Kloßbrühe. Nun müssen wir wieder vor Gericht ziehen und nachweisen, daß die Übertragung des Besitzrechts ein Betrug war, der verhindern sollte, daß das Urteil, das im Zusammenhang mit Deanas Tod erging, vollzogen wird. Nicht schlecht für eine Frau, die nicht einmal einen Hauptschulabschluß besitzt.«

»Okay, Chuck.« Er seufzte. »Sie wissen, was als nächstes unternommen werden muß. Ich werde Ihnen eine Klage senden, damit die Hausschenkung annulliert wird.«

Keeney hatte das Gefühl, als ob eine Hexe mit grinsendem Gesicht auf einem Besen aus dem Zimmer hinausgeritten sei, wobei sie ihm noch höhnisch zurief: »Fang mich doch, fang mich doch, wenn du kannst.«

»He, Steve, hast du schon das Neueste gehört?« sagte eine Stimme am Telefon.

»Pete Lazar! Wie geht's der B & A?«

»Mach dir keine Gedanken um die Firma. Was ich zu sagen habe, ist sehr wichtig. Ich war gerade mit dem Auto unterwegs, und als ich die Meldung im Radio hörte, bin ich beinahe gegen eine Böschung gefahren.«

»Okay, Pete, ich bin also nicht auf dem laufenden. Was ist los?«

»Stan Chauvin ist neulich in Chicago erschienen, um das Amt des Präsidenten der Amerikanischen Anwaltsvereinigung seinem Nachfolger zu übergeben. Er stieg im Hyatt Regency Hotel ab und begab sich am nächsten Morgen hinunter in den Tresorraum. Das nächste, was er tat, war, die Polizei anzurufen und ihr mitzuteilen, daß fünfundfünfzigtausend Dollar in Hundertdollarnoten in seinem Hotelsafe fehlten. Er schwor, das Geld am Abend zuvor weggeschlossen zu haben.«

»Was hat Stan mit einem solchen Packen Geld vorgehabt?« äußerte Keeney erstaunt. »Hat er aufgehört, an Banken zu glauben?«

»So ist es. Niemand weiß, was Stan gemacht hat. Er berief eine Pressekonferenz ein, sagte sie dann aber wieder ab. Er holte nicht einmal unseren Rat zu dem ein, was er sagen sollte. Gerade habe ich gehört, wie er Reportern erzählte, daß das Geld nicht von einem Klienten stamme. Die Quelle könnte sich aber als solchen betrachten, daher könne er nicht frei reden.«

»Nun ja, ich glaube, das ist ein weiterer Grund, allein eine Anwaltspraxis zu betreiben. Zumindest kann ich meinem Partner vertrauen«, sagte Keeney. »Ich werde mir ansehen, was in den Zeitungen steht.«

Im Herbst 1991 hatten Keeney und Chuck Warner beantragt, Virginias ›Schenkung‹ an Ronnie für ungültig zu erklären. Doch ein kalifornischer Richter entschied, daß der Fall bis zum Abschluß des Strafprozesses auf Eis zu legen sei. Keeney wandte ein, er versuche, einer Forderung Geltung zu verschaffen, die *bereits* durch ein in Monterey gefälltes Urteil *bestätigt* worden sei. Rein rechtlich gesehen hatte der Mordprozeß natürlich nichts mit der Sache zu tun. Der Richter war jedoch nicht an ›Feinheiten‹ interessiert.

Danach kam es beim Gerichtsverfahren zur Feststellung des wahren Gläubigers zu einem Kopf-an-Kopf-Rennen zwischen Bobbie Roberts und James Coates. Es ging dabei um die fällige Versicherungssumme der State Farm. Virginia und B. J. waren schriftlich aufgefordert worden, ihr Interesse an der Police zu bestätigen, aber sie antworteten nicht. Jay Wild scherte auch aus. Am Ende standen sich Mutter und ›Verlobter‹ als Kontrahenten gegenüber. Und Bobbie sagte, sie wolle verdammt sein, wenn sie zuließe, daß Coates von dem Geld auch nur einen Cent erhielte.

Keeney wies Bobbie darauf hin, daß es keinen Sinn mehr hatte, damit vor Gericht zu gehen, da James Coates vom Staatsanwalt bereits vernommen worden und die Sache aktenkundig war. »Warum stellen Sie das Geld nicht für wohltätige Zwecke zur Verfügung?« schlug er vor. Bobbie war einverstanden, aber Coates lehnte das Angebot ab.

Bobbie unterdrückte ihren Stolz und stimmte der einzig möglichen anderen Lösung zu: einer Teilung des Geldes, Keeney leitete das Angebot zur friedlichen Einigung weiter.

Nach längerem Hin und Her erklärte Coates sich damit einverstanden, siebentausendfünfhundert Dollar zu nehmen, eine Summe, die der Höhe der akkumulierten Zinsen des Versicherungsbetrags entsprach. Bobbie erhielt die restlichen fünfunddreißigtausend Dollar und gab davon Keeney und Warner das übliche Anwaltsdrittel. Da sie mit Keeney keinen Vertrag abgeschlossen hatte, war sie nicht dazu verpflichtet. Bobbie hatte aber das Gefühl, daß es so richtig war. Nach vier Jahren unentgeltlich geleisteter Arbeit war Keeney allerdings nicht in der Lage, sich ein Sümmchen davon beiseite zu legen. Der Betrag, den er bekam, reichte gerade aus, um die Rechnung für seine Ferngespräche zu begleichen.

Als Bobbie den Scheck erhielt, feierte sie das Ereignis, aber ihre Freude war gedämpft. Es war schmutziges Geld, und sie bemühte sich, nicht daran zu denken, daß Virginias todsicherer Plan, wenn auch nur teilweise, funktioniert hatte. Tag für Tag, eine Gerichtsverhandlung nach der anderen, zermürbten Virginia und ihre Söhne sie, indem sie im Labyrinth der Gesetze mit Bobbie Katze und Maus spielten. Vier unerträgliche Jahre waren vergangen. Wie würde dieses Martyrium schließlich enden? dachte Bobbie. Sie glaubte, sie könnte es nicht ertragen, wenn sie erleben müßte, daß Virginia und B. J. frei den Gerichtssaal verließen.

Am 14. November 1991 rief Luis Aragon Keeney in dessen Büro an. Keeney merkte sofort, daß Aragons Stimme dumpf klang.

»Ich bin gerade vom Gericht zurück«, sagte Aragon. »Revak hat die Todesstrafe abgelehnt.«

Keeney antwortete nicht gleich. Dann sprach er langsam und mit verhaltener Stimme, wie er es immer tat, wenn etwas wirklich schiefgegangen war. »Wieso macht er das? Welchen Grund hat er genannt?«

»Amtsvergehen des Anklagevertreters.«

Keeney konnte spüren, wie mies sich Aragon fühlte.

Ohne die Todesstrafe wäre der Fall längst vor Gericht verhandelt worden. Statt dessen sah sich der Staatsanwalt einer Situation gegenüber, wo die Verteidigung das höchste Budget beanspruchte, das gesetzlich überhaupt zulässig war, und wo sich die Zahl der Anwälte verdoppelt hatte – all das ohne ausreichenden Grund. Es war zu befürchten, daß es in absehbarer Zeit einen Riesenärger geben würde.

Der angebliche Amtsmißbrauch, so erklärte Aragon, hatte ganz harmlos begonnen.

B. J. war nach Einschätzung des Staatsanwalts immer eine zweitrangige Figur gewesen, eine von Virginia manipulierte Marionette. Die Lebensgeschichte des Mannes, soweit sie den anstehenden Fall betraf, ließ sich in einem kurzen Satz zusammenfassen: B. J. – ein nicht versicherbarer kränklicher Mann – plante mit Virginia zusammen die Ermordung Deana Wilds.

Aragon wußte darüber hinaus wenig, und B. J.s Vorleben als Urkundenfälscher brauchte er nicht zu kennen. Aber während der Monate, in denen der Prozeß sich verzögerte, beschloß er, der Verteidigung in einigen Punkten den Wind aus den Segeln zu nehmen. Ein mögliches Argument, das die Verteidigung unter Umständen ins Feld führen würde, schien die Behauptung zu sein, daß B. J. und Virginia nie etwas gehört hätten, als Deana abstürzte. B. J. und Virginia hatten an dieser Story bei den Gesprächen mit Don Smythe, Dave Dungan und Diana Rael von der State Farm festgehalten.

Was wäre, wenn B. J. schwerhörig wäre? Dieser Gedanke war Aragon durch den Kopf gegangen. Es war ein weit hergeholtes Argument, aber warum sollte man dem nicht zuvorkommen? Aragon forderte Unterlagen vom Sonoma County Hospital an, wo B. J. nach Aussagen seiner Schwester in Behandlung gewesen war.

Der Staatsanwalt bat darum, alle Dokumente in doppelt versiegelten Umschlägen an Richter Revak zu senden. Bitte hin, Bitte her, eines Tages kam ein Paket in Aragons Büro an. Als Absender war das Sonoma County Mental Health, die Psychiatrie des Krankenhauses von Sonoma, angegeben.

Aragon öffnete den Umschlag und las die darin befindlichen Unterlagen. Dann zeigte er sie seiner neuernannten Stellvertreterin, Anna Long, einer noch unerfahrenen Staatsanwältin, die abgestellt worden war, um Aragon zu helfen, die Chancen der Anklagevertretung gegen die Verteidigung zu verbessern. Die medizinischen Unterlagen enthielten nichts über ein Hörproblem. Sie sagten überhaupt nichts über B. J.s Gesundheitszustand aus. Es waren B. J.s psychiatrische Unterlagen, und es war dem Staatsanwalt gesetzlich verboten, Einblick in sie zu nehmen.

Aragon hätte sie nicht lesen sollen, aber zum Glück, so meinte er, war kein Schaden entstanden. Die Unterlagen – alle aus dem Jahre 1985 – enthielten seitenweise unbrauchbares persönliches Material. Nur eine Bemerkung machte Aragon stutzig. Sie bezog sich auf B. J.s Furcht davor, von Virginia vergiftet zu werden. Es war eine vernichtende Behauptung, die für das Elavil in Deanas Organismus durchaus von Belang war. Aragon hatte das gleiche schon von B. J.s Schwester Eve in Santa Rosa erfahren. Keeney wußte ebenfalls davon. Selbst B. J.s neue Verteidigerin, Elizabeth Barranco, hatte in einer improvisierten Erklärung vor Gericht von einem Giftmordanschlag gesprochen. Aragon war der Meinung, er habe nichts Neues erfahren.

Er wußte jedoch, daß er schnell handeln mußte. Gerichte waren nachtragend, wenn Staatsanwälte – sogar unabsichtlich – gegen die Regeln verstießen. Als erstes leitete er die Unterlagen an Richter Revak weiter. Danach telefonierte er mit Elizabeth Barranco, um ihr die Situation zu erläutern. Das Telefonat mit ihr war ebenso kurz wie unerfreulich. Binnen weniger Tage stimmte das ganze Team der Verteidigung ein Geheul über das Amtsvergehen des Anklagevertreters an und beantragte, die ganze Anklage fallenzulassen. Als Alternative wurde gefordert, Aragon von diesem Prozeß zu dispensieren, wodurch eine weitere Verzögerung um sechs Monate erreicht würde.

Die Staatsanwaltschaft legte eine weitschweifige Erwiderung vor. Richter Revak lud ein weiteres Mal alle Parteien in den Saal 22.

Am 12. November 1991 erschienen Aragon und Long mit einem speziellen Rechtsbeistand. Aragon hatte das Gefühl, daß der Sturm vorüberziehen würde. Er hatte nichts aus seinem Fehler gelernt; er hatte nicht nur die Unterlagen angefordert, sondern sogar das Gericht und die Verteidigung ausführlich informiert.

Richter Revak war damit nicht einverstanden. Nachdem sowohl Anna Long als auch Aragon den ganzen Vormittag lang zum Sachverhalt Stellung bezogen hatten, teilte er seine Entscheidung mit.

»Ich denke, es liegt ein Amtsvergehen vor«, sagte Revak, wobei sein Gesicht einen mürrischen Ausdruck annahm. »Ich glaube nicht, daß Mr. Aragon absichtlich psychiatrische Unterlagen angefordert hat … Ich glaube, er wollte medizinische Unterlagen haben … Und ich bin fest davon überzeugt, daß es seine Absicht war, sie nicht selbst entgegenzunehmen – sie sollten ans Gericht gesandt werden. Das Problem liegt darin, daß er sie erhalten hat. Er erhielt sie nicht nur, sondern öffnete den Umschlag und las sie. Er las sie nicht nur, sondern gab sie jemand anderem zu lesen und sprach dann mit dieser Person darüber …

Ich glaube, der Angestellte, oder wer immer die Unterlagen abschickte, beging einen schweren Fehler. Er las das Schreiben des Staatsanwalts nicht … Meiner Meinung nach muß die Frage gestellt werden, wie der Schaden behoben werden soll. Ich bin absolut nicht der Ansicht, daß eine Dispensierung richtig wäre. Den Staatsanwalt würde ich nicht von seiner Aufgabe entbinden. Ich glaube, die Sache ist wie folgt zu bereinigen:

Es ist meines Erachtens keine leere Behauptung, daß Mr. McGinnis kompromittiert wurde. Wenn Mr. Aragon angibt, er habe aus den Unterlagen nichts Neues erfahren, sagt er das meiner Meinung nach ein wenig in seinem eigenen Interesse. Die Unterlagen enthalten eine Bemerkung, die ich für sehr brisant halte. Es ist meines Erachtens eine verheerende Feststellung, besonders wenn man bedenkt, daß Mr. McGinnis sich in der Prozeßphase befindet, in der über die Höhe der Strafe befunden wird.

Hier ist meine Entscheidung: Ich streiche jenen Punkt der Anklage, der für beide Angeklagte die Todesstrafe fordert. Ich weiß, daß das rigoros ist. Ich denke, Sie haben das Recht, gegen meine Order Berufung einzulegen. Aber ich meine, daß es einfach fair gegenüber den Angeklagten ist, die nun schon jahrelang darauf gewartet haben, daß der Prozeß beginnt, und denen die Todesstrafe droht ... Ich glaube nicht, daß Mr. McGinnis ein faires Verfahren hätte, soweit es die Phase betrifft, in der über das Strafmaß entschieden wird.

Es ist außerdem vieles zur Sprache gekommen, was für das Ansehen von Mrs. McGinnis nachteilig ist, und ich kann nichts daran ändern. Ich wünschte, es wäre nie geschehen. Aber der Schaden wurde angerichtet, und er kann nur so, wie von mir gerade dargelegt, wiedergutgemacht werden.«

Aragon verließ wie betäubt den Gerichtssaal. Er hatte sich den Ruf erworben, ein fairer und gewissenhafter Staatsanwalt zu sein. Nun haftete ihm aufgrund eines Fehlers, den der Angestellte eines Landkrankenhauses beging, der Makel an, sein Amt mißbraucht zu haben, und der Prozeß hatte einen zweiten großen Rückschlag erlitten. Virginia und B. J. konnten immer noch zu einer lebenslangen Freiheitsstrafe verurteilt werden, aber die Verteidigung hatte eindeutig einen großen Sieg errungen.

»Das ist vielleicht der schlimmste Tag meines Lebens«, sagte Aragon zu Keeney.

»Sie trifft keine Schuld, Luis, sondern das Gericht«, tröstete ihn Keeney. Aber als er das sagte, machte er sich insgeheim Sorgen. Virginias Verteidigung war geschickt dabei, die Anklage Stück für Stück zu demontieren.

Eine Brücke in Lodi

»Steven H. Keeney?« fragte ein Sheriff in grüner Uniform.

Keeney war gerade in sein Büro zurückgekehrt, das sich in einem Hochhaus, dem Kaden-Tower, unweit des Stadtzentrums befand.

»Ja, Sir, was ist?«

»Eine schriftliche Vorladung vom Gericht in San Diego. Unterschreiben Sie hier.«

Keeney entfaltete das Schreiben und las. Unter Berufung auf die ›Einheitliche Verordnung zur Sicherung der Teilnahme von Zeugen an einem Strafprozeß‹ wies Richter Revak ihn an, seine Unterlagen nach San Diego mitzubringen und dort als Zeuge auszusagen. Die beigefügte beeidigte Erklärung trug die Unterschrift des Hauptverteidigers von Virginia, Albert Tamayo.

Keeney beriet sich am gleichen Abend mit Bobbie Roberts und Luis Aragon. Sie alle stimmten darin überein, daß das ein empörender Schritt war. Keeney hatte nichts vor der Verteidigung zu verbergen; schon lange war Tamayo und Edwards sein ›Buch‹ zusammen mit Xeroxkopien seines Telefondiariums und seiner Notizen zur Verfügung gestellt worden. Aber der Gedanke, daß er gezwungen wurde, einen weiten Flug zu unternehmen und den Mördern der Tochter seiner Klientin Beistand zu leisten, erboste ihn.

Keeney focht während des darauffolgenden Monats vor dem Gericht in Louisville in vier langen Sitzungen die richterliche Anordnung an. Doch schließlich gab er nach. Er hätte noch einmal Einspruch erheben können, aber das hätte der Verteidigung eine Handhabe geboten, den Prozeß noch weiter hinauszuzögern.

Bevor er nach San Diego flog, rief er R. D. Jones an, um zu fragen, ob dieser irgend etwas vom Staatsanwalt benötigte.

»Mir fällt nichts ein«, sagte R. D. »Aber darf ich mit erlauben, Sie zu fragen, ob Sie irgendwelche Vorkehrungen zu Ihrem Schutz treffen?«

»Denken Sie an die Coates-Söhne?«

»Beide sind zur Zeit auf freiem Fuß, und sie wissen, wer dafür verantwortlich ist, daß ihre Mutter eingesperrt wurde. Sie sollten daran denken, sich eine Genehmigung für Ihre 45er zu besorgen.«

»Ich werde aufpassen, wenn ich mein Hotelzimmer verlasse. Vielen Dank. R. D., daß Sie um mein Wohl besorgt sind.«

Keeney entschied sich, keinen Revolver mitzunehmen. Trotzdem gingen ihm R. D.s Worte durch den Kopf, als er und Wynn das von staatlicher Seite zugewiesene Hotelzimmer bezogen. In jener Nacht kam ein Sturm vom Pazifik her angebraust. Monsunartiger Regen peitschte so stark gegen die Fensterscheiben, daß man meinte, es würde Kies dagegengeworfen.

Die Zeugenvernehmung dauerte zwei Tage. Tamayo nahm sich Keeneys ›Buch‹ vor und prüfte dann penibel seine täglichen Notizen, Telefongespräch für Telefongespräch. Er bemühte sich, Keeney persönlich anzugreifen, als ob der ganze Fall dessen Phantasie entsprungen wäre. Unter Bezugnahme auf eine Notiz, ›J. M.; nachbohren‹ fragte Tamayo: »Ihnen haben Jake Millers Auskünfte nicht gefallen, sie stimmten nicht mit Ihrer Theorie überein. Ist das nicht so?«

»Wie um alles in der Welt können Sie so etwas behaupten?« erwiderte Keeney. Tamayo setzte ihm mit einem Dutzend weiteren Fragen zu, aber es gelang ihm nicht, den erhofften Beweis für eine Manipulation zu erhalten.

Tamayo ritt auch darauf herum, daß Keeney einerseits Reportern mitgeteilt hatte, er habe sich uneigennützig des Falls angenommen, und daß er andererseits nach Klärung der Versicherungsangelegenheit Geld von Bobbie Roberts bekam. Keeney gab zu, etwas Geld erhalten zu haben, doch erklärte er, daß das ein Geschenk war und daß niemals irgendein Vertrag existierte oder irgendeine Geldforderung bestand.

Am Ende des ersten Tages der Vernehmung hatte Tamayo Keeneys Geschichte immer noch nicht erschüttert. Voller

Ärger drehte er sich um und fragte plötzlich: »Stimmt es, daß Sie eines Verbrechens angeklagt waren?«

Keeney saß ein paar Sekunden lang bewegungslos da. Das war ein rüder persönlicher Angriff, das unbewiesene ›Verbrechen‹ war der Streit, den er mit seiner Frau wegen der Unterhaltszahlung für das Kind hatte.

Mit ruhiger Stimme antwortete er einfach: »Ja«.

Am nächsten Tag forderte Tamayo die Aufrechterhaltung der gerichtlichen Anordnung, daß Keeney als potentieller Zeuge der Verteidigung verfügbar sein müsse. Nachdrücklich erklärte Tamayo: »Ich glaube, die Idee, ein Anwalt hätte aus reiner Gutherzigkeit diesen Fall aufgerollt und untersucht, ist ein Mythos, der zerstört werden muß.« Der Anwalt aus Louisville, so behauptete er, habe sich aus Eitelkeit, der Publizität und des Geldes wegen des Falls angenommen. Ein Buch von Tamayo war bereits angekündigt, es gab Angebote für Fernsehauftritte – der Mann war darauf aus, Kapital aus seinem Mandat zu schlagen.

Keeney durfte San Diego unter der Bedingung verlassen, daß er notfalls als Zeuge der *Verteidigung* wieder vor Gericht erscheinen müßte. Bevor er den Saal verließ, nahm er jedoch die Gelegenheit wahr, seiner Empörung Ausdruck zu verleihen:

»Als ich mit der Sache zu tun bekam, glaubte ich, daß es sich um einen Unfall gehandelt hatte. Ich *hoffte*, daß es ein Unfall wäre. Es schien ein Versicherungsanspruch auf die Erstattung der Begräbniskosten zu bestehen. Und ich wartete bis zur letzten Minute, ehe ich eine Klage wegen fahrlässiger Tötung erhob …

Bei diesem Fall ist viel Wirbel um Geld gemacht worden. Das einzige, was ich Ihnen sagen kann, ist, daß ich heute gern mit einem von Ihnen tauschen würde, der auf das Geld erpicht sein sollte, das angeblich aus diesem Fall für mich herausspringt. Tatsache ist: Hätte ich gewußt, was durch die Übernahme dieses Falls auf mich zukommen würde, wäre ich froh, wenn Sie damals an meine Stelle getreten wären.

Mit dem Fall sind nicht weniger als drei Zivilsachen verbunden. Jede von ihnen erforderte kostspielige mehrjährige Untersuchungen quer durch die Vereinigten Staaten. Jeder Anruf war ein Ferngespräch. Der Fall war überhaupt nicht mit einer Sache vergleichbar, bei der die ganze Arbeit nur in Kentucky zu leisten ist. Und das sagt noch gar nichts über den Arbeitsaufwand solcher Angestellten wie Mrs. West und anderer Kräfte aus, die mich bei der Sache unterstützt haben, auch nichts über die Abstimmung mit unserem Rechtsbeistand in Kalifornien und in Illinois usw. usf.

Während ich hier sitze und auf meine Frau dort hinten im Gerichtssaal blicke, wünsche ich manchmal, ich hätte mich der Sache nie angenommen. Aber ich denke, daß ich das Richtige getan habe.

Sie alle wollten es nicht damit bewenden lassen. Sie wollten auch sehen, ob Sie mir nicht etwas ankreiden könnten. Für den Fall ist das ohne Bedeutung. Aber Sie *wollten* weitergehen ...

Wir erteilen Lehren durch Beispiele. Und in diesem Karussel von Vorverhandlungen, Zeugenvernehmungen und bedauerlichen Vorladungen unter Strafandrohung haben wir uns nicht an das Gesetz gehalten, dem wir uns verpflichtet haben. Die Tochter meiner Mandantin ist tot. Und wenn die akribische Sorgfalt, mit der für die Rechte der Angeklagten eingetreten wird, auch bei den Ansprüchen meiner Mandantin angewandt würde, so wäre das in Ordnung. Das aber war hier nicht der Fall ...«

Während der ganzen Vorverhandlungen bis hin zum Tag der Auswahl der Geschworenen wurde die Staatsanwaltschaft weiter vom Mißgeschick verfolgt.

Da war erstens der Stellvertreter des Sheriffs, Niemi. Bei der Suche nach Zeugen erfuhr Aragon, daß John Burke, Stellvertreter des Sheriffs, gemeinsam mit einem anderen Polizeibeamten, Richard Niemi, Deanas Leiche geborgen hatte. Jeder war überrascht zu erfahren, daß Niemi nie zu dieser Sache befragt worden war. Aragon hoffte, daß Niemi vielleicht einige Blutspuren der Kleidung der McGinnis' oder abgebrochene Fingernägel bei der Klippe entdeckt hatte.

Als Aragon den Sheriff anrief, erhielt er zur Antwort, daß Burke ihm Auskünfte erteilen könnte, Niemi aber ›nicht verfügbar‹ sei.

»Das ist eine Ermittlung in einem Mordfall«, sagte Aragon in sehr bestimmtem Ton. »Wir können bei ihm keine Ausnahme machen.«

»Es tut mir leid, Sir. Deputy Niemi hat vor einigen Monaten Selbstmord begangen«. Aragon entschuldigte sich rasch.

Ein paar Tage später erfuhr er, daß auch James Coates' frühere Freundin, Debbie Williams – die Frau, die sich Virginias Ansinnen widersetzt hatte, ihr das Kind abzukaufen – vor kurzem einen Selbstmordversuch unternommen hatte. Sie blieb am Leben, aber aufgrund ihrer Anfälligkeit strich Luis sie von der Zeugenliste. Bald fingen Aragon und Keeney an, sich den Kopf darüber zu zerbrechen, ob vielleicht nicht noch andere Zeugen vor dem Prozeß ausfallen würden.

Sie brauchten nicht lange zu warten.

Drei Monate vor Auswahl der Geschworenen sprang Dick Coates in Lodi von einer Brücke in ein dreiundzwanzig Meter tiefer gelegenes trockenes Bachbett. Er hinterließ eine Notiz, die keinen Zweifel daran ließ, daß sich ein weiterer Selbstmord ereignet hatte. Die Nachricht wurde im Dezember vom Büro des Sheriffs im Landkreis Tompkins übermittelt.

Damals debattierte Aragon noch darüber, ob Dick als Zeuge vorgeladen werden sollte. Keeney fragte sich, ob nicht die Furcht davor, nach Kalifornien zu fliegen – Dick Coates war noch nie in ein Flugzeug gestiegen – und Virginia nach zwanzig Jahren gegenüberzutreten, den Mann in seinem Entschluß bestärkt hatte, seinem Leben ein Ende zu setzen.

An jenem Abend rief er Dicks Mutter Margaret in ihrem Pflegeheim an, um ihr sein Beileid auszudrücken.

»Dicks Gesundheit war schlecht«, seufzte Margaret. »Er war seit langem krank. Er hatte es in den Beinen.«

»Das tut mit leid«, sagte Keeney. »Ich erinnere mich noch an seine Bemerkung, daß er arbeitslos sei. Wir sprachen auch davon, daß wir uns darauf freuten, uns vielleicht in San Diego zu treffen.«

»Ja«, unterbrach sie ihn. »Es ist ein schwerer Schlag.«

Keeney wollte noch nach den näheren Umständen des Todes und nach dem Inhalt jener Notiz fragen. Er wollte die Gewißheit haben, daß hier Selbstmord vorlag. James und Ronnie Coates waren nämlich gerade wieder vorzeitig mit bestimmten Auflagen aus der Haft entlassen worden, und beiden war zuzutrauen, daß sie sich der Probleme ihrer Mutter ›annahmen‹.

»Haben Sie die Notiz gesehen?« fragte er vorsichtig. »War es seine Handschrift?«

»Ja. Vielleicht war sie es«, lautete die entmutigende Antwort.

Er hatte das Gefühl, daß es unverschämt wäre, ihr noch weiter mit Fragen zuzusetzen. »Ich kann Ihnen gar nicht sagen, wie leid es mir tut«, sagte er. »Ich werde es vermissen, von ihm nichts mehr zu hören. Sie müssen wissen, daß ich mich gerade gefragt hatte, ob er zu Weihnachten anrufen würde. Nun weiß ich es.«

Durch das Summen in der Leitung hindurch hörte Keeney Dicks Mutter ruhig atmen.

»Wir werden für Sie beten, Margaret. Ich hoffe, Sie werden noch etwas Freude und Frieden im Leben haben.«

»Ich danke Ihnen«, sagte sie.

»Vielen Dank, daß Sie mit mir gesprochen haben.« Keeney legte den Hörer auf

Der freundliche, beschwipste Dick Coates, zum Zeitpunkt seines Todes fünfundsechzig Jahre alt, war das Schlüsselloch gewesen, durch das Keeney einen Blick in Virginias Vergangenheit hatte werfen können. Nur um behilflich zu sein, hatte er sich noch einmal die schlimmsten Tage seines Lebens ins Bewußtsein zurückgerufen, und das einzige, was er davon hatte, war Kummer. In den letzten Monaten hatten die verschiedensten Ermittler an die Tür seines Schuppens in Lodi geklopft. Da Dick es nicht gewohnt war, Besucher zu empfangen, hatte er Keeney mehr als einmal angerufen, um ihn zu fragen, was er tun sollte. Dick Coates hätte ein besseres Ende verdient, dachte Keeney.

Doch es sollte noch weitere Tode geben.

Die Auswahl der Geschworenen begann Ende November 1991. Aragon hatte seit Virginias und B. J.s Verhaftung mehr als zwei Jahre darauf gewartet. Endlich soll es zum Prozeß kommen, dachte er. Der Anblick einiger hundert Kandidaten, die sich im Gerichtsgebäude versammelt hatten, schien das zu bestätigen.

Am 2. Dezember wurde um 6 Uhr 00 morgens Aragon durch einen Telefonanruf geweckt. In der vergangenen Woche hatte die Vorauswahl unter den Personen stattgefunden, die als Geschworene in Frage kamen, und nun sprachen sie mit jedem einzelnen von ihnen. Der Prozeß sollte gleich Anfang des neuen Jahres beginnen.

Aragons Frau Julie, Reporterin der ›San Diego Tribune‹, war am Apparat. Sie wollte ihren Mann informieren, ehe die Nachricht im Radio kam.

Einige Minuten später rief Aragon Scott Lawrence und Anna Long an, um sie dringend zu einer kurzen Beratung vor Beginn der ersten Verhandlung einzuladen.

Nachdem Richter Revak die Anwesenden im Gerichtssaal zur Ordnung gerufen hatte, gab Aragon die Neuigkeit bekannt.

»Euer Ehren, Billie Joe McGinnis ist heute zwischen zwei und drei Uhr morgens gestorben. Als wahrscheinliche Todesursache wurde eine Lungenentzündung diagnostiziert. Die Autopsie wird entweder morgen oder übermorgen vorgenommen.«

Im Saal herrschte Stille; der Schatten des Todes schien Virginia zu folgen. Was blieb da noch zu sagen übrig, überlegte Aragon. Edwards und Barranco konnten nun ihre Aktenkoffer nehmen und zufrieden in ihre Büros zurückkehren. Ihre Verzögerungstaktik hatte zu einem vollen Erfolg geführt. Da Billie Joe McGinnis vor dem Prozeß gestorben war, blieb er für immer unschuldig. Und es bestand keine Hoffnung mehr, von Virginias Komplizen die ganze Wahrheit zu erfahren.

Tamayo und Humphrey schauten auf ihre Mandantin. Ihr eckiges Gesicht belebte sich einen Augenblick lang. Ihre Augenlider flatterten nervös hinter den dicken Gläsern der Brille, die sie jeden Tag im Gerichtssaal trug. Sie verzog ihren Mund. Dann nahm sie wieder ihre gleichmütige Haltung ein.

Revak entließ die Gruppe der voraussichtlichen Geschworenen, lehnte es aber ab, den Prozeß zu vertagen. Der Termin für den Beginn – 6. Januar 1992 – blieb bestehen.

Keeney beeilte sich, Bobbie Roberts zu erreichen, bevor die Lokalpresse sich auf sie stürzte. Der Zeitpunkt war unpassend für Äußerungen wie diese: »Wenigstens wird Billie Joe McGinnis keine kleinen Mädchen mehr umbringen«. Alles, was sie sagte, konnte ihr vor Gericht von Virginias Verteidigern vorgehalten werden.

Als die Fernsehreporter bei Bobbie eintrafen, war sie schon instruiert. »Ich bekunde seiner Familie mein aufrichtiges Beileid«, sagte sie. »Nun wird er vor den Stuhl des höchsten Richters treten. Ich bete für seine Seele.«

B. J.s Tod hinterließ im Prozeß eine Lücke, die Aragon, Anna Long und Scott Lawrence rasch zu schließen trachteten. Aragon und Long mußten zunächst einmal einschätzen, ob B. J.s Aussagen überhaupt noch gegen Virginia verwendet werden konnten. Scott Lawrence versuchte, jeden aufzuspüren, mit dem B. J. im Gefängnis Kontakt gehabt hatte; er hoffte, daß der kränkelnde Häftling vielleicht eine letzte Beichte abgelegt oder Briefe, Notizen oder Bücher hinterlassen hatte, in die er ein Geständnis hineinkritzelte.

Aber das einzige, was Lawrence feststellte, war, daß B. J. an einer durch Aids bedingten Lungenentzündung gestorben war, sonst fand er nichts Neues. B. J. hatte, auf seinem Recht beharrend, bis zum letzten bitteren Augenblick zu schweigen, zwei Jahre lang in seiner elenden Gefängniszelle dahinvegetiert.

Virginia hatte triumphiert.

Wenige Tage nach B. J.s Tod erklärten sich Albert Tamayo und Juliana Humphrey dazu bereit, Richter Revaks Anordnung hinsichtlich der Einhaltung des Prop 115 Folge zu leisten. Nachdem das kalifornische Appellationsgericht ihren Antrag abgelehnt hatte, beschlossen sie, ihr Glück auch nicht bei den höheren Instanzen zu versuchen. Das Material, das sie versprachen, sollte in wenigen Tagen bei der Staatsanwaltschaft eintreffen.

»Ist es das?« rief Aragon aus, als eine Sendung vom Büro der Pflichtverteidiger eintraf, so dünn wie eine Zeitung. Er hatte mit Kisten voller Material gerechnet. Das Team der Verteidiger verfügte immerhin über drei hauptamtliche Ermittler und zwei Anwälte; sie hatten jahrelang den Fall bearbeitet, waren nach Louisville, Ithaca und San Francisco gereist und hatten San Diego durchkämmt. Die Staatsanwaltschaft hatte die Verteidigung mit einer Unmenge von Hintergrundmaterial versorgt. Sie dagegen lieferte nur etwas mehr als fünfunddreißig Seiten Notizen und eine Liste von dreiunddreißig Zeugen, von denen einer auch noch Steven Keeney war.

Ihr ›Einverständnis‹, so wußte Aragon, lief auf einen billigen Schachzug hinaus, um den Richter zu beschwichtigen und jedermann zum Prozeß zu treiben. Diese letzte Salve machte eines klar: Tamayo und Humphrey planten, vor Gericht nach den Regeln der Straße zu verfahren.

Das letzte Detail, das ins Blickfeld gerückt werden muß, war bei weitem das interessanteste. Die ganze Zeit über hatte Aragon den Standpunkt vertreten, daß die Geschworenen die Frage, ob es ein Unfall oder ein Mord war, nur dann entscheiden konnten, wenn die fünfhundert Meilen nordwärts gelegene Klippe selbst besichtigt würde. Damit sich die Fahrt dorthin wirklich lohnte, sollten die Zeugen – wie Aragon hinzufügte – am Tatort ihre Aussagen machen. Das Ganze schien eine teure, zeitaufwendige und logistische Angelegenheit zu sein. Kein Gericht der USA war je so weit gereist. Nie gekannte Probleme der Verkehrsregelung, der Unterbringung und des Transports mußten geklärt werden. Aber es war notwendig.

Revak drehte sich zu Tamayo und Humphrey herum. In seinem Blick lag die stumme Bitte, doch Vernunft walten zu lassen und ein solches Schlamassel zu vermeiden. Doch die Verteidigung stimmte begeistert zu.

Aragon und Anna Long sahen sich verdutzt an. Sie hatten den Ort oft besucht. Jeder Geschworene würde ihrer Meinung nach verstehen, daß Deana beim Aussichtspunkt Robbenstrand nicht einfach ausgerutscht und lautlos in den Tod gestürzt sein konnte. Die bereitwillige Zustimmung der Verteidigung bewirkte jedoch, daß Aragon, der vorher zuversichtlich gewesen war, nun ein flaues Gefühl verspürte. Er wußte: Die eine oder die andere Seite hatte sich verkalkuliert.

Big Sur wird erneut besucht

Am Nachmittag des 6. Januar 1992 sah sich Luis Aragon in einem fensterlosen, holzgetäfelten Gerichtssaal von San Diego fünfzehn Männern und Frauen gegenüber – zwölf Geschworenen sowie drei Stellvertretern –, als er seine Eröffnungsrede begann. Die Geschworenen waren meist mittleren Alters und bis auf eine Ausnahme alle Weiße.

Ihre Gesichter drückten kritische Erwartung aus. Richter Revak hatte sie darauf aufmerksam gemacht, daß der Prozeß zwei Monate dauern konnte. Aragon wußte, sie würden einen wirklich überzeugenden Grund dafür hören wollen, daß sie während dieser Zeit nicht ihr normales Leben führen durften, sondern acht Stunden lang am Tag still dasitzen und dem Duell der vier Anwälte zuhören mußten.

Virginia schien sich Mühe gegeben zu haben, gut auszusehen. An diesem Morgen war sie, bevor die Geschworenen eintraten, in einem großartigen blau schimmernden Kleid erschienen. Ihr kastanienbraun gefärbtes Haar – frischgekämmt und gewellt – umrahmte wie bei einer Clairol-Reklame locker ihr Gesicht. Durch das Make-up, das sie aufgetragen hatte, wurde der strenge Ausdruck ihrer Augen gemildert, und Rougetupfer belebten ihre Wangen. Seit ihrer Vernehmung zur Anklage hatte sie an Gewicht zugenommen und wirkte nun fast fettleibig. Aber die ›böse Frau‹ von der Titelseite der ›San Diego Union‹ brachte es trotzdem fertig, als eine fast mütterliche Person zu erscheinen. Sie hatte die Hände gefaltet in den Schoß gelegt und lächelte den Geschworenen nervös zu, als diese hintereinander den Saal betraten.

Aragon stand vor den Geschworenen und verlas seine sorgfältig getippte Eröffnungsrede. Er trug einen marineblauen Zweireiher und dazu ein strahlend weißes Hemd; in dieser Kleidung hatte er vor einigen Monaten zum zweiten Mal geheiratet. Doch seine professionelle Ausstrahlung wurde wie immer durch sein scheues Lächeln und einige

Haarsträhnen beeinträchtigt, die er immer wieder aus dem Gesicht streichen mußte.

»Hier ist ein Fall von Betrug und Habsucht, der einen schaudern läßt«, begann er, wobei er durch seine quadratischen Brillengläser mit jedem Geschworenen Blickkontakt suchte. »In diesem Prozeß geht es um eine unkomplizierte zwanzigjährige Frau aus Kentucky, die in schlechte Gesellschaft geriet. Wie aber endete am zweiten April Deana Wild-Hubbards Leben einhundertzwanzig Meter unterhalb des Aussichtspunkts Robbenstrand in Big Sur? Das Beweismaterial wird zeigen, daß wir nicht zufällig hier sind.«

Mehr als eine Stunde lang legte er die Auffassung der Anklagevertretung über das Verbrechen dar. Beim Abschluß einer Lebensversicherung auf Deanas Namen hatten die McGinnis' behauptet, Deana sei mit James Coates verlobt. Unter dem Vorwand, eine Autotour zu unternehmen, fuhren sie mit Deana die Küste entlang, verabreichten ihr heimlich etwas Elavil und stießen sie dann von der Klippe. Mit Hilfe eines Anwalts unternahm Virginia den Versuch, das Geld im Namen ihres Sohnes zu kassieren. Danach erzählten sie und B. J. verschiedene Lügen, um ihre Spuren zu verwischen.

Der Beweisvortrag unterschied sich nicht wesentlich von der Darstellung in Keeneys ›Buch‹. Aragon wollte zusätzlich einige Experten für Topologie und Toxikologie auftreten lassen. Einige Mitarbeiter des Sheriffs sollten mehrere widersprüchliche Aussagen von Virginia und B. J. darüber beglaubigen, wo sie kurz vor Deanas Tod gestanden hatten. Aber schließlich hielt er sich an das Szenario, das Keeney in seiner Freizeit geschrieben hatte, während sich seine Anwaltsfirma auflöste: Er ging auf das Elavil, die McCains, die Versicherungspolice, Deanas niedrigen Intelligenzquotienten und Virginias Telefongespräch mit Bobbie Roberts ein.

»Deana war zu vertrauensselig«, sagte Aragon langsam, und dabei wanderten seine Blicke von einem Geschworenen zum anderen. »Es war jenes Verhalten zu einer nicht immer freundlichen und sicheren Welt, das dazu führte, daß Deana einige schwere Fehler in ihrem Leben beging. Der größte Fehler war, daß sie Jim Coates' Einladung annahm, im Januar 1987 ins Haus der Angeklagten zu ziehen. Jim Coates war schon viermal eines Verbrechens wegen verurteilt worden und hatte die meiste Zeit seines Lebens als Erwachsener innerhalb und außerhalb von Strafanstalten verbracht. Aber das zählte für Deana nicht: Jemand brauchte nur nett zu ihr zu sein, damit sie ihn als ihren Freund betrachtete. Sie glaubte alles unbesehen. Sie nahm das, was ihr andere sagten, für bare Münze.«

Aragon verlas den Brief, den Virginia James Coates geschrieben hatte, um ihm mitzuteilen, daß seine ›Verlobte‹ tot war. Zur letzten Zeile ›P. S. Dem Hund geht's gut …‹ bemerkte Aragon spöttisch: »Dem Himmel sei Dank dafür.« Einige Geschworene lächelten. Er hatte das Gefühl, den richtigen Ton getroffen zu haben.

Aragon wartete einige Augenblicke, nachdem er den Brief vorgelesen hatte, und schloß dann mit einer kurzen Warnung: »Das war kein Zufall. Obwohl die Angeklagte und ihr Ehemann alles getan haben, um die Wahrheit zu verschleiern, werden Sie die Wahrheit finden. Obwohl sie alles getan haben, um jedermann davon zu überzeugen, daß es sich um einen Unfall handelte, werden Sie zu der Auffassung gelangen und feststellen, daß die Angeklagte des vorsätzlichen Mordes, begangen wegen eines finanziellen Vorteils, schuldig ist.«

Alles an Albert Tamayo, angefangen von der guten Figur eines Surfers bis zu seinem tadellosen Anzug, kontrastierte mit Aragons etwas ramponierter Erscheinung. Er sprach mit extremer Zurückhaltung und bewegte sich lautlos, während er den Geschworenen Beweise präsentierte und ruhig mit der offenen Hand gestikulierte.

Bis zu diesem Augenblick hatte Aragon noch keine klare Vorstellung davon, wie Tamayo Virginia zu verteidigen gedachte. Er hatte mit Keeney stundenlang diskutiert. Aber weil es zu wenig Anhaltspunkte gab, waren sie zu keinem

Ergebnis gelangt. Wahnsinn schied aus. Die Verteidigung hatte nie erwähnt, daß eine psychiatrische Untersuchung vorgenommen werden müßte. Die einzigen anderen Möglichkeiten waren Unfall, Selbstmord, Beihilfe zum Selbstmord, ›B. J. hat es getan‹, ›Keeney hat Virginia zu unrecht beschuldigt‹ oder einfach begründeter Zweifel.

Tamayos Zeugenliste sah unter anderem Fachleute für ›Reibungskoeffizienten‹, für das menschliche Gedächtnis und für forensische Toxikologie vor. Keeney stand ebenso auf der Liste wie Deanas Vater, des weiteren waren zwei Nachbarn von Bobbie Roberts, eine Gruppe von Bürokraten der State Farm und fünf ehemalige Sträflinge aus San Diego vorgesehen. Wenn dieser Zeugenaufstellung eine bestimmte Strategie zugrunde lag, so vermochte Aragon diese nicht zu erkennen. Er saß mit übereinandergeschlagenen Beinen in seinem Sessel, während Tamayo sprach, und hoffte, etwas zu erfahren, das auf eine kohärente Theorie zur Entlastung von Virginia hindeutete.

»Bei diesem Fall werden Sie etwas über zwei Geschichten, zwei Tragödien erfahren«, sagte Tamayo, wobei er im Ton eines besorgten Bürgers zu den Geschworenen sprach – ein weiterer Gegensatz zu Aragons gefühlsbetonter Rede. »Die erste Tragödie war Deana Wilds tödlicher Absturz, der Unfall mit tödlichem Ausgang am 2. April 1987. Die zweite Tragödie sind die Anschuldigungen, Vorwürfe und Anspielungen, denen meine Mandantin Virginia McGinnis ausgesetzt ist, seit die Ermittlungen in diesem Fall begonnen haben …

Mit Deana ging es in San Diego in einer Spirale von zügellosem Drogenkonsum und promiskuitivem Sex bergab«, sagte Tamayo. »Im Zeitraum von nur zweieinhalb Jahren verließ sie Kentucky als das Mädchen aus der Provinz, wie der Staatsanwalt sie beschreibt, und wurde zur Drogenkonsumentin und Dealerin. Genaueres darüber werden Sie später noch erfahren. Für kurze Zeit aber führte sie ein gesittetes Leben, und zwar bei meiner Mandantin, Virginia McGinnis. Und damit kommen wir zur zweiten Geschichte, zur zweiten Tragödie in diesem Fall …

Virginia wurde im detaillierten Beweisvortrag des Staatsanwalts zu Unrecht beschuldigt, und das zeitliche Zusammentreffen der Ereignisse wurde zu ihrem Nachteil ausgelegt. Vor Deanas Tod wurde eine Versicherung abgeschlossen, und deswegen haben wir jetzt einen Mordfall.« Aragon merkte, wie die Geschworenen die Ohren spitzten. Fünfzig Jahre alte Mütter stoßen normalerweise ja keine jungen Frauen von Klippen.

»Wir werden viele Fakten nicht bestreiten. Was wir anfechten werden, ist die Interpretation dieser Fakten.«

Es sei nur natürlich gewesen, daß Virginia annahm, Deana sei ledig, fuhr Tamayo fort. Jay befand sich im Herbst die meiste Zeit auf der *Kitty Hawk*, und Deana gabelte Männer in Bars auf und handelte mit Drogen. Sie hatte wieder ihren Mädchennamen angenommen und begann, Verhältnisse einzugehen und wieder abzubrechen, bei denen die Ehe immer eine Möglichkeit zu sein schien. Zu dem Zeitpunkt, wo Deana am Rand der Klippe stand, sei sie in einer ›depressiven Stimmung‹ gewesen, habe ›fast an Selbstmord gedacht‹.

Zeugen aus der ›Subkultur‹ von Dealern und Verbrechern in San Diego würden der Jury berichten, wie Deana wirklich war: ›Bones‹ Sherman, ›Pinto‹ Steve, Frank und Leslie Garcia und ihr Exliebhaber Donnie Dale Moore. »Tatsächlich wußte Donnie Moore«, so führte Tamayo aus, »welchen Ruf Deana hatte, und scherte sich nicht darum, ob sie verheiratet war oder nicht; denn ›sie würde‹ wie er sagte und sagen wird – dies sind seine Worte und nicht meine –, mit jedem ficken, sogar mit einer Klapperschlange.«

Die Männer und Frauen der Jury sperrten Mund und Nase auf. Aragon wollte aufspringen und Einspruch erheben. Selbst wenn alles, was Tamayo sagte, der Wahrheit entsprach, war Deanas sexuelles Verhalten kein Verteidigungsmittel in einem Prozeß, wo es um *Mord* ging. Aber indem Tamayo dies mit der Frage verknüpfte, ob Virginia Deana für eine verheiratete Frau hielt oder nicht, hatte er einen Weg gefunden, ihr Sexualleben in ein zweifelhaftes Licht zu rücken. Der Staatsanwalt bezeichnete Deanas Verlobung mit James Coates als

Schwindel. Die Verteidigung hatte daher ein Recht, zu zeigen, daß Deana sich wie eine unverheiratete Frau benommen hatte. Aragon beschloß, sitzen zu bleiben, und vertraute darauf, daß Tamayos rüde Attacke die Geschworenen in stärkerem Maße befremden als dem Vertreter der Anklage schaden würde.

Dann konzentrierte Tamayo sich auf die verborgenen Gefahren am Aussichtspunkt Robbenstrand. »Es ist dort sehr windig«, sagte er. »Und selbst mitten im Sommer ist es dort sehr kalt. Die Klippen sind nicht nur sehr steil, was eine offenkundige Gefahr darstellt, sondern auch von der Bodenbeschaffenheit her sehr gefährlich …

Sie kamen am 2. April dort an und fingen wie Touristen an zu fotografieren. Nichts sieht dort ordentlich aus, es gab keine Warnschilder. Sogar für eine Person, die vorsichtig ist und auf ihre Lebensführung, ihre Gewohnheiten achtet, ist es ein sehr gefährlicher Ort.«

All das deutete auf eines hin: Tamayo hatte sich dazu entschlossen, nachzuweisen, daß es ein Unfall war. Deana, die angeblich Drogen nahm und sich wahllos mit Männern einließ, hatte sicherlich nicht auf ihre Lebensführung geachtet. Aber wie vertrug sich das – so fragte sich Aragon – mit dem Thema Selbstmord, auf das Tamayo einige Augenblicke zuvor angespielt hatte?

»David Dungan wird in diesem Prozeß aussagen«, fuhr Tamayo fort und bezog sich auf den Mann, der das Protokoll des Coroners über Deanas Tod geschrieben hatte. »Und sein Bericht ist sehr interessant. Dungan standen alle Informationen des Pathologen zur Verfügung. Er wußte auch, daß sich Amitriptylin und Nortriptylin in ihrem Organismus befanden. Das *einzige*, was er nicht wußte, war, daß eine Versicherungspolice existierte. Trotzdem lautete seine Schlußfolgerung« – Tamayo nahm eine Seite und las vor –: »›Bei der ersten und der nachfolgenden Vernehmung der McGinnis' konnte ich nichts feststellen, was auch nur im entferntesten auf ein Gewaltverbrechen schließen ließ.‹«

Tamayos Eröffnungsrede dauerte fast neunzig Minuten. Es

waren die längsten Ausführungen, die er in den letzten Jahren als Verteidiger zu Beginn eines Prozesses gemacht hatte. Doch als er sich schließlich hinsetzte, verstand Aragon immer noch nicht, welches Konzept die Verteidigung verfolgte.

Unterdessen schwatzte Juliana Humphrey leise mit Virginia, sie flüsterten miteinander wie zwei Freundinnen beim Kaffeeklatsch. Sie gaben ein ungleiches Paar ab. Das braune Haar fiel Humphrey unordentlich ins Gesicht, und ihre intelligenten Augen blitzten hinter einer Brille, die ihr von der Nase herunterzurutschen drohte. Virginia hätte die liebe übergewichtige Tante dieser jungen Anwältin sein können. »So ein nettes Mädchen«, hätte sie sagen können. »Und so talentiert.« Juliana Humphrey schien es in diesem Moment ebenfalls so, als wäre Virginia näher als sonstwer in der Welt.

»Ich kann nicht erkennen, worauf Tamayo hinauswill«, sagte Aragon an diesem Abend zu Keeney. »Erst reicht er das kärglichste Material herüber, das man sich nur vorstellen kann. Dann klammert er Virginias Vergangenheit vom Prozeß aus, erreicht, daß sie nicht zum Tode verurteilt werden kann, und zögert den Prozeßbeginn um zweieinhalb Jahre hinaus, so daß B. J. ihn nicht mehr erlebt. Es wäre schön zu wissen, was er eigentlich vorhat.«

Keeney lachte: »Albert Tamayo ist splitternackt in den Gerichtssaal gekommen.«

»Denken Sie das wirklich, Steve?« Aragon empfand die ungezwungene Art des Anwalts aus Louisville als beruhigendes Gegenmittel gegen den Streß im Gerichtssaal, aber seine Bemerkung ließ sich nicht mit dem in Einklang bringen, was er am Nachmittag im Gericht gehört hatte.

»Ich habe herumgefragt und festgestellt, daß Tamayo im Ruf steht, unglaublich genau zu sein.«

»Ich sage Ihnen, Luis, er hat kein Konzept. Es ist ein Rauchvorhang.«

»Nun ja, ich möchte Ihnen gern beipflichten, aber einen Gegner unterschätzen kann tödlich sein. Und ich bin sicher, daß er heute mit seinen Bemerkungen über Dave Dungans Bericht Punkte gemacht hat.«

»Ich kann Ihnen da nicht widersprechen. Ich sollte, glaube ich, froh darüber sein, daß Sie besorgt sind. Aber Sie werden gewinnen.«

Aragon beschloß, das Thema zu wechseln. Zuviel Zuversicht kann nur schaden, dachte er.

Die Tage der Eröffnung des Prozesses waren tränenreich. Die ersten sieben Zeugen der Anklage stimmten ein Loblied auf Deana an. Aragon wußte, daß die Geschworenen Deanas Leben kennenlernen mußten, bevor sie ermessen konnten, was ihr Tod bedeutete. Bobbie Roberts, Deanas Schwester Jane, Deanas Tante und Onkel, Betsey und Russell Abner, Jay Wild und zwei von Deanas Freundinnen aus der Hauptschule in Louisville schilderten jene Deana, die sie gekannt hatten. Alle verließen den Zeugenstand mit Tränen in den Augen.

Bobbie Roberts sagte als erste aus. Sie erzählte die traurige Geschichte vom Leben ihrer Tochter, angefangen von ihrer Lernschwäche bis zu ihrem Ende am Aussichtspunkt Robbenstrand. Obwohl sie das schon ein dutzendmal berichtet hatte, kam ihr Leid immer noch in den Gesten und in ihrem ungezwungenen Lächeln zum Ausdruck. Gegen die Einwände der Verteidigung ließ Aragon das mitgeschnittene Telefongespräch zwischen der Mutter und der Mörderin abspielen.

Die Zulassung des Tonbandes als Beweismittel beim Prozeß war eine heikle Frage. Kalifornien und Kentucky vertraten einen unterschiedlichen Standpunkt zu Tonbandmitschnitten, die nur mit Zustimmung der einen Seite gemacht wurden. In Kentucky waren solche Mitschnitte zulässig, in Kalifornien dagegen nicht. Bobbie befand sich in Kentucky, als sie das Telefongespräch aufnahm, aber Virginia antwortete in Kalifornien.

Richter Revak entschied, daß die Geschworenen es hören sollten.

Sechsundsechzig Minuten lang erfüllte Virginias Singsangstimme den Saal. Virginia schilderte, auf welche Weise sie einst ihrerseits eine Tochter verloren hatte, und erklärte, daß sie und B. J. nicht einen Ton hörten, als Deana von der Klippe verschwand.

Aragon beobachtete, wie Virginia etwas auf ihren gelben Notizblock kritzelte und Juliana Humphrey auf die Schulter tippte, um mit ihr ein paar Worte zu wechseln. Als das Tonband zu Ende war, bemerkte Aragon, daß Virginias Gesicht jenen besonderen Ausdruck des kühlen Abwägens annahm. Sie warf ihren großen Kopf zurück und legte einen Finger an ihr Kinn. Sie schien zum Ausdruck zu bringen, daß sie das alles ins Kalkül gezogen hatte. In diesem Moment glaubte Aragon zu sehen, wie unter der Maske der biederen Großmutter die Mörderin hervorlugte.

Laurel Peak und Lisa Troutman, Deanas Freundinnen aus der Kindheit, traten in den Zeugenstand und gaben ihre Erinnerungen an Louisville wieder. Während der ganzen Schulzeit waren sie in einer Gruppe zusammengewesen. An den Wochenenden unternahmen sie Camping-Ausflüge und pflückten in einem nahe gelegenen Stück Wildnis – bekannt unter dem Namen Schlafende Höhle – Brombeeren.

»Es war ein ziemlich unwegsames Gelände. Und wir blieben nicht auf dem Hauptpfad«, erinnerte sich Lisa Troutman. »Wir streiften manchmal auch nachts dort herum. Und Deana war wirklich gut. Sie war die Beste von uns allen. Wir haben ihr einen Spitznamen gegeben. In Anlehnung an ›Rambo‹ nannten wir sie ›Deanbo‹. «

Laurel Park fügte hinzu, daß keines der Mädchen gern einem bestimmten Abhang der Schlafenden Höhle zu nahe kam, einer richtig steilen Stelle über einem tiefen Pfuhl. »Wir waren alle zu große Feiglinge, um uns nah an den Rand des Felsens heranzuwagen.«

Die meisten Mädchen liebten es, ab und an ein Bier zu trinken, sagte Laurel, doch Drogen kamen für keine von ihnen in

Frage. Laurel erinnerte sich sogar daran, daß sich Deana bei Parties einen Weinkühler geben ließ. Aber um Mitternacht war ihre Flasche immer noch halbvoll.

Sergeant R. D. Jones führte den Geschworenen als nächstes ein Videoband von der Schlafenden Höhle vor. Aragon ließ ein Fernsehgerät aufstellen, damit die Geschworenen einen visuellen Eindruck von den Felsen und den bröckligen Pfaden der Gegend gewinnen konnten, wo Deana und ihre Freundinnen herumgeklettert waren und gespielt hatten, ohne sich zu Tode zu stürzen.

Nachdem das Licht wieder eingeschaltet war, trat Deanas Mann, Jay Wild, der sechsundzwanzig Jahre alte ehemalige Matrose, in den Zeugenstand. Er beugte sich zum Mikrophon vor und kämpfte beim Sprechen mit den Tränen. Sein blondes Haar war so geschnitten, daß es David Crocketts Kopfbedeckung aus Waschbärenfell glich; sein bärtiges Gesicht wirkte jungenhaft, aber trotz seines Lächelns spürte man seine Traurigkeit.

»Nichts konnte Deana entmutigen«, sagte Jim, »nichts.«

Dann erzählte er den Geschworenen eine Geschichte, die jeder bereits in der einen oder anderen Form kannte: die Geschichte eines Matrosen der Navy.

»Gleich am Tage nach Deanas und meiner Ankunft in San Diego mußte ich mich auf dem Flottenstützpunkt melden, und sie brachten mich mit einem Hubschrauber zur *Kitty Hawk*. Ich hatte nicht gewußt, daß ich schon am nächsten Tag zum Schiff hinausmußte«, sagte Jay und schüttelte dabei den Kopf. »Ich hatte angenommen, daß es erst in zwei bis zweieinhalb Wochen sein würde.«

Über Nacht wurde Deana zu dem, was man eine ›West Pac widow‹, eine ›Witwe‹ an der Westseite des Pazifik, nannte. In den Einkaufszentren wimmelte es von Ehefrauen im Teenageralter, die sich in der großen Stadt verloren vorkamen und deren Männer auf See waren. Einige Geschworene, die in der vorderen Reihe saßen, nickten mitleidig.

Jay berichtete, wie Deana ihn bei der Rückkehr von einem Einsatz in einem Klub begrüßt hatte. »Sie kam herein, umarmte mich, gab mir einen Kuß und fragte mich, ob ich bereit sei, fortzugehen. Sie sagte, sie wolle nicht, daß ich zum Schiff zurückkehre. Sie haßte es, mich abfahren zu sehen. Ich sagte ihr, daß ich wirklich keine andere Wahl hätte.«

Das nächste Mal, als Jay zurückkam, nahm er Deana zu den Royal Appartements mit und mietete dort ein Zimmer für sie. Während der nächsten drei Monate – bis Dezember 1986 – war Jay nur insgesamt zwei Wochen auf See.

»Ich glaube, jedermann in der Navy denkt wie ich. Sie müssen wissen, sie wollte nicht allein sein, sie wollte Freundschaft und Liebe. Aber im Januar war alles vorbei. Sie wollte nicht mehr zu mir zurück. Mir blieb nichts anderes übrig als zu gehen. Sie hatte mir einen Zettel hinterlassen, auf dem sie mir mitteilte, daß sie, wenn ich mich scheiden lassen wollte, mich nicht daran hindern würde, aber ich hatte vorher nie mit ihr über eine Scheidung gesprochen.«

Jay sagte, er habe von Deanas Tod erfahren, als er wieder auf der *Kitty Hawk*, im Golf von Oman, war. Sieben oder acht Stunden später flog er nach Oman und von dort nach Los Angeles. Er rief das Leichenschauhaus in Monterey an, man gab den Leichnam frei, und Jay flog nach Louisville.

Deanas Onkel, Russell Abner, machte vielleicht den stärksten Eindruck auf die Geschworenen. Er hatte ein Gesicht wie aus Granit. Er war Truckfahrer, mit eisgrauem Haar und wetterhartem Gesicht. Er ging an einem Stock und sprach in Sätzen, die kurzen Hieben glichen.

Als Russell Abner jedoch anfing, seine Zeugenaussage zu machen, wirkte er nicht mehr unerschütterlich. Während seiner vierzigminütigen Aussage hinderten Tränen den zähen Trucker zweimal am Weiterreden.

»Ich betrachtete Deana als zu mir gehörig«, sagte er. »Sie ging zur Kirche. Sie hielt ihr Zimmer sauber. Und in der Kirche paßte sie auf die kleine Tochter des Pastors auf. Während des Sommers sagten wir ihr beim Aufstehen, was zu tun sei. Und wenn wir nach Hause kamen, hatte sie alles gemacht.«

»Glauben Sie, daß Deana Menschen vertraute?« fragte Aragon.

»Ja, das war ihr Problem«, erwiderte Abner.

»Warum sagen Sie, daß das ihr Problem war?«

»Nun ja, solange man Deana gut behandelte, konnte man sie zu allem überreden.«

Aragon war, wie von ihm beabsichtigt, Tamayo eine Nasenlänge voraus: Deana war ein anständiges Mädchen aus der Provinz, die anderen vielleicht zu stark vertraute. Und sie war gewiß keine Drogensüchtige, die am Rand eines Felsens mit der Gefahr spielte.

Tamayo unterzog jeden der Zeugen einem Kreuzverhör, um seine Theorie von der ›San-Diego-Deana‹ zu erhärten, die ihren Ehemann verließ, Drogen ausprobierte und sich als ledige Frau ausgab. Bobbie bekannte, daß Deana ihr einmal Schecks gestohlen und versucht hatte, sich in der Schule dafür Bargeld geben zu lassen. Deana trieb sich damals auch mit einem Mann herum, der zuviel trank. Russell Abner schien Bobbie Roberts' Hinweis auf Deanas Lernschwäche zu widersprechen, als er betonte, daß sie nie Schwierigkeiten in der Schule hatte.

Zusammen mit Jay Wild ging Tamayo die Erinnerungen durch, die der junge Witwer sicher für immer hinter sich lassen wollte. Er verweilte bei dem Tag, an dem Jay in seinem Bett einen fremden Mann schlafend vorfand, als er von seiner dritten Kreuzfahrt mit der *Kitty Hawk* zurückkehrte. Deana war nicht in der Wohnung, betonte Jay. Aber die Vermutung lag nahe, daß sie ihm untreu geworden war.

Dann fragte Tamayo Jay, ob er Deana nicht im Verdacht hatte, Drogen zu nehmen.

Die Pupillen in Jay Wilds geröteten Augen verengten sich. Langsam und bedächtig antwortete er: »Deana hat – nie – Drogen genommen.«

Am Ende der zweiten Prozeßwoche führten zwei Beamte des Strafvollzugs Jimmy Coates zum Zeugenstand. Er hatte vor kurzem wieder gegen die Vorschriften der Strafaussetzung verstoßen, die Rückkehr ins Gefängnis schien ihn noch mehr abgestumpft zu haben. Zwei Tage lang saß er in Gefängniskluft krumm da und machte seine Aussagen genau so großspurig wie bei der Vorverhandlung.

Richter Revak verschwieg den Geschworenen Coates' Verurteilung wegen Mordes. Dieses Stückchen Wahrheit war, wie Virginias Vergangenheit, zu ›präjudiziell‹. Aragon sorgte jedoch dafür, daß sie sofort von den fünf Verurteilungen erfuhren, deretwegen Coates zwölf seiner letzten fünfzehn Jahre hinter Gittern verbracht hatte.

Vor allem hoffte Aragon, daß den Geschworenen durch Coates' Anwesenheit eines klar würde: Selbst wenn jemand der Meinung war, daß Virginia – die am Tisch der Verteidigung sitzende matronenhafte Frau – unschuldig sei, so mußte der Betreffende jedoch davon überzeugt werden, daß *dieser Mann* ihrem Wunsch nach im Falle von Deanas Tod das Geld kassieren sollte. Er fing an, Coates zu fragen, womit er Ende 1986, als er Deana begegnete, seinen Lebensunterhalt bestritt.

»Wahrscheinlich habe ich mit Rauschgift oder etwas Ähnlichem gehandelt«, sagte Coates etwas undeutlich, da er vor einiger Zeit ein Paar schlecht sitzender Zahnprothesen erhalten hatte. »Aber ich entfalte meine Drogenaktivität nie in der Nähe meiner Leute«, versicherte er den Geschworenen. »Ich habe mir nie vor ihren Augen den Arm abgebunden und einen Schuß gesetzt. Ich bin immer ins Badezimmer gegangen und habe die Tür abgeschlossen, müssen Sie wissen. Aber wenn ich auf der Straße bin, befasse ich mich ausschließlich mit Drogen, okay? Ich bin ein Rauschgiftsüchtiger.«

Coates hielt sich ungefähr an das, was er bereits bei der Vorverhandlung erzählt hatte. Er begegnete Deana Mitte Oktober, und sie begannen, etwa von Anfang Januar an in Virginias Haus zusammenzuleben. Irgendwann in diesem Monat gab er ihr einen Ring, um ihre Verlobung zu bekräftigen.

»Sie erklären uns, daß Ihre Bekanntschaft mit Deana im Jahre 1986 zufälliger Natur war. Und Sie kannten sie im Januar 1987 etwa zwei Wochen«, konstatierte Aragon. »Weshalb beeilten Sie sich dann so, Deana einen Heiratsantrag zu machen?«

»Nun ja, ich hatte Deana gern. Ich wußte, daß ich ins Gefängnis zurück mußte, und ich wollte ein paar Besuche und eine Schmugglerin haben. Sie verstehen, ›angenehme Besuche‹.«

Aragon versuchte, Coates zu drängen: »Sie glaubten also, Sie kannten Deana gut genug, um den Rest des Lebens mit ihr zu verbringen?«

Coates schnitt Grimassen für die Geschworenen, als er antwortete: »Was mich anbelangt, so ist die Ehe einen Scheißdreck wert. Entweder sie funktioniert, oder sie tut es nicht. Damals, so glaube ich, hätte sie funktioniert. Sie glaubte das auch.«

Coates' Zeugenaussage war auf ihre Art ehrlich, und das paßte Aragon schlecht ins Konzept. Die Geschworenen konnten denken, Coates sei tatsächlich mit Deana verlobt gewesen. Der Mann sagte, er wollte mit Sex und Drogen versorgt sein; das schien zu ihm zu passen. Er erzählte nicht irgendein absurdes Märchen darüber, daß er sich bessern, einen ehrlichen Job haben und Kinder am Rand der Stadt großziehen wollte.

Besser ist es, auf das Motiv zu sprechen zu kommen, dachte Aragon.

»Sie erzählten uns, daß Sie im Januar '87 keinerlei Geld nach Hause brachten«, konstatierte er. »Stimmt das?«

»Ja.«

»Und Mr. McGinnis? Er brachte auch kein Geld nach Hause. Stimmt das?«

»Ja.«

»Und Deana arbeitete nicht. Sie brachte ebenfalls kein Geld ins Haus. Stimmt das?«

»Es ist korrekt.«

»Und das Geld, das Ihre Mutter hatte, stammte von der Erwerbsunfähigkeitsversicherung. Stimmt das?«

»Es ist korrekt.«

»Stimmt es, daß das Geld im Haushalt der McGinnis' im Januar '87 ziemlich knapp war?«

»Ich glaube, ja.«

»Blieb Geld übrig? War Geld für andere Dinge als nur für das Lebensnotwendige da?«

»Im Haushalt? Nein.«

Als Aragon das Thema wechselte und auf die Versicherungspolice zu sprechen kam, lehnte Coates sich abwehrend im Zeugenstand zurück. Sein Ton war barsch: »Mama fragte mich nach der Lebensversicherung und was geschehen solle. Und ich bat sie, sich darum zu kümmern. Ich sagte nur: ›Kümmere dich darum.‹ Punkt.«

»Fragten Sie, wieviel es für die Versicherung gab?«

»Wahrscheinlich fragte ich nach der Versicherung, aber ich kann mich nicht erinnern.«

»Hatten Sie kein großes Interesse daran?«

»Ich war niemals an dem Geld interessiert. Ich schlug vor, alles einer Wohlfahrtseinrichtung zu geben.« Aragon wußte, daß das blanker Unsinn war.

»Welcher Wohlfahrtseinrichtung machten Sie das Angebot, Mr. Coates?« fragte er und überließ es ihm, sich etwas auszudenken.

»Sie müßten mit meinem Anwalt, Mr. O'Connell, reden. Ich glaube, er hat das im Schriftverkehr mit Bobbies Anwalt und Mr. Keeney.«

»Boten Sie Deanas Familie in Louisville oder in Lexington etwas von diesem Geld an?«

»Nun ja, Bobbie war wirklich ein Miststück, was die Situation anbelangt. Daher bot ich ihr nichts an.«

Nach der achtstündigen Zeugenvernehmung, bei der Coates nach jedem Detail seiner ›Verlobung‹ gefragt wurde, überließ Aragon ihn der Verteidigung. Durch seine Lüge, er habe die Versicherungssumme für wohltätige Zwecke spenden wollen, hatte Coates, so hoffte Aragon, sein Ansehen bei den Geschworenen ruiniert; hinzu kam noch die gemeine Bemerkung über Bobbie Roberts.

Juliana Humphrey war nun dran. Wann immer Juliana im

Gerichtssaal sprach, begleitete sie ihre Worte mit Gesten – sie zeigte auf etwas, faßte sich ans Kinn oder beschrieb mit der Hand große Bögen. Heute aber hielt sie sich bei der Vernehmung von Jimmy Coates zurück. Dieser Fixer und Verbrecher war Virginias Fleisch und Blut. Die Geschworenen würden rasch erkennen, daß eine Person mit Coates' Mentalität nicht das Produkt einer normalen Mutter sein konnte.

Statt zu versuchen, Coates zu diskreditieren, oder aber ihn wieder ins rechte Licht zu setzen, benutzte Juliana Humphrey ihn dazu, Deana in den Schmutz zu ziehen. Je schlechter Coates erschien, um so schlechter erschien ihrer Meinung nach Deana. Und um so weniger würden die Geschworenen Aragons Charakterisierung Deanas als eines unschuldigen Mädchens aus Kentucky akzeptieren. Von hier wäre es dazu nur ein kleiner Schritt, zu glauben, daß sie Selbstmord verübt hatte oder einfach aufgrund einer unachtsamen Bewegung abgestürzt war.

In seinem Zuchthausjargon erklärte Coates unumwunden, daß er den größten Teil des Jahres 1986 und Anfang 1987 damit verbracht hatte, sich vier- bis fünfmal am Tag Heroin zu spritzen.

»Meine Priorität Nummer eins war, mir einen Schuß zu setzen und mit Weibern zusammenzusein«, sagte er und schockierte damit die Geschworenen, die allesamt der Mittelschicht entstammten. »Das war die wichtigste Sache in meinem Leben. Wenn es dann dazu kam, daß ich auch meiner Mutter Geld geben konnte, ging es mir gut.«

Deana injizierte nie irgendwelche Drogen, gab er zu. »Das gefiel mir sehr an ihr. Auf diese Weise bekam ich mehr.« Angeblich nahmen er und Deana zusammen jedoch Pillen oder rauchten einen Joint. Coates fügte hinzu, daß er nichts dagegen hatte, Deana mit Pillen zu versorgen, da ein Dutzend davon nur einen Vierteldollar kosteten.

Humphrey ließ Coates über die schreckliche Routine der Rauschgiftsüchtigen reden, bis sie ihm zum Schluß die Frage stellte: »Mr. Coates, wenn Sie zwischen Heroin oder Sex mit einer Frau wählen müßten, was würden Sie bevorzugen?«

»Ich würde sofort die ›Ausstattung‹ wählen.« Coates lächelte.

»Das Heroin?«

»Richtig.«

Aragon blickte zu Virginia hinüber und erwartete, eine Gefühlsregung bei ihr zu entdecken. Hier war ihr Sohn und sagte bei ihrem Mordprozeß aus, daß er sich Heroin spritzte. Ihre starr blickenden kalten grünen Augen verrieten jedoch nichts.

»Okay, Mr. Coates«, fragte Juliana Humphrey weiter, »wieviel Geld haben Sie dank Deana Hubbards Versicherungspolice erhalten?«

»Ich bin mir nicht sicher, wie hoch die Summe genau war. Ich weiß, daß es über fünftausend waren, die ich persönlich bekam. Außerdem erhielt mein Anwalt seinen Anteil.«

»Haben Sie Ihrer Mutter etwas davon abgegeben?«

»Nein.«

»Im Grunde haben Sie es verbraucht, nicht wahr?«

»Schnell«, erwiderte Coates mit einem hämischen Grinsen.

»Wofür haben Sie es ausgegeben?«

»Für eine gute Zeit ... für eine Menge Stoff. Ich habe ein wenig investiert und das wieder umgesetzt und dafür gesorgt, daß es weiterging. Ich schätze, ich habe sieben, acht Monate ziemlich gut gelebt.«

»Sie haben einen Teil davon in Drogen investiert und sie verkauft, um mehr Geld zu machen?«

»Yeah. Ich kaufte zwei Partien, setzte sie um, und davon fixte ich und nahm mein Methadon und ging jeden Tag zur Arbeit, und setzte mir jeden Tag einen Schuß, nahm Kokain und verkaufte Drogen.«

Juliana Humphrey entschied, daß es an der Zeit war, Coates' Vernehmung zu beenden. Wie jeder gute Prozeßanwalt hatte sie sich ihre zugkräftigste Nummer bis zum Schluß aufgehoben.

»Hatte B. J. je etwas mit den Bemühungen zu tun, Deanas Lebensversicherung ausgezahlt zu bekommen?« fragte sie.

»Nein, ich heuerte meinen Anwalt Bill O'Connell selbst an.«

»Machte Ihre Mutter Bill O'Connell ausfindig?«

»Nein. Ich habe ihn aufgetrieben.«

Juliana Humphrey setzte sich und warf Aragon von der Seite einen triumphierenden Blick zu.

Aragon war ganz flau im Magen, wenn Juliana Humphrey Kreuzverhöre durchführte. Sie verstand es, den Dingen selbst bei erdrückenden Fakten eine Wendung zu ihren Gunsten zu geben, und das hatte sie soeben auch bei Coates gemacht. Das Kreuzverhör sollte Zweifel wecken: Wenn Virginia das Versicherungsgeld so dringend benötigte, daß sie Deana deswegen umbrachte, weshalb legte sie dann ihre Hände in den Schoß und gestattete ihrem Sohn, sich einen Teil zu nehmen? Anscheinend war Virginia das Geld gleichgültig. Und welches gute, anständig lebende Kentuckygirl *zog es vor*, mit Coates zusammenzuleben? Beide Fragen – das wußte Aragon – ergaben sich aus den Äußerungen seiner eigenen Zeugen.

Am 17. Januar um fünf Uhr morgens wurden die zwölf Geschworenen und die drei Ersatzkandidaten in ein Flugzeug verfrachtet, nach San José gebracht und dann in einem Bus zu einem fünfzig Meilen entfernten Hotel nach Monterey gefahren. Dort bestiegen sie denselben Bus und fuhren die Küste entlang zu jenem Ort, wo Deana den Tod gefunden hatte.

Allen fiel es schwer, sich in den folgenden zwei Tagen auf die Zeugenvernehmung zu konzentrieren, da der Lokaltermin am Aussichtspunkt Robbenstrand bei strahlendem Wetter stattfand. Ein oder zwei Wolken segelten gemächlich über den azurblauen Himmel, die Temperatur betrug 24 Grad Celsius, und messerscharf hoben sich die Umrisse der nördlich und südlich gelegenen Klippen vom Meer ab.

Die Klippe selbst hatte sich in einen riesigen Gerichtssaal verwandelt. Die Stimmen der Zeugen wurden durch Lautsprecher übertragen, die auf beiden Seiten der Ausweichstelle standen. Die Findlinge am Rand der Klippe trugen der leichten Orientierung wegen große blaue Nummern. Unterhalb des Klippenrandes waren mit Leuchtfarbe die Stellen markiert, wo Deanas Schuhe und die Leiche gefunden worden waren.

Die Ausweichstelle bot nur wenig Platz. Ein Gerichtsstenograph saß mit seinem Stenographiergerät neben Richter Revak. Die Geschworenen saßen Schulter an Schulter auf Klappsesseln und blickten in Richtung Ozean. Die Mikrophone wurden von einem entfernt geparkten Spezialfahrzeug aus gesteuert. Zugleich wurden die Zeugen mit einer Videokamera aufgenommen. Die vier Anwälte breiteten ihre Notizen auf Klapptischen aus. Und Virginia nahm zwischen ihren beiden Anwälten nur wenige Meter von der Stelle entfernt Platz, wo Deana vor fünf Jahren abgestürzt war.

Als ob sie jedwede Gefahr herunterspielen wollten, trugen Aragon und Long ihre Amtstracht und dazu Schuhe mit Ledersohlen beziehungsweise Pumps. Humphrey und Tamayo dagegen hatten sich entsprechend ihrer Auffassung vom Charakter des Schauplatzes gekleidet. Juliana trug Jeans und Cowboystiefel, Tamayo demonstrativ ein Paar weiße Turnschuhe – als Hinweis auf die nötige Vorsicht und die Fußbekleidung, die an dieser gefährlichen Steilküste angebracht war.

Die Geschworenen behielten ihre Sonnenbrillen auf. Die Anwälte hätten sie auch getragen, aber wenn sie ihre Augen hinter dunklen Gläsern verbargen, konnten sie kein Vertrauen gewinnen. Statt dessen verhandelten sie über die Sache mit zusammengekniffenen Augen und verhörten die Zeugen vor einem Hintergrund, der sich meilenweit bis zu einem blauen und weißen Horizont erstreckte. Es war einer der seltsamsten und großartigsten Gerichtssäle der Welt.

Die Zeugen der Anklage – vier Polizeibeamte und zwei Zivilisten – sagten mit der gebotenen Sachlichkeit aus. Scott Lawrence demonstrierte, wo Virginia die einzelnen Schnappschüsse gemacht hatte. Dann ließ er Aragon und Long genau dort Aufstellung nehmen, wo Deana und B. J. auf dem Foto Nummer 11 gestanden hatten: Aragon mit der Hand auf

Longs Rücken, sein Bein eingeknickt, der Körper bereit, nach vorn zu springen und Deana hinabzustoßen. Sie verharrten in dieser Haltung, und der Abgrund zu Longs Füßen sprach für sich selbst.

Deborah Cross, die Frau, die die ›Küstengalerie‹ leitete, berichtete, wie Virginia angeschnauft kam und wegen eines Mädchens, das abgestürzt sei, einem Schlaganfall nahe war. Sie demonstrierte, wie sie beide zur Unfallstelle zurückkehrten und vergebens nach Deanas Leiche Ausschau hielten. Unterwegs, so sagte sie, habe Virginia ihr erzählt, daß sie nicht wüßte, wie sie die Nachricht der Mutter des Mädchens übermitteln sollte, die – wie Virginia erwähnte – eine ›gute Freundin‹ sei.

John Burke, der seine olivgrüne Sheriff-Uniform trug, schilderte ausführlich die Rettungsaktion. Es erwies sich als unmöglich, von oben zu sehen, wohin Deanas Körper gefallen war, sagte Burke. Diese Feststellung stand später in krassem Gegensatz zu dem, was Virginia gegenüber Mac McCain geäußert hatte, nämlich, daß sie Deana ›unten zwischen den Robben‹ entdeckt habe, und widersprach auch der Aussage, die sie gegenüber dem Stellvertreter des Coroners, Dave Dungan, gemacht hatte, nämlich, sie habe Deanas Leichnam ›auf den Felsen liegen sehen‹.

Burke selbst kletterte dann am Rand der Klippe hinunter und plazierte einen hochhackigen blauen Schuh dort, wo er Deanas Schuh vor fünf Jahren gefunden hatte. Der Mann mit der Videokamera begab sich ebenso zum Klippenrand wie die Geschworenen. Alle warfen einen Blick auf den zerklüfteten Abhang.

Aragon beobachtete Virginias Reaktion genau. Selbst hier, am Schauplatz von Deanas Tod, blieb der Blick ihrer grünlichen Augen, vergrößert durch die Brillengläser, undurchdringlich. Gelegentlich brachte sie ein kühles Lächeln zustande, aber danach nahm ihr Gesicht wieder einen halb geistesabwesenden, halb bösen Ausdruck an.

Die übrigen Zeugen – Deputy Richard Schmaltz, Sheriff Jess Mason, Donald Smythe und der Prediger von New Age,

Robert Bryan Lyke – ergänzten das Bild. Ihre Aussagen zusammengenommen ergaben eines: Die McGinnis', die behaupteten, eine nahe Freundin bei einem tragischen Unfall verloren zu haben, waren merkwürdig gleichgültig erschienen. Es gab keine Tränen, ihr Gesicht drückte keine Trauer aus, sie stellten nicht einmal eine besorgte Frage. Wie Deborah Ross es formulierte: Das Ganze sah wie ein *fait accompli* aus.

Tamayo behielt es sich vor, die meisten Kreuzverhöre später in San Diego durchzuführen. Er verließ den Ort aber nicht, ehe er den Anwesenden zwei Dinge ins Bewußtsein gebracht hatte.

Sechsmal – bei jedem Zeugen einmal – zeigte er mit dem Finger nordwärts in Richtung Grimes Point und fragte, ob ein Haus mit Spitzdach, das über das Niveau der Straße hinausragte, 1987 an der gleichen Stelle gestanden hätte. Jeder bejahte das.

Es sollte offensichtlich die Schlußfolgerung gezogen werden: Würden die McGinnis' etwa so dumm gewesen sein, einen Mord zu begehen, wenn das jemand von seinem Wohnzimmer aus beobachten konnte? Von Aragon waren sie bezichtigt worden, einen Mordanschlag ausgeführt zu haben, der einen Monat lang vorbereitet wurde. Sie hätten gewiß einen abgeschiedeneren Ort wählen können.

Dann machte Tamayo die Geschworenen auf einen etwa fünfzehn Zentimeter langen Eisenpflock aufmerksam, der dort, wo Deana und B. J. beim letzten Schnappschuß gestanden hatten, aus dem Boden ragte. Die Einwohner von Big Sur sagten bereitwillig aus, daß dieser Pflock schon 1987 dagewesen sei. Er sei nur ein paar Zentimeter größer gewesen …

Als sich die Zeugenvernehmung im Freien am zweiten Tag ihrem Ende näherte, gestattete Richter Revak den Geschworenen, selbst die Ausweichstelle zu inspizieren. Aragon hatte ein mulmiges Gefühl, als er sah, wie jedes Mitglied der Jury sich zu dem rostigen Pflock begab, auf den Tamayo hingewiesen hatte, und ihn mit dem Fuß antippte. Die korrodierte Eisenstange saß fest im roten Boden. Wenn es Geschworene gab, die daran zweifeln wollten, daß Deanas Tod nicht die Folge eines Unglücksfalls war, so konnten sie nun direkt vor ihren Füßen einen Anhaltspunkt für Stolpern und Stürzen finden.

Während die Geschworenen herumschnüffelten und leicht auf dem Boden aufstampften, ging Richter Revak zu Virginia, die allein am Klapptisch saß, während ihre Anwälte am anderen Ende der Ausweichstelle über die Ereignisse des Tages sprachen.

»Sie können hierbleiben und zuschauen«, sagte er zu Virginia. »Es ist alles ein Teil des Prozesses.«

Sie sah ihn an und brachte mühsam hervor: »Ich möchte weg von hier.« Revak winkte zwei Gefängnisbeamte herbei, diese führten sie unauffällig zu einem wartenden Funkstreifenwagen. Revak schaute zu ihr hin und sah, daß Virginia sich Tränen aus dem Gesicht wischte. Die Zeugenvernehmung an der Klippe war beendet.

Wieder im geschlossenen Gerichtssaal, legte Aragon sämtliche Fakten äußerst anschaulich dar. Er verwendete dazu einhundert Beweismittel – Videos, Dias, Dokumente, die auf Posterformat vergrößert waren – und ließ zwanzig neue Zeugen auftreten. Inzwischen, so hoffte er, würden die Geschworenen genügend Anteil an Deanas Schicksal nehmen, so daß sie gewillt wären, danach einige Wochen geduldig auszuharren, in denen die Sachverständigen zu Wort kamen.

Die Handschriftenexpertin Sandra Homewood bezeichnete die Unterschriften ›Alice Kissane‹ auf dem Formular zur Erklärung des Versicherungsanspruchs als plumpe Fälschungen. Auf ihr Verlangen hin hatte Virginia Handschriftenproben geliefert, indem sie ihren eigenen Namen neben den von Alice Kissane schrieb. Als die Proben im verdunkelten Saal auf eine Leinwand projiziert wurden, stimmten sie unverkennbar mit der Unterschrift überein, die angeblich von Mrs. Kissane stammte.

Mrs. Homewood faßte ihre Schlußfolgerungen in einem Satz zusammen: »Ich konnte eindeutig feststellen, daß Virginia McGinnis das gesamte Antragsformular ausgefüllt hat.«

Aragon war zufrieden, daß nun ein Punkt abgehakt war. Die ganze Zeit über hatte er gewußt, daß die Urkundenfälschung bewiesen würde. Aber auch das hatte keine große Bedeutung. Wenn man Virginia nur dieses Tatbestandes überführte, könnte sie mit einem Urteil rechnen, bei dem die Strafe mit der Untersuchungshaft abgegolten wäre.

Das Kreuzverhör dauerte weniger als fünf Minuten, doch Tamayo tat sein Bestes, um Mrs. Homewoods Aussage zu entkräften.

»Sie haben Virginia ersucht, die Handschriftenprobe zu liefern?«

»Ja«, erwiderte Mrs. Homewood.

»Hat sie versucht, ihre Handschrift irgendwie zu verstellen?«

»Nicht wesentlich, nein.«

Tamayo kehrte zu seinem Sessel zurück und überließ es den Anwesenden, ihre Schlußfolgerungen zu ziehen.

Die Zeugenaussagen von Art und Mac McCain dauerten drei Tage.

Aragon ließ Vater und Sohn das gleiche wiedergeben, was sie bereits Keeney, verschiedenen Agenten der State Farm, Scott Lawrence, den Ermittlern aus Monterey und Richter Kasimatis bei der Vorverhandlung mitgeteilt hatten. Er hatte das Memo, welches Mac dem Versicherungsantrag von Deana und B. J. beigeheftet hatte, auf Posterformat vergrößern und vor den Geschworenen aufhängen lassen.

Während die beiden schilderten, was sich in ihrem kleinen Büro in Chula Vista zugetragen hatte, spürte Aragon, wie beim Gericht Emotionen entstanden. Die Geschworenen begannen sich zu vergegenwärtigen, wie Virginia unerbittlich ihrem Opfer nachstellte. Und vielleicht zum ersten Mal wurde spürbar, wie abstoßend der Mord an Deana war.

Die McCains waren für Albert Tamayo Ziele, die es zu erledigen galt. Während des Kreuzverhörs ließ er Art McCain darlegen, wie Deana die Versicherung beantragt hatte. Dabei betonte dieser, daß Deana freiwillig mehr als zwei Dutzend Fragen beantwortet und die Police eigenhändig unterschrieben hatte. Als nächstes gab Art zu, daß Deana tatsächlich fast alle Informationen über den Antrag geliefert und stillschweigend eingewilligt hatte, Jimmy, Virginia und B. J. als Begünstigte einzutragen. Sie war auch damit einverstanden gewesen, Hubbard, und nicht Wild, als ihren Familiennamen anzugeben. Außerdem behauptete sie, ›ledig‹ zu sein.

Aragon spürte, daß mit jeder Antwort seiner Theorie von der fiktiven Verlobung ein ziemlicher Schlag versetzt wurde. Deana wußte sicherlich, daß sie zu sagen hatte: ›Ich bin verheiratet, und mein Name ist Wild.‹ Aber sie hatte es nicht getan.

Ehe Tamayo sich hinsetzte, fragte er Art McCain, ob es Deana freistand, die Begünstigten zu wechseln, wann immer sie wollte. Art erwiderte, daß sie das zu jeder beliebigen Zeit tun konnte. Die Verteidigung schien rasch Punkte zu sammeln.

Aragon hatte McCain darauf aufmerksam gemacht, daß er heftigeren Attacken als jeder andere Zeuge ausgesetzt sein würde. Und Tamayo strafte ihn keineswegs Lügen. Er begann recht unschuldig, nach unbedeutenden Einzelheiten des Versicherungsabschlusses zu fragen. Wo hatte Deana gesessen? Wie hatte Virginia nach der Versicherungspolice ›gegrapscht‹ und wie hatte sie sich bei der Mitteilung verhalten, daß Deana tot war?

Regelmäßig unterbrach Tamayo die Schilderung der Vorgänge mit der Frage: »Sie erinnern sich daran deutlich, obwohl es *fünf Jahre her ist*?« Er sprach die letzten Worte jedesmal gedehnt aus, wenn er die Frage stellte.

Und jedesmal wiederholte Mac McCain geduldig, daß er

sich an die Dinge erinnere, als ob sie sich gestern zugetragen hätten.

Schließlich stellte Tamayo die entscheidende Frage: »Haben Sie und Ihr Sohn nicht immer wieder über diese Dinge gesprochen, nachdem sie geschehen waren?«

»Ja«, erwiderte McCain.

»Sie haben einiges, was meine Mandantin gesagt hat, wörtlich zitiert. Erinnern Sie sich wirklich nach fünf Jahren Wort für Wort an ihre Bemerkungen?«

»Ich glaube nicht, daß ich ihre Worte je vergessen werde«, sagte McCain.

»Aber seit Sie diese Worte gehört haben, sind Sie von zahlreichen Personen befragt worden – von Polizeibeamten, Ermittlern der State Farm und Ermittlern der Staatsanwaltschaft –, und Sie haben darüber immer wieder mit Ihrem Sohn Art und mit Ihrer Sekretärin gesprochen. Ist das richtig?«

»Ja«, wiederholte Mac McCain.

»Mr. McCain«, fuhr Tamayo fort, »Sie erwähnten, daß Virginia, nachdem sie die Police an sich genommen hatte und bereits im Gehen war, noch ein paar Bemerkungen machte. Eine der Fragen lautete: ›Sie ist nun gültig, nicht wahr?‹ Stimmt das?«

»So lautete die Frage.«

»Aber Mr. McCain, das ist doch eine ziemlich häufig gestellte Frage. Das fragen doch die meisten Leute, die eine Lebensversicherung abschließen.«

»Ja«, sagte Mac zurückhaltend. »Das ist richtig.«

»Okay.« Tamayo blickte zu den Geschworenen hin. »Und als Virginia die zweite Frage stellte, nämlich: ›Schließt die Versicherung auch einen tödlichen Unfall ein?‹, antworteten Sie ›Nein‹. Stimmt das?«

»Ja, das stimmt«, sagte Mac.

»Erläuterten Sie das noch etwas?«

»Nein«, antwortete Mac. »Es wurden keine weiteren Fragen gestellt.«

»Und das war das letzte Mal, daß Sie Virginia an jenem Tag sahen?«

»So ist es.« Mac nickte. Aragon bemerkte, daß die Geschworenen seine Worte eifrig notierten. McCain hatte bei der direkten Befragung erklärt, daß er mit ›Nein‹ gemeint hatte: ›Bei einem tödlichen Unfall würde die Versicherung nicht die doppelte Summe zahlen‹. Tamayo war jedoch nicht an nicht geäußerten Feinheiten interessiert.

Am nächsten Tag verschärfte Tamayo das Kreuzverhör.

»Gestern sprachen Sie über die Bedenken, die Sie wegen Deana Wilds Versicherung hatten«, sagte Tamayo. »Sie erklärten, daß einer der Gründe für diese Bedenken die Vorzugsrechte der McGinnis' waren. Erinnern Sie sich daran?«

»Das wäre ein zusätzlicher Grund gewesen«, stimmte Mac zu.

»Aber der Hauptgrund waren die Begünstigungen und die Dinge, die auf dem Antrag angegeben waren?« Tamayo hob seine Stimme.

»Richtig«, antwortete Mac vorsichtig.

»Weil Sie wegen des nicht versicherbaren Interesses besorgt waren?« fragte Tamayo weiter mit erhobener Stimme.

»Richtig.«

»Was erweckte Ihr Mißtrauen?«

»Die früheren Vorkommnisse«, sagte McCain zögernd.

»Nun ja, ist es nicht so, daß Sie diesen Vertrag deswegen nicht abschließen wollten, weil sie befürchteten, daß Deana umgebracht werden könnte, falls Sie diese Police ausstellten?« Tamayo schrie beinahe, als er seine Frage beendete.

McCain holte tief Luft, bevor er antwortete: »Ja, das glaubten wir.«

Tamayo bohrte weiter nach. »Sie befürchteten, sie sei eine Person, die umgebracht würde, wenn diese Police ausgehändigt würde. *Sie wäre so gut wie tot!*«

»Das habe ich nicht gesagt«, antwortete McCain ausweichend. »Allerdings hegte ich diese Befürchtung.«

Im Gerichtssaal wurde es ganz still, als Tamayo seine Beweisführung beharrlich fortsetzte.

»Wenn man davon ausgeht, daß Sie glaubten, Deana würde ermordet, so war Ihre Reaktion also: Ich führe den Auftrag aus, sende aber den Vertrag als nicht gültig ab. Außer diesem einen Anruf bei Stan Sodomka von der State Farm unternahmen Sie weiter keine Schritte. Ist das richtig?«

»Richtig«, erwiderte McCain.

»Und statt noch einmal bei der State Farm anzurufen, um Bedenken anzumelden, händigten Sie die Police den Personen aus, die zu Ihnen kamen, und nahmen ihren Scheck entgegen. Richtig?«

McCain sah beunruhigt zu Aragon hinüber, als er antwortete. »Richtig.«

»Dachten Sie nicht daran, die Sache noch einmal Stan Sodomka zu unterbreiten? Nahmen Sie je auch nur für einen Augenblick an, daß er vielleicht das, worüber Sie mit ihm gesprochen hatten, mißverstanden hätte?«

»Ich glaubte nicht, daß er es mißverstanden hatte. Wir sprachen mit ihm darüber am Telefon.«

»Und das war Ihnen ganz klar zu dem Zeitpunkt, wo Sie Sodomka erzählten, Sie würden befürchten, daß man dieses Mädchen ermorden würde? Sie bezweifeln nicht, daß Stan Sodomka verstanden hatte, was Sie ihm sagten?«

»Ja, das denke ich.«

»Ist Stan Sodomka die *einzige* Person, mit der sie wegen Ihres Verdachts bei der State Farm Verbindung aufnehmen konnten?«

»Er war der leitende Mann.« McCains Gesicht nahm einen verbissenen Ausdruck an, aber Tamayo ließ nicht locker.

»Was hätte es Sie gekostet, einfach anzurufen oder eine Aktennotiz oder ein Schreiben abzuschicken, worin Sie Ihre Sorge um das Leben eines Mädchens zum Ausdruck gebracht hätten?«

»Ich glaube nicht, daß ich damit irgend etwas erreicht hätte.«

»Sie gaben einfach auf und sagten sich: ›Gut, es ist das Leben eines Mädchens. Ich vermute, man wird sie umbringen, aber ...‹« Tamayo ließ die halb vollendete Frage unbeantwortet im Raum stehen.

Die einzige Schlußfolgerung konnte sein, daß Mac in Wirklichkeit niemals einen solchen Verdacht gehabt hatte. Und wer weiß, was es mit den Erinnerungen auf sich hatte, die im Laufe von fünf Jahren bei einem Ermittler nach dem anderen aufgewärmt wurden. Es war *möglich*, daß McCain nie einen Verdacht geschöpft hatte, und für manche Geschworene genügte eine Möglichkeit, um bereits an etwas zu zweifeln.

Nach den McCains traten eine ganze Reihe von Sachverständigen in den Zeugenstand. Ein Bauingenieur präsentierte eine maßstabgerechte Karte vom Aussichtspunkt. Mitglieder des Such- und Rettungskommandos zeichneten die ungefähre Fallstrecke Deanas sowie die Stellen ein, wo man die beiden Schuhe von Deana fand, aber auch, wo Deana von den McGinnis' entsprechend ihrer Angaben zuletzt gesehen wurde.

Jeden der Zeugen befragte Tamayo in der gleichen Weise: »Ist Big Sur nicht eine ziemlich gefährliche Gegend?«

Die Zeugen pflichteten ihm bei. Sie sagten, daß Personen dort am laufenden Band Verletzungen erlitten, besonders wenn sie versuchten, an den Klippen hinunterzuklettern.

Aragon kam zu dem Schluß, daß das Argument großes Gewicht hatte und daß er irgendwie darauf reagieren müßte. Tamayos Experten, die den ›Reibungskoeffizienten‹ ins Feld führen würden, waren unter Umständen in der Lage, aus den vereinzelten Bemerkungen einen glaubwürdigen Beweisgrund der Verteidigung zu konstruieren, und da war auch noch der fünfzehn Zentimeter lange Pflock am Tatort. Aragon stellte also den Polizeibeamten Burke, Smythe, Mason und Schmaltz die gleiche Frage: »Ist Ihres Wissens in den Jahren, wo Sie für das Gebiet von Big Sur verantwortlich waren, irgend jemand am Aussichtspunkt Robbenstrand von ganz oben abgestürzt?«

»Nein«, lautete die einmütige Antwort.

Tamayo entschloß sich dazu, in dieser Frage eine Entscheidung zu erzwingen. Mitten in John Burkes Zeugenaussage bat er Richter Revak, eine Pause einzulegen. Als sich der

Gerichtssaal geleert hatte, wies er auf eine wichtige Annahme hin, die der Beweisführung der Anklage zugrunde liege:

»Burke sagt aus, nach seinen Erfahrungen sei es nie vorgekommen, daß jemand von oben abstürzte. Nun ja, für den Fall hier ist das ohne Belang, weil niemand behauptet hat, daß Deana ganz oben war. Wir wissen nicht, wo sie sich befunden hat – wenn der Staatsanwalt nicht einen Zeugen beibringt, der aussagt, daß der Sturz von ganz oben erfolgte.«

Also fragte Aragon Burke nach Wiederbeginn der Verhandlung: »An welcher Stelle erblickten Sie deutliche Zeichen, die Sie veranlaßten, aufgrund Ihrer Kenntnisse und Erfahrungen zu glauben, daß Sie auf der richtigen Spur waren?«

»Nach viereinhalb Metern«, antwortete Burke.

»Von oben?« fragte Aragon.

»Von oben. Oder weniger.«

Das war ein Sieg für die Staatsanwaltschaft, dachte Aragon. Er hatte haargenau Deanas Absturzstelle bestimmt und damit die Möglichkeit reduziert, daß Deana weiter unten herumgeklettert war. Aber gegen Ende des Prozesses sollte er bedauern, diese Frage je gestellt zu haben.

Alex Lutzi, ein Ermittler der Staatsanwaltschaft, hatte die Haussuchung in Virginias Haus in Pittsburg, Kalifornien, vorgenommen, als sie verhaftet wurde. Im Zeugenstand sagte der stramme junge Polizeibeamte mit dem Eifer eines jungen Rekruten aus. Trotz aller Bemühungen hatte er nur drei indirekt belastende Dinge gefunden: eine Kodak, ein dickes Nachschlagewerk mit dem Titel ›Arzneimittel‹ und eine Kopie von Deanas Geburtsurkunde. Ansonsten war das Haus sauber gewesen wie eine ganz gewöhnliche Wohnung.

Beim Kreuzverhör fragte Tamayo, wie gründlich Lutzi vorgegangen sei. Er hätte alle Papiere und Bücherregale von Virginia, sogar den Kleiderschrank in ihrem Schlafzimmer, durchsucht, war die Antwort. Aber als einzige Beweismittel habe er die drei genannten Dinge gefunden.

Dr. William Hoops, der inzwischen pensionierte Pathologe, der Deanas Autopsie durchgeführt hatte, sagte als nächster aus. Da mittlerweile viel Zeit vergangen war und Hoops sich in vorgerücktem Alter befand, konnte er sich an die Untersuchung kaum noch erinnern. Die Eindrücke, die er im Gedächtnis bewahrt hatte, vermischten sich mit denen von Tausenden von Autopsien, die er während seiner dreißigjährigen Berufstätigkeit vorgenommen hatte. Als ihm die Fotos von Deanas verletzten Händen gezeigt wurden, sagte er, daß ihm nichts Ungewöhnliches auffalle. Aragon formulierte die Frage um und versuchte, ihn zu einer Äußerung über die abgebrochenen Fingernägel zu bewegen, doch vergebens.

Das war ein wirklich unerwarteter Rückschlag. Die Fingernägel waren in einem Zustand, der bewies, daß sie sich an den Klippenrand geklammert und folglich um Hilfe geschrieen haben mußte. Das widersprach eindeutig Virginias Story, sie habe nicht einen einzigen Ton gehört. Wenn aber die Geschworenen Hoops Aussage akzeptierten, waren die Fotos so harmlos wie die Reklame eines Maniküršalons. Aragon blieb nichts anderes übrig als weiterzumachen.

Die nächsten Sachverständigen äußerten sich unwidersprochen zum Elavilproblem. Zwei forensische Toxikologen bezeugten, daß sie Deanas Blut und Urin untersucht hatten, und zwar einmal einige Tage nach Deanas Autopsie und zum anderen 1989 auf Ersuchen der Staatsanwaltschaft von San Diego. Bei beiden Tests wurden Amitriptylin und Nortriptylin – die Bestandteile des Medikaments Elavil – festgestellt. Ein Apotheker brachte Unterlagen mit, um nachzuweisen, daß sich B. J. am 20. Februar 1987 sein Medizinfläschchen wieder mit Elaviltabletten füllen ließ. Dr. Sidney Zisook schilderte im einzelnen die Wirkungen von Elavil, die sogar bei geringen Dosierungen aufträten: Schwindel, Sehunschärfe und Übelkeit.

Diese fundierten Aussagen erschienen jedem verständlich und überzeugend. Tamayo machte um sie einen großen Bogen.

Als Scott Lawrence Martha Grant in ihrem Haus aufsuchte, um Auskünfte über Deanas Tod einzuholen, war die junge Mutter von drei Kindern gern dazu bereit, vor Gericht auszusagen. Die McGinnis', ihre unmittelbaren Nachbarn in Chula Vista, hatten sie jahrelang belästigt.

Im Zeugenstand strahlte Mrs. Grant wehrhafte Ehrlichkeit aus. Sie hatte ein hübsches, ebenmäßiges Gesicht, blaue Augen, blondes Haar und eine Ponyfrisur. Ihre Miene drückte aus, daß sie eine Frau war, die sich um keinen Preis hinters Licht führen lassen wollte.

Sie erinnerte sich an jenen Dienstag im April 1987, als die McGinnis' ihr Haus verließen, um eine Autotour entlang der Küste zu unternehmen. Virginia war in letzter Minute vorbeigekommen und hatte Martha gebeten, ihre Post mit hereinzunehmen, während sie verreist waren.

»Wurde dabei eigentlich Tsunami, der Hund, erwähnt?« fragte Aragon.

»Ich fragte nach dem Hund und erhielt die Auskunft, sie würden ihn im hinteren Hof zurücklassen und Futter für ihn hinstellen.«

Mrs. Grant sagte, sie habe nicht viel über die Unterhaltung nachgedacht, bis sie wenige Tage später Virginia und B. J. wieder vor deren Haus stehen sah.

»Ich fuhr in meine Einfahrt hinein«, sagte sie aus. »Ich ging, um nach der Post zu sehen. B. J. und Virginia standen in der Nähe ihres Gartentors, und ich war sehr überrascht, sie zu sehen. Ich hatte gedacht, daß sie viel länger wegbleiben würden. Wir sprachen ein paar Minuten miteinander. Virginia erwähnte, daß die Tochter einer Freundin von einer Klippe gestürzt sei und daß sie sich nicht in der Stimmung befunden hätten, die Ferien fortzusetzen.« Aragon ließ den letzten Satz wirken.

Beim Kreuzverhör befragte Tamayo Mrs. Grant zu ihren Nachbarn.

»Waren die McGinnis' nicht recht gute Nachbarn?«

»Ja«, antwortete sie.

»Sie waren keine sehr lauten Nachbarn?«

»Nein.«

»Hielten sie den Hof in Ordnung?«

»Ja.«

»Sie parkten nie ihren Wagen vor Ihrem Haus?«

»Nein. In dieser Hinsicht waren sie nette Nachbarn.«

»Würden Sie sagen, daß sie wahrscheinlich ideale Nachbarn waren?«

»Ja«, erwiderte Mrs. Grant etwas widerwillig.

»Ich nehme an, sie haben Ihnen nicht jede Kleinigkeit aus ihrem Leben erzählt?«

»Sie redeten über eine Menge persönliche Dinge, die meiner Meinung nach niemanden etwas angingen«, sagte Mrs. Grant und wartete geradezu auf die nächste Frage.

Tamayo vermied es, nachzuhaken. »Sie hielten ihren Rasen sauber und mähten ihn, nicht wahr?«

»Ja«, erwiderte sie.

»Sie waren also im Grunde genommen ideale Nachbarn. Stimmt das?«

»Eigentlich ... Ja.«

Aragon hatte keine Fragen für die abermalige Vernehmung der Zeugin, daher verließ Martha Grant den Zeugenstand.

In der Nacht wälzte sie sich in ihrem Bett herum. Sie war nicht dazu gekommen, frei ihre Meinung zu äußern, und das ließ ihr keine Ruhe. Irgendwie hatte Tamayo die McGinnis' während der Zeugenvernehmung zu ›idealen Nachbarn‹ gemacht. Und ihre Meinung war, daß das ganz und gar nicht der Wahrheit entsprach.

Mrs. Grant kehrte am nächsten Tag zum Gericht zurück, in der Hoffnung, daß sie die Sache klarstellen könnte.

»Sie waren Lügner«, sagte sie im privaten Gespräch zu Aragon, den sie in einer Pause abgepaßt hatte. »B. J. lungerte den ganzen Tag im Hof herum und trank. Er kam zu mir herüber und prahlte damit, Armeepsychologe gewesen zu sein und mit Jimmy Striptease-Lokale zu besuchen.« Martha verzog vor Abscheu ihr Gesicht.

»Er gab sogar mit den Schweinereien an, die er und Virginia in ihrem Jacuzzi trieben. Er erzählte mir, ich könne froh sein, daß unsere Häuser durch einen großen Zaun voneinander getrennt seien. Schließlich kam es so weit, daß mein Mann und ich immer erst vor der Garage hielten, das Garagentor öffneten, hineinfuhren und warteten, bis es sich wieder geschlossen hatte, ehe wir ausstiegen. Wir hatten Angst vor ihnen. Und ich bin sicher, daß es ihr Sohn Jimmy war, der bei ihnen einbrach und den ganzen Schmuck stahl.«

Als das Richterkollegium wieder zusammentrat, berief Aragon eine kurze Beratung ein. Er vertrat den Standpunkt, daß die Geschworenen getäuscht würden, wenn man Mrs. Grant nicht erlaubte, erneut in den Zeugenstand zu treten. Revak gab zu bedenken, Aragon riskiere einen Verstoß gegen die Prozeßordnung, wenn Mrs. Grant sich über anstößige private Gewohnheiten der McGinnis' ausließe oder sich in Spekulationen über einen Raub erginge. Das einzige, was sie tun könnte, wäre, zu erklären, daß die McGinnis *keine* idealen Nachbarn waren.

Schließlich verließ Martha Grant den Gerichtssaal 22 noch frustrierter als am Tag zuvor. Aus ihrer ›sterilen‹ Aussage ging nicht einmal im entferntesten hervor, was sich im Haus nebenan abgespielt hatte. Aber sie hatte zumindest versucht, dem Gericht diese Dinge zur Kenntnis zu bringen.

Bis Anfang Februar hatte Aragon seine Liste fast abgearbeitet, nur noch zwei seiner Zeugen waren übriggeblieben. Er fühlte sich viel zu erschöpft, um einschätzen zu können, wie die Geschworenen die Aussagen aufgenommen hatten. Er wußte, daß alles zur Sprache gekommen war, was er beabsichtigt hatte, aber Tamayo und Humphrey hatten jede Gelegenheit genutzt, um die Aussagen zu entkräften. Er befürchtete, daß sich die Geschworenen eine ganze Woche lang, oder mehr, beraten würden. Er ärgerte sich kurz darüber, daß er sich entschlossen hatte, Debbie Williams nicht vorzuladen, sie hätte bezeugen können, daß Virginia nach Aussagen ihres Sohnes Deana umgebracht hatte.

Diana Rael, Ermittlerin der State Farm mit einer Koboldfrisur, trug ein flottes blaues Kostüm und einen auffallenden Seidenschal. Sie sah eher wie die Mitarbeiterin einer Public-Relations-Abteilung aus denn eines Büros, das Straftaten untersuchte. Aber dieser Eindruck schwand schnell, als das Tonband mit dem Gespräch abgespielt wurde, das sie mit Virginia und Billie Joe McGinnis geführt hatte. Dabei war es ihr gelungen, Virginias Widersprüche und Lügen leicht erkennbar zu machen.

»Wie kam es dazu, daß die Versicherung für Deana abgeschlossen wurde?« hatte sie zu fragen begonnen.

»Anfangs waren wir hingegangen ...«, antwortete Virginia. »Mein Mann war hingegangen, um irgendeine Versicherung abzuschließen. Deana begleitete uns, und Deana sagte: ›Bin ich etwa ein Nichts?‹ Und ich sah sie an und sagte nur: ›Deana.‹ Und sie sagte, nun ja, ich will die Versicherung, und damals war sie ... wie ich gesagt habe ... sie ... wollte eine Schule besuchen.«

»Wie wurde die Frage der Begünstigung entschieden?«

»Deana entschied, daß Jim der Begünstigte war, und sie sagte: ›Ich glaube, du und B. J. auch‹.«

Aragon hoffte, daß die Tonbandaufzeichnung zumindest eines zweifelsfrei zeigte – Virginia kamen die Lügen so leicht und elegant über die Lippen, als ob sie jemand den Weg zum Supermarkt erklärte. Sie log, als sie sagte, wer die Namen der Begünstigten vorschlug, sie sagte die Unwahrheit, als sie behauptete, daß Deana die Lebensversicherung haben wollte, und sie log auch, als es um Alice Kissanes Unterschrift ging. Warum hätte sie lügen sollen, wenn sie nichts zu verbergen gehabt hätte?

Jeden Abend hatte Keeney mit Aragon telefoniert, wobei dieser ihm den neuesten Stand mitteilte und sich über die Prozeßstrategie beklagte. Schon vor acht Uhr abends Louisviller Zeit wanderte er in seinem Haus nervös umher, rauchte Zigaretten und trank zwei bis drei große Tassen Kaffee. Die angespannte Stimmung war für ihn nichts Neues; bei jeder

Gerichtsverhandlung lebte er immer wie in einer Nebelbank. Freunden erzählte er gern, wie er einmal – mit Zigarre, Armbanduhr und im Anzug – schnurstracks in einen Swimmingpool hineinmarschierte, während er den Text eines Schlußwortes memorierte.

Jetzt wurde dieser Prozeß in weiter Ferne zu seiner Hauptbeschäftigung. Er dachte sich Einwände aus, die nicht gemacht, Fragen, die nicht gestellt wurden, und ärgerte sich über Tamayos wechselnde Verteidigungstaktik. Zwei Jahre früher hätte er es noch begrüßt, wenn der Staatsanwalt von Monterey in die Sache eingestiegen und die Anklage vertreten hätte. Nachdem Keeney sich aber nun im Abseits befand, erkannte er, daß er sich nichts lieber wünschte, als selbst den Fall zur Entscheidung zu bringen. Er litt wie Tantalus, der dürstend und hungernd bis zu den Knien im Wasser unter Früchten gestanden hatte, die im letzten Moment vor ihm zurückwichen, sobald er sich an ihnen laben wollte. Da Keeney Aragon nicht persönlich helfen konnte, sandte er ihm jede Menge Notizen: dreißig Seiten über Elavil, siebzig Seiten über Selbstmord und Beihilfe zum Selbstmord, sowie eine kurze Abhandlung von Dr. Elizabeth Loftus, einer Verteidigungsexpertin.

»Steve, Liebling, beruhige dich doch. Du läufst wie ein Tiger im Käfig umher«, rief Wynn, als er wieder einmal durch die Küche wanderte und mit dem Ellbogen fast eine Torte herunterstieß. »Du machst uns alle noch wahnsinnig, obwohl du sowieso nichts tun kannst.«

»Wie bitte? Oh, es tut mir leid«, antwortete er zerstreut, als er sich erneut Kaffee eingoß. »Übrigens, hat Luis angerufen?«

Zur gleichen Zeit durchlebte auch Aragon Nöte und Ängste. Er ärgerte sich über Mac McCain, der zu Virginia gesagt hatte, daß die Versicherung nicht bei einem tödlichen Unfall gelten würde, und über Virginia, die bereitwillig Sandra Homewood Folge leistete; er ärgerte sich über Deanas Verhalten in der Versicherungsagentur und darüber, daß Virginia ihrem Sohn gestattet hatte, sich das Versicherungsgeld zu nehmen. Immer noch machte er sich Sorgen wegen des Lokaltermins bei der Klippe; der Pflock und das Haus mit dem Spitzdach bereiteten ihm wirklich Kopfzerbrechen. Und schließlich ärgerte er sich sogar über das Such- und Rettungskommando von Big Sur, das ursprünglich Virginias Geschichte geglaubt hatte. Zugleich mußte er daran denken, daß sich entweder die eine oder die andere Seite verkalkuliert hatte.

Die meisten Sorgen aber machte sich Aragon wegen des Stellvertretenden Coroners David Dungan.

Mit einer einfältigen Miene, wie man sie selten bei einem Polizisten sah, der auf eine erfolgreiche Karriere zurückblickte, schaute Dungan vom Zeugenstand über das Auditorium von Reportern, Anwälten, Beobachtern und Justizwachtmeistern hinweg. *Ich konnte nichts feststellen, was auch nur im entferntesten auf ein Gewaltverbrechen schließen ließ.* Dieser Satz ließ ihm keine Ruhe mehr, seit die McGinnis' verhaftet worden waren. Dungan, der sechseinhalb Jahre lang sowohl Offizier bei der militärischen Abwehr als auch Polizeibeamter gewesen und seit viereinhalb Jahren beim Büro des Coroners von Monterey arbeitete, besaß zu viel Berufsstolz, als daß er sich diesen Fehler rasch eingestehen konnte.

Er trug ein lose sitzendes Jackett aus Kordsamt und wirkte mit seinen schmalen Schultern und seinen traurig dreinblickenden braunen Augen wie ein Mann, der auf die Hinrichtung am Galgen wartete. Und er war sichtlich verkrampft, als ob ihn jemand aufgefordert hätte, den Strang so straff wie möglich zu ziehen, während er im Zeugenstand weilte.

Aragon wußte, daß Tamayo Dungans Aussage genau so verbissen attackieren würde wie die von Mac McCain, und zwar deshalb, weil Dungan Virginia ungeheuer schaden konnte.

Bei der Zeugenvernehmung durch Aragon sagte Dungan aus, er habe Virginia und B. J. am 2. April abends verhört.

Er habe alle Fragen gestellt, die üblich seien, sich Bobbie Roberts' Nummer aus Virginias persönlichem Telefonbüchlein notiert und Deanas Tasche aus dem Kofferraum des Wagens der McGinnis' herausgeholt. Diese schilderten dann, daß sie erst Schnappschüsse gemacht hätten und dann zu ihrem Wagen zurückgegangen wären. Schließlich hätten sie über den Rand der Klippe geblickt und Deanas Leiche auf den Felsen liegen sehen.

Dungan fuhr fort: »Ich frage immer, bei allen Todesfällen, einschließlich solcher mit natürlicher Todesursache, in welcher geistigen Verfassung der Verstorbene war und ob eine Versicherung existiert. Ich formuliere die Frage immer in der gleichen Weise, unabhängig von der Art der Untersuchung. Ich frage immer, und ich habe auch Mrs. McGinnis gefragt: ›Wissen Sie von der Existenz einer Versicherung, die auf den Namen der Verstorbenen lautet oder die die Person, die verstorben ist, selbst abgeschlossen hat?‹ Mrs. McGinnis sagte mir, sie wüßte nichts von einer Versicherung. Dann richtete ich die gleiche Frage an Mr. McGinnis, und auch dieser verneinte.

Ich fragte dann, ob ich die Kamera haben könnte, um den Film entwickeln zu lassen. Ich erinnere mich, daß ich Mrs. McGinnis versprach, ihr die Kamera wieder zurückzugeben.«

»Welche Antwort erhielten Sie?«

»Mir wurde gesagt, ich könne die Kamera nicht bekommen, sie würden den Film selbst entwickeln lassen und die Abzüge der Fotos später an das Büro des Coroners schicken.«

Dungan schilderte dann, wie er das Ehepaar zu einem nahe gelegenen Motel brachte, wo sie übernachten konnten. Am nächsten Morgen habe er angerufen, um die gleichen Fragen noch einmal zu stellen.

»Nichts wich von den Informationen des vorangegangenen Tages ab«, sagte er. Nach ein paar abschließenden Fragen, bei denen es darum ging, daß Dungan die von Virginia versprochenen Schnappschüsse nie erhielt, setzte sich Aragon und hielt den Atem an. Das war sein letzter Zeuge gewesen.

Tamayo begann das Kreuzverhör damit, daß er nach ein paar Nebensächlichkeiten fragte: nach Deanas Habseligkeiten, die Dungan aufgenommen hatte, danach, wo genau sich

Dungan an jenem Tag aufgehalten hatte und wieviel Zeit zwischen Deanas Tod und der Befragung der McGinnis' verstrichen war.

Dungan antwortete, höflich, aber vorsichtig. Er wußte, was kommen würde. Es folgten noch mehrere Fragen, bis Tamayo zum wesentlichen Teil seiner Vernehmung kam.

»Sie fragen bei jedem Todesfall, den Sie untersuchen, nach der Versicherung. Sagen Sie das als Zeuge aus?«

»Ja, Sir.«

»Wem stellen Sie diese Frage?«

»Erstens denjenigen, die sich bei der betreffenden Person befinden, wenn der Tod eingetreten ist – den nächsten Familienangehörigen, vielleicht auch nahen Freunden.«

Tamayo trat nach vorn und stellte sich im rechten Winkel zu Dungan auf. »Sie haben diese Frage nie gestellt, nicht wahr?«

Dungan zögerte etwas. Aragon sah, wie die Geschworenen die Kugelschreiber zückten, um die Antwort zu notieren.

»Doch«, sagte er, »ich habe diese Frage gestellt.«

»Haben Sie diese Frage gestellt, weil sie für Sie ziemlich wichtig war?« fragte Tamayo mit sarkastischem Unterton.

»Diese und andere Fragen«, entgegnete Dungan.

»Haben Sie sie deshalb nie in Ihrem Bericht erwähnt, weil sie so wichtig ist?«

Dungan beherrschte sich und antwortete einfach: »Das ist richtig.«

»Sie haben nie auf diese Frage Bezug genommen«, erwiderte Tamayo barsch. »Sie haben nie die Frage gestellt. Und keiner Ihrer Berichte enthält irgendwelche Antworten auf die Frage. Aber es war doch eine für Sie wichtige Frage?«

»Das ist richtig.«

»Haben Sie etwas, was genauso wichtig war, etwas, was Sie nicht ein-, sondern zweimal fragen würden, nicht auf einer der nachfolgenden Seiten Ihres Berichts erwähnt?«

»Ergänzungen zum Bericht können später gemacht werden, wenn die Informationen vollständig vorliegen«, antwortete Dungan ausweichend.

»Richtig.« Tamayo drehte sich zu den Geschworenen um. »Und Sie haben diese ergänzenden Informationen nicht in den Bericht aufgenommen?«

»Nein«, antwortete Dungan und versuchte, Fassung zu bewahren, obwohl er wußte, daß die Antwort unzureichend war.

»Deputy Dungan, Sie haben Detective Smythe erst von dieser Frage über die Versicherung und die Antwort informiert, als es für Sie wichtig war – eineinhalb Jahre später. Ist es nicht so?«

»Nein, das stimmt nicht«, erwiderte Dungan wütend.

»Sie erfuhren zwei oder drei Wochen nach dem Vorfall von der Versicherung. Stimmt das?«

»Es war mehrere Wochen danach. Damals informierte ich die für die Ermittlungen zuständige Abteilung.«

»Und trotzdem haben Sie nie mit Smythe über diese Frage und Antwort gesprochen?«

»Sicherlich habe ich – nun ja, ich weiß nicht, ob ich mit Detective Smythe gesprochen habe.« Dungan räusperte sich verlegen. »Aber ich weiß, daß ich mit seinem Vorgesetzten gesprochen habe.«

Als Tamayo sich hinsetzte, sah er zufrieden zu den Geschworenen hin. Er wußte, er hatte ihnen einen weiteren Grund geliefert, um Zweifel zu hegen.

Dungan wirkte nun noch blasser als zu Beginn der Zeugenaussage an diesem Morgen. Er dankte dem Gericht und schnitt durch den Mittelgang auf die hintere Tür zu.

Aragon sah sich im Gerichtssaal um, über die einhundertfünf Beweismittel der Anklage hinweg, die stapelweise herumlagen. Dann beriet er sich mit Anna Long und streifte noch einmal mit einem Blick die Gesichter der Geschworenen.

»Euer Ehren«, sagte er, indem er sich erhob, »die Anklage schließt den Beweisvortrag ab.«

Junkies, Versicherungsbeamte und angeheuerte Banditen

Joyce Braden verlieh der ersten Woche, in der die Verteidigung ihre Zeugen präsentierte, eine besondere Note. Sie war eine ausgemergelte Blondine mit strähnigem Haar und trug ein schmutziges Hemd sowie zerrissene Jeans. Kaum war sie in den Zeugenstand getreten, begann sie zu weinen. Ihre Hände zitterten. Die Ursache dafür wurde klar, als sie bekannte, daß sie sich gerade einer Methadonbehandlung unterzog.

Joyce berichtete den Geschworenen, Virginia habe sie 1975 bei sich aufgenommen, als sie mit Jimmy Coates ging. Sie stahlen Gegenstände aus dem Haus, damit sie Drogen kaufen konnten. Aber Virginia habe nie einen Penny als Entschädigung oder für die Miete verlangt.

Aragon wartete darauf, daß die Geschichte sich mit der von Deana in Verbindung bringen ließ, aber das geschah nicht. Joyce erwähnte zum Schluß, sie und Jimmy hätten – seit sie ihm begegnet war – immer vom Heiraten gesprochen. »Ich dachte immer, es würde eines Tages wahr werden«, sagte sie traurig.

Anna Long flüsterte Aragon zu: »Der eigentliche Sinn der Zeugenaussage besteht darin, zu zeigen: Hier ist ein Mädchen, das von Virginia nicht umgebracht wurde.«

Aragon lächelte ihr zu. Er wußte, er konnte eine Zeugin wie Joyce Braden für sich nutzen.

Sein Kreuzverhör bestand aus drei Fragen: »Sie glaubten, daß Sie und Jim Coates irgendwann heiraten würden. Stimmt das?«

»Ja«, sagte sie düster.

»Sprachen Sie mit Virginia darüber?«

»Yeah. Ich glaube, ich habe mit ihr darüber gesprochen. Und ich glaube, sie dachte, daß das eines Tages geschehen würde.«

»Als Sie dieses Gespräch mit Virginia führten, schlug sie

ihnen beiden vor, loszugehen und irgendeine *Lebensversicherung* auf Ihren Namen abzuschließen?«

Joyce überwand ihre weinerliche Stimmung. Mit unerwarteter Vehemenz antwortete sie: »Niemals.«

Die nächsten drei Zeugen waren allesamt Männer mittleren Alters in grauen Anzügen und mit grauen, ausdruckslosen Gesichtern. Ihr braunes Haar war kurzgeschnitten, und zwei der drei trugen stolz einen Schnurrbart. Diese Herren repräsentierten die State-Farm-Bürokratie, jene Leute, denen Mac McCain es, wie er sagte, überlassen hatte, die richtige Entscheidung über die Ausstellung der Police von Deana zu treffen. Den Geschworenen war sofort klar, daß ein ablehnender Bescheid von einem dieser drei Deana das Leben hätte retten können.

Stan Sodomka, den McCain Tamayo gegenüber als Mann bezeichnet hatte, der ganz oben auf der Leiter stand, erinnerte sich nur entfernt an die Sache McGinnis. Er entsann sich, mit Mac McCain gesprochen zu haben, war sich aber nicht im klaren darüber, ob es dabei um Deana oder um B. J. gegangen war. Das Gespräch war offensichtlich eines von einem halben Dutzend, die Sodomka jeden Tag mit Versicherungsagenten in ganz Südkalifornien führte.

Tamayo wollte die Sache auf den Punkt bringen: »Wenn ein Versicherungsagent Sie anriefe und sagte, er glaube, man habe vor, einen Versicherten zu ermorden, würden Sie das notieren und zu den Akten geben?«

»Ich würde es entweder notieren oder damit sofort zum zuständigen Bereichsleiter gehen und ihm sagen: ›Sie müssen diese Sache besonders im Auge behalten!‹«

»Erinnern Sie sich an die diesbezüglichen Worte von Mac McCain?«

»Nein.«

Nach einigen weiteren Fragen gab Sodomka zu, daß B. J.s schlechte Gesundheit offensichtlich Probleme schuf, Deanas Versicherung dagegen keinerlei Schwierigkeiten bereitete.

B. J.s Akten habe er persönlich dem Leiter des Bereichs Lebensversicherungen, Mike Kalish, übergeben. Deanas Akte hingegen wurde Peter Key zugeleitet, einem Mann, der in der Stadt-Farm-Bürokratie einen viel niedrigeren Rang einnahm.

Die Schlußfolgerung war eindeutig: McCain hatte nie den Verdacht geäußert, daß Deana ermordet werden könnte. Er hatte *Billie Joes* Antrag mit einem roten Signalfähnchen versehen, weil der Mann ein gesundheitliches Risiko bedeutete. Rückschauend hatte McCain versucht, diese Notiz mit Deanas Antrag in Verbindung zu bringen, höchstwahrscheinlich, um der State Farm die Schuld in die Schuhe zu schieben.

Aragon wußte, daß Sodomka durch keinerlei Kreuzverhör in der Welt kleinzukriegen war. Aber mit ein paar Fragen versuchte er, dennoch die Wirkung seiner Aussage zu mildern.

Sodomka gab zu, daß er während der neun Jahre, in denen er das für Südkalifornien zuständige Büro der State Farm geleitet hatte, von Mac McCain nie einen anderen Anruf als wegen irgendeines Antrags auf Abschluß einer Lebensversicherung erhalten hatte. Und er erinnerte sich, daß sich Mac tatsächlich ›generell besorgt‹ über die McGinnis geäußert hatte. Das war ein unbedeutender Sieg, und Aragon wußte, er hatte die Scharte nicht auswetzen können, denn er hatte nichts Besseres zur Hand.

Der nächste Versicherungsbeamte war Mike Kalish, Leiter des Bereichs Lebensversicherungen im Büro von Costa Mesa. Juliana Humphrey hatte Kalish die einzelnen Schritte bis zur Bestätigung eines Versicherungsantrags schildern lassen, bei denen es im wesentlichen um die Einschätzung des Versicherungsrisikos ging.

»Ich unterschreibe als Leiter normalerweise keine Anträge mit so einem kleinen Betrag«, sagte Kalish nach Beendigung seiner Lektion über Versicherungsrisiken. »Aber mein Boss, Stan Sodomka, brachte mir Billie Joes Akte. Er wies ganz allgemein darauf hin, daß der Versicherungsagent sich besorgt geäußert hatte. Ich erinnere mich, daß ein Vermerk über einen Anruf oder eine Notiz beigefügt war.« Das bezog sich eindeutig auf Mac McCains kurze Notiz mit dem roten Fähnchen.

»Billie Joes Antrag wurde schließlich abgelehnt«, schloß Kalish. »Ich glaube, das geschah aus medizinischen Gründen.«

»Wurde er abgelehnt, weil dieser spezielle Antragsteller einen anderen Antragsteller umbringen wollte?« fragte Juliana Humphrey.

»O nein, nein«, versicherte Kalish.

Aragon konnte bei Kalish nicht viel mehr ausrichten als bei Stan Sodomka. »Mr. Kalish«, fragte er, »wird in Billie Joe McGinnis' Versicherungsantrag – wenn Sie sich den medizinischen Teil anschauen – nach den Arzneimitteln gefragt, die dem Antragsteller verschrieben werden oder die er einnimmt?«

»Ja.«

»Können Sie, wenn Sie dort nachsehen, irgendeinen Vermerk finden, ob Mr. McGinnis Elavil oder Amitriptylin oder Nortriptylin verschrieben bekam bzw. einnahm?«

»Nein, es ist nirgends etwas angegeben.«

Das war ein weiteres Argument, das Aragon am Schluß anführte. Wieso log man beim Elavil, wenn man eine Unmenge anderer Krankheiten angab?

Von allen Versicherungsleuten, die vor die Geschworenen traten, hinterließ Peter Key als blutleerer Büromensch den stärksten Eindruck. Mit seinem abgespannten Gesicht, den feindseligen Augen und seinem ungepflegten Bart erinnerte er an einen unterdrückten Dickensschen Beamten oder an Bartleby den Schreiber.

Von Juliana Humphrey befragt, erklärte Key, daß er seit zwanzig Jahren als Versicherungsspezialist der State Farm arbeite. Seine Aufgabe bestehe darin, das Risiko bei Lebensversicherungen einzuschätzen, er könne sich aber nicht daran erinnern, Deanas Antrag bearbeitet zu haben. Das war auch kein Wunder: Er bearbeitete hundertfünfzig bis zweihundert Versicherungsanträge täglich.

Die Bestätigung von Deanas Police war ganz offensichtlich eine Routineangelegenheit gewesen. Key hatte nie mit Stan Sodomka, Mike Kalish oder Mac McCain über irgendeine Einzelheit gesprochen. Er erinnerte sich nicht, eine Notiz mit einem roten Fähnchen gesehen zu haben. Er kontrollierte nicht, ob Deana und James Coates wirklich verlobt waren. Und er hatte nie davon gehört, daß befürchtet wurde, Deanas Leben sei in Gefahr.

Das einzige, was Key tat, war, einen ›Lebenslauf‹ von Deana anzufordern; die ganze Prozedur bestand darin, daß ein anderer Angestellter der State Farm ein einziges Mal bei den McGinnis' zu Hause anrief. Virginia ging ans Telefon, weil Deana nicht da war, und beantwortete dann an ihrer Stelle alle Fragen.

»Wir nahmen an, daß die Angaben auf dem Antrag stimmten«, sagte Key.

»Kontrollieren Sie normalerweise den Status der Verlobung, um sicherzugehen, daß die Leute wirklich verlobt sind?« fragte Juliana Humphrey.

»Nein, nicht bei diesen geringen Höhen der Versicherungssumme.«

Aragon erkannte nun genau, welches Ziel der Verteidiger verfolgte. Keys lückenhafte Erinnerung diente dazu, erneut zu zeigen, daß Mac McCain aller Wahrscheinlichkeit nach ursprünglich nur wegen B. J. besorgt gewesen war, der ein offensichtliches Risiko darstellte.

Beim Kreuzverhör bemühte sich Aragon so gut er konnte, den Spieß umzudrehen. Key war einfach nach Schema F vorgegangen, weil der Nennwert von Deanas Versicherung so niedrig war.

Key sagte, daß die State Farm im Jahre 1987 eine ärztliche Untersuchung nur bei Antragstellern für erforderlich hielt, die eine Lebensversicherung ab zweihundertfünfzigtausend Dollar abschließen wollten.

»Berücksichtigen Sie also die Kosteneffizienz, wenn Sie Ihre Einschätzung für die State Farm vornehmen?«

»Ja.«

Key gab zu, daß die Bearbeitung des Antrags und des Lebenslaufs von Deana höchstens acht bis zehn Minuten gedauert hatte. Dann wurde Deanas Todesurteil unterschrieben, versiegelt und im Fließbandverfahren zugestellt.

An diesem Abend konferierten Aragon und Keeney wie gewöhnlich am Telefon miteinander. Aragons Stimme, die sonst immer beschwingt war, klang bekümmert. Keeney bemühte sich, ihn aufzumuntern, obwohl er zugeben mußte, daß die Aussagen der Zeugen von der State Farm nur geschadet hatten.

»Warum erinnert sich niemand an Mac McCains Besorgnis, daß ein Mord passieren könnte?« sagte Aragon. »Ich glaube, Mac sagt die Wahrheit, aber es ist seltsam.«

»Nun ja«, erwiderte Keeney. »Wenn ich die State Farm wäre, würde ich bestimmt nicht zugeben wollen, daß ich eine Versicherung mit einem Mädchen abschloß, von dem vermutet wurde, daß es ermordet werden sollte. Vielleicht trägt das zur Trübung des Erinnerungsvermögens bei den Leuten der State Farm bei. Natürlich kann ich das nur vermuten.«

»Ich möchte nicht, daß die Geschworenen etwas vermuten«, sagte Aragon und wechselte das Thema. »Besteht irgendeine Möglichkeit, daß Sie herkommen, um sich den Prozeß anzusehen?«

»Ich wäre gern dort«, sagte Keeney. »Aber Tamayo könnte noch einmal versuchen, mich in den Zeugenstand zu rufen. Ich kann immer noch von der Verteidigung gezwungen werden, als ihr Zeuge auszusagen.«

»Wenn er das tut, ist er verrückt. Während eines Kreuzverhörs kann ich Sie fragen, wie Sie angefangen haben, Verdacht zu schöpfen. Das wird die Büchse der Pandora öffnen. Dann kommen die Brände zur Sprache, der Tod von Cynthia Elaine und die Geschichten von Dick Coates – all das, was man mit allen Mitteln den Geschworenen vorzuenthalten versuchte. Meine einzige Befürchtung wäre, daß mir ein Verstoß gegen die Prozeßordnung angelastet würde.«

»Ich weiß. Ich hoffe beinahe, daß er die Dummheit begeht, es zu versuchen. Es hat trotzdem keinen Sinn, Tamayo die Gelegenheit zu geben, mich nach Belieben zu attackieren.« Keeney schwieg kurz und fragte dann: »Übrigens, wie halten Sie das alles durch?«

»Es wird langsam zuviel. Ich bin groggy. Anna ist groggy.

Ich hoffe nur, daß die Geschworenen weiter aufnahmefähig bleiben. Nun, da die Verteidigung am Zug ist, sollte ich vielleicht hoffen, daß sie einschlafen«, scherzte Aragon.

»Schlafen *Sie* denn?« fragte Keeney.

»Oh, gewiß«, lachte Aragon. »Gute acht Stunden pro Nacht. Sie auch?«

Die nächsten Zeugen der Verteidigung erzählten den Geschworenen ihre Versionen von Deanas Geschichte, angefangen von dem Tag, wo das Mädchen nach San Diego gekommen war. Einige Anekdoten schienen nur peripher mit dem Fall zu tun zu haben, so daß die Geschworenen darüber grinsten. Aber alle zusammen schienen sie, wie von Tamayo versprochen, die absteigende Linie des einsamen Lebens zu zeigen, das das Mädchen geführt hatte.

Lillian Lawrence besaß eine eigene Etagenwohnung, in der Deana eine Bleibe fand, nachdem Jay Wild in See gegangen war. Deana sollte bei Lillian zwei Wochen lang wohnen, aber sie zog schon nach wenigen Tagen wieder aus.

»Ich bat sie darum«, sagte Lillian Lawrence. »Ich habe zwei kleine Kinder, und sie tat Dinge in meinem Haus, die mir nicht gefielen.«

»Hat sie irgend etwas an dem Tag getan, an dem Sie sie aufforderten, wieder auszuziehen?«

»Sie hat unseren besten Freund, Louie Sciano, geküßt ... Am nächsten Morgen kam er zurück und entschuldigte sich bei mir.«

Aragon hatte keine Fragen, doch spürte er, daß das Bild von Deana, wie sie da herumflirtete, sobald der frischgebackene Ehemann fort war, seine Wirkung auf die Geschworenen nicht verfehlte. Und trotzdem gehörten diese Fakten nicht in einen Mordprozeß.

Als nächste war Helen Schoellen an der Reihe, eine tatterige ältere Frau, die in den Royal Appartements im heruntergekommenen Bezirk El Cajon in San Diego eine Tür von Deana entfernt gewohnt hatte. Sie sprach mit unklarer Stimme, fast wie in Trance, was darauf zurückzuführen war, daß sie Arzneimittel wegen einer Schilddrüsenerkrankung nahm.

Schoellen erinnerte sich undeutlich an das eine Mal, wo sie Deanas Zimmer betreten hatte. »Es roch dort sehr nach Marihuana«, sagte sie. »Sie kam mir so vor, als ob sie ganz allein war, ohne einen einzigen Freund in der Welt. Sie redete ständig von ihrem Zuhause und ihrem Mann. Sie wollte, daß er rasch aus Übersee zurückkehrte ... Das letzte Mal, als ich Deana sah, ging sie zu einem Auto, das voller Rowdys war und in dem das Radio laut spielte.«

Aragon hatte keine Fragen.

Deanas selbsternannter Liebster Donnie Dale Moore machte auf die Geschworenen vielleicht einen noch verheerenderen Eindruck als James Coates. Er war lang und dürr, und seine schwarze Kleidung verstärkte noch die Wirkung seiner unsteten schwarzen Augen. Sein fahles, eingefallenes Gesicht hatte alle Lebendigkeit verloren; es glich einer Maske aus altem Leder. Moore war, so dachte Aragon, ein richtiges Schreckgespenst.

»Von wann an wohnte Deana bei Ihnen und Ihrer Familie?« begann Juliana Humphrey die Zeugenvernehmung.

Moore sah auf und antwortete: »Ich erinnere mich an keine Daten und dergleichen, ich schwör's. Damals ging es mir super. Ich nahm, was ich in die Pfoten kriegen konnte. Hauptsächlich Amphetamine.«

Schließlich brachte Juliana Humphrey ihn dazu, sich an einige andere Einzelheiten zu erinnern als nur an die Drogen seiner Wahl. Er war Deana im September 1986 begegnet; sie zogen noch am selben Tag zu seinen Eltern.

»Wußten Sie, ob sie verheiratet oder ledig war?« fragte ihn Juliana.

»Nein. Es war mir egal. Ich habe keinen Ring gesehen.« Moore sprach wie jemand, der nichts mehr zu verlieren hat.

»Kam es so weit, daß Sie mit ihr über eine Heirat sprachen ...«

»Ich glaube, wir redeten eine Zeitlang darüber. Sie sagte mir, daß sie verheiratet *gewesen* sei.«

»Waren Sie besorgt, daß sie vielleicht noch verheiratet sein könnte?«

»Nicht die Bohne. Es ist nicht ungesetzlich, wenn man es tut.« Sein Mund verzog sich zu einem Grinsen. »Außerdem hatte ich damals nicht das Geld, jemanden zu heiraten. Wir lungerten in der Hauptsache in der Nähe des Hauses herum und verkauften Drogen.«

Aragon erhob Einspruch gegen Moores letzte Bemerkung, und Richter Revak ließ sie aus dem Protokoll streichen. Aber es war zu spät, sie aus dem Gedächtnis der Geschworenen zu löschen. Wenn sie glauben wollten, daß Deana Drogen verkauft hatte, so hatten sie jetzt einen Grund dazu, allerdings einen vagen.

Moore erzählte weiter, daß er und Deana zu Hause bei seinen Eltern wohnten, bis er in jenem Herbst ins Gefängnis zurückkehrte. Juliana Humphrey legte als Beweismittel die Briefe vor, die Moore an Deana richtete und in denen er die Hoffnung äußerte, Deana zu heiraten, sobald er seine Strafe abgesessen hatte. Es waren jene Briefe, die Bobbie in Deanas Tasche gefunden und Keeney übergeben hatte.

Zwischen der ganzen Geschichte und Deanas Beziehung zu James Coates bestand eine frappierende Ähnlichkeit. Da waren zwei Junkies und Verbrecher, die zum harten Kern der Rauschgiftszene gehörten. Beide lebten bei ihren Eltern und dealten, um am Leben zu bleiben. Beide nahmen Deana etwa einen Monat lang nach Hause mit, und beide sagten aus, sie hätten mit ihr über eine Heirat gesprochen, obwohl sie wußten, daß sie schon verheiratet war. Plötzlich schien die Verlobung mit James Coates viel plausibler. Und es zerstörte das Image von Deana als dem netten, unschuldigen Kentuckygirl, das bei der Schlafenden Höhle herumgetollt war.

Das erklärte nach Aragons Meinung aber immer noch nicht, weshalb Virginia die Lebensversicherung für Deana bezahlt hatte. Er konnte verstehen, daß die Verteidigung diese Tatsachen zur Sprache brachte, und mußte es zulassen, daß

Deanas Andenken besudelt wurde. Und trotzdem würde er den Mord nachweisen. Wie aber konnte er erwarten, daß die Geschworenen ihm bis zur Verurteilung der Angeklagten vertrauten, wenn er selbst im jetzigen Stadium des Prozesses kapitulierte?

Deanas Porträtierung durch die Verteidigung endete mit der Vernehmung von zwei Zeugen: Frank Garcia und ›Bones‹ Sherman. Beide waren wie Donnie Moore und James Coates Dealer mit einem beachtlichen Strafregister, und ihre Zeugenaussagen – Stories über Deanas zahlreiche Affären und über ihr Handeln mit Drogen – schienen mehr darauf abzuzielen, das ›Mädchen aus der Provinz‹, wie der Staatsanwalt sie hinzustellen versuchte, durch den Dreck von San Diego zu ziehen, als Virginia zu entlasten.

Nach Aragons Meinung wurden diese Zeugen nur zu einem Zweck in den Zeugenstand gerufen, nämlich, um Deanas Ruf zu ruinieren. Aragon hatte zwar versucht, ihr Auftreten zu verhindern. Tamayo und Humphrey argumentierten erbittert: Wenn gezeigt würde, daß Deana von einer intensiven Beziehung in die andere schlitterte, würden die Geschworenen höchstwahrscheinlich eher glauben, daß sie sich als unverheiratete Frau ausgegeben hatte. Damit untergruben sie die Aussagen der Zeugen der Anklage.

Richter Revak gebrauchte daraufhin ein Argument, das die Differenzen nur halb beseitigte:

»Wenn jemand ständig den Partner wechselt, sagt das meines Erachtens nichts darüber aus, ob die betreffende Person verheiratet ist oder nicht. Eine solche Verhaltensweise widerspricht nicht dem Verheiratetsein«, sagte er. »Wir alle kennen Leute, die verheiratet sind und Seitensprünge machen. Manche von ihnen sind sogar sehr glücklich verheiratet. Ich werde nicht zulassen, daß diese Jury eine Schar von Zeugen anhören muß, die hier auftreten und erklären, sie hätten mit Deana geschlafen.«

Drogen seien jedoch etwas anderes. Dazu vertrat Revak

den Standpunkt, daß, wenn Deana Drogen genommen haben sollte, die Wahrscheinlichkeit größer sei, daß sie das Elavil freiwillig geschluckt hatte. Ob Tamayo dafür einen Beweis hatte oder nicht, spielte keine Rolle. Revak war also nicht dazu bereit, eine Befragung in dieser Richtung zu unterbinden.

Bones Sherman und Frank Garcia durften beide über Deanas angeblich reichlichen Drogenkonsum aussagen. Wie sich jedoch herausstellte, konnte keiner der Zeugen viel berichten. Sie hatten gesehen, wie Deana Marihuana rauchte, und sie hatten sie darüber reden hören, daß sie sich mit ›Meth‹ aufgeputscht hätte, aber keiner von ihnen hatte gesehen, daß sie tatsächlich eine Tablette dieser oder jener Art genommen hatte.

Trotzdem blieb eines im Bewußtsein haften: Kriminelle und Rauschgiftsüchtige schienen Deanas bevorzugtes Milieu zu sein.

Aragon beobachtete, ob sich Virginias Gesichtsausdruck veränderte, als die Zeugenvernehmung sich dem Ende näherte. Er suchte besonders nach Anzeichen dafür, ob sie selbst in den Zeugenstand treten würde.

Er hielt es für unmöglich, daß jemand, der angeklagt war, ein junges Mädchen von einer Klippe gestoßen zu haben, *nicht* aussagen würde. Wie konnte eine Person zwei Monate lang dasitzen, einem Zeugen nach dem anderen zuhören und dann den Pflichtverteidiger bitten, zu den Geschworenen zu sagen: ›Es war ein Unfall‹? Das, was sie mit ihrer eigenen Stimme geäußert hatte und was mitgeschnitten worden war, bildete das Rückgrat der Anklage. Sie *mußte* aussagen.

Im Laufe der letzten zwei Jahre hatte Aragon mehr als achthundert Fragen gesammelt; er hatte die Absicht, dafür zu sorgen, daß Virginia tagelang nicht aus dem Zeugenstand kam.

Die Angeklagten pflegten jedoch fast immer erst am Schluß auszusagen, und Tamayo mußte vorher noch seine Batterie von Experten einsetzen.

Bei der vorletzten Runde der Verteidigung ging es um das

Elavil in Deanas Blut. Tamayo attackierte den Tatbestand mit erstaunlicher Energie – erstaunlich deswegen, weil Virginia und B. J. zugegeben hatten, daß sie das Arzneimittel zu Hause aufbewahrten. Aragon fragte sich mittlerweile, ob Tamayo nicht Amok lief und Aussagen, die die Zeugen der Anklage gemacht hatten, einfach nur deswegen angriff, weil das möglich war.

Susan Giorgi vom Institut für Forensische Wissenschaften hatte bezeugt, daß sie Deanas Urin im August 1987 auf Ersuchen des Coroners in Monterey untersuchte. Tamayo hatte den Bericht auf Posterformat vergrößern und vor den Geschworenen eine Tafel aufstellen lassen. Mitten auf der Seite, die dort befestigt war, stand deutlich lesbar in Schreibmaschinenschrift: 0,000 mg/ml (Milligramm pro Milliliter) Amitriptylin und 0,00 mg Nortriptylin.

Aragon und Long kannten den Bericht. Giorgis Test war vor Jahren auf Keeneys dringende Bitte gemacht worden, um das Elavil in Deanas Körper zu bestimmen. Beim Kreuzverhör stellte sich jedoch heraus, daß das Arzneimittel in einer viel geringeren Menge in Deanas Blut enthalten war, als mit der Apparatur des Instituts für Forensische Wissenschaften nachgewiesen werden konnte.

Aragon hatte aber den Geschworenen bereits die Ergebnisse eines anderen Test vorgelegt, bei dem Deanas Blut 1981 mit einem hochempfindlichen Gerät untersucht worden war. Beim Test wurden 0,002 mg/ml Amitriptylin und Spuren von Nortriptylin festgestellt.

Trotzdem unternahm Tamayo weitere Bemühungen. Dr. James Meeker, der den akademischen Grad eines Ph. D. auf dem Gebiet der forensischen Toxikologie besaß, testete im April 1991 eine Probe von Deanas Blut. Meeker verwendete dazu einen komplizierten, ›sich selbst kontrollierenden‹ Gaschromatographen mit zwei Adsorptionssäulen und erklärte, daß er ebenfalls nicht in der Lage war, irgendeinen der Bestandteile von Elavil in Deanas Blut festzustellen.

Beim Kreuzverhör versuchte Anna Long, Meeker in die Enge zu treiben, weil er eine vier Jahre alte Blutprobe getestet hatte. Meeker blieb jedoch standhaft. Er weigerte sich, zuzugeben, daß sich das Arzneimittel zersetzt haben könnte, wodurch es nicht nachweisbar sei.

Die Elavilfrage schien an einem toten Punkt angelangt zu sein, bis Tamayo denselben Apotheker in den Zeugenstand rief, der bei der Vernehmung durch Aragon ausgesagt hatte, daß er Billie Joe McGinnis im Februar 1987 erneut das verordnete Elavil verkauft hatte.

Aragon hatte das Gefühl, bei Tamayos Präsentation der Fakten den Faden zu verlieren. Der Mann unterhöhlte eindeutig die Theorie, daß Billie Joe seinen Elavilvorrat als Teil des geplanten Mordes an Deana ergänzt hatte. Aber weshalb wollte Tamayo, nachdem er soviel Energie darauf verwandt hatte, die Glaubwürdigkeit der Labordaten der Anklagevertretung anzuzweifeln, *erneut bestätigen* lassen, daß im Haus der McGinnis' immer ein Vorrat an Elavil vorhanden war?

Aragon blieb nicht viel Zeit, über diese Frage nachzudenken. Tamayo begann, sein Quartett der teuren Experten auftreten zu lassen.

Dr. Gail Waldron, eine angesehene Psychiaterin, trat als erste in den Zeugenstand. Sie bot den Geschworenen an, eine ›psychiatrische Autopsie‹ an Deana vorzunehmen. Aragon wandte ein, daß Frau Dr. Waldron nie mit Deanas Verwandten oder Bekannten, geschweige denn mit Deana selbst, gesprochen hatte. Aber Richter Revak war anderer Meinung. Frau Dr. Waldron, so entschied er, könne aufgrund des umfangreichen Materials, das der Verteidigung inzwischen vorliege, bis zu einem gewissen Grad durchaus eine Diagnose stellen.

»Ich würde sie als junge Frau bezeichnen, die in Schwierigkeiten geriet und froh war, einen Ausflug zu unternehmen«, sagte Frau Dr. Waldron. »Sie war jemand, bei dem wir keine bewußte Selbstmordabsicht feststellen können, doch jemand mit sorglosem, leichtsinnigem, sich selbst schadendem und gefährdendem Verhalten. Ich weiß, daß sie wie berauscht lächelte und daß das Gericht hierüber viel zu hören bekommen hat. Aber ich denke, es ist fair, zu sagen, daß das nicht unbesehen geglaubt werden darf. In ihrem Fall war es ein kompensatorischer Versuch, um Kümmernisse, depressive Gefühle abzuwehren.«

Tamayo hatte geglaubt, endlich einen Weg gefunden zu haben, um die Sprache auf Selbstmord bringen zu können – bis Dr. Waldron diese Idee gründlich widerlegte.

»Ich habe keinen endgültigen Beweis dafür gefunden, daß sie die Absicht hatte, Selbstmord zu begehen«, bemerkte sie. »Ich habe auch kein Hintergrundmaterial gefunden, das auf eine Koordinationsstörung, auf Ungeschicklichkeit hindeutete. Es gibt auch keinen brauchbaren Beweis dafür, daß sie zum Zeitpunkt ihres Todes nicht verordnete Arzneimittel eingenommen oder sich in einem Rauschzustand befunden hat … Methamphetamine und Marihuana sowie Kokain verweilen im Blut und wären bei einer quantitativen Analyse nach dem Tod festgestellt worden. Das war nicht der Fall.«

Aragon freute sich im stillen, sein Gesicht aber blieb undurchdringlich. Tamayo hätte Deana vielleicht als ein Mädchen hingestellt, das insgeheim depressiv war, einen starken Sexualtrieb hatte und Drogen nahm, aber Dr. Waldron hatte die Geschworenen gerade darüber informiert, daß sich Deana nicht selbst umbrachte, nicht ungeschickt und, als sie abstürzte, nicht high oder betrunken war. Er und Anna lächelten sich heimlich zu, bevor Aragon aufstand, um zu erklären, daß er keine Fragen an Frau Dr. Waldron hatte.

Dr. Elizabeth Loftus war jung, dynamisch und eine außerordentlich erfahrene Zeugin. Ihre Hornbrille und die widerspenstige, professorale Frisur ließen sie noch engagierter erscheinen, als sie schon war. Aragon hatte das Gefühl, als würden die Geschworenen die Lehren dieser im ganzen Land anerkannten Expertin für Fragen des menschlichen Gedächtnisses begierig in sich aufsaugen. In einer kurzen Notiz hatte Keeney Aragon darauf hingewiesen, daß es das beste wäre, kein Kreuzverhör anzustellen. Loftus war, was Auftritte vor Gericht betraf, außerordentlich erfahren.

»Ich denke, es ist eine Sache des gesunden Menschenverstandes«, führte sie aus, »daß das Gedächtnis um so ungenauer ist, je länger der Intervall zwischen dem Ereignis und der Erinnerung daran ist. Wir alle wissen das aus unserer persönlichen Erfahrung. Wir können sogar eine ›Kurve des Vergessens‹ zeichnen, in der wir darstellen, wie gut ein Gedächtnis als Funktion der Länge der vergangenen Zeit ist. Nicht selbstverständlich ist jedoch, daß das Gedächtnis nachläßt, je mehr Zeit verstreicht, und daß das Gedächtnis für die Information nach dem Ereignis anfällig ist. Sie werden mich fragen, was eine ›Information nach dem Ereignis‹ ist.« Sie lächelte Tamayo affektiert zu.

»Ich wollte das gerade fragen«, sagte dieser auf das Stichwort hin.

Loftus fuhr fort: »Die Information nach dem Ereignis bezieht sich – wie der Name besagt – auf die neue Information, die ein Zeuge erhält, nachdem dieses Ereignis vorbei ist. Die neue Information könnte er dadurch erhalten, daß er hört, was ein anderer Zeuge sagt, oder indem er einen Bericht in den Medien sieht, bzw. liest, oder indem ihm suggestive oder zielgerichtete Fragen gestellt werden. Sie vermag das Erinnerungsvermögen eines Zeugen zu verändern, zu kontaminieren oder zu verzerren, und der kontaminierende oder verzerrende Prozeß ist um so stärker, je mehr Zeit vergangen ist.

Wir haben Versuche angestellt, die zeigen, daß wir Menschen zu der Aussage veranlassen können, sie hätten Scheunen gesehen, die in Wahrheit nicht existierten, oder Tonbandgeräte, die gar nicht vorhanden waren; oder daß Menschen in einer Auseinandersetzung gewalttätiger oder aggressiver waren, als sie tatsächlich sind: Sie sagten das aus, weil wir sie einer ›Information nach dem Ereignis‹ aussetzen.«

Loftus sprach in ihrem akademischen Ton noch fünfundvierzig Minuten lang weiter. Das Ziel ihres Theoretisierens war Aragon klar. Fünf Jahre waren seit Deanas Tod vergangen. Mehrere Zeugen hatten sich schnell herbeigelassen, Virginia bestimmte Worte in den Mund zu legen, aber viele dieser entlarvenden Äußerungen waren nicht mitgeschnitten oder aufgeschrieben worden. Mac und Art McCain, Martha Grant, Deborah Cross und Bryan Lyke hatten sie nur aus dem Gedächtnis zitiert, und jeder Zeuge war unzählige Male befragt worden. Tamayo hatte vielen Zeugen die Aussage entlockt, ›immer wieder‹ über den Fall gesprochen oder in den Zeitungen darüber gelesen zu haben. Die Möglichkeit der ›Information nach dem Ereignis‹, die die Zeugenaussagen beeinflußt hatte, war zu Aragons Leidwesen nicht von der Hand zu weisen.

Nachdem die Geschworenen am Ende des Verhandlungstages gegangen waren, fragte Revak Tamayo, wann er vorhabe, seine Runde abzuschließen. »Ich denke, nach einer weiteren Woche«, erwiderte er. »Wir haben noch Tim Simpson und Mr. McGrath, und dann sind wir fertig.«

»Was ist mit Ihrer Mandantin? Wird sie aussagen?« fragte Revak vorsichtig. Aragon spitzte die Ohren.

»Wir sind noch dabei, es zu diskutieren, Herr Richter.«

»In Ordnung«, sagte Revak. »Sie brauchen es mir jetzt nicht zu sagen.«

Als Aragon in sein Büro zurückgekehrt war, wußte er immer noch nicht, ob Virginia in den Zeugenstand treten würde, aber er stellte fest, daß sich bei der Verteidigung inzwischen etwas getan hatte. Die Kopie eines Faxes, das diesen Vormittag vom Büro des Pflichtverteidigers in San Diego nach Louisville geschickt worden war, lag auf seinem Tisch: Steve Keeney war offiziell von Tamayos Zeugenliste gestrichen.

Das bedeutete, daß nur noch zwei weitere Experten und Virginia übriggeblieben waren. Die ›Keeney-Verteidigung‹ fiel weg, desgleichen die Verteidigung der These ›B. J. hat es getan‹. Frau Dr. Waldron hatte die Selbstmordversion erledigt. Aragon vermutete, daß Tamayo nun auf den Unfall gesetzt hatte.

Zugleich aber erkannte er, daß Tamayo gar keine positive

Theorie mehr brauchte. Mac McCains Glaubwürdigkeit war stark erschüttert. Deanas Verlobung mit James Coates konnte für ganz plausibel gehalten werden, selbst wenn die Geschworenen nur die Hälfte von Donnie Moores Aussage glaubten. Da waren der Pflock am Rand der Klippe und das Haus mit dem Spitzdach, von wo aus der Tatort eingesehen werden konnte. Dr. Hoops hatte den Zustand von Deanas Fingernägeln nicht für ungewöhnlich gehalten. Dave Dungan hatte seinen Bericht nicht durch die Angabe ergänzt, daß die McGinnis' gesagt hatten, sie wüßten nichts von einer Versicherung, die auf Deanas Namen lauten würde.

Am nächsten Tag trat Tim Simpson – ein Geophysiker und Umweltingenieur – in den Zeugenstand, um den Reigen des inszenierten Angriffs allein schon auf die *Möglichkeit* eines Mordes zu eröffnen, bei dem dem Opfer ein Stoß versetzt worden war. Simpson, ein piekfein gekleideter junger Mann, ergötzte sich an der Beschreibung der teuren Geräte, die er eingesetzt hatte.

Mittels der Aerophotogrammetrie, des computergestützten Konstruierens und eines Stereokartiegeräts hatte Simpson eine überaus genaue Karte vom Aussichtspunkt Robbenstrand erstellt, die zahlreiche Aus- und Einbuchtungen des Terrains wiedergab, welche viel zu klein waren, um auf der Karte der Staatsanwaltschaft zu erscheinen. Er war auch mit einer Gruppe von Kletterern zur Klippe gefahren, um an verschiedenen Stellen Tests zur Bestimmung des ›Reibungskoeffizienten‹ durchzuführen. Außerdem hatte er ein Taschenpenetrometer verwendet und die unterschiedlichen Bodenbedingungen an der Absturzstelle gemessen.

Simpson stellte fest, daß man gleich unterhalb des höchsten Punkts der Ausweichstelle sehr leicht den Halt verlieren konnte; dort fiel der Hang steil ab, und der Boden hatte mit seiner krümeligen Beschaffenheit einen außerordentlich niedrigen Reibungskoeffizienten. Für Deana wäre es töricht gewesen, in ihren hochhackigen Schuhen dort auch nur wenige

Schritte zu gehen. Sobald sie stolperte, wäre ihr Körper immer weiter hinuntergerutscht.

Alles, was gesagt wurde, schien zunächst recht abwegig zu sein, bis Tamayo in einer Art und Weise Fragen zu stellen begann, daß es Aragon fröstelte.

»Ich habe Sie gebeten, unter anderem zu berechnen, wieviel Kraft erforderlich wäre, um ein bestimmtes Gewicht viereinhalb Meter an einer Klippe hinunterzustoßen. Dabei sollte angenommen werden, daß es sich um einen Körper mit einem Gewicht von achtundfünfzig Kilo und einer Körpergröße von 1,76 bis 1,82 Meter handelt. Konnten Sie, ausgehend von diesen Fakten, berechnen, wieviel Kraft aufgewendet werden müßte, um den Körper so weit zu stoßen?«

Der Experte mit dem dreisten Gesicht holte einen Schnellhefter hervor und las seine Notizen vor: »Wir müssen mit bestimmten Näherungswerten rechnen. So ist z. B. die Dauer des Stoßes ein Faktor. Wenn wir annehmen, wie lange der Stoß dauert und wo sich der Mittelpunkt der Masse der Person befindet, komme ich auf einen Wert von einundvierzig Komma fünf Kilopond pro Meter.«

Selbst wenn B. J. und Virginia gemeinsam dem Opfer einen Stoß versetzt hätten, wäre das ganz offensichtlich über ihre Kraft gegangen. Wenn Simpson recht hatte, wäre seine Berechnung der objektive Beweis dafür, daß Deana nicht hinabgestoßen wurde und viereinhalb Meter unterhalb des Klippenrandes landete – dort, wo Deputy John Burke die ersten Spuren an Boden und Gestrüpp gesehen hatte. Es wäre rein physikalisch nicht möglich. Dagegen machte es Sinn, anzunehmen, daß es sich um einen Unfall gehandelt hatte.

Aragon wußte, daß er Simpson einfach auf gut Glück etwas entgegnen mußte. Seine Zeugenaussage unwidersprochen hinzunehmen, würde bedeuten, auf der Stelle die Niederlage zuzugeben.

»Sie sagten, daß es oben auf der Klippe Stellen gibt, wo der Reibungskoeffizient gleich Null ist. Stimmt das?«

»Ja, es gibt mehrere solche Stellen direkt unterhalb des Klippenrandes.«

»Würden Sie, ausgehend von Ihrer Analyse des Terrains und der Bodenbeschaffenheit, erwarten, eine Bodenabschürfung an der Stelle des Aufpralls zu finden, wenn der Reibungskoeffizient dort gleich Null ist?«

»Es könnte eine Einbuchtung zurückbleiben, aber sie würde sich sehr rasch mit Bodenkrümeln füllen«, erklärte Simpson. »Sie fallen natürlich in ihren ›Schüttwinkel‹ zurück. Etwa so, wie wenn man in den lockeren Sand am Strand ein Loch gräbt. Es bliebe eine gewisse Einbuchtung zurück, sie wäre aber nicht sehr groß.«

Damit war praktisch *ein* Dogma von Simpsons Berechnung des ›tödlichen Stoßes‹ aus der Welt. Deanas Körper konnte viereinhalb Meter unterhalb des Klippenrandes aufgekommen sein und nur eine unbedeutende Spur hinterlassen haben. Aragon fragte weiter und fühlte sich wesentlich erleichtert.

»Mr. Simpson, welche Zeitdauer haben Sie für den Stoß angenommen?«

»Null Komma fünfzehn Sekunden«, antwortete er.

»Null Komma fünfzehn Sekunden?« fragte Aragon sichtlich überrascht. *»Ein Sechstel einer Sekunde?«*

»Ja.«

Aragon kam das eher vor wie die Geschwindigkeit eines Druckluftbohrers als die der Bewegung eines menschlichen Arms.

»Was wäre, wenn der Stoß eine Sekunde gedauert hätte? Können Sie uns sagen, ob die aufzuwendende Kraft größer oder geringer wäre, wenn die Zeitdauer des Stoßes mehr als eine Sekunde betrug?«

»Wahrscheinlich ja, aber ich würde die Sache lieber durchrechnen.«

Nach einigen peripheren Fragen unterbrach Richter Revak die Verhandlung. Simpson blieb im Zeugenstand und rechnete.

Als die Verhandlung fortgesetzt wurde, kehrte Aragon zu der Frage zurück, die offengeblieben war. »Ich habe Sie vorhin gefragt, welche Kraft erforderlich wäre, damit der Körper den viereinhalb Meter unterhalb des Klippenrandes gelegenen Punkt erreicht, wenn der Stoß eine Sekunde gedauert hat. Hatten Sie die Gelegenheit, das zu berechnen?«

»Ja.« Simpson las das Ergebnis von seinem Blatt ab: »Wenn ich die Gleichung benutze, die ich bei meinen früheren Berechnungen verwendet habe, und wenn die Zeitdauer eine Sekunde ist, komme ich auf einundzwanzig Komma drei Kilopond, die erforderlich wären.«

»Einundzwanzig Komma drei Kilo?« wiederholte Aragon.

»Intuitiv würde ich das nicht vermuten«, antwortete Simpson, wobei sich sein junges Gesicht in Falten legte. »Ich würde ein Ergebnis von einundzwanzig Komma drei Kilo anzweifeln.«

»Aber das ist doch ein Wert, zu dem sie bei der Verwendung Ihrer Formel gelangt sind?« fragte Aragon weiter, um die Sache auf den Punkt zu bringen.

»Ja.«

»Manchmal sagen uns Berechnungen also praktisch nicht viel.«

»Das ist richtig«, antwortete Simpson schwach.

Dr. James J. McGrath, ein Mann über sechzig mit zerfurchtem Gesicht und einem Schnauzbart, war Tamayos letzter Experte. Er sprach auf pedantische Weise und mit einem gefährlichen Zwinkern, als er sich selbst als einen ›Ingenieur der menschlichen Faktoren‹ bezeichnete und behauptete, sein Fachgebiet sei eine Wissenschaft, die aus jener Zeit datiere, wo die Industriepsychologie entstand.

Seine Referenzen waren ebenfalls beeindruckend: Summa cum laude von der Universität von Südkalifornien, mit einem Ph. D. auf dem Gebiet der Psychologie; ›ranghöherer‹ Wissenschaftler beim Personnel Research Centre der Navy; Vortragender bei der Amerikanischen Psychologischen Gesellschaft, bei der Königlichen Geographischen Gesellschaft in London, beim Institut für die Untersuchung des menschlichen Wahrnehmungsvermögens in den Niederlanden, beim

Luftwaffeninstitut in München, beim Wissenschaftlichen Beratungsausschuß der NATO in Paris und der Nationalen Akademie der Wissenschaften in Washington, D. C.; Inhaber des Zivilen Ordens der Navy, neben einem Dutzend weiterer Auszeichnungen und Mitgliedschaften. Nach Meinung der Anwälte, die sich mit zivilrechtlichen Delikten befaßten, gehörte McGrath jedoch zu einer berüchtigten Klasse: zur Gruppe jener professionellen Zeugen, die als Experten für ›Ausrutschen und Hinfallen‹ bekannt waren.

Aragon hörte bei den einleitenden Worten zu McGraths Zeugenaussage aufmerksam zu und fragte sich, was der Mann bei einem Mordfall überhaupt zu suchen hatte. Deana war nicht auf frisch gebohnertem Boden in einem Supermarkt ausgerutscht. Hier ging es um ›Unfall oder Mord‹. Und soweit er von der Verteidigung erfahren konnte, hatte Dr. McGrath nicht einmal so etwas wie einen Bericht vorgelegt.

Erneut erhob Aragon Einspruch, und die Anwälte beratschlagten flüsternd miteinander.

In ruhigem Ton argumentierte Aragon, daß er immer noch nicht die leiseste Idee habe, was McGrath zu sagen beabsichtige, da die Verteidigung der Staatsanwaltschaft weder irgendwelche Berichte noch die unaufbereiteten Daten, auf denen McGraths Gutachten basierten, zur Verfügung gestellt habe, wie das der ›Prop 115‹ – das Gesetz über die gegenseitige Offenlegung – erfordere.

Richter Revak entschied, daß Aragon die Gelegenheit erhalten sollte, den Zeugen protokollarisch zu befragen, allerdings in Abwesenheit der Geschworenen (ein unter der Bezeichnung ›402-Hearing‹ bekanntes Verfahren). Er entließ die Geschworenen, und McGrath blieb im Zeugenstand.

Aragon begann, McGrath zu fragen, was für Gutachten er vorzutragen gedenke. Es stellte sich heraus, daß es sich dabei um folgendes handelte: eine Liste der möglichen Arten, am Rand der Klippe abzustürzen, eine Darstellung dessen, wie der Reibungskoeffizient die Standfestigkeit und die Wahrscheinlichkeit eines zufälligen Absturzes beeinflußt, sowie eine Untersuchung über das Problem, ob in der Nähe der Klippe ein Schrei gehört werden konnte.

»Ich sagte zu meiner Tochter, sie solle sich so hinstellen, daß sie die Leute beobachten könne, die dort oben anhielten«, erklärte McGrath. »Sie sollte Schnappschüsse und Videoaufnahmen davon machen, was die Leute taten.«

McGrath hatte auch ›Reibungskoeffizienten‹-Tests unternommen, indem er einen fünfzehn Pfund schweren, mit Schrotkugeln gefüllten Beutel an verschiedenen Stellen über den Boden zog.

»Haben Sie der Verteidigung irgendwelche Aufzeichnungen gegeben?« fragte Aragon.

»Ja, ich habe ihr Aufzeichnungen gegeben.«

»Laufend?«

»Ich glaube, ja, während unserer Zusammenkünfte.«

Tamayo rutschte unbehaglich auf seinem Sessel herum, da das klar gegen Richter Revaks Anweisung verstieß, die Unterlagen gegenseitig auszutauschen.

Aragon verfolgte die neue Spur: »Und wurden Sie in Vorbereitung der heutigen Zeugenvernehmung von der Verteidigung befragt?«

»Ja. Wir hatten mehrere Zusammenkünfte. Bei einem Treffen im vergangenen Jahr waren meines Erachtens Ermittler anwesend. Ich bin mir nicht sicher, wer alles teilgenommen hat. Bei den weiteren Zusammenkünften war Mr. Simpson anwesend.«

»Könnte ich die Aufzeichnungen sehen?« fragte Aragon.

Tamayo stand auf und erhob Einspruch: »Die ganze Linie der Befragung widerspricht dem Sinn des 402.«

Aragon entgegnete zornig: »Es stellt sich jetzt heraus, daß die Verteidigung gegen die Offenlegungsorder verstößt, die von diesem Gericht sehr klar formuliert wurde. Ich kann dem Gericht versichern, daß die Vertretung der Anklage, außer einem von diesem Zeugen verfaßten Resümee, nichts erhalten hat.«

Richter Revak warf einen eisigen Blick auf Tamayo und Humphrey.

Die beiden Verteidiger argumentierten abwechselnd, McGraths Aufzeichnungen seien nie für ›Gutachten‹ ausgewertet worden und fielen daher nicht unter die Kategorie der offenzulegenden Dokumente. Die Fotos und Videoaufnahmen seien dagegen von McGraths Tochter gemacht worden, einer Zeugin, die sie nie in den Zeugenstand zu rufen beabsichtigten.

Revaks Zorn war nicht besänftigt.

»Hier ist das Problem«, sagte er. »Dr. McGrath ist ein Experte, der als Zeuge aussagt. Er ist nicht nur Zeuge, sondern jemand, der auf einem sehr, sehr theoretischen Gebiet in mancher Hinsicht nur von Eingeweihten verstanden wird. Ich glaube, Mr. Aragon hatte keine Ahnung davon, daß Dr. McGrath über seine Tochter sprechen würde, die Fotos vom Ort des Geschehens gemacht hat, oder über die zahlreichen Leute, so daß Mr. Aragon keine Möglichkeit hatte, die Nichtzulassung dieser Beweise zu beantragen oder sich auf das Kreuzverhör vorzubereiten.

Nun wird erwartet, daß der Staatsanwalt einen Experten einem Kreuzverhör unterzieht, von dem ihm absolut nichts vorliegt. Mir scheint, hier wird ein übles Spiel getrieben. Niemand schreibt ein Gutachten, daher existiert nichts, was der Anklagevertretung übergeben werden muß.

Über die Zeugen, die der Staatsanwalt in den Zeugenstand treten ließ, erhielten Sie Tausende und Abertausende von Seiten, und diese lagen Ihnen monate- oder jahrelang vor. Sie wußten, daß Sie Dr. McGrath in den Zeugenstand rufen würden. Sie wußten es genau! Sie haben einfach gegen meine Order verstoßen. Ich kann das nicht tolerieren.«

Revak war wirklich empört, und der laut wetternde einstige Staatsanwalt kam bei ihm wieder zum Vorschein. Tamayo und Humphrey warteten, wo das Schwert herabsausen würde.

Abschließend bemerkte Revak: »Ich lasse ihn als Zeugen auftreten, aber billige dem Staatsanwalt zu, sich die Zeit zu nehmen, die er braucht, um sich am Wochenende vorzubereiten.«

Nachdem Revak geendet hatte, drehte sich Juliana Humphrey zu einigen Kollegen Pflichtverteidigern auf der Galerie um und schnitt eine Grimasse. Sie benahm sich so, als mache sie sich aus diesem Tadel nicht viel. Ein paar Hiebe im Gericht einstecken zu müssen, bedeutete, sich als Anwalt seine Tressen zu verdienen. Und Gesetze waren offenbar dazu da, um gebrochen zu werden.

Aragon dagegen verließ den Saal Nummer 22 mit dem Gefühl, aus dem Hinterhalt überfallen worden zu sein. Er hatte vom ersten Tag der Vorverhandlungen an die Regeln beachtet. Er hatte gesehen, wie alle seine Hauptzeugen genügend lange vor dem Prozeß von Tamayo befragt und einem Kreuzverhör unterzogen worden waren. Hier war nun ein Anwalt, der mit dem Prozeß selbst Schindluder trieb, und es gab nichts, was Aragon oder Revak dagegen tun konnten. Deanas Sexualleben und ihre angebliche Süchtigkeit, die Experten für das ›Ausrutschen und Hinfallen‹, selbst die psychiatrische Untersuchung einer Toten – all das war Bestandteil des Prozesses geworden. Und das einzige, was er den Geschworenen zu bieten hatte, waren reine Indizien.

Am nächsten Tag referierte Dr. McGrath vor den Geschworenen anhand eines Posters, das folgende Überschrift trug: ›Die sieben Möglichkeiten, abzustürzen: ausrutschen, stolpern, danebentreten, Absatzfallen, hinunterklettern, springen, stoßen.« Für Deana bestand aufgrund ihrer hohen Absätze seiner Meinung nach wirklich die große Gefahr, im lockeren Boden in eine ›Absatzfalle‹ zu geraten – besonders wenn man den niedrigen Reibungskoeffizienten in der Nähe des Randes berücksichtigte, wo Deana auf dem Foto Nummer 11 gestanden hatte. Er verglich die ›Rutschigkeit‹ des lockeren Bodens mit der Glitschigkeit von ›nassen Fliesen‹.

Tamayo ließ ihn dann über Deanas lautlosen Absturz sprechen. McGrath begann damit, daß er kurz seine entsprechenden Fachkenntnisse umriß.

»Ich habe psychologische Experimente zur Untersuchung

der Fähigkeit des Menschen angestellt, Unterschiede zwischen den Geräuschen zu erkennen. Ich habe Studien auf dem Gebiet der Wahrnehmung mit dem Gehör unternommen, wobei ich vor allem an der Messung der Wachsamkeit des Menschen interessiert war. Ich habe auch mit Unterwasserortungsgeräten geforscht, wobei die Fähigkeit des Menschen untersucht wurde, Geräusche zu analysieren.«

McGrath folgerte: Wenn man die an den Klippen vorhandenen Bedingungen berücksichtige – den Wind, den Ozean und das Bellen der Robben –, dann könne eine Person, die oben stünde, das Geräusch eines in den Abgrund stürzenden Körpers nicht hören. »Es ist fraglich, ob es überhaupt feststellbar wäre«, meinte er.

Tamayo fragte ausgehend von McGraths Studien, ob eine Person schreien würde, wenn sie zufällig von der Klippe stürze. McGrath antwortete, er habe für die Hochschule der US-Marine Untersuchungen über das Verhalten des Menschen unter Streßbedingungen angestellt, und sie hätten etwas mit dieser Frage zu tun.

»Es läßt sich schwer voraussagen, ob jemand aufschreit oder nicht. Wann immer wir in den Spielfilmen jemand von einem Dach oder einer Klippe oder sonstwie von hoch oben stürzen sehen, schreien die Betreffenden während des ganzen Sturzes. Und daher haben wir die stereotype Vorstellung, daß Menschen schreien, wenn sie abstürzen. Nach meinen Erfahrungen tun sie das fast nie. Dafür gibt es mehrere Gründe. Erstens, die Zeitdauer ist sehr kurz. Eine Person muß sich erst in der Phase des Luftholens befinden, was den Atmungszyklus betrifft, wenn sie zu schreien beginnt – sagen wir, für die Dauer einer Sekunde. Zweitens, die Reaktionszeit ist nicht so kurz. Und drittens spielt die Reaktionsblockade eine Rolle, die eintritt, wenn eine Person hochgradig erregt ist. Ich glaube nicht, daß viele Menschen trainiert wurden, von Klippen zu stürzen, daher würde ich von einer hohen Wahrscheinlichkeit der Reaktionsblockade ausgehen …«

Es war ein Dschungel unwahrscheinlicher Erklärungen und grober Verallgemeinerungen. Und trotzdem gehörte

McGrath nicht zu der Sorte von Menschen, die der Zweideutigkeit überführt werden konnten. Daher beschloß Aragon, sich beim Kreuzverhör vor allem auf McGrath selbst zu konzentrieren.

McGrath erzielte mehr als sechzig Prozent seines Einkommens damit, daß er als Gutachter bei Prozessen auftrat. Dabei verdiente er hundertachtzig Dollar die Stunde. Die Gesamtkosten der Arbeit, die er in diesem Fall für die Verteidigung leistete, beliefen sich auf über neuntausend Dollar. Der Mann war ein regelrechter Bandit.

Auf McGraths umfangreichen Lebenslauf eingehend, fragte Aragon: »Haben Sie eine Übersicht der Artikel vorgelegt, die Sie geschrieben haben?«

»Mein Lebenslauf enthält eine kurze Auswahlliste ...«

»Einige der Titel lauten: ›Konstruktion der Marschflugkörper‹, ›Körpertemperatur und temporäre Schärfe der Sinne‹, ›Operationen bei kaltem Wetter‹, ›Methodologie der Behandlung der Leseschwäche‹, ›Die Wartung elektronischer Geräte‹, ›Trainings- und Leistungshilfen‹, ›Die Erwartungshaltung von Autofahrern und die Leistungsfähigkeit mobiler Radargeräte‹, Zusammenhänge zwischen Alter, Intelligenz und subjektivem Zeitempfinden‹. Ist diese Aufzählung korrekt?«

»Ja.«

»Kann ich annehmen, daß jemand, falls er nicht ein Experte ist, zumindest sehr gut über diese Themen informiert sein müßte, bevor er solche Artikel schreibt?«

»Das stimmt.«

»Würden Sie sich selbst als ein Experte auf den Gebieten ansehen, die ich Ihnen gerade vorgelesen habe?«

»Sicherlich ja, in dem Sinne, daß ich über den Gegenstand mehr weiß als der Mann auf der Straße.«

Aragon beendete das Kreuzverhör und ließ die Bemerkung für sich sprechen: Dr. McGrath betrachtete sich selbst als einen Experten, der praktisch über alles Bescheid wußte. Was den Fachjargon dieses Mannes betraf, so nahm Aragon an, die Geschworenen glaubten entweder, daß Deana schrie, als sie abstürzte, oder sie glaubten es nicht. Der Atmungszyklus wäre nicht die entscheidende Frage.

Tamayo und Humphrey berieten sich flüsternd, nachdem McGrath den Gerichtssaal verlassen hatte. Nun war es so weit, daß Virginia ihre Aussagen machen mußte. Aragons Stapel von achthundert Fragen befand sich in seinem Aktenkoffer unter dem Tisch; die Fragen beruhten auf einem zweijährigen Plan.

Tamayo erhob sich und blickte auf Virginia.

»Euer Ehren, die Verteidigung schließt den Beweisvortrag ab.«

Die dunkle, dunkle Seele

Als Aragon am Wochenende sein zusammenfassendes Plädoyer vorbereitete, war er sich unschlüssig, wie er die Geschworenen beurteilen sollte.

Viele der alten Hasen in der Staatsanwaltschaft rühmten sich, eine Jury einschätzen zu können. Aber Aragon hatte in den letzten acht Jahren in seinen Strafprozessen allzu oft erlebt, wie Geschworene bei jedem Argument, das er vorbrachte, lächelten und mit dem Kopf nickten und dann das Urteil ›nicht schuldig‹ fällten. Andere Geschworene, die mit verschränkten Armen dagesessen hatten, stimmten binnen einer halben Stunde für ›schuldig‹. Das einzige, was man nach Aragons Meinung mit Sicherheit wußte, war, daß man nie wissen konnte, was kommen würde.

Der Prozeß hatte eine seltsame Wendung genommen. Im ganzen Wirbel der Aussagen von fünfundsiebzig Zeugen und Gerichtsexperten und bei der verwirrenden Vielfalt der Beweismittel war Virginia McGinnis aus dem Blickfeld geraten. Statt dessen hatten die Anwälte sich auf einen Streit über Deanas Seele eingelassen. War sie ein nettes Mädchen aus Kentucky, dem es an Verstand mangelte, das aber gegen jedermann freundlich war? Wenn das stimmte, wie konnte es dann geschehen, daß sie auf Typen wie Donnie Dale Moore, Bones Sherman und James Coates hereinfiel? Aber bedeutete ihre angebliche Promiskuität und Drogensucht, daß sie wirklich jenen selbstzerstörerischen Drang in sich verspürte, den Dr. Waldron in ihrer ›psychiatrischen Autopsie‹ entdeckt zu haben glaubte? Und konnte all das beweisen, daß sie ein wenig Elavil aus B. J.s Arzneischränkchen entwendete und unglücklicherweise von der Klippe stürzte?

Aragon überdachte die Argumente, von denen eines auf dem anderen aufbaute, in einer absurd ineinander verschachtelten Konstruktion, vergleichbar einem Hund, der seine Schwanzspitze zu erjagen versuchte. Keine der angeblichen Enthüllungen über das Sexualleben des Mädchens, über ihre

Drogensucht oder über ihren Selbsthaß hatten etwas mit dem Mord oder mit Virginias Geisteszustand zu tun. Keiner von Tamayos Experten hatte die Frage beantwortet, warum Virginia die Lebensversicherung bezahlte oder wie das Elavil aus Billie Joes Medizinfläschchen in Deanas Organismus gelangt war. Tamayo lieferte nie eine Erklärung. Er wies aber den Geschworenen einen Weg, zu glauben, daß Virginia unschuldig sei, falls sie das glauben wollten.

Aragon sah bleich aus, als er im Gerichtssaal ankam. Bis zwei Uhr nachts hatte er sein fünfzig Seiten langes Schlußplädoyer so oft umgeschrieben, daß er völlig die Orientierung verloren hatte. Er sagte sich immer wieder, daß es sich ja nur um einen weiteren Mordfall handelte. Aber nachdem er ins Bett gekrochen war, gestand er seiner schwangeren Frau, daß er außer einem gesunden Baby sich nichts sehnlicher wünsche, als diesen Prozeß zu gewinnen. Nicht nur der an Deana begangene Mord spornte ihn an. Es war auch das Bild von Cynthia Elaine Coates, einer unschuldigen Dreijährigen, die von ihrer Mutter umgebracht wurde und in einer kalten Scheune in einer Schlinge aus Bindegarn hing. Er hatte dieses Bild vor Augen, als er mit seinem Plädoyer begann:

»Wir führen diesen Prozeß jetzt seit zweieinhalb Monaten. Multipliziert mit Ihrer Zahl von fünfzehn Geschworenen bedeutet das: Sie haben zusammen mehr als drei Jahre bei der Suche nach der Wahrheit in diesem Fall verbracht …

Sie wissen, daß dieser Fall wichtig ist. Er ist wichtig, weil Deana Wild-Hubbard wichtig ist … Deana hatte ein Recht darauf, zu leben. Indem Sie versuchen, die Wahrheit über Deanas Tod herauszufinden, dienen Sie dem Leben, dienen Sie der Gerechtigkeit …« Aragon machte eine Pause, ließ seinen Blick über die Gesichter der Leute gleiten, die ihm vertraut geworden waren, und sei es nur durch ihren stummen Ausdruck und ihre Reaktionen.

»Deana sehnte sich nach Akzeptanz. Sie sehnte sich danach, beachtet zu werden«, fuhr er fort. »Und wenn dies bedeutete, sich mit Leuten zusammenzutun, vor denen andere zurückschrecken würden, tat sie es. Es spielte für sie keine Rolle, daß James Coates die meiste Zeit seines Lebens als Erwachsener im Gefängnis verbracht hatte. Das war deswegen für sie ohne Belang, weil er sie akzeptierte.

Warum ist es so wichtig, was für ein Mensch Deana gewesen ist? Weil Sie, meine Damen und Herren, wenn Sie Deana begreifen, diesen Prozeß viel besser verstehen und weil Sie dann erkennen, weshalb sie ermordet wurde. Deana, wie sie hier eingeschätzt wurde, ist leider das geborene Opfer. Wenn Sie begreifen, daß sie – wenn ich das sagen darf – sogar das ideale Opfer war, dann verstehen Sie vielleicht, warum Virginia und Billie Joe McGinnis sich ihrer so annahmen.

Wir sind nicht dabeigewesen, aber Sie können sich vorstellen, wie Mr. McGinnis und die Angeklagte sich möglicherweise unterhalten haben: ›Nun gut, wenn wir Deana umbringen und das so hinbiegen, daß es wie ein Unfall aussieht, wer wird sich dann schon darum scheren? Wer wird überhaupt Fragen stellen? Und wie ist es, wenn wir sie aus Chula Vista wegbringen und mit ihr so weit wie möglich fahren, bis zu einem Ort, wo uns niemand kennt und wo niemand sie kennt? Wer wird dann Fragen stellen? Wer ist sie überhaupt? Eine Zwanzigjährige aus Kentucky. Ihre Mutter ist alleinstehend und lebt von einem Lehrerinnengehalt in Louisville. Wird sie Fragen stellen?‹

Sie kalkulierten einfach das Risiko. Sie überlegten, wie groß es wäre, und kamen zu dem Schluß, daß sie ungeschoren davonkommen würden. Ihre Erfolgsformel lautete: ein obskures Opfer; ein abgelegener, weit entfernter Tatort; eine Versicherung, abgeschlossen in einer Höhe, die nicht allzu viele Fragen aufwerfen würde …«

Aragon ging dann auf die Versicherungspolice ein, die er als einen ›rauchenden Colt‹ bezeichnete.

»Der Sachverhalt läßt sich nicht mit ›Reibungskoeffizienten‹-Tests klären«, sagte er. »Er läßt sich nicht mit psychiatrischer Autopsie klären. Das Ganze steht da als monströses Denkmal für die Dreistigkeit und Habsucht der McGinnis'.

Am 1. April bezahlten sie die Versicherung, und einen Tag später brachten sie das Mädchen um.

Was sagte die Angeklagte? Sie erzählte Diana Rael, Bobbie Roberts und Detective Smythe: ›Nun ja, B. J. ging zur State Farm, um irgendeine Versicherung abzuschließen, und nachdem er seinen Antrag ausgefüllt hatte, sagte Deana: Was ist mit mir? Bin ich etwa ein Nichts? ...‹ Das ist gewiß ein seltsamer Einfall. Gut, sie lebten sicherlich von einem festen Einkommen, doch wenn Deana es wünscht, werden wir ihren Wunsch erfüllen. Ergibt das einen Sinn? Wenn Sie eine Versicherung abschließen« – Aragon dehnte die Worte –, »schließen Sie diese doch aus *medizinischen* Gründen ab ...

Wir kommen nun zum tödlichen Sturz.«

Aragon unterbrach kurz seine Rede, um das Licht der Lampen im Gerichtssaal herunterzuregeln und einen Diaprojektor einzuschalten.

Virginias Schnappschüsse erschienen nacheinander an der Wand. Aragon schilderte die Autotour entlang der Küste und erzählte dann, wie Deana schläfrig wurde, da das Elavil zu wirken begann. Sie kamen beim Aussichtspunkt Robbenstrand an, und das elfte Foto wurde gemacht.

»Das Foto Nummer elf ist eine unglaubliche Aufnahme, wenn Sie sie genau betrachten«, sagte Aragon und zeigte auf verschiedene Details, die auf dem projizierten Bild zu sehen waren. »Nun achten Sie bitte auf Mr. McGinnis' Füße und Beine. Er scheint zu gehen. Er blickt auf den Highway. Er ist nur etwa zwei Meter vom Abgrund entfernt, aber er schaut nicht hin. Er blickt auf den Highway ...

Wohin sieht Deana? Sie sieht dorthin, wohin jeder vernünftige Mensch sehen würde. Sie blickt auf den Rand des Abgrunds. Ist es nicht interessant, daß Mr. McGinnis in Bewegung ist und mit der Hand DeanaWild-Hubbard berührt? Er scheint sie zu geleiten. Ergibt das einen Sinn? Oder konnte das, meine Damen und Herren, der Anfang von Deana Wild-Hubbards Ende gewesen sein?«

Als das Licht wieder angegangen war, verwendete Aragon die topographische Karte der Staatsanwaltschaft, um zu zeigen, wo Virginia jeweils gestanden hatte, als sie die letzten vier Fotos schoß.

»Wenn Sie die kurze Entfernung berücksichtigen, die Virginia McGinnis zurückzulegen hatte, und wenn wir annehmen, daß sie sich ziemlich rasch bewegte … nehmen wir an, sie begibt sich dann zur Position dreizehn, macht ein Foto, begibt sich zur Position vierzehn, macht ein Foto, zu Position fünfzehn, macht ein Foto, und selbst wenn sie das jeweils im Bruchteil einer Sekunde macht, ergibt das vier oder fünf Sekunden. Wahrscheinlich dauert es länger. Das ist der Punkt! Erinnern Sie sich an das Foto Nummer elf: Kaum daß es geknipst war, so die Angeklagte: ›Es war kalt geworden. Wir gingen zum Auto.‹

Die Wahrheit ist, daß diese Fotos – Nummer zwölf bis fünfzehn – mit einem weiten Winkel aufgenommen wurden, um sicherzugehen, daß die Küste scharf abgebildet wurde. Außerdem sollte der Film beendet werden.« Dann wandte Aragon sich der Frage zu, wie Deanas lautloser Absturz zu erklären war.

»Sie, meine Damen und Herren, sind zwei Tage lang beim Aussichtspunkt Robbenstrand gewesen. Haben Sie etwas gehört? Haben Sie etwas gesehen? Der einzige Grund, weshalb die Angeklagte und Mr. McGinnis nichts hörten, ist, daß es tatsächlich Mord war. Die Angeklagte konnte einzig und allein deswegen nichts hören, weil sie es vorzog, nichts zu hören. Auch wenn sie berechnend und kaltblütig ist, konnte sie es nicht ertragen, die junge Frau schreien zu hören, als sie in den Tod stürzte, wobei sie kratzend und sich festklammernd um ihr Leben kämpfte. Sie zog es vor, das nicht zu hören, weil es selbst für Virginia McGinnis – die Person, die dieses Mordkomplott geschmiedet hatte – zuviel war …«

Aragon hielt dann zwei Autopsieaufnahmen hoch. Dr. Hoops, der Pathologe, hatte sich an nichts Ungewöhnliches erinnern können, was Deanas Hände betraf, aber das hinderte Aragon nicht daran, sie den Geschworenen zu zeigen.

»Das sind Deanas Hände«, sagte er. »Sehen Sie sich ihre Fingernägel an. Sind das die Hände einer Person, die still in den Tod ging?«

Während der Mittagspause dachte Aragon über den Schluß seiner Rede nach. Er hatte dabei ein gutes Gefühl. »Virginia gab stets nur notgedrungen eine Auskunft«, hatte er gesagt. Dann war er auf alle Lügen eingegangen, die sie Bobbie Roberts, den McCains, Don Smythe und Diana Rael aufgetischt hatte. Es war eine lange Liste: Sie hatte angeblich nie etwas von einer Versicherung gehört, die Deana besaß; sie konnte Deanas Leiche zwischen den Robben liegen sehen; die Polizei hätte sie und B. J. einem Verhör dritten Grades unterzogen; sie hätte nicht gewußt, daß Deana verheiratet war; sie hätte zu dem Zeitpunkt, wo sie nach Robbenstrand fuhr, keinen Hund besessen; der Coroner wollte ihr Bobbie Roberts' Nummer nicht geben. Aragon hoffte, daß die Geschworenen von dieser langen Liste beeindruckt sein würden.

»Lügt eine unschuldige Person? Hat eine unschuldige Person einen Grund, zu lügen? Was hat eine unschuldige Person zu verbergen?«

Er hatte den Geschworenen diese Frage dreimal gestellt. Aber immer noch quälte ihn die Unruhe. Letzten Endes lief die Sache auf Unfall oder Mord hinaus. Er hatte nie den Pflock erwähnt, der sich in der Nähe des Klippenrandes an der Stelle befand, wo Deana auf dem Foto Nummer elf stand. Hatte er wirklich ein Ausrutschen und Hinfallen als plausible Alternative ausgeschlossen? Er hatte die Aufgabe, den Mord an Deana *nachzuweisen*, ohne dabei auf die Anspielungen der Verteidigung antworten zu dürfen.

Tamayos Schlußplädoyer rechtfertigte Aragons schlimmste Befürchtungen.

»Sie können keinen Unfall ausschließen, meine Damen und Herren«, begann er. »Sie können in dieser Sache keinen

Unfall ausschließen. Und wenn Sie einen Unfall als plausible Alternative, Schlußfolgerung oder Erklärung bei diesem Fall nicht vollständig und absolut ausschließen können, müssen Sie mit dem Spruch ›nicht schuldig‹ zurückkommen ...«

Nachdem Tamayo sein Thema umrissen hatte, hielt er eine langatmige Rede über die Schwächen der Anklage.

»Im Laufe der letzten acht Wochen haben Sie nun eine Menge von Beweisen vernommen. Bei ganzen zwei Dingen besteht nicht nur ein Verdacht, sondern sie sind erwiesen. Zum einen die Tatsache, daß die Versicherung einen Tag vor dem Absturz bezahlt wurde. Zum zweiten die Tatsache, daß Alice Kissanes Unterschrift von Virginia McGinnis nachgemacht wurde. Alle anderen Dinge, die der Staatsanwalt vorgebracht hat, sind nicht erwiesen, sondern es besteht lediglich ein Verdacht ...

Bei unserem Beweisvortrag waren wir bemüht, ein vollständiges Bild, ein ausgewogenes Bild, eins, das nicht einseitig war, zu zeigen. Das Bild, das die Staatsanwaltschaft bei diesem Fall zu zeichnen versuchte, basierte auf selektiver Präsentation. Sie legte bestimmte Fakten dar, aber obwohl sie noch andere Fakten kannte, entschloß sie sich dazu, diese Ihnen vorzuenthalten.

Was wurde Ihnen zum Beispiel präsentiert, als der Staatsanwalt über Deana Wild-Hubbard und ihre Persönlichkeit sprach? Er ließ alle jene Zeugen aus Kentucky und nur aus Kentucky aufmarschieren, Leute, die Deana kannten, bevor sie nach Kalifornien ging. Indem er das tat, präsentierte er Ihnen ein sehr einseitiges, ein geschöntes Bild von Deana. Es war nicht vollständig, und es war nicht realistisch.

Wenn wir über die Tests sprechen, die durchgeführt wurden, um das eventuelle Vorhandensein von Betäubungsmitteln im Organismus nachzuweisen, so kommt hinzu, daß der Staatsanwalt sehr gut alle Tests kannte, auch den von Frau Dr. Giorgi, bei dem absolut nichts gefunden wurde. Er zog es aber vor, Sie nur über zwei dieser Tests zu informieren ...

Wie der Richter betonte, sind wir Anwälte. Mr. Aragon präsentierte nur die Fakten, die beweisen sollen, daß Virginia McGinnis einen Mord beging, aber indem er so verfährt, zeigt er nicht die Wahrheit, weil die Wahrheit umfassender ist als seine Fakten ...«

Aragon vermeinte zu spüren, wie die Stimmung der Geschworenen umschlug. Einige Geschworene sahen ihn an und senkten den Blick, wenn er sie anschaute. Tamayo bewegte sich gewandt und zielstrebig vorwärts.

»Die Beweisführung der Staatsanwaltschaft beruhte meines Erachtens auch darauf, was ich als Methode des Zuweitgehens oder Überdehnens bezeichnen möchte. Zum Beispiel, als es darum ging, zu beweisen, daß Virginia Deana ein Betäubungsmittel geben wollte und auch wirklich gab, wollte man, daß Sie das glaubten, weil man dies hier hatte« – Tamayo hielt das Buch hoch, das der Kriminalbeamte Lutzi in Virginias Wohnung beschlagnahmt hatte –, »dieses Buch über Arzneimittel. Das ist nur ein Beispiel für das Zuweitgehen und Überdehnen; man wollte, daß Sie einfach deswegen die Schlußfolgerung ziehen, daß Virginia tatsächlich Deana betäuben wollte, weil sie ein Werk über Arzneimittel in ihrer Büchersammlung hatte ...

Es gab noch mehr Beispiele, auf die wir später eingehen werden. Aber was ich deutlich machen will, ist dies: Die Staatsanwaltschaft wollte erreichen, daß Sie aus einer ganzen Reihe von Tatsachen eine Schlußfolgerung ziehen. Es ist jedoch ein großer Sprung vom Punkt A zum Punkt B, und sie war nicht dazu imstande, irgendwelche Punkte zu präsentieren, die dazwischenliegen ...

Als ich Mr. Aragons Rede heute vormittag hörte, schien es, als ob die ganze Anklage – abgesehen von den beiden von mir erwähnten Fakten – allein von Virginia McGinnis' Aussagen abhinge. Nummer eins, sie widerspricht sich selbst; Nummer zwei, weil sie sich selbst widerspricht, muß sie gelogen haben; Nummer drei, weil sie gelogen hat, muß sie schuldig sein. Das ist die Zusammenfassung dessen, was wir hier vor uns haben. Aber es ist eine Logik, die von Ihnen verlangt, einen Sprung zu machen ...

In diesem Prozeß werden wir Sie bitten, etwas zu tun, was unpopulär und unnatürlich ist. Wir wollen Sie bitten, sich nach dem Gesetz zu richten, und das Gesetz besagt, daß meine Mandantin Virginia McGinnis so lange unschuldig ist, wie die Staatsanwaltschaft nicht das Gegenteil beweisen kann. Und was den Unfall betrifft, so bitten wir Sie zu verstehen, daß *wir* nicht einmal die Schlußfolgerung oder die Möglichkeit zu erörtern brauchen, daß es sich um einen solchen gehandelt hat.

Statt dessen muß die *Staatsanwaltschaft* den Mord zweifelsfrei nachweisen und zeigen, daß jeder Unfall völlig ausgeschlossen ist.

Sobald Sie begründete Zweifel haben, machen Sie halt und gehen nicht weiter. Die wichtigsten Entscheidungen in Ihrem Leben haben Sie gewiß nicht auf der Basis eindeutiger Beweise getroffen. Nur ein einziges Mal aber werden Sie jene Norm einhalten müssen, und zwar in einem Strafprozeß wie diesem ...«

Tamayo ging dann ausführlich auf die Indizienbeweise ein. Nachdem er einige Abschnitte des Strafgesetzbuches zitiert hatte, resümierte er: »Dieser Fall *verdeutlicht* folgendes: Die Suche nach der Schuld bei jedem Verbrechen darf sich nicht auf Indizienbeweise stützen, wenn nicht zweierlei geschieht.« Er hielt ein gedrucktes Poster mit Auszügen aus dem Strafgesetzbuch hoch und las vor:

»Erstens, die Indizien entsprechen der Theorie, daß der Angeklagte des Verbrechens schuldig ist; und zweitens, das Verbrechen läßt sich nicht mit irgendeiner anderen Schlußfolgerung in Einklang bringen.«

Er legte die Tafel beiseite und fuhr fort: »Sie müssen also absolut dazu in der Lage sein, sich zu sagen: Es gibt keine andere Lösung; ein Unfall entbehrt jeder Logik; er ist absolut unbegründet, wenn man von den Fakten dieses Falls ausgeht ... Das verlangt das Gesetz.«

Aragon haßte diesen Teil der Schlußrede der Verteidigung. Wenn ein guter Verteidiger seine Ausführungen über das fragliche Thema und die Indizienbeweise beendete, so fragte er sich stets, ob er nicht selbst begründete Zweifel hegte.

Als Tamayo sich wieder den Beweisen zuwandte, begann er damit, der Staatsanwaltschaft erst ein kleines Lob zu spenden, ehe er sie weiter heruntermachte. Das Aufgebot aus Kentucky habe bemerkenswert übereinstimmend ausgesagt, so fügte er hinzu, »man hatte den Eindruck, als ob viele der Zeugenaussagen vielleicht einstudiert waren ... Die Zeugen traten zum Beispiel vor das Gericht und erzählten Ihnen im Grunde genommen ein und dasselbe; es kam einem beinahe wie das Herbeten einer Litanei vor. Sie plapperten alle das Gleiche.«

Was Deanas Lernschwäche betraf, so resümierte er: »Dieses ganze Gerede über Intelligenz mündete schließlich in der Feststellung, daß Deana in der Lage war, als Person zu fungieren, als Bürgerin, wie jeder andere in dieser Gemeinschaft. Die Idee, daß sie eine Idiotin sei, daß sie sich im Leben nicht zurechtfinden konnte, daß sie zu verletzlich war, wurde sehr strapaziert, und Sie sollten diese Zeugenaussage mit größter Vorsicht betrachten.

An dieser Stelle können Sie sagen: Schauen Sie, wir haben gesehen, wie alle diese Sträflinge und all diese Rauschgiftsüchtigen vor Gericht erschienen sind. Wie können wir ihnen glauben? Nun gut, die Antwort ist, daß Sie, wenn es nur einer wäre, an seiner Glaubwürdigkeit zweifeln könnten. Aber wenn es mehrere sind, die alle übereinstimmend das gleiche feststellen, fangen Sie an, den Aussagen den nötigen Glauben zu schenken ...

Die Zeugen aus Kentucky ließ man aus einem wichtigen Grund aufmarschieren. Man wollte erreichen, daß Sie glaubten, Deana hätte niemals Drogen genommen, nicht einmal Aspirin ... Aber das ist nicht realistisch. Lassen Sie uns hier nüchtern über die Dinge urteilen. Deana war ein ganz normales Kind. Sie hatte eine Persönlichkeit; sie war nicht charakterlos, und sie probierte Drogen aus. Es war nichts Schlimmes, nichts Welterschütterndes. Manche Ihrer Kinder haben das vielleicht in der Vergangenheit auch getan ...

Und als Deana zu den McGinnis' zog, waren rezeptpflichtige Medikamente dort eindeutig im Hause, und wir wissen das. Die Logik müßte uns sagen, daß Deana niemals Medikamente verabreicht wurden … Erstens, wir kennen die Geschichte des Ausprobierens von Drogen. Zweitens, wir wissen, daß das Medikament da war. Und drittens kennen wir ihre Persönlichkeit. Wir wissen um ihre selbstzerstörerische Neigung …

Die Staatsanwaltschaft sagt nun aber: Warten Sie einen Augenblick. Wir haben dieses Buch über Arzneimittel gefunden. Nun macht das alles einen Sinn. Virginia hat versucht, Deana zu betäuben, weil wir wissen, daß sie dieses Buch hatte. Das ist ein Beispiel für das Überdehnen …«

Das Buch mit dem Titel ›Arzneimittel‹ über den Kopf haltend, fragte Tamayo, was die Staatsanwaltschaft hier wirklich beweisen wollte. Daß Virginia dieses Buch im Hause hatte? War das der eindeutige, jeden Zweifel ausschließende Beweis?

Zeuge für Zeuge ging Tamayo die Beweisführung der Staatsanwaltschaft durch. Aragon behielt die Geschworenen im Auge, obwohl er Virginias kalte Präsenz hinter sich spürte. Er wollte sich umdrehen, um zu sehen, wie sie die Worte ihres Verteidigers aufnahm, aber er dachte, daß es wichtiger sei, die Aufmerksamkeit auf die Geschworenen zu richten.

»Mac McCain hat Ihnen erzählt, er hätte den Verdacht gehabt, daß Deana umgebracht werden sollte. Nun gut, wir wissen schließlich, daß Ende Mai die Versicherungspolice von der State Farm eintraf, und nun wurde er ein richtiger Held.« Tamayos Stimme nahm einen sarkastischen Klang an.

»Er ist seit dreißig Jahren im Versicherungsgeschäft. Dies war der Zeitpunkt, wo wenigstens er hätte handeln können … Aber was macht er? Er gibt den McGinnis' die Police und nimmt ihren Scheck: ›Vielen Dank. Geschäft bleibt Geschäft. Ich wurde das Gefühl nicht los, daß Deana umgebracht werden sollte, aber das einzige, was ich tun konnte, war, das Geld der McGinnis zu nehmen, ihnen die Police auszuhändigen und sie von dannen gehen zu lassen.‹

Ist all das glaubhaft? Damit Sie das glauben, müssen Sie der Meinung sein, daß Mr. McCain der skrupelloseste Geschäftsmann ist, dem Sie begegnet sind. Ich glaube nicht, daß er das war. Was ich jedoch glaube ist, daß er gelogen hat, als er sagte, er hätte den Verdacht gehabt, daß das Mädchen umgebracht werden sollte.«

Am nächsten Tag, fast am Ende seiner Schlußrede, wandte Tamayo sich der wichtigsten Frage zu, auf die die Geschworenen eine Antwort von ihm erwarteten.

»Warum würden Sie eine Straftat begehen? Warum würden Sie jemandem auf einer Klippe einen Stoß versetzen, und zwar einen Tag, nachdem Sie eine Lebensversicherung abgeschlossen und bezahlt haben? Warum würde das jemand mit solcher Absicht gleich einen Tag danach tun? Wieso nicht einen Monat, sechs Monate oder zwölf Monate später? Wieso tags darauf?

Der Staatsanwalt hat darauf hingewiesen, daß Habsucht der Beweggrund war. Ich glaube nicht, daß das die Frage vollständig beantwortet.

Habsucht ist im Spiel, wenn ein solcher Plan ausgeheckt wird. Sie erklärt aber nicht, wieso die Tat einen Tag darauf verübt wird.

Warum würden Sie eine Geschichte, eine erfundene Geschichte über Mexiko und die Visa erzählen und sich damit noch weiter verdächtig machen? Ich glaube, die Antwort lautet hier: Weil die Tat nie begangen wurde. Das ganze ist einfach darauf zurückzuführen, daß die McCains immer und immer wieder darüber geredet und aus der Mücke einen Elefanten gemacht haben.

Würden Sie eine Lebensversicherung bei derselben Gesellschaft und bei derselben Agentur abschließen, wo Sie im letzten Jahr bereits vier Versicherungsansprüche geltend gemacht und gerade an die vierzehntausend Dollar ausbezahlt bekommen haben? Würden Sie damit nicht selbst die Aufmerksamkeit auf sich lenken?

Die Staatsanwaltschaft hat darauf hingewiesen, daß dies – ich zitiere – ›die ganze Zeit ein kalkuliertes Risiko‹ gewesen sei. Nun gut, wenn Sie ein Risiko kalkulieren, müssen Sie die Chance und die Möglichkeit einschätzen, erwischt, vor Gericht gestellt und wegen Mordes verurteilt zu werden – und all das wofür? Wegen fünfunddreißigtausend Dollar ... Die Staatsanwaltschaft sagt, man wollte sich an einen weit entfernten Ort begeben und dort die Tat begehen. Warum nicht in Mexiko? Warum in Monterey?

Und warum sollte man versuchen, den Absturz als einen Unfall erscheinen zu lassen, wenn einem gerade ziemlich deutlich gesagt worden ist, daß die Versicherungspolice nicht bei einem Unfall mit tödlichem Ausgang gilt? Als Virginia ging, fragte sie: ›Schließt die Versicherung einen tödlichen Unfall ein?‹ Und die Antwort war: ›Nein‹ ... Als Virginia die Versicherungsagentur verließ, konnte sie also davon ausgehen, daß bei einem tödlichen Unfall kein Geld zu erwarten war ...

Warum würden Sie Fotos vom Tatort machen? Warum würden Sie Ihr Verbrechen für die ganze Welt, für die Geschworenen, für das Gericht, für die Staatsanwälte, für den Gesetzesvollzug dokumentieren?

Was in diesem Fall vorliegt, ist ein Verdacht. Und diesen Verdacht werden Sie weiter haben. Aber dieser Verdacht ist kein Beweis.

Ein zufälliges zeitliches Zusammentreffen ist kein Beweis. Wahrscheinlichkeit ist kein Beweis. Sie müssen in diesem Fall auf ›nicht schuldig‹ erkennen, weil sie nicht völlig und absolut den Zufall ausschließen können!«

Aragon kehrte vor die Geschworenenbank zurück, um das Wort zu einer kurzen Erwiderung zu ergreifen. Noch bevor er losging, reagierte er auf Tamayos Anspielung, daß alle Zeugen Instruktionen erhalten hätten. »So funktionieren die Dinge nicht«, sagte er ganz entschieden. Dann führte er aus:

»Im Schlußplädoyer habe ich über die Konspiration gesprochen, die die Verteidigung den Zeugen der Anklage vorwirft; alle vierzig hätten angeblich tendenziöse Aussagen gemacht, ihre Aussagen frisiert und sich an Dinge erinnert, die nicht wahr seien. Nun gut, ich habe gesagt, daß das eine empörende Behauptung sei. Aber nun sehe ich, daß ich in die Verschwörung mit einbezogen bin … Mr. Tamayo hat den Zeugen Maß genommen, er allein will entscheiden, ob sie lügen. Er will entscheiden, ob die Zeugen Instruktionen von der Staatsanwaltschaft erhalten haben. Zum Glück haben Sie, und nicht Mr. Tamayo, das letzte Wort in dieser Angelegenheit.

Es gibt verschiedene Dinge, die die Angeklagte in der festen Annahme getan hat, ungeschoren davonzukommen. Belohnen Sie sie nicht dafür. Sagen Sie nicht: Nun gut, Sie wissen, daß Sie so unklug waren, aber wir können Sie nicht verurteilen …

Weshalb wurde diese Gegend für einen Mord gewählt? Es ist keine dunkle Allee. Es kommen dort gelegentlich Leute vorbei. Man kann gesehen werden … Nehmen wir an, Sie fangen gerade an, Ihr Verbrechen zu begehen. Da sehen Sie ein Auto kommen. Sie treten vom Klippenrand zurück und benehmen sich wie ein harmloser Tourist, weil es ganz normal ist, sich dort aufzuhalten. Es ist eine wunderbare Tarnung …

Warum hat sich Virginia so beeilt, Deana Wild-Hubbard umzubringen? Das war eine berechtigte Frage, die ich mir stellte … Deana stand es frei, jederzeit die Namen der Begünstigten zu ändern. Glauben Sie nicht, daß Virginia vielleicht deswegen so besorgt war und sich sagte: Die Uhr tickt?«

Aragon schloß mit einer Mahnung an die Geschworenen: »Sie stehen vor einer schweren Entscheidung. Wenn wir wirklich glauben, daß einer unserer Mitmenschen auf dieser Erde eine so schreckliche Tat begehen kann, dann stellen wir ein wenig auch uns ein schlechtes Zeugnis aus, weil wir aus dem gleichen Stoff gemacht sind … Es ist niemals leicht, uns gegen ein Verbrechen aufzulehnen. Es bedeutet, jenen dunklen Teil unserer Seele anzuklagen und die Schwäche der menschlichen Moral anzuerkennen. Aber Sie können nicht die Beweise ignorieren. Diese sprechen eine klare Sprache. Wir plädieren also dafür, Virginia McGinnis wegen ihrer Verbrechen für schuldig zu erklären.«

Ein geltender Versicherungsanspruch

Donnerstag, 27. Februar 1992

Einen Tag, nachdem Richter Revak die Geschworenen instruiert hatte, ließ ihr Obmann, Ron Fox, dem Gericht eine handschriftliche Notiz mit der Frage zustellen: ›Liegt ein Versicherungsbetrug vor, wenn jemand eine Unterschrift auf einem Formular zur Beantragung eines geltenden Versicherungsanspruchs gefälscht hat?‹

Anna Long blieb fast das Herz stehen, als sie davon hörte. Die Fragen der Geschworenen deuteten oft darauf hin, wie schließlich das Urteil ausfallen würde, aber diese Frage ließ besonders Schlimmes vermuten.

Die vier Punkte der Anklage – Mord, vorsätzlicher, gemeinschaftlich begangener Mord, Versicherungsbetrug und Urkundenfälschung – waren den Geschworenen in dieser Reihenfolge übergeben worden. Anna Long stellte sich vor, daß die Frage entweder bedeutete, man habe bereits entschieden, daß der Versicherungsanspruch berechtigt und Deana durch einen Unfall ums Leben gekommen war, oder daß die Geschworenen die Frage aus hypothetischen Gründen beantwortet haben wollten.

Aber weshalb sollte die Jury wegen einer *hypothetischen* Frage ihre Zeit vergeuden? Die einzig mögliche Erklärung war, daß sie über die Anklagepunkte in der *umgekehrten* Reihenfolge entschied. Und das Ergebnis konnte noch ziemlich lange auf sich warten lassen.

Aller Wahrscheinlichkeit nach gingen die Geschworenen aber in der Reihenfolge vor, wie die einzelnen Punkte auf der Anklageschrift standen. Das konnte auch bedeuten, daß sie Virginia vielleicht bereits des Mordes und des vorsätzlichen, gemeinschaftlich begangenen Mordes für schuldig befunden hatten. An einem einzigen Tag. Nun waren sie dabei, sich einfach über den Versicherungsbetrug zu streiten.

Montag, 2. März 1992

Achtzehn Uhr Louisviller Zeit. Die Geschworenen hatten am Mittwoch nachmittag zu tagen begonnen. Am Wochenende hatte Keeney Briefe an Ed Miller und Luis Aragon abgesandt, um ihnen dafür zu danken, daß sie diesen komplizierten und sehr kostspieligen Fall ohne Rücksicht darauf übernommen hatten, wie er ausgehen würde. Da läutete das Telefon.

»Steve, wir haben ein Urteil«, sagte Aragon aufgeregt.

»Nun gut, wie lautet es?« fragte Keeney. Er war stolz darauf, sich beherrschen zu können, aber jetzt, da nach mehr als fünf Jahren Arbeit Bilanz gezogen werden sollte, fühlte er, wie sich sein Puls beschleunigte.

»Ich kenne es noch nicht«, antwortete Aragon. »Ich habe gerade den Anruf erhalten. Ich bin auf dem Weg zum Gerichtssaal Nummer zweiundzwanzig.«

»Ich rufe Bobbie an, damit sie herkommt, und stelle schon den Champagner kalt«, sagte Keeney, wobei er sich bemühte, einen ruhigen Eindruck zu machen. »Rufen Sie uns bitte an, wenn Sie das Urteil erfahren haben« – er machte eine Pause und beendete dann den Satz – »damit wir mit dem Feiern beginnen können.«

Aragon mißfiel die Erwähnung des Champagners. Immer wenn die Geschworenen sich so lange berieten, war er abergläubisch.

Als er die breite, stark befahrene Hauptverkehrsstraße von San Diego überquerte, um von der Staatsanwaltschaft zum Gerichtsgebäude zu gelangen, ging ihm ständig die Frage der Geschworenen durch den Kopf. *Ein geltender Versicherungsanspruch.* Bei diesem Gedanken durchrieselte ihn ein Schauer. Vor dem Gerichtssaal Nummer 22 traf er Anna Long, und zusammen gingen sie hinein. Sie wagten nicht an das Urteil zu denken.

Der Vollzugsbeamte Bruce Pennings schritt durch die Tür hinter dem Richtersitz, um Virginia zu holen. Sie wartete in einem öden, gekachelten Korridor. Ruhig saß sie dort auf einem Holzstuhl und trug die gleiche rot und blau gestreifte Weste, die sie damals an der Klippe angehabt hatte.

Bruce fand Virginia sympathisch. Während seiner zwanzigjährigen Tätigkeit bei Gericht war er nie einer fügsameren Angeklagten begegnet. Ganz gleich, ob schuldig oder nicht, sie war immer noch ein Mensch.

»Fertig?« fragte Bruce. Er lächelte ihr zu, um ihr zu helfen, den auf ihr lastenden Druck leichter zu ertragen.

»Ich weiß, was ich tun werde«, sagte Virginia. »Während die Geschworenen ihr Urteil verlesen, werde ich starr auf das goldene Emblem des Staates von Kalifornien blicken, das über dem Kopf des Richters an der Wand hängt.«

»Das scheint eine gute Idee zu sein«, erwiderte er. »Wir wollen gehen.«

Tamayo und Humphrey lächelten der Angeklagten bei der Begrüßung nervös zu. Sie hatten gleichfalls über die Frage der Geschworenen nachgedacht und wirkten so, als ob sie erfolgreich den Samen des begründeten Zweifels ausgesät hätten. Billie Joes Rechtsanwalt Gary Edwards hatte verschiedenen Verhandlungen des Prozesses beigewohnt und glaubte, daß Virginia an diesem Nachmittag frei den Gerichtssaal verlassen würde. Sogar die Pressevertreter schlossen Wetten über einen Freispruch ab, fügten jedoch hinzu, sie wären von Virginias Schuld überzeugt.

Revak ließ die Geschworenen hereinbitten. Sie hatten – wie jedermann im Gerichtssaal sich erinnern konnte – während des ganzen, zwei Monate dauernden Prozesses eine feste Gruppe gebildet. In den Pausen hatten sie miteinander gescherzt und Tüten mit ›Hersheys Küssen‹ herumgehen lassen. Niemand bezweifelte, daß sie sich über ein Urteil einigen würden.

Der Obmann der Geschworenen, Ron Fox, übergab Bruce ein Blatt Papier. Dieser reichte es dem Protokollführer.

»Würde die Angeklagte sich bitte erheben?« sagte Richter Revak.

Er betrachtete die Gesichter der Anwälte, als sein Protokollführer das Urteil verlas:

»Anklagepunkt eins. Mord ersten Grades. Schuldig.«

Aragon ließ sofort den Kopf auf seine Hände sinken. Anna Long begann zu weinen. Tamayo und Humphrey erblaßten. Virginia blickte unverwandt geradeaus auf das große Emblem des Staates von Kalifornien, genau wie sie es angekündigt hatte.

Alle Geschworenen bemerkten, daß Virginia keine Regung zeigte. Dies überraschte sie kaum. Nachdem sie sie zwei Monate lang im Gerichtssaal beobachtet hatten, glaubten sie, ein wenig ihren Charakter zu kennen, und daher hatten sie ihr den Spitznamen ›eisige Lady‹ gegeben.

»Punkt zwei. Vorsätzlicher, gemeinsam begangener Mord. Schuldig.

Punkt drei. Versicherungsbetrug. Schuldig.

Punkt vier. Urkundenfälschung. Schuldig.

Besondere Umstände: Mord wegen eines finanziellen Vorteils. Schuldig.«

Eine Stunde, nachdem der Urteilsspruch der Geschworenen bekannt war, erschien Bobbie in Steve Keeneys Haus. Sie kam zur Tür herein und sah, daß ein Feuer im Kamin flackerte. Wynn saß auf dem Sofa und weinte. Keeney entkorkte eine Flasche.

»Kommen Sie herein, Bobbie!« rief er aus dem Wohnzimmer. »Sagen Sie uns, was Sie da mitgebracht haben.« Keeney zeigte auf ein glänzendes Bündel, das sie über dem Arm trug.

»Dies da? Es ist ein altes Kleid von Deana«, sagte Bobbie mit Tränen in den Augen. »Und ich habe ein paar Fotos von ihr mitgebracht. Ich dachte, wir könnten sie uns ansehen.«

»Gut. Zuerst trinken Sie ein Glas Champagner«, mischte Wynn sich in das Gespräch ein. »Sie verdienen es.«

»Steve«, sagte Bobbie. »Nachdem Sie angerufen haben, kniete ich nieder und betete für Virginia. Ich war jedoch froh, daß ihre Seele im Gefängnis erlöst werden wird.«

Lady V

Stonybrook Estates ist eine kleine Enklave in einem der Randgebiete von Louisville. Die Häuser liegen dort mitten im Grün verstreut. Die Gemeinde ähnelt ein wenig dem amerikanischen Traum aus den fünfziger Jahren, der nun in einer makellosen, fast unwirklichen Dreidimensionalität Gestalt angenommen hat. Die gepflegten Anlagen, in denen Seifenbäume und japanischer Ahorn, Eiben, Rhododendron- und Azaleenbüsche, unterbrochen von Flächen mit Bermudagras, wachsen, scheinen das ganze Jahr über ihre frisch geharkte Perfektion zu bewahren. Die aus roten Ziegeln erbauten oder mit weißen Schindeln verkleideten Häuser mit großen Fenstern und Jalousien ruhen auf beweglichen Walzen. Die Garagen, die Raum für zwei Autos bieten, liegen diskret verborgen unter der Erde. Wenn man die Bewohner fragt, so werden sie sagen, daß ihre Gemeinde Amerikas bestgehütetes Geheimnis ist.

Von außen betrachtet unterscheidet sich Keeneys Haus fast gar nicht von denen seiner Nachbarn. Sein roter Jaguar steht neben einem schwarzen Alfa Romeo, dem Geschenk für Wynn zum ersten Hochzeitstag. Ihre drei Kinder spielen Ball unterhalb der Veranda; Azaleen wachsen im Garten vor dem Haus.

Einmal in der Woche versorgt Wynn das Haus mit frischen Blumensträußen. Keeney betreibt seine Anwaltspraxis von einem der Wohnzimmer aus, das scherzhaft ›die Bibliothek‹ genannt wird. Er ist weiter auf dem Gebiet des Handelsrechts tätig – jenem Metier, das er am besten kennt und das er liebt. Aber sein Beruf spielt jetzt eine andere Rolle in seinem Leben. In der Zeit zwischen seinen Telefonkonferenzen beantwortet er Fragen, die die Schularbeiten betreffen, oder pflegt Familienangehörige, wenn die Grippe ausgebrochen ist.

Doch das Thema des Todes ist noch nicht vergessen – es herrscht eine seltsame Stimmung in dem Haus eines gesunden Ehepaars mit drei lebhaften Kindern.

Einige Wochen nach Abschluß des Prozesses hatte Scott Lawrence Keeney ein Paket geschickt. Darin befand sich unter anderem ein Felsbrocken vom Robbenstrand, den Scott sich zur Erinnerung mitgenommen hatte, als er die Klippe hinabgeklettert war. Außer dem Felsbrocken hatte Scott auch Fotos von James und Ronnie Coates beigelegt.

»Sie möchten die Fotos vielleicht auf den Kühlschrank stellen«, hatte Scott dazu geschrieben. »Ronnie hat gegen die Bestimmungen der bedingten Strafaussetzung verstoßen, und Jimmy wird bald herauskommen. Sie sollten Ihre Gesichter kennen, falls die beiden sich vornehmen, Ihnen einen Besuch abzustatten.«

Keeney beschloß, seine Frau und die Kinder nicht mit den Bildern aus dem Verbrecheralbum zu beunruhigen. Daher heftete er die Gesichter in seiner Bibliothek an die Wand. Am selben Tag lud er seine 45er und legte sie in die oberste Schreibtischschublade – für den Fall, daß die Coates-Boys durch die Glastüren hindurch vom Hof hereinstürmten.

Abends blieb Keeney stets auf, nachdem Wynn und die Kinder schlafengegangen waren, und setzte die Lektüre psychiatrischer Abhandlungen und kriminologischer Studien fort, um sein Bild von Virginia zu vervollständigen. Der böse Geist der Frau forderte ihn weiterhin heraus. Und obwohl er sich bemühte, von den Erinnerungen loszukommen, haftete Virginia in seinem Gedächtnis.

Er dachte an die chaotische Szene in der Bostwick Road – an die Mutter, die sich draußen herumtrieb, und den Vater, der mit seinen Bierdosen verheiratet war, auf Bäume schoß und sich aus fahrenden Autos herausfallen ließ. Es mußte schrecklich für ein kleines Mädchen gewesen sein. Hatte Virginias Wille zum Überleben dazu geführt, daß sie sich eine befriedigendere, wenn auch künstliche innere Welt schuf?.

Mißhandelt von ihrem Vater und mißbraucht von ihrem Bruder wie dem Schulbusfahrer, mußte sie begonnen haben, gewaltsame fremde Berührungen mit Liebe und Aufmerksamkeit gleichzusetzen. In ihrer selbstgeschaffenen Realität wurden diese Untaten zu irgendeiner mißgestalteten Form der Liebe. Und wie die meisten mißbrauchten Kinder fing sie wahrscheinlich zu glauben an, daß sie die Mißhandlungen verdiente. Virginia begann, sich selbst zu hassen.

Ihre zwanghafte Kriminalität – Brände, Ladendiebstähle, physischer Mißbrauch – paßte auch zu einem Begriff, den Dr. Tanay verwendet hatte: *untererregt*. Keeney vermutete, daß sie die Erregung durch den Verstoß gegen Vorschriften brauchte. Je unverfrorener sie sich benahm, um so größer war die Chance, erwischt zu werden, um so aufregender war es. Und sie hatte Erfolg bei ihren Verbrechen, was sie dazu verleitete, diese zu wiederholen und immer größere Risiken einzugehen.

Als Virginia und Dick Coates sich fanden, hatte sie bereits die Fähigkeit zu einer normalen menschlichen Beziehung verloren. Coates war für sie lediglich eine Operationsbasis. Von seinem Haus aus zog sie los, um ihre Manie zu befriedigen: Sie stahl Lebensmittel in Fran Newharts Laden, Kleidung in der Stadt und Silberbestecke bei Mrs. Pierson; sie hatte weiter Affären und legte Brände. Sie setzte das gleiche unglückliche, verfehlte Leben fort, dem sie damals entfliehen wollte, als sie in der Bostwick Road wohnte.

Ihre frühreifen, ungeratenen Söhne überforderten sie zusätzlich. Und so verkümmerten mit den Jahren ihre Gefühle noch mehr, da sie ihr eigenes Bild von ›Virginia der Prinzessin‹ schuf. Schließlich konnte Dick Coates es nicht länger mit ihr aushalten.

Virginia floh nach Kalifornien. Sie hätte mit ihrer häßlichen Vergangenheit brechen können. Aber plötzlich ging sie mit Cynthia Elaine schwanger. Da lief ihr Bud Rearden über den Weg und bot ihr die Möglichkeit, ein einigermaßen respektables Leben zu führen. Jedoch seine unerwartete Krankheit, die gerade ausbrach, als Cynthia Elaine tot war, sowie die sich entwickelnde Kriminalität ihrer beiden Söhne hatten zur Folge, daß sie sich noch mehr der Realität entfremdete. Keeney dachte, daß dies die Zeit war, wo in ihr der Mordinstinkt erwachte.

Als sie Cynthia Elaine zunächst ein wenig ›bestrafte‹, hatte sie vielleicht nur die Kontrolle über sich verloren oder reagierte ihre angestaute Wut und ihren Abscheu vor sich selbst durch einen unbeherrschten Ausbruch ab.

Indes, es geschah: Sobald sie jene Linie überschritten hatte und Cynthia Elaine als eine Last empfand, die sie loswerden mußte, wurde das Töten zu einem weiteren Mittel, um in den Zustand der Erregung zu gelangen. Dann starb ihr Mann – genau zur rechten Zeit. Es kam zu weiteren Bränden in ihrer Umgebung. Sie erbot sich, Debbie Abells Baby zu kaufen; wahrscheinlich wollte sie es versichern lassen und dann töten. Und erneut verließ sie die Stadt, ehe irgend jemand ihr auf die Schliche kommen konnte.

Keeney stellte sich vor, wie Virginia ihrer Mutter Mary Agnes die Überdosis Insulin spritzte und wie sie Bud die tödliche Injektion gab. Sie mußten inzwischen gewußt haben, was geschehen würde, aber sie lagen hilflos da und warteten darauf, die letzte Spritze zu erhalten. Wie jedermann spürten sie das Böse in Virginia, aber es war zu spät. Sie unterwarfen sich ihr und hielten, eingeschüchtert durch sie und ihre beiden mordlustigen Söhne, still.

Keeney erinnerte sich an Virginias Haustür, vor der sich 1989 die Zeitungen stapelten, und an ihre eiskalten Augen. Sie führte ein Leben ohne Geselligkeit, Liebe oder irgendeine Bindung, außer an ein schemenhaftes Ich, hinter dem nichts existierte, nicht ein einziger Bezugspunkt.

Noch eine weitere konstante Spur fand Keeney in Virginias verpfuschtem Leben: *Gift*.

Debbie Williams schluckte einmal Virginias ›Medizin‹, nachdem sie zu viele Fragen gestellt hatte, die Cynthia Elaine betrafen. Virginia vergiftete die Hunde ihrer Mutter. Sie sorgte dafür, daß B. J. ständig benommen war, und überlegte vielleicht, wann sie ihm die tödliche Dosis geben sollte. Bud starb, als er von ihr betreut wurde. Das gleiche geschah mit Mary Agnes Hoffmann. Deana war mit Elavil betäubt worden.

Nach und nach waren durch R. D. Jones und Chuck Warner beziehungsweise durch den Bericht neue Fakten bekannt geworden. Ein Ermittler fand den Bericht des Coroners über Virginias Vater Christie Hoffmann. In einigen knappen Sätzen wurde darin geschildert, daß sie wenige Stunden vor seinem Tod sein Beatmungsgerät ausgeschaltet hatte. Niemand hatte das für so ungewöhnlich gehalten, daß eine Autopsie vorgenommen wurde.

Als Keeney Nachforschungen nach Virginias Vermögenswerten angestellt hatte, war er auf den Namen eines Juweliers in Louisville, John W. Moore, gestoßen. Dessen Witwe stöberte ihre alten Papiere durch.

»Ich habe immer gesagt, daß diese Frau es getan hat«, sagte Mrs. Moore. »Sie hat behauptet, eine private Krankenschwester zu sein, die bei älteren, pflegebedürftigen Leuten wohnte. Sie sagte, sie habe eine Patientin verloren und sei von Leuten aus Kalifornien gebeten worden, herzukommen, um jemanden zu betreuen. Was für eine Gaunerei – private Krankenschwester!« äußerte sie wütend. »Und davon hatte sie all die Schmuckstücke und Diamanten und die anderen Dinge.«

Mrs. Moore kramte einige Unterlagen über Taxierungen hervor, die November 1974 und Mai 1975 im Auftrag von Virginia Rearden vorgenommen worden waren. Dort fanden sich ein Ring aus Weißgold, der mit zwölf Diamanten besetzt war und einen Wert von viertausendfünfhundert Dollar hatte, ein mit Diamant besetztes Pendant aus Gold im Wert von tausendneunhundertfünfzig Dollar, eine mit Diamanten und Smaragden besetzte Anstecknadel, deren Wert auf tausendvierhundertfünfzig Dollar geschätzt wurde, und ein Prachtstück aus Gold mit einem großen einzelnen Diamanten im Wert von sechstausendachthundertachtzig Dollar! Alle Schmuckstücke zusammen hatten einen Wert von vierzehntausendsiebenhundertachtzig Dollar. 1992 belief sich ihr Wert wahrscheinlich auf fünfzigtausend Dollar – etwa soviel war das Haus wert, das Virginia in Fairdale bewohnt hatte. Ihr Nachbar in der Jefferson Hill Road hatte Virginias teure Kinkerlitzchen als ›Luxusräder an einem klapprigen Auto‹ bezeichnet.

Das kleine Mädchen, das in seiner Klasse in Ithaca mit

unechten Ringen geprahlt hatte, war erwachsen geworden. Es hatte sich in Virginia, die mannstolle Hausfrau, verwandelt, die Schmuck trug, um aufzufallen, und die Rolle der todbringenden Krankenschwester übernommen hatte. Keeney erinnerte sich daran, daß er unter Deanas Habseligkeiten ein Foto gefunden hatte. Es war eine Polaroidaufnahme von Virginia, die ein Abendkleid trug und ihren Schmuck zur Schau stellte. Auf der Vorderseite stand geschrieben: ›Ich auf einer Party. November 1979.‹ Auf der Rückseite stand: ›Für Deana von Billie Joe und Lady V.« Lady V: Der Name gab genau Virginias freudlosen, hochmütigen Gesichtsausdruck wieder. Ein unergründlicher Titel, der sowohl anmaßend als auch hurenhaft war.

Rein äußerlich jedoch erschien sie – die Lady von nebenan, die so effizient ihre Mutter, ihren Mann, ihre Tochter und einen Hausgast umgebracht hatte – immer noch ganz *normal*. In den Stunden, in denen sie mit Deana nach Big Sur fuhr, small talk machte und wie eine gute Freundin lächelte, hatte sie unzählige Male die Gelegenheit, kehrtzumachen. Statt dessen war sie zum Bösen entschlossen.

Keeney wußte, daß dies nicht jenes abstrakte Böse war, das er im Seminar studiert hatte. Dieses Böse hier hatte ein menschliches Gesicht und ein menschliches Herz. Es wohnte nebenan, es lächelte, wenn man ihm begegnete, und nannte sich Nachbar. Dieses Böse war in die menschliche Seele eingewoben. Aragon hatte recht, dachte Keeney: Wir sind alle aus dem gleichen Stoff gemacht. Nichts ist rein. Die Wände des Terrariums, in dem er lebte, schienen zerbrechlich. Seine Familie und der Erfolg, den er erzielt hatte, konnten ihn genau so wenig schützen wie seine Familienmitglieder.

Ab und an las Keeney etwas über die dahinsiechende Firma, in der er einmal als Anwalt tätig gewesen und die nun in ›Alagia, Day‹ umbenannt worden war.

Zwei Wochen nach Virginias Verurteilung erschienen die Zeitungen in Louisville mit der Schlagzeile: ANWALTS-

FIRMA IM VISIER DES FBI. Ganz zeitig in der Frühe, noch ehe die Kinder aufgestanden waren, las Keeney begierig, was berichtet wurde. Der Artikel endete folgendermaßen: ›Alagia, Day, die einmal eine der größten Firmen in Kentucky war und mehr als hundert Anwälte in acht Großstädten beschäftigte, wurde in den letzten Jahren durch Fehler und Entlassungen ruiniert ...«

FBI-Agenten hatten die alten Bankkonten von B & A durchschnüffelt, der Artikel wärmte die Geschichte von Stan Chauvin auf, dem bei der Konferenz der Amerikanischen Anwaltsvereinigung fünfzigtausend Dollar abhanden gekommen waren, und stellte Spekulationen über einen Zusammenhang zwischen den Vorkommnissen an. ›Das sind nicht die Leute, unter denen ich heute meine Anwaltspartner aussuchen würde‹, dachte Keeney und lächelte insgeheim dabei.

Selbst Sarah West, seine frühere Sekretärin bei B & A, hatte auf der Suche nach einem Teilzeitjob angerufen – der alte ›Haufen‹ war auf fünfundvierzig Anwälte zusammengeschrumpft, und sie dachte, daß es an der Zeit wäre, zu gehen. Keeney antwortete ihr, daß er Hilfe gebrauchen könne, da die Zeit der Steuerabrechnungen kurz bevorstand.

Danach wurde die Stille der frühen Stunde durch das Trappeln der Kinder gestört, die die Treppe zum Badezimmer hinaufrannten. Ein weiterer Schultag begann; es war Zeit, das Blatt beiseite zu legen und Wynn bei der morgendlichen Arbeit zu helfen.

Unmittelbar nach dem Prozeß fingen Aragon und Anna Long an, das ›Stabsquartier‹ aufzuräumen, jenes kleine Büro, dessen Wände seit drei Jahren über und über mit Diagrammen, Fotos, Postern und Zeitungsausschnitten bedeckt waren. So lange hatte es gedauert, bis der Fall endlich vor Gericht kam. Ein handgeschriebenes großes Blatt listete in zwei Spalten die widersprüchlichen Aussagen auf, die Virginia gegenüber der Polizei gemacht hatte. An einer anderen Wand waren topographische Karten und Luftaufnahmen angebracht. Papierfetzen hingen überall an gelb gewordenen Streifen von Scotch-Klebeband: ›Tsunami tagelang im Hof‹, ›B. J. hat sich nie darum bemüht, eine Versicherung zu bekommen‹, ›Deana hatte Höhenangst‹.

Am 30. März 1992 kehrte Virginia Rearden in den Gerichtssaal 22 zurück, wo die Urteilsverkündung stattfand. Richter Revak fragte ihre Verteidiger, ob die Zeitdauer der Sitzung verlängert werden sollte, falls sie Anträge stellen wollten. Tamayo lehnte ab. Juliana fügte hinzu: »Virginia möchte die Sache hinter sich bringen.«

In den meisten Fällen versuchen die Richter, die Strafe dem Verbrecher, und nicht dem Verbrechen, anzupassen. Hier aber ließ das Statut Revak keinen wirklichen Spielraum. Ein Mord ersten Grades, unter besonderen Umständen begangen, konnte nach kalifornischem Recht entweder mit ›lebenslänglicher Freiheitsstrafe ohne die Möglichkeit einer bedingten Strafaussetzung‹ oder mit dem Tode bestraft werden.

Revaks Urteilsspruch zufolge würde Virginia in hohem Alter im Gefängnis sterben.

Luis Aragon stand, die Hände leicht übereinandergelegt, an seinem Platz.

Virginia stand ebenfalls.

Bobbie Roberts saß mit einigen Verwandten an der Rückseite der Galerie. Sie waren aus dem weit entfernten Louisville und aus Lexington gekommen, um mitzuerleben, wie das Schwert der Justiz heruntersauste. Sechs der zwölf Geschworenen waren ebenfalls erschienen.

Bobbie Roberts gab eine Erklärung ab, wie das eine der neuen Bestimmungen des ›Prop 115‹ zuließ. Sie sprach eine halbe Stunde lang.

Richter Revak wandte sich dann dem Tisch der Verteidigung zu. Albert Tamayo und Juliana lehnten es ab, etwas zu dieser Erklärung zu sagen. Ihre Mandantin wollte jedoch ein paar Worte äußern. Die Fernsehkameras und Mikrofone der

Reporter richteten sich auf Virginia. Es würde ihre erste und wahrscheinlich letzte Stellungnahme zu diesem Fall sein. Virginia drehte sich um, damit sie Bobbie Roberts anschauen konnte, die inmitten der Zuhörer stand. In bösartigem Ton stieß sie hervor: »Bobbie, ich empfinde keine Reue wegen dem, was geschehen ist. Können Sie das auch von sich sagen?«

Der 2. April 1992 fiel auf einen Donnerstag. Der Turm der Zweiten Presbyterianischen Kirche in Saint Mathews hob sich weiß von einem ungewissen Abendhimmel ab. Eine große Zahl von Menschen in Regenmänteln stieg gemächlich die Kirchentreppe hinauf, die von den Straßenlaternen beleuchtet war.

Der Gedenkgottesdienst für Deana dauerte eine Stunde. Es sprachen Bobbie Roberts, Steven Keeney, der Pastor und einige Freunde. Dann spielte der Organist eine Invention von Bach.

Nach dem Gottesdienst entdeckte Keeney einen Mann, der ihm bekannt vorkam und gerade mit ruhigem Schritt die Kirche durch den Seitenausgang verließ. Es bestand kein Zweifel, zu wem das silbrig weiße Haar, der graue Schnurrbart und die erfahrenen Augen des ehemaligen Cops, der fünfundzwanzig Berufsjahre auf dem Buckel hatte, gehörten.

»R. D.!» rief Keeney. Sie lächelten sich zu und schüttelten sich die Hände, als sie sich draußen unter dem Nachthimmel trafen. »Ich habe nicht damit gerechnet, Sie hier zu treffen. Wie geht es Ihnen?«

»Es geht mir gut, Kumpel. Einfach gut.« Sie machten eine Pause und fragten sich, wie sie das Gespräch fortsetzen sollten. »Ich dachte, ich komme, um meinen Respekt zu bekunden. Wie erträgt Bobbie das alles?« fragte R. D. leise. »Ich hatte keine Möglichkeit, mit ihr zu sprechen.«

»Es geht ihr gut. Sie unterrichtet wieder an der Hauptschule. Janie schickt sich an, aufs College zu gehen.« Keeney zögerte, dann fragte er: »Haben Sie mit den Rearden-Boys gesprochen?«

»Ich habe sie gleich nach dem Urteilsspruch der Geschworenen angerufen. Schwer zu sagen, wie sie es aufgenommen haben. Gut, nehme ich an.«

»Beschäftigen Sie sich noch mit dem Fall Cynthia Elaine?«

»Ja und nein.« R. D. lächelte. »Der Fall wird noch untersucht. Aber da läßt sich nicht mehr viel machen. Wir haben die Leiche exhumiert. George Nichols arbeitet noch daran.«

Sie sahen sich an. Es herrschte stilles Einvernehmen darüber, wie weit sie gekommen waren, seit sie sich zum ersten Mal im Justizpalast begegneten. Aber Keeneys Gedanken kehrten rasch zu Wynn und den Kindern zurück, die zu Hause warteten.

»Nochmals vielen Dank«, sagte Keeney.

»Gern geschehen.« R. D. schüttelte ihm die Hand und ging los.

Keeney blickte zu den sich verändernden Wolken empor, die über den Kirchturm hinwegjagten. Sie kündigten einen weiteren Frühling in Louisville an, mit heftigen Regenschauern und dufterfüllten Abenden. Er drehte sich um und mischte sich unter die Schar der Freunde, Verwandten und Bekannten, die alle gekommen waren, um kurz eines Lebens und eines Todes zu gedenken.

Epilog

Im Frühsommer 1992 schrieb George Nichols, Medizinischer Hauptgutachter des Bundesstaates Kentucky, einen Bericht. Gegenstand: Cynthia Elaine Coates. Ihre Überreste waren exhumiert und von Nichols Knochen für Knochen (mehr war kaum vorhanden) peinlich genau untersucht worden. Nichols ließ eine Handvoll Fotos vergrößern, gemacht 1972 in dem Krankenhaus, wo ihr Tod offiziell festgestellt worden war. Diese examinierte er ebenso wie die vorhandenen Aufnahmen aus der Scheune, wo sich das Kind Virginia zufolge unglücklich und zufällig erhängt hatte. Außerdem hatte er ein Memo von Detective Jack Haeussinger gelesen, Prozeß und Verurteilung von Virginia McGinnis in San Diego betreffend.

Hauptgutachter Nichols' Bericht endete mit der Feststellung, daß die wahrscheinliche Todesart ›*nicht* Strangulation durch Zufall oder andere Mittel‹ war. Statt dessen kam er zu dem Schluß: ›Die Todesart ist Mord‹.

Sowohl Sergeant R. D. Jones als auch der Oberstaatsanwalt von Kentucky, Ernie Jasmine, erhielten Kopien dieses Berichtes. Unmittelbar darauf teilten sie die Tatsache des Mordes einem inzwischen alten Freund mit – Steven Keeney.

ENDE

TRUE CRIME

Die einzigartige Taschenbuchreihe mit aufregenden wahren Kriminalfällen aus aller Welt

Joe McGinniss
Die Unschuld des Mörders
Wie ein Donnerschlag bricht das Unheil über eine amerikanische Familie herein. Eine schwangere Mutter und ihre beiden Kinder werden in ihrem Haus erstochen und erschlagen. Nur einer kommt mit Stichwunden und einem Schock davon: Jeffrey MacDonald, der Familienvater, der selbst die Polizei ruft.

Auch wenn viele Indizien gegen ihn sprechen – die Nachbarn, die Verwandten, der Gerichtspsychologe sind sich einig: Dr. Jeffrey Mac Donald –, Arzt und Angehöriger der Green Berets, kommt als Täter nicht in Frage. Er ist immer ein treusorgender Familienvater gewesen, tatkräftig, hilfsbereit und charmant dazu. Wie kein zweiter hat er den amerikanischen Traum gelebt. Warum sollte er selbst diesen Traum mit Blut besudelt haben?
Kein Verbrechen in den letzten Jahren hat Amerika mehr bewegt als dieses.
Kein Buch hat die amerikanische Bestsellerliste länger angeführt als dieses.

Joan Barthel
Tod in Kalifornien
Stellen Sie sich vor, Sie sind einunddreißig Jahre alt, blond und atemberaubend hübsch. Sie sind die Verlobte eines erfolgreichen amerikanischen

Werbeagenten, bei dem die Schauspielerprominenz ein- und ausgeht. Sie verbringen mit ihm ein Wochenende auf dem Lande. Mitten in der Nacht werden Sie durch unheimliche Geräusche wach. Ihr Verlobter ist ermordet worden. Und der Mörder bedroht Sie. Später will er Ihr Liebhaber werden – und das Schlimmste von allem: Sie müssen sich eingestehen, daß er eine schreckliche Faszination auf Sie ausübt . . .
Ein Alptraum? Nur ein weiterer Kriminalroman? Leider nein. Es ist bittere Realität, was sich da abgespielt hat unter der Sonne Kaliforniens.

Shelley Sessions
Peter Meyer
Dunkle Begierde
Zwölf Millionen Frauen, so schätzt man, wurden allein in Amerika in ihrer Kindheit und Jugend von ihren Vätern sexuell belästigt und mißbraucht. Und auch in Deutschland liegt die Dunkelziffer gerade dieses Verbrechens alarmierend hoch. Denn nur wenige Töchter wagen es, das Schweigen über ihr Leiden zu brechen.

Die wahre Geschichte der Shelley Sessions ist für all diese Fälle ebenso exemplarisch wie ungewöhnlich. Aufgeweckt und allseits beliebt, lebt das texanische Mädchen eine scheinbar sorglose Kindheit. Ihr Stiefvater, ein steinreicher Unternehmer, hat Shelley seit jeher vergöttert. Doch seine Liebe schlägt um in sexuelle Forderungen, die immer gröber werden . . .

Ken Englade
Wo alles Mitleid endet
Werden manche Menschen als Mörder geboren? Darüber werden Sie lange nachdenken, wenn Sie den

eindringlichen Bericht über die Reise dieser beiden jungen Leute ins Böse gelesen haben.
Elizabeth Haysom und Jens Soering, Sohn eines deutschen Diplomaten, sind kein gewöhnliches Pärchen. Beide sind überdurchschnittlich intelligent, beide stammen sie aus bestem Haus, beide, besonders Jens, sind gefühlsmäßig stark gehemmt.
Was kann die beiden bewogen haben, den brutalen Mord an Elizabeths Eltern eiskalt vorzubereiten und durchzuführen? Das Verlangen, an das große Geld der Eltern heranzukommen? Dunkle Triebe? Blutrausch? Drogeneinfluß?

Barry Siegel
Die Stadt, die nicht vergessen konnte
Nach ihrer Heirat hatte Lois Jurgens nur noch einen Wunsch – Kinder in die Welt zu setzen und großzuziehen. Doch dieser Traum wurde ihr nicht erfüllt. Was lag näher, als ein Kind zu adoptieren? Und da Lois Wohlstand und gesicherte Verhältnisse bieten konnte, vertrauten die Sozialarbeiter ihr den kleinen Dennis an. Vier Jahre später war dieses Kind tot: eine schlimme Bauchfellentzündung, sagt der Leichenbeschauer. Aber es finden sich auch Spuren seltsamer Verletzungen an dem Jungen.
Dennoch durfte Lois Jurgens ein zweites Kind adoptieren. Erst fünfzehn Jahre später wird das Verfahren über den mysteriösen Tod des kleinen Dennis neu eröffnet. Und es kommen schreckliche Dinge ans Licht . . . über die neurotische Frau, die um jeden Preis Mutter sein wollte, über ihren teilnahmslos-passiven Ehemann, über leichtgläubige Verwandte, die die vielen dunklen Zeichen nicht sehen wollte . . .

Joe McGinniss
Quälende Zweifel
Bonnie von Stein ist eine Frau, die nie aufgibt. Nach dem Scheitern ihrer ersten Ehe zog sie ihre Kinder allein groß – bis sie in Lieth von Stein den idealen Ehemann fand: vermögend, fürsorglich und verläßlich. Aber ein brutaler Überfall ließ dieses späte Familienglück jäh zerschellen: